Mike Omer
Der Bestatter

Das Buch

Das Video eines lebendig begrabenen Mädchens gehört zu den schlimmsten Dingen, die die forensische Psychologin Zoe Bentley jemals gesehen hat. Zusammen mit ihrem Partner, dem FBI-Agenten Tatum Gray, arbeitet sie fieberhaft daran, den Täter ausfindig zu machen. Bald taucht ein neues Video auf, ein weiteres Mädchen ist tot.

Unterdessen hat Zoe mit einem zweiten Mörder zu tun, der sie seit Langem verfolgt und nun ihre Schwester bedroht, um an sie heranzukommen. Sie wusste zwar, dass ihr Job sie ins Grab bringen konnte, doch dachte sie immer, dass sie vorher tot sein würde.

Der Autor

Mike Omer, Autor der »Zoe-Bentley«- sowie der »Glenmore Park Mystery«-Reihen, arbeitete bereits als Journalist, Spieleentwickler und Geschäftsführer von Loadingames. Er ist mit einer Frau verheiratet, die ihn emsig ermahnt, seinen Traum zu leben, und Vater eines Engels, einer Elfe und eines Kobolds. Außerdem besitzt er zwei gefräßige Hunde, die jeden Besucher mit eifrigem Schwanzwedeln begrüßen. Mike schreibt am liebsten über authentische Menschen, die ein Verbrechen begangen haben oder einem zum Opfer gefallen sind. Wenn Sie Kontakt zu ihm aufnehmen möchten, schreiben Sie eine E-Mail an mike@strangerealm.com.

MIKE OMER

DER BESTATTER

EIN ZOE-BENTLEY-THRILLER

Aus dem Amerikanischen von Kerstin Fricke

Die amerikanische Ausgabe erschien 2019 unter dem Titel »In the Darkness«
bei Thomas & Mercer, Seattle.

Deutsche Erstveröffentlichung bei
Edition M, Amazon Media EU S.à r.l.
38, avenue John F. Kennedy, L-1855 Luxembourg
November 2019
Copyright © der Originalausgabe 2019
By Mike Omer
All rights reserved.
Copyright © der deutschsprachigen Ausgabe 2019
By Kerstin Fricke

Die Übersetzung dieses Buches wurde durch Amazon Crossing ermöglicht.

Umschlaggestaltung: semper smile, München, www.sempersmile.de
Originaldesign: Christopher Lin
Umschlagmotiv: © redmal / Getty; © CoffeeAndMilk / Getty;
© Luxy Images / Getty; © Evannovostro / Shutterstock
Lektorat und Korrektorat: VLG Verlag & Agentur, Haar bei München,
www.vlg.de
Gedruckt durch:
Amazon Distribution GmbH, Amazonstraße 1, 04347 Leipzig /
Canon Deutschland Business Services GmbH, Ferdinand-Jühlke-Str. 7,
99095 Erfurt /
CPI books GmbH, Birkstraße 10, 25917 Leck

ISBN 978-2-91980-187-9

www.edition-m-verlag.de

Kapitel 1

San Angelo, Texas, Freitag, 2. September 2016

Etwas Sand rieselte in das Grab, als er sich hinaushievte. Die winzigen Körner rutschten zischend herunter und fielen auf den Deckel der Kiste, den sie beschmutzten. Einen Augenblick lang war er verärgert. Es sollte so sauber wie möglich aussehen, wenn er es von oben beobachtete. Dann musste er grinsen, als ihm die Absurdität des Ganzen bewusst wurde. Er würde die Kiste doch ohnehin unter Tonnen von Erde vergraben, was machte ein bisschen Sand da noch aus?

Er dachte kurz an die andere Teilnehmerin an diesem Experiment. Sie hatte den Sand möglicherweise über sich gehört. Vielleicht begriff sie sogar, was das bedeutete. Sein Herz schlug schneller, als er es sich ausmalte: wie das Geräusch in dem engen Raum verstärkt wurde, in dem völlige Dunkelheit herrschte.

Als er schon die Schaufel in den Erdhaufen rammen wollte, stutzte er. *Dämlich. So dämlich.* Die eigentliche Tat hatte ihn derart in Erregung versetzt, dass er das Wichtigste ganz vergessen hatte. Er legte die Schaufel hin und drehte sich zu seinem Laptop um. Rasch schloss er ihn an ein externes Ladegerät an und versicherte sich, dass auch alles funktionierte. Das hätte ihm gerade noch gefehlt, dass der Akku während des Experiments auf einmal leer war.

Beim leisen Dröhnen eines Lkw-Motors in seinem Rücken verspannte er sich. Er hatte diese Stelle mit großer Sorgfalt ausgewählt und darauf geachtet, dass sie durch eine Mauer aus Kakteen, Bäumen und Gestrüpp vor Blicken verborgen war. Auf der Straße herrschte wenig Verkehr; nur hin und wieder fuhr ein Wagen vorbei. Die Ablenkung ärgerte ihn. Dies war ein großer Moment, auf den er sich konzentrieren musste.

Er aktivierte den Videofeed und sah auf den Bildschirm. Der Blickwinkel war ein bisschen zu hoch. Also ging er zur Kamera, passte die Höhe des Stativs an und überprüfte das Bild erneut. Perfekt! Er zögerte kurz, da ihm die Bedeutung dieses Moments beinahe den Atem raubte. Dann der Klick, und die Übertragung lief.

Jetzt konnte er die Schaufel nehmen und den ersten Schwung Sand und Kies auf die Kiste werfen. Die Kameralinse schien ihn zu beobachten, aber er zwang sich, sie zu ignorieren. *Lächle in die Kamera,* hörte er seine Mutter sagen. Sie hatte immer versucht, ihn dazu zu bewegen, für das Familienfotoalbum zu posieren, als er noch ein kleiner Junge gewesen war.

Bei der vierten Schaufelladung war das leise Pochen wieder zu hören. Vermutlich war die junge Frau durch das Motorgeräusch geweckt worden und schlug jetzt gegen den Deckel. Versuchte, ihn aufzudrücken. Schrie. Die Sehnsucht erfasste ihn, und er hätte beinahe die Schaufel fallen lassen, als ihn plötzlich Hitze durchflutete.

Konzentrier dich. Dafür ist später noch Zeit.

Nach fünf Minuten war der Deckel nicht mehr zu sehen, aber wenn er die Ohren spitzte, konnte er das Pochen und Schreien noch hören. Sah sich schon jemand den Feed an?

Wahrscheinlich. Darum ging es schließlich. Was dachten sie gerade? Sahen sie hin und warteten auf die Pointe? Hielten sie das Ganze für einen Streich? Oder riefen sie gar die Polizei und versuchten zu erklären, was sie eben gesehen hatten?

Sein Verstand und sein Körper wurden von der Aufregung erfasst, und er ertrug es nicht länger. Er konnte sich nicht konzentrieren, sich nicht mehr an die Einzelheiten des Plans erinnern. Er musste aufhören, wenn auch nur für einen Moment. Um Dampf abzulassen.

Er rammte die Schaufel in den Boden, nahm den Laptop und hastete zu seinem Van. Sobald er fertig war, säuberte er sich, zog die Handschuhe wieder an und stieg aus dem Wagen, um weiterzugraben. Dabei hoffte er, dass seine Zuschauer ihn nicht zu sehr vermisst hatten.

Irgendwo hatte er mal gehört, dass die durchschnittliche Aufmerksamkeitsspanne von Menschen, die sich online Videos ansahen, dreiundsiebzig Sekunden betrug. Seine Konkurrenz bestand aus Videos von betrunkenen Katzen, Filmtrailern und Pornos. Er musste sich beeilen. Aus diesem Grund hatte er die Eimer vorbereitet.

Er ging zum rechten großen Eimer und kippte ihn ins Grab aus, um fasziniert dabei zuzusehen, wie die klumpige Erde herausfiel. Mithilfe der Schaufel schabte er die verkrustete Erde am Boden aus und leerte den Eimer komplett. Das wiederholte er bei den anderen Eimern und staunte, wie schnell sich das Loch füllte und allmählich verschwand. Als er damit fertig war, schaufelte er noch ein bisschen mehr Erde auf das Grab, bis es ganz gefüllt war. Die Schreie und das Pochen waren verstummt und wurden von der Erdschicht erstickt. Die Zuschauer konnten es aber noch hören, dafür hatte er gesorgt.

Einen Augenblick lang betrachtete er sein Werk. Der Boden war beinahe eben. So schnell würde man die Stelle nicht finden.

Er richtete sich auf, da ihm schon der Rücken wehtat, und sah zur Kameralinse hinüber.

Lächle für die Kamera.

Obwohl er wusste, dass es niemand sehen konnte, tat er es.

Kapitel 2

Quantico, Virginia, Montag, 5. September 2016

Zoe Bentley saß in ihrem Büro und hielt ein Foto zwischen Daumen und Zeigefinger – ein Mann und eine junge Frau, die lächelnd in die Kamera blickten, die Köpfe so nah zusammen, dass sie sich beinahe berührten. Ein beiläufiger Betrachter hätte das Foto nicht groß beachtet – nur ein weiteres Selfie –, aber Zoe konnte die kleinen Details erkennen, die etwas anderes andeuteten. Die leeren Augen des Mannes, das schmale, feindselige Grinsen. Und das Gesicht des Mädchens, so unschuldig und naiv. So ahnungslos.

Bei dem Mädchen handelte es sich um Zoes Schwester Andrea. Der Mann war Rod Glover, der mehrere Frauen vergewaltigt und erdrosselt hatte.

Es war einen Monat her, dass Rod Glover in Dale City aufgetaucht war. Er hatte sich bei einer einzigen Gelegenheit blicken lassen, bei der dieses gruselige Foto entstanden war, um dann wie ein heimtückisches Phantom wieder zu verschwinden.

Zoe legte das Foto in die Schreibtischschublade und knallte sie zu. Sie wusste, dass sie es später wieder herausholen würde.

Sie konnte einfach nicht anders. Das tat sie mehrmals am Tag, seitdem sie das Foto aus dem Techniklabor bekommen hatte.

Während ihrer Kindheit war Glover ihr Nachbar gewesen. Zoe hatte von seinen Verbrechen erfahren und die Polizei informiert. Leider hatte man ihr damals nicht geglaubt, und Glover war geflohen. Seitdem hielt er Kontakt zu Zoe und schickte ihr Umschläge mit grauen Krawatten – die genauso aussahen wie die, mit denen er seine Opfer erwürgte.

Seine Besessenheit von Zoe war im letzten Sommer eskaliert. Während sie in Chicago einen Serienmörder jagte, war Glover ihr gefolgt, hatte sie später angegriffen und beinahe getötet. Kurz darauf hatte er Zoe das Foto geschickt. Er hatte Andrea auf der Straße angesprochen, und sie hatte sich mit ihm fotografieren lassen, ohne zu ahnen, wer er wirklich war. Danach war er untergetaucht.

Zoe stand auf und ging in ihrem kleinen Büro in der Verhaltensanalyseeinheit des FBI, kurz BAU genannt, auf und ab, während sich in ihrem Kopf alles drehte. Ihr fiel es schwer, sich zu konzentrieren, was vor allem daran lag, dass sie schlecht schlief, ständig Albträume hatte und vor Nervosität einfach nicht zur Ruhe kam.

Sie setzte sich wieder hin und loggte sich bei ViCAP, dem Violent Criminal Apprehension Program, ein. In dieser FBI-Datenbank wurden die besonders brutalen Verbrechen erfasst, um die Suche nach Serientätern zu erleichtern. Sie suchte nach Verbrechen aus den letzten vierundzwanzig Stunden, bei denen das Opfer vergewaltigt und ermordet worden war, und bekam einen Treffer. Ihr Herz schlug schneller, während sie den Bericht aufrief. Eine vierundvierzigjährige Frau war in ihrem Haus in New York vergewaltigt und erwürgt worden. Nichts passte auch nur im Entferntesten ins Profil. Das Opfer war zu alt, mit bloßen Händen gewürgt worden, und auch der Tatort war falsch. Er war es nicht.

Wo steckst du, Glover?

Wäre es ihr möglich gewesen, hätte sie Andrea in Schutzhaft genommen, am liebsten in einem gut gesicherten Gebäude, bis Glover gefasst worden war. Aber das ging nicht. Es hatte schon mehrere Wochen und zahllose lautstarke Streite gebraucht, bis Zoe ihre Schwester wenigstens davon überzeugt hatte, vorübergehend zu ihr zu ziehen.

Der FBI-Agent, der diesen Fall bearbeitete, war in dieser Hinsicht ebenso anderer Meinung als Zoe wie die Polizei. Alle glaubten, Glover sei längst über alle Berge und werde es nicht riskieren, sich in der Nähe einer der Bentley-Schwestern aufzuhalten. Aber Zoe *wusste*, dass sie sich irrten. Sie wusste noch ganz genau, wie er sie bei ihrer letzten Begegnung angesehen und wie sich seine Stimme angehört hatte. Seine Besessenheit würde nicht einfach verschwinden.

Gedankenverloren starrte sie ins Leere. Auf ihrem Schreibtisch standen keine Fotos oder persönlichen Dinge. Sie hatte es mal mit zwei Topfpflanzen versucht, von denen die erste bereits nach zwei Tagen eingegangen war. Die zweite, ein Kaktus, hatte immerhin fast einen Monat überlebt. Zoe war davon überzeugt, dass es am fehlenden Wasser und Sonnenlicht gelegen hatte, wohingegen Tatum, ihr Kollege und Freund, eher der Ansicht war, sie würde die Pflanzen mit ihrem durchdringenden Blick zu Tode erschrecken. Daher herrschte nun stattdessen Chaos auf ihrem Schreibtisch.

Beim Klang vertrauter Schritte vor ihrer Tür sprang Zoe auf und lief zum Korridor, wo sie Christine Mancuso, die Leiterin ihrer Einheit, gerade noch erwischte.

»Hätten Sie kurz Zeit, Chief?«

Mancuso würdigte sie kaum eines Blickes und ging schnellen Schrittes weiter. »Aber nur kurz, Zoe. Die Woche hat gerade erst angefangen, und ich muss schon an sechs Orten gleichzeitig sein.« Sie hatte ihr dunkles Haar zurückgebunden und trug einen gut sitzenden Hosenanzug. Alles an ihr, bis hinunter zu dem Schönheitsfleck an ihrer Lippe, strahlte Autorität und Effizienz aus.

»Ich würde Agent Caldwell gern beim Glover-Fall unterstützen.« Wie Zoe arbeitete auch Caldwell bei der BAU und erstellte Profile von Serientätern. Zoe war stinksauer gewesen, als man ihm und nicht ihr den Fall zugeteilt hatte, und Mancuso weigerte sich, daran etwas zu ändern.

»Wir haben das doch schon besprochen. Die Antwort lautet Nein.«

»Ich bin der Ansicht, ich kann ihm beim Erstellen des Profils dank des persönlichen Kontakts zum Täter eine große Hilfe sein. Wir sollten alle Ressourcen nutzen, die uns zur Verfügung stehen, insbesondere da wir davon ausgehen müssen, dass er in absehbarer Zeit wieder zuschlagen wird.«

Mancuso blieb neben einem großen Drucker stehen, der eine Seite nach der anderen ausspuckte, sah sich das oberste Blatt an und schnaufte frustriert. Dann drehte sie sich zu Zoe um. »Aus genau diesem Grund hat Agent Caldwell Sie zwei Tage lang verhört und ist mit Ihnen alles durchgegangen, was Sie wissen und was Ihnen aus Ihren Begegnungen mit Glover im Gedächtnis geblieben ist.«

»Ich denke nicht, dass ... Ich werde objektiv in meiner ...«

»Das können Sie gar nicht.« Mancusos Entscheidung schien endgültig zu sein.

»Dann brauche ich Urlaub.«

»Damit Sie den Mann wie eine Kopfgeldjägerin auf eigene Faust jagen können? Auf gar keinen Fall. Ich brauche Sie hier.«

»Warum? Ich bearbeite Fälle, die zehn oder fünfzehn Jahre alt sind. Was ist daran so dringend?«

Mancuso schürzte die Lippen. »Passen Sie auf, was Sie sagen, Bentley.« Sie drehte sich wieder zum Drucker um, ging die Ausdrucke durch, nahm einige Blätter heraus und setzte sich wieder in Bewegung, ohne darauf zu achten, ob Zoe ihr folgte.

Zoe hastete hinter ihr her und musste beinahe rennen, um mit ihr Schritt zu halten. »Christine … Ich kann mich nicht konzentrieren, solange meine Schwester in Gefahr ist. Ich kann meinen Job nicht machen. Bitte geben Sie mir ein paar Tage frei. Mehr brauche ich nicht. Nur ein paar Tage und einen Analytiker.«

Mancuso wurde langsamer. Zoe hatte die eine Waffe eingesetzt, die sie in ihrer Zeit in Quantico stets zurückgehalten hatte: Sie hatte Mancuso mit dem Vornamen angesprochen. Nie zuvor hatte sie auf die frühere Vertrautheit zwischen ihnen während ihrer gemeinsamen Arbeit in Boston angespielt. So bald würde sie das kein zweites Mal tun können.

»Ich mache Ihnen einen Vorschlag«, sagte Mancuso. »Es gibt da einen anderen Fall, den Sie sich mal ansehen sollten. Sobald Sie damit fertig sind, bekommen Sie fünf Tage frei, solange Sie direkt mit Agent Caldwell zusammenarbeiten.«

»Okay.« Zoe nickte entschlossen und konnte ihr Glück kaum fassen. »Was ist das für ein Fall?«

Mancuso blieb vor einer Bürotür stehen. »Ich leite Ihnen alles weiter. Noch gibt es keine Fallakte. Wir haben erst heute Morgen davon erfahren.«

»Keine Polizeiakte?«, fragte Zoe überrascht. »Was haben wir dann?«

»Den Link zu einem Video. Von jemandem, der eine Frau lebendig begräbt.«

»Das verstehe ich nicht. Wenn es sich um einen Serienmörder handelt, müsste es doch andere Fälle …«

»Das ist der erste.«

Jetzt war Zoe völlig verwirrt. »Aber wir bearbeiten doch nur Fälle mit Serienmördern.«

»Ich glaube nicht, dass er danach aufhören wird.«

»Wieso nicht?«

Mancuso legte eine Hand auf den Türknauf. »Weil der Titel des Videos lautet ›Experiment Nummer eins‹.«

Kapitel 3

Christine Mancuso öffnete die Tür von Tatum Grays Büro, schlüpfte hinein und schloss sie lautstark wieder hinter sich, bevor Zoe die Gelegenheit bekam, ihr zu folgen. Auch wenn Christine Zoe mochte, trieb die Frau sie langsam in den Wahnsinn. Im letzten Monat hatte Christine eine endlose Flut an E-Mails, Anrufen und Besuchen von Zoe ertragen müssen, und jedes Mal war es um diesen verdammten Serienmörder gegangen. Sie brauchte dringend ein paar Bentley-freie Tage.

Tatum hob den Kopf und schien überrascht zu sein, sie in seinem Büro zu sehen. »Guten Morgen, Chief. Wie war Ihr Wochenende?«

»Kurz.« Sie setzte sich ihm gegenüber.

Er hatte eine aufgeschlagene Fallakte auf dem Schreibtisch liegen und offenbar bis zu der Unterbrechung darin gelesen. Gray war noch nicht lange bei der BAU und wies somit bei Weitem nicht die Kenntnisse und Erfahrungen auf, die Christine von ihren Profilern erwartete. Aber sie hatte sich widerstrebend eingestehen müssen, dass er das zumindest teilweise mit seinem guten Instinkt wieder wettmachte. Noch besser war hingegen, dass er die beinahe unerhörte Fähigkeit besaß, anderen Menschen tatsächlich zuhören zu können.

Tatum hatte sich vor einem Monat bereits bewiesen, als es ihm und Zoe gelungen war, die Mordreihe in Chicago aufzuklären. Auch wenn Christine hinsichtlich der Art der Ermittlungen einige Vorbehalte hatte, konnte sie nicht leugnen, dass es den beiden gelungen war, den Tod einer ganzen Familie zu verhindern.

Sie nahm erfreut zur Kenntnis, dass er sie nicht wie üblich angrinste. Sein Grinsen mochte auf einige Menschen charmant wirken, doch sie war der Ansicht, dass es ihn selbstgefällig und unreif aussehen ließ. Im Augenblick sah er sie nur konzentriert an.

»Was können Sie mir über Glenn Wells sagen?«, wollte sie wissen.

Tatum blinzelte verwirrt und lehnte sich mit verkrampften Schultern auf seinem Stuhl zurück. »Wells war ein Pädophiler, gegen den ich in L.A. ermittelt habe«, antwortete er nach einem Moment. »Er entführte junge Mädchen auf ihrem Schulweg, vergewaltigte sie und bedrohte sie, damit sie den Mund hielten. Außerdem hat er Fotos gemacht. Wir fanden auf seinem Laptop Bilder von mehr als dreißig Mädchen. Eins von ihnen hat versucht, sich umzubringen.«

Sie beobachtete ihn, während er den Fall rekapitulierte. Er wirkte ruhig, verzog jedoch leicht die Lippen und ballte die rechte Faust.

»Es war nicht leicht, handfeste Beweise zu finden. Es gab nichts als Indizien. Wir waren ihm lange Zeit gefolgt und erwischten ihn schließlich, wie er auf der Straße ein dreizehnjähriges Mädchen packte. Er zerrte sie weg, und wir stürmten los, um ihn zu verhaften.«

»Was ist passiert?«

»Er hat die Flucht ergriffen. Ich habe Wells in eine Gasse gejagt. Auf einmal blieb er stehen und drehte sich um. Ich richtete die Waffe auf ihn und sagte ihm, er solle die Hände hochnehmen. Stattdessen steckte er eine Hand in seine Schultertasche. Ich habe auf ihn geschossen. Dreimal.«

»Und was hatte er in der Schultertasche?«

»Nur eine Kamera. Wir vermuten, dass er die Fotos löschen wollte, bevor sie uns in die Hände fallen konnten.«

»Und das ist ihm gelungen.«

»Es gab eine Untersuchung. Ich wurde entlastet.«

»Die Sache wird möglicherweise wieder aufgerollt«, teilte sie ihm leise mit.

Tatum riss die Augen auf. »Warum?«

»Anscheinend gibt es einen neuen Zeugen. Jemand hat alles gesehen und sich gemeldet.«

»Warum hat er so lange gewartet?«

Christine zuckte mit den Achseln. »Warum tun die Menschen die Dinge, die sie tun? Ich bekam heute Morgen einen Anruf von einem Special Agent bei der ILS, einem Mann namens Larson. Kennen Sie ihn?« Die ILS war die interne Ermittlungssektion des FBI, und Christine hätte gut auf diesen Anruf verzichten können.

»Ja, ich kenne ihn.« Tatum spannte die Kiefermuskeln an.

»Ich hatte den Eindruck, dass er Sie nicht leiden kann, auch wenn mir wirklich schleierhaft ist, wie Sie es schaffen, so viele Leute gegen sich aufzubringen.«

»Ich bin eben hartnäckig«, erklärte Tatum.

»Er schien jedenfalls sehr erbaut zu sein, als er mir das mitteilte. Und er wollte mich vorwarnen, dass man Sie zu einem Gespräch einbestellen würde.«

»Hat er auch gesagt, wann?«

»So weit sind wir nicht gekommen. Ich habe ihm mitgeteilt, dass Sie momentan einen sehr dringenden Fall bearbeiten und dafür noch einige Tage benötigen werden.«

»Aber ich habe doch gerade gar keinen dringenden Fall.«

Sie seufzte. »Selbstverständlich haben Sie den. Warum sollte ich Larson sonst so etwas erzählen?«

Tatum schien ihr nicht folgen zu können. »Was genau soll ich jetzt tun?«

»Ich möchte mehr über diese internen Ermittlungen in Erfahrung bringen«, erwiderte sie. »Und ich bin auf dem besten Weg, brauche aber noch etwas Zeit. Daher müssen Sie für einige Tage untertauchen, bis ich besser Bescheid weiß.«

Tatum nickte, aber Christine entging nicht, dass er jetzt beide Fäuste ballte. Sie vermutete, dass er in nicht einmal vierundzwanzig Stunden anfangen würde, herumzutelefonieren und zu versuchen, die Sache selbst zu regeln – und damit alles nur noch schlimmer machen würde.

Kapitel 4

Die Nachricht, dass die Untersuchung wieder aufgenommen wurde, hinterließ bei Tatum einen bitteren Nachgeschmack. Er hatte geglaubt, die Sache ausgestanden zu haben, aber jetzt machte es den Anschein, als würde die Angelegenheit aus der trüben Vergangenheit wieder auftauchen.

Er versuchte eine Stunde lang, sich in seine Arbeit zu vertiefen, gab es schließlich auf und suchte in der Küchenecke nach etwas Trost, was sich als aussichtsloses Unterfangen herausstellte. Während er auf einem trockenen Keks herumkaute, marschierte er durch den Flur zurück, kam an Zoes Büro vorbei und verharrte, weil ihm nach dem Anblick eines freundlichen Gesichts war.

Er klopfte an die Tür. Dahinter war ein gedämpftes Geräusch zu hören, fast so, als würde jemand weinen.

»Herein«, rief Zoe, und er öffnete die Tür. Sie saß am Schreibtisch und starrte auf den Bildschirm ihres Laptops.

Zoe war deutlich kleiner als Tatum – und auch als die meisten Frauen. Das Auffälligste an ihr waren ihre grünen, hypnotisierenden Augen. Tatum hatte mal gehört, wie einer der Agenten Zoe hinter ihrem Rücken als »Geier« bezeichnete, und konnte diesen Eindruck durchaus nachvollziehen. Ihr Blick erinnerte tatsächlich an einen Raubvogel, und man hatte fast immer den Eindruck, sie könnte einen durchschauen und die intimsten Gedanken lesen. Zudem war ihre Nase lang und leicht gekrümmt, sodass sie ein wenig an einen Schnabel erinnerte.

Das Weinen, das er gehört hatte, kam aus Zoes Computer. Sie warf ihm einen kurzen Blick zu, drückte eine Taste und das Geräusch verstummte. Tatum entspannte sich sofort.

»Entschuldigung. Ich kann auch ein anderes Mal wiederkommen«, sagte er.

»Okay.« Sie wandte sich erneut dem Bildschirm zu.

Tatum musterte sie irritiert. Sie hatten sich seit Freitag nicht gesehen, da wäre es doch nett gewesen, wenn sie ein bisschen Interesse an seinem Befinden gezeigt hätte. Er wandte sich zum Gehen, da er zu dem Schluss gekommen war, dass er die Suche nach einem freundlichen Gesicht vielleicht besser woanders fortsetzen sollte.

»Augenblick, Tatum.«

»Ja?«

»Ich könnte hier ein zweites Augenpaar gebrauchen. Würden Sie sich das vielleicht mal ansehen?«

»Sicher.« Tatum war verwirrt. Zoe arbeitete normalerweise allein. Er ging um ihren Schreibtisch herum und blickte auf den Bildschirm. Darauf war ein Videoclip zu sehen, den sie bei 43:32 gestoppt hatte. Das gesamte Video hatte eine Laufzeit von unter einer Stunde. Auf dem angehaltenen Bild sah man eine junge Frau, die in einem engen, dunklen Raum lag und verängstigt wirkte. Das Video war schwarz-weiß, und Tatum vermutete, dass es mit einer Wärmebildkamera aufgenommen worden war. Zoe ließ es weiterlaufen.

Das Bild teilte sich. Die untere Hälfte zeigte dieselbe Frau in Schwarz-weiß, die in dem dunklen Raum lag und jetzt schrie. Darüber sah man eine sandige Landschaft, möglicherweise eine Wüste. Auf dem Boden zeichnete sich eine rechteckige Grube ab, die an ein Grab erinnerte. Man sah den unteren Teil eines

Männerkörpers, der um das Loch herumging und offenbar Sand hineinschaufelte.

Das Geschrei der Frau war nicht zu ertragen. Tatum sah zur Bürotür hinüber, die er offen gelassen hatte, und ging schnell hin, um sie zu schließen.

»Könnten Sie den Ton bitte leiser stellen?«, bat er Zoe.

Zoe nickte, klickte mit der Maus und verringerte die Lautstärke ein wenig. Tatum schaute wieder auf den Bildschirm. Der Mann ging zu einem großen Eimer und kippte ihn um, woraufhin Erde in dicken Klumpen in das große Loch fiel. Er schabte den Eimer mit einer Schaufel aus. Die Frau hämmerte mit beiden Händen gegen etwas, das sich über ihr befand.

Der krasse Gegensatz zwischen den ruhigen, gelassenen Bewegungen des Mannes in der oberen Bildschirmhälfte und der Hysterie der Frau darunter ließ Tatum erschaudern. Er beugte sich über Zoe und hielt das Video an. Die Schreie verstummten, und er atmete erleichtert auf. »Was ist das?«

»Ein Video von einer Frau, die lebendig begraben wird. Jedenfalls macht es den Anschein.«

»Wo haben Sie das her?«

»Mancuso hat es mir weitergeleitet. Die Polizei von San Angelo in Texas hat es dem FBI geschickt, und sie wollte, dass ich es mir ansehe und ihr sage, was ich davon halte.« Zoe wollte das Video schon weiterlaufen lassen.

»Warten Sie«, bat er sie rasch.

Sie verharrte noch kurz über der Maus und zog die Hand dann zurück.

»Was wissen wir?«, fragte Tatum und starrte auf den Bildschirm. Der Titel des Videos lautete »Experiment Nummer eins«. Der Name der Person, die es hochgeladen hatte, wurde darunter in Grau angezeigt – *Schroedinger*. Der Zeitstempel des Uploads war »02/09/16 08:32«. Das waren, abgesehen vom Video selbst, die einzigen Details, die auf dem Bildschirm zu sehen waren. Der Rest der Webseite war leer. Tatum sah sich die URL an, die aus einer zufälligen Aneinanderreihung von Buchstaben und Zahlen zu bestehen schien.

Zoe öffnete ihre E-Mails und überflog eine Nachricht.

> Die begrabene Person in dem Video wurde von der Polizei von San Angelo als Nicole Medina identifiziert. Sie ist neunzehn Jahre alt und lebt bei ihrer Mutter in San Angelo. Ihre Mutter hat sie vor drei Tagen als vermisst gemeldet. Ein paar Stunden nach ihrem Verschwinden erhielten acht Blogger und zwei Journalisten diesen Link von einer temporären E-Mail-Adresse.

Tatum beugte sich über ihre Schulter und las die E-Mail. »Sie wurde noch nicht gefunden.«

»Nein.« Zoe deutete auf eine Stelle in der E-Mail, bei der Tatum noch nicht angekommen war. »Ihre Mutter sagt, sie wäre nie einfach so abgehauen.«

»Das könnte auch ein PR-Gag sein. Vielleicht haben sie das alles nur vorgetäuscht, und die Mutter steckt in der Sache mit drin.«

»Das wäre möglich.«

»Aber Sie glauben nicht daran.«

»Ich bin mir noch nicht sicher.«

»Zeigen Sie mir auch den Rest.«

Zoe ließ das Video weiterlaufen. Nicoles Schreie hallten durch den Raum, und Tatum knirschte mit den Zähnen. Er zwang sich, nicht auf das gepeinigte Gesicht zu achten, sondern sich auf den Mann zu konzentrieren, der das Grab zuschaufelte. Die obere Bildhälfte war die wichtige. Jeder Hinweis dort konnte ihnen helfen, den Ort zu finden, an dem das Video gedreht worden war. Die Kamera stand so, dass nur der Boden, die Füße und Hände des Mannes, die Eimer und das sich langsam füllende Loch zu sehen waren. Der Mann trug Jeans und ein langärmliges T-Shirt sowie dicke Handschuhe. Nirgendwo blitzte ein Stück Haut hervor. Der Ton kam allein vom Video der Frau, die nun nicht mehr schrie, sondern verängstigt schluchzte.

Etwas im Grab fiel ihm ins Auge. »Sehen Sie mal.« Er deutete in eine Ecke, wo sich etwas nach oben schlängelte. »Ein Kabel.«

»Stimmt. Für die Luftzufuhr?«

Tatum sah es sich genauer an. »Das kann ich mir nicht vorstellen«, meinte er dann. »Sieht eher aus wie ein Elektrokabel. Das würde erklären, wie der Feed von der begrabenen Frau gestreamt wird. Falls sie wirklich da drin ist.«

»Warum per Kabel? Wieso macht man das nicht per Bluetooth?«

»Wenn sie sehr tief vergraben wurde, könnte es Probleme mit dem Empfang geben.«

»Okay.« Zoe nickte und wandte den Blick nicht vom Bildschirm ab.

Der Mann leerte sieben Minuten lang die Eimer. Zwischendurch trat er aus dem Bild, und einige Minuten lang passierte im oberen Abschnitt gar nichts, während Nicole unten wieder zu schreien begann. Als er wieder auftauchte, schüttete er den Rest Erde auf das Grab und glättete den Boden mit der Schaufel, bis so gut wie nichts mehr zu sehen war. Dann blieb er stehen und drehte sich zur Kamera um.

»Was macht er da?«, fragte Tatum.

»Ich glaube, er ruht sich nur aus, aber … Sehen Sie.«

Der Mann trat vor die Kamera und zog etwas aus der Tasche. Ein Handy. Er schaltete es an und hielt das Display vor die Kamera. Tatum runzelte die Stirn. Darauf war der Präsident hinter einem Podium zu sehen. Das einzige Geräusch, das man hören konnte, war Nicole Medinas Schluchzen.

»Ist das … eine Art politisches Statement?«

Zoe schüttelte den Kopf. »Das Video wurde Freitagvormittag veröffentlicht.« Sie deutete auf den Zeitstempel im Video. »Die Nachrichtenübertragung war live und fand zur selben Zeit statt. Er beweist damit, dass sein Video *live* aufgezeichnet wurde.«

Tatum starrte das Datum an, und sein Herz raste. Hätte die Polizei den Mann während des Streams lokalisieren können, wäre die ganze Sache fast ebenso schnell vorbei gewesen, wie sie begonnen hatte.

Auf dem Bildschirm ließ der Mann das Handy sinken und steckte es wieder in die Tasche. Dann beugte er sich vor, und der obere Teil des Videos wurde schwarz. Nicole schrie immer lauter und hysterischer, während sie auf das Holz über sich einschlug.

»In ein oder zwei Minuten ist sie auf dem ganzen Bildschirm zu sehen«, sagte Zoe.

»Haben Sie sich das komplette Video angeschaut?«

»Ja.«

Tatum räusperte sich. »Was passiert am Ende?« Die Frage hörte sich in diesem Zusammenhang falsch und dumm an, und er schämte sich dafür, dass er sie überhaupt stellte.

Zoe bewegte den Cursor ans rechte Ende des Balkens, bis sie bei 57:08 angekommen war. Dann ließ sie das Video weiterlaufen. Nicole war verstummt und schniefte nur noch leise. Nach weiteren zehn Sekunden brach das Video ab.

»Der Feed hört einfach auf«, antwortete Zoe.

Tatum runzelte die Stirn. »Ich hätte damit gerechnet, dass er weiter geht und wir zusehen, wie sie erstickt.«

»Vielleicht erstickt sie nicht.«

»Gut möglich.«

»Es könnte auch sein, dass Nicole gar nicht in dem Grab liegt. Selbst, wenn sie das alles nicht nur gespielt hat, könnte es sich auch um einen sehr kranken Scherz handeln. Eventuell wurde sie ganz woanders eingesperrt.«

»Das Video von Nicole muss auch nicht live gewesen sein«, mutmaßte Tatum. »Der Mann zeigt nur im oberen Teil die Nachrichtenübertragung. Nichts stellt eine eindeutige Verbindung zur unteren Hälfte dar, in der Nicole zu sehen ist.«

»Vermutlich bezieht er sich auf Schrödingers Katze.« Zoe deutete auf den Namen des Uploaders: *Schroedinger*. »Ich weiß nicht sehr viel darüber, aber Schrödingers Katze ist ein Experiment, bei dem eine Katze in einem Kasten eingesperrt wird.«

»Und man weiß nicht, ob sie tot oder lebendig ist, daher kann sie beides sein.«

»Und hier haben wir eine Frau, die in einer Kiste eingesperrt ist, und wir müssen uns fragen, ob sie am Leben oder tot ist.« Zoe lehnte sich auf ihrem Stuhl zurück. »Was halten Sie davon?«

»Wovon?«

»Na, wurde wirklich eine Frau lebendig begraben? Das Video hat den Titel ›Experiment Nummer eins‹. Es könnte noch weitere Videos geben.«

»Gehen wir mal davon aus, dass es echt ist ...« Tatums Herz machte einen Satz. »Dann könnte sie noch am Leben sein.«

Zoe schüttelte den Kopf. »Nicht, wenn er sie dort gelassen hat. Das habe ich als Erstes überprüft. Ich habe Lionel angerufen und ihn gebeten, sich die Sache anzusehen.«

Tatum nickte. Lionel war einer der Analytiker der BAU.

»Er hat die ungefähre Größe des Grabs ermittelt, indem er es mit der Beinlänge des Mannes und der Höhe der Kiste im Verhältnis zu Nicoles Kopf verglichen hat. Falls die Kiste groß genug war, um das gesamte Grab auszufüllen, wäre sie höchstens zwei Meter dreißig lang, fünfundsiebzig Zentimeter breit und etwa sechzig Zentimeter hoch, also kaum größer als ein Sarg. Lionels Worten zufolge wäre Nicole innerhalb von sechsunddreißig Stunden erstickt, selbst wenn seine Berechnungen nicht ganz mit der Realität übereinstimmen. Angesichts der Tatsache, dass sie anfangs sehr hysterisch ist, hat sie vermutlich mehr Luft verbraucht als bei einer normalen Atmung, daher schätzt Lionel, dass sie wahrscheinlich nach zwölf Stunden tot war.«

Tatum ließ sich auf eine Ecke von Zoes Schreibtisch sinken, auf der nicht ganz so viel Papier lag. »Und Mancuso will, dass Sie herausfinden, ob das nur ein kranker Scherz ist oder ob wir es tatsächlich mit einem Killer zu tun haben?«

»Es könnte sich auch um etwas völlig anderes handeln. Vielleicht hat jemand Nicole entführt, aber nicht getötet. Der Titel ›Experiment Nummer eins‹ könnte auch bedeuten, dass dies das erste von mehreren Videos mit Nicole ist.«

Diese Vorstellung war irgendwie die schlimmste, und Tatum zuckte zusammen. »Und wie sollen Sie das herausfinden?«

Zoe wollte ihm gerade antworten, als die Tür geöffnet wurde und Mancuso hereinkam.

»Oh, gut«, sagte sie, als sie Tatum bemerkte. »Sie sind hier. Ich wollte Sie schon herbitten. Haben Sie das Video gesehen?«

»Teilweise«, erwiderte Tatum.

Mancuso nickte mit zufriedener Miene und wandte sich an Zoe. »Ihr erster Eindruck?«

»Ich muss mit dem ermittelnden Detective reden, um die Einzelheiten des Falls besser zu verstehen. Es wäre auch hilfreich, mehr über Nicole Medina zu erfahren. Und es gibt doch bestimmt technische Daten in dem Video, die wir auswerten können …«

»Dann sind Sie der Ansicht, wir sollten der Sache nachgehen?«

»Selbst wenn es ein Scherz ist, macht es nicht den Eindruck, als hätte Nicole freiwillig mitgespielt«, erklärte Zoe. »Es handelt sich auf jeden Fall um Entführung.«

»Okay. Ich möchte, dass Sie beide da runterfahren«, entschied Mancuso. »So bald wie möglich, falls Nicole Medina noch am Leben ist. Ich möchte der Polizei von San Angelo nach Möglichkeit unter die Arme greifen.«

Tatum runzelte die Stirn. »Ich glaube nicht, dass wir deswegen nach Texas fliegen müssen, Chief. Ein paar Telefonate sollten doch ausreichen …«

»Mir wäre es lieber, wenn jemand vor Ort ist«, fiel ihm Mancuso ruhig ins Wort. »Das scheint mir ein Fall zu sein, der möglicherweise schnell eskaliert, und ich möchte darauf vorbereitet sein.«

»Aber, Chief …« Zoe wirkte ebenso erstaunt wie besorgt. »Meine Schwester …«

»Ihrer Schwester geht es gut, Bentley. Buchen Sie Flüge, am besten noch für heute.« Mancusos Stimme klang so, als sollte man sich besser nicht mit ihr anlegen. »Ich möchte, dass diese Einheit im Nicole-Medina-Fall ermittelt.«

Zoe und Mancuso starrten sich einige Sekunden lang grimmig an. Tatum hätte sich am liebsten aus der Schusslinie begeben.

In einem Augenblick der Klarheit ging ihm auf, dass Mancuso nicht nur um Nicole Medinas Sicherheit besorgt war. Sie wollte auch, dass sich Zoe nicht länger in die Glover-Ermittlungen einmischte. Es war allseits bekannt, dass Zoe und der Agent, dem der Fall zugeteilt worden war, sich ständig wegen Glovers Profil stritten – der Agent hatte sich sogar schon beschwert, Zoe würde ihn an der Ausübung seines Jobs behindern.

Zudem wollte der Chief garantiert auch, dass Tatum vorübergehend untertauchte, damit Larson mit seiner internen Untersuchung nicht an ihn herankommen konnte.

Zu guter Letzt wandte Zoe den Blick ab und schürzte die Lippen. »Sonst noch was, *Chief*?«

»Nehmen Sie Kontakt zur Polizei von San Angelo auf und informieren Sie die Beamten darüber, dass Sie kommen. Ich erwarte, dass Sie mich über den Fall auf dem Laufenden halten.«

Kapitel 5

Tatum hörte das Gebrüll seines Großvaters Marvin bereits, bevor er die Tür geöffnet hatte. Der alte Mann schien stinksauer zu sein, und Tatum fragte sich, wer ihm jetzt wieder in die Cornflakes gepinkelt hatte. Normalerweise ärgerte er sich über Tatums Kater Freckle, und Tatum hätte sich nicht gewundert, wenn der Kater Marvin tatsächlich in die Cornflakes gepinkelt hätte. Vorsichtig spähte er in die Wohnung. In letzter Zeit fand Freckle, dass der beste Platz zum Schlafen direkt vor der Tür sei. Öffnete man diese zu schnell, bekam man es mit einer äußerst aufgebrachten Katze zu tun, und in Freckles Fall bedeutete das blutende Waden für alle menschlichen Beteiligten. Aber heute schien sich der kleine Tiger andernorts herumzutreiben, da der Eingangsbereich frei war.

Der Krach kam aus der Küche. Da nur eine Stimme zu hören war, schloss Tatum daraus, dass Marvin telefonierte – oder vielmehr am Telefon tobte.

»Passen Sie mal auf, Miss, lassen Sie mich jetzt sofort mit Ihrem Vorgesetzten sprechen oder irgendjemand anderem, der mehr als zwei Gehirnzellen besitzt. Ich möchte … Ja, natürlich möchte ich eine Krankenversicherung abschließen, warum hätte ich denn sonst angerufen? Nein, ich rede nicht von der

Krankenversicherung für Rentner, verdammt noch mal! Ich habe eben schon … Hallo? Hallo?«

Tatum verdrehte die Augen und betrat die Küche. Marvin saß am Tisch und hatte eine halb leere Teetasse vor sich stehen. Er sah Tatum entrüstet an.

»Diese verdammten Versicherungsvertreter! Blutsauger sind das! Sie wollen nur dein Geld, aber wehe, wenn man mal verlangt, dass sie etwas für einen tun. Da können sie einem nicht mal ein Stück entgegenkommen!«

»Freut mich, dass du dich endlich darum kümmerst.« Tatum stellte den Wasserkessel auf den Herd, um sich auch einen Tee zu kochen. Er lag Marvin schon seit Wochen in den Ohren, dass er endlich seine Krankenversicherung anpassen sollte.

»Es macht aber nicht den Anschein, als würde ich da weit kommen!«

Tatum nickte. Sein Großvater war ein Mann der alten Schule, wollte alles von Angesicht zu Angesicht regeln und weigerte sich, Onlineformulare auszufüllen. Von jedem Telefonat, das länger als fünf Minuten dauerte, bekam er schlechte Laune. Tatum konnte das nachvollziehen. Für Marvin veränderte sich die Welt einfach viel zu schnell. Er goss heißes Wasser auf den Teebeutel, füllte die Tasse seines Großvaters ebenfalls auf und setzte sich ihm gegenüber.

»Soll ich das für dich regeln?«, schlug er vor. »Ich weiß, wie diese Leute ticken.«

Marvin zögerte. »Würdest du das tun?«, fragte er schließlich widerwillig.

»Aber sicher. Was soll denn geändert werden?«

»Ich will mich für meinen Kurs im Fallschirmspringen versichern.«

Tatum verschluckte sich an seinem Tee, während Marvin ihn anstarrte und die Arme verschränkte. Tee in der Nase stellte sich als höchst unangenehm heraus, vor allem, da dieser noch heiß war.

»Deinen was?«, stieß Tatum röchelnd hervor.

»Ich gehe in drei Tagen Fallschirmspringen, es ist schon alles bezahlt. Aber jetzt stellt sich auf einmal heraus, dass mein Alter Probleme machen könnte. Die Versicherung spielt da nicht mit, und sie verlangen, dass ich mich selbst versichere, wenn ich daran teilnehmen will. Kannst du dir das vorstellen?«

»Das kann ich in der Tat.« Tatum wischte sich den Mund mit einem Küchentuch ab. »Du kannst nicht Fallschirmspringen gehen.«

»Warum nicht, verdammt noch mal?«

»Weil du siebenundachtzig bist.«

»Na und? Ich muss doch nur aus einem Flugzeug fallen. Die Schwerkraft funktioniert bei alten Leuten genauso wie bei jungen, Tatum.«

»Wen interessiert denn die Schwerkraft? Du wirst keine fünf Sekunden, nachdem du aus dem Flugzeug gesprungen bist, einen Herzinfarkt haben.«

»Mein Herz ist so gut wie das eines Ochsen. Mach dich nicht lächerlich.«

»Du *hattest* schon einen Herzinfarkt!«

»Das ist über zehn Jahre her, Tatum. Was dich nicht umbringt, macht dich nur stärker. Mir bleibt nicht mehr viel Zeit. Maximal dreißig oder vierzig Jahre. Ich will vor meinem Tod einmal aus einem Flugzeug springen. Ist das denn zu viel verlangt?«

»Kannst du nicht einfach wie ein normaler Großvater Bridge spielen oder angeln gehen?«

»Du hast gesagt, du würdest mir helfen. Rufst du da jetzt an oder was?«

»Auf gar keinen Fall.«

Marvin stand auf und stürmte wütend davon. Tatum legte seufzend den Kopf in den Nacken und fragte sich, ob seine Großmutter wohl gerade da oben im Himmel saß und sich schlapplachte.

Er stand auf und ging mit seiner Teetasse zu seinem Großvater ins Wohnzimmer. Freckle, der rote Kater des Todes, saß vor dem Fischglas und starrte mit wedelndem Schwanz hinein. Der einzige Fisch in dem Glasbehältnis drehte seelenruhig seine Kreise um die Bierflasche, die sich als einziges Dekorationsobjekt darin befand. Der Fisch hieß Timothy, und zwischen ihm und dem Kater schien es ständig ungute Schwingungen zu geben.

Tatum war sich nicht sicher, was genau passiert war, aber vor einigen Wochen hatte ihn ein lautes Krachen mitten in der Nacht aus dem Schlaf gerissen. Als er mit gezückter Waffe ins Wohnzimmer gestürmt war, hatte er Freckle benommen und völlig durchnässt vor einer umgestürzten Topfpflanze vorgefunden. Timothy war seelenruhig in seinem Fischglas herumgeschwommen, in dem seltsamerweise eine beachtliche Menge Wasser gefehlt hatte. Seitdem tigerte Freckle häufig um das Fischglas herum und beäugte den Fisch hasserfüllt, während dieser ... tat, was Fische nun einmal so taten.

Marvin saß mit finsterer Miene auf der Couch. Tatum wusste, dass er die Sache jetzt in Ordnung bringen musste, damit sein Großvater sich nicht noch einen gefährlicheren Zeitvertreib als das Fallschirmspringen suchte. Allerdings musste er nach Texas fliegen und wollte nicht zu einer Beerdigung zurückkommen, daher würde er einen Weg finden müssen, den Mann irgendwie zu beschäftigen.

»Hör mal.« Er setzte sich neben seinen Großvater, wobei der Tee gefährlich in seiner Tasse herumschwappte, jedoch nur wenige Tropfen danebengingen. »Ich fliege heute noch nach Texas, und du musst mir einen Gefallen tun.«

»Ach, jetzt soll ich dir auf einmal einen Gefallen tun? Da hast du dir aber einen tollen Zeitpunkt ausgesucht, Tatum.«

»Du kennst doch Zoe Bentley? Die Frau, mit der ich zusammenarbeite?«

Marvin drehte sich zu ihm um; sein Interesse war geweckt. »Ja.«

»Sie haben den Kerl noch nicht erwischt, der sie angegriffen hat. Du weißt schon, diesen Serienmörder …«

»Rod Glover. Das weiß ich, Tatum. Ich bin nicht senil.«

»Er bedroht ihre Schwester. Stellt ihr vielleicht sogar nach. Und Zoe macht sich Sorgen, weil sie ihre Schwester allein lassen muss. Daher dachte ich … Könntest du vielleicht mal bei ihr vorbeischauen und nach ihr sehen?«

»Hm. Warum unternimmt die Polizei denn nichts?«

»Glover hat sich seit über einem Monat nicht blicken lassen, aber Zoe denkt, dass er immer noch in der Nähe ist. Besuch sie einfach hin und wieder mal, damit Zoe und ihre Schwester sich sicherer fühlen.«

»Das mache ich gern. Ich habe auch eine Waffe.«

Tatum riss die Augen auf. »Äh … Ja. Das ist nicht nötig. Die Waffe kannst du zu Hause lassen.«

»Und was soll ich dann tun, Tatum? Soll ich dem Serienkiller mit meinem Gehstock eins überbraten, falls er auftaucht?«

»Du hast doch gar keinen Gehstock.«

»Ganz richtig! Aber weißt du, was ich habe, Tatum? Eine Waffe! Du kannst Zoe sagen, dass ich auf ihre Schwester aufpasse. Anders als du helfe ich nämlich gern, wenn man mich darum bittet.«

Kapitel 6

Zoe lag auf dem Bett und sah sich das Video erneut auf dem Laptop an. Dabei ignorierte sie die untere Hälfte, in der Nicole Medina gegen den Deckel hämmerte und um Hilfe schrie. Nachdem Andrea zuvor ins Zimmer gekommen war, um sich nach dem verstörenden Geräusch zu erkundigen, hatte Zoe den Ton ausgestellt.

Sie starrte den Mann gebannt an und war fasziniert von seinen lässigen Bewegungen – er blieb ganz gelassen und ruhig. Jedenfalls erweckte er den Anschein. Als sie genauer hinschaute, fiel ihr auf, dass er beim Auffüllen des Grabs immer schneller und aufgeregter zu werden schien. Sein unbeholfener Gang war der eines Mannes, der eine unangenehme Erektion hatte. Er war sexuell stimuliert.

Was sie nur noch mehr davon überzeugte, dass es sich bei dieser Sache um keinen Scherz handelte. Dieser Mann lebte eine Fantasie aus. Was erregte ihn mehr? Die Tatsache, dass er es filmte und dass es jeder sehen konnte? Die Schreie und das Poltern aus der Grube? Oder das Zuschütten des Grabs?

Es war noch zu früh, um diese Frage zu beantworten.

Andrea klopfte an die Tür. »Zoe? Hast du Hunger?«

Sie war sogar am Verhungern. Als sie das Video anhielt, starrte sie noch einen Augenblick mit gerunzelter Stirn auf den Bildschirm. Der Mann im oberen Bildabschnitt strich gerade den Sand über dem Grab glatt. Darunter war Nicoles Gesicht bei einem panischen Schrei mit weit aufgerissenem Mund erstarrt.

Zoe klappte den Laptop zu, stand auf und öffnete die Tür. Der Geruch nach Frittiertem ließ ihren Magen noch lauter knurren. Andrea hatte eben ein weiteres Mal anklopfen wollen. Sie war blass, und in ihren Augen fehlte das gewohnte Glitzern, was Zoe sehr traurig machte. So hatte sie ihre Schwester schon sehr lange nicht mehr gesehen. Andrea war eine Wildblume, ein Farbfleck im grauen Alltag, fröhlich und voller Leben. Aber wenn sie ständig in Angst leben musste, verwelkte sie und verlor jegliche Energie.

»Was gibt's denn zu essen?«, erkundigte sich Zoe betont gut gelaunt.

»Ich habe Schnitzel und Kartoffelbrei gemacht.«

»Schnitzel? Das klingt europäisch.«

Ihre Schwester drehte sich um und ging in Richtung Küche. »Ich glaube, das Gericht kommt aus Österreich.«

Zoe folgte Andrea zum Tisch, wo auf der rot-weiß karierten Tischdecke zwei dampfende Teller standen. Ein großes, paniertes, knusprig braunes Fleischstück, das Zoe für Hühnchen hielt, lag auf jedem Teller neben einem Klecks buttrigem Kartoffelbrei, auf dem ein grünes Blatt prangte. Zudem lag eine Zitronenscheibe auf jedem Teller. Es sah köstlich aus und duftete auch so.

Andrea holte zwei Bierflaschen aus dem Kühlschrank, während sich Zoe, der bereits das Wasser im Mund zusammenlief, an den Tisch setzte.

»Du musst etwas Zitronensaft drüberträufeln«, wies Andrea sie an.

Zoe drückte die Zitronenscheibe über dem Schnitzel aus, schnitt ein Stück ab und steckte es sich in den Mund. Die panierte Schicht schmeckte nach Pfeffer, Mehl und irgendwie tröstlich. Das Fleisch, bei dem es sich eindeutig um Hühnchen handelte, war dünn und zart, sodass es sich problemlos kauen ließ. Der Zitronengeschmack passte perfekt zu allem, und Zoe atmete durch die Nase, während sie genüsslich kaute.

»Lecker, was?« Andrea strahlte sie an, und für einen Augenblick hatte Zoe die enthusiastische, glückliche Schwester vor sich, die sie gewohnt war.

»Einfach unglaublich«, bestätigte Zoe und schluckte den Happen herunter.

»So weit würde ich jetzt nicht gehen. Es ist bloß panierte Hühnerbrust und kaum einen Michelin-Stern wert.«

»Na, dann kriegt es eben einen Zoe-Stern.«

»Du hast ja nur Hunger.« Andrea errötete leicht und widmete sich ihrem Schnitzel.

Zoe trank einen Schluck Bier. »Wieso bist du eigentlich zu Hause? Solltest du heute Abend nicht arbeiten?«

Andrea zuckte mit den Achseln und starrte auf ihren Teller. »Ich wurde gefeuert.«

»Was?«

»Frank hat vorhin angerufen und gesagt, er hätte einen Ersatz für mich gefunden.« Andrea erzählte das bemüht locker, aber Zoe konnte ihr anhören, dass sie gegen die Tränen ankämpfte.

Frank war der Besitzer des Restaurants, in dem Andrea arbeitete. Zoe musste die Nachricht erst einmal verdauen und stellte fest, dass sie erleichtert war. Wegen der Abendschichten im Restaurant hatten Andrea und sie sich ständig gestritten, da Zoe der Meinung war, Andrea würde dabei ein unnötiges Risiko eingehen. Es war ja durchaus möglich, dass Glover Andrea auflauerte, wenn sie zum Müllcontainer hinter dem Restaurant ging. Er konnte ihr auch auf dem Heimweg folgen und sie entführen, sobald sie aus dem Taxi gestiegen war.

»Warum hat er dich gefeuert?«, fragte sie schließlich.

»Was denkst du denn?«, entgegnete Andrea verbittert. »Er sagte, er könnte keine Kellnerin gebrauchen, die keine drei Abendschichten pro Woche machen will.«

»Es tut mir leid, ich ...«

Andrea ließ die Gabel klappernd auf den Teller fallen. »Ich halte das nicht mehr aus, Zoe. Es ist über einen Monat her, und keiner hat ihn gesehen. Außerdem sagt Agent Caldwell ...«

»Agent Caldwell irrt sich«, fauchte Zoe. »Er versteht Glover nicht und begreift nicht, wie ...«

»Er hat gesagt, Glover wäre zu vorsichtig und würde auf gar keinen Fall einen direkten Kontakt riskieren.«

»Das stimmt nicht. Glovers Fantasie ...«

»Es ist mir scheißegal, was seine Fantasie ist, Zoe! Was ist, wenn er wirklich untergetaucht ist? Was ist, wenn er sich noch ein ganzes Jahr verstecken will? Oder zwei? Oder fünf? Ich kann so nicht weiterleben.« Die Tränen, die sie bisher zurückgehalten hatte, liefen ihr nun doch über die Wangen, eine tropfte auf ihr Schnitzel und wurde von der Panade aufgesaugt.

»Andrea.« Zoe wollte die Hand ihrer Schwester nehmen, aber Andrea entzog sie ihr.

»Vergiss es«, murmelte sie. »Es war sowieso kein guter Job.«

Da sie nicht wusste, wie sie Andrea aufmuntern sollte, aß Zoe schweigend weiter. Andrea wischte sich die Tränen mit dem Handrücken ab und nahm ihre Gabel wieder zur Hand.

Nach einigen Minuten ergriff Zoe abermals das Wort. »Tatum hat vorhin angerufen. Würde es dir etwas ausmachen, wenn sein Großvater ab und zu mal vorbeikommt, während wir in Texas sind? Er ist ein alter Mann, und Tatum sagte, er wäre manchmal schrecklich einsam.«

Andrea bedachte sie mit einem durchdringenden Blick. Zwar hatte ihre Schwester, anders als Zoe, nicht die Adlernase ihrer Mutter geerbt, aber doch dieselben intensiven grünen

Augen ihres Vaters. Zoe erwiderte den Blick schweigend, und so saßen sie einige Sekunden lang da. Sie war sich nicht sicher, ob ihre Schwester ihr diese harmlose Ausrede abkaufte.

»Warum nicht?«, meinte Andrea dann. »Er ist ein netter Mann, nicht wahr?«

»Ja, und er kennt hier noch nicht so viele Leute.« Das war eine unverschämte Lüge, denn in den sechs Wochen, die Tatum und Marvin jetzt in Dale City lebten, hatte Marvin schon die Bekanntschaft mehrerer Menschen gemacht, darunter einiger, die deutlich jünger waren als er. Er hatte zwei Partys in Tatums Wohnung gefeiert, die beide mit einigen Sachschäden und Beschwerden von Nachbarn, die die Polizei gerufen hatten, endeten.

»Es ist ja nicht so, als hätte ich irgendwas zu tun, wo ich jetzt weder einen Job noch eine eigene Wohnung habe.«

»Du findest schon einen neuen Job.«

»Ich bin es leid, Zoe. Ich will keine Angst mehr haben.«

Zoe nickte, und der köstliche Kartoffelbrei in ihrem Mund schmeckte auf einmal fade. Andrea hatte das alles nicht verdient. Im Gegensatz zu Zoe tat sie ihr Bestes, um sich von Gewalt fernzuhalten. Andrea konnte es nicht ausstehen, wenn jemand verletzt wurde, nicht einmal im Fernsehen. Und nun war dieser kranke Mensch in ihr Leben eingedrungen, nur weil es eine Verbindung zwischen ihr und Zoe gab.

»Wenn ich wieder zurück bin, bringe ich das in Ordnung.« Zoe konnte nur hoffen, dass sie ihr Wort auch würde halten können. »Mancuso hat mir Zugriff auf den Fall versprochen. Ich werde diesen Mistkerl Glover finden und hinter Gitter bringen.«

»Und wenn dir das nicht gelingt?«

»Wir finden schon eine Lösung.«

Kapitel 7

San Angelo, Texas, Dienstag, 6. September 2016

Die heiße, trockene Luft, die Zoe beim Verlassen des Flughafens wie eine Wand traf, raubte ihr kurz den Atem. Die klimatisierte Atmosphäre im Gebäude hatte sie nicht darauf vorbereitet. Jedes Wassermolekül in ihrer Haut schien schlagartig zu verdampfen und eine trockene, pergamentartige Hülle zurückzulassen. Sie schirmte mit der freien Hand die Augen gegen die blendende Sonne ab und sah sich um. Dann zog sie fix den schwarzen Blazer aus, faltete ihn zusammen und hängte ihn sich über den Arm. Ihre Sonnenbrille hatte sie dummerweise zu Hause gelassen. Beim Packen mitten in der Nacht war sie ihr nicht einmal in den Sinn gekommen. Nun würde sie sich entweder eine neue kaufen oder die ganze Zeit in San Angelo die Augen zukneifen müssen.

»Unser Wagen müsste da drüben stehen.« Tatum deutete in eine Richtung. Er sah aus wie der perfekte FBI-Agent: dunkler Anzug, große schwarze Sonnenbrille, glänzende Schuhe. Falls die Hitze ihm zu schaffen machte, so ließ er sich das nicht anmerken. »Ein silberner Hyundai Accent. Es hieß, er steht an der Nordseite des Parkplatzes.«

Zoe blickte zum Parkplatz hinüber, der einige Hundert Meter entfernt lag, und war sich nicht sicher, ob sie es bis dahin schaffen würde.

»Haben Sie noch Wasser?«, krächzte sie, da ihr wieder einfiel, dass er im Terminal eine Flasche gekauft hatte.

Tatum nickte, kramte in seiner Tasche herum und zog die Wasserflasche heraus. Er reichte sie ihr, wobei etwas Kondenswasser am Plastik herunterlief. Zoe nahm sie dankbar entgegen, schraubte die Kappe ab, führte die Flasche an den Mund und legte den Kopf in den Nacken.

»Sie können gern …«, Tatum starrte Zoe an, während sie die Flasche komplett leerte, »… alles austrinken.«

»Danke.« Sie leckte sich erleichtert die Lippen.

Auf dem Weg zum Wagen knallte die Sonne auf Zoes Kopf und schien ihr Gehirn in Suppe zu verwandeln. Jeder Gedanke an einen Serientäter war vergessen und durch die verwirrende Liste von Dingen ersetzt worden, die sie einkaufen musste, um diese Hitze zu überstehen. Eine Mütze, eine große Wasserflasche, kurze, dünne Kleidung, einen tragbaren Kühlschrank, in dem sie ab jetzt wohnen würde.

»Da.« Tatum schloss den Wagen auf. Zoe stieg schnell ein, aber die Hitze im Wageninneren war erdrückend und bei Weitem nicht die Erleichterung, die sie sich erhofft hatte.

Tatum ließ den Motor an, und die Klimaanlage umwehte sie mit heißer Luft, die ziemlich schnell zu himmlisch kalter wurde. Zoe richtete die Lüftungsschlitze direkt auf ihr Gesicht und spürte, wie ihr Gehirn langsam wieder in Schwung kam. Um zu einer gewissen Denkleistung fähig zu sein, würde sie sich andauernd in klimatisierten Räumen aufhalten müssen.

Während Tatum auf dem Handy nachsah, wie sie zum Polizeirevier von San Angelo kamen, schaltete Zoe das Radio ein und wechselte so lange den Sender, bis sie Taylor Swifts

»Begin Again« hörte. Zufrieden lehnte sie sich zurück und wartete darauf, dass Tatum losfuhr.

»Okay ... Müssen wir uns das jetzt wirklich anhören?« Er blickte vom Handydisplay auf.

»Ja, das müssen wir.«

»Das halte ich nicht durch, Zoe.«

»Doch, das schaffen Sie. Fahren Sie einfach los.«

»Ich mache Ihnen einen Vorschlag.« Er strahlte sie an. »Wir wechseln uns ab, okay? Ich suche die Musik für diese Fahrt aus, und Sie sind bei der nächsten dran.«

»Einverstanden.«

Tatum schloss sein Handy an die Soundanlage an und tippte darauf herum. »Gut, dann hören wir jetzt Genesis.«

»Ich mag Genesis«, sagte Zoe und empfand eine gewisse Zufriedenheit dabei, dass Tatums Versuch, ihren Musikgeschmack zu kritisieren, gescheitert war. »Ich hatte früher ›Invisible Touch‹ auf Kassette.«

»Das kann ich mir vorstellen. Aber ich rede von Genesis aus der Zeit, als Peter Gabriel noch dabei war und sie vernünftige Musik gemacht haben. ›Selling England by the Pound‹ ist ein Meisterwerk.«

Er drückte auf »Play« und fuhr los, und der traurige Gesang eines Mannes drang aus den Lautsprechern.

Zoe schaute aus dem Fenster und ließ sich von der Musik beschallen. Die Landschaft auf ihrer Seite bestand aus einem flachen, endlosen Feld, auf dem hin und wieder ein Baum aufragte. Die andere Straßenseite wurde von einem wilden Dickicht aus ähnlichen Bäumen und Kakteen verdeckt.

Ihre Gedanken wanderten zu Andrea. Was ihre Schwester wohl gerade machte? Vermutlich schlief sie. Sie hatte gesagt, dass sie sich heute auf die Suche nach einem neuen Job machen wollte. Zoe versuchte, die Sorge zu ignorieren, die sich sofort einstellte, sobald sie daran dachte, dass Andrea ganz allein in

Dale City unterwegs sein würde. Immerhin konnte sie Zoes Wagen nehmen und musste nicht mit Taxis oder öffentlichen Verkehrsmitteln fahren. Zoe hoffte, dass ihre Schwester dadurch sicherer war und man ihr schwerer folgen konnte.

»Die Hitze scheint Ihnen nichts auszumachen«, stellte sie mit einem Seitenblick auf Tatum fest, um sich abzulenken.

»Ich bin in Arizona aufgewachsen.«

Zoe nickte. »Gefiel es Ihnen in …« Sie zögerte, da sie sich auf einmal nicht mehr sicher war, aus welcher Stadt er kam.

»In Wickenburg? Ja, ich schätze schon. Es war eine Kleinstadt, in der jeder jeden kannte. Ich hatte vom Kindergarten bis zur Highschool dieselben drei Freunde. Wir hielten uns stundenlang draußen auf, spielten Ball oder plauderten, bis meine Eltern oder Marvin uns zuriefen, dass wir endlich etwas Sinnvolles tun sollten.«

»Dann lebte Marvin in Ihrer Nähe?«, hakte Zoe nach.

Tatum lächelte bei der Erinnerung. »Er wohnte nach dem Tod meiner Grandma neben uns. Mein Dad und Marvin haben sich immer durchs Fenster was zugerufen. Die Häuser standen ein Stück auseinander, daher mussten sie ganz schön laut brüllen. Das hat die Nachbarn ganz verrückt gemacht.« Er senkte die Stimme, um sie nachzumachen. »Hey, Marvin, kommst du rüber und wir sehen uns zusammen das Spiel an? Klar, Tolly, was gibt's zum Abendessen? Wir haben schon vor einer Stunde gegessen, Marvin. Was? Und ihr habt nicht Bescheid gesagt?« Tatum schnaubte. »Sie haben erst aufgehört, wenn meine Mom das Fenster zugemacht hat.«

»Tolly?«, wiederholte Zoe.

»Tolliver. Aber jeder hat meinen Dad nur Tolly genannt. Hören Sie sich das an. Dieser Teil des Songs ist brillant.«

Zoe konnte seine Begeisterung für »diesen Teil des Songs« nicht teilen, da sich der Stil ständig änderte und sie kaum noch mitkam.

»Meine Eltern waren so gut wie nie laut. Sie hatten immer Sorge, was die Nachbarn denken könnten«, sagte sie. »Wenn sie sich gestritten haben, lief meine Mutter einmal durchs Haus und vergewisserte sich, dass alle Fenster geschlossen waren, während sie meinen Dad anschrie.«

»Ha! Meine Eltern haben sich manchmal angeschrien, weil nichts Gutes im Fernsehen kam. Das war eine Art Familienzeitvertreib.«

Tatum trommelte auf dem Lenkrad und hörte sich begeistert die Songs an. »Wie waren Sie so als Kind?«, wollte er nach einigen Minuten wissen. »Bevor Sie angefangen haben, Serienmörder zu jagen, meine ich.«

»Ich habe meistens gelesen. Alles, was ich in die Finger bekam. Wir hatten eine schöne Bücherei in Maynard, und ich bin mehrmals die Woche mit dem Fahrrad hingefahren, um mir Bücher auszuleihen.«

»Ich hatte Sie auch für eine Leseratte gehalten.«

»Ich war aber keine Einsiedlerin, die sich mit den Büchern auf dem Dachboden versteckt hat«, erwiderte Zoe leicht gereizt. »Ich war auch öfter mit Freundinnen unterwegs ... na ja, mit einer.«

»Ihrer BFF?«

»Ich weiß nicht, was das sein soll.«

Tatum warf ihr einen überraschten Blick zu. »Beste Freunde für immer. Das weiß doch jeder.«

Zoe zuckte mit den Achseln. »Für immer war es dann wohl nicht – ich habe seit über fünf Jahren nichts mehr von ihr gehört. Aber wir waren gut befreundet. Wir fuhren ständig mit den Fahrrädern zu einer von uns nach Hause. Jetzt, wo ich darüber nachdenke, fällt mir auf, dass ich überall mit dem Fahrrad hingefahren bin. Dabei kann ich mich nicht daran erinnern, nach meinem Wegzug aus Maynard je wieder auf einem Fahrrad gesessen zu haben.«

»Ich bin auch überall mit dem Fahrrad hingefahren«, sagte Tatum. »Wenn ich an meine Kindheit denke, dann sehe ich mich eifrig strampeln, um so schnell wie möglich mit dem Rad zu fahren. Ich fuhr jeden Tag damit zur Schule und versuchte, meinen Geschwindigkeitsrekord zu brechen. Und ich war auch oft mit Freunden unterwegs, wir haben Rennen auf der Straße gemacht und uns gerammt. Einmal sind wir zum Turtleback Mountain gefahren … Ich weiß nicht mal, ob es ein richtiger Berg ist, aber er kam uns riesig vor. Wir sind bis nach oben geradelt und dann wieder runtergerast.«

»Das klingt ganz so, als wäre es ein Wunder, dass Sie Ihre Kindheit überlebt haben.«

Tatum lachte auf. »Nachdem ich bei Marvin eingezogen war, gab es keine strengen Regeln mehr.«

Vor Zoes innerem Auge entstand ein Bild von Tatum im Teenageralter, und sie stellte fest, dass er sie faszinierte. Sie wollte herausfinden, wie Tatum zu dem Mann geworden war, den sie nach und nach besser kennenlernte.

»Was ist mit Ihren Eltern passiert?«, wollte sie wissen. Sie hatten nie darüber gesprochen, und Zoe war stets davon ausgegangen, dass Tatum bei Marvin aufgewachsen war.

»Sie kamen bei einem Autounfall ums Leben, als ich zwölf war. Ein betrunkener Autofahrer hat sie gerammt.«

»Mein Beileid.«

»Danke. Der Betrunkene ist dabei ebenfalls umgekommen, was vermutlich sein Glück war, denn ansonsten hätte Marvin ihn gejagt und umgebracht. Stattdessen hat er mich bei sich aufgenommen und ganz anständig großgezogen.«

»Ich finde, das hat er mehr als bloß ganz anständig gemacht.«

»Tja, Sie waren ja auch nicht bei dem berüchtigten Elfte-Klasse-Ausgangssperre-Krieg dabei.« Tatum grinste sie breit an. Er ging vom Gas und bog auf den Parkplatz vor dem

Polizeirevier von San Angelo ab, das in einem großen, flachen braunen Gebäude untergebracht war.

»Und?« Er schaltete den Motor aus. »Wie finden Sie das Album?«

»Es gibt keinen Refrain, keinen Rhythmus, und die Stimme des Sängers geht mir auf die Nerven, wenn er schreit. Aber der Instrumentalteil im ersten Song hat mir gefallen. Wäre das ganze Album so gewesen, hätte ich es mir gern angehört.«

Er verzog den Mund zu einem schiefen Grinsen. »Man muss es sich schon mehrmals anhören, um …«

»Ich werde mir dieses Album garantiert nie wieder anhören, Tatum. Und beim nächsten Mal entscheide ich über die Musik.« Sie stieg aus und schloss die Wagentür hinter sich.

Kapitel 8

Die Criminal Investigation Division befand sich im Erdgeschoss am Ende eines langen Flurs, der von der Lobby abging. Der große Raum war in zahlreiche Arbeitsbereiche unterteilt, zwischen denen beigefarbene Trennwände aufragten, die niedrig genug waren, dass Tatum darüber hinwegschauen konnte. Lieutenant Peter Jensen, der sie hineinbegleitete, blieb kurz stehen und sah sich um, als würde er diesen Raum zum ersten Mal betreten.

»Hier arbeiten unsere Detectives.« Der kleine Mann, der sogar noch deutlich kleiner war als Zoe, machte eine Geste, die sein Reich umfasste. »Da drüben ist das Whiteboard für unsere Ermittlungen«, er deutete auf ein großes Whiteboard an der Wand, »mit unseren dringlichsten Fällen.«

Das Whiteboard war leer, nur in einer Ecke hatte jemand Tic Tac Toe gespielt und ganz oben stand ein halbes Wort, das jemand mit einem Permanentmarker begonnen hatte, bevor er seinen Fehler bemerkte. Der Wortfetzen *Gib* prangte nun für alle Ewigkeit an der Tafel. Jensen starrte das Whiteboard frustriert an und ärgerte sich offensichtlich darüber, dass er ihnen keinen wichtigen Fall präsentieren konnte.

»Das ist sehr interessant«, versuchte Tatum, den Rundgang zu beschleunigen. »Und wo möchten Sie über den Medina-Fall reden?«

»Gehen wir in mein Büro. Es ist gleich da vorn.«

Er führte sie durch eine schmale Tür am Rand des Raums in ein beengtes Büro mit einem großen Schreibtisch, dessen Tischplatte blitzblank war. An der Wand, die der Tür gegenüberlag, hingen mehrere gerahmte Briefe, in denen der Polizei für ihre harte Arbeit gedankt wurde, sowie ein Foto von Jensen mit einem offiziell aussehenden Mann, den Tatum für den Polizeichef hielt.

Jensen nahm hinter seinem Schreibtisch Platz und verschränkte die Hände. »Bitte setzen Sie sich.«

In den Jahren als FBI-Agent hatte Tatum gelernt zu erkennen, wann er nicht willkommen war, und bei Jensen war das deutlich zu spüren. Der Mann wirkte wie jemand, der eine lange Rede vorbereitet hatte, aber im Grunde nur eines sagen wollte: »Verschwinden Sie.«

»Ich bin wirklich froh darüber, dass das FBI diesen Fall so ernst nimmt«, begann Jensen. »Ehrlich gesagt haben wir Sie über das Video informiert, um Sie zu warnen, dass es hier eine Situation gibt, die unter bestimmten Umständen eskalieren könnte.«

Tatum übersetzte Jensens Satz innerlich zu: *Jemand hat das FBI informiert, ohne das vorher mit mir abzusprechen.*

»Aus diesem Grund sind wir hier«, erwiderte er fröhlich. »Um eine Eskalation zu verhindern.«

»Aber natürlich! Und wir sind sehr froh darüber. Die Zusammenarbeit zwischen den Behörden ist etwas, das wir auf dem Polizeirevier von San Angelo in den höchsten Ehren halten.«

Wir kümmern uns schon selbst um unsere Angelegenheiten. Die anderen Behörden sollen sich mit ihrem eigenen Scheiß beschäftigen.

»Es könnte jedoch voreilig gewesen sein, gleich ein FBI-Team herzuschicken.«

Sie wollen uns den Fall wegnehmen, aber das können Sie vergessen.

»Voreilig?«, schaltete sich Zoe ein. »Eine junge Frau wurde dem Anschein nach lebendig begraben. Haben Sie tatsächlich die erforderliche Erfahrung, um einen solchen Fall allein zu lösen?«

»Nun … Wir ermitteln offensichtlich in alle Richtungen. Das Video ist sehr verstörend. Aber wir sind nicht davon überzeugt, dass es die vollständigen Fakten wiedergibt.«

Das Video ist ebenso falsch wie Sie beide.

»Was für Fakten? Wovon reden Sie da?«, verlangte Zoe angespannt zu erfahren. Tatum rang mit sich und wusste nicht, ob er eingreifen sollte. Falls Zoe explodierte, warf man sie vielleicht raus und beendete die Zusammenarbeit sofort wieder. Aber das hätte er auch zu gern erlebt. Immer diese schwierigen Entscheidungen.

»Nicole Medinas Vater Oscar Medina sitzt wegen Drogenbesitz mit Absicht des Handels im Gefängnis. Er hat Verbindungen zur mexikanischen Mafia. Einer unserer Informanten behauptet, eine hiesige Gang versuche, Druck auf eine bedeutende Lieferantenkette auszuüben, und es ist durchaus denkbar, dass das Video als Drohung gegen Oscar Medina gedacht ist.«

»Sie glauben, eine hiesige Gang würde Nicole lebendig begraben und das Ganze filmen, um … ihren Vater einzuschüchtern?« Zoe kniff die Augen zusammen. »Und dann hat man sie einfach wieder ausgegraben oder was?«

»Wir müssen alle Möglichkeiten in Betracht ziehen. Und wir möchten selbstverständlich auch die Meinung des FBI dazu hören.«

Tatums innerer Übersetzer stürzte vor Überlastung ab. Zoe holte tief Luft und schien sich auf den Angriff vorzubereiten, und Tatum beschloss, dass es zwar witzig wäre, mit anzusehen, wie sie den Lieutenant mit Worten zusammenfaltete, es jedoch klüger war, sie davon abzuhalten, damit sie die Reise nach Texas nicht umsonst gemacht hatten. »Welcher Detective bearbeitet den Fall?«, fragte er daher schnell.

»Unser erfahrenster Ermittler, und ich kann Ihnen versichern, dass wir die Sache sehr ernst nehmen.«

Tatum widerstand dem Impuls, darauf hinzuweisen, dass der Fall es nicht einmal an das ach so wichtige Whiteboard geschafft hatte. »Natürlich. Könnten Sie uns bitte zu ihm führen? Wir werden uns kurz mit ihm unterhalten, damit wir alle auf dem gleichen Stand sind, und dann sind Sie uns auch schon wieder los.«

Jensens Miene entspannte sich, und ein Lächeln umspielte seine Lippen. Die Worte »dann sind Sie uns auch schon wieder los« waren offensichtlich genau das, was er hatte hören wollen.

Kapitel 9

Detective Samuel Foster hatte sehr dunkle Haut und einen dunklen Vollbart, in dem sich einige graue Haare abzeichneten. Zoe schätzte ihn auf etwa vierzig, vielleicht etwas älter, da er erste Altersfalten auf der Stirn bekam. Jemand hatte ihr mal erzählt, Polizisten würden schneller altern als andere, was zwar eine lächerliche Verallgemeinerung war, aber in manchen Fällen auch der Wahrheit entsprach. Er kaute auf einem Stift herum und starrte auf seinen Bildschirm, als Lieutenant Jensen sie zu seinem Schreibtisch führte. Auf dem Monitor war das eingefrorene Videobild des Live-Begräbnisses von Nicole Medina zu sehen.

»Detective, das sind die Agenten Gray und Bentley vom FBI.« Jensens Stimme klang ganz professionell, auch wenn Zoe glaubte, eine gewisse Schärfe darin mitschwingen zu hören, als wäre diese ganze Situation eine schreckliche Beleidigung seiner Person. Sie machte sich nicht die Mühe, ihn hinsichtlich ihres Titels zu korrigieren.

Foster drehte sich auf seinem Stuhl zu ihnen um. Sein Gesicht wirkte gleichgültig und berechnend, und als er den Stift aus dem Mund nahm, waren darauf zahlreiche Zahnabdrücke zu erkennen.

»FBI-Agenten?«, wiederholte Foster. »Warum denn das?«

»Sie sind hergekommen, nachdem wir sie über den Nicole-Medina-Fall informiert haben.«

»Haben wir das?« Foster riss die Augen auf. »Freut mich, dass Sie Ihre Meinung geändert haben, Lieutenant.«

»Sie sind nur in beratender Funktion hier.« Jensen verkrampfte die Kiefermuskulatur derart, dass man sich fragen musste, wie er überhaupt einen Ton herausbrachte. »Bitte teilen Sie ihnen mit, was wir bisher wissen.«

»Wird gemacht, Lieutenant.«

Jensen nickte kurz und ging ohne ein weiteres Wort.

Auf den Zügen des Detectives breitete sich ein herzliches Lächeln aus. Noch vor einer Sekunde hatte er wie ein abgestumpfter, wütender Polizist gewirkt, aber jetzt verwandelte er sich in einen freundlichen und hilfsbereiten Mann. »Danke, dass Sie hergekommen sind. Ich bin ehrlich gesagt erleichtert, dass sich das FBI derart für unseren Fall interessiert.«

»Waren Sie denn nicht derjenige, der das FBI benachrichtigt hat?«, erkundigte sich Tatum.

»Ich?« Foster legte theatralisch eine Hand an die Brust. »Das ist nicht meine Entscheidung. Ich hatte vorgeschlagen, dass wir das FBI hinzuziehen, aber letzten Endes entscheidet *allein* der Lieutenant, ob der Fall ein Eingreifen von außen erfordert.«

»Na, dann ist es ja gut, dass uns jemand informiert hat«, sagte Zoe, die endlich anfangen wollte. »Hoffentlich können wir Ihnen dabei helfen, die Liste der Verdächtigen einzugrenzen.«

Foster deutete auf den leeren Stuhl neben sich. »Nehmen Sie Platz. Sie können sich von da vorn einen dritten Stuhl holen. O'Sullivan ist im Urlaub, ihm wird das nichts ausmachen.«

Zoe setzte sich, während Tatum nach nebenan ging und sich einen Stuhl besorgte. Zu dritt war es sehr eng in der Arbeitsnische, die kaum Platz für zwei Personen bot.

»Gehe ich recht in der Annahme, dass Sie das Video gesehen haben?« Foster steckte den Stift, auf dem er herumgekaut hatte, in einen Becher, in dem sich ein halbes Dutzend ähnlich angenagter Schreibutensilien befanden.

»Ja«, antwortete Zoe. »Lieutenant Jensen sagte, Sie würden vermuten, man habe Nicole Medina benutzt, um ihrem Vater in irgendeiner Weise zu drohen ...«

»Der Lieutenant hat gewiss einige wilde Theorien, aber ich kann Ihnen versichern, dass sie nicht von mir kommen«, unterbrach Foster sie.

Zoe und Tatum wechselten einen Blick. »Der Lieutenant meinte, er habe das von einem Informanten gehört.«

»Rufus ›Blacky‹ Anderson. Blacky hat *immer* Tipps für uns, erst recht, seitdem er pro Tipp vierzig Dollar von uns bekommt. Einige seiner Tipps treffen zu, andere geben höchstens Gutenachtgeschichten ab.« Foster schüttelte den Kopf. »Ich habe nicht eine Sekunde geglaubt, dass dies etwas mit Drogen oder Gangstreitigkeiten zu tun hat. Hinter dieser Sache steckt ein richtig kranker Mistkerl.«

»Was können Sie uns über Nicole Medinas Verschwinden erzählen?«, fragte Tatum.

»Ihre Mutter hat sie am Morgen des zweiten September als vermisst gemeldet«, berichtete Foster. »Nicole wollte am Vorabend auf eine Party gehen und hatte ihrer Mutter gesagt, dass sie um Mitternacht wieder zu Hause wäre. Als die Mutter morgens feststellte, dass Nicole nicht nach Hause gekommen war, rief sie uns an. Wir haben mit ihren Freunden gesprochen, die sagten, sie hätten sie vor dem Haus abgesetzt. Die Berichte stimmen alle überein, und wir haben als Bestätigung Aufnahmen von Verkehrskameras, auf denen sie alle vier im Wagen zu sehen sind. Man kann Nicoles Gesicht deutlich auf dem Rücksitz erkennen.«

»Wie wirkt sie auf den Aufnahmen?«, wollte Zoe wissen. »Betrunken? Müde?«

»Sagen Sie es mir.« Foster beugte sich vor und bewegte die Maus. Er klickte eine Datei in einem offenen Ordner an. Im nächsten Augenblick war ein Toyota auf dem Bildschirm zu sehen, der eine Straße entlangfuhr. Die Auflösung war schlecht, aber Zoe konnte das verschwommene Gesicht eines Mädchens am hinteren Beifahrerfenster ausmachen, ihre Züge jedoch nicht genau erkennen.

»Sie ist bei Bewusstsein, so viel steht fest«, meinte Foster. »Das ist aber auch schon alles. Ich kann Ihnen gern nachher die Originalaufnahmen der Verkehrskamera zeigen.«

»Und danach?«, fragte Tatum.

»Ihre Freunde sagen, sie hätten sie zu Hause abgesetzt und wären weitergefahren. Ich bin mit dem Fahrer zum Haus gefahren, und er hat mir die genaue Stelle gezeigt, an der sie ausgestiegen ist. Wir sind in der Gegend von Tür zu Tür gegangen, aber keiner hat etwas gesehen. Doch die Aussagen stimmen überein, und es scheinen anständige Kids zu sein. Die Straße ist nachts sehr dunkel, und ein Kiesweg führt zur Tür.«

Zoe runzelte die Stirn. »Sie glauben also, jemand hat sie von dort entführt?«

»Auf dem Weg waren einige Schleifspuren zu sehen, die auf einen Kampf hindeuten könnten.« Foster zuckte mit den Achseln. »Aber das sind nur Vermutungen. Wir haben kein Blut gefunden. Die Mutter konnte uns auch nicht mit Sicherheit sagen, ob Nicole nicht vielleicht doch nach Hause gekommen war. Es ist durchaus denkbar, dass sie schlafen gegangen ist und morgens das Haus verlassen hat, bevor ihre Mutter aufgewacht war. Allerdings halten wir das für unwahrscheinlich. Wir haben keine Hinweise darauf gefunden, dass Nicole nach der Party zu Hause war.«

Zoe versuchte, sich vorzustellen, wie Nicole nur wenige Schritte von ihrer Haustür entfernt weggeschleift wurde. Das schien sehr riskant zu sein, aber sie konnte auch die Vorteile darin erkennen. Das Mädchen hätte weniger Verdacht geschöpft und sich bereits sicher gefühlt. Zoe beschloss, dass sie sich das Haus mit eigenen Augen ansehen musste.

Foster seufzte. »Der Lieutenant hat einige wilde Theorien, aber man muss ihm zugutehalten, dass er die Sache ebenso wie der Chief sofort ernst genommen hat. Wir haben mit allen geredet und die Gegend gründlich durchsucht. Dann schickte uns ein Junge von hier namens Ronnie Cronin abends den Link zu dem Video.« Er deutete müde auf den Bildschirm. »Ich habe es mir mehrmals angesehen und kann nachts nicht mehr schlafen.«

Zoe empfand Mitleid mit dem Mann. Selbst bei eingefrorenem, unscharfem Bild war es ein unangenehmer Anblick. Die aufgerissenen, panischen Augen, der klaffende Mund, mitten im Schrei erstarrt, die klaustrophobische Enge, in der sich die Frau befand. »Dieser Junge, wie ist er an den Link zu dem Video gekommen?«

»Er hat ihn per E-Mail bekommen. Ronnie hat einen YouTube-Kanal, auf dem er …« Foster verdrehte die Augen. »Ich habe offen gesagt keine Ahnung, worüber er da spricht. Ich habe mir zwar ein paar seiner Videos angesehen, aber kaum ein Wort verstanden. Jedenfalls sagte er, jemand hätte ihm und einigen anderen Leuten den Link geschickt. Er hat mir die E-Mail weitergeleitet. Sie kam von einer temporären E-Mail-Adresse und enthält nur den Videolink. Sie wurde an zehn verschiedene Adressen verschickt. Acht davon, Cronin eingeschlossen, sind bekannte YouTuber aus San Angelo oder Nachbarstädten, die anderen beiden Lokalreporter. Ich habe mit einigen gesprochen, und sie haben mehr oder weniger das Gleiche gesagt: Sie haben sich ein paar Sekunden angesehen, das Video für einen widerlichen Streich gehalten und wieder ausgemacht.«

»Haben Sie Cronin überprüft?«, wollte Zoe wissen.

»Er hat die ganze Nacht live übertragen, wie er mit ein paar Freunden ein Videospiel gespielt hat. Wir haben es überprüft, und es entspricht der Wahrheit.«

»Gibt es noch andere Hinweise?«, erkundigte sich Tatum.

»Die Mutter hat uns einige Kontakte genannt, größtenteils Freunde von Nicole. Ich war auch im Gefängnis und habe mit dem Vater gesprochen. Er wirkte sehr besorgt und hat mir versichert, dass dies garantiert nichts mit der Gang zu tun hätte. Wir mussten in sehr viele Richtungen ermitteln, und uns lief die Zeit davon.«

Foster hatte den glasigen Blick eines Mannes aufgesetzt, der in die Vergangenheit blickte und seine Entscheidungen bereute. »Ich hätte darauf bestehen sollen, dass wir das FBI hinzuziehen. Aber ich dachte, wir würden schnell auf eine Spur stoßen. Dann hat jemand mit Blacky gesprochen, und seitdem ... Na ja, wir haben sie noch immer nicht gefunden. Aber der Fall entwickelt sich in die falsche Richtung. Und wenn man das Mädchen nicht wieder ausgegraben hat, ist sie wahrscheinlich längst tot.«

»Sie wollen, dass wir sie finden«, erkannte Zoe betroffen. »Aus diesem Grund haben Sie das FBI informiert.«

»Natürlich. Sie haben doch Mittel und Wege, um das Video zu untersuchen, nicht wahr? Sie können herausfinden, wer es gepostet hat. Unsere Cybereinheit kam damit nicht weiter, aber das FBI muss das doch mit Leichtigkeit können.«

Zoe verzog frustriert das Gesicht. Sie vertraute nicht wie Foster auf die Technikexperten. Schlimmer noch war allerdings, dass Fosters Hilferuf an der falschen Stelle gelandet war. Der Detective brauchte bloß jemanden aus dem FBI-Büro in San Antonio, der sich der Sache annahm, aber seine Anfrage war stattdessen an die BAU weitergeleitet worden, womit man kostbare Zeit vergeudet und was dafür gesorgt hatte, dass die falschen Leute hergeschickt worden waren. Hatte irgendjemand beim FBI ernsthaft versucht, mehr über das Video herauszufinden?

Foster blickte zwischen ihnen hin und her. »Können Sie mit Ihren Analytikern reden und Ihre FBI-Magie wirken lassen?«

Zoe schüttelte den Kopf. »Das ist nicht ...«

»Wir tun, was wir können«, versprach Tatum.

Kapitel 10

Wenn man Tatum fragte, gab es beim ganzen FBI nur eine technische Analytikerin, und zwar Sarah Lee vom Büro in Los Angeles. Er war sich beiläufig bewusst, dass noch andere Personen als »Analytiker« bezeichnet wurden, was durchaus Sinn ergab – schließlich konnte Sarah nicht alles allein machen, und es musste auch Menschen geben, die die Aufgaben übernahmen, für die sie keine Zeit hatte. Aber wann immer er irgendetwas brauchte, rief er Sarah an. Wenn er etwas über Sprengstoffe wissen wollte, fragte er Sarah. Gab es seltsame Werkzeugspuren an einem Tatort, war Sarah die Erste, mit der er darüber sprach. Konnte er nicht herausfinden, wie sich sein Internetrouter zu Hause reparieren ließ, nachdem Marvin daran herumgebastelt hatte, holte er sich Sarah ans Telefon.

Als er nun an dem leeren Schreibtisch in der Arbeitsnische neben Foster saß, wählte er Sarahs Privatnummer und versuchte es gar nicht erst auf dem offiziellen Weg.

»Tatum?« Sie klang halb erfreut und halb entsetzt, als sie sich meldete.

»Sarah!« Er grinste beim Klang ihrer Stimme. »Wie geht es Ihnen?«

»Es geht mir gut. Schön, von Ihnen zu hören. Wie läuft es bei der BAU?«

»Ich muss mich noch zurechtfinden«, antwortete Tatum und machte pflichtbewusst Small Talk. »Was macht Grace?« Grace war Sarahs Hündin, über die Tatum schon unzählige Geschichten gehört hatte.

»Ihr geht es auch gut. Sie hat gestern Katzenkacke gefressen.«

»Igitt! Sie müssen mir einen Gefallen tun, Sarah.«

»Ach, Tatum. Sie können mich doch nicht ständig um Gefallen bitten.«

»Es ist ein echter Notfall.«

»Gibt es in Quantico denn niemanden, der Ihnen helfen kann?«

»Das sind doch alles Idioten. Und wenn ich einen von denen frage, muss ich immer erst ganz viel Papierkram ausfüllen.«

»Das ist ja nicht zu fassen«, erwiderte sie trocken. »Papierkram? Was ist nur aus dem FBI geworden?«

»Formular 212B hier, Formular 42A da ...«

»Diese Formulare gibt es nicht einmal. Haben Sie überhaupt schon jemals eine Laboranfrage ausgefüllt?«

»Das muss ich nicht, weil Sie über dem Ganzen stehen.«

»Das hätten Sie wohl gern. Sie wollen sich bloß nicht die Mühe machen.«

»Das ist so, als wäre ich James Bond und Sie sind Q und stecken voller technischer Wunder.«

»Ich könnte mir vorstellen, dass selbst James Bond hin und wieder einige Formulare ausfüllen muss.«

»Sie sind wie ein Orakel, das alle Antworten kennt.«

»Okay, okay, hören Sie bloß auf. Was kann ich denn für Sie tun?«

Er gab ihr schnell die Details durch und schickte ihr gleichzeitig von seinem Laptop aus das Video zu. Noch während sie telefonierten, hörte er sie auf der Tastatur herumtippen, und keine Minute später war Nicole Medinas Schrei leise durch das Telefon zu hören und wie Sarah nach Luft schnappte.

»Was brauchen Sie?«, wollte sie wissen. Das Videogeräusch verstummte, weil sie entweder den Ton ausgestellt oder auf Pause gedrückt hatte.

»Ich muss das Video zurückverfolgen.«

»Ich kann es mir mal genauer ansehen, aber das dauert und ich bin nicht sehr optimistisch.« Sie tippte bereits wie eine Wilde. »Ich werde auch versuchen herauszufinden, auf wen die Domain registriert ist – vielleicht komme ich ja auf die Weise weiter.«

Tatum trommelte auf dem Schreibtisch herum. »Gibt es irgendeine Möglichkeit herauszufinden, wo das Video gedreht wurde? Kommt man da mit Luftbildaufnahmen vielleicht weiter?«

Sarah schnaubte. »Wonach wollen Sie denn suchen? Kakteen, Kies und Sand irgendwo in Texas? Ich bezweifle, dass das irgendwas bringt.«

»Vielleicht könnten Sie ja …«

»Lassen Sie mich einfach in Ruhe meinen Job machen. Sie sind noch genauso nervig wie zu der Zeit, als Sie noch hier gearbeitet und mir ständig mit irgendwelchen Vorschlägen über die Schulter geschaut haben.«

Während er wartete, hörte er sie wieder tippen.

»Ich habe ein Stück vorgespult«, sagte Sarah. »Was hat das mit dem Präsidenten zu bedeuten?«

»Dabei geht es nicht um den Präsidenten. Er nutzt den Livefeed von CNN, um …«

»Der CNN-Feed ist live?«

»Ja.«

»Ich melde mich, sobald ich etwas herausgefunden habe, okay?« Sie klang auf einmal sehr aufgeregt.

»Danke, Sarah. Ich weiß das wirklich zu schätzen. Sie sind mein ...«

»Ich bin Ihr Orakel, Ihr Q, Ihre Technikzauberin – ich weiß. Ich rufe Sie an.« Mit diesen Worten legte sie auf.

Amüsiert drehte er sich zu Zoe und Foster um, die an Fosters Schreibtisch saßen und die Zeitlinie des Falls besprachen.

»Ich möchte mit Nicole Medinas Mutter sprechen«, sagte Zoe gerade. »Und ich würde mir gern die Stelle ansehen, an der sie vermeintlich entführt wurde.«

Kapitel 11

Tatum folgte Fosters Wagen – einem verbeulten silbernen Chevy – zu Nicole Medinas Haus. Foster hatte angeboten, sie zu fahren, aber Tatum wollte sich unterwegs lieber ein Bild von San Angelo machen, indem er selbst am Steuer saß.

Die Fahrt wäre entspannend gewesen, hätte nicht Zoe die Musik aussuchen dürfen. Sie quälte ihn mit Taylor Swifts »Red« und übersprang immer wieder Songs, weil sie wollte, dass er nur die besten zu hören bekam. Seiner Meinung nach machte das die Sache allerdings nicht besser.

Endlich parkte Foster am Straßenrand. Tatum wurde langsamer und hielt hinter dem Chevy. Der Asphalt war von Gras und Erde gesäumt, und es gab weit und breit keinen Bürgersteig. Zu ihrer Rechten wuchsen mehrere wilde Büsche und andere Pflanzen, und dahinter war ein Kiesweg zu sehen.

Er schaltete den Motor aus und stieg aus dem Wagen.

Foster wartete mit in die Hüften gestemmten Händen und einer dunklen Sonnenbrille auf der Nase auf sie. Er deutete auf den Kiesweg. »Da geht es zum Haus.«

Tatum blickte den Weg entlang. Das kleine Haus schien gut in Schuss zu sein. Der Rasen im Vorgarten war gemäht und von Blumen umgeben. Der Rasensprenger lief und sorgte dafür, dass ein feuchter Nebel in der Luft hing. Er dachte an Sophia Medina, Nicoles Mutter, die krank vor Sorge um ihre Tochter sein musste.

»Keine Straßenlaterne«, stellte Zoe neben ihm fest.

»Und das Haus liegt fünfzehn Meter von der Straße entfernt«, merkte Tatum an. »Keine direkten Nachbarn.«

»Hier hätte er sich leicht verstecken können.« Zoe deutete auf das Gebüsch und den Weg zurück, den sie gekommen waren. »Er hätte nur da vorn, ein paar Meter die Straße entlang, seinen Van abstellen müssen, dann wäre der Wagen niemandem aufgefallen.«

Ihre Wangen und ihre Stirn verfärbten sich langsam rosa, aber sie schien die Sonne gar nicht wahrzunehmen. Merkte sie überhaupt, wie warm es war? Oder sah sie die Straße im Dunkeln vor sich, so wie sie vor vier Tagen ausgesehen haben musste, als Nicole Medina hier langgegangen war? Tatum schaute sich um und stellte fest, dass sie recht hatte: Wäre der Entführer dort versteckt gewesen, hätte man ihn in der Dunkelheit vermutlich gar nicht bemerkt.

Auf einmal wurde die Haustür aufgerissen und eine Frau kam auf sie zugestürmt. Sie wirkte äußerst angespannt.

»Detective«, sagte sie. »Gibt es Neuigkeiten über Nicole?«

»Nein, Mrs Medina, tut mir sehr leid«, antwortete Foster leise.

Die Frau sackte in sich zusammen und drehte sich zu Tatum um.

»Das ist Agent Gray vom FBI«, stellte Foster ihn vor. »Er ist hier, um uns bei der Suche nach Ihrer Tochter zu helfen.«

Tatum war es gewohnt, die unterschiedlichsten Emotionen auf den Gesichtern von Menschen wahrzunehmen, wenn sie begriffen, dass sie einen Bundesagenten vor sich hatten, aber bei Sophia Medina konnte er nur ein bisschen Erleichterung feststellen.

»Danke«, sagte sie. »Sie ist jetzt schon seit vier Tagen verschwunden.«

»Das wissen wir«, erwiderte Tatum. »Der Detective …«

»Sie war mit Freunden auf einer Party. Sie haben sie dort abgesetzt.« Die Worte sprudelten nur so aus ihr heraus. »Das sind nette Kinder. Ich kenne sie alle. Gina ist praktisch bei uns aufgewachsen. Sie ist Nicoles beste Freundin. Und sie haben Nicole hier abgesetzt. Sie war an dieser Stelle. Aber ich bezweifle, dass sie das Haus betreten hat. Ihre Zahnbürste war unbenutzt, und ihre Kleidung lag nicht in der Wäsche. Sie zieht sich immer aus und putzt sich die Zähne, bevor sie zu Bett geht. Ich kann Ihnen die Telefonnummern all ihrer Freunde geben. Und ihrer Lehrer. Ihre Lehrer haben sie alle ins Herz geschlossen … Sie können Ihnen sagen …«

Tatum hob beschwichtigend die Hände, und der Wortschwall brach ab. Die Frau starrte ihn flehentlich an.

In den Büschen raschelte es, und Sophia blickte hinüber, als Zoe gerade daraus hervorkam.

»Das ist meine Partnerin Zoe Bentley.« Er verzichtete absichtlich auf Zoes Titel, weil er Sophia nicht erklären wollte, warum eine forensische Psychologin in Nicoles Fall ermittelte.

»Dürfen wir reinkommen?«, fragte Foster.

Sophia nickte und führte sie an dem kühlen Nebel des Rasensprengers vorbei ins Haus. Im Inneren war es dunkel; sie hatte die meisten Jalousien zugezogen und kein Licht angemacht. Das einzige offene Fenster ging auf die Straße hinaus, und davor stand ein einsamer Stuhl. Auf dem Boden daneben waren ein Aschenbecher und mehrere leere Kaffeetassen zu sehen. Das war offenbar Sophias Wachposten. Wahrscheinlich saß sie dort und wartete auf die Polizei. Und sie hoffte, dass Nicole über den Kiesweg nach Hause kam.

»Würden Sie uns bitte das Zimmer Ihrer Tochter zeigen?« Zoe sprach ganz leise. Das dunkle Haus erweckte den Anschein, als wären die Bewohner in Trauer. Laute Stimmen hatten hier keinen Platz.

»Ihr Zimmer ist da drüben.« Die Frau führte sie zu einem kleinen Raum. Die Wände waren in sanftem Gelb gestrichen, und auf dem Bett lag ein Überwurf mit fröhlichem Blumenmuster. Ein glatter Holzschreibtisch stand vor einem kleinen Fenster, darauf befanden sich mehrere Notizbücher, eine kleine Schreibtischlampe und eine Duftkerze.

»Haben Sie hier nach dem Verschwinden Ihrer Tochter aufgeräumt?«, fragte Zoe.

»Nein«, antwortete Sophia. »Nicole war immer sehr ordentlich.«

Tatum ging zur Wand, an der ein kleines Regal voller Schildkröten in den unterschiedlichsten Formen und Größen und aus allen möglichen Materialien wie Holz, Glas, Plastik und Stoff hing. Er hob eine aus Ton hoch, die aussah, als wäre sie selbst gemacht.

»Das ist Nicoles Sammlung«, erklärte Sophia. »Sie sammelt Schildkröten, seitdem sie zwölf ist.«

»Hat Nicole einen Freund?«, erkundigte sich Zoe.

»Nein. Sie hat sich vor einem halben Jahr von ihrem Freund getrennt«, antwortete Sophia.

»Woher kannte sie ihn?«

»Sie gehen auf dieselbe Schule.«

»Wir haben mit ihm gesprochen«, berichtete Foster. »Er hatte Nicole schon seit einer Weile nicht mehr gesehen.«

Zoe warf Foster einen skeptischen Blick zu. »Und es gab keine anderen Jungen? Sie ist mit niemandem ausgegangen? Nicht ein Mal?«

»Nein. Das hätte sie mir erzählt«, erwiderte die Mutter.

»Gab es sonst irgendjemand Neuen in ihrem Leben?«

»Sie hatte schon immer viele Freunde, aber ich wüsste nicht, dass jemand Neues dazugekommen wäre. Sie hängt ständig am

Handy und schickt ihnen Nachrichten. Das Pingen treibt mich noch in den Wahnsinn. Ich …« Ihre Stimme brach. Tatum vermutete, dass ihr jetzt erst das Ausbleiben dieses Geräuschs aufgefallen war.

»Ist sie beliebt?«, fragte Zoe.

»O ja. Sie ist sehr freundlich und nett. Und sie findet immer schnell neue Freunde.«

Zoe fragte sie noch über Nicoles Gewohnheiten aus – was sie den Tag über so trieb, mit wem sie Kontakt hatte, ob sie häufiger spätnachts nach Hause kam. Derweil schaute sich Tatum im Zimmer um und hörte nur mit halbem Ohr zu. Das verschwundene Mädchen war überall präsent – auf einer Kommode standen Fotos von Nicole, eine Haarbürste, um die mehrere Haarbänder gewickelt waren, lag auf einem Regalbrett, in einer Ecke standen rosafarbene Flipflops. Nach einer Weile stellte Zoe keine Fragen mehr, sondern hörte einfach nur zu, wie Sophia Geschichten über Nicole erzählte. Dass Nicole gern schwimmen ging. Dass sie sich vor Monstern unter dem Bett gefürchtet hatte, bis sie sechs Jahre alt gewesen war. Wie Nicole mal ihr gesamtes Taschengeld ausgegeben hatte, um ihrer Mutter ein Geburtstagsgeschenk zu kaufen.

Zu guter Letzt gingen ihr die Worte aus. Ihr liefen die Tränen über die Wangen, und Angst und Sorge gewannen die Oberhand.

Foster dankte ihr, und sie verließen das Haus und schlossen die Tür hinter sich.

»Wo haben Sie die Spuren auf dem Weg entdeckt?«, wollte Zoe wissen.

Foster trat an den Rand des Weges. »Hier drüben.« Er hockte sich hin. »Jetzt ist kaum noch was zu sehen, aber wir haben alles fotografiert.«

Tatums Handy klingelte. Auf dem Display stand Sarah Lees Nummer. Er ging ein Stück zur Seite, sodass sich Foster und Zoe ungestört unterhalten konnten, und nahm den Anruf entgegen.

»Haben Sie etwas entdeckt?«

»Das CNN-Video war eine Liveübertragung, richtig? Dann wissen wir, um welche Uhrzeit das Video aufgenommen wurde.«

»Ganz genau.« Tatum beobachtete Foster und Zoe, die sich wieder aufrichteten. Foster deutete in Richtung Straße und sagte etwas.

»Ich habe die Mobilfunkanbieter in der Gegend um die Verbindungsdaten aller Personen gebeten, die zu dieser Zeit den CNN-Livefeed abgerufen haben«, teilte Sarah ihm mit.

Tatum überlegte. Wenn der Mann den Feed von CNN abgerufen hatte, war das beim Mobilfunkunternehmen ebenso verzeichnet worden wie der Domainname und die Mobilfunkbasisstationen, über die die Anfrage weitergeleitet worden war. Damit sollte sich sein ungefährer Standort ermitteln lassen. Zu ihrem Glück konnte Sarah diese Daten ohne richterlichen Beschluss anfordern, da sie nicht vom vierten Zusatzartikel zur Verfassung der Vereinigten Staaten geschützt waren.

»Das muss ja eine verdammt lange Liste sein.«

»Allerdings.« In Sarahs Stimme schwang ein Hauch von Selbstgefälligkeit mit. »Daher habe ich sie auf die Gegend rings um San Angelo eingegrenzt. Ich besorgte mir die genaue Zeit, zu der das Video von CNN gesendet wurde, und beschränkte mich auf die Daten der Benutzer, die es sich innerhalb der ersten fünf Minuten angesehen haben. Dadurch wurde die Liste relativ kurz.«

»Wie kurz?«, fragte er angespannt nach.

»Ich habe achtzehn Handynummern aus San Angelo oder der näheren Umgebung. Und von diesen achtzehn hielten sich siebzehn mitten in der Stadt auf und kommen daher nicht infrage, richtig? Nur ein Benutzer hielt sich mitten im Nirgendwo auf.«

»Sarah …« Tatums Herz raste. »Haben Sie eine Position für mich?«

»Ich schicke Ihnen die GPS-Koordinaten. Und ich habe mir die Satellitenbilder bereits angesehen, Tatum. Die Position lässt sich nicht hundertprozentig genau bestimmen, aber die Umgebung sieht genauso aus wie auf dem Video.«

Kapitel 12

Zoe sah sich den Kiesweg und die nähere Umgebung an und versuchte, sich diese Nacht vorzustellen. Da es keine Straßenlaterne gab, musste es stockdunkel gewesen sein. Nicole war aus dem Wagen mit ihren Freunden gestiegen und hatte ihnen zum Abschied zugewinkt. Sie waren weitergefahren, und sie stand in völliger Dunkelheit da. Wahrscheinlich war sie schnell zur Tür gelaufen. Der Entführer hatte sich in den Büschen versteckt, da war sich Zoe sehr sicher. Dies war die beste Stelle dafür. Er hatte hier keinesfalls zufällig gestanden; die ganze Sache war genau geplant worden.

»Ich habe die Position!« Tatums aufgeregte Stimme holte sie in die Wirklichkeit zurück. Er deutete begeistert auf sein Handy. Im nächsten Augenblick stand Foster auch schon neben ihm, und Zoe eilte zu den beiden Männern hinüber.

»Wo?«, fragte Foster atemlos.

»Spillway Road«, antwortete Tatum und zeigte auf die Karte auf dem Handydisplay. »Das ist nur ein ungefährer Standort, der bis zu hundertfünfzig Meter von der genauen Position abweichen kann.« Er wechselte zum Satellitenbild. Sie warteten einige Sekunden, während das Handy das Bild lud. Der Großteil der Gegend war mit Kakteen, Büschen und Bäumen bewachsen.

Foster blickte auf das Display. »In dem Fall könnte es auch die Chalimar Road sein.«

»Das glaube ich nicht«, merkte Zoe an. »Das wäre zu dicht an der Farm hier.« Sie deutete auf das deutlich erkennbare Gebäude.

»Einhundertfünfzig Meter entlang der Spillway Road?« Foster fuhr mit einem Finger über das Satellitenbild. »Der nördliche Straßenabschnitt kommt nicht infrage – dort stehen zu viele Pflanzen. Er hat sie in einem kahlen Erdstück begraben. Es muss hier irgendwo sein.« Er zeigte auf einen kleinen Abschnitt auf der Karte, der einen Bereich von etwa fünfzehn Metern umfasste.

»Da könnten Sie recht haben«, stimmte Tatum ihm zu.

»Ich schicke sofort einen Streifenwagen hin. Wenn sie dort ist, dann finden wir sie.«

»Nein, warten Sie!«, rief Zoe. »Zuerst müssen sich die Kriminaltechniker dort umsehen.«

»Das ist doch wohl nicht Ihr Ernst?« Foster starrte sie fassungslos an. »Das Mädchen erstickt möglicherweise gerade in der Kiste. Dies ist nicht der richtige Zeitpunkt, um …«

»Falls sie wirklich dort ist, dann muss sie seit drei Tagen tot sein«, erklärte Zoe entschieden. »Durch die übereilte Bergung eines Leichnams könnten wir Spuren zerstören, mit denen sich der Täter möglicherweise überführen lässt.«

Foster warf einen Blick zum Haus hinüber, als wäre er besorgt, Nicoles Mutter könnte das Gespräch mithören. »Das wissen Sie nicht«, zischte er leise.

»Doch. Unser Analytiker hat Medina maximal sechsunddreißig Stunden gegeben.«

»Das ist nur eine Mutmaßung.«

»Tatsächlich ist es Mathematik.«

Foster stieß die Luft aus und schüttelte den Kopf. »Ich lasse das Mädchen so schnell wie möglich ausgraben.« Mit diesen Worten stampfte er davon.

»Wir müssen den Lieutenant anrufen«, verlangte Zoe von Tatum. »Der Tatort darf nicht zerstört werden.«

Er musterte sie betrübt. »Das ist nicht unser Fall«, rief er ihr ins Gedächtnis. »Wir wurden nur als Berater hinzugezogen. Und wir sollten es uns mit diesem Detective nicht verderben.«

»Aber wenn sie mit Streifenwagen oder schweren Maschinen dort aufkreuzen, vernichten sie wichtige Spuren.«

»Das ist nicht unsere Entscheidung.«

Kapitel 13

Sie brauchten dreißig Minuten bis zur Spillway Road, da Tatum einmal falsch abbog. Als sie dort eintrafen, war offensichtlich, dass die Polizei den genauen Standort bereits gefunden hatte, weil dort zwei Streifenwagen standen. Zoe stöhnte auf dem Beifahrersitz leise, als sie die vier Officers sah, die bereits eifrig Erde aushoben. Drei hatten Spaten dabei, der vierte schaufelte mit bloßen Händen Erde aus der Grube.

Tatum fuhr von der Straße ab und hielt auf dem mit Kies bedeckten Seitenstreifen. Er öffnete die Tür und hastete zu den vier Männern hinüber. Als er näher kam, drehte sich einer zu ihm um, der ihn vermutlich verscheuchen wollte.

»Agent Gray, FBI«, sagte Tatum schnell und zeigte seinen Dienstausweis vor. »Ich bin nur hier, um zu helfen.«

Der Officer wirkte kurz verwirrt, zuckte dann mit den Achseln und wandte sich wieder dem größer werdenden Loch zu. Die Männer gruben schnell, fast schon panisch, und Tatum spürte die Aufregung, die in der Luft lag. Er rief sich ins Gedächtnis, dass Zoe vermutlich recht hatte. Wenn das Mädchen die ganze Zeit unter dem vielen Sand gelegen hatte, war sie höchstwahrscheinlich tot. Er konnte nur darauf hoffen, dass sie gar nicht in der Grube lag. Dass das Video gefälscht gewesen war oder dass der Mann sie zwar vergraben, nach dem Videodreh aber wieder ausgebuddelt hatte. Warum hatte er das Video sonst angehalten? Der einzige Grund, der Tatum einfallen wollte, war, dass etwas verborgen werden sollte.

Bevor er noch länger darüber nachdenken konnte, war Tatum auch schon zusammen mit einem Officer in das Loch gesprungen und schaufelte mit den Händen Erde hinaus. Es ging ganz einfach, da der Boden noch locker war und sich in den wenigen Tagen seit dem Auffüllen des Grabes noch nicht gesetzt hatte.

Während er eine Handvoll Erde nach der anderen hinauswarf, versuchte er, sich daran zu erinnern, wie tief die Grube gewesen war. Wie tief mussten sie graben? Er schätzte, das Loch war ungefähr einen Meter tief gewesen. Bei ihrem jetzigen Tempo hätten sie das Grab innerhalb von zehn Minuten ausgehoben.

Einer der Männer schrie vor Schmerz auf, und alle hielten inne. Aber er war nur von einer Schaufel an der Hand getroffen worden.

»Passen Sie doch auf, Ramirez!«, fauchte der Mann den Officer neben sich an.

»Entschuldigung«, murmelte Ramirez und trat einen Schritt zur Seite.

»Das hätte mich beinahe einen Finger gekostet!«, schimpfte der Officer, der jedoch längst weiterarbeitete und das über seine Handfläche laufende Blut nicht weiter beachtete.

Nach einigen Minuten hielt ein weiterer Wagen am Straßenrand. Tatum blickte auf und sah Detective Foster aussteigen und mehrere Schaufeln aus dem Wagen holen. Foster kam angerannt, stutzte kurz, als er Tatum bemerkte, und reichte ihm mit einem knappen Nicken eine Schaufel.

Nur wenige Sekunden später traf eine der Schaufeln mit einem dumpfen Geräusch auf Holz.

»Ich hab was getroffen!«, rief Ramirez.

Tatum grub schneller, und rings um ihn herum wurden auch die anderen Männer von Hektik erfasst. Kurz darauf konnten sie alle das Holz sehen – einfache, unbehandelte Bretter, hell und schmutzig. Die Schaufel wurde ihm immer lästiger, da sie gegen das Holz stieß, daher warf er sie beiseite und hob die Erde abermals mit den Händen aus. Die Officers taten es ihm bald nach.

Schaufeln, aufrichten, wegwerfen, bücken, schaufeln, aufrichten, wegwerfen … Tatum ahnte bereits, dass ihm das schlimme Rückenschmerzen einbringen würde.

»Okay!«, rief Foster. »Das reicht. Alle raus aus der Grube.«

Der Deckel war inzwischen fast vollständig freigelegt und nur noch an wenigen Stellen von Sandhäufchen bedeckt. Das Einzige, was sie jetzt noch daran hinderte, die Kiste zu öffnen, waren die vier Männer, die darauf standen. Tatum kletterte zusammen mit den anderen aus der Grube. Einer der Officers, ein großer Glatzkopf mit breiten Schultern, beugte sich vor und zog am Deckelrand. Einen Augenblick lang tat sich gar nichts, als wäre der Sand darauf noch immer zu schwer. Dann knurrte der Mann und mit lautem Krachen ging der Deckel auf.

Der Geruch, der aus der Kiste strömte, sagte Tatum bereits alles, was er wissen musste. Die Männer um ihn herum stöhnten auf, und einer rannte in die Büsche, um sich zu übergeben. Tatum spähte in den Sarg und warf einen Blick auf die verfärbte, aufgequollene Leiche.

Nicole Medina hatte tatsächlich in der Grube gelegen. Und sie war schon seit einiger Zeit tot.

Kapitel 14

Zoe hatte schon öfter zu hören bekommen, dass sie ebenso gefühl- wie taktlos sei. Als sich Tatum jedoch zum ersten Mal seit ihrem Eintreffen am Tatort zu ihr umdrehte, wusste sie, dass dies ein guter Zeitpunkt war, den Mund zu halten. Sein Anzug, der normalerweise glatt und makellos aussah, war staubig und fleckig, der Stoff zerknittert, und ein Hemdknopf stand offen. Sein Haar war zerzaust, und er sah müde und traurig aus. Einen Moment lang verspürte sie den Drang, ihn in den Arm zu nehmen.

Er kam auf sie zu. »Sie ist seit wenigstens zwei Tagen tot.«

Zoe nickte nur. Einige Meter weiter übernahm Detective Foster das Kommando und ordnete an, dass seine Männer sich entfernten und den Tatort sicherten. Denn genau das war es jetzt auch: der Tatort eines Mordes.

Sie näherte sich dem Grab, blickte hinein und betrachtete die Leiche. Medina war vollständig bekleidet und trug noch die Kleidung, die sie vermutlich auf der Party angehabt hatte. Zoe nahm sich vor, ihre Freunde danach zu fragen, ob sie die Sachen tatsächlich angehabt hatte. Ihr Oberteil war verrutscht, aber nicht zerrissen. Sie hatte die Augen geschlossen. Vermutlich war sie längst bewusstlos gewesen, als ihr die Luft ausgegangen war.

Die sichtbaren Venen und Arterien waren verfärbt und dunkel und zeichneten sich deutlich auf der blassen Haut ab. Eine Fliege landete auf ihrem Gesicht, aber es war nicht die erste. Auf der Leiche waren keine Insekten zu sehen. Entweder war sie zu tief begraben gewesen oder die Erde war zu trocken für derartige Bewohner.

Ein kleines Gerät war direkt über dem Kopf der Leiche in der Kiste angebracht worden. Die Kamera. Zoe hockte sich hin, um sie sich genauer anzusehen. Ein Draht schlängelte sich durch ein Loch in der Kiste nach draußen. Sie sah sich die unebene Seitenwand der Grube an, entdeckte zwei Abschnitte, in denen das Kabel teilweise freigelegt worden war, und fragte sich, wo es wohl an die Oberfläche gelangte.

Mit gerunzelter Stirn wandte sie sich wieder der Kiste und der Leiche zu. Die Kiste war etwas länger und deutlich breiter als die Tote. Möglicherweise handelte es sich um Standardmaße; das würde sie überprüfen müssen. Aber sie hatte so eine Ahnung, dass die Kiste mit Absicht etwas größer gewählt worden war.

Hatte der Mörder beim Bau der Kiste bereits Nicoles Entführung geplant oder gar nicht an ein bestimmtes Opfer gedacht?

»Würden Sie das bitte unterzeichnen, Agent Bentley?« Foster trat neben sie und reichte ihr ein Klemmbrett und einen Stift.

Sie warf einen Blick auf das Blatt. Es war ein Tatortprotokoll. »Aber natürlich.« Sie nahm ihm den Stift aus der Hand und kritzelte ihren Namen unter Tatums. »Ich bin keine Agentin, Detective Foster, sondern zivile Beraterin.«

Foster nickte abgelenkt und schien ihre Worte nicht wirklich zu registrieren. Er starrte ins Grab. »Was für ein Monster tut so etwas?«

»Das ist kein Monster«, korrigierte Zoe ihn automatisch. Als Foster sie irritiert ansah, fügte sie hinzu: »Sie haben es hier mit einem Mann zu tun, nicht mit einem Monster. Wir können ihn analysieren und verstehen, aber vor allem können wir ihn fangen.«

»Glauben Sie, es gibt noch mehr? Ist er ein Serientäter?«

Sie überlegte kurz. »Darüber sollten wir vielleicht erst spekulieren, wenn wir den vollständigen Tatortbericht vorliegen haben.«

Foster blickte zum Himmel hinauf. »Das sollte morgen der Fall sein. Wir werden in der Dunkelheit unser Bestes geben und mit Scheinwerfern arbeiten, aber ich schätze, dass wir uns morgen früh noch einmal gründlich umsehen werden.« Sein Handy klingelte, und er ging ein Stück zur Seite und nahm den Anruf an.

Ein Officer, dessen Uniform vom Graben ganz staubig war, wickelte gerade Absperrband um die niedrigen Büsche, die rings um das Grab standen. Zoe machte ein paar Schritte und schaute sich um. Mehrere Bäume mit krummen, dornigen, mit Nesseln besetzten Ästen verhinderten, dass man das Grab von der Straße aus sehen konnte. Die Kakteen, die zwischen den Stämmen wuchsen, bildeten mit ihren Auswüchsen zudem eine beinahe undurchdringliche Mauer. Die Straße war nur ein lang gezogener asphaltierter Streifen und kaum befahren, und ringsum sah alles beige, grau oder staubig grün aus. Es kam ihr so vor, als würde die Straße ins Nirgendwo führen.

Der perfekte Ort, um eine Leiche zu vergraben – oder in diesem Fall ein lebendiges Opfer.

Sie drehte sich um und blickte in die andere Richtung. In der Wand aus Kakteen und Bäumen klaffte eine etwa zwei Meter breite Öffnung. Davor parkten zwei Streifenwagen. Zoe seufzte. Es war offensichtlich, dass der Mörder diesen Weg genommen hatte, aber Reifenspuren würden sie jetzt vermutlich nicht mehr finden können. Sie trat auf den schmalen Weg und hockte sich dann irritiert hin.

»Was ist?«, fragte Tatum hinter ihr.

»Hier standen ebenfalls Pflanzen.« Sie deutete auf einen aus dem Boden ragenden Ast. »Jemand hat sie abgeschnitten.«

»Glauben Sie, das war der Killer?«

Sie stand auf. »Wahrscheinlich. Sehen Sie nur, der Weg führt direkt zum Grab. Er hat sich eine Zufahrt gebaut.«

»Er hat die Stelle im Voraus ausgesucht und vorbereitet«, stellte Tatum fest. Nach einer Sekunde setzte er hinzu: »Wahrscheinlich hat er vor der Entführung sogar schon das Grab ausgehoben.«

»Aber warum hier?«, wollte Zoe wissen. »Wir befinden uns mitten in der Wüste. Es gibt doch vermutlich unzählige Orte, an denen man jemanden begraben kann. Warum sucht er sich eine Stelle aus, an der er erst so viel Arbeit investieren muss?«

Tatum gab ihr keine Antwort und sah sich den abgeschnittenen Ast genau an. Schließlich stand er auf und drehte sich zu Zoe um. »Ich habe eben mit Mancuso telefoniert. Sie möchte wissen, ob wir glauben, dass es noch mehr Opfer geben wird.«

»Das lässt sich jetzt noch nicht sagen.«

»Aber Sie haben eine Ahnung, nicht wahr? Ich habe definitiv eine.«

»Wir können aber nicht aus einer Ahnung heraus agieren.«

Tatum seufzte. »Was sagt Ihnen Ihr Bauchgefühl, Zoe?«

Sie biss sich auf die Unterlippe. »Dass es noch mehr Opfer geben wird. Hierbei ging es nicht darum, Nicole Medina zu töten, sondern jemanden lebendig zu begraben. Dieser Mann hat eine Fantasie ausgelebt.«

»Der Ansicht bin ich auch«, stimmte Tatum ihr zu. »Und wenn der Täter dies als ›Experiment Nummer eins‹ bezeichnet hat …«

»Dann ist die Wahrscheinlichkeit groß, dass er bereits das nächste plant.«

Kapitel 15

Er war sehr enttäuscht vom Internet. Zwar hatte er nicht erwartet, dass sein Video sofort ein viraler Hit werden würde, aber er war schon davon ausgegangen, dass ein Video, auf dem zu sehen war, wie eine Frau lebendig begraben wurde, mehr als erbärmliche 1 903 Mal aufgerufen werden würde.

Keiner der zehn Blogger oder Reporter, die ursprünglich von ihm angeschrieben worden waren, hatte etwas darüber veröffentlicht. Der Großteil der Zuschauer kam von einer Webseite, die Videos sammelte, auf denen Menschen verletzt wurden oder starben, und selbst dort war seine Popularität eher bescheiden. Einer der Zuschauer hatte sich sogar beschwert, dass man der Frau nicht beim Ersticken zusehen konnte, während ein anderer schrieb, die Sache sei doch eindeutig nur vorgetäuscht und beide Akteure könnten nur als schlechte Schauspieler bezeichnet werden.

Aber das war unwichtig. Das nächste Video würde schon ihre Aufmerksamkeit erregen.

Er öffnete Instagram und ging die Feeds seiner Opfer durch. Inzwischen musste er ihnen gar nicht mehr persönlich folgen. Warum sollte man das Risiko eingehen, erwischt zu werden. Wenn sich die Frauen solche Mühe gaben, ihm die Drecksarbeit abzunehmen? Er sah sich die neuen Selfies, die Posen, die frechen Bildunterschriften an und merkte sich, welche von ihnen einen neuen Freund hatte und welche feiern ging, weil sie »endlich frei« war.

Das waren seine bevorzugten Ziele. Ein Freund machte die Sache nur kompliziert.

Er blieb beim Profil einer Gloria King hängen. Gloria hatte sich gerade auf einem Bild getaggt, das sie beim Ausgehen mit Freundinnen zeigte. Auf dem Selfie hielten drei Frauen Bierflaschen in der Hand und strahlten in die Kamera. Gloria trug ein ärmelloses pinkfarbenes Kleid, das ihre goldfarbene Haut gut zur Geltung brachte. Das Foto war brandneu und erst vor zwanzig Minuten hochgeladen worden.

Ein Mädelsabend mit Alkohol. Sie würde lange nach Mitternacht betrunken nach Hause kommen, während ihre Eltern längst schliefen. Er wusste natürlich, wo sie wohnte. Sie hatten einen Hund, der jedoch in der Nähe der Haustür angeleint war. Der Weg zu ihrem Haus war lang und dunkel, und die Nachbarhäuser lagen weit genug weg, sodass dort niemand etwas mitbekommen konnte.

Das war eine Gelegenheit. Er dachte darüber nach. Gloria Kings Schicksal hing am seidenen Faden.

Aber es war zu früh. Er hatte es nicht eilig. Ihm blieb mehr als genug Zeit.

Er minimierte den Browser und klickte das Video-Icon auf dem Desktop an. Das Gesicht der jungen Frau erschien auf dem Bildschirm, wie sie gerade aufwachte. Schon jetzt spürte er, wie er immer erregter wurde, während sie zum ersten Mal schrie. Er versuchte, sich das Video nicht zu oft anzusehen, damit er es nicht zu schnell leid wurde. Vorerst war es jedoch noch fast so aufregend wie die eigentliche Tat.

Bisher hatte er sich das gesamte Video von Anfang bis Ende nur ein einziges Mal angesehen. Es war vierzehn Stunden lang. Das war jedoch nicht der Director's Cut, sondern nur die Rohfassung, und einiges davon ließ sich nur als todlangweilig bezeichnen. Der ganze Teil zwischen 7:08:00 und 11:32:00 bestand daraus, dass sie reglos und mit geschlossenen Augen dalag. Und nach 12:35:23 rührte sich die Frau überhaupt nicht mehr.

Aber im Großen und Ganzen hatte er hier gutes Material, mit dem er arbeiten konnte. Er schätzte, dass seine persönliche Endfassung etwa drei Stunden lang sein würde.

Im Augenblick wollte er nach einem langen Tag nur ein wenig runterkommen, und er wusste ganz genau, welche Abschnitte er sich dafür ansehen musste. Er startete das Video bei 3:42:00.

Während Nicole Medina gegen den Deckel der Kiste hämmerte und wieder lautstark schrie, griff er schwer atmend nach den Taschentüchern auf seinem Schreibtisch.

Kapitel 16

Harry Barry saß an seinem Schreibtisch und starrte ins Leere. Der ständige Lärm im Büro der Chicago Daily Gazette diente ihm als Hintergrundgeräusch für seine Gedanken, da er ihn schlichtweg nicht mehr wahrnahm. Das Geräusch des Druckers, das Klappern der Tastaturen seiner Kollegen, die täglichen lauten Telefonate, die Rhonda mit ihrem Mann führte. Das alles hatte sich in den vergangenen sechs Jahren nicht verändert. Sechs Jahre lang immer dasselbe. Sechs Jahre mit Artikeln, die sein Redakteur als »Geschichten, die das Leben schreibt« betitelte, während sie für Harry süchtig machender Müll waren. Berichte über Promis und Sexskandale. Manchmal vermischte er sie auch zu Promiskandalen und Berichten über Sex.

Früher hatte er diesen Job gemocht. Er war gut darin.

Aber nun hatte er einen Vorgeschmack auf etwas anderes bekommen und empfand seinen Alltag als öde. Es war so, als hätte er jeden Tag gern Hackbraten gegessen, um dann einmal ein saftiges Steak vorgesetzt zu bekommen.

Er dachte darüber nach, während er den Anruf noch einmal durchging, den er vor einer Stunde erhalten hatte. Man hatte ihm einen Tipp gegeben, einen faszinierenden Hinweis, der die Story voranbringen konnte, an der er jetzt schon seit über einem Monat arbeitete. Und das nächste Kapitel dieser Geschichte würde nicht etwa hier in Chicago stattfinden.

Sondern in San Angelo.

Das Problem war nur: Wie sollte er dorthin kommen?

Die Vorstellung, Urlaub zu nehmen und die Reise selbst zu bezahlen, behagte ihm gar nicht. Nein, es war doch viel besser, wenn sein Boss für die Reise und Harrys Ausgaben aufkam. Und sehr viel besser, wenn er keine kostbaren Urlaubstage dafür opfern musste, sondern es während der bezahlten Arbeitszeit machen konnte. Doch wie sollte er seinen Redakteur davon überzeugen? Bisher war ihm völlig schleierhaft, wie sich die Sache einfädeln ließ, und das machte ihn unruhig.

Er ging seinen letzten Artikel noch einmal durch, in dem er das Techtelmechtel eines berühmten hiesigen Collegefootballers mit einem Cheerleader aufdeckte. Allein die Überschrift »Gebt mir eine A-F-F-Ä-R-E« machte ihn stolz. Es war nur ein kurzer Bericht, recht amüsant geschrieben, wie es für all seine Artikel in diesem Bereich galt. Wie immer hatte er ihn mit H. Barry unterschrieben. Schließlich war Harry Barry nun wirklich kein akzeptabler Name für einen Reporter. Tatsächlich war der Name in keiner Hinsicht akzeptabel und bewies nur, wie wenig Mühe sich seine Eltern gegeben hatten. Wie hatte es seine Mutter doch so schön ausgedrückt? »Wir denken uns doch keinen neuen Namen aus. Überlegen wir lieber, welchen Buchstaben wir ändern können.«

Wie so oft, wenn er sich auf angenehme Weise ablenken wollte, ging er die Kommentare durch. Das Miasma an Trollen, wütenden Lesern und Einsamkeit, das sich immer in den Kommentaren widerspiegelte, war für ihn ein steter Quell der Freude, aber am meisten amüsierten ihn die entrüsteten Leser. Nichts war zufriedenstellender als ein Leser, der den Artikel fasziniert von Anfang bis Ende gelesen hatte, um dann sofort einen Kommentar darüber abzugeben, wie widerlich besessen doch die ganze Welt von Sex und Gewalt sei, und den Niedergang der amerikanischen Kultur zu betrauern.

Ein Kommentar fiel ihm besonders ins Auge. Er stammte von ConcernedCitizen13 und lautete: *Müll. Der »Autor« dieses Artikels sollte sich schämen.*

Dieser Kommentar war vor allem deshalb bemerkenswert, weil es der einzige ohne Rechtschreibfehler und mit korrekter Zeichensetzung war. Aber vor allem wegen der Hauptaussage.

Dass er sich schämen sollte.

Er starrte den Kommentar lange Zeit grinsend an. Scham. Na, das war doch mal was.

Dann sah er auf die Uhr. Der Entwurf seines nächsten Artikels hätte vor zehn Minuten bei seinem Redakteur sein müssen. Was bedeutete, dass jeden Moment …

»Harry. Wo bleibt der Entwurf?« Daniel McGrath betrat Harrys Arbeitsnische.

Harry gab ihm keine Antwort, sondern blickte geistesabwesend auf den Bildschirm.

»Harry. Hey!«

Harry blinzelte und sah seinen langjährigen Redakteur träge an. »Oh, Daniel! Ich habe Sie gar nicht gehört.«

»Wo bleibt der verdammte Artikel? Sie sagten doch, Sie hätten für heute etwas richtig Gutes geplant. Die Paparazzifotos von dieser nackten Russell-Frau.«

»Paparazzi. Richtig.« Harry seufzte schwer.

»Und? Wo bleibt der Artikel?«

»Haben Sie sich schon mal gefragt, was wir hier eigentlich tun, Daniel?«

Sein Redakteur beäugte ihn überrascht. »Geht es wieder darum, dass wir keinen eigenen Paparazzifotografen einstellen wollen? Ich sagte Ihnen doch bereits, dass es preisgünstiger ist …«

»Nein, ich meine ...« Harry deutete mit trauriger Miene auf den Bildschirm. »Alles.«

»Die Zeitung?«

»Die Artikel, die ich schreibe. Diese Menschen. Ich saß gerade an dem Artikel, als ich auf einmal daran denken musste, dass Cassy Russell Eltern hat.«

»Sie ... Was macht das denn für einen ...«

»Sie hat eine Mutter und einen Vater.«

»So ist das im Allgemeinen bei Eltern.«

»Können Sie sich vorstellen, Sonntagmorgens die Zeitung aufzuschlagen und auf der Titelseite den nackten Oberkörper Ihrer Tochter zu sehen?«

»Jetzt übertreiben Sie nicht. Der Artikel erscheint auf Seite acht, Harry.«

»Wie sich das anfühlen muss. Das Mädchen, das man auf den Knien geschaukelt hat ...«

»Und wir verpixeln die Brüste, wie Sie ganz genau wissen.«

»Das Mädchen, dem man Gutenachtgeschichten erzählt hat ...«

»Was reden Sie da eigentlich?«

»Wie einem das Herz bricht, wenn die eigene Tochter so ausgenutzt wird.«

»Ausgenutzt? Ich ... Haben Sie nicht gesagt, *sie* hätte die Paparazzi angerufen?«

»Haben Sie in Ihrer Jugend denn keine Fehler gemacht? Wir waren wie Hyänen und haben nur auf ihren Absturz gewartet. Na, dann hat sie sie eben angerufen. Sie ist noch so jung.«

»Sie ist sechsundzwanzig.«

»Sechsundzwanzig.« Harry schüttelte den Kopf und schloss die Augen. »Sechsundzwanzig.«

Daniel trat näher heran und senkte die Stimme. »Was ist hier los, Harry?«

»Wir machen die Welt nicht zu einem besseren Ort.«

»Zu einem besseren Ort? Was wollen Sie damit sagen? Wir bieten Unterhaltung. Wir machen die Leute glücklich.«

»Wir müssen uns höhere Ziele setzen.« Harry hatte immer mehr Spaß an der Sache. »Es ist meine Schuld. Ich wurde süchtig nach Anerkennung. Aber nun, wo wir eine gut besuchte Plattform haben, können wir sie auch nutzen. Ich schreibe Geschichten, die das Leben schrieb, nicht wahr? Aber nicht die richtigen.«

»Nicht die richtigen?«

»Erinnern Sie sich an die E-Mail? Die über die Krankenschwester, die sich um den krebskranken Obdachlosen gekümmert hat? Schreiben wir über sie.«

»Wollen Sie diesen Artikel etwa nicht schreiben? Ich kann ihn auch jemand anderem geben. Ein Dutzend Jungreporter wartet nur darauf, einen Artikel über die Titten dieser Russell zu schreiben.«

»*Cassy* Russell. Sie hat einen Namen. Sie ist ein Mensch, Daniel. Ein Mensch mit Gefühlen.« Das war sogar ein Zitat aus einem seiner Artikel.

»Sie ist ein Mensch mit einem Mann, der Millionen unterschlagen hat, und jetzt muss sie sich ausziehen, damit man noch über sie schreibt.«

»Ich möchte über diesen Lehrer schreiben, der illegalen Einwanderern Englisch beibringt.«

»So was wollen die Leute aber nicht lesen!«

»Sie sollten es aber lesen! Ich will mich nicht für das schämen, was ich tue.« Er überlegte, ob er sich an die Brust schlagen sollte, beschloss dann aber, dass das zu weit gegangen wäre. »Ich werde Geschichten schreiben, die das Leben schrieb, und mit dieser Ausbeutung Schluss machen.«

Daniel sah sich panisch um. In seinen Augen flackerte es nervös. Harry war der bei Weitem beliebteste Journalist der Zeitung. Was nicht an seinen Themen lag, sondern daran, dass er sie zu nutzen wusste. Das Schlimmste, was passieren konnte, war, dass er sich *schämte*.

»Es ist offensichtlich, dass Sie da gerade eine schwere Phase durchmachen, Harry. Ich schätze, Sie brauchen Urlaub.«

»Nein. Ich möchte Geschichten schreiben.« Er schob Papiere auf seinem Schreibtisch herum. »Ich hatte hier irgendwas. Einen Tierarzt, der einen dreibeinigen Hund adoptiert hat. Das wird Ihnen gefallen.«

»Wissen Sie was?«, stieß Daniel hervor. »Wie wäre es, wenn Sie noch mal etwas über diese Profilerin schreiben? Über diese Bentley? Damit liegen Sie mir doch schon seit einer Weile in den Ohren.«

»Über Bentley?« Harry zog die Augenbrauen zusammen. »Die FBI-Profilerin von letztem Monat?«

»Damals wollten Sie unbedingt mehr über sie schreiben.«

»Über Verbrechen schreiben? Und Serienmörder? Ich weiß nicht, Daniel.«

»Versuchen Sie es. Sie können ja einen positiven Artikel daraus machen. Eine junge Profilerin, die etwas ändern will. Das ist doch eine schöne Geschichte, oder nicht?«

»Ich weiß nicht, ob sie für ein Interview zur Verfügung steht. Sie ist gerade wegen eines Falls nach San Angelo geflogen.«

»Na, das ist doch großartig!« Daniel strahlte. »Fliegen Sie hin. Finden Sie heraus, was sie da treibt. Schreiben Sie darüber. Das ist doch keine Ausbeutung, oder? Und vielleicht tut Ihnen der Ortswechsel ja ganz gut und Sie sehen die Dinge bald in einem anderen Licht.«

Harry seufzte schwer und ließ die Schultern hängen, während er innerlich einen Freudentanz aufführte.

Kapitel 17

Zoe lag auf dem Motelbett, das Haar noch feucht von der Dusche, trug nur einen Slip und ein langes, weites T-Shirt mit dem Logo einer Indie-Rockband, die sie nicht einmal kannte. Das Shirt gehörte eigentlich Andrea, und Zoe war überzeugt davon, dass ihre Schwester es einem ihrer Freunde in Boston stibitzt hatte.

Aber es war bequem, und mehr brauchte Zoe im Augenblick nicht.

Sie hatten den Tatort kurz nach dem Eintreffen der Kriminaltechniker verlassen. Zoe hatte angeboten zu fahren, da Tatum müde und unkonzentriert wirkte, aber er hatte darauf bestanden, und sie hatte sich nicht streiten wollen. Er hatte ein Motel in der Nähe des Polizeireviers herausgesucht, und sie hatten beide während der Fahrt geschwiegen. Sobald die Zimmertür hinter ihr ins Schloss gefallen war, hatten sich die Bilder und Gefühle jedoch Bahn gebrochen. Normalerweise konnte sie sich hinter einer schützenden Mauer verkriechen, aber wenn sie dann allein war, wurde diese durchlässig.

Zoe überlegte, das Zimmer zu verlassen und sich abzulenken, aber sie wusste aus Erfahrung, dass darauf nur schreckliche Albträume folgen würden. Auf die eine oder andere Weise musste sie die Eindrücke verarbeiten, und das machte sie lieber gleich, solange sie noch mental darauf vorbereitet war.

Die Leiche hatte das alles ausgelöst. Vor diesem Anblick waren da zahlreiche Theorien darüber gewesen, was möglicherweise passiert war. Aber sobald die Tote gefunden worden war und sie einen kurzen Blick darauf hatte werfen können, waren all diese denkbaren Realitäten zu einer verschmolzen. Nicole Medina war entführt, in eine Kiste gesteckt und lebendig begraben worden.

Zoe besaß ein besonderes Talent: Sie konnte in den Kopf eines Killers hineinblicken, so denken wie er, manchmal sogar erraten, was er als Nächstes tun würde. Aber diese Gabe forderte ihr auch einiges ab. Oftmals fand sie sich ebenso im Kopf des Opfers wieder, erlebte dessen letzte Augenblicke und spürte diese fast so, als hätte sie das alles selbst erlitten.

In Nicoles Fall musste sie sich dafür nicht einmal besonders anstrengen. Zum ersten Mal hatte sie das Opfer tatsächlich leiden sehen, und somit war es für sie ein Kinderspiel, sich in Nicole Medinas Kopf hineinzuversetzen.

Es musste dunkel gewesen sein in dieser Kiste, pechschwarz vor Augen. Sie hatte auf dem Rücken gelegen und bei jeder Bewegung die Wände um sich herum gespürt. Die Luft musste schal und staubig gewesen sein, und mit zunehmender Zeit fiel ihr das Atmen immer schwerer und sie geriet in Panik.

Die Wände schienen näher zu kommen, und da war diese schreckliche Gewissheit, dass sie in der Falle saß und nicht entkommen konnte.

Als Kind hatte Zoe mal mit ihrer Familie die Laurel Caverns besucht. Sie waren in einer großen Gruppe in die Höhle gegangen, und Zoe hatte ganz aufgeregt mit ihrer Taschenlampe herumgewedelt. Doch während der Tour hatten sie durch einen engen Tunnel kriechen müssen und die Frau vor ihr blieb stecken. Die Menschen hinter ihr kamen immer näher, da sie von dem Dilemma weiter vorn nichts mitbekamen, und Zoe spürte den zunehmenden Druck hinter sich. Felswände um sie herum, Menschen vor und hinter ihr, die ihr den Weg versperrten – auf einmal hatte sie keine Luft mehr bekommen. Andrea, die sich direkt hinter ihr befand, hatte sie nach vorn geschoben, damit sie endlich weiterging, und Zoe hätte am liebsten nach hinten ausgetreten.

Seit diesem Tag mied sie Höhlen und Tunnel und fühlte sich in engen Fahrstühlen ausgesprochen unwohl.

Als sie nun auf dem Bett lag und sich vorstellte, in einer derart kleinen Kiste gefangen zu sein, einen Haufen Erde über sich, dröhnte ihr der Herzschlag in den Ohren und sie rang panisch nach Luft.

Kapitel 18

Tatum stand unter der Dusche. Ihm tat der Rücken weh, und seine Handflächen brannten, weil er sich ein Dutzend Prellungen und kleine Schnitte zugezogen hatte. Ein Fingernagel war abgebrochen und blutete leicht. Er ließ das heiße Wasser an sich herunterlaufen und dachte an Nicole Medina, die in dieser Kiste gelegen hatte. Die Schreie des Mädchens aus dem Video gingen ihm nicht aus dem Kopf.

Er beobachtete, wie sich das Wasser um seine Füße sammelte, das vom Dreck ganz grau geworden war. Seufzend packte er ein Seifenstück aus und rieb sich damit ab.

Sobald er sauber war, verließ er das Badezimmer, trocknete sich ab und hinterließ feuchte Fußabdrücke auf dem Parkettboden. Er schloss die Jalousien, ließ das Handtuch fallen und betrachtete seine sehr eingeschränkte Kleidungsauswahl.

Es war schon fast Abend, aber der Besuch eines Tatorts war dem Appetit nicht gerade förderlich, und er wollte noch nicht über das Abendessen nachdenken. Zuerst überlegte er, den Fernseher einzuschalten, aber die Vorstellung, in seinem kleinen Zimmer zu bleiben, behagte ihm auch nicht.

Das Motel hatte einen kleinen Swimmingpool, und Tatum beschloss, dass es sowohl für seinen Rücken als auch für seinen

Appetit gut wäre, eine Runde schwimmen zu gehen. Da er keine Badehose eingepackt hatte, sah er seine Shorts durch. Die weißen Boxershorts kamen aus offensichtlichen Gründen nicht infrage. Die schwarzen waren ein bisschen eng, was im Wasser kein Problem darstellte, aber wenn er herauskam, würden sie wie eine zweite Haut an ihm kleben. Aber die blauen sollten gehen. Er zog sie an, legte sich ein Handtuch um die Schultern, verließ das Zimmer und schloss die Tür hinter sich. Dabei ignorierte er die panische Stimme in seinem Kopf, die schrie, dass er nur mit einer Unterhose bekleidet durch die Gegend lief. Denn das stimmte nicht. Er trug eine Badehose.

Der Swimmingpool war recht klein, und das Wasser funkelte im Licht der untergehenden Sonne. Die Oberfläche lag ganz still da und schien ihn förmlich zum Reinspringen aufzufordern. Tatum machte einen Kopfsprung, der ihm beinahe eine Gehirnerschütterung beschert hätte, da der Pool nicht so tief war wie erwartet. Er schwamm unter Wasser auf die andere Seite des Pools, tauchte wieder auf und holte tief Luft.

Dann drehte er einige Runden, die diesen Namen fast nicht verdienten, sondern ihm eher so vorkamen, als würde er sich in einer etwas größeren Badewanne aufhalten. Doch er konnte sich für eine Weile auf seine Bewegungen und seine Atmung konzentrieren und dass er sich rechtzeitig abstieß, wenn er den Rand erreichte.

Nach etwa einem Dutzend Minirunden fühlte er sich beobachtet. Er hielt inne und hob den Kopf. Es war Zoe. Sie starrte ihn mit ihren durchdringenden Augen an wie ein Raubvogel, der überlegte, ob er diesen Fisch zum Abendessen verspeisen sollte.

Er winkte ihr fröhlich zu. »Kommen Sie rein?«

Sie rümpfte die Nase. »Ich schwimme nicht gern.«

»Das Wasser ist wirklich angenehm kühl.« Obwohl der Himmel sich bereits dunkelblau gefärbt hatte, war es noch immer stickig und heiß. »Sie können ja wenigstens die Füße reinhalten.«

Zu seiner Überraschung setzte sie sich tatsächlich an den Rand und zog die Schuhe aus. Sie hielt erst einen und dann auch den zweiten Fuß ins Wasser und seufzte zufrieden.

Er schwamm zu ihr hinüber. Sie sah aus, als wäre sie in Gedanken ganz weit weg und äußerst besorgt. Beinahe hätte er sie mit Wasser bespritzt, weil er sich aus seiner Collegezeit daran erinnerte, dass man Mädchen damit zum Kreischen und Lachen bringen konnte, bis sie spielerisch »Lass das!« riefen.

Aber ein Blick in ihr Gesicht belehrte ihn eines Besseren. Zoe gehörte nicht zu dem Typ Frau, der kreischte und lachte. Vermutlich hätte sie ihn nur vernichtend angestarrt. Oder wäre ihm an die Gurgel gegangen.

»Ist alles in Ordnung?«

»Ja.« Sie erschauderte leicht. »Ich musste nur mal vor die Tür, damit ich nicht noch länger an Nicole Medina denke.«

Tatum nickte. »Warum schwimmen Sie nicht gern?«, wollte er dann wissen.

Sie bedachte ihn mit einem kritischen Blick. »Haben Sie ›Der Zauberer von Oz‹ nicht gesehen? Ich schmelze im Wasser.«

Tatum grinste sie an, und sie lächelte zurück.

»Ich schwimme einfach nicht gern«, gab sie zu. »Ich mag kein kaltes Wasser, und meine Haare sind nach dem Schwimmen immer so zerzaust. Außerdem juckt mir durch das Chlor immer die Haut.«

»Verstehe. Schwimmen ist wirklich schrecklich.«

»Andrea war im Schwimmteam ihrer Highschool«, fügte Zoe hinzu. »Sie würde auch heute noch den ganzen Tag im Wasser verbringen, wenn man sie ließe.« Sie streckte eine Hand in die Tasche und zog ihr Handy heraus. Als sie auf das Display schaute, schürzte sie die Lippen, um das Handy wieder wegzustecken und aufs Wasser zu blicken.

»Wie geht es Andrea?«, wollte Tatum wissen, da er vermutete, dass Zoe deswegen auf ihr Handy geguckt hatte.

»Keine Ahnung.« Sie klang gereizt. »Sie beantwortet meine Nachrichten nicht.«

»Hat sie sie denn schon gesehen?«

»Äh … nein. Aber das macht sie ständig. Sie sieht sich die Nachrichten einfach nicht an, die sie nicht sehen will. In der Hinsicht ist sie sehr gerissen.«

»Es geht ihr bestimmt gut.« Tatum wusste, dass seine Worte nichts bewirkten. Er war bei den Diskussionen über Rod Glovers letzten Brief an Zoe und das Foto mit Andrea dabei gewesen. Aber seit diesem Tag hatte niemand mehr etwas von Glover gesehen oder gehört. Falls Zoe Tatum gehört hatte, so reagierte sie nicht darauf. Stattdessen sah sie erneut aufs Handy.

»Andrea ist ein kluges Mädchen«, sagte Tatum. »Sie würde nicht …«

»Andrea weiß nicht, wozu Menschen wie Glover fähig sind. Ansonsten würde sie die Wohnung nicht mehr verlassen. Aber ich weiß es. Und Sie wissen es auch. Sie erschaffen komplizierte Fantasien und entwickeln eine regelrechte Besessenheit, diese noch faszinierender und lebendiger zu gestalten. Bis sie dem Drang nicht mehr widerstehen können und sie in die Tat umsetzen.«

»Das stimmt, aber Rod Glover hatte es nie auf einen bestimmten Typ abgesehen. Das haben Sie selbst gesagt. Er hat stets nur Gelegenheiten genutzt und Frauen überfallen, die allein waren. Aber er war kein Stalker.«

»Bei mir schon«, merkte Zoe an.

Vor einem Monat, während der Ermittlungen im »Präparator«-Fall in Chicago, war Glover Zoe so lange gefolgt, bis sie allein gewesen war. In diesem Augenblick hatte er zugeschlagen. Es war reines Glück gewesen, dass Zoe ihn hatte abwehren können. Tatum wusste, dass er an Zoes Stelle ebenso besorgt gewesen wäre. Dass einer der Menschen, deren Profile sie regelmäßig erstellten, es auf einen Angehörigen abgesehen haben könnte, musste ein entsetzliches Gefühl sein. Als wäre man Onkologe und würde bei seinem eigenen Kind einen Gehirntumor diagnostizieren – und dabei genau wissen, was diese Symptome bedeuten konnten. Manchmal war Unwissenheit eben doch ein Segen.

Er blickte zu Zoe auf und bemerkte ihr schnelles Blinzeln und die zitternde Unterlippe. Wie sie da so am Poolrand saß und die Füße ins Wasser hängen ließ, wirkte sie auf einmal wie ein Mädchen, das sich verlaufen hatte und ihre Eltern suchte.

»Es gibt ein internes Ermittlungsverfahren in einem meiner Fälle«, platzte es aus ihm heraus, da er sie unbedingt ablenken wollte. Womit auch immer.

Es funktionierte. Zoe starrte ihn mit weit aufgerissenen Augen an. »In welchem Fall?«

»Unrechtmäßiges Erschießen eines vermeintlichen Pädophilen.«

»Oh.« Sie nickte. »Daran erinnere ich mich. Sie haben mir von dem Fall erzählt. Der Mann hat nach seiner Kamera gegriffen, und Sie haben ihn erschossen, richtig?«

»Er hat *in seine Tasche* gegriffen, und ich habe ihn erschossen. Später fanden wir heraus, dass er nur die Kamera und keine Waffe in der Tasche hatte.«

Zoe schien darüber nachzudenken. Da ihm etwas kühl wurde, schwamm Tatum auf die andere Poolseite und wieder zurück.

»Warum haben sie die Sache wieder hervorgeholt?«, wollte sie wissen.

»Angeblich gibt es einen neuen Zeugen.«

»Kann er etwas gesehen haben, das ein schlechtes Licht auf Sie wirft?«

»Nein«, antwortete Tatum offen. »Derjenige muss genau gesehen haben, was passiert ist. Ich hatte keine Ahnung, dass Wells keine Waffe ziehen wollte.«

»Haben Sie etwas gesagt, bevor Sie geschossen haben?«

»Ich habe gesagt, er soll die Hände hochnehmen.«

»Haben Sie ihn mit seinem Namen angesprochen?«

»Was?«

»Haben Sie den Mann mit seinem Namen angesprochen oder nur gesagt, er soll die Hände hochnehmen?«

»Was macht das für einen Unterschied?«

»Es hat eine andere Wirkung. Was genau haben Sie gemacht?«

Tatum hievte sich aus dem Pool und ließ das Wasser auf den Steinboden laufen. Er nahm sein Handtuch vom Plastikstuhl, auf dem er es abgelegt hatte, und vergewisserte sich beim Abtrocknen, dass seine Shorts auch nass überzeugen konnte. Nachdem er sie zurechtgezupft hatte, setzte er sich mit dem Handtuch über den Schultern neben Zoe. »Ich glaube, ich habe ihn mit seinem Nachnamen angesprochen. Er hieß Wells. Ich habe in etwa gesagt: ›Hände hoch, Wells!‹«

»Nur seinen Nachnamen? Sonst haben Sie nichts gesagt? Haben Sie deutlich gesprochen?«

»Das ist doch keine große Sache, Zoe. Da will jemand ein bisschen stänkern. Machen Sie sich deswegen keine Sorgen.«

»Wenn die Sache wieder auf den Tisch kommt, muss es auch einen guten Grund dafür geben, und dann ist es auch eine große Sache.«

»Sie können einen wirklich beruhigen.« So langsam bereute Tatum, das Thema angesprochen zu haben.

»Sie haben ihn gejagt, richtig?«

»Ja. Er wollte ein kleines Mädchen auf offener Straße entführen, während wir ihn observiert haben.«

»Wie lange sind Sie hinter ihm hergerannt?«

»Keine Ahnung. Ein paar Blocks. Der Mann war nicht besonders sportlich.«

Zoes Handy piepte. Sie hob es hoch, und die Displaybeleuchtung erhellte ihr Gesicht. Kaum hatte sie die Nachricht gelesen, entspannte sie sich und ihre Lippen umspielte ein leises Lächeln.

»Andrea?«

»Ja. Es geht ihr gut. Ihr Großvater hat sie heute besucht.«

»Ach ja?« Tatum musterte sie fragend. »Und sie hat es überlebt?«

»Sie schreibt, er sei ein netter alter Mann.«

»Damit muss sie jemand anderen meinen. Das kann nicht mein Großvater gewesen sein.«

Zoe lachte auf. Tatum war sich nicht sicher, ob sein Witz der Grund für diesen Freudenausbruch war, oder ob sie schlichtweg aus Erleichterung lachte. Er schenkte ihr ein herzliches Lächeln.

»Wollen wir etwas essen gehen?«, schlug er vor. »Ich bin am Verhungern.« Und so war es auch. Plötzlich knurrte sein Magen, kaum dass er auch nur ans Essen dachte.

»Gern.« Zoe erhob sich und hob ihre Sandalen vom Boden auf. »Machen Sie sich denn gar keine Sorgen? Wegen der internen Ermittler, meine ich.«

»Ach was, das geht vorüber. Das ist nur weißes Rauschen.« Er stand ebenfalls auf und wandte sich zur Treppe.

»Haben Sie wirklich gedacht, er würde eine Waffe ziehen?«

Die Frage überraschte ihn, und er drehte sich zu Zoe um. Sie wirkte ganz ruhig und sah ihn durchdringend und ohne zu blinzeln an.

»Natürlich«, antwortete er. »Ich habe ihn erschossen.«

»Und er war ein Pädophiler. Sie haben lange mit dem Fall zu tun gehabt. Es war ein kniffliger Fall, bei dem es um einen Sexualstraftäter ging, der es auf Kinder abgesehen hatte.«

»Ja.« Das Wort kam ihm kaum über die Lippen. Tatum verspannte sich und spürte, wie sein Zorn drohte, sich Bahn zu brechen. Er kämpfte dagegen an. Sie stellte ihm nur eine einfache Frage. »Und ich wollte ihn unbedingt erwischen und hinter Gitter bringen.«

»Pädophile sind meist Wiederholungstäter. Wäre er ins Gefängnis gekommen, hätte man ihn nach einigen Jahren wieder freigelassen und er hätte sich erneut an Kindern vergreifen können. Das wussten Sie. Und dann hatten Sie ihn in die Ecke gedrängt. Und er wollte die Beweise vernichten, die er bei sich hatte.«

»Ich konnte nicht sehen …«

»Selbst in diesem Augenblick, nachdem Sie ihn gejagt haben und das Adrenalin durch Ihre Adern strömte, haben Sie ihn beim Namen genannt. Er war nicht nur eine Gefahr. Er war eine ganz spezielle Bedrohung.«

»Lassen Sie es gut sein, Zoe.«

»Sie haben Überzeugungen«, stellte Zoe fest. »Sie wollen etwas bewirken. Es ist durchaus möglich, dass Sie eine übereilte Entscheidung getroffen haben, als Sie schnell reagieren mussten. Vielleicht haben Sie sich sogar eingeredet, dass er …«

»Erstellen Sie etwa gerade ein Profil von mir?« Tatum war fassungslos. Bis zu diesem Augenblick hatte er geglaubt, sie würde darüber reden, wie man den Fall auffassen konnte. Aber nein, vielmehr analysierte sie ihn.

»Das ist vollkommen verständlich. Wenn Sie davon überzeugt waren, dass er aufgehalten werden musste …«

»Er wollte eine Waffe ziehen.«

»Es war eine Kamera.«

»Ich dachte aber, es wäre eine Waffe!« Erst, als er hörte, wie seine Worte von den Wänden des Motels um sie herum widerhallten, merkte Tatum, dass er geschrien hatte.

Zoe starrte ihn überrascht an. »Warum sind Sie so wütend? Ich habe nie gesagt …«

Tatum hob die Hände, um sie zum Schweigen zu bringen, und zitterte vor Wut am ganzen Körper. »Erstellen Sie nie wieder ein Profil von mir. Haben Sie verstanden? Das steht Ihnen nicht zu.«

»Ich wollte nur, dass Sie vorbereitet sind. Wenn man Ihnen schwierige Fragen stellt ...«

»Es gibt keine schwierigen Fragen, Bentley. Weil ich mich verteidigt habe. Gegen einen Mann, von dem ich glaubte, er wäre bewaffnet. Ich würde *niemals* auf einen Unbewaffneten schießen. Und das sollten Sie eigentlich wissen.«

»Ich behaupte doch gar nicht, dass Sie etwas falsch gemacht haben. Ich wollte Sie nur darauf hinweisen, dass Sie weitaus aggressiver reagiert haben als nötig, was die Ermittler vermutlich auch sagen werden.«

»Darum geht es doch gar nicht. Das ist nur das, was Sie denken.«

»Ich war nicht dabei.«

»Ganz genau. Das waren Sie nicht. Und Sie können mir ruhig glauben, wenn ich Ihnen erzähle, wie es sich abgespielt hat.« Er stürmte wütend an ihr vorbei. Ihm war der Appetit vergangen, und trotz des Aufenthalts im Pool schien sein Körper vor Hitze zu glühen.

Kapitel 19

San Angelo, Texas, Freitag, 9. Mai 1986

Der Junge versteckte sich in seinem Zimmer. Das war nicht das beste Versteck, aber wenn man sich fürchtete, begab man sich an einen sicheren Ort. Dies war sein Schildkrötenpanzer, sein Bunker, seine Zuflucht. Hier konnte er sich ganz klein machen, seinen Plüsch-E.-T. in den Arm nehmen und sich von Superman bewachen lassen, der auf einem Poster über dem Bett zu sehen war.

Wussten sie es?

Das Fernglas seines Vaters hatte ihn schon immer fasziniert. Es war ein einfacher, aber erstaunlich schwerer Gegenstand. Und wenn er ihn sich vor die Augen hielt, passierten Wunder. Der Junge konnte das Nummernschild eines Wagens lesen, der die Straße entlangfuhr. Er konnte die Gesichter der Menschen erkennen, die den Friseursalon am Ende der Straße betraten. Mit dem Fernglas seines Vaters besaß er eine Superkraft: Er konnte so gut gucken wie ein Superheld.

Es gab selbstverständlich eine Regel. Immer mit Daddy, niemals allein. Aber welcher Superheld ging denn überall mit seinem Daddy hin?

Außerdem ließ Daddy ihn nie die Nachbarin damit beobachten. Dabei war das sein liebster Zeitvertreib, wenn er sein Superheldensehvermögen hatte. Mrs Palmer wohnte auf der anderen Straßenseite, und mit dem Fernglas konnte er teilweise in ihr Schlafzimmer sehen, was er immer als sehr aufregend empfand, selbst wenn sie gar nicht anwesend war.

Er hatte die Regel gebrochen. Und je häufiger er es tat, desto stärker wurde der Drang, es wieder zu tun. Aber er war immer vorsichtig und tat es nie, wenn seine Eltern in der Nähe waren. Die Wochenenden waren am besten, weil sie dann lange schliefen, ebenso wie Mrs Palmer. So konnte er sie ungestört beobachten.

Aber an diesem Morgen war sie aufgewacht und hatte sich gerade anziehen wollen, als sie sich auf einmal zum Fenster umgedreht und das Gesicht verzogen hatte. Eine Sekunde lang hatte sie einfach nur dagestanden und ihn direkt angesehen. Er hätte sich nicht rühren können, selbst wenn er es gewollt hätte.

Dann hatte sie ruckartig nach dem Vorhang gegriffen und ihn zugezogen, und er hatte gewusst, dass er aufgeflogen war.

Er war panikartig in sein Zimmer gerannt, ohne es auch nur bewusst zu steuern. Dabei murmelte er leise Gebete vor sich hin und versprach Gott, Mrs Palmer nie wieder zu beobachten, wenn sie nur nicht seinen Eltern davon erzählte. Dann würde er das Fernglas nie wieder anrühren.

Das Fernglas. Er hielt es noch in der Hand. Doch er musste es zurücklegen, bevor ...

Das Telefon klingelte schrill im Wohnzimmer. Er konnte hinlaufen und vor seinen Eltern rangehen. Behaupten, jemand habe sich verwählt. Vielleicht konnte er Mrs Palmer sogar einreden, er habe Vögel beobachtet.

Stattdessen drückte er sich nur noch weiter in die Ecke. Sein Bett stand neben seinem grünen Schreibtisch, und wenn er sich richtig hinsetzte und die Beine an die Brust zog, dann konnte man ihn von der Tür aus nicht sehen. Wenn seine Eltern in sein Zimmer kamen, würden sie ihn nicht bemerken.

Das war noch eine seiner Superkräfte. Er konnte sich unsichtbar machen.

Seine Mutter ging ans Telefon. Er konnte ihre schläfrige Stimme hören, die im Verlauf des Gesprächs lauter und erboster wurde.

Er musste sich etwas ausdenken, aber die näher kommenden Schritte und die wütende Stimme seiner Mutter gaben ihm zu verstehen, dass es dafür zu spät war.

Sie rief seinen Namen und schien fuchsteufelswild zu sein. Ein Sturm zog auf. Er hatte solche Angst, dass es ihm die Kehle zuschnürte.

Die Tür wurde aufgerissen. Eine Sekunde lang stand seine Mutter in der Tür und murmelte »Wo steckt er?« Unsichtbarkeit. Die beste Superkraft aller Zeiten.

Doch dann machte sie einen Schritt ins Zimmer, und er hatte verloren. Ihr Gesicht sah gerötet und zornig aus. Wieder schrie sie seinen Namen und etwas über die Nachbarin und das Fernglas.

Er entschied sich für die einzige Option, die ihm blieb, und leugnete alles. Welche Nachbarin? Er hatte Vögel beobachtet.

»Und jetzt lügst du mich auch noch an?«, kreischte seine Mom fassungslos.

Sie packte seinen Arm und zerrte ihn durch das Zimmer und die Tür. Kurz versuchte er, sich ihr zu widersetzen, und stemmte die Füße in den Boden.

Aber übermenschliche Kraft gehörte nicht zu seinen Superkräften. Er jammerte und flehte und bettelte um Verzeihung. Das waren doch die magischen Worte, oder nicht? Es tat ihm leid! Es tat ihm so leid! Es tat ihm so schrecklich leid!

Sie schleifte ihn bis nach unten in den Keller. Er musste bestraft werden. Er brauchte Zeit, um über das *nachzudenken*, was er falsch gemacht hatte. Als hätte er das nicht schon die letzten zwanzig Minuten ununterbrochen getan.

Andere Eltern schlugen ihre Kinder, wenn sie sich nicht benahmen, das hatte er schon gehört. Robby aus seiner Klasse hatte erzählt, sein Dad habe ihm *hundert* Schläge auf den Hosenboden verpasst.

Aber seine Eltern schlugen ihre Kinder nicht. Es war falsch, seine Kinder zu schlagen, sagten sie. Seine Eltern waren der Ansicht, die Bestrafung sollte eine erzieherische Maßnahme sein.

Seine Mom sagte immer, er brauche Zeit, um über sein Handeln nachzudenken.

Im Keller stand ein Besenschrank. Ein dunkler Ort an einem dunklen Ort.

Bitte, Mommy, es tut mir so leid. Es tut mir so leid! Ich mache so was nie wieder. Ich habe meine Lektion gelernt. Ich entschuldige mich bei Mrs Palmer. Es tut mir so leid.

Sie stieß ihn in den Besenschrank, knallte die Tür zu und verriegelte sie. Er hörte, wie sich ihre Schritte entfernten, die Treppe hinaufgingen, wie sie die Kellertür hinter sich schloss. Der enge Raum roch nach Putzmitteln, Staub, Schimmel und Albträumen.

Er schluchzte, hämmerte gegen die Tür und schrie, dass es ihm leidtat.

Es war dunkel im Besenschrank. So dunkel, dass es ihm vorkam, als wäre er blind geworden.

Dies war nicht das erste Mal, dass er hier eingesperrt wurde. Er brauchte häufiger Zeit zum Nachdenken. Es roch immer gleich. Er spürte stets die Panik, die ihn zu ersticken drohte, während ihn die Dunkelheit umfing.

Warum hatte Mrs Palmer seine Mom anrufen müssen? Er hatte doch niemandem wehgetan. Sie hätte doch einfach die Vorhänge zuziehen und es dabei belassen können. Oder mit ihm reden, wenn sie wollte, dass er damit aufhörte. Er hätte es gelassen. Es war *ihre* Schuld, dass er jetzt im Besenschrank war. *Sie* hatte ihm das angetan.

In der Dunkelheit blieb ihm nichts anderes übrig, als den Schritten seiner Mutter über sich zu lauschen. Dem Klingeln des Telefons. Irgendwo weit, weit weg rauschte ein Radio und spielte dann Musik.

Eine dritte Superkraft. Ein überragendes Hörvermögen. Und er brauchte alle Superkräfte, die er kriegen konnte.

Denn in der Dunkelheit kamen die Monster.

Kapitel 20

San Angelo, Texas, Mittwoch, 7. September 2016

Zoe war erschöpft. Nach Tatums plötzlichem Wutausbruch am Vorabend hatte sie allein etwas gegessen und danach zu schlafen versucht, aber nicht einschlafen können. Immer wieder war ihr das Gespräch durch den Kopf gegangen, und sie versuchte zu ergründen, was Tatum derart auf die Palme gebracht hatte. Schließlich entschied sie, dass er einfach ein Blödmann war, so wie alle Männer beim FBI und eigentlich sämtliche Männer auf Erden. Nachdem sie dann doch endlich eingeschlafen war, hatte sie einen Albtraum, in dem Andrea in Gefahr schwebte, und wachte vor Sonnenaufgang auf. Zu ihrem Glück lag gleich auf der anderen Straßenseite des Motels eine Starbucks-Filiale, und als Tatum sie aufsuchte, um ihr angespannt mitzuteilen, dass er jetzt zum Revier fahren werde und sie mitnehmen könne, hatte sie bereits einen Grande Americano intus.

Die Fahrt zum Polizeirevier war kurz und verkrampft. Tatum blieb die ganze Zeit über wie versteinert und gleichgültig. Zoe versuchte mehrmals, über eine Strategie hinsichtlich der Zusammenarbeit mit der Polizei von San Angelo zu sprechen, aber er reagierte so schnippisch und einsilbig, dass sie es schließlich aufgab und sich vornahm, ab sofort nicht mehr mit ihm zusammen zu fahren. Wenn sich Chief Mancuso über die zusätzlichen Spesen beschwerte, würde Zoe ihr eben sagen, dass sie gern mal selbst mit Tatum im Auto ausharren konnte.

Lieutenant Jensen nahm sie beim Betreten der Abteilung in Empfang. Er schien einen nagelneuen Anzug zu tragen, hatte sich das Haar ordentlich gekämmt und seine Schuhe auf Hochglanz poliert. »Schön, Sie hier zu sehen, Agents. Wir wollten gerade mit der Besprechung der Taskforce beginnen.«

»Was für eine Taskforce?«, knurrte Tatum.

»Der Polizeichef hat uns angewiesen, eine Taskforce zu gründen, um den Medina-Mord zu untersuchen«, erklärte Jensen. »Wir hatten gehofft, dass Sie sich uns anschließen und uns beraten, wie wir weiter vorgehen sollen.«

»Okay«, meinte Tatum trocken. »Wir beraten Sie.«

»Hier entlang, Agents.« Jensen führte sie durch den Flur.

»Ich bin keine Agentin«, korrigierte Zoe ihn, »sondern FBI-Beraterin.«

»Ach ja?«, fragte Jensen desinteressiert. Er schlug ein schnelles Tempo an, doch da er so kurze Beine hatte, konnte sie problemlos mit ihm mithalten. Tatum stampfte mit unzufriedener Miene hinter ihnen her.

»Ich bin zivile Bera…«

»Da wären wir.« Jensen ging durch eine Tür in einen großen Raum. Den meisten Platz darin nahm ein rechteckiger weißer Tisch mit zwei Stuhlreihen ein. Auf ein großes Whiteboard an einer Wand hatte jemand geschrieben *Nicole Medina, 2. September.* Drei Personen saßen bereits am Tisch. Detective Foster hatte auf der rechten Seite neben einer Rothaarigen mit Pferdeschwanz Platz genommen. Ihnen gegenüber saß ein glatzköpfiger Mann, dessen buschige Augenbrauen sich zu einer perfekten Monobraue zusammenfügten, die an einen Vogel im Flug erinnerte und die der Mann ein winziges Stück hochzog, als Zoe ihn ansah, als würde der Vogel mit den haarigen Flügeln schlagen. Das war sehr verwirrend.

Jensen schloss die Tür und klatschte in die Hände. »So«, begann er. »Nun, da wir alle hier sind, können wir ja anfangen. Zuerst sollten Sie einander kennenlernen. Detective Foster sind Sie ja bereits begegnet. Das ist Detective Carole Lyons ...«

Die Frau nickte Zoe und Tatum zu.

»Und Agent Shelton kennen Sie vermutlich.« Jensen deutete auf den Mann mit den vogelartigen Augenbrauen und schien davon auszugehen, dass alle Bundesagenten sich kannten.

»Nein, wir sind uns nie begegnet«, sagte der Mann. »Brian Shelton vom Büro in San Antonio.«

»Ach ja?«, murmelte Jensen. Zoe vermutete, dass er das immer sagte, wenn etwas Unerwartetes passierte. »Nun denn. Das sind die Agenten Gray und Bentley. Ich meine, Agent Gray und ... äh.« Ihm schienen die Worte zu fehlen.

»Dr. Bentley«, half Zoe ihm aus.

»Nun weiß jeder, wer der andere ist.« Jensen klatschte abermals in die Hände.

Zoe setzte sich neben Agent Shelton, Tatum nahm neben Detective Lyons Platz. Als Zoe Blickkontakt zu Tatum aufnehmen wollte, drehte er den Kopf weg und mahlte mit dem Kiefer.

»Zuerst sollten wir die Details des Falls noch einmal durchgehen«, sagte Jensen. »Detective Foster?«

Foster räusperte sich und fasste den Fall zusammen, wobei er mit der Entdeckung von Nicole Medinas Leiche am Vortag aufhörte. Danach sah er kurz in die Akte vor sich und berichtete, was sie bisher herausgefunden hatten.

»Die Todesursache war laut Rechtsmediziner Ersticken«, sagte Foster. »Er schätzt die Todeszeit auf zwei bis acht Uhr am dritten September, kann aber erst nach Abschluss der Obduktion etwas Genaueres sagen. Das Opfer wurde in einer selbst gezimmerten Holzkiste begraben. Eine kleine Infrarotkamera und ein

Mikrofon befanden sich in dieser Kiste, um alles auf Video aufzuzeichnen. Die Geräte waren mit einem Kabel verbunden, das aus dem Grab herausführte. Das andere Ende hatte man abgeschnitten und mit Erde bedeckt, vermutlich nach Aufzeichnung des Videos, um es zu verdecken. Wir haben in der Kiste zahlreiche Fingerabdrücke gefunden und vergleichen sie momentan mit denen des Opfers. Es gab keine Fingerabdrücke auf der Kamera, der Außenseite der Kiste oder dem Kabel. Zudem haben wir einige DNA-Proben aus dem Sarginneren gesichert, vor allem Haare, einen abgebrochenen Fingernagel, etwas Blut …« Er warf Agent Shelton einen Blick zu.

»Unser Labor wird die Proben in Kürze untersuchen, um sie mit der DNA des Opfers und mit CODIS zu vergleichen«, warf Shelton ein.

»Wir fanden einige Reifenabdrücke am Tatort, aber …« Sein Blick zuckte kurz zu Zoe. »Sie sind durch unseren Versuch, das Opfer zu retten, größtenteils überdeckt und verwischt worden.«

Zoe bemühte sich um eine ausdruckslose Miene und sah davon ab, anzumerken, dass sie ihm das am Tag zuvor gesagt hatte. Sie hatte die Menschen noch nie verstanden, die im Nachhinein darauf beharren mussten, dass sie doch recht gehabt hatten. Das war so, als wäre man stolz darauf, nicht überzeugend genug gewesen zu sein.

»Die Kriminaltechniker durchsuchen an diesem Vormittag noch mal alles und sichern die Fußabdrücke am Tatort. Da die oberste Erdschicht jedoch aus feinem Staub besteht, es vor zwei Tagen sehr windig war und unsere Männer das Grab ausgehoben haben, bin ich in dieser Hinsicht nicht sehr optimistisch.«

Jensen räusperte sich. »Unsere höchste Priorität war, Medina lebendig zu retten, sofern es möglich war.« Offensichtlich versuchte er, möglichen Anschuldigungen zuvorzukommen.

Zoe versuchte, Tatums Blick zu erhaschen, da sie wusste, dass er unter normalen Umständen die Augen verdreht hätte, aber er konzentrierte sich allein auf Foster und ignorierte sie.

»Die Autopsie ist für heute Nachmittag angesetzt«, fuhr Foster fort. »Unsere Kriminaltechniker arbeiten im Augenblick an der Kiste und versuchen, so viele Informationen wie möglich zu bekommen.«

Er warf einen Blick auf das Blatt vor sich. »Das Handy, das der Mörder benutzt hat, ist ausgeschaltet und kann daher nicht geortet werden. Anscheinend wurde es das erste Mal in der Nähe des Grabes eingeschaltet, daher können wir es auch nicht nutzen, um seine Bewegungen vor der Tat nachzuvollziehen.« Er tippte auf die Seiten vor sich und stapelte sie ordentlich. »Das ist bisher alles.«

»Gut. Bitte schicken Sie allen hier Anwesenden eine Zusammenfassung«, verlangte Jensen.

»Wird gemacht.«

»Ich schätze, die wichtigste Frage, die wir uns stellen müssen, ist offensichtlich: Haben wir es mit einem Serientäter zu tun?« Jensen sah erst Tatum und dann Zoe erwartungsvoll an.

»Ein Serientäter ist ein Mörder, der wenigstens zwei Personen bei zwei verschiedenen Gelegenheiten tötet«, erwiderte Tatum. »Bisher gibt es keinen Beweis dafür, dass dies hier der Fall ist.«

»Müssen es nicht wenigstens *drei* Opfer sein, um ihn als Serienmörder zu klassifizieren?«, hakte Jensen nach.

»Nein.« Zoe war einen Sekundenbruchteil schneller als Tatum und Agent Shelton. Sie beugte sich vor. »Das wurde 2005 geändert. Die Definition lautet jetzt, dass er zwei oder mehr Opfer mit zeitlichem Abstand getötet hat.«

»Das Video, das er veröffentlicht hat, trägt den Titel ›Experiment Nummer eins‹«, merkte Jensen an. »Ist dann nicht damit zu rechnen, dass es ein weiteres Opfer geben wird?«

»Das lässt sich jetzt unmöglich sagen«, erwiderte Zoe. »Dazu brauchen wir weitere Informationen. Es besteht allerdings durchaus die Wahrscheinlichkeit, dass er tatsächlich ein Serientäter ist.«

»In …«, er sah auf die Uhr, »zweiunddreißig Minuten findet eine Pressekonferenz statt. Was können wir den Reportern mitteilen?«

»Nichts. Sagen Sie die Pressekonferenz ab.«

»Das ist unmöglich. Die Presse weiß bereits vom Leichenfund. Irgendjemand wird den Zusammenhang zum Video herstellen. Wir müssen die Kontrolle über die Situation behalten.«

»Da bin ich ganz Ihrer Meinung.« Zoe ballte unter dem Tisch eine Faust. Jetzt wusste sie, warum Jensen so gut gekleidet war. »Und das ist auch genau der Grund, aus dem Sie die Presse so lange wie möglich außen vor halten müssen. Jedenfalls bis wir mehr wissen.«

»Das ist wie gesagt unmöglich.« Jensen wandte sich an Tatum, als wäre er ein Patient, der eine zweite Meinung benötigte. »Unser Ziel ist es, gleich zu verhindern, dass Gerüchte und Panik aufkommen.«

»Falls es sich um einen Serientäter handelt, könnte er auf das Interesse der Presse reagieren«, meinte Tatum. »Und er könnte sich dazu angestachelt fühlen, erneut zu töten. Daher muss ich Dr. Bentley zustimmen.«

»Ach ja?«

Zoe vermutete, dass die Pressekonferenz so oder so stattfinden würde. »Bleiben Sie bei den grundlegenden Fakten. Bieten Sie keinen Raum für Interpretationen. Wenn Sie keine Panik auslösen wollen, nehmen Sie das Wort *Serientäter* am besten gar nicht erst in den Mund.«

»Okay.« Jensen klatschte wieder in die Hände. »Dann wäre das geregelt. Was unsere nächsten Schritte angeht, so haben wir meiner Meinung nach einige vielversprechende Hinweise. Da wäre zum einen die mexikanische Mafia. Wir sollten mit Medinas Vater sprechen ...«

»Wenn Sie erlauben, Lieutenant«, unterbrach Detective Lyons ihn. »Ich hätte da einen anderen Vorschlag.«

»Ach ja?« Jensen sah sie verwirrt blinzelnd an.

»Wir gehen momentan von der Annahme aus, dass Medina entführt wurde, direkt nachdem sie aus dem Auto ihrer Freunde gestiegen ist und bevor sie das Haus betreten hat. Wir sollten das überprüfen, noch einmal mit ihren Freunden sprechen und den Zeitablauf so präzise wie möglich nachvollziehen. Falls sie tatsächlich von dort entführt wurde, hat der Täter entweder vor ihrem Haus gewartet oder ist ihr von der Party gefolgt. Wir sollten die Aufzeichnungen der Verkehrskameras überprüfen, ob ein Fahrzeug dem Wagen ihrer Freunde gefolgt ist.«

Foster wandte den Blick nicht von Lyons ab und grinste verschmitzt. Die beiden Detectives wollten den Lieutenant anscheinend von einer anderen Vorgehensweise überzeugen, und Lyons übernahm das Reden, weil sie aus irgendwelchen Gründen wussten, dass Jensen dann zugänglicher war.

»Und sobald wir die Laborergebnisse haben«, fuhr Lyons fort, »werden wir höchstwahrscheinlich auch mehr über den Erbauer der Kiste wissen. Falls der Täter sie nicht selbst gebaut hat, können wir diesen Hinweisen nachgehen. Und wir werden natürlich weiterhin das Handy des Mörders überwachen.«

Jensen blinzelte mehrmals und räusperte sich. »Ja, natürlich. Das hört sich nach einer vernünftigen Herangehensweise an.«

»Wir sind außerdem dabei, den digitalen Spuren nachzugehen, die der Täter hinterlassen hat«, schaltete sich Agent Shelton ein. »Sobald wir etwas herausgefunden haben, melden wir uns. Und dann ist da noch die Sache mit dem Upload-Standort.«

»Ja.« Jensens Miene war ausdruckslos. »Der Upload-Standort.«

»Das Video wurde vor Ort hochgeladen.« Shelton runzelte die Stirn, und sein Augenbrauenvogel faltete die Flügel, als würde er zum Sturzflug ansetzen. »Der Mörder muss ein UMTS-Modem verwendet haben.«

»Oder er hat sein Handy als Hotspot benutzt«, merkte Foster an.

»Die Handyaktivitäten haben wir bereits überprüft«, sagte Shelton. »Er hat es nur für das CNN-Video benutzt. Wir rufen alle verfügbaren Daten über die Mobilfunkmasten in der Nähe ab. Da sich der Tatort in einer entlegenen Gegend befindet, dürfte das keine sehr lange Liste sein. Wenn er das Video vor Ort hochgeladen hat, finden wir auch einen Beweis dafür, und damit können wir unseren Mann möglicherweise aufspüren.«

Jensen nickte während dieser Erklärung unablässig weiter, bevor er sich an Tatum wandte. »Möchten Sie dem noch etwas hinzufügen, Agent?«

»Dr. Bentley und ich werden ein vorläufiges Profil erstellen«, erklärte Tatum. »Wir würden es sehr zu schätzen wissen, wenn man uns uneingeschränkten Zugang zu den am Tatort gefundenen Beweisen sowie den Fotos einräumen würde.«

»Selbstverständlich.« Jensen machte eine ausschweifende Handbewegung, als wäre er ein König und würde den Wunsch eines Untertans erfüllen, die in diesem Zusammenhang äußerst absurd wirkte. »An die Arbeit.«

Kapitel 21

Tatum war schon fast an der Tür, als Zoe ihn am Arm festhielt.
»Können wir kurz reden?«, fragte sie.
Er erstarrte, sobald sie ihn berührte. »Sicher.«
Sie blieben an der Tür stehen, während die anderen Teilnehmer der Besprechung hinausgingen. Agent Shelton war der Letzte, und er beäugte sie kritisch. Tatum nickte ihm zu und lächelte höflich, und der Agent zuckte mit den Achseln und ging hinaus.
»Wir müssen uns entscheiden, wie wir diesen Fall angehen wollen«, sagte Zoe. »Es gibt sehr viel zu tun.«
Tatum hatte damit gerechnet, dass sie nicht über das reden wollte, was sie am Vorabend gesagt hatte, und sich erst recht nicht entschuldigen würde. Dennoch machten sich Verärgerung und Enttäuschung in ihm breit. Er musste irgendwie Luft ablassen. Hätte sie gesagt, er solle sich nicht so kindisch verhalten, wäre das eine gute Gelegenheit für eine bissige Bemerkung gewesen. Er hatte die halbe Nacht über all das nachgedacht, was er hätte sagen können, als Zoe ihn beiläufig des Mordes bezichtigt hatte. Die Worte jetzt auszusprechen war jedoch sinnlos. Dafür war es längst zu spät.

»Natürlich«, erwiderte er. »Wir müssen uns eine Liste der in der Gegend begangenen Verbrechen ansehen. Wenn wir davon ausgehen, dass die Fantasie des Mörders etwas mit Klaustrophobie zu tun hat, sollten wir uns auf alle Fälle konzentrieren, bei denen Personen in beengte Räume eingesperrt wurden.«

»Möglicherweise haben Prostituierte etwas Derartiges gemeldet, beispielsweise einen Freier, der sie gezwungen hat, sich über einen längeren Zeitraum in eine verschlossene Kiste oder einen Kofferraum zu legen.«

»Gut. Ich sehe mir die Fälle aus der Gegend an.«

»Und ich versuche es mit ViCAP.« Zoe seufzte.

Tatum wusste, was sie bedrückte. ViCAP eignete sich theoretisch perfekt für derartige Ermittlungen. Das Violent Criminal Apprehension Program des FBI sollte eine Datenbank aller Gewaltverbrechen im ganzen Land sein. Wenn der Mörder bereits in anderen Staaten ein Gewaltverbrechen begangen hatte, sollte es eigentlich dort aufgeführt sein. In der Theorie hätte Zoe nur nach Vorfällen suchen müssen, bei denen Personen lebendig begraben worden waren, um sofort eine Liste aller ähnlichen Fälle angezeigt zu bekommen.

Die Sache hatte allerdings einige Haken. Das Hauptproblem bestand darin, dass nicht einmal ein Prozent aller Gewaltverbrechen in die Datenbank eingegeben wurden. Außerdem gab es natürlich auch kein mit »lebendig begraben« beschriftetes Kästchen, das Zoe einfach ankreuzen musste. Allerdings konnte Tatum im Augenblick nicht besonders viel Mitgefühl für sie aufbringen, und er schlug auch nicht vor, sie zu unterstützen.

»Der Benutzername des Uploaders lautet ›Schroedinger‹, und das ist garantiert kein Zufall. Wir sollten uns beide gründlich mit Schrödinger beschäftigen«, meinte Zoe. »Falls er sich tatsächlich auf Schrödingers Katze bezieht, müssen wir genau wissen, worum es bei diesem Experiment geht.«

»Das ist eigentlich ganz einfach. Man steckt eine Katze in eine Kiste und macht den Deckel zu … und aus irgendeinem Grund könnte die Katze irgendwann sterben. Daher ist die Katze lebendig … und gleichzeitig tot.«

»Wieso ist sie lebendig und gleichzeitig tot? Sie kann doch nur eins von beiden sein.«

»Na ja … Man weiß es eben nicht mit Sicherheit. Das ist wohl so ein Physikexperiment.«

Sie sahen sich schweigend an.

»Wir sollten uns beide mit Schrödinger beschäftigen«, beharrte Zoe.

Kapitel 22

Zoe saß allein im Besprechungszimmer vor ihrem Laptop und hatte ihre Unterlagen sowie zahlreiche Fotos auf dem Tisch ausgebreitet. Jensen hatte ihrer Bitte, diesen Raum benutzen zu dürfen, erst nach einigem Gemurre stattgegeben. Tatum arbeitete im Büro der Detectives am Schreibtisch des Mannes, der im Urlaub war. Dies war Zoes Ansicht nach die beste Lösung, da sie Tatums aktuelle Gefühlslage schlichtweg unerträglich fand.

Auf dem Bildschirm wurde die ViCAP-Suchmaske angezeigt. Sie hatte an diesem Vormittag schon acht verschiedene Suchanfragen durchgeführt und mehr als zweihundert Fälle gefunden, die mit dem Medina-Fall in Verbindung stehen konnten, und es war ebenso schwierig wie unergiebig, sie alle durchzugehen.

Zoe hatte Fragen, auf die sie Antworten brauchte. Wie war das Opfer entführt worden? Was stand im toxikologischen Bericht? Woher stammte die Kiste? All diese Antworten würde sie im Laufe der Zeit bekommen, aber sie war daran gewöhnt, erst hinzugezogen zu werden, wenn man in einem Fall nicht weiterkam und diese Informationen bereits vorlagen. Einer der Sätze, die sie bei der BAU am häufigsten hörte, lautete: »Hätte man uns doch nur früher benachrichtigt.« Als könnten die

Profiler direkt nach einer Gewalttat auftauchen, wie eine Art real gewordener Poirot auf den Schuldigen zeigen und so weitere Verbrechen verhindern. Und jetzt saß sie hier, beteiligte sich im Grunde genommen frühestmöglich an den Ermittlungen, und es stellte sich heraus, dass sie ebenso ahnungslos war wie alle anderen.

Sie rieb sich die Stirn und fühlte sich überfordert. Tatums Zorn lenkte sie ebenso ab wie die Entfernung zu Andrea. Kaum dachte sie an ihre Schwester, malte sie sich auch schon aus, wie Andrea sorglos über einen Parkplatz ging und die dunkle Gestalt nicht bemerkte, die mit einer grauen Krawatte in der Hand an ihrem Wagen lauerte.

Zähneknirschend griff sie nach ihrem Handy und schickte Andrea eine kurze Nachricht.

Hey, wie geht's dir heute Morgen?

Zu ihrer Überraschung sah sie im Chatfenster, dass Andrea bereits eine Antwort tippte – das war eindeutig eine Verbesserung.

Gut. Was macht der Fall?

Zoe seufzte und antwortete:

Ist ziemlich unschön. Und Tatum ist sauer auf mich.

Was hast du gemacht?

Nichts. Er benimmt sich kindisch.

Andrea schickte ein Emoji mit hochgezogenen Augenbrauen, und Zoe ärgerte sich über das dadurch übermittelte Misstrauen.

Ich muss weitermachen. Telefonieren wir später?

Klar.

Erleichtert stand Zoe auf und lief ein wenig auf und ab. Es wurde Zeit, die Taktik zu ändern und von vorn anzufangen. Sie konnte noch keine konkreten Schlussfolgerungen ziehen, aber Theorien aufstellen. Höchstwahrscheinlich war Nicole von einem Fremden ermordet worden. Wäre sie von jemandem umgebracht worden, der sie kannte und der die Tat aus einem der üblichen Motive wie beispielsweise Gier oder Eifersucht beging, hätte sich derjenige nicht die Mühe gemacht, sie lebendig zu begraben, das Ganze zu filmen und das Video online zu stellen. Nein. Der Antrieb des Killers lag ganz woanders.

Neben dem Whiteboard lagen mehrere Marker, und sie schnappte sich einen und erstellte eine Liste.

Lebendig begraben. Abgelegener Ort. Onlinevideo.

Nachdem sie einen Kreis um die Worte *Lebendig begraben* gezogen hatte, zog sie eine Linie und schrieb an deren Ende *Klaustrophobie*. Danach zögerte sie, suchte rasch online nach einem Begriff für die Angst davor, lebendig begraben zu werden, und notierte diesen: *Taphophobie*. Sie hatte bereits Hinweise darauf entdeckt, dass der Täter sexuell erregt gewesen war. Nun setzte sie sich vor den Laptop, ließ das Video laufen und verfolgte die Bewegungen des Killers ganz genau.

Zweimal machte der Mann beim Auffüllen des Grabs eine Pause und verschwand aus dem Bild. Bei der zweiten Gelegenheit war er ungefähr drei Minuten lang verschwunden. Als sie sich das Video ein drittes Mal ansah, war sie sich ganz sicher. Beim Verlassen des Bilds wirkte er steif und gehetzt, aber als er wiederkehrte, sah er locker und ruhig aus.

Er war weggegangen, um zu masturbieren.

Ihre Selbstsicherheit wuchs, und sie schrieb zwei weitere Worte ins Diagramm: *Dominanz* und *Kontrolle*. Diese beiden Antriebe waren bei Serialsexualmördern häufig zu finden und schienen hier ebenfalls zuzutreffen.

Sie ging über zu *Abgelegener Ort,* zog neue Linien und notierte *Planung* und *Van.* Fehlte noch der dritte Punkt: *Onlinevideo.*

Dieser Punkt bereitete ihr die größte Sorge, und er war auch der Grund, aus dem sie wollte, dass die Polizei die Presse so lange wie möglich unter Kontrolle behielt. Ihr wollte nur ein einziger Grund einfallen, warum er das Video veröffentlicht hatte, und sie schrieb ihn an die Tafel und unterstrich ihn dreimal: *Ruhm.*

Einige Serienmörder lebten nicht einfach nur Fantasien aus. Sie wurden von ihrem Verlangen nach Ruhm angetrieben. Son of Sam und BTK waren klassische Beispiele dafür, die Briefe an Reporter geschickt und sich mit ihren Taten gebrüstet hatten. Dank des Internets musste der Killer heutzutage nicht einmal mehr so weit gehen, um bekannt zu werden.

Aber im Zeitalter endloser Ablenkungen und akuter Leseunlust konnte er nicht wie Son of Sam lange, wirre Briefe schreiben, die niemand lesen würde. Er musste mit der Zeit gehen und hatte daher ein Video gepostet.

Das konnte sich drastisch auf die Zahl seiner Taten auswirken. Lebte ein Serienmörder seine Fantasie aus, gab es zwischen den einzelnen Taten häufig lange Phasen der Untätigkeit. Die Erinnerung an den Mord und das Nachspielen im Kopf reichten meist aus, um das Verlangen zu töten zumindest für eine Weile zu befriedigen.

Aber wenn ein Täter nur mordete, um Aufmerksamkeit zu erregen, schlug er möglicherweise wieder zu, sobald er das Gefühl hatte, in Vergessenheit zu geraten. Da Neuigkeiten in dieser schnelllebigen Zeit äußerst vergänglich waren, konnte das durchaus bedeuten, dass sich seine Frustration sehr schnell einstellte.

Die Tür des Besprechungsraums wurde geöffnet und holte sie aus ihrer Konzentration. Foster und Lyons kamen herein.

»Da sind Sie ja, Bentley«, meinte Foster. »Die Autopsie ist …« Er stockte, als sein Blick auf das Whiteboard fiel. »Ist das das Profil?«

Zoe schüttelte den Kopf. »Nein, das sind bisher nur Ideen. Ich werde erst morgen etwas Konkreteres haben.«

»Was ist Taphophobie?«, wollte er wissen.

»Die Angst davor, lebendig begraben zu werden«, antwortete Zoe.

»Ziemlich speziell«, bemerkte Lyons.

»Glauben Sie, der Killer leidet darunter?«, fragte Foster.

»Das weiß ich nicht. Aber dass er eine Frau lebendig begräbt, erregt ihn. Es ist nicht ungewöhnlich, dass Angst und sexuelle Stimulation zusammenhängen. Ich bin mir fast sicher, dass er zu einem bestimmten Zeitpunkt des Videos masturbiert … selbstverständlich außerhalb des Bildes.«

»Wirklich?« Lyons verzog angewidert den Mund.

»Sie sollten den Tatort mit einer UV-Kamera nach Samenspuren absuchen. Vielleicht haben wir Glück.«

»Glück«, wiederholte Foster und tauschte einen schnellen Blick mit Lyons.

Zoe ignorierte ihre Reaktion. Ihr fehlte die Geduld, um die Detectives zu verhätscheln. »Dies ist eindeutig ein Sexualmord.« Sie starrte das Whiteboard mit gerunzelter Stirn an und konzentrierte sich auf das Wort *Planung*. »Aber … irgendetwas passt nicht zusammen.«

»Was denn?«, wollte Lyons wissen.

»Normalerweise bewahren sich Serienmörder ihre sexuellen Fantasien in einer Art Reifungsphase, bis etwas Belastendes geschieht. Das bezeichnen wir als den Stressor. Dabei könnte es sich um das Ende einer Beziehung oder eine Entlassung handeln … etwas, das ihnen schwer zusetzt. Der Stress wächst ihnen über den Kopf, sie drehen durch und töten, wobei sie ihre ursprüngliche Fantasie ausleben. Sobald sie diese Grenze überschritten und zum ersten Mal gemordet haben, geht es leichter. Sie planen die Tat gründlicher, überlegen, wie sie ihre Technik verbessern können. Aber dieser erste Mord ist immer eine impulsive Handlung.«

»Keine Planung.« Foster blickte zum Whiteboard.

»Genau. *Dieser* Mord wurde hingegen präzise geplant. Er musste die Kiste bauen oder in Auftrag geben, einen Ort für das Grab suchen, die Webseite einrichten. Er war sehr vorsichtig und hat sich ein Wegwerfhandy besorgt und seine Spuren beseitigt. Das ist alles andere als impulsiv. Ich schätze, dass er für die Vorbereitung und Planung einen oder zwei Monate gebraucht hat.«

»Möglicherweise ist dieser Killer anders«, mutmaßte Lyons.

»Das könnte sein.« Zoe zuckte mit den Achseln. »Aber es könnte auch eine einfache Erklärung geben. Etwas hat ihn gestresst. Er ist durchgedreht und hat gemordet, möglicherweise noch in derselben Woche. Und nach einer Weile hat er seinen nächsten Mord geplant.«

»Wollen Sie damit etwa sagen ...«

»Dass es noch wenigstens ein Opfer gibt, das wir nicht gefunden haben«, bestätigte Zoe.

»Aber ... Er hat dies als ›Experiment Nummer eins‹ bezeichnet«, gab Lyons leise zu bedenken.

»Dem würde ich keine allzu große Bedeutung beimessen. Es könnte viele Gründe dafür geben. Ich halte es für sehr wahrscheinlich, dass er schon einmal ein Mädchen lebendig begraben hat. Vor nicht allzu langer Zeit. Höchstens ein paar Monaten.«

Lyons wurde ganz blass. »Bitte entschuldigen Sie mich«, murmelte sie und ging hinaus.

Zoe überlegte, ob sie Foster fragen sollte, was mit Lyons los war, beschloss dann aber, dass sie das nichts anging. Wenn die Frau ohnmächtig wurde, wann immer es um Mord ging, dann hatte sie den falschen Beruf ergriffen.

»Ich wollte Ihnen eigentlich nur sagen, dass die Autopsie abgeschlossen ist«, teilte Foster ihr mit. »Wir waren auf dem Weg zum Rechtsmediziner. Möchten Sie mitkommen?«

»Ich komme gleich nach.« Zoe betrachtete das Whiteboard. Sie wollte die Sache noch einmal durchdenken, solange sie noch alles gut im Kopf hatte.

Kapitel 23

Tatum folgte Detective Foster in den Autopsieraum. Zum ersten Mal seit seiner Ankunft in Texas war ihm kalt. Er trug nur ein dünnes weißes Oberhemd und bereute es, sein Jackett nicht mitgenommen zu haben.

Als ihm jedoch der Geruch in die Nase drang, trat die Kälte in den Hintergrund. Formalin, Desinfektionsmittel, rohes Fleisch und Blut vermengten sich zu einem unerträglichen Gestank, sodass er nur noch flach durch den Mund atmen konnte. An diesen Geruch würde er sich niemals gewöhnen. Auf einem glänzenden Stahlschrank neben der Tür stand eine Schachtel mit Gesichtsmasken, Foster nahm zwei heraus und reichte Tatum eine davon.

Nicole Medinas Leiche lag nackt auf einem Stahltisch in der Raummitte, und auf ihrem Oberkörper zeichnete sich die Y-förmige Autopsienarbe ab. Im kalten Licht sah ihre Haut ganz grau aus, aber Tatum gelang es dennoch problemlos, sich das Mädchen aus dem Video vorzustellen.

Der Rechtsmediziner beugte sich gerade über ein Mikroskop. Er trug einen weißen Overall, der an mehreren Stellen braune Flecken aufwies, sein Mund und seine Nase wurden von einer Maske verdeckt. Sein Glatzkopf wirkte in dem fluoreszierenden weißen Licht noch blasser, als er vermutlich war. Als sie näher kamen, richtete er sich auf und sah sie durch dicke Brillengläser an.

»Es ist eiskalt hier drin, Curly.« Foster rieb sich die Hände. »Wie kannst du nur so arbeiten?«

»Ich habe dicke Socken an«, erwiderte der Mann. Rings um seine Augen zeichneten sich Fältchen ab, und Tatum vermutete, dass er unter der Maske lächelte.

Die Tür des Autopsieraums ging erneut auf und Zoe kam schnellen Schrittes herein, blieb dann jedoch stehen – vermutlich, weil sie den Geruch wahrgenommen hatte – und verzog das Gesicht. Tatum fragte sich, ob Zoe aufgrund ihrer langen Nase den Gestank wohl als schlimmer empfand als er.

Bevor ihm wieder einfiel, dass er sauer auf sie war, zeigte er auf die Schachtel neben der Tür. »Da sind Gesichtsmasken.«

Sie drehte sich schnell um und nahm sich ebenfalls eine Maske.

Foster deutete auf Tatum. »Curly, das sind Agent Gray und Dr. Bentley. Sie beraten uns im Medina-Fall. Und das hier«, er zeigte auf den Mediziner, »ist unser Rechtsmediziner Curly.«

Der Mann verdrehte die Augen und drehte sich zu Tatum um. »Curly ist mein Spitzname aus der Schule. Ich bin Dr. Clyde Prescott. Freut mich, Sie kennenzulernen.«

Foster wandte sich an Zoe. »Curly wollte uns gerade den Autopsiebericht erklären.«

Curly nahm ein Klemmbrett von der Arbeitsfläche und überflog es. »Nicole Medina, Alter: neunzehn. Die Todesursache ist nahezu eindeutig Ersticken aufgrund von Umgebungsbedingungen …«

»Nahezu eindeutig?«, fiel Foster ihm ins Wort.

»Es gibt keine Anzeichen für schwere Verletzungen am Körper, und angesichts des Fundorts der Leiche ist das die naheliegende Schlussfolgerung. Aber ganz sicher kann ich das erst nach Erhalt des toxikologischen Berichts sagen.«

Er deutete auf die Hüfte der Toten, die grün-schwarz verfärbt war. Tatum wandte nach einem kurzen Blick den Kopf ab. »Die frühe Verwesung begann an der Darmbeingrube. In Kombination mit der Kaliumkonzentration im Glaskörper der Augen führt das zu der Schlussfolgerung, dass das Opfer circa achtzig Stunden vor der Entdeckung gestorben ist.«

»Circa?«, hakte Foster nach.

»Das Opfer war jung und gesund, und die Leiche befand sich in einer relativ sauberen Umgebung, wo sie vor Insekten und der Hitze geschützt war, daher würde ich sagen: plus-minus vier Stunden.«

Das war ein deutlich genauerer Zeitrahmen, als Tatum erwartet hatte. Er rechnete schnell nach. »Also zwischen sechs und vierzehn Uhr am dritten September.«

»Ganz genau. Die Leichenflecke auf dem Rücken beweisen, dass die Verblichene auf dem Rücken gelegen hat und dass die Leiche nach dem Tod nicht mehr bewegt wurde.«

Er ging um den Autopsietisch herum und blickte auf die Leiche. »Die Kratzer und Prellungen an den Knien, Handflächen, Ellbogen und Füßen sind vermutlich darauf zurückzuführen, dass sie wiederholt gegen das harte Holz getreten und geschlagen hat. Sie weist drei alte Frakturen auf, vermutlich aus früher Kindheit. Zwei am linken Bein und eine am rechten Handgelenk. Alle drei Brüche sind gut verheilt. Der Magen war leer, was nicht weiter überrascht, da sie in den letzten zwölf Stunden ihres Lebens weder etwas essen noch trinken konnte.«

»Gibt es Hinweise auf Geschlechtsverkehr, entweder erzwungen oder einvernehmlich?«, wollte Zoe wissen.

»Ich habe Abstriche von Mund, Vagina und Anus genommen und auf Fremdspuren untersucht, jedoch keine gefunden.

Auf der Hose des Opfers war ein großer Fleck, doch es handelte sich um Urin und nicht um Sperma.«

Er deutete auf den Hals des Opfers, und Tatum beugte sich ein wenig vor. Ein langer, dünner Kratzer zeichnete sich auf der Haut ab.

»Diese Wunde ist relativ neu«, erklärte Curly. »Bei genauerer Untersuchung hat sich herausgestellt, dass ein scharfer, glatter Gegenstand die Haut verletzt hat. Es handelt sich jedoch um keinen tiefen Schnitt.«

»Hat sie jemand mit einem Messer verletzt?«, fragte Tatum.

»Ja, aber vermutlich nicht mit der Absicht, sie zu töten. Ich schätze, er hat ihr eher eine Klinge an die Kehle gehalten und zu fest zugedrückt. Sehen Sie den Winkel? Ich gehe davon aus, dass derjenige hinter ihr gestanden hat. Wenn Sie sich ihren linken Arm ansehen, werden Sie dort ein Hämatom entdecken. An der Stelle hat er sie gepackt.«

Tatum stellte sich vor, wie Nicole an der Auffahrt zu ihrem Haus aus dem Wagen stieg. Die Straße liegt im Dunkeln. Sie geht zur Haustür, als jemand brutal ihren Arm packt und ihr ein Messer an die Kehle drückt.

»Der Mann, der das getan hat, ist Rechtshänder.« Foster sprach aus, was Tatum dachte. Das war keine Überraschung, da es sich bei dem Mann im Video auch um einen Rechtshänder handelte. »Gibt es Anzeichen für einen Kampf?«

»Keine offensichtlichen. Ich habe ihre Fingernägel geschnitten und Proben ins Labor geschickt.«

»Kein Hinweis darauf, dass sie gefesselt gewesen ist?«
»Nein.«

Tatum überlegte. »Sorgen Sie bitte dafür, dass im Labor auch auf Vergewaltigungsdrogen geachtet wird. Das würde erklären, warum sich das Opfer nicht gewehrt hat, auch als es in die Kiste gesteckt wurde.« Bei standardmäßigen toxikologischen Untersuchungen wurde nicht auf Vergewaltigungsdrogen getestet, um Kosten zu sparen, aber hier mussten sie auf Nummer sicher gehen.

Curly machte sich eine Notiz. »Ich werde das anordnen. Ketamin und Flunitrazepam sollten in den Haarproben nachweisbar sein.«

Tatum konnte es kaum erwarten, den Autopsieraum wieder zu verlassen, aber er zwang sich, einen letzten Blick auf das Opfer zu werfen. Nicole Medina hatte wahrscheinlich vor dem Tod das Bewusstsein verloren, und sie lag mit geschlossenen Augen und ernstem Gesicht da.

Aber es bestand kein Zweifel daran, dass sie in der dunklen, engen Kiste Entsetzliches ausgestanden hatte. Es musste ihr so vorgekommen sein, als könnte sie niemand schreien hören – dabei hatten es so viele Menschen hören können, die ihr doch nicht rechtzeitig helfen konnten.

Kapitel 24

»Ich war mir nicht sicher, wie Sie Ihren Kaffee trinken.«

Zoe blickte vom Bildschirm auf und stellte fest, dass Detective Lyons neben ihr stand. Die Frau hatte zwei Kaffeebecher in der Hand und balancierte auf einem eine pinkfarbene Gebäckschachtel, was ihr problemlos gelang. Hätte Zoe versucht, dieses akrobatische Kunststück nachzumachen, wären dabei vermutlich nur ein großer Kaffeefleck auf ihrer Kleidung und Gebäckstücke auf dem Boden herausgekommen.

Lyons stellte alles auf den Tisch, nahm sich einen Kaffeebecher und trank einen Schluck. »Es ist kein Zucker drin.«

»Das ist okay. Danke.« Zoe griff nach dem zweiten Becher, nippte daran und achtete darauf, bloß nicht das Gesicht zu verziehen. Der Kaffee war so schwach, dass sie das Gefühl hatte, lauwarmes Wasser zu trinken.

Lyons öffnete die Schachtel. Darin lagen vier Donuts, zwei mit Schokoladenguss und zwei mit Vanilleüberzug und Zuckerstreuseln. Sie nahm sich einen mit Schokolade heraus und bedeutete Zoe, sie möge zugreifen.

»Danke«, sagte Zoe abermals und nahm sich einen Vanilledonut.

»Vor sechs Wochen ist eine junge Frau in San Angelo verschwunden«, begann Lyons. »Ihr Name ist …«

»Maribel Howe, zweiundzwanzig Jahre alt.«

»Woher wissen Sie …«

Zoe drehte den Laptop so, dass Lyons auf den Bildschirm schauen konnte. Darauf war die Seite der NamUs-Datenbank vermisster Personen zu sehen. »Ich bin einige Datenbanken durchgegangen und habe nach Personen gesucht, die in Texas vermisst werden«, erklärte Zoe. »Und von allen, die in den letzten sechs Monaten in San Angelo als vermisst gemeldet wurden, ist Maribel Howe die Einzige, die bisher nicht wiederaufgetaucht ist.«

»Ich habe im Howe-Fall ermittelt«, sagte Lyons. »Aber ich landete schnell in einer Sackgasse. Sie war an einem Samstagabend mit Freunden im Kino … Möchten Sie den anderen Schokodonut?«

»Nein, danke.«

»Ich bin süchtig nach Schokodonuts. Das ist überhaupt nicht gut, aber wenn ich Appetit darauf habe, kann ich einfach nicht anders. Polizisten und ihre Donuts, das ist doch das übliche Klischee, nicht wahr?«

»Ja.« Zoe konnte sich nicht daran erinnern, jemals mit einem Polizisten zusammengearbeitet zu haben, der regelmäßig Donuts aß. Aber irgendwer musste den Mythos ja begründet haben.

»Wie dem auch sei«, fuhr Lyons fort und schnappte sich den zweiten Donut, »sie ist auf ähnliche Weise verschwunden wie Nicole Medina. Nach dem Kino hat sie sich mit einer Freundin ein Uber geteilt – sie wohnen in derselben Straße und nur wenige Häuser voneinander entfernt. Der Fahrer hat sie vor dem Haus der Freundin abgesetzt, also knapp dreißig Meter vor der eigenen Haustür. Howe hat sich von ihrer Freundin verabschiedet und auf den Heimweg gemacht. Am nächsten

Morgen kam sie nicht zur Arbeit. Ihr Boss hat mehrmals bei ihr angerufen, weil er sich Sorgen gemacht hat, und dann einen ihrer Kollegen bei ihr vorbeigeschickt. Es war niemand zu Hause, und nach weiteren erfolglosen Anrufen hat er die Polizei informiert.«

»Sie glauben, dass sie wie Nicole Medina in der Nähe ihres Hauses entführt wurde?«

Lyons zuckte mit den Achseln. »Maribel Howe war nicht wie Nicole Medina. Sie war zweiundzwanzig und lebte allein. Ihre Freundin erzählte uns, sie hätte diese Stadt und ihren Job gehasst und immer wieder davon gesprochen, von hier zu verschwinden. Zu diesem Zeitpunkt waren auch gerade zwei unserer Detectives in Rente gegangen und wir waren unterbesetzt. Das soll nicht heißen, dass ich die Suche eingestellt hätte, aber ich musste mehrere Fälle gleichzeitig bearbeiten, und letzten Endes war es ja durchaus denkbar, dass sie einfach beschlossen hatte, die Stadt zu verlassen.«

Sie legte ihren Donut halb gegessen wieder in die Schachtel. »Ich habe hin und wieder auf ihre Instagram-Seite geguckt«, fuhr sie nach einigen Sekunden mit belegter Stimme fort. »Zuvor hat sie ständig Fotos gepostet, bestimmt mehrmals am Tag. Aber nach ihrem Verschwinden tat sich da gar nichts mehr.« Sie holte ihr Handy aus der Tasche, tippte darauf herum und reichte es Zoe.

Es war Maribels Instagram-Seite, und das letzte Bild stammte vom 29. Juli. Darauf steckten Maribel und ein anderes Mädchen die Köpfe zusammen und lächelten in die Kamera. Die Bildunterschrift lautete: »Alexander Skarsgard, wir kommen.«

Zoe warf Lyons einen Blick zu. »Wer ist Alexander …«

»Ein heißer Schauspieler.«

Maribel war wunderschön. Sie gehörte zu den Frauen, die wussten, wie man sich schminken musste, damit es makellos und perfekt aussah. Ihre Lippen leuchteten rot, ihre langen, dichten Wimpern sahen beinahe natürlich aus, und ihr kurzes schwarzes Haar war im Pixie-Cut geschnitten. Sie trug ein trägerloses grünes Oberteil und hatte ein keckes Lächeln auf den Lippen, als wollte sie andeuten, dass Alexander Hollywood vergessen und zu ihr nach San Angelo ziehen würde, wenn er sie erst einmal kennengelernt hatte.

»Ihre Mutter ruft mich noch immer jede Woche an«, berichtete Lyons. »Sie möchte Neuigkeiten hören, aber ich habe keine. Aber Ihnen ist vermutlich klar, was ich jetzt denke, oder?«

Zoe antwortete nicht.

Lyons hatte Tränen in den Augen. »Ich befürchte, dass man sie auch irgendwie begraben hat.«

Kapitel 25

Delia Howe machte gerade den Abwasch und schrubbte wütend einen Teller ab. Es war jeden Tag dasselbe. Frank mit seinen verdammten Spiegeleiern mit Speck. Sie sagte jedes Mal, er solle nach dem Essen den Teller abspülen. So schwer war das doch nicht. Man hält den Teller eine halbe Sekunde in den Wasserstrahl und fertig. Aber sie konnte von Glück reden, wenn er es auch nur schaffte, den Teller überhaupt ins Spülbecken zu stellen. Und wenn sie zum Abwaschen kam, waren die Eireste längst eingetrocknet und hatten sich zu einem gelblichen Fleck verhärtet, sodass sie ewig herumschrubben musste, um den Teller sauber zu bekommen. Morgen würde sie Frank von einem schmutzigen Teller essen lassen, vielleicht lernte er es dann endlich.

Vermutlich fiel es ihm nicht einmal auf. Sie schüttelte den Kopf und presste die Lippen aufeinander.

Seit Maribels Verschwinden sprach Frank kaum noch mit Delia. Er tat so, als wäre das alles ihre Schuld. Sie war schuld daran, dass Maribel von zu Hause ausgezogen war, dass sie nicht auf sich aufgepasst hatte, dass …

Der Teller knallte gegen den Rand des Spülbeckens, weil Delia so energisch darauf herumschrubbte, und zersprang in drei Teile. Delia umklammerte ein Drittel davon, eine dreieckige, kuchenstückförmige Scherbe, die sie einen Augenblick lang nur benommen anstarrte.

Erst dann bemerkte sie das Blut, das ihr über die Handfläche lief. Es vermischte sich mit dem Seifenwasser und tropfte als rosafarbenes Rinnsal ins Becken.

Sie ließ den Teller los und wickelte sich ein Geschirrtuch um die Hand, das sich rasch rot färbte. Ihre Handfläche kribbelte vor Schmerz, was ihr jedoch nichts ausmachte. Sie hatte den Schmerz in den letzten Wochen lieb gewonnen, da er dieses schreckliche Gefühl der Leere vertrieb.

Es klopfte an der Tür. Sie trottete hin und öffnete. Detective Lyons stand mit ernstem Gesicht auf dem Fußabtreter. Neben ihr eine Frau, die Delia nicht kannte. Noch eine Polizistin? Delia war entmutigt gewesen, als sie erfahren hatte, dass eine Frau die Ermittlungen im Fall ihrer Tochter leitete. Zugegeben, einige Frauen waren gut, und sie hatten die Gleichberechtigung und das alles verdient. Aber das widersprach doch der Evolution, oder nicht? Männer waren Jäger, Frauen Sammler. Sie wollte, dass ein Jäger ihre Tochter fand.

Und jetzt war auch noch eine zweite Frau beteiligt. Ganz großartig.

»Detective Lyons«, sagte sie trocken. »Was für eine Überraschung.«

Sie konnte ihren Worten mühelos Gewicht verleihen. In diesem Fall bedeutete *Was für eine Überraschung*, dass sie genau wusste, wie unbedeutend das Verschwinden ihrer Tochter für die Polizei war. Die Hälfte der Fragen, die man ihr gestellt hatte, bezogen sich darauf, ob Maribel einen Grund gehabt habe, die Stadt zu verlassen, ohne mit ihrer Mutter darüber zu sprechen. Als ob Maribel einfach so verschwunden wäre.

»Gibt es Neuigkeiten über Maribel?«, fragte sie nach einer Sekunde. Weil sie die Frage einfach stellen musste. Denn selbst nach all diesen Wochen, nach all der falschen Hoffnung und großen Enttäuschung, wagte sie es noch immer, an einen guten Ausgang zu glauben.

Vor zwei Wochen hatte ihr Cousin angerufen und erzählt, er habe Maribel in New York gesehen. Sie würde dort in einem Supermarkt arbeiten. Delia hatte es nicht einmal gewagt, genauer nachzuhaken oder um ein Foto zu bitten. Sie hatte sich einfach ein Flugticket gekauft und hatte schon hinfliegen wollen, als ihr Cousin erneut anrief und sich entschuldigte. Er war sich so sicher gewesen, Maribel gesehen zu haben, hatte sich aber doch getäuscht.

Sie hatte das Geld für das Flugticket nicht erstattet bekommen. Frank war wahrscheinlich sauer über das rausgeworfene Geld, aber er hatte kein Wort darüber verloren.

»Nein«, antwortete Lyons. »Noch nicht. Tut mir sehr leid. Mrs Howe, das ist Zoe Bentley vom FBI.«

Delia blinzelte verwirrt und musterte Bentley. Vom FBI? Die Frau sah nicht so aus, als würde sie für das FBI arbeiten. Sie war klein und dünn und hatte gerötete Wangen. Ihr Hals sah so mager aus, dass man ihn ihr vermutlich mit einer schnellen Bewegung umdrehen konnte.

Aber ihre Augen … Eine Sekunde lang verlor sich Delia in den Augen der Frau. Dann wandte sie mit rasendem Herzen den Blick ab. Was wollte das FBI hier? Ging es um Maribel?

»Mrs Howe, dürfen wir vielleicht reinkommen und … Ist alles in Ordnung? Sie bluten ja!«

Delia blickte kurz an sich hinab, ob sich der schmerzende Knoten in ihrer Brust nun endlich in eine blutende Wunde verwandelt hatte. Aber nein, Lyons bezog sich auf ihre Hand. »Es geht mir gut«, sagte sie, machte einen Schritt zurück und bedeutete den beiden Frauen einzutreten. »Ich habe mich an einem zerbrochenen Teller geschnitten.«

»Lassen Sie mich mal sehen«, sagte die Frau vom FBI, und bevor Delia reagieren konnte, hatte sie auch schon ihre Hand genommen und das Geschirrtuch abgewickelt. Es war ein langer Schnitt, und Delia starrte ihn mit leerem Blick an, bevor sie bemerkte, dass er sich in der Nähe der Brandwunden befand. Rasch zog sie die Hand weg.

»Es ist nicht weiter schlimm.« Hatte die Frau die Wunden gesehen?

»Sie sollten den Schnitt desinfizieren«, riet Bentley ihr.

»Sind Sie wegen Maribel hier?« Delia widerstand dem Drang, die Hand hinter ihrem Rücken zu verstecken.

»Ja«, antwortete Bentley. »Ich würde Ihnen gern ein paar Fragen über Ihre Tochter stellen.«

Lyons schloss die Tür hinter sich und ging an Delia vorbei ins Wohnzimmer. Delia folgte ihr und kam sich in ihrem eigenen Haus irgendwie fehl am Platz vor. Aus diesem Grund beschloss sie, den beiden nichts zu trinken anzubieten. Lyons setzte sich in den Sessel, und Bentley nahm auf einem Ende der Couch Platz, womit für Delia das andere Ende blieb. Da es keine andere Sitzgelegenheit gab, ließ sie sich nieder, auch wenn ihr die Nähe zu der Bundesagentin gar nicht behagte.

»Was wollen Sie wissen?«, fragte sie.

»Ist Ihre Tochter häufig ausgegangen?«

»Manchmal«, antwortete Delia zurückhaltend. »Sie ist keine Schlampe, falls Sie das damit andeuten wollen.«

»Ich möchte überhaupt nichts andeuten, Mrs Howe. Ging sie mit Freunden aus? Häufig am Abend?«

»Ich schätze schon. Sie wohnt nicht mehr zu Hause, sondern hat eine eigene Wohnung.«

»Aus welchem Grund?«

»Weil sie dickköpfig ist. Ich habe ihr tausendmal gesagt, sie soll wieder zu uns ziehen. Ich wollte nicht, dass sie auszieht.«

»Warum hat sie sich überhaupt eine eigene Wohnung genommen?«

»Wir haben uns häufig gestritten. Sie sagte, wir wären … *ich* würde sie in den Wahnsinn treiben. Dabei wollte ich bloß auf sie aufpassen.« Die Streitereien gingen Delia wieder durch den Kopf, wie es in letzter Zeit häufiger der Fall war. Maribel und sie waren sich in gar nichts einig gewesen. Was Maribel anziehen, mit wem sie sich treffen, wie lange sie ausbleiben sollte. Oft hatten sie sich auch wegen des Essens gestritten. Sie hatte Maribel immer ermahnt, langsamer und weniger zu essen und auf ihre Figur zu achten, bis Maribel irgendwann die Geduld verlor. Oder sie hatte ein gutes Wort über Jackies Tochter verloren und wie dünn sie war, und dann war Maribel immer ausgeflippt, als hätte sie damit etwas andeuten wollen. Wenn Maribel doch nur auf sie gehört und in allem etwas vernünftiger gewesen wäre …

»… auf der Straße aufgefallen ist, oder einen Mann, den sie vor Kurzem kennengelernt hat?«, fragte Bentley gerade.

»Wie bitte?«

»Ich wollte wissen, ob Maribel einen Fremden erwähnt hat, der ihr auf der Straße aufgefallen ist, oder einen Mann, den sie vor Kurzem kennengelernt hat?«

»Nein. Warum?«

»Gibt es Orte, an denen Ihre Tochter regelmäßig anzutreffen war?«

»Sie hatte ihren Job. Sie hat in einem Supermarkt in der Nähe ihrer Wohnung gearbeitet.«

Die Frau stellte immer mehr Fragen. Endlose Fragen, keine Antworten. Dazu erweckte Bentley im Verlauf des Gesprächs noch den Eindruck, als würde sie sie verurteilen und ihr die Schuld geben. Nach einiger Zeit riss Delia der Geduldsfaden.

»Was wollen Sie von mir? Ich weiß nichts über Maribel. Sobald sie achtzehn geworden war, ist sie einfach ausgezogen, ohne ein Wort des Dankes! Wenn wir miteinander gesprochen haben, gab es immer Streit. Ist es das, was Sie hören wollen? Ja, wir haben uns gestritten. Sie wollte nichts von dem hören, was ich zu sagen hatte. Ich bin ihre Mutter, aber sie wollte mir nicht zuhören. Dabei wollte ich ihr doch nur helfen, erwachsen zu werden – das ist alles! Können Sie ihr das sagen, wenn Sie sie finden? Können Sie ihr bitte sagen, dass ich ihr einfach nur helfen wollte?«

Ihre Stimme klang komisch, und vor ihren Augen verschwamm alles, weil ihr die Tränen kamen. Sie begriff nicht, warum die beiden Frauen hier waren und was sie von ihr wollten. Sie dachte an den Gasherd. Ihr Blick zuckte zur Küchentür und dann zu Bentley. Die Art, wie die Frau sie ansah ... Sie wusste Bescheid. Delia hatte keine Ahnung, warum, aber sie wusste es. Sie umklammerte ihre mit dem Geschirrhandtuch umwickelte Hand.

»Danke, Mrs Howe«, sagte Bentley mit sanfter Stimme. Sie holte eine Visitenkarte aus der Tasche und reichte sie ihr. »Bitte rufen Sie mich an, falls Ihnen noch irgendetwas einfällt.«

Endlich gingen sie. Delia verriegelte die Tür hinter ihnen. Sie marschierte direkt in die Küche und schaltete den Gasherd ein. Die blauen Flammen flackerten auf. Sie hielt ihr Handgelenk hinein. Nur zwei Sekunden, vielleicht auch weniger. Der stechende Schmerz schoss durch ihren Körper, und sie stöhnte und taumelte nach hinten. Die Leere und die Schuldgefühle verschwanden unter einer Woge aus Schmerz.

KAPITEL 26

Zoe saß auf dem Motelbett, ein dickes Kissen im Rücken und den Laptop auf dem Schoß.

Sie hatte die letzten Stunden mit dem Versuch verbracht, Schrödingers Theorien zu verstehen, sich einige Aufsätze dazu durchgelesen und sogar eine Onlinelektion angesehen. Die Grundzüge begriff sie zwar jetzt, aber die Details waren ihr weiterhin ein Rätsel, was sie ungemein verärgerte und einen Hass auf die Physik und die Physiker im Allgemeinen auslöste.

Dann knurrte ihr Magen. Höchstwahrscheinlich hatte sie die Wut hungrig gemacht. Laut Andrea passierte ihr das häufiger.

Sie überlegte, sich etwas zu essen zu holen, aber allein der Gedanke an das fettige chinesische Essen, das sie am Vorabend zu sich genommen hatte, deprimierte sie schon. Viel lieber wäre sie irgendwo etwas essen gegangen, und zwar in Gesellschaft.

Die beste Option dafür befand sich gleich nebenan. Und schmollte noch immer.

Sie musste sich ehrlich eingestehen, dass sie das belastete. Tatum war im Allgemeinen ein so umgänglicher und angenehmer Mensch. Gut, sie stritten sich hin und wieder, und er nervte sie manchmal, aber sie konnte sich nicht daran erinnern, dass er jemals wirklich wütend auf sie gewesen war.

Es wurde Zeit, mit ihm zu reden. Sie war sich noch immer nicht sicher, was ihn überhaupt so aufgeregt hatte, aber sie würde sich einfach für ihr Verhalten am Vorabend entschuldigen. Indem sie ihn zum Essen einlud, konnte sie die Wogen vielleicht wieder glätten. Aufgrund der Tatsache, dass sie sich nur selten für etwas entschuldigte, würde er vielleicht erkennen, dass es ihr aufrichtig leidtat. Sie stand auf, kramte in ihrer Tasche herum und holte ein kurzärmliges weißes T-Shirt und eine abgeschnittene Jeans heraus, zog beides an und betrachtete sich im Spiegel. Entschlossen nahm sie das Zopfband heraus, sodass ihr das Haar offen auf die Schultern fiel. Wenn das trockene, heiße Wetter einen positiven Nebeneffekt hatte, dann den, dass ihr Haar besser saß. Normalerweise hatte sie mit komischen Locken, Knoten, seltsam aussehenden Knubbeln und strubbeligen Haaren zu kämpfen, aber hier fiel es glatt und weich herunter wie bei einem Model aus der Shampoowerbung. Sie lächelte ihr Spiegelbild an. Gar nicht mal so übel.

Mit ihrer Handtasche und dem Schlüsselbund in der Hand verließ sie das Zimmer und trat vor Tatums Tür. Sie klopfte an. Ihr Magen knurrte. Sie klopfte ein weiteres Mal.

Er öffnete die Tür in einem blauen T-Shirt und Shorts und sah müde und gereizt aus. Als er Zoe und ihren Aufzug sah, riss er die Augen auf, nur um sofort wieder die Kiefermuskeln zu verspannen und die Stirn zu runzeln.

»Hey.« Zoe bemühte sich um einen lockeren Tonfall.

»Ich wollte Sie gerade anrufen«, sagte Tatum.

»Wirklich?« Das war ermutigend.

»Ich habe einen ungelösten Mordfall von vor acht Monaten gefunden, der für unsere Ermittlungen relevant sein könnte. Die vergrabene Leiche einer zweiundzwanzigjährigen Prostituierten namens Laverne Whitfield wurde einige Kilometer nördlich von

San Angelo gefunden. Ihr Hände waren mit einem Stromkabel gefesselt, und man hatte mehrfach auf sie eingestochen.«

»Wie ist man auf die Leiche gestoßen?«

»Wildtiere haben sie ausgegraben.«

»Gibt es Verdächtige?«

»Einen. Einen Mann, der früher einmal ihr Zuhälter gewesen ist, Alfonse … irgendwas.« Tatum runzelte die Stirn. »Ich schicke Ihnen die Fallakte, dann haben Sie die genauen Details. Es sah nach einem wasserdichten Fall aus, aber vor Gericht konnte die Verteidigung ein paar Schwachstellen bei den Ermittlungen aufdecken. Ihnen war ein wichtiger Zeuge entgangen, die Todeszeit stellte sich als falsch heraus, und der Hauptverdächtige war nicht vorschriftsmäßig über seine Rechte belehrt worden. Zudem wurden viele Beweise nicht zugelassen, sodass der Mann letzten Endes wieder freikam.«

»Und Sie halten den Fall für relevant?«, fragte Zoe.

Tatum zuckte mit den Achseln. »Sie wurde vergraben. Allerdings wollte man so die Leiche verschwinden lassen, was bei unserem Mörder nicht der Fall ist. Auch das Erstechen passt nicht ins Bild.«

»Und sie wurde von Tieren gefunden, was nur bedeuten kann, dass sie nicht tief vergraben gewesen war.«

»Stimmt. Ich bezweifle, dass es derselbe Täter war, kann es aber auch nicht ganz ausschließen.«

Zoe nickte und stimmte ihm zu. »Ich wollte mit Ihnen noch über etwas anderes sprechen. Über gestern.«

Seine Miene blieb ausdruckslos.

»Es tut mir wirklich leid, wenn Sie den Eindruck haben, ich hätte Sie mit meinen Worten verletzen wollen. Ich habe nur versucht, Ihnen zu helfen, aber mir wurde im Nachhinein klar, dass man meine Worte durchaus als Kritik ansehen kann. Manchmal bin ich einfach zu direkt.« Sie hatte damit gerechnet, dass er sich bei ihren Worten etwas entspannen würde, aber seine Gesichtszüge wirkten weiterhin verkrampft und zornig. »Diese Sache in L.A. ist Jahre her, und ich kann es nachvollziehen, wenn Sie nicht darüber reden wollen. Daher verspreche ich Ihnen, dass ich dieses Thema nie wieder anschneiden werde.«

Es machte beinahe den Eindruck, als würde er noch mehr mit dem Kiefer mahlen. Hatte er den Anfang und ihre Entschuldigung etwa nicht mitbekommen?

»Jedenfalls möchte ich mich entschuldigen. Ich wollte gerade etwas essen gehen. Kommen Sie mit? Ich zahle auch.«

»Es tut Ihnen leid, dass *ich* diesen Eindruck hatte«, wiederholte er trocken.

Oh, diesen Teil hatte er also verstanden. »Ja.«

»Und Ihnen ist jetzt bewusst geworden, dass Sie vielleicht zu direkt gewesen sind.«

Diese ganze Entschuldigung lief irgendwie nicht wie geplant, und so langsam hatte Zoe keine Lust mehr. »Es tut mir wirklich leid.« Jetzt entschuldigte sie sich schon zum dritten Mal. »Begleiten Sie mich? Ich glaube, an der Ecke …«

»Ich habe keinen Hunger. Gute Nacht.« Er knallte die Tür zu.

Sie starrte das Türblatt fassungslos an. Um nicht vor Wut dagegenzutreten, drehte sie sich auf dem Absatz um und stürmte davon, um eben allein etwas essen zu gehen.

KAPITEL 27

Harry saß in der Lounge des Motels und wollte seinen Posten gerade aufgeben, als er Zoe draußen bemerkte, die schnell die Straße entlangging. Beinahe hätte er sie gar nicht erkannt, da sie in Jeans und T-Shirt vollkommen anders aussah als in dem Hosenanzug, den sie in Chicago getragen hatte. Aber dann drehte sie den Kopf, er sah ihr Gesicht und wusste, dass sie es war.

Sofort sprang er auf und stürmte nach draußen. »Dr. Bentley!«

Sie stutzte, drehte sich um und musterte ihn verwirrt.

»Wie schön, Sie hier zu sehen.« Harry bemühte sich um einen unschuldigen, überraschten Tonfall und schlenderte neben ihr her.

Zoe starrte ihn an, und er blieb beunruhigt stehen. Als Kind hatte er stets befürchtet, andere Menschen könnten seine Gedanken lesen und von den finsteren Ecken in seiner Seele erfahren, und bei Zoe hatte er auch dieses Gefühl.

»Sie«, zischte sie. »Was machen Sie denn hier?«

»Ach, ich bin aus beruflichen Gründen in der Stadt«, erwiderte er. »Ich bin in diesem Motel abgestiegen. Und Sie?«

Sie blinzelte und sah kurz erschrocken aus, weil sie im gleichen Motel wohnten. Nun, wo der anfängliche Schreck abgeklungen war, wirkte auch ihr Blick nicht mehr ganz so durchdringend und er stellte fest, dass diese Frau etwas sehr Verführerisches an sich hatte. Ihr zarter Hals und das dunkle Haar erinnerten ihn ein wenig an Schneewittchen. Dieser Eindruck wurde jedoch von ihren seltsamen Augen und der Hakennase zunichtegemacht, die sie weniger niedlich und eher faszinierend wirken ließen. Er nahm sich vor, das in seinem Interview zu erwähnen. Ihm fielen auch noch andere mögliche Adjektive ein. *Fesselnd, interessant, bezaubernd … Nein, bezaubernd klang lächerlich.*

»Ich bin hier wegen …« Sie zögerte und fauchte dann: »Das ist eine Privatangelegenheit.«

»Eine Privatangelegenheit in San Angelo? Und Agent Tatum Gray ist zufälligerweise auch aus privaten Gründen hier?«

Sie starrte ihn eine lange Sekunde an. »Ich habe Ihnen nichts zu sagen.« Bei diesen Worten wandte sie sich ab und stürmte weiter.

Harry hastete hinter ihr her. »Kein Problem.« Er atmete schon schwer. Verdammt, die Frau schlug ein ordentliches Tempo an. »Wie wäre es mit einem Kommentar zu dem Artikel, der morgen in der Zeitung stehen wird? Ich habe auch schon eine Überschrift: *Serienkillerexpertin berät Polizei von San Angelo nach verdächtigem Tod einer jungen Frau.*« Er keuchte, da sein Herz und seine Lunge die Anstrengung nur schlecht verkrafteten. So schnell war er seit Jahren nicht mehr gelaufen.

»Das ist doch ein guter Aufhänger.« Er musste die Stimme heben, um den Verkehrslärm zu übertönen. Sie entfernte sich von ihm, und er wurde schneller und schnappte zwischen den Worten nach Luft. »Dr. Bentley, dank deren Hilfe der Präparator in Chicago sowie der berüchtigte Jovan Stokes gefasst werden konnten, reiste vor Kurzem zusammen mit ihrem Partner Tatum Gray nach San Angelo. Es war uns leider nicht möglich, mehr über den Grund für ihren Aufenthalt in Erfahrung zu bringen, aber es ist sehr wahrscheinlich, dass es etwas mit dem Tod der neunzehnjährigen Nicole Medina zu tun hat ...«

Zoe wurde langsamer und blieb schließlich stehen. Harry verharrte schwer atmend neben ihr und hatte das Gefühl, kurz vor einem Herzinfarkt zu stehen.

»... die außerhalb ... der Stadt gefunden ... wurde.« Verdammt, er musste unbedingt aufhören zu rauchen. Die Zigaretten würden noch sein Tod sein. »Nachdem sie ... vermisst gemeldet ...«

»Hören Sie auf!« Sie wirbelte herum und kam auf ihn zu, wobei sie aussah, als wollte sie ihn erwürgen. »Das können Sie nicht schreiben. Das ist nichts als Provokation und falsche Berichterstattung.«

»Falsche Berichterstattung?« Er machte ein verletztes Gesicht. »Sind Sie und Agent Tatum Gray etwa nicht in San Angelo? Wurde Nicole Medina nicht tot aufgefunden? Es kam doch heute in den Nachrichten, dass man ihre Leiche gefunden hat. Oh! Verstehe! Ihnen gefällt der Begriff *Serienkillerexpertin* nicht. Alles klar. Wie wäre es mit *bekannte Profilerin*?«

»Mr Barry, wenn Sie den Artikel veröffentlichen, wird es Konsequenzen ... Sie können nicht ...« Sie wedelte hilflos mit den Händen und wirkte leicht panisch.

»Reden Sie mit mir, Dr. Bentley. Zeichensprache verstehe ich nicht.« Sein Herzschlag beruhigte sich langsam wieder, aber er war schweißgebadet. Vielleicht sollte er wirklich mit dem Rauchen aufhören. »Was für Konsequenzen?«

»Bitte warten Sie noch einen Tag, bevor Sie etwas veröffentlichen.« Sie war nicht gut darin, andere Menschen zu beschwichtigen. Ihr Tonfall klang eher so, als würde sie einen Befehl geben.

»Damit die ganzen Lokalzeitungen die Story früher bringen können? Das können Sie vergessen, Doktor. Darf ich Sie nun zitieren oder nicht?«

Sie starrte ihn an. Er erwiderte ihren Blick ruhig, auch wenn er sich fühlte wie bei einem Blickduell mit Medusa. Schließlich sah er doch als Erster weg.

»Hier gibt es eine Story für Sie«, gab sie endlich zu. »Aber wenn Sie sie jetzt veröffentlichen, zusammen mit meinem Namen und meinen sogenannten Erfolgen, dann kann ich Ihnen versichern, dass Sie nie wieder einen Kommentar von mir kriegen werden.«

Er zuckte mit den Achseln. »Es macht nicht den Anschein, als wäre es jetzt anders.«

»Sie bekommen die ganze Geschichte vor allen anderen. Das verspreche ich Ihnen.«

»Und was ist, wenn die anderen Reporter schneller sind?«

»Sie wollen doch gar nicht über ein totes Mädchen in San Angelo schreiben. Das interessiert Ihre Leser nicht die Bohne. Sie wollen meine Sicht der Dinge hören.«

»Sie haben mich durchschaut.« Er grinste sie an.

»Warten Sie mit dem Artikel. Ich rufe Sie in ein oder zwei Tagen an.«

Er nickte. »Ich werde auf Ihren Anruf warten. Aber lassen Sie mich nicht zu lange zappeln.«

Sie stieß die Luft aus. »Auf Wiedersehen.«

»Haben Sie schon was gegessen? Wir könnten zusammen etwas essen gehen.«

»Ich würde lieber mit einer Klapperschlange essen als mit Ihnen, Harry Barry.«

Er sah ihr mit amüsiertem Lächeln hinterher. Dann kramte er in seiner Tasche und holte eine zerknautschte Zigarettenschachtel heraus. Er steckte sich eine Zigarette zwischen die Lippen und zündete sie an, um den Rauch einzuatmen und genüsslich die Augen zu schließen. Auf keinen Fall würde er aufhören zu rauchen. Es gab nichts Besseres als die erste Zigarette, nachdem man sich eine gute Story gesichert hatte.

KAPITEL 28

Die Schreie des Mädchens waren Hintergrundmusik, während er die Webseiten der lokalen Nachrichtensender durchging. Sie flehte, dass irgendjemand, wer auch immer, sie herauslassen solle. Er lauschte ihr noch einige Sekunden lang und verglich sie mit Nicole Medina, war sich aber nicht sicher, welche von beiden er besser fand.

Kopfschüttelnd wandte er sich wieder den Webseiten zu.

Er hatte gehofft, dass irgendjemand die Verbindung herstellen und begreifen würde, dass es sich bei dem toten Mädchen um das aus dem Video handelte, das er online gestellt hatte. Aber in allen Artikeln wurden nur die bloßen Fakten erwähnt. Der Name und das Alter des Opfers. Ein Selfie aus einem Klub, das die Frau vor zwei Wochen auf Instagram gepostet hatte. Das Statement der Polizei, dass sie in der Sache ermittelte. Keine Erwähnung eines Serienmörders. Auch das Onlinevideo und Schroedinger waren nirgends zu finden. Es gab nur einen Artikel nach dem anderen voller langweiliger, trockener Informationsschnipsel.

Wütend hämmerte er auf den Tisch. Wie konnten sie nur so blind sein? Er hatte ihnen doch eine offensichtliche Spur hinterlassen. Musste er ihnen denn jedes winzige Detail auf dem Silbertablett servieren?

Er klickte auf den »Kontakt«-Link der *San Angelo Live*-Webseite und tippte energisch eine Nachricht, in der er auf die Verbindung zwischen dem Tod des Opfers und dem Video hinwies. Die URL fügte er auch noch bei. Er ging sogar auf den Titel des Videos ein und merkte an, dass es noch mehr geben werde. Die Polizei konnte ihm ebenso wenig etwas anhaben wie das FBI. Es würde weitere Opfer geben, und niemand war vor ihm sicher. Er hatte sie alle auf seinem Radar. Es würde mehr geben. Dutzende weiterer Opfer.

Der Cursor schwebte schon über »Senden«, als er innehielt.

Er las sich den ganzen Text noch einmal durch und musste sogar scrollen, weil er so viel geschrieben hatte. Fast die Hälfte in Großbuchstaben. Er hörte sich an wie ein Verrückter. Dabei entdeckte er nicht weniger als dreizehn Rechtschreibfehler. Auch die Menge an Ausrufezeichen war erschreckend. An einer Stelle hatte er *DUTZENDE!!!!!!* geschrieben.

Sechs Ausrufezeichen. Großbuchstaben. Als hätte er völlig den Verstand verloren.

Das war nicht der Eindruck, den andere von ihm haben sollten, selbst wenn er noch so wütend war.

Er stand von seinem Stuhl auf, lief im Keller hin und her und atmete tief ein und wieder aus. Der Raum war viel voller als früher. Kisten stapelten sich an der hinteren Wand bis zur Decke, alle gleich groß und mit einem einzigen Loch darin. Jede Kiste war für eine Testperson gedacht. Ein Experiment. Allein ihr Anblick beruhigte ihn und brachte ihn zum Lächeln.

Daneben standen Eimer voller Erde. Er hatte genug für fünf Experimente, die zur Bodenbeschaffenheit am jeweiligen Ort passte. *Das hier* war es, was ihn ausmachte. Er war jemand, der sich vorbereitete. Der alles bedachte. Der nichts dem Zufall überließ.

Er würde sich an den ursprünglichen Plan halten. Dann war die Presse eben ein bisschen langsam. Schon bald würden alle von ihm wissen. Und jeder würde sich fragen, wer die Nächste sein würde.

Denn dieses Mädchen würde ihn ins Rampenlicht rücken. Außerdem würde deutlich werden, dass er nicht vorhatte, sich mit einer oder zwei zufriedenzugeben.

Ihre Schreie hallten erneut durch den Keller. Sie rief nach ihrer Mutter.

Da kam ihm eine Idee.

Wieso war er nicht schon früher darauf gekommen? Heutzutage war den Menschen doch völlig egal, was gerade passierte.

Sie redeten nur davon, was bald *geschehen würde*. Es gab endlose Debatten über die Trailer für demnächst anlaufende Filme, die Teaser, die Hinweise und Andeutungen der Schauspieler und der Filmcrew. Aber wer redete denn noch über die Filme, wenn sie erst im Kino liefen und von allen als langweilig abgestempelt worden waren?

Teaser und Trailer. Aufmerksamkeit erregen. Das war wichtiger als das eigentliche Produkt. Auf diese Weise würde die Öffentlichkeit ihn bemerken.

Wer hätte gedacht, dass man heutzutage als Serienkiller auch eine gute Marketingabteilung brauchte?

Grinsend verließ er den Keller, während in seinem Kopf langsam eine Idee Gestalt annahm.

Kapitel 29

Zoe saß an der Bar und hatte die geballten Fäuste im Schoß liegen. Ihr war völlig schleierhaft, wie dieser Abend dermaßen miserabel hatte enden können. Zuerst Tatums unausstehliches Benehmen und dann noch dieser schamlose Reporter aus Chicago, der sie irgendwie hier gefunden und mit miesen Tricks zu einem Interview überredet hatte. Uff!

Wie hatte der Mann sie überhaupt gefunden? Er war nach San Angelo geflogen, was nur bedeuten konnte, dass ihn eine verlässliche Quelle mit Informationen versorgte. Jemand bei der BAU. Sie würde später mit Mancuso darüber reden müssen, dass einer ihrer Mitarbeiter die Presse mit Infos versorgte.

»Bitte sehr, Miss.« Die Barkeeperin stellte drei Teller vor Zoe ab. Auf dem ersten lagen ein dickes Steak, in der Pfanne gebraten, das köstlich aussah, und ein kleines bisschen Brokkoli, das eher wie eine Dekoration wirkte. Die anderen beiden Teller waren mit Beilagen gefüllt – einem Salat aus knackigem, frischem rotem und grünem Gemüse sowie einer Ofenkartoffel mit einem Berg Sour Cream und einer gehackten Frühlingszwiebel darauf.

Immerhin etwas, das sie an diesem Abend nicht enttäuschte. Wenn das Essen nur halb so gut schmeckte, wie es aussah, würde das zumindest eine sehr zufriedenstellende Mahlzeit werden.

Sie schnitt ein Stück vom Steak ab – das Innere war so rosafarben, wie sie es erhofft hatte –, steckte es in den Mund und schloss die Augen.

Vielleicht war das Leben ja doch lebenswert.

Sie kaute genüsslich, genoss das saftige, zarte Fleisch und spießte mit der Gabel ein Kartoffelstück auf, wobei sie darauf achtete, auch etwas Sour Cream und Frühlingszwiebel zu erwischen. Als sie den ganzen Bissen in den Mund steckte, musste sie feststellen, dass sie sich leicht verkalkuliert hatte, denn sie verbrannte sich an der Kartoffel die Zunge. Aber es schmeckte köstlich.

»Ist alles in Ordnung?«, erkundigte sich die Barkeeperin höflich und stellte ein Glas Wasser neben die Teller, an dem das Kondenswasser herunterlief.

»Ja, allesch beschtensch«, stieß Zoe mit vollem Mund und durch die Nase atmend hervor.

Die Barkeeperin grinste amüsiert und ging wieder. Zoe steckte sich noch einen Bissen vom Steak in den Mund. Die Ereignisse des Abends verwandelten sich in ihrem Kopf. Harry Barry war vielleicht schamlos, aber auch ehrgeizig. Sie wusste es durchaus zu würdigen, wenn sich jemand seinem Job verschrieben hatte. Und Tatum … Tja, Tatum war trotz allem unausstehlich, aber er hatte das Herz am rechten Fleck. Sie bedauerte es, dass er nicht mitgekommen war. In Gesellschaft hätte sie das Essen noch mehr genießen können.

Plötzlich durchzuckten sie Schuldgefühle und Angst, als ihr aufging, dass sie sich den ganzen Tag nur mit dem Fall beschäftigt und seit dem Vormittag nicht mehr bei Andrea gemeldet hatte. Fast einen ganzen Tag lang nicht!

Sie zückte ihr Handy. *Alles in Ordnung?*, erkundigte sie sich.

Die Antwort kam nach wenigen Sekunden. Ja. Geh mir nicht auf die Nerven. Ich esse gerade.

Zoe seufzte, fotografierte die Teller vor sich und schickte Andrea das Foto mit der Bildunterschrift Ich auch. Kurz darauf schrieb ihre Schwester zurück: Du denkst, DU würdest gut essen? Sieh nur, was du verpasst – und schickte das Foto einer armseligen Schüssel voller Ramen-Nudeln. Zoe schnaubte und antwortete mit einem Smiley, das Tränen lachte. Manchmal brauchte es genau so ein Smiley.

Nachdem sie das halbe Steak verspeist hatte, stellte die Barkeeperin eine Flasche Wein und ein Glas auf die Bar.

»Von dem Mann da drüben«, sagte sie und deutete mit dem Kinn auf das Ende der Bar, um Zoe ein Glas Wein zu reichen.

»Äh …«, murmelte Zoe. »Ich möchte …«

»Das ist ein wirklich guter Wein.« Die Barkeeperin zog eine Augenbraue hoch.

Es war eine Weile her, dass jemand versucht hatte, sie in einer Bar anzusprechen, und sie musste grinsen. »Okay, danke.«

Sie schnüffelte an dem Wein und kostete einen Schluck. Er war wirklich nicht übel. Danach sah sie zu dem Mann hinüber, der ihr den Wein spendiert hatte. Er hatte lockiges Haar und einen dichten braunen Bart und trug ein blau-kariertes Hemd, das an den meisten Männern komisch ausgesehen hätte, ihm jedoch stand. Darin sah er beinahe aus wie ein Holzfäller. An seinem Hals prangte ein kleines Tattoo, bei dem es sich um Initialen zu handeln schien, aber Zoe konnte es aus der Entfernung nicht genau erkennen. Er hob sein Glas und prostete ihr zu, und sie tat es ihm nach.

Offenbar sah er das als Einladung an, und sie war sich nicht sicher, ob sie es nicht auch so gemeint hatte. Er stand auf, wobei er die anderen Gäste in der Bar locker überragte, kam herüber und setzte sich auf den leeren Barhocker neben sie.

»Schön, wenn ein Mädchen noch mit Genuss essen kann.« Er schenkte ihr ein Lächeln.

»Ich bin eigentlich kein Mädchen mehr … Ich bin dreiunddreißig.« Sie stellte das Glas ab. »Danke für den Wein.«

»Ich bin Joseph.«

Sie reichte ihm die Hand. »Zoe.«

Als er ihre Hand nahm, verspannte sie sich kurz und glaubte schon, er werde ihr einen Handkuss geben, aber er schüttelte sie nur energisch.

»Sie sind nicht von hier«, stellte er fest. »Kommen Sie aus Boston?«

Sie sah ihn überrascht an. »Ist mein Akzent so offensichtlich?«

Er lachte auf. »Ich habe ein paar Jahre in Boston gewohnt und kenne ihn daher sehr gut. Ihr Akzent ist nicht offensichtlich, aber vorhanden. Wie Sie gerade *dreiunddreißig* gesagt haben.« Er machte mit schelmischem Grinsen einen übertriebenen Bostoner Akzent nach.

Zoe musste grinsen. »Ich lebe aber gar nicht mehr dort.« Mit einem Mal bekam sie Heimweh und nippte schnell an ihrem Wein.

»Was machen Sie in San Angelo? Sind Sie frisch hergezogen?«

»Nein, ich bin beruflich in der Stadt.«

»Was sind Sie von Beruf?«

Das war eine Frage, die sie nicht so leicht beantworten konnte. Die Worte *forensische Psychologin* kamen nicht immer gut an; zudem machten sie andere entweder nervös oder unendlich neugierig. Manchmal auch beides. Daher brachte sie das Gespräch auf diese Weise entweder zum Erliegen oder redete danach nur noch über Morde und Vergewaltigungen.

Sie aß ein Stück Steak und dachte darüber nach. Beide Optionen gefielen ihr nicht besonders. Sie war zufrieden damit, das gute Essen und die bisher sehr angenehme Gesellschaft zu genießen, und wollte sich das nicht von einem Serienmörder verderben lassen. »Ich bin Beraterin.«

»Und in welchem Bereich beraten Sie?« Er trank einen Schluck Bier.

»Ach ... größtenteils dreht es sich um menschliches Verhalten.« Sie zuckte mit den Achseln. »Ich bin gestern angekommen und werde ein paar Tage bleiben. Was ist mit Ihnen?«

»Ich lebe hier.« Er grinste abermals. »Geboren und aufgewachsen in ›Sand and Jell-O‹.«

Zoe brauchte einen Augenblick, bis sie begriffen hatte, dass es sich um ein Wortspiel mit dem Namen der Stadt handelte. Sie erwiderte das Grinsen und aß etwas Kartoffel mit Sour Cream.

»Ich bin Elektriker und Klimatechniker. Das ist ein sehr beliebter Beruf.« Er beugte sich etwas zu ihr herüber. »Vielleicht haben Sie es ja schon bemerkt, dass es hier gelegentlich recht warm wird.«

Sie musste lachen und dann schrecklich husten, weil sie sich an der Kartoffel verschluckt hatte. Joseph starrte sie erschrocken an und reichte ihr rasch das Wasserglas. Sie nahm es ihm noch immer hustend aus der Hand, trank einen Schluck und konnte endlich wieder halbwegs atmen. *Super, Zoe. Ganz super.*

»Alles in Ordnung?«

»Ja.« Sie keuchte noch immer und leerte das halbe Glas. »Sie haben mich überrascht.«

»Das tut mir leid. Ich werde versuchen, ernst zu bleiben, solange Sie essen.«

»Was haben Sie denn in Boston gemacht, wenn Klimatechniker hier derart begehrt sind?«

»Ich bin einer Frau dorthin gefolgt – was denn sonst? Ich habe dort versucht, mir ein Lampenunternehmen aufzubauen. Die ersten Jahre sah es ganz gut aus, aber dann gingen die Geschäfte in den Keller.« Er nahm sich einen Bierdeckel und pulte daran herum, sodass kleine Schnipsel auf der Bar landeten. »Nachdem ich mich von der Frau getrennt hatte, kam ich wieder her. Rückblickend ist mir völlig schleierhaft, wie ich jemals wegziehen konnte.«

Zoe schnitt sich ein Stück vom Steak ab und kaute zufrieden darauf herum. Eigentlich war ihr Hunger längst gestillt, aber ihr Appetit noch lange nicht. Sie deutete auf die Initialen an seinem Hals. »Wer ist H. R.?«

Er berührte die Stelle mit den Fingern. »Henrietta Ross. Die Frau aus Boston. Ziemlich bescheuert, was? Wenn man verliebt ist, macht man die dämlichsten Sachen. Jetzt trage ich für immer ihren Namen auf meiner Haut und werde von allen nach der Bedeutung meines Tattoos gefragt.« Er starrte den ausgefransten Bierdeckel mit finsterer Miene an.

Zoe schoss durch den Kopf, dass Andrea in dieser Situation garantiert etwas Witziges eingefallen wäre, mit dem sie die Unterhaltung zum Positiven wenden konnte. Sie zermarterte sich das Gehirn, was sie sagen sollte. *Sie könnten behaupten, es steht für High Resolution,* was aber auch nicht besonders witzig war. Oder *Hey, wenigstens hatte sie nicht die Initialen …*, doch dann fiel ihr keine Pointe ein.

Irgendwann würde ihr schon eine witzige Erwiderung einfallen. Vermutlich in drei Tagen, wenn sie gerade am Einschlafen war.

»Ich finde es nicht dämlich«, meinte sie schließlich und kam sich dabei ein bisschen armselig vor. »Sie haben jemanden geliebt, und das ist eine nette Geste.«

Er blinzelte. »Danke, Zoe. Es ist sehr nett, dass Sie das sagen.«

Vielleicht wurde Humor doch stark überbewertet.

Schweigen legte sich über sie, allerdings nicht dieses angenehme Schweigen von Menschen, die sich sehr gut kennen. Es war das betretene, fast schon greifbare angespannte Schweigen, als hätten sie einander während des Gesprächs einen imaginären

Ball zugeworfen, der jedoch einem von ihnen aus der Hand gefallen war.

Joseph räusperte sich. »Wer sind die wichtigsten Menschen in Ihrem Leben?«

Das war eine unverhoffte Frage, die nichts mit dem vorherigen Thema zu tun hatte, aber Zoe wusste, dass er sie nur stellte, um die Unterhaltung wieder in Gang zu bringen. Das gefiel ihr. »Meine Schwester. Wir wohnen zusammen.«

»Wirklich? Ist das nicht schwierig, mit der eigenen Schwester zusammenzuwohnen?«

»Für sie vielleicht«, erwiderte Zoe amüsiert. »Mir gefällt es, sie um mich zu haben.«

»Was ist mit Ihren Eltern?«

»Mein Vater ist vor einigen Jahren gestorben. Und meine Mutter ist nicht immer leicht zu ertragen.« Ihre Mutter war schon immer eine kontrollsüchtige, passiv-aggressive Frau gewesen und Zoe in den letzten Jahren zunehmend auf die Nerven gegangen. »Was ist mit Ihnen?«

»Ich habe keine Geschwister, und mein Dad ist vor einigen Jahren aus Texas weggezogen, daher habe ich nur noch meine Mom. Aber wir stehen uns sehr nahe.«

»Sie war bestimmt froh, als Sie zurückgekommen sind.«

»Sie war begeistert«, gab er zu. »Vor allem, da sie mir von vornherein davon abgeraten hatte.«

Sie unterhielten sich ein wenig über Boston, wobei Joseph die Richtung des Gesprächs bestimmte und Zoe sich treiben ließ. Er erzählte ihr, dass er als Hobby alte Möbel restaurierte, und Zoe spielte die Beeindruckte, als er ihr beschrieb, wie er eine alte Kommode wieder zum Glänzen gebracht hatte. Ihre Erfahrung mit dem Zusammenbau von Möbeln, die sich auf drei bei IKEA gekaufte Stühle bezog, erwähnte sie nicht. Sie verglichen ihre Lieblingsfilme. Joseph ließ sich auch noch ein Weinglas bringen. Nach einer Weile merkte Zoe, dass sie sich in seiner Gegenwart zunehmend entspannte und ihr die Worte leichter über die Zunge kamen. Wann hatte sie das letzte Mal mit jemandem zusammengesessen, über lauter unbedeutende Dinge gesprochen und einfach die Gesellschaft des anderen genossen?

Die Barkeeperin hatte ihren fast leeren Teller längst weggeräumt und die Weinflasche war geleert, als Joseph fragte: »Was haben Sie heute Abend noch vor?«

Zoe verspannte sich. Es war beinahe Mitternacht. Auch wenn es ein angenehmer Abend gewesen war, wollte sie ihn nicht ausdehnen. Sie wusste nichts über diesen Mann, abgesehen von der Tatsache, dass er groß und sehr charmant war. Doch ihr fielen problemlos weitere charmante Männer ein, beispielsweise Ted Bundy, Charles Manson, Richard Ramirez, Rod Glover. Die Liste war lang. Für jemanden, der sich den ganzen Tag mit Psychopathen beschäftigte, war Charme nichts weiter als eine gefährliche Tarnung.

»Ich denke, ich gehe besser schlafen«, sagte sie. »Morgen steht einiges auf dem Programm.«

»Ein harter Beratertag, was?«

»Ganz genau.« Sie versuchte sich an einem Lächeln, merkte aber, dass es nicht überzeugend war.

»Können Sie noch fahren?« Joseph deutete auf ihr Weinglas.

Er sollte nicht wissen, dass ihr Motel ganz in der Nähe war. »Ich nehme mir ein Taxi.«

»Falls Sie morgen wieder gut essen gehen wollen, rufen Sie mich an«, meinte er und gab ihr seine Visitenkarte.

Sie dankte ihm, und er schenkte ihr noch ein Lächeln, das irgendwie leicht verlegen wirkte, und ging.

»Bringen Sie mir bitte die Rechnung?«, bat sie die Barkeeperin.

»Er hat vorhin bereits alles bezahlt, als Sie auf der Toilette waren«, erwiderte die Frau. »Ein echter Gentleman.«

»Ja, ein echter Gentleman«, wiederholte Zoe.

Kapitel 30

San Angelo, Texas, Donnerstag, 8. September 2016

Delia nahm gerade die Wäsche ab und sortierte Socken, als das Festnetztelefon klingelte. Frank hatte nur graue oder schwarze Socken, was bedeutete, dass sie die Länge und das Material vergleichen musste, um die Paare zu finden. Manchmal machte sie sich nicht die Mühe und legte einen kurzen und einen langen Socken zusammen oder einen aus Wolle und einen aus dünnem Baumwollstoff. Das führte meist zu einer Schimpftirade, daher versuchte sie jetzt, es richtig zu machen. Aber irgendwie schien der zweite Socken zu dem in ihrer Hand verschwunden zu sein.

Das Klingeln des Telefons ließ sie zusammenzucken, und sie sah sich wie ein gehetztes Tier nach links und rechts um. Das lag nicht nur daran, dass sie völlig gedankenverloren gewesen war – dieses Telefon klingelte sonst nie. Frank und sie nutzten eigentlich immer ihre Handys, und jeder wusste, dass er sie so auch am besten erreichte. Der Hauptgrund, warum sie das Festnetztelefon nicht schon vor langer Zeit abgeschaltet hatten, war Franks Mutter Gerta, die nur diese Nummer nutzte. Gerta war eine alte Frau mit schlechtem Gedächtnis gewesen, und Frank hatte es beim besten Willen nicht geschafft, sie dazu zu bringen, die neue Nummer anzurufen. Der Präsident der Vereinigten Staaten hatte ein rotes Telefon, um mit Russland zu sprechen, und die Howe-Familie besaß ein beigefarbenes für Gerta.

Allerdings war Gerta seit über sieben Monaten tot. Delia umfasste ihre verletzte Hand, während ihr vor Schmerz ganz schwindelig war. Entweder hatte sich jemand verwählt oder man wollte ihr irgendetwas verkaufen. Auf jeden Fall war es lästig. Sie beschloss, es zu ignorieren, und wartete darauf, dass es endlich aufhörte zu klingeln.

Doch das tat es nicht. Es klingelte lautstark weiter. Diese altmodischen Telefone waren so entworfen worden, dass sie möglichst viel Lärm machten, damit man sie auch im ganzen Haus hören konnte.

Irgendwann hatte Delia genug, stand auf und nahm den Hörer ab.

»Hallo?« Sie bemühte sich um einen beißenden, wütenden Tonfall, um dem Anrufer gleich zu verstehen zu geben, dass man ihre Zeit besser nicht vergeudete.

Am anderen Ende herrschte Schweigen. Es hörte sich an, als würde jemand atmen.

Nein, das war kein Atmen. Es war ein Weinen.

»Hallo?«, fragte sie etwas sanfter und bekam es mit der Angst zu tun. Leiser fügte sie hinzu: »Maribel?«

Eine Sekunde lang ging das Weinen noch weiter, aber dann folgte ein verzweifelter, verängstigter Schrei. »Mommy …«

»Maribel? Wo bist du? Geht es dir gut? Hallo?« Sie wartete nach jeder Frage eine Sekunde, aber Maribel weinte nur noch mehr und schien ihr nicht antworten zu können. »Maribel!«

»Mommy!«

»Wo bist du? Ich komme dich holen. Sag mir einfach, wo du steckst.«

»Hol mich hier raus!«, schrie Maribel. »Bitte!«
»Wo soll ich dich rausholen? Wo bist du?«
Dann war die Leitung tot.
Delia starrte den Telefonhörer fassungslos an. Im nächsten Augenblick ließ sie ihn fallen und rannte zu ihrem Handy, in dem sie Detective Lyons' Nummer gespeichert hatte.

Kapitel 31

Tatum kam einige Minuten zu spät zur morgendlichen Besprechung und handelte sich einen tadelnden Blick von Jensen ein, den er locker ignorierte.

»So.« Jensen klatschte in die Hände. »Wo steckt Lyons? Ich würde gern anfangen.«

»Sie kommt bestimmt gleich«, sagte Foster.

»Wir können nicht auf sie warten. Wo stehen wir mit dem Fall? Detective Foster?«

Foster blätterte in seinem Notizbuch herum. »Wir haben mit allen Freunden gesprochen, die Medina in der Nacht, in der sie verschwunden ist, nach Hause gebracht haben. Dank ihrer Aussagen und der Aufnahmen der Verkehrsüberwachungskameras können wir mit Sicherheit bestätigen, dass sie um Viertel nach eins vor ihrem Haus abgesetzt wurde. Sämtliche Nachbarn schliefen zu dieser Zeit. Die Mutter wachte um halb sieben auf, sah, dass Nicole nicht nach Hause gekommen war, und meldete sie um Viertel vor acht als vermisst, nachdem sie jeden angerufen hatte, der ihr einfallen wollte. Wir befragen gerade sämtliche Augenzeugen von der Party sowie einige von Nicoles anderen Freunden, aber bisher hat sich nichts Auffälliges ergeben.«

»Okay.« Erneutes Händeklatschen von Jensen. »Dann ist vielleicht ...«

»Lyons hat sich die Aufnahmen der Verkehrskameras angesehen«, fuhr Foster fort. »Drei Fahrzeuge sind dem Wagen gefolgt, in dem Nicole gesessen hat. Zwei gehörten anderen Teenagern, die auf derselben Party gewesen sind. Das dritte war ein Truck, der einem siebenundvierzigjährigen Mann namens Wyatt Tiller gehört. Wir überprüfen ihn gerade, aber ich bezweifle, dass er unser Mann ist.«

Foster blätterte in seinem Notizbuch eine Seite weiter. »Einige von Nicole Medinas Freunden haben einen kleinen Schrein an ihrer Straße errichtet. Er sieht harmlos aus – nichts, was die Presse groß aufbauschen könnte.«

»Wäre es möglich, den Schrein zu überwachen?«, wollte Tatum wissen. »Möglicherweise taucht der Mörder dort auf.«

Foster überlegte kurz. »Wir können niemanden dort stationieren, aber ich sehe kein Problem darin, dort eine kleine Überwachungskamera zu installieren.«

»Was ist mit dem Tatort?«, schaltete sich Zoe ein. »Haben Sie sich dort mit einer UV-Lampe umgesehen?«

Tatum war leicht gereizt, weil ihm aufging, dass er keine Ahnung hatte, wovon sie da sprach.

»Die Kriminaltechniker haben keine Flüssigkeiten entdecken können, die unter UV-Licht leuchten.« Foster hielt kurz inne und ließ seine Worte wirken. »Was die Kiste angeht, haben wir uns mit einem erfahrenen Tischler unterhalten, der meint, die Kiste wäre von einem Profi gebaut worden. Wenn unser Mörder kein Tischler ist, dann muss er sie also irgendwo bestellt haben. Wir würden dieser Spur gern nachgehen, aber dazu haben wir schlichtweg zu wenig Leute.«

»Tja«, meinte Jensen.

Tatum seufzte. *Und so beginnt der Kampf um mehr Einsatzkräfte.*

Sie stritten sich eine Weile und fanden zu guter Letzt einen Kompromiss. Tatum war sich nicht sicher, was der Grund dafür war, aber sowohl Foster als auch Jensen wirkten mürrisch und unzufrieden.

Danach war Agent Shelton an der Reihe und umriss kurz ihre Bemühungen, den Killer über das Onlinevideo aufzuspüren. Es hörte sich nicht sehr vielversprechend an. Der Webhoster war in Bitcoin bezahlt worden, die Domain kostenlos und unter einer temporären E-Mail-Adresse registriert.

»Der Mann hat ein zweites Wegwerfhandy als Hotspot benutzt, um das Video hochzuladen, und es vor Ort an- und wieder ausgeschaltet«, erklärte Shelton. »Wir überwachen beide Nummern für den Fall, dass er eines der Geräte wieder einschaltet.«

Er blickte von seinem Laptop auf, der vor ihm stand. »Laut der Laborergebnisse stammen alle Proben aus der Kiste vom Opfer.«

Jensen wandte sich ermattet an Tatum. »Was ist mit Ihnen? Machen Sie bei der Erstellung des Profils Fortschritte?«

»Wir suchen nach Verbrechen mit ähnlichen Mustern«, antwortete Tatum. »Bisher haben wir nichts gefunden. Dr. Bentley meinte auch, dass wir uns mal mit Schrödinger und seiner Theorie beschäftigen sollten, weil uns das vielleicht etwas über den Mörder verrät.«

»Das ist eine gute Idee.« Jensen strahlte auf eine Art und Weise, die Tatum sofort misstrauisch machte.

»Na ... dann kümmere ich mich heute mal darum.«

»Ich bin mit einem hervorragenden Doktor der Physik an der Angelo State University befreundet«, erklärte Jensen. »Wir kennen uns vom College. Ich könnte ein Treffen arrangieren ...«

»Ich hätte auch noch was zu sagen«, fiel Zoe ihm ins Wort.

»Ach ja?« Jensen drehte sich zu ihr um. »Was haben Sie herausgefunden, Agent, äh, Dr. Bentley?«

»Es ist mir gelungen, aus dem, was wir bisher über den Mörder wissen, ein vorläufiges einfaches Profil zu erstellen«, antwortete sie. »Natürlich enthält es noch nichts Definitives, aber ich glaube, ich konnte einige sehr wahrscheinliche Charakteristika herausarbeiten.«

Jensen schürzte skeptisch die Lippen, aber die anderen schauten Zoe interessiert an.

»Der Mörder ist ungewöhnlich vorsichtig und hinterlässt keine Spuren, was mich zu der Annahme verleitet, dass er vermutlich wenigstens dreißig, vielleicht sogar noch älter ist. Jüngere Killer sind meist impulsiver. Aber er ist gut in Form; die Eimer aus dem Video waren schwer, und das Ausheben des Grabes muss anstrengend gewesen sein. Trotz der harten Arbeit wirkt er im Video nicht, als würde ihn das belasten. Daraus schließe ich, dass er nicht älter als fünfundvierzig ist.«

»Ich habe einen sechzigjährigen Onkel, der Marathon läuft«, merkte Jensen an.

Tatum räusperte sich. »Darum sprach Dr. Bentley ja auch von *wahrscheinlichen* Merkmalen. Wir sagen ja nicht, dass Sie alle Zwanzigjährigen ausschließen sollen, sondern empfehlen Ihnen, sich bei den Ermittlungen auf unsere Empfehlungen zu stützen.« Einen Augenblick sah er Zoe in die Augen.

Sie nickte kurz. »Der Täter hat darauf geachtet, dass seine Haut auf dem Video nicht zu sehen ist, und lange Handschuhe, hohe Stiefel und ein langärmliges Oberteil getragen. Damit wollte er vermutlich verhindern, dass wir seine Hautfarbe erkennen können. Aber das Video wurde live gestreamt, und er muss in Betracht gezogen haben, dass er vielleicht versehentlich bei der Arbeit etwas Haut zeigt. Das führt mich zu der Annahme, dass es ihm nicht so wichtig war und dass es die Zahl der Verdächtigen somit nicht stark einschränken würde. Da der Großteil der Einwohner von San Angelo weiß ist, vermute ich, dass wir es mit einem Weißen zu tun haben.«

Foster schrieb eifrig mit.

»Der saubere Tatort und der recht ausgeklügelte Mord lassen erkennen, dass er über eine obsessive Persönlichkeit verfügt und sorgfältig, wenn nicht sogar übertrieben, auf Details achtet. Falls er einen Job hat, müsste es einer sein, bei dem es nicht auf Geschwindigkeit ankommt, sondern auf Gründlichkeit. Damit können wir Berufe mit Kundenkontakt oder Hilfsarbeiten vermutlich ausschließen. Er ist sehr intelligent und zeigt das auch gern. Das beruht mit hoher Wahrscheinlichkeit auf einem tief sitzenden geringen Selbstbewusstsein, was mich zu der Annahme führt, dass er entweder von seinen Eltern unterdrückt oder als Kind gemobbt wurde. Auch Misshandlungen in der Kindheit sind nicht auszuschließen.«

Die Tür ging auf, und Lyons kam mit gehetzter Miene herein. Ohne ein Wort zu sagen, nahm sie am Tischende Platz.

»Er hat einen Van«, fuhr Zoe fort, »von einer Marke, wie sie in dieser Gegend am häufigsten gefahren wird.« Sie zuckte mit den Achseln. »Ich kenne mich mit Autos nicht aus.«

Jensen blinzelte. »Das ist sehr ... detailliert, Agent, äh, Doktor.«

Sie schien seine Worte nicht zu hören oder ging einfach darüber hinweg. »Vor einigen Monaten gab es in seinem Leben ein stressauslösendes Ereignis, bei dem er sich nicht gewürdigt fühlte und das ihn wütend gemacht hat. Wahrscheinlich hat es etwas mit seinem Job zu tun; er wurde vielleicht entlassen oder fühlte sich herabgesetzt. Wir bezeichnen derartige Auslöser auch als Stressor.«

»Der Stressor könnte auch das Ende einer Beziehung gewesen sein«, fügte Tatum an. »Es muss nicht unbedingt mit der Arbeit zu tun haben.«

»Das ist korrekt«, gab Zoe zu. »Aber ich habe den Eindruck, dass das Video etwas, das er fühlt, kompensieren soll. Er hat es online hochgeladen, damit es jeder sehen kann – er wünscht sich die Bestätigung der Öffentlichkeit. Der Name, den er sich gegeben hat – ›Schroedinger‹ – und die Bezeichnung des Videos als Experiment wirken auf mich wie der Versuch, bewandert und clever zu erscheinen. Als jemand, der die Anerkennung seiner Vorgesetzten und Gleichgestellten verdient hat.«

Tatum war sich nicht sicher, ob er ihrer Einschätzung zustimmte, aber er beschloss, es vorerst nicht zu kommentieren.

»Zudem bezweifle ich, dass Nicole Medina sein erstes Opfer war. Der Tatort erweckt nicht den Anschein, als wäre es die impulsive Tat eines Mannes, der zum ersten Mal mordete, gewesen. Vielmehr sieht es aus wie der kaltblütig geplante Mord eines Täters, der schon früher getötet hat. Vor sechs Wochen wurde die zweiundzwanzigjährige Maribel Howe als vermisst gemeldet. Der Fall ist noch ungelöst. Detective Lyons und ich waren gestern bei der Mutter, und wir halten es für möglich, dass Maribel ein weiteres seiner Opfer ist.«

Jensen drehte sich zu Lyons um. »Ach ja?«

Lyons räusperte sich. »Diesbezüglich gibt es Neuigkeiten.« Ihre Stimme klang angespannt. »Ich habe eben mit der Mutter telefoniert. Sie sagte, Maribel hätte sie angerufen. Ich konnte keine Einzelheiten erfahren, aber sie war völlig außer sich. Ich habe einen Streifenwagen zu ihr geschickt, damit sich die Beamten mit ihr unterhalten, und werde gleich selbst hinfahren und ihre Aussage aufnehmen.«

»Gut.« Jensen klatschte in die Hände. »In der Zwischenzeit werden Bentley und Gray zusammen mit mir eine Physiklehrstunde besuchen.«

Auf einmal bereute Tatum seinen Vorschlag, mehr über Schrödinger in Erfahrung zu bringen. Zum einen wollte er gern mehr über Maribel Howe erfahren, und zum anderen war Jensens Gesellschaft in etwa so angenehm wie ein juckender Hautausschlag.

Kapitel 32

Tatum fuhr mit finsterer Miene hinter Jensens Wagen her. Es war eindeutig, wie schlecht die Dinge zwischen ihm und Zoe standen, wenn sie es vorzog, mit dem Lieutenant mitzufahren. Dabei war er normalerweise überhaupt nicht nachtragend. Er kannte einige Menschen, die lange einen Groll hegten und das praktisch zu einem Hobby gemacht hatten. Seine Tante wusste beispielsweise noch ganz genau, was ihr eine falsche Freundin in der achten Klasse vorgehalten hatte. Tatum musste sich hingegen richtig anstrengen, und es strengte ihn sehr an.

Jensen stellte den Wagen auf dem Parkplatz der Universität ab, und Tatum parkte ganz in der Nähe. Dann gingen sie zu dritt in den Fachbereich Physik. Auf dem Weg dorthin rief Jensen seine Nachrichten ab und fluchte laut. »Die Presse hat von Maribel Howes Anruf erfahren.«

»So schnell?«, fragte Zoe.

»Vermutlich hat die Mutter sie sofort benachrichtigt.«

»Sie schien mir gar nicht der Typ dafür zu sein«, merkte Zoe an.

Aber Jensen hörte ihr gar nicht zu. »Einige Reporter deuten bereits eine Verbindung zwischen Howe und Medina an. Die Sache fliegt uns um die Ohren. Wir hätten den Reportern bei der Pressekonferenz eben doch mehr Informationen geben müssen.« Mit einem Mal klang er anschuldigend.

Zoe schürzte die Lippen. Tatum mischte sich gar nicht erst ein. Es wäre ohnehin sinnlos gewesen, sich mit dem Lieutenant zu streiten, wie er ganz genau wusste. Der Mann suchte bereits nach einem Sündenbock, dem er ein Scheitern bei diesem Fall in die Schuhe schieben konnte, falls man ihm Vorwürfe machte.

Dr. Cobbs Büro befand sich im zweiten Stock, und die Tür stand offen. Jensen klopfte dennoch an und sagte dabei »Klopf, klopf«, was er vermutlich lustig fand.

Tatum warf einen Blick in den Raum. Dr. Cobb sah völlig anders aus, als es Tatum von einem Physiker erwartet hatte. Sie wurden von einer dünnen, schwarzhaarigen Frau in weißer Bluse und Jeans erwartet. Ihre Brillengläser waren weder dick noch rund, sondern hauchdünn und eckig. Sie hatte knallroten Lippenstift aufgelegt, woraufhin Tatum sofort an eine alte Highschoolliebe denken musste.

»Ah«, sagte sie mit kalter Stimme. »Als Sie angerufen haben, dachte ich, mir bliebe noch etwas Zeit zum Arbeiten, bevor Sie auftauchen.« Ihr Tonfall und ihr Verhalten ließen vermuten, dass Jensen ein wenig übertrieben hatte, als er sie als Freundin bezeichnete.

»Wie geht es Ihnen, Helen?« Jensen strahlte sie an. Er betrat den Raum und schien drauf und dran zu sein, sie umarmen zu wollen.

Sie schien schon damit gerechnet zu haben und streckte eine Hand aus, die Jensen nach kurzem Zögern schüttelte. Zoe und Tatum gingen ebenfalls hinein, und Tatum schloss die Tür. Er setzte sich auf einen leeren Stuhl.

»Helen, das sind Dr. Bentley und Agent Gray vom FBI«, stellte Jensen sie vor und deutete erst auf Zoe und dann auf Tatum. »Und *das* ist Dr. Helen Cobb.«

Dr. Cobb nickte ihnen zu. »Freut mich, Sie kennenzulernen. Wie ich hörte, brauchen Sie meine Hilfe bei einem … Fall?«

»Da draußen treibt ein Mörder sein Unwesen, der sich für Schrödinger zu interessieren scheint«, erklärte Tatum. »Wir bräuchten einen Crashkurs über das Katzenexperiment.«

Cobb seufzte. »Das ist eigentlich eher ein Gedankenexperiment. Schrödinger hat meines Wissens nie irgendeine Katze gequält. Das Experiment soll ein Problem in einem Quantensystem mit zwei Zuständen demonstrieren. In der Quantenphysik kann ein Quant gleichzeitig in zwei unterschiedlichen Zuständen existieren. Das wird als Superposition bezeichnet.«

Tatum spürte schon, wie seine Aufmerksamkeit nachließ. Er hatte das Gefühl, wieder in der Schule zu sitzen und abermals zu erleben, wie die Stimme der Lehrerin zu einem Hintergrundgeräusch verblasste, während er von dem Mädchen träumte, das vor ihm saß, Pläne schmiedete, was er an diesem Nachmittag tun wollte, über Frösche oder etwas ganz anderes nachdachte.

»Schrödinger wollte aufzeigen, dass es ein inhärentes Problem mit der Superposition gibt«, fuhr Cobb fort. »Daher formulierte er dieses Gedankenexperiment. Man steckt eine Katze in eine Kiste. In dieser Kiste befindet sich eine Giftflasche, die mit einem Geigerzähler und einem instabilen Atomkern verbunden ist. Die Strahlung ist hoch genug, sodass eine fünfzigprozentige Wahrscheinlichkeit für ein Ausschlagen des Geigerzählers innerhalb einer Stunde besteht. Sobald dies geschieht, stirbt die Katze durch das Gift. Ansonsten bleibt das Gift in der Flasche. Können Sie mir noch folgen?«

Tatum war sich da nicht so sicher. Er hatte es versucht, war jedoch kurzzeitig durch Cobbs Lippen abgelenkt. Wie schafften es ihre Studenten bloß, sich während der Vorlesungen zu konzentrieren? Er versuchte, sich zusammenzureißen. Eine Katze und Gift. Alles klar.

»Der Atomkern ist in Superposition. Er zerfällt, und er zerfällt nicht. Er befindet sich gleichzeitig in zwei Zuständen. Die Katze wurde dem Gift entweder ausgesetzt oder nicht. Was bedeutet, dass sie gleichzeitig tot oder lebendig ist. Auch sie ist in Superposition.«

»Aber sie ist entweder tot oder lebendig. Sie kann nicht beides sein.« Zoe klang gereizt. Tatum fragte sich, was sie daran so aufregte. Möglicherweise hatte sie etwas dagegen, dass imaginäre Katzen gequält wurden.

»Nun, laut des Gedankenexperiments ist sie in Superposition, weil sie sich in einer geschlossenen, unbeobachteten Umgebung befindet, die in Superposition ist. Daher befinden sich die Katze und die Umgebung im selben Zustand.«

»Wenn Sie von unbeobachtet sprechen, was genau meinen Sie damit?«, wollte Zoe wissen.

»Superposition kann es nur geben, wenn die Materie nicht gemessen wird. Sobald dies geschieht, ist es schlichtweg nicht möglich, dass sie in mehreren Zuständen zugleich existiert.«

»Und was ist, wenn wir die Katze videoüberwachen?«

»Dann wäre sie nicht mehr unbeobachtet und könnte nicht in Superposition sein.«

»Und wenn wir die Katze zuerst per Videobild sehen, der Feed dann jedoch abbricht?«, warf Tatum ein, der plötzlich hellwach war. »Und das Experiment dann fortsetzen, ohne dass es jemand beobachtet?«

Cobb zögerte. »Nach einer Weile wäre die Katze in Superposition. Sie wäre sowohl lebendig als auch tot.«

Hatte der Mörder den Feed deshalb abgebrochen und sie mit der Ungewissheit zurückgelassen? War das Teil des Experiments? Tatum spannte die Kiefermuskeln an. Würde er weitere Experimente durchführen?

»Was ist, wenn in der Kiste kein Gift ist?« Zoe kramte in ihrer Handtasche herum.

»Dann würde die Katze wahrscheinlich am Leben bleiben.« Cobb zog die Augenbrauen zusammen.

»Aber sie könnte an Luftmangel sterben.« Zoe hatte eine Kopie der Fallakte in der Hand und blätterte darin herum, um sich dann auf einer Seite Notizen zu machen.

»Ja, aber das ist keine Konsequenz eines Quantensystems, daher wäre sie nicht in Superposition. In diesem Fall kann sie nur tot oder lebendig sein, jedoch nicht beides.«

»Aber wir wissen es nicht. Ist sie dann nicht doch in Superposition?«

»Nein.« Cobb zuckte mit den Achseln. »Mein Mann ist im Augenblick zu Hause. Er sitzt entweder beim Frühstück, steht unter der Dusche, liest oder macht etwas anderes. Ich weiß nicht, was er tut. Aber das bedeutet nicht, dass er sich in Superposition befindet. Denn sein Zustand ist nicht mit einem Partikel verbunden. Und er ist ganz offensichtlich selbst auch kein Partikel. Er ist mein Mann. Das ist auch ein Teil des Problems mit diesem Experiment. Es hat bewiesen, dass eine Katze nicht in Superposition sein kann.«

»Inwiefern?«

»Sie ist zu groß. Große Dinge können nicht in Superposition sein. Es ist unwichtig, ob die Katze explodiert oder nicht – sie kann niemals in Superposition sein, weil sie zu groß ist.«

»Sie explodiert?«, wiederholte Zoe. »Sagten Sie nicht, sie wird durch Gift getötet?«

»Nun, in Einsteins Version explodiert sie. Bei Einsteins Experiment steht ein Fass mit Sprengstoff in der Kiste. Aber das ist im Grunde genommen egal. Es geht nur darum, dass es etwas ist, das die Katze töten kann.«

Offenbar war es bei Physikern beliebt, Katzen auf jede mögliche Art und Weise rein theoretisch zu quälen. Marvin hätte das vielleicht amüsant gefunden, da er sich ständig über Freckle ärgerte. »Dann können sich Menschen also nicht in Superposition befinden?«, fragte Tatum.

»Selbstverständlich nicht. Menschen sind größer als Katzen.«

»Dr. Cobb«, fragte Zoe, »wurde dieses Experiment jemals durchgeführt?«

»Das will ich nicht hoffen.« Dr. Cobb erschauderte. »Was sollte das auch bringen? Es geht doch allein darum, ein Paradoxon aufzuzeigen. Dazu muss man nun wirklich keine Katze in eine Todesmaschine einsperren.«

Es sei denn, der Zweck dieses Experiments ging in eine völlig andere und nichtwissenschaftliche Richtung.

Kapitel 33

Andrea vermisste Boston.

Das wurde ihr überdeutlich bewusst, als sie im Fitnessstudio auf dem Laufband stand. Sie wäre so gern durch Boston Common gejoggt. Im Augenblick hätten sich die Blätter an den Bäumen gerade gelb, rot und rosa gefärbt, und es wäre wunderschön gewesen, durch diese Farbexplosion zu laufen …

»Uhh!« Ein lautes Grunzen ertönte hinter ihr.

Viel schöner als *das hier*. Der Mann grunzte schon seit einer halben Stunde, während er an den unterschiedlichen Geräten trainierte. Beim Joggen durch Boston Common war sie nie von grunzenden Männern umgeben gewesen.

Als sie nach Dale City gezogen war, hatte sie es gar nicht erwarten können, endlich aus Boston rauszukommen. Aber eigentlich hatte sie nicht vor Boston die Flucht ergriffen, sondern vor ihrem Job als Versicherungsagentin, bei dem ihre Seele zugrunde gegangen war. Und vor Derek und den Scherben ihrer Beziehung. Ebenso wie vor ihrer Mutter, die nur eine einstündige Autofahrt entfernt wohnte und ihr ständig in den Ohren lag, endlich zu heiraten. Ihr Genöle war noch zehnmal schlimmer geworden, seit Andreas Vater gestorben war.

Daher hatte sich Andrea eingeredet, Boston ebenfalls verlassen zu wollen, als Zoe ihr erzählte, dass sie nach Virginia ziehen würde. Sie hatte sich sehr romantisch ausgemalt, wie die beiden Bentley-Schwestern Dale City zusammen erobern würden.

»Uhh!« Wieder grunzte der Kerl laut. Andrea verdrehte die Augen und lief schneller, wobei sie es sehr bereute, ihre Kopfhörer zu Hause vergessen zu haben.

Die Realität hatte sie schnell eingeholt. Zoe war mit ihrem Job in Quantico beschäftigt. Andrea verfügte nur über Qualifikationen in einem Beruf, den sie nie wieder ausüben wollte, daher war sie schließlich als Kellnerin in einem mittelmäßigen Restaurant gelandet.

Die Männerwelt von Dale City gab auch nicht gerade viel her. Die Sache hatte derart alarmierende Züge angenommen, dass sie Derek an einem Abend anrief, um sich zu erkundigen, wie es ihm ging. Das schlimmste Telefonat aller Zeiten! Derek saß nicht mit gebrochenem Herzen da und sehnte sich nach ihr. Vielmehr ging es ihm gut. Er hatte eine neue Freundin und sogar abgenommen.

Und jetzt hatte Andrea nicht mal mehr einen Job. Ihre Ersparnisse waren so gut wie aufgebraucht. Zoe würde ihr zwar gern etwas Geld leihen – vermutlich gar schenken –, das hatte sie Andrea sogar schon angeboten. Aber so tief war Andrea noch nicht gesunken.

»Aaaaagg!« Diesmal grunzte eine Frau. Was war nur mit diesen Leuten los?

Vor einem Monat war sie entsetzt gewesen, als sie die Wahrheit über Rod Glover erfuhr. Sie hatte sich nicht mehr daran erinnern können, wie er aussah, und er wirkte wie ein netter, vielleicht etwas schrulliger Mann, als er sie auf der Straße ansprach. Er hatte für das Foto einen Arm um sie gelegt und ihr hinterher höflich gedankt. Natürlich wusste sie von diesem Ereignis aus ihrer Kindheit, von dieser schrecklichen Nacht, in der Rod Glover versucht hatte, in das Zimmer einzudringen, in dem sich die beiden Mädchen versteckten. Zoe hatte oft genug davon gesprochen. Aber Andrea erinnerte sich nicht mehr daran.

Da war nur noch ein Fragment: wie sie auf dem Bett saß, sich vor etwas fürchtete, das sich draußen vor der Tür befand, Zoe sie in den Arm nahm und flüsterte: »Keine Angst, Ray-Ray. Er kann uns nicht wehtun.«

Jetzt wusste sie jedoch Bescheid. Der Mann auf der Straße war das Monster, das drei Mädchen in Maynard und wenigstens zwei in Chicago ermordet hatte. Er hatte auch ihre Schwester in Chicago angegriffen und versucht, sie zu vergewaltigen und zu töten. Das war der Mann, der sie gebeten hatte, für das Foto zu lächeln.

Manchmal kribbelte die Stelle an ihrem Oberarm, an der seine Finger sie berührt hatten, als würden Hunderte von Insekten darin herumkrabbeln. Sie musste jedes Mal unter die Dusche gehen, damit es aufhörte.

»Uhhh!«

»Aaagg!«

Jetzt grunzten sie auch noch im Einklang wie ein Paar, das den schlechtesten Sex aller Zeiten hatte. Die Frau auf dem Laufband neben Andrea verzog angewidert das Gesicht und ging.

Anfangs hatte Andrea nicht schlafen können. Sie hatte Albträume, wachte ständig auf und lauschte auf die Geräusche um sich herum, jedes Knacken, jeden Schritt eines Nachbarn, jeden unbekannten Laut – alles wurde zu *ihm*. Weil er kommen würde, um sie zu vergewaltigen und zu erdrosseln, genau wie die anderen. Sie hatte Zoes Notizen über ihn gefunden, sie teilweise gelesen und Tatortfotos gesehen. All das hatte sich in ihr Gehirn gebrannt und ließ sich nicht mehr löschen. Sie hatte eine Heidenangst gehabt.

Aber seitdem hatte ihn niemand mehr gesehen. Nach und nach war sie zu der Überzeugung gelangt, dass er untergetaucht war. Er hatte sie und Zoe in Panik versetzen wollen, aber jetzt hielt er sich ganz woanders auf. Agent Caldwell, Zoes Kollege, hatte ihr erklärt, dass Rod Glover ein opportunistischer Sexualstraftäter war. Er schlug zu, wenn sich eine Gelegenheit ergab. Aber er hatte es nicht auf bestimmte Frauen abgesehen. Und er wollte sich ganz gewiss nicht erwischen lassen. Es gab keinen Grund zu der Annahme, dass er noch in der Nähe war.

Die Angst hatte nachgelassen, auch wenn Zoe weiterhin nervös war, Andrea zu beschützen versuchte und sie beinahe erstickte, sodass Andrea langsam die Nase voll hatte. Außerdem sehnte sie sich so sehr nach Boston.

Hier gab es nichts für sie. Das Laufen auf diesem Laufband war eine perfekte Metapher für ihr Leben in Dale City.

Ein weiteres Grunzen hinter ihr, so entsetzlich laut, dass Andrea einen wütenden Blick über die Schulter warf. Etwas fiel ihr ins Auge. Während sie sich wieder nach vorn umdrehte, verarbeitete ihr träger Verstand, was sie da gerade gesehen hatte.

Ein Mann starrte sie aus einer Ecke des Fitnessstudios an, wo er halb von einem Gerät verdeckt wurde. Mittleres Alter, längeres Haar, ein komisches Grinsen auf den Lippen.

Sie hatte sich das Foto oft genug angesehen, um zu wissen, wer er war.

Rod Glover.

Er war in diesem Augenblick hier und beobachtete sie.

Ihr Herz raste, aber sie lief weiter und schaute eisern nach vorn. Auf einmal war sie dankbar für das grunzende Paar und die anderen Anwesenden. Sie alle sorgten dafür, dass ihr nichts geschehen konnte.

Ihr stiegen Tränen in die Augen, als sie an all die entsetzlichen Tatortfotos denken musste. An die toten, nackten Frauen, die achtlos auf den Boden geworfen worden waren. Jetzt war er hier, dieser grausame Mann, der dafür verantwortlich war. Direkt hinter ihr. Hatte er bemerkt, dass sie ihn gesehen hatte? Kam er vielleicht schon auf sie zu, mit einem kranken Grinsen im Gesicht und einem Messer in der Hand? Sie wagte es nicht, sich umzusehen.

Ihre Füße bewegten sich stetig weiter. Sie erlebte den altbekannten Albtraum, in dem man vor einem Monster weglief und doch nicht von der Stelle kam.

Zoe hatte ihr klare Anweisungen für den Fall gegeben, dass sie Glover wiedersah. Sie sollte schreien und wegrennen, sich notfalls aus Leibeskräften wehren, wenn es keine andere Möglichkeit gab. Aber wenn sie jetzt schrie, würde er nur wissen, dass sie ihn gesehen hatte. Und was dann? Sie versuchte es dennoch, aber ihre Kehle war wie zugeschnürt und sie brachte keinen Ton heraus.

Sie musste von ihm weg. Langsam streckte sie eine Hand aus und hielt das Laufband an. Es wurde langsamer, und sie trat herunter, entfernte sich und gab sich die größte Mühe, ganz normal zu erscheinen. Verfolgte er sie? Es gab keine Möglichkeit, das unauffällig herauszufinden.

Hastig ging sie zur Umkleidekabine. Im Spind lag ihr Handy. Damit konnte sie die Polizei, das FBI oder Zoe anrufen. Sie warf einen Blick in den Spiegel an der Wand, konnte Glover jedoch nirgends entdecken. Inzwischen zitterte sie am ganzen Körper, ihre Unterlippe bebte, und sie versuchte, sich damit zu beruhigen, dass sich um sie herum andere Menschen aufhielten. Glover schlug erst zu, wenn die Frau allein war. Er wollte nicht erwischt werden. Sie würde die Polizei rufen, damit sie hier alles abriegelte. Dann würde man ihn verhaften und alles wäre gut.

Sie stürzte in die Umkleidekabine und auf die Spinde zu und war kurz verwirrt. Wo hatte sie ihre Sachen verstaut? Dann hatte sie den richtigen Spind gefunden und fummelte mit zitternden Fingern am Zahlenschloss herum.

Auf einmal fiel ihr auf, dass die Umkleidekabine leer war. Sie hatte einen leeren Raum mit nur einer Tür betreten und saß im Grunde genommen in der Falle.

Beinahe wäre sie wieder rausgelaufen, ohne ihre Tasche und ihr Handy mitzunehmen, doch dann war sie sich plötzlich nicht mehr so sicher, ob er nicht vor der Tür auf sie wartete. Was sollte sie tun, wenn er dort stand? Wenn er sich draußen verbarg und darauf lauerte, dass sie an ihm vorbeiging.

Das Schloss knackte, und sie riss die Spindtür auf. Hektisch kramte sie in ihrer Tasche herum, entdeckte ihr Handy und wählte den Notruf.

»Notrufzentrale, was möchten Sie melden?«

»Ich … Rod Glover. Das ist ein Serienmörder. Er verfolgt mich. Ich bin im Fitnessstudio.«

»Bitte beruhigen Sie sich, Ma'am. Sie sind im Fitnessstudio? Sind dort noch andere Personen?«

»Im Augenblick nicht.« Ihre Stimme klang ganz schrill und panisch. »Ich bin in der Umkleidekabine. Hier ist niemand. Und da draußen wartet ein Mörder, der mich verfolgt.«

»Können Sie irgendwo hingehen, wo sich andere Menschen aufhalten? Ma'am?«

Sie drückte sich das Handy ans Ohr und konnte nicht antworten. Die Umkleidekabine hatte ein Milchglasfenster, in dem nun eine schattenhafte Gestalt auftauchte und immer näher kam. Andrea rannte schnell auf die andere Seite des Raums und betrat die erste Duschkabine.

»Ma'am?«

»Bitte schicken Sie jemanden her«, flehte sie leise.

»Können Sie mir die Adresse nennen?«

Sie hatte keine Ahnung, wie die genaue Adresse des Fitnessstudios lautete. »Ich bin im Fitnessstudio. Äh … in der Nähe der Cheshire Station Plaza.«

»Okay, Ma'am. Ich schicke einen Streifenwagen los. Könnten Sie versuchen, an einen öffentlicheren Ort zu gehen?«

Lauerte der Schatten noch an der Tür? Sie wagte es nicht, hinzusehen. »Ich habe Angst.« Ihre Stimme war kaum lauter als ein Flüstern.

»Das verstehe ich.« Die Stimme aus dem Telefon klang ruhig und kontrolliert. So, wie Zoe immer war. Wie sehr wünschte sich Andrea, dass Zoe jetzt bei ihr wäre. »Aber wenn Sie im Fitnessstudio und in der Nähe von anderen Menschen sind, kann Ihnen nichts passieren. Gehen Sie einfach in den Eingangsbereich und warten Sie auf die Polizei, okay? Ich bleibe so lange dran, bis Sie bei anderen Menschen sind.«

»Okay.«

Sie schlich in Richtung Umkleidekabine und atmete ganz flach, während ihr Herz zu Eis zu gefrieren schien. Vorsichtig setzte sie ihre Schritte auf den feuchten Boden und wischte sich die Angsttränen von den Wangen.

Schritte. Bewegungen vor dem Milchglasfenster. Jemand kam näher.

»Er kommt. Hilfe. Hilfe!«, kreischte sie. Das Handy fiel ihr aus den eiskalten Fingern.

Schrei und lauf weg. Wenn du nicht wegrennen kannst, wehr dich, hatte Zoe gesagt. Andrea schrie, taumelte nach hinten, brüllte aus Leibeskräften. Sie konnte nicht weglaufen, und sie bezweifelte, dass sie es schaffen würde, sich zu wehren. Ihr blieb nichts anderes übrig, als zu schreien. Sie schrie und schrie, damit irgendjemand kam und sie rettete.

Eine verschwitzte, dicke Frau betrat die Umkleidekabine und starrte Andrea ebenso verwirrt wie besorgt an. Andrea sackte auf dem Boden zusammen und konnte nur noch schluchzen, während die Stimme aus dem heruntergefallenen Handy sie rief.

KAPITEL 34

Zoe lehnte sich seufzend auf dem Stuhl zurück, während die Nachmittagssonne durch das Fenster des Besprechungsraums schien und sie blendete. Daher stand sie auf und suchte sich eine andere Position, wo ihr die Sonne weder ins Gesicht noch auf den Bildschirm ihres Laptops schien.

Sie hatten nur wenige Informationen zu Maribel Howes Anruf, was überaus frustrierend war.

Zwar existierte eine Aufzeichnung des Telefonats, doch es ließ sich schlichtweg nicht eindeutig feststellen, wer bei den Howes angerufen hatte. Delia Howe beharrte darauf, dass es Maribel gewesen war, doch das Mädchen hatte nicht viel gesagt. Wer immer es war, hatte sie Mommy genannt, was Maribel, wie Delia zugeben musste, zuletzt als kleines Kind getan hatte. Daher konnten sie nicht ausschließen, dass es sich um einen Telefonstreich handelte.

Das Handy, das die Anruferin benutzt hatte, war noch eingeschaltet, doch die genaue Position ließ sich nicht bestimmen. Es befand sich irgendwo im Süden von San Angelo in einer Gegend, in der über siebenhundert Häuser standen, und viele der Bewohner waren nicht zu Hause, sondern bei der Arbeit.

Während sie dieser Sache nachgingen, lagen andere Aspekte der Ermittlungen vorerst auf Eis.

Foster hatte Zoe mitgeteilt, dass der toxikologische Bericht eingetroffen war und dass beim Opfer Spuren von Flunitrazepam, also Rohypnol, nachgewiesen worden waren. Das erklärte, warum der Mörder sie ohne große Schwierigkeiten entführen und in die Kiste stecken konnte.

Zoe ging das alles im Kopf durch und kritzelte abgelenkt auf dem Blatt Papier vor sich herum. Sie überlegte gerade, Delia Howe anzurufen, als Tatum hereinkam.

»Hey«, sagte er. »Ich möchte mit Ihnen reden.«

»Was gibt's?« Sie war selbst überrascht, wie begierig sie klang.

»Ich habe da eine Idee bezüglich des Falls und würde gern Ihre Meinung hören.«

»Schießen Sie los.«

»Sie vermuten, dass dieser Serienmörder davon besessen ist, berühmt zu werden, richtig?«

»Das ist eindeutig Teil seiner Motivation.«

»Spielt er möglicherweise Psychospielchen mit der Polizei?«, überlegte Tatum laut. »Um auf diese Weise seine Überlegenheit zu demonstrieren?«

Zoe dachte kurz darüber nach. »Vielleicht will er seine Überlegenheit *öffentlich* zur Schau stellen. Würde es nur darum gehen, dass er sich der Polizei überlegen fühlt, dann hätte er ihr das Video geschickt, was weitaus sicherer gewesen wäre.«

»Das passt in das Profil eines Killers, der direkt an den Ermittlungen beteiligt sein möchte, nicht wahr?«

Viele Serienmörder fühlten sich von der Arbeit der Polizei angezogen und wollten ein Teil davon sein. Oftmals handelte es sich bei ihnen um die Person, die die Leiche »gefunden« und die Polizei gerufen hatte. Oder sie taten so, als hätten sie wichtige Informationen. So bekamen sie auch gleichzeitig mit, was hinter den Kulissen passierte, wobei sie meist fälschlicherweise davon ausgingen, dass sie über jeden Verdacht erhaben wären. Dieses Verhalten ließ eindeutig auf einen Hang zu Überheblichkeit schließen.

»Ich denke, da haben Sie recht«, gab sie zu.

»Dann warten wir nicht darauf, dass er das tut. Richten wir eine Hotline ein. Wir geben bekannt, dass wir nach Informationen suchen, die uns im Nicole-Medina-Fall weiterhelfen können. Danach geht die Polizei nicht nur den Hinweisen nach, sondern überprüft auch die Anrufer. Vielleicht meldet er sich ja.«

»Das ist eine gute Idee. Wir sollten es auf jeden Fall vorschlagen«, sagte Zoe.

Betretenes Schweigen breitete sich zwischen ihnen aus. Für einige Minuten war wieder alles wie früher gewesen. Aber jetzt, wo das Wesentliche besprochen war, machte sich die Anspannung wieder bemerkbar.

»Ich muss Maribel Howes Mutter anrufen«, murmelte Zoe und suchte ihr Handy in ihrer Handtasche. »Wenn ich genau weiß ...« Sie hielt inne und starrte entsetzt auf das Display.

Vor dem Besuch bei Dr. Cobb hatte sie ihr Handy auf lautlos gestellt und danach nicht mehr daran gedacht. Jetzt stellte sie fest, dass sie zwei Anrufe von Harry Barry, drei von Andrea sowie einen von Mancuso verpasst hatte sowie eine Nachricht von Andrea, die Zoe bat, sie schnellstmöglich zurückzurufen. Fast schon benommen wählte sie Andreas Nummer und betete, dass ihre Schwester schnell rangehen würde.

Endlich klingelte es, und Andrea sagte: »Hey.«

Als Zoe die Stimme ihrer Schwester hörte, wurde ihr das Herz schwer. Andrea hatte eindeutig geweint, und sie atmete schwer, als wäre sie verängstigt.

»Was ist passiert, Ray-Ray?«

»Ich habe Glover gesehen.«

»Geht es dir gut? Hat er …«

»Mir ist nichts passiert. Ich habe ihn im Fitnessstudio gesehen. Er war es, Zoe … Ich bin mir da ganz sicher.«

»Natürlich bist du dir sicher. Das bezweifle ich nicht. Wo bist du jetzt?«

»In deiner Wohnung. Ich habe die Tür verriegelt.« Andrea hickste. »Ein Polizist hat mich nach Hause gebracht und die Wohnung durchsucht, bevor er wieder gegangen ist.«

»Hast du mit Agent Caldwell gesprochen?«

»Ja, ich habe ihn angerufen.«

»Was hat er gesagt?«

»Er meinte, die Polizei würde die Aufnahmen der Überwachungskameras im Studio überprüfen.«

»Hält momentan jemand draußen Wache?«

»Ich … ich weiß es nicht. Ich glaube nicht.«

Zoe lehnte sich an die Wand, fühlte sich hilflos und ärgerte sich über sich selbst. Warum war sie im Augenblick so weit weg? Ihre Schwester brauchte sie jetzt. »Ich komme so schnell wie möglich nach Hause. Ich nehme den nächsten Flieger, okay? Vorher rede ich noch mit Mancuso, damit sie jemanden zu deiner Bewachung abstellt. Hast du die Tür verriegelt?«

»Ja.«

»Und guck auch nach, ob alle Fenster zu sind, ja? Du musst dir keine Sorgen machen, Ray-Ray. Er kommt nicht in deine Nähe. Kannst du mir genau erzählen, was passiert ist?«

Zoe ging im Raum auf und ab, während sie Andrea zuhörte, ignorierte Tatums besorgte Blicke und war völlig aufgewühlt. Glover beobachtete ihre Schwester. Er folgte ihr offensichtlich. Hatte er das schon die ganze Zeit gemacht? Wollte er ihrer Schwester wehtun, oder reichte es ihm schon, sie zu beobachten? Das war eine dumme Frage – Glover war über das Stadium des Voyeurismus längst hinaus. Wenn er einer Frau nachstellte, dann träumte er auch davon, ihr etwas anzutun.

Und Glover lebte seine Fantasien aus. Sie musste für Andreas Sicherheit sorgen. Vielleicht konnten sie sie in ein sicheres Versteck bringen. Oder sie für ein paar Monate außer Landes fliegen, bis Zoe Glover erwischt hatte, um ihm die Augen auszukratzen, ihn zu kastrieren, ihm seine …

»Hallo? Zoe? Bist du noch da?«

»Ich bin hier. Okay, Ray-Ray. Bleib im Haus. Schließ alles ab. Ich rede mit Mancuso und komme zu dir.«

»Okay. Ich habe das Fleischmesser.«

Zoe brauchte einen Moment, bis sie registrierte, was ihre Schwester gerade gesagt hatte. »Oh! Okay.«

»Das lege ich nicht mehr aus der Hand.«

»Aber schneid dich nicht daran.«

»Ich lege es mir unters Kopfkissen.«

»Bei deinem unruhigen Schlaf spießt du dich nur damit auf.«

Andrea lachte zittrig auf.

»Halt durch, ja? Ich rufe dich nachher noch mal an.« Zoe beendete das Gespräch.

Tatum trat näher. »Zoe …«

»Augenblick.« Sie wählte Mancusos Nummer.

Ihre Vorgesetzte ging nach dem zweiten Klingeln ran. »Zoe.«

»Glover hat Andrea beobachtet. Er war mit ihr im selben *Raum*.«

»Wir überprüfen das gerade. Beruhigen Sie sich. Caldwell sieht sich in diesem Augenblick den Videofeed an.«

»Sie müssen jemanden abstellen, der Andrea im Auge behält. Sie ist ganz allein in meiner Wohnung. Mutterseelenallein! Er könnte jeden Moment dort auftauchen, Mancuso, und sie …«

»Reißen Sie sich zusammen, Bentley!«

Zoe klappte überrascht den Mund zu.

»Ein Streifenwagen steht vor dem Gebäude, und ein Beamter hat Ihre Wohnung gründlich durchsucht. Andrea wird nichts passieren, haben Sie verstanden?«

»Sie weiß nicht, dass jemand da ist«, murmelte Zoe.

»Ihre Schwester ist außer sich vor Angst. Ich bezweifle, dass auch nur die Hälfte von dem bei ihr angekommen ist, was Agent Caldwell am Telefon gesagt hat. Sie ist mit einer derartigen Situation überfordert, und es erwartet auch niemand von ihr, dass sie unter Druck funktioniert. Von Ihnen schon!«

Zoe ignorierte die Bemerkung und tippte auf der Suche nach Flugtickets bereits auf der Tastatur herum. »Ich fliege zurück«, teilte sie Mancuso mit. »Morgen früh geht der nächste Flug.«

Sie erwartete, dass Mancuso ihr das ausreden würde, hörte aber nur ein Seufzen. »In Ordnung. Ich bezweifle ohnehin, dass Sie in San Angelo noch viel ausrichten können. Gray kann noch einen Tag länger bleiben und die Polizei unterstützen.«

»Danke.«

»Andrea wird nichts geschehen, Zoe.«

Zoe erwiderte nichts, daher verabschiedete sich Mancuso und legte auf.

»Was ist los?«, wollte Tatum wissen, sobald Zoe das Handy sinken ließ.

»Andrea hat Glover gesehen. Er ist ihr gefolgt.« Zoe machte sich an die Buchung des Flugtickets.

»Geht es ihr gut?«

»Ja. Sie hat Angst.«

»Ich schicke Marvin rüber, damit sie nicht allein ist.«

»Danke. Ich fliege gleich morgen früh zurück. Mancuso meinte, Sie sollten vielleicht noch einen Tag länger hierbleiben.«

»Okay.« Kurzes Schweigen. »Soll ich Sie zum Motel fahren?«

»Das ist nicht nötig. Ich nehme mir ein Taxi. Reden Sie lieber mit Foster wegen dieser Hotline. Das ist eine gute Idee.«

Tatum räusperte sich. »Andrea passiert ganz bestimmt nichts.«

Zoe klappte den Laptop zu und stand auf. »Das hat Mancuso auch gesagt. Ich wüsste zu gern, woher Sie beide Ihre Informationen haben.«

Kapitel 35

Als Tatum Foster auf den neuesten Stand gebracht und ihm von der Hotline erzählt hatte, war Zoe längst gegangen. Beinahe hätte Tatum sie angerufen, um sich zu erkundigen, wie es Andrea ging, aber er beschloss, sie lieber nicht zu belästigen. Stattdessen verließ er das Polizeirevier und rief Marvin an.

»Rate mal, was ich heute gemacht habe«, sagte sein Großvater sofort.

Tatum fielen da gleich mehrere Dinge ein, die ihm alle nicht wirklich zusagten. »Was denn?«

»Ich war Fallschirmspringen.«

Tatum stöhnte auf. »Und was ist mit der Versicherung?«

»Ich habe eine gefunden, die bereit war, mich zu versichern. Es hat zwar Unsummen gekostet, aber du spekulierst ja sowieso nicht auf mein Erbe, oder?«

»Das Erbe ist mir völlig egal, ich will dich nur noch für eine Weile um mich haben, und …«

»Ich musste mit deiner Kreditkarte bezahlen, Tatum, da meine komischerweise nicht funktionierte.«

Tatum schloss die Augen und malte sich diverse Mordmethoden aus.

»Keine Sorge, ich zahle es dir zurück«, meinte Marvin. »Und ich habe auch einen Rabatt fürs nächste Mal bekommen.«

»Welches nächste Mal? Es wird kein nächstes Mal geben, Marvin ...«

»Ich bin angefixt, Tatum. Du glaubst gar nicht, wie gut sich das anfühlt. Es ist noch besser als Kokain. Fast besser als Sex. Nur viel zu schnell vorbei. Der freie Fall dauert keine Minuten. Freier Fall, Tatum. Wir Springer bezeichnen die Zeit zwischen dem Sprung und dem Augenblick, in dem sich der Fallschirm öffnet, so. Georgette sagt, ich bin ein Naturtalent.«

»Wer ist Georgette?«

»Die Ausbilderin. Wir sind zusammen gesprungen. Du solltest sie sehen, Tatum. Sie ist fantastisch. Wenn ich vierzig Jahre jünger wäre ...«

»Hör mir mal zu, Marvin. Andrea hat Rod Glover gesehen. Er hat ihr nachgestellt.«

»Ach, verdammt. Hat er sie angerührt?«

»Nein, aber er war ihr sehr nahe. Könntest du mal vorbeifahren und nach ihr sehen?«

»Aber sicher, Tatum. Ich mache mich sofort auf den Weg. Das arme Mädchen. Sie muss schreckliche Angst haben. Wie geht's Zoe?«

»Sie ist sehr erschrocken und besorgt. Im Augenblick ist sie im Motel und packt, da sie gleich morgen früh zurückfliegen wird.«

»Und wo bist du?«

»Ich bin auf dem Polizeirevier. Es gibt hier noch ein paar Sachen zu erledigen.«

»Was ist los mit dir, Tatum? Geh deiner Partnerin helfen. Sie braucht jetzt jemanden, der für sie da ist. Wahrscheinlich macht sie sich schreckliche Sorgen.«

»Danke für deinen Ratschlag. Sieh einfach mal nach Andrea.«

»Tatum, hör auf mich. Geh zu Zoe. Es ist mir egal, ob du dir einredest, es würde ihr gut gehen, denn das tut es nicht, das kann ich dir versichern.«

»Du kennst sie nicht. Sie ist der stärkste Mensch, den ich kenne, und …«

»Dein Dad war ein toller Junge, aber er hat bei deiner Erziehung total versagt. Geh zu deiner verdammten Partnerin!«

Tatum verdrehte die Augen. Sein Großvater trieb ihn noch in den Wahnsinn. »Glaub mir, sie ist ohne mich besser dran. Wir haben uns vor ein paar Tagen gestritten, und jetzt herrscht ziemlich dicke Luft zwischen uns. Daher weiß ich deinen Rat zwar zu schätzen, aber …«

»Warum habt ihr euch gestritten?«

»Das ist nicht weiter wichtig.«

»Warum habt ihr euch gestritten, Tatum?«

»Es ging um etwas, das sie gesagt hat. Ich habe ihr von dem Fall in L.A. erzählt. Du weißt schon, den, bei dem ich den Pädophilen erschossen habe.«

»Ja, ich erinnere mich.«

»Die interne Ermittlung wird wieder aufgenommen. Offenbar gibt es einen neuen Zeugen.«

»Die tun ja fast so, als wäre es gegen das Gesetz, Pädophile zu erschießen.«

»Es ist gegen das Gesetz. Jedenfalls meinte Zoe, dass ich möglicherweise nicht nur aus Notwehr geschossen habe. Sie deutete an, ich hätte ihn erschossen, weil ich dachte, es wäre das Richtige.«

»Okay. Und weshalb habt ihr euch jetzt gestritten?«

Tatum runzelte die Stirn. »Na, deswegen.«

»Ah, verstehe«, sagte Marvin. »Du warst verletzt.«

»Ja, das war ich.«

»Du hast gedacht, sie müsste dich besser kennen. Ich weiß, wie du dich fühlst. Dir ist wichtig, was sie von dir denkt.«

»Selbstverständlich ist mir das wichtig.« Tatum trat einen kleinen Stein aus dem Weg, der gegen die Wand des Reviers knallte. »Jedenfalls ist das der Grund dafür, warum ich sie jetzt besser in Ruhe lassen sollte. Das kann sie jetzt nicht auch noch gebrauchen.«

»Aha! Hör mal, Tatum!«

»Ja?«

»Bist du ein Mann oder eine Memme?«

»Was?«

»Hast du denn gar kein Rückgrat? Bist du ein gottverdammtes Weichei? Sie hat deine zarten Gefühle verletzt? Ist das so schlimm? Du kannst von Glück reden, dass ich nicht da bin, Tatum, sonst hätte ich getan, was dein Vater offenbar versäumt hat, und dir anständig den Hintern versohlt!«

»Hör mal, Marvin ...«

»Hast du keine Eier mehr in der Hose, Tatum?«, brüllte Marvin. »Hat der Tierarzt versehentlich dich und nicht Freckle kastriert? Soll ich ihn anrufen und fragen, ob du deine Eier zurückhaben kannst? Würde dir das dabei helfen, dich nicht so wichtig zu nehmen, sondern wie ein Mann zu verhalten? Was stimmt nicht mit dir? Zeig endlich ein bisschen Rückgrat und geh zu deiner Partnerin. Sie braucht deine Unterstützung, verdammt noch mal!«

»Halt den Mund, Grandpa!«, schrie Tatum zurück. »Ich tue, was ich für richtig halte. Du kennst sie nicht so gut wie ich, und ...«

»Du machst überhaupt nichts richtig, Tatum! Steig jetzt in deinen Wagen, fahr zu deiner Freundin und tröste sie, hast du verstanden? Und ich gehe zu ihrer Schwester, schließlich weiß wenigstens einer von uns noch, wie man sich als Mann verhält!« Es klickte in der Leitung, als Marvin auflegte.

Tatum hätte sein Handy beinahe auf den Boden geworfen. Er war außer sich vor Zorn. Dieser dickköpfige, verbohrte alte Mann und seine altmodischen, nutzlosen Ratschläge. Was wusste Marvin denn schon? Er hatte doch keine Ahnung. Es war leicht, einfach herumzubrüllen und zu schimpfen, aber der Mistkerl kannte Zoe doch gar nicht und hatte keine Ahnung, wie sie tickte. Zoe gehörte nun mal zu den Menschen, die Zeit für sich brauchten. Tatum wusste das. Marvin hätte ihm wenigstens zutrauen sollen, dass er seine Partnerin so weit kannte.

Aber vielleicht hätte sie jetzt gern etwas zu essen gehabt. Er konnte ihr was vorbeibringen. Es ihr einfach in die Hand drücken. Sie fragen, ob sie noch etwas brauchte. Fragen konnte ja schließlich nicht schaden.

Vor sich hin brütend setzte er sich hinters Lenkrad und überlegte sich während der Fahrt, was er Marvin beim nächsten Mal alles an den Kopf werfen würde. Es dauerte einige Zeit, bis er ein Restaurant gefunden hatte, das einige vernünftige Gerichte zum Mitnehmen anbot. Er bestellte für Zoe einen köstlich aussehenden Hamburger mit Pommes frites. Danach ging er noch nebenan in den Supermarkt und besorgte einen Sechserträger Bier. Sie musste ja auch was trinken, und wenn sie doch Lust auf Gesellschaft hatte, war genug Bier für sie beide da. Zwar konnte er sich nicht vorstellen, dass sie ihn hineinbitten würde, aber man konnte ja nie wissen.

Die Sonne stand schon tief am Horizont, als er vor dem Motel parkte. Er eilte die Treppe hinauf und klopfte an ihre Tür. Nach einiger Zeit klopfte er erneut und spähte durch das Fenster. In ihrem Zimmer war es dunkel.

»Sie ist gerade gegangen.«

Tatum drehte sich um und sah einen Mann mit einer brennenden Zigarette im Mund auf sich zukommen.

»Was?«

»Sie wollen zu Zoe, nicht wahr? Ich habe sie eben weggehen sehen; wahrscheinlich will sie was essen. Sie war in Begleitung eines Mannes, eines riesigen Kerls. Er muss gute zwei Meter groß sein.«

»Wer zum Teufel sind Sie?«

»Harry Barry. Freut mich, Sie kennenzulernen, Agent Gray.«

Kapitel 36

In Zoes Apartment in Dale City gab es zwei Schlafzimmer, und beide hatten Fenster, durch die man das gegenüberliegende Gebäude sowie den Fußweg zum Hauseingang sehen konnte.

Andrea hatte die Fenster und Türen verriegelt und die Couch im Wohnzimmer so hingestellt, dass sie sowohl die Wohnungstür als auch das Wohnzimmerfenster aus den Augenwinkeln sehen konnte. Nun starrte sie den Fernseher an und versuchte, sich auf das zu konzentrieren, was auf der Mattscheibe passierte, während sie ein großes Küchenmesser umklammert hielt. Hin und wieder warf sie einen Blick darauf und empfand die lange, scharfe Klinge als äußerst tröstlichen Anblick.

Als es plötzlich an der Tür klopfte, schlug ihr das Herz bis zum Hals. Sie sah auf die Uhr. Es war Viertel nach zehn.

Nachdem sie sich zum wiederholten Mal vergewissert hatte, dass die Tür auch verriegelt war, stand sie auf und schlich mit dem Messer in der Hand darauf zu, während sie betete, dass der Mensch vor der Tür einfach wieder verschwand.

Es klopfte erneut, diesmal noch lauter. Sie zuckte zusammen und wollte etwas rufen, bekam aber nur ein Krächzen heraus.

»Entschuldigen Sie, Sir?«, hörte sie eine Männerstimme durch die Tür. »Kann ich Ihnen helfen?«

Das war vermutlich der Polizist, der den Hauseingang im Auge behielt. Agent Caldwell hatte sie angerufen und ihr mitgeteilt, dass sie sich die Aufnahme der Überwachungskamera angesehen hatten und darauf eindeutig jemand zu sehen gewesen war, der sie beobachtet hatte, man sein Gesicht jedoch nicht erkennen konnte. Der Agent hatte mehrfach beteuert, dass ein Polizist die ganze Nacht vor ihrem Haus Wache halten werde.

»Sir?«, meldete sich die Stimme erneut. »Würden Sie bitte von der Tür wegtreten?«

»Ich bin hier, um Andrea Bentley zu besuchen«, erwiderte eine knurrige Stimme. »Beruhigen Sie sich. Ich bin ganz bestimmt kein gottverdammter Serienmörder.«

»Sir. Bitte treten Sie von der Tür weg.«

»Hören Sie mir jetzt mal gut zu, junger Mann. Ich kann es ja verstehen, dass Sie Ihren Job mit Begeisterung ausüben, aber ... Hey, was soll das? Nehmen Sie das Ding wieder runter. Das ist doch lächerlich!«

Andrea entriegelte die Tür und riss sie auf. Tatums Großvater stand mit dem Rücken zur Tür, den Riemen einer Tasche über einer Schulter und ein Fischglas in der anderen Hand. Ihm gegenüber stand ein Polizist in Uniform mit der Waffe in der Hand, der sehr verunsichert wirkte.

»Schon in Ordnung«, sagte Andrea rasch. »Ich kenne ihn.«

»Was dachten Sie denn, was ich hier vorhabe?« Marvin hob die Stimme. »Haben Sie etwa geglaubt, ich würde sie mit dem Goldfisch angreifen?«

»Bitte entschuldigen Sie, Miss.« Der Officer war ein wenig kleinlaut. »Ich habe gesehen, wie ein Fremder mit merkwürdigen Dingen in der Hand das Haus betreten hat ...«

»Merkwürdig? Das ist ein Fischglas.« Marvin schüttelte den Kopf. »Wollen Sie den Fisch etwa verhaften?«

»Danke, Officer.« Andrea lächelte den Mann an und öffnete die Tür etwas weiter. »Kommen Sie herein, Marvin.«

Der alte Mann betrat die Wohnung, und Andrea schloss die Tür hinter ihm.

»Tut mir leid.« Marvin stellte das Glas mit dem leicht benommenen Fisch auf den Tisch. »Ich habe angerufen, aber Sie sind nicht rangegangen.«

Andrea nickte nur. Bei seinem Anruf hatte sie gerade einen hysterischen Weinanfall gehabt und beim besten Willen nicht rangehen können.

»Ich habe meinem Enkel versprochen, dass ich auf Sie achtgebe«, fuhr Marvin fort. »Und ich hörte, dass Sie einigen Ärger hatten, daher bin ich einfach hergekommen.«

»Danke. Das ist sehr lieb von Ihnen … Warum haben Sie den Fisch mitgebracht?«

»Wenn ich die Nacht hier verbringe, kann ich den Fisch nicht mit der Katze allein lassen. Das würde für keinen von beiden gut enden. Daher musste ich entweder den Fisch oder die Katze mitnehmen. Und da hat der Fisch eindeutig weniger Widerstand geleistet.« Marvin hob den Arm und zeigte Andrea drei blutige Kratzer an seinem Handgelenk. Danach sah er sich misstrauisch um. »Haben Sie Katzen?«

»Nein«, antwortete Andrea leise.

»Gut.« Der alte Mann zog den Reißverschluss seiner Jacke herunter und holte zu Andreas Entsetzen eine große Waffe hervor.

»Gut, dass der Polizist dic nicht gesehen hat«, murmelte er und legte die Waffe neben das Fischglas auf den Tisch. »Wo ist denn die Küche? Ich könnte jetzt eine anständige Tasse Tee gebrauchen, und so, wie Sie aussehen, wäre das auch für Sie genau das Richtige. Sie sind ja kreidebleich.«

»Ähm, Sie müssen wirklich nicht hierbleiben.« Andrea folgte Marvin in die Küche. »Die Polizei überwacht meine Wohnung und ...«

»Unsinn.« Marvin winkte ab. »Sie können doch jetzt nicht allein bleiben. Keine Sorge ... Ich schlafe auf der Couch. Wo bewahrt Ihre Schwester den Tee auf?«

»Ich bin mir nicht mal sicher, ob sie Tee hat. Zoe trinkt immer Kaffee.«

»Es gibt Zeiten für Kaffee und Zeiten für Tee.« Er kramte in einem Küchenschrank herum. »Na, wer sagt's denn? Wie trinken Sie Ihren?«

»Ich ... äh ...«

»Das war doch jetzt keine so schwere Frage. Entweder Sie trinken ihn ohne Zucker, mit einem oder mit zwei Löffeln oder aber mit drei, wenn Sie wissen, was gut für Sie ist.«

»Mit einem halben Löffel.«

»Hmm. Sie sind ein ziemlicher Klugscheißer, was?« Er setzte kopfschüttelnd Wasser auf.

Andrea drehte sich um. Der Fisch schien die Waffe zu beäugen, als würde er in Betracht ziehen, sie sich anzueignen. Eine Bierflasche stand mitten im Fischglas, und der Fisch drehte zwei Runden um sie herum und verharrte dann abermals vor der Waffe.

»Das ist kein Goldfisch«, stellte Andrea fest.

»Was?« Marvin trat mit zwei dampfenden Tassen zu ihr.

»Sie haben ihn vorhin als Goldfisch bezeichnet. Aber das ist ein Gourami.«

»Er ist doch goldfarben, oder nicht?« Marvin setzte sich mit beiden Tassen an den Küchentisch und schob eine zur Seite. »Setzen Sie sich. Trinken Sie Ihren Tee. Sie stehen unter Schock.«

Sie ließ sich auf den Küchenstuhl sinken und nippte an ihrem Tee. Er hatte recht. Genau das brauchte sie jetzt. Und die Gesellschaft. Sie merkte, wie ihr die Tränen kamen.

»Wie ist Ihr Tee?«

»Er ist gut«, krächzte sie.

»Ich habe zwei Löffel Zucker reingetan.« Er wackelte mit den buschigen Augenbrauen.

Andrea schnaubte los und musste dann schluchzen.

Der alte Mann tätschelte ihr unbeholfen eine Hand. »Es geht Ihnen doch gut, oder? Ich verspreche Ihnen, dass der Mistkerl nicht in Ihre Nähe kommen wird, solange ich da bin. Okay?«

»Okay.« Sie wischte sich mit dem Handrücken die Tränen weg.

»Wissen Sie, was ich heute gemacht habe? Ich war Fallschirmspringen! Was für ein Erlebnis! Sie sollten nächstes Mal mitkommen. Die Minute, in der man im freien Fall ist, bevor der Fallschirm aufgeht … Das ist bei Weitem nicht so furchterregend, wie es sich anhört, sondern einfach nur aufregend. Georgette sagt, ich bin ein Naturtalent …«

Sie versuchte, zu lächeln und zu nicken, während er weiterredete. Zum ersten Mal an diesem Tag konnte sie sich entspannen. Es war absurd, aber der brummige alte Mann schien dafür zu sorgen, dass sie sich etwas sicherer fühlte. Und die Gewissheit, dass er auf jeden Fall im Wohnzimmer schlafen würde, selbst wenn sie sich noch so wehrte, ließ sie darauf hoffen, dass sie irgendwann in dieser Nacht vielleicht auch Schlaf finden würde.

Kapitel 37

»Schmeckt Ihnen das Eis nicht?«

Die Frage holte Zoe aus ihrer Benommenheit. Blinzelnd blickte sie auf den Plastikbecher vor sich. Darin befand sich Eis – oder zumindest etwas, das früher mal Eis gewesen war. Sie hatte den Nachtisch nicht angerührt, und nun war alles geschmolzen. Ein einsamer pinkfarbener Eisberg ragte aus einem orangefarbenen Meer heraus. Sie wusste nicht mal mehr genau, was sie bestellt hatte. Erdbeere und … Zitrone? Sie rührte ein wenig mit dem Löffel darin herum, hob dann den Blick und sah Joseph in die Augen.

»Ich habe keinen Hunger.«

»Was hat Hunger denn mit Eis zu tun?« Er grinste. Sein Plastikbecher war nicht nur deutlich größer, sondern auch leer.

Sie hatte ihn gebeten, sich mit ihr zu treffen, um sich abzulenken. Nachdem sie in ihrem Motelzimmer auf und ab gelaufen war und ihre Gedanken eine endlose Spirale aus Sorge und Schuldgefühlen gebildet hatte, war sie schließlich zu dem Schluss gekommen, dass es am besten wäre, *Joseph zu bitten*, sie abzuholen. Keine Viertelstunde später war er da gewesen. Zuerst hatten sie im Lemongrass Pad Thai gegessen, bevor sie zur Eisdiele auf der anderen Straßenseite gegangen waren.

Doch für Zoe schmeckte irgendwie alles nach Asche, und sie war sich nicht sicher, ob sie an diesem Abend überhaupt schon einen vollständigen Satz zustande gebracht hatte. Sie musste die ganze Zeit nur daran denken, dass sich Andrea allein in ihrer Wohnung aufhielt, während Glover in der Nähe herumlief.

Angst war Zoe nicht fremd. Aber es war etwas anderes, ob man Angst um sich oder um seine Schwester hatte. Wenn sie selbst in Gefahr schwebte, trieb sie das an, und ihr Überlebensinstinkt drängte sie dazu, sich in Sicherheit zu bringen. Aber um das Leben ihrer Schwester zu fürchten, das war eine ganz andere Sache. Es kam ihr so vor, als wäre sie von eiskaltem Sirup umgeben, der sie verlangsamte und ihre Gedanken durcheinanderbrachte, während sie ständig erschauderte. Sie gab nun wirklich keine gute Gesellschaft ab.

Nun musterte Joseph sie kritisch. »Ich kenne Sie nicht sehr gut, aber es macht den Eindruck, als würde Sie heute Abend etwas belasten. Stimmt was nicht?«

Zoe senkte den Blick und rührte mit dem Löffel im Eisbecher herum, wobei sie rosafarbene und gelbe Wirbel erzeugte. Normalerweise wollte sie stets die Kontrolle über ihr Leben haben. Sie konnte es nicht leiden, wenn jemand für sie Entscheidungen traf. Aber im Augenblick sehnte sie sich zur Abwechslung mal danach, dass jemand anderes die Entscheidungen traf.

»Ein mörderischer Sexualstraftäter ist hinter meiner Schwester her«, sagte sie, und die Worte fühlten sich in ihrem Mund komisch und falsch an. »Er ist besessen von mir und hat es nun auf sie abgesehen.«

Joseph blinzelte. Damit hatte er garantiert nicht gerechnet. Eine Beschwerde über einen harten Tag bei der Arbeit, einen kranken Verwandten oder eine unangenehme Begegnung im Supermarkt vielleicht. Zoe kannte die Statistik nicht, aber sie war sich ziemlich sicher, dass es nur sehr wenige romantische Verabredungen gab, bei der eine Seite gut mit einem Serienmörder bekannt war.

Er hakte nicht nach, ob das ihr Ernst war, und lachte auch nicht nervös auf. Das musste sie ihm lassen. Vielmehr machte es den Anschein, als würde er über ihre Worte nachdenken und sich fragen, wie man in so einer Situation am besten reagierte. Das war ja nicht gerade der übliche Small Talk.

Er zog die Augenbrauen zusammen. »Woher kennt er Sie?«

»Er hat neben uns gewohnt, als ich noch ein Kind war.« Mit einem Mal überkam sie eine eisige Ruhe. Das waren Fakten, mit denen sie umgehen konnte, Geschichten aus der Vergangenheit, keine Schrecken, die die Zukunft möglicherweise brachte. »Er hat drei Mädchen aus meiner Heimatstadt vergewaltigt und ermordet. Ich war diejenige, die die Polizei auf ihn aufmerksam gemacht hat.«

»Wie alt waren Sie damals?«

»Vierzehn.«

Er strich sich mit einer Hand durch den Bart und hielt ihren Blick fest.

»Und jetzt verdiene ich meinen Lebensunterhalt damit«, fuhr sie fort. Sie empfand es als regelrecht erlösend, die Fakten auf den Tisch zu legen. »Ich arbeite für das FBI. Bei der Verhaltensanalyseeinheit. Ich bin forensische Psychologin. Eine Profilerin.«

»Wie bei ›Criminal Minds‹?«

Sie seufzte. »Ja. Nur in echt. Die Fernsehserie ist da nicht sehr genau.« Es hatte eine Zeit gegeben, in der sie »Criminal Minds« sehr gern gesehen hatte, um auf all die Absurditäten hinzuweisen.

»Sie sagten, Sie wären aus beruflichen Gründen hier«, meinte Joseph nach einer Sekunde.

»Ich berate die Polizei.«

»Weswegen?«

»Es geht um einen Mord.«

»Geht es um das Mädchen, das sie gefunden haben? Das in der Nähe der Jackson-Farm begraben war?«

»Ich weiß nicht, wo die Jackson-Farm ist.«

Er schüttelte fassungslos den Kopf. »Der Kerl, den Sie erwähnt haben. Er stalkt jetzt Ihre Schwester?«

»Ja.«

»Kann die Polizei da denn nichts machen?«

»Sie kann sie beobachten«, erwiderte Zoe. »Im Augenblick steht ein Streifenwagen vor dem Haus. Aber der kann nicht ewig dableiben. Früher oder später wird die Bewachung wieder eingestellt. In einem Monat oder in einem Jahr. Er muss nur so lange warten. Er ist geduldig. Schließlich hat er es geschafft, zwanzig Jahre lang nicht erwischt zu werden.«

»Was wird die Polizei jetzt tun?«

»Was immer sie auch tut, es wird nicht ausreichen. Ich muss etwas unternehmen. Ich muss ihn erwischen.« Sie seufzte. »Würden Sie mich bitte zum Motel zurückbringen?«

Sie fuhren schweigend den kurzen Weg zum Motel zurück. Eigentlich hätte sie auch zu Fuß gehen können, aber dabei hätte sie sich konzentrieren müssen, und dazu fühlte sie sich an diesem Abend nicht in der Lage. Er stellte den Wagen auf dem Parkplatz ab und öffnete seine Wagentür.

»Sie müssen nicht ...«

»Ich bringe Sie zur Tür«, beharrte Joseph.

Sie zuckte mit den Achseln und stieg aus. Dann ging sie voraus, starrte auf ihre Füße und versuchte, die beängstigenden Gedanken nicht zuzulassen. Sie umklammerte ihren Zimmerschlüssel, als sie den Parkplatz überquerte und die Treppe zu ihrem Zimmer hinaufging.

»Danke. Es tut mir sehr leid, dass ich so ...« Sie machte eine nichtssagende Geste. *Es tut mir leid, dass ich so bin, wie ich nun mal bin.*

Joseph steckte die Hände in die Hosentaschen und machte ein fast schon verlegenes Gesicht. »Sie müssen sich nicht entschuldigen.«

Sie schloss die Tür auf und betrat ihr Zimmer. Als sie sich umdrehte, um sich zu verabschieden, hatte sie noch eine Hand auf dem Türknauf.

Sobald sie die Tür hinter sich schloss, würden die Gedanken über sie hereinbrechen und sie nicht mehr loslassen. Wie die Wirbel in dem Eisbecher würden sie sich zu einer verworrenen Masse verwirbeln. Hilflosigkeit, Nervosität und ausgemalte Schreckensszenarien würden ihr die ganze Nacht lang den Schlaf rauben.

»Möchten Sie reinkommen?«, fragte sie. Plötzlich klang ihre Stimme flehentlich, und sie konnte es nicht einmal ändern. Aber sie wollte nicht allein sein.

Er runzelte die Stirn und wirkte abermals überrascht. Auf seltsame Weise endete dieses desaströse Date mit einer Einladung. Er betrat ihr Zimmer und schloss die Tür hinter sich.

Einen furchtbaren Augenblick lang glaubte sie schon, er würde etwas sagen. Doch dann legte er ihr eine Hand an den Rücken und zog sie an sich. Zoe stellte sich auf die Zehenspitzen, drückte die Brüste an seine Brust und schlang ihm die Arme um den Hals.

Noch hatte er sie nicht geküsst; er sah ihr nur in die Augen. Sie standen schweigend da, und Zoes Gehirn tat das, was es immer machte, wenn alles um sie herum zum Erliegen kam: Es quoll über vor Gedanken. Sie dachte darüber nach, wie weit sich Glover von Andrea entfernt hatte. Bestimmt keine fünf Kilometer. Er wartete auf den richtigen Moment. Darauf, dass sie alle nicht aufpassten. Er war wie ein bösartiger, tödlicher Tumor, der jeden Augenblick explodieren und das Leben ihrer

Schwester beenden konnte. Und es war unmöglich, ihn vorher zu finden und auszumerzen.

Sie erschauderte, und Joseph hielt sie fest und runzelte die Stirn.

Solange sie sich auf ihn konzentrierte, konnte sie ihre Ängste in Schach halten. Sie ließ den Blick über seine Züge wandern – den ordentlich gestutzten Bart, die dichten Augenbrauen, die haselnussbraunen Augen. Seine Wimpern färbten sich an den Spitzen blond, und aus dieser Nähe bemerkte sie erst, wie lang sie waren.

Sie zog ihn zu sich herunter, und er drückte die Lippen auf ihre. Der Kuss begann zaghaft, als wären sie sich beide unsicher, wie sich der andere wohl anfühlen mochte. Er hielt sich zurück, als wollte er sich vergewissern, dass sie das auch wirklich wollte, und das stachelte sie nur noch mehr an. Sie saugte an seiner Unterlippe, und er legte die Hände enger um ihre Taille.

Er roch gut – nach Holz und Poliermittel. Sie öffnete den Mund, um den Kuss zu vertiefen, und ihre Zungen berührten sich. Als er sie hochhob, legte sie ihm die Beine um die Taille, und er trug sie zum Bett, als würde sie nicht das Geringste wiegen. Es waren nur drei Schritte. Motelzimmer eigneten sich sehr gut für spontanen Sex, da das Bett nie weit von der Tür entfernt stand.

Sie fielen aufs Bett, das unter ihrem Gewicht quietschte. Er zog sie auf seinen Schoß, und sie setzte sich rittlings auf ihn. Sein Körper bot ihr den sicheren Hafen, der sie vor ihren stürmischen Gedanken schützte. Sie konnte sich in diesem Moment verlieren.

Und das schien ihr in diesem Augenblick auch die beste Idee überhaupt zu sein.

Kapitel 38

San Angelo, Texas, Samstag, 10. November 1990

Maine saß auf seinem Bett, stieß die Luft aus und starrte den Boden an. Der Junge beäugte sie und wünschte sich, sie würde verschwinden. Aber das würde so schnell nicht passieren.

»Möchtest du mit meinen LEGOs spielen?« Er wollte eigentlich gar nicht mit ihr spielen, aber er wusste aus Erfahrung, dass seine Mutter ihn später fragen würde, was sie gemacht hatten. Dann würde er behaupten müssen, er habe unendlich viele Spiele vorgeschlagen und Maine habe auf keines davon Lust gehabt. Ein guter Gastgeber versucht immer, seine Gäste zu unterhalten, trichterte ihm seine Mutter *jedes verdammte Mal* ein.

Er hatte sie noch nie darauf hingewiesen, dass ein Gastgeber jemand war, der sich Gäste einlud, und nicht jemand, dem die Gäste *aufgezwungen* wurden.

Maine verdrehte die Augen, als würden sie schon die Erwähnung der LEGO-Steine langweilen.

Ihr richtiger Name lautete Charmaine, aber den hatte er erst einmal gehört, als ihre Mutter wütend auf sie gewesen war. Ansonsten war sie immer nur Maine. Seine Mutter und Maines

Mutter Ruth waren seit der Highschool Freundinnen. Sie trafen sich wenigstens einmal im Monat, und Ruth brachte stets Maine mit. Die beiden Mütter sagten den Kindern schnell, dass sie spielen gehen sollten, was sie in seinem Zimmer oder im Garten tun mussten. Er konnte das auf den Tod nicht ausstehen. Maine ging es ebenso, das wusste er, weil sie es ihm schon oft gesagt hatte. Wieso Ruth sie immer noch mitbrachte, wollte ihm einfach nicht in den Kopf.

Er war sich nicht mal sicher, dass seine Mutter sich gern mit Ruth traf. Vorher beschwerte sie sich jedes Mal bei seinem Vater, dass Ruth wieder einen Weg finden würde, auf sie herabzublicken. Und sobald sie gegangen waren, hörte er seine Mutter häufig verkünden, dass sie Ruth nie wieder einladen werde.

Früher hatte er immer Hoffnung geschöpft, wenn er diese Worte hörte. Aber damit war es vorbei. Ruth und Maine waren zu einem festen Bestandteil seines Lebens geworden, genau wie ein Zahnarztbesuch, der sonntagmorgendliche Kirchgang oder die Bestrafungen im Besenschrank im Keller.

»Wir könnten Monopoly spielen«, schlug er vor.

Maine schnaubte. »Monopoly ist was für kleine Kinder.«

Sie war ein Jahr älter als er, aber fast dreißig Zentimeter größer, was sie meist schon beim Eintreten anmerkte, indem sie ihm zeigte, dass er problemlos unter ihrem Kinn durchlaufen konnte. Wenn sie das demonstrierte, stand er immer ganz still und starrte ihre Brust an – auf der sich zwei kleine Wölbungen unter ihrem T-Shirt abzeichneten.

Er beschloss, auf Nummer sicher zu gehen, da er sich die Unterhaltung mit seiner Mom deutlich vorstellen konnte.

»Was hast du mit Maine gespielt?«, würde sie leicht angespannt fragen, da sie das nach dem Treffen mit ihrer Freundin immer war.

»Nichts«, würde er antworten und Maines Weigerung damit geschickt umgehen. Wenn er anfing, seiner Mutter zu erklären, dass Maine nichts spielen wollte, erweckte er nur den Eindruck, sich verteidigen zu müssen.

»Du musst ihr Spiele *vorschlagen*«, würde seine Mutter dann sagen. »Ein guter Gastgeber versucht immer, seine Gäste zu unterhalten.«

»Das habe ich doch gemacht«, würde er erwidern.

»Was hast du ihr denn vorgeschlagen?«

»Monopoly und LEGO.«

Schachmatt. Das würde seiner Mutter den Wind aus den Segeln nehmen.

Maine seufzte wieder. Sie trug ein angenehmes Parfüm. Dasselbe wie beim letzten Mal. Der Duft hatte noch lange in der Luft gehangen und den Besuch fast lohnenswert gemacht. Er hatte im Bett gelegen und daran gedacht, wie sie dicht vor ihm gestanden und gesagt hatte: »Sieh nur! Mein Kinn berührt nicht mal deinen Kopf. Du bist der kleinste Junge, den ich kenne!«

Wie er reglos dagestanden und die Wölbungen unter ihrem T-Shirt angestarrt hatte.

Er wandte sich ab und sortierte die Streichholzschachteln auf seinem Schreibtisch. Es waren fünfzehn Stück, und er war sehr stolz auf seine Sammlung. Er spielte so gern mit ihnen und merkte jedes Mal, wie seine Faszination wuchs, wenn er daran dachte, was sich darin verbarg: seine Haustiere.

Käfer, Spinnen, Kakerlaken, aber vor allem Fliegen. Er fing sie lebendig und steckte sie in die Schachteln. Dann lauschte er auf ihre Geräusche, während sie in ihrem winzigen Gefängnis herumhuschten. Er hatte auch schon mehrere in eine Streichholzschachtel gesteckt. Der Trick war, die Schachtel nur ein kleines Stück aufzuziehen, den neuen Gefangenen hineinzuschieben und sie schnell wieder zuzudrücken. Manchmal mischte er eine Spinne mit drei Fliegen oder eine Kakerlake und einen Käfer.

Hin und wieder schüttelte er eine Schachtel und lauschte. Wenn kein Geräusch mehr herausdrang, leerte er sie auf einem Stückchen Toilettenpapier aus. Irgendwann würde er einen kleinen Haufen aus toten Insekten aufschichten, sie einfach ansehen und sich fragen, wie sie sich wohl in der Schachtel gefühlt hatten, während sie ständig nach einem Fluchtweg suchten.

»Was ist das?« Ihre Stimme ließ ihn zusammenzucken. Maine stand hinter ihm und beugte sich über seine Schulter. Er konnte ihr Parfüm riechen.

»Das ist meine Sammlung. Streichholzschachteln.« Er stapelte alle fünfzehn Schachteln aufeinander. Ein Turm voller Gefangener.

»Nicht sehr beeindruckend.« Sie schniefte. »Und sie sehen alle gleich aus. Soll eine Sammlung nicht aus unterschiedlichen Schachteln bestehen?«

»Keine Ahnung.«

»Weißt du, was ich gern mache?«, fragte sie. »Ich zünde gern Streichhölzer an und lasse sie brennen. Und wenn die Flamme fast meinen Finger erreicht hat, fasse ich sie an der anderen Seite an und drehe sie um, damit sie ganz abbrennen können.«

Er leckte sich die Lippen. »Okay.«

Sie lehnte sich noch immer über die Schulter und berührte mit der Brust seinen Rücken.

»Ich werde es dir zeigen.« Sie griff nach der obersten Schachtel.

Er sagte nichts, da ihn dieser Augenblick verzauberte. Maine richtete sich auf und öffnete die Streichholzschachtel. Sie riss die Augen auf, als zwei Fliegen herausflogen und zur Zimmerdecke schossen. Die dunklen Füße einer Kakerlake schoben sich aus der Schachtel.

Maine kreischte los, die Kakerlake sprang heraus und landete auf Maines Hand. Das Mädchen schüttelte panisch die Hand, taumelte und stieß dabei den Turm aus Streichholzschachteln um. Noch immer schreiend, stolperte Maine zur Tür, riss sie auf und rannte nach draußen.

Er rührte sich nicht; er konnte nicht mal mehr atmen. Um ihn herum huschten und summten Dutzende seiner Gefangenen, deren Gliedmaßen und Flügel gegen die Pappwände ihrer Gefängnisse schabten.

KAPITEL 39

San Angelo, Texas, Freitag, 9. September 2016

Der Wecker riss Tatum nur Sekunden, nachdem er eingenickt war, aus dem Schlaf – jedenfalls fühlte es sich so an. Benommen tastete er nach dem Handy und warf es unbeholfen vom Nachttisch, sodass es unter das Bett rutschte.

Der Weckton wurde lauter. Tatum hatte sich vor Kurzem eine Wecker-App heruntergeladen, die für Menschen gedacht war, die schlecht aus dem Bett kamen. Es gab keine Snooze-Funktion, und um den Wecker auszuschalten, musste man einen sechsstelligen Code eingeben. In diesem Augenblick war ihm völlig schleierhaft, was ihn dazu bewogen hatte, sich diese hundsgemeine App zu installieren.

Er stand auf und hockte sich neben das Bett, um das Handy aufzuheben. Irgendwie war es ihm gelungen, es bis mitten unter das Bett zu schleudern – gerade weit genug, dass er von keiner Seite gut herankam. Er musste den Arm ganz weit ausstrecken und renkte sich beinahe die Schulter aus, und der Weckton war jetzt so laut, dass in den Nachbarzimmern vermutlich auch alle aufgewacht waren.

Endlich berührte er mit den Fingern das Handy und zog es stöhnend unter dem Bett hervor. Er gab die sechs Ziffern ein, und das fiese Ding gab Ruhe. Auf dem Boden sitzend, versuchte er, dieses traumatische Aufwachen zu verarbeiten.

Dann schickte er Zoe eine kurze Nachricht: Soll ich Sie zum Flughafen fahren?

Er legte das Handy beiseite und zog sich an. Mit einem Socken am Fuß und dem zweiten in der Hand stutzte er.

Zoe hatte noch nicht geantwortet. In der Nacht zuvor hatte er wach im Bett gelegen, an Marvins Ermahnung denken müssen und zumindest leichte Schuldgefühle gehabt, weil er nicht für Zoe da gewesen war. Als er auf sein Handy sah, stellte er fest, dass Zoe die Nachricht noch nicht mal gelesen hatte.

Das war seltsam. Sie musste doch schon wach sein, und Zoe gehörte zu den Menschen, die ständig ihre Nachrichten abriefen, vor allem jetzt, wo ihre Schwester in Gefahr schwebte.

Der nervige Reporter hatte ihm am Vorabend erzählt, Zoe sei mit einem großen Mann essen gegangen. Zu diesem Zeitpunkt war Tatum irgendwie davon ausgegangen, dass es sich um Detective Foster handeln müsse. Aber jetzt kam er doch ins Grübeln.

Als er hörte, wie nebenan die Zimmertür geöffnet wurde, lief er nach draußen, da er Zoe vor der Abreise noch abfangen wollte. Er kniff die Augen zusammen, da ihm die Sonne ins Gesicht schien, und drehte sich zu Zoes Tür um.

Ein Mann verließ gerade ihr Zimmer und schloss die Tür hinter sich.

Groß war die passende Beschreibung. Der Fremde überragte sogar Tatum. Er kratzte sich den Bart, wandte sich zum Gehen und stutzte, als er Tatum bemerkte. Sein Blick fiel kurz auf Tatums Füße, von denen nur einer besockt war, dann ging er an Tatum vorbei und nickte ihm höflich zu.

Tatum blickte auf das Handy in seiner Hand. Zoe hatte seine Nachricht noch immer nicht gelesen. Mit einem Mal war er besorgt. Wer war dieser Mann, der eben ihr Zimmer verlassen hatte?

Als er sich ihrer Zimmertür näherte, stellte er fest, dass sie nicht richtig ins Schloss gefallen war. Tatum klopfte an. »Zoe? Sind Sie da?«

Da er keine Antwort bekam, klopfte er erneut, um dann zögernd die Tür aufzudrücken.

Das Zimmer war leer, aber Zoes Koffer stand auf dem Boden. Das Bett sah derart zerwühlt aus, dass er sofort an einen heftigen Kampf denken musste. Im Bad lief das Wasser.

»Zoe?«, rief er, und eine Sekunde später noch lauter: »Zoe? Ist alles in Ordnung?«

Das Wasser wurde abgedreht. »Tatum?«, hörte er ihre Stimme gedämpft durch die Tür.

Sofort entspannte er sich, und sein Verstand interpretierte die Dinge auf einmal anders. Das zerwühlte Bett, der leichte Moschusgeruch in der Luft, der Mann, der eben gegangen war … Er stand wie erstarrt da, und das Puzzle, das er schon Minuten zuvor hätte zusammensetzen können, ergab auf einmal ein Bild.

»Sind Sie das, Tatum?«, rief Zoe aus dem Badezimmer.

»Äh, ja. Entschuldigung. Ich wollte nur wissen, ob ich Sie zum Flughafen fahren soll.« Er verlagerte verlegen das Gewicht und kam sich vor wie der letzte Idiot. »Tut mir wirklich leid, aber Sie haben meine Nachricht nicht beantwortet, und ich dachte …« Er beendete den Satz nicht. Was hatte er denn eigentlich gedacht? Warum war er nicht auf die einfachste Lösung gekommen, dass Zoe vielleicht gerade nicht antworten konnte?

»Es wäre super, wenn Sie mich fahren«, erwiderte sie. »Bin in einer Minute fertig.«

Tatum wollte gerade ihr Zimmer verlassen, als sein Blick auf Zoes Handtasche fiel. Sie stand offen, und ein grauer Ordner ragte heraus. Er griff danach, öffnete ihn und hatte eine Kopie der Nicole-Medina-Fallakte mit einigen Notizen in Zoes Handschrift vor sich. Rasch blätterte er weiter und sah auch die vertrauten Tatortfotos.

Die Badezimmertür in seinem Rücken wurde geöffnet. »Okay, ich bin fertig«, sagte Zoe.

Er drehte sich um. Ihr Haar war noch feucht, und sie sah blasser aus als sonst. Ein einzelner Wassertropfen lief an ihrem Hals herunter, und Tatum konnte den Blick einfach nicht davon abwenden.

»Ach ja«, meinte sie. »Können Sie die Fallakte bitte mit zum Revier nehmen? Ich hatte ganz vergessen, sie vor meinem Aufbruch zurückzugeben.«

Tatum steckte den Umschlag in seinen Aktenkoffer. »Sicher. Haben Sie heute schon mit Andrea telefoniert?«

»Es geht ihr viel besser.« Zoe hockte sich hin und hob ihren Koffer hoch. »Ihr Großvater ist anscheinend über Nacht bei ihr geblieben.«

»Was? In Ihrer Wohnung?«

»Sie sagte, sie hätte sich dadurch viel sicherer gefühlt.« Sie schenkte ihm ein kleines Lächeln. »Er ist ein sehr liebenswerter Mann.«

»Ja, das ist Marvin«, murmelte Tatum. »Er ist einfach der Beste.«

Sie setzte sich in Bewegung und zog den Koffer hinter sich her.

»Lassen Sie mich das machen«, bot Tatum an.

»Es geht schon.« Sie schlang sich den Riemen ihrer Handtasche über die Schulter und sah auf seine Füße. »Vielleicht sollten Sie erst einmal Schuhe anziehen.«

Tatum blickte verwirrt nach unten. »Stimmt. Dauert nur einen Moment.«

Zoe ging an ihm vorbei aus dem Zimmer. Sie duftete nach dem Motelshampoo. Tatum eilte in sein Zimmer und zog sich die andere Socke und die Schuhe an. Dann folgte er Zoe, obwohl er noch gar nicht im Bad gewesen war oder sich die Zähne geputzt hatte. Aber sie sollte nicht auf ihn warten müssen. Dann würde er eben niemanden anhauchen, bevor er noch einmal in seinem Zimmer gewesen war.

»Es gefällt mir gar nicht, dass ich so überstürzt abreisen muss, aber viel können wir hier ohnehin nicht mehr tun«, meinte Zoe, als sie die Stufen hinunterging. »Sie können der Polizei noch mit der Presse helfen und die Hotline einrichten. Denken Sie daran, die Detectives daran zu erinnern, dass auch Nicole Medinas Beerdigung überwacht werden muss. Sie sollte in ein paar Tagen stattfinden.«

»Ja.« Serienmörder tauchten häufig bei der Beerdigung ihrer Opfer auf. Aus diesem Grund hatte es sich eingebürgert, alle Anwesenden zu fotografieren.

»Ich rufe Sie dann heute Abend an und erkundige mich, was es Neues gibt.«

»Kümmern Sie sich erst mal um Ihre Schwester.« Er nahm ihr den Koffer ab und hob ihn in den Kofferraum. Sie stiegen beide ein und schlossen die Wagentüren.

Tatum ließ den Motor an. »Ich habe gestern Ihren Reporterfreund kennengelernt.«

»Harry Barry?« Sie sah ihn erschrocken an. »Haben Sie ihm etwa von Andrea erzählt?«

»Ich habe ihm *überhaupt nichts* erzählt«, erklärte Tatum. Sie fuhren durch die Straßen von San Angelo. Die Stadt wachte langsam auf. Tatum fiel ein, dass Zoe eigentlich an der Reihe war, die Musik auszusuchen, fand jedoch nicht die passenden Worte. Es war, als wäre die Verbindung zwischen Zoe und ihm irgendwie zerrissen, und jetzt waren sie beinahe wie Fremde. Möglicherweise waren sie ja wirklich Fremde. Wie lange kannte er sie jetzt? Einen Monat? Reichte das wirklich aus, um einen Menschen kennenzulernen?

Sein Handy klingelte. Er behielt eine Hand am Lenkrad und nahm den Anruf an. »Gray.«

»Agent Gray.« Es war Detective Foster. »Der Killer streamt ein neues Video. ›Experiment Nummer zwei‹. Es ist Maribel Howe.«

»Verdammt!«

»Ich schicke Ihnen den Link. Kommen Sie schnellstmöglich her.«

Er legte auf und warf Zoe einen Seitenblick zu. »Sie müssen sich leider doch ein Taxi nehmen.«

»Was ist passiert?«

»›Experiment Nummer zwei‹.« Sein Handy piepte. Er hielt am Straßenrand und las die Nachricht. Sie kam von Foster und enthielt nichts als einen Link. Tatum tippte den Link an. Das Browserfenster öffnete sich quälend langsam. Die URL ähnelte der ersten – ein von »Schroedinger« hochgeladenes Video mit dem Titel »Experiment Nummer zwei«. Eine Weile starrten sie nur einen schwarzen Bildschirm an, während der Stream geladen wurde. Dann tauchte auf einmal das Gesicht eines Mädchens auf, das im Dunkeln lag und auf etwas über sich einschlug. Der Lautsprecher des Handys verzerrte die Schreie und ließ sie abgehackt und unmenschlich klingen.

»Das ist Maribel Howe«, erkannte Zoe. »Ich habe ein Foto von ihr gesehen.«

»Ich muss zum Revier. Wenn ich Ihnen den Koffer …«

»Nein.« Zoe wandte den Blick nicht vom Display ab. »Ich begleite Sie.«

Kapitel 40

Maribels Stimme aus dem Telefonhörer hatte Delias Leben wieder in Gang gesetzt. Ihr war nicht einmal aufgefallen, dass es vor dem Anruf völlig zum Stillstand gekommen war. Für sie hatte die Zeit wochenlang stillgestanden, während sie auf die Rückkehr ihrer Tochter wartete. Sie redete nicht mehr mit Frank, verließ kaum noch das Haus, machte sich nicht mal mehr die Mühe, irgendeine Art von Routine aufrechtzuerhalten. Nur der Schmerz, den sie sich zufügte, unterlag den Regeln der Zeit und nahm an Intensität ab, während die Minuten verstrichen.

Aber als sie den Hilfeschrei ihrer Tochter gehört hatte, war Delia bewusst geworden, dass sie Maribel *jetzt* helfen musste.

Am Abend zuvor hatten Frank und sie zum ersten Mal seit sechs Wochen versucht, ein Gespräch zu führen. Die Unterhaltung war stockend gewesen, voller Pausen und halber Sätze. Als wäre ihre Fähigkeit, miteinander zu kommunizieren, eingerostet, nachdem sie sie so lange nicht genutzt hatten. Es war eher formell abgelaufen, und sie hatten vor allem Grundsätzliches besprochen. Was konnten sie tun? Wie sollten sie versuchen, Maribel zu helfen? Frank, ein Mann der Tat, hatte vorgeschlagen, einen Privatdetektiv zu engagieren, eine Social-Media-Kampagne zu starten und sich vom Lokalfernsehen interviewen zu lassen.

Delia war mit allem einverstanden gewesen, hatte aber gleichzeitig beschlossen, zum Polizeirevier zu gehen und zu verlangen, dass man dem Verschwinden ihrer Tochter die Aufmerksamkeit zukommen ließ, die es verdiente. Es entbehrte nicht einer gewissen Ironie, dass sich Maribel ständig über Delias Nörgeln beschwert hatte, sie ihrer Tochter jetzt jedoch dadurch helfen wollte, dass sie der Polizei mit ihrer Nörgelei in den Ohren lag.

Sie fuhr mit offenem Fenster zum Polizeirevier, damit der Zigarettenrauch abziehen konnte. Seit dem Anruf hatte sie beinahe zwei Schachteln auf Kette geraucht. Sie hielt die Zigarette zwischen den Fingern der rechten Hand, mit der sie auch die Gangschaltung betätigte, was dafür sorgte, dass sie überall Asche verstreute.

Ihr Handy piepte in ihrer Handtasche. Vermutlich wieder ein Reporter. Die Presse gab an diesem Morgen keine Ruhe. Sie fragte sich, woher die überhaupt von dem Anruf wussten. Hatte jemand bei der Polizei etwas durchsickern lassen? Frank sagte, es sei gut – sie brauchten das Interesse der Öffentlichkeit. Im Augenblick hatten sie es auf jeden Fall. In der San Antonio Standard-Times war auf der dritten Seite ein Artikel über Maribel zu finden. Darin standen die Fakten über den Anruf und das verschwundene Mädchen, begleitet von einem Foto der lächelnden Maribel, auf dem sie wunderschön und unschuldig aussah. Die Presse beschuldigte die Polizei, nach dem Verschwinden des Mädchens nichts unternommen zu haben.

Wie lange würde es noch dauern, bis man sich fragte, warum Maribel mit achtzehn von zu Hause ausgezogen war?

Wann würde man anfangen, nicht nur der Polizei, sondern auch den Eltern Vorwürfe zu machen?

Sie atmete den Rauch ein und überlegte mit grimmiger Miene, was sie auf dem Polizeirevier sagen wollte. Dort musste man begreifen, dass sie nicht eher gehen würde, als bis man sie ernst nahm. Es wurde Zeit, dass sie Maribel zurückbekam.

Kapitel 41

In der Einsatzzentrale der Detectives war die Hölle los. Das Video von Maribel Howe lief auf zahlreichen Computern, ihre Schreie kamen aus allen Richtungen und glichen einer entsetzlichen Kakofonie der Qualen. Tatum stand in der Tür und war kurzzeitig wie gelähmt, während Zoe an ihm vorbeilief und auf Fosters Schreibtisch zuhielt. Schnell hastete er ihr hinterher und versuchte, die gutturalen Schreie des Mädchens auszublenden, die nach ihrer Mutter rief und flehte, rausgelassen zu werden.

Foster brüllte gerade am Telefon jemanden an, während er das Video vor sich auf dem Bildschirm hatte. Als sie ihn erreichten, legte er auf.

»Wann ist das Video online gegangen?«, verlangte Zoe zu erfahren.

Er warf ihr einen kurzen Blick zu. »Vor fünfundzwanzig Minuten. Kurz darauf ging der Link per E-Mail rum. Er hat ihn an deutlich mehr Empfänger geschickt als beim ersten Mal. Die Zentrale kann sich vor Anrufen kaum noch retten.«

»Haben Sie schon mit Shelton gesprochen?«, fragte Tatum. »Versucht er bereits, die Quelle des Videos ausfindig zu machen?«

»Lyons telefoniert gerade mit ihm«, erwiderte Foster. »Wir haben auch drei Streifenwagen losgeschickt, die sich in der näheren Umgebung von Nicole Medinas Begräbnisstätte umsehen sollen, falls er Maribel ebenfalls dort begraben hat. Und es ist mir eben gelungen, einen Hubschrauber zu organisieren. Vielleicht erwischen wir den Mistkerl dabei, wie er das Grab gerade zuschaufelt.«

»Er hat sich diesmal nicht dabei gefilmt.« Zoe runzelte die Stirn. »Möglicherweise kann man die Stelle leicht aufspüren und er will das verhindern.«

»Vermutlich lässt sich schnell herausfinden, welche Gegenden da infrage kämen«, meinte Foster. »Jedes bekannte Merkmal wäre doch ein eindeutiger Hinweis, nicht wahr? Ich setze sofort jemanden darauf an.« Er griff zum Telefon.

»Foster!«, brüllte Lyons und sprang von ihrem Stuhl auf. »Er benutzt eins der Handys vom letzten Mal!« Ihre Stimme wurde beinahe von Maribels Schreien übertönt.

»Was?«

»Das Handy, das er benutzt …«

Tatum hob eine Hand, um sie zum Schweigen zu bringen, und schrie, so laut er konnte: »Bitte stellen Sie alle die verdammten Videos leiser, und zwar sofort!«

Eine Sekunde lang schien ihn niemand zu beachten. Dann wurde es endlich leiser, bis die Schreie schließlich gar nicht mehr zu hören waren. Tatum schloss erleichtert die Augen und öffnete die geballten Fäuste.

»Ich habe eben mit Shelton gesprochen.« Lyons' Augen funkelten. »Der Mörder benutzt dasselbe Handy wie beim letzten Mal, um das Video zu streamen. Wir haben einen ungefähren Standort. Es ist in der Nähe der Route 67, gleich nördlich des Twin Buttes Reservoirs. In der Nähe des dortigen Trailerparks.« Sie beugte sich über die Tastatur, tippte darauf herum und rief eine Karte auf.

»Verdammt, jetzt haben wir ihn«, stieß Foster hervor und wählte bereits eine Nummer. »Zentrale, ich brauche Streifenwagen auf der Route 67. Und wir benötigen zwei ... nein, drei Straßensperren. Eine an der Kehre zur Willeke Pit Road, eine an der South Jameson Road und die dritte an der Straße, die zum Twin Buttes Reservoir führt, gleich hinter der 67 ... Ja, genau. Lassen Sie keinen Wagen durch, solange ich keine weiteren Anweisungen gegeben habe, verstanden? Nicht mal den Polizeichef. Riegeln Sie das ganze Gebiet ab.«

Er legte auf und runzelte die Stirn. »Wie gefährlich ist der Mann, wenn er in die Ecke gedrängt wird?«, fragte er Tatum. »Müssen wir uns Sorgen machen?«

»Er wird vermutlich die Flucht ergreifen«, antwortete Tatum. »Aber nur, wenn er sich dabei nicht selbst in Gefahr bringt. Es ist wahrscheinlicher, dass er sich auf andere Weise rausreden will, indem er behauptet, nichts mit der ganzen Sache zu tun zu haben oder etwas in der Art.«

Er warf Zoe einen Seitenblick zu, um ihre Meinung zu erfahren. Sie nickte nur abgelenkt und schien mit den Gedanken ganz woanders zu sein. »Alles, was wir bisher gesehen haben, passt zu einem Täter, der sich seine Opfer unter Schwächeren sucht. Da er Nicole Medina mit einem Messer eingeschüchtert hat, vermute ich, dass er gar keine Schusswaffe besitzt.«

Lyons Telefon klingelte, und sie eilte zu ihrem Schreibtisch, um ranzugehen.

»Ich werde die Suche überwachen«, erklärte Foster. »Es wäre schön, wenn mich einer von Ihnen begleiten würde.«

»Ich komme mit«, sagte Tatum. »Wir können ...«

Lyons knallte den Telefonhörer auf die Gabel und sah mit aufgerissenen Augen zu ihnen herüber. »Delia Howe steht unten am Empfang.«

»Delia Howe?«, wiederholte Zoe. »Weiß sie von dem Video?«

»Es hörte sich nicht so an. Ich vermute, dass sie nur reden will.«

Tatum schaute sich um. Auf fast allen Bildschirm sah man das Mädchen, das in der Dunkelheit lag, während die Detectives ihr Bestes gaben, sie zu finden. »Sie darf auf gar keinen Fall hier reinkommen.«

Kapitel 42

Es gelang Zoe und Lyons, Delia Howe in einen ungenutzten Besprechungsraum zu schleusen, ohne dass die Frau etwas von der panischen Aktivität auf dem Revier mitbekam.

Sie gingen die Details des Anrufs vom Vortag noch einmal durch. Es fiel Zoe schwer, sich die genaue Situation vorzustellen, und sie hoffte darauf, dass ein zufälliges Detail vielleicht etwas Licht ins Dunkel bringen konnte. Doch im Verlauf des Gesprächs wurde sie immer frustrierter. Irgendetwas schien an der ganzen Sache nicht richtig zu sein.

Lyons schrieb alles mit, was Delia sagte, die immer erboster wurde, als sie die Details ein weiteres Mal durchgingen.

»Das habe ich Ihnen doch schon alles erzählt!«, fauchte sie schließlich. »Ich weiß nicht, warum sie aufgelegt hat. Vielleicht hat sie gehört, dass jemand kommt. Oder man hat ihr das Handy weggenommen. Was unternehmen Sie eigentlich deswegen? Wird im Moment überhaupt nach ihr gesucht?«

Zoe und Lyons warfen sich einen schnellen Blick zu, was Delia nicht entging, die sich sofort verspannte.

»Wir tun unser Möglichstes, um Ihre Tochter zu finden, Mrs Howe«, versicherte Lyons ihr.

»Das glaube ich Ihnen nicht! Ich will mit jemand anderem sprechen. Ich will den Mann sehen, der hier das Sagen hat.«
Sie massierte sich ein Handgelenk, und Zoe betrachtete es. Eine neue Brandwunde zeichnete sich auf Delias Haut ab, die noch größer war als die letzte. Aber da waren keine Blutergüsse rings um das Handgelenk. Niemand hatte Delia gezwungen, die Hand in die Flamme zu halten. Während Lyons versuchte, die Frau zu beruhigen, machte sich Zoe daran, die Ereignisse in der richtigen Reihenfolge zu betrachten. Am 29. Juli, also vor sechs Wochen, war Maribel Howe verschwunden und vermutlich vom Täter entführt worden. Am 8. September hatte es Maribel irgendwie geschafft, an ein Telefon zu kommen und ihre Mutter anzurufen. Einen Tag später wurde sie vom Täter lebendig begraben und das Video online gestellt. Hatte er sie die ganze Zeit gefangen gehalten?

»Ich will sofort mit jemand anderem reden!«, verlangte Delia Howe lautstark und schlug auf den Tisch.

Zoe hatte das Gefühl, der Wahrheit ganz nahe zu sein. Sie musste sich konzentrieren, was ihr hier drin jedoch nicht gelang. »Bitte entschuldigen Sie mich.« Sie stand auf, verließ den Raum und schloss die Tür hinter sich. Auf dem Flur lehnte sie sich gedankenverloren an die Wand.

Eine Theorie war, dass er das Mädchen einen Monat lang gefangen gehalten hatte. Irgendwann gelang ihr die Flucht und sie konnte ihre Mutter anrufen. Als Vergeltungsmaßnahme hatte er sie lebendig begraben. Das war eine gute Erklärung, aber sie schien nicht zu stimmen. Wieso hatte er Maribel eingesperrt, Nicole Medina jedoch direkt nach der Entführung begraben?

Möglicherweise war Maribel gar nicht entführt worden. Vielleicht war sie einfach abgehauen, und der Mörder hatte sie erst vor Kurzem dort entführt, wo immer sie sich in der Zwischenzeit aufgehalten hatte. Das schien allerdings ziemlich weit hergeholt zu sein. Warum war sie so plötzlich verschwunden und hatte ihren gesamten Besitz zurückgelassen?

Auch der Anruf kam Zoe merkwürdig vor. Delia Howe behauptete felsenfest, die Presse nicht informiert zu haben. Es war denkbar, dass ihr Mann mit Reportern gesprochen hatte oder dass es eine undichte Stelle bei der Polizei gab, aber in den Artikeln standen derart viele Details, die eigentlich nur Delia kennen konnte.

Es war durchaus denkbar, dass der Mörder diese Details weitergegeben hatte, doch das schien auch nicht zu passen. Wenn er sie aus Rache für den Fluchtversuch und den Anruf bei ihrer Mutter begraben hatte, hätte er doch seinen Fehler nicht derart in der Öffentlichkeit breitgetreten.

Lyons kam aus dem Besprechungsraum und trat zu Zoe. »Was ist los?«

»Irgendwas stimmt nicht. Glauben Sie, der Mörder hatte Maribel die ganze Zeit eingesperrt?«

»Ich gehe fast davon aus. Das ist die logischste Erklärung.«

»Warum?«

»Das kann ich Ihnen noch nicht sagen, Zoe. Vielleicht hat er sie missbraucht. Oder er hat sich gern mit ihr unterhalten. Möglicherweise kann sie auch gut kochen. Wir werden sie fragen, wenn wir sie gefunden haben.«

»Warum hat er Nicole Medina sofort begraben? Aus welchem Grund ändert er sein Muster derart radikal? Warum behält er Maribel so lange bei sich, nur um sie dann doch zu begraben?«

»Weil er ein sadistischer Psychopath ist?«, mutmaßte Lyons.

»So funktioniert das nicht«, erwiderte Zoe langsam. »Dieser Mann tut das nicht, um Elend zu verbreiten. Er ist nicht vom Teufel besessen. Alles, was er tut, wird von seinem Verlangen ausgelöst. Ein Teil davon ist sexueller Natur. Er hat eine spezielle sexuelle Fantasie im Kopf, und diese Taten, dass er Frauen lebendig begräbt, sind das Resultat dieser Fantasie. Außerdem scheint er auf Aufmerksamkeit aus zu sein. Er will, dass die Presse und die Polizei ihn bemerken. Er giert nach Ruhm.« Ein Detail in dem Video war ihr aufgefallen, aber sie konnte es noch nicht genau benennen. Es war, als hätte sie aus dem Augenwinkel einen Schatten gesehen, der jedoch verschwunden war, kaum dass sie sich umgedreht hatte.

»Das können wir später noch herausfinden«, sagte Lyons. »Vorerst sollten wir dieses Gespräch beenden und …« Die Worte erstarben auf ihren Lippen, als sie sich zur Tür des Besprechungsraums umdrehte.

Zoe folgte ihrem Blick. Die Tür stand einen Spalt weit offen, und der Raum war leer. Während ihres Gesprächs war Delia hinausgeschlüpft und gegangen.

Sie liefen beide hinter der Frau her, die an einigen Polizisten vorbeirannte, nach rechts abbog und direkt durch die Tür eilte, hinter der die Detectives saßen.

Eine Sekunde später hatten Zoe und Lyons die Frau eingeholt. Delia stand am Eingang der Abteilung und starrte die vielen Bildschirme an, auf denen das Gesicht ihrer weinenden Tochter zu sehen war. Auch ohne Ton erzielte das Video eine niederschmetternde Wirkung.

Delia riss die Augen auf, und ihre Lippen zitterten. »Das ist … Maribel.«

Lyons nahm sanft ihren Arm. »Bitte begleiten Sie mich, Mrs Howe.«

Delia entzog ihr den Arm und wandte den Blick nicht von den Bildschirmen ab. »Was ist hier los?«

Lyons antwortete ihr, aber Zoe hörte gar nicht mehr zu. Jetzt, wo sie neben der Mutter des Mädchens stand, begriff sie auf einmal, was sie an diesem Video derart störte.

Das Mädchen hatte verschmierte Mascara im Gesicht. Wenn der Mörder sie jedoch seit sechs Wochen festhielt, gab es keinen Grund für sie, sich zu schminken – es sei denn, der Mann hatte das von ihr verlangt.

Als Zoe das ärmellose grüne Oberteil des Mädchens betrachtete, fiel ihr jedoch noch eine andere Möglichkeit ein.

Kapitel 43

Zum ersten Mal, seitdem er sich in Texas aufhielt, setzte die Hitze Tatum zu. Eine Schweißperle lief ihm über die Stirn und ins rechte Auge, das sofort zu brennen begann. Foster kam auf ihn zu und reichte ihm eine Wasserflasche, die Tatum dankbar entgegennahm, um sofort die Hälfte herunterzustürzen.

»Was denken Sie, wie viel Zeit ihr noch bleibt?«, fragte Foster, dessen Augen ganz glasig waren.

Tatum zuckte mit den Achseln. Diese Frage hatten sie in der vergangenen Stunde nun schon dreimal erörtert. Die Antwort ließ sich jedoch nicht genau festlegen, zudem kannten sie ja noch nicht einmal die genaue Zeit, zu der Maribel in die Kiste gesperrt worden war. Soweit er es aus dem Video erkennen konnte, tat Maribel das Einzige, womit sie ihre Überlebenschance erhöhen konnte: Sie lag inzwischen ganz still da und verbrauchte so wenig wie möglich von dem ihr zur Verfügung stehenden Sauerstoff.

Fosters Handy piepte. »Ach, verdammt!«, schimpfte er. »Die Presse weiß von der Sache.«

Er zeigte Tatum das Handydisplay. Darauf war ein Artikel mit der Schlagzeile »Polizei sucht nach lebendig begrabenem Mädchen« zu sehen. Direkt darunter prangte ein Bild aus dem

Video, auf dem Maribel Howe mitten im Schrei erstarrt war. »Jetzt wird es nicht mehr lange dauern, bis sie die Verbindung zum Nicole-Medina-Fall herstellen und in der Bevölkerung Panik ausbricht.«

Tatum starrte auf sein Handy, auf dem das Video noch immer lief. »Er hat den Videofeed noch nicht angehalten«, stellte er fest. »Dabei läuft er schon fast zwei Stunden.«

»Was hat das Ihrer Meinung nach zu bedeuten?«

»Wenn ich das wüsste«, erwiderte Tatum ermattet. »Zoe meint, seine Fantasie würde sich entwickeln.«

Das unablässige Hupen in der Ferne ging ihm auf die Nerven. Die Route 67 lag keine hundert Meter entfernt und war durch zwei Polizeiblockaden in drei Abschnitte unterteilt worden, was für lange Verkehrsstaus in alle Richtungen sorgte. Zwar ließen sie Fahrzeuge durch, jedoch dauerte es sehr lange, da jedes Kennzeichen notiert wurde.

Er starrte die langen Reihen der Fahrzeuge an, in deren Windschutzscheiben sich die Sonne spiegelte, drehte sich dann um und ließ den Blick über die Umgebung schweifen. Sie standen auf einem Plateau aus Sand und Kies, auf dem einige Büsche und kahle Bäume wuchsen. Ein Trailerpark zog sich an der Straße entlang, dessen Bewohner die Suchaktion der Polizei neugierig beobachteten. Dahinter war so gerade noch eine Tankstelle auszumachen. Nicht weit von der Straße entfernt verliefen parallel dazu Eisenbahnschienen. Da er die Karte studiert hatte, wusste Tatum, dass sich die Bahnstrecke und die Straße nicht kreuzten.

Mehrere uniformierte Beamte suchten den Boden mit Metalldetektoren ab, hatten bisher jedoch nur Bierdosen gefunden. Ein Polizeihundeführer, der sich ihnen als Jonas vorgestellt hatte, sah sich mit seinem Hund Buster im Trailerpark um. Auf der anderen Seite der Wohnwagensiedlung schob ein Techniker ein Bodenradar über den Kies. Das Gerät sah allerdings eher wie ein ganz normaler Rasenmäher als wie ein hoch kompliziertes Technikwunder aus. Der Radartechniker schien sich über die vielen Steine und Kakteen auf seinem Weg zu ärgern. Während Tatum zu ihm hinüberschaute, blieb er kopfschüttelnd stehen und trat einen Schritt zurück, um dann mit hängenden Schultern näher zu kommen.

»Was ist?«, wollte Foster wissen.

»Das Radar kommt hier nicht besonders tief«, berichtete der Mann. »Der Boden ist zu lehmhaltig.«

»Was ist das denn für eine Ausrede?«, knurrte Foster.

»Der Lehm beeinflusst die Effektivität des Radars.«

»Sie haben gesagt, es könne bis in eine Tiefe von fünfzehn Metern vordringen. Was schaffen Sie jetzt noch? Fünf Meter? Drei? Zwei?«

»Fünfzig Zentimeter.«

»Fünfzig Zentimeter?« Foster starrte ihn entsetzt an.

»Zu viel Lehm«, betonte der Techniker erneut. »Tut mir leid.«

»Wir sollten mehr Hunde herholen«, sagte Foster zu Tatum. »Und mehr Metalldetektoren. Und …«

Tatums Handy gab ein seltsames Rauschen von sich. Er blickte auf das Display und schirmte es vor der Sonne ab. »Was zum Teufel passiert da?«, murmelte er. Im Video gab es eine Veränderung.

Die Wände rings um Maribel vibrierten, und etwas dröhnte sehr laut. Sand drang durch die Risse ein. Maribel war außer sich vor Panik und schrie aus Leibeskräften.

Eine Sekunde lang zog sich Tatums Magen zusammen, weil er an die Worte der Physikerin denken musste: *Bei Einsteins Experiment steht ein Fass mit Sprengstoff in der Kiste.*

Der Techniker fluchte laut und sah Tatum über die Schulter. Die Wände vibrierten weiter. Das war keine Explosion, sondern etwas anderes.

»Was ist das?«, wollte Foster wissen. »Das sieht beinahe aus, als wäre da ein Erdbeben. *Wo in aller Welt ist sie?*«

Tatum blickte auf und schaute sich um. Er konnte nichts entdecken, was einen solchen Lärm und derartige Vibrationen hervorgerufen hätte, aber bei Maribel war eindeutig alles am Wanken. Suchten sie am falschen Ort?

Dann fiel sein Blick auf die Bahnschienen.

Ihm wurde das Herz schwer, und er blickte wieder auf das Display. Maribel war vor Wochen entführt worden, aber ihr Oberteil sah zwar leicht zerknittert aus, aber nicht so, als hätte sie es sehr lange Zeit getragen. Außerdem waren da Flecken um ihre Augen, und mit einem Mal begriff Tatum, worum es sich dabei handelte: Make-up.

Sie waren die ganze Zeit davon ausgegangen, sie würden sich wie bei Nicole Medina ein Livevideo ansehen, doch da hatten sie sich geirrt.

»Das ist ein Zug«, sagte er und fühlte sich wie betäubt. »Da fährt ein Zug in ihrer Nähe entlang. Man hat sie nahe der Gleise begraben.«

»Aber hier ist nirgendwo ein Zug.«

»Als das Video aufgenommen wurde, fuhr aber einer.« Tatums Herz raste. »Damals, als sie entführt wurde. Sie haben den falschen Hundeführer angefordert, Detective. Wir brauchen einen Leichenspürhund.«

Kapitel 44

Er lehnte sich lächelnd auf seinem Stuhl zurück und hatte den ersten Artikel über sich im Browser geöffnet. Im Text wurden bereits Fragen zu seiner Identität gestellt: Wer war »Schroedinger«? Was war das für ein »Experiment«? Der Grundtenor blieb jedoch hoffnungsvoll. Eine Quelle bei der Polizei wurde mit den Worten zitiert, man wisse relativ genau, wo sich das Mädchen befand.

Der Autor vermutete sogar, dass das Mädchen aus dem Video ihnen Schroedingers wahre Identität enthüllen könnte.

Das Mädchen aus dem Video würde ihnen jedoch rein gar nichts mehr enthüllen können. Hatte das denn noch keiner von ihnen begriffen?

Möglicherweise hatte Zoe Bentley es durchschaut.

Er wechselte zu einem anderen Tab und las den Artikel erneut, in dem beschrieben wurde, wie sie den Präparator gefasst hatte. Angeblich war sie erfahren, brillant und sehr gründlich.

Und man hatte sie losgeschickt, um ihn zu finden. Wie aufregend! Sie wussten schon jetzt, dass er etwas Besonderes war.

Er rief noch einige andere Lokalzeitungen auf und aktualisierte die Seiten, da er auf neue Artikel wartete. Kurz darauf hatte er über zwanzig Tabs im Browser geöffnet. In einem davon setzte ein nerviger Jingle ein, doch er konnte einfach nicht herausfinden, in welchem, sodass er letzten Endes den Ton ganz ausschaltete.

In einer anderen Zeitung tauchte ein weiterer Artikel auf, der zum großen Teil ungeniert aus dem ersten kopiert war. Lausige Arbeit! Er verabscheute Amateure noch mehr als alles andere.

Was war mit Nicole Medina? Hatte denn noch keiner der Reporter die Verbindung hergestellt? In den Artikeln stand nichts darüber. Vielleicht war ja einer der Leser schlauer. Schließlich lebten sie im Zeitalter der von der Masse zusammengetragenen Informationen. Er ging die Kommentare durch, was er jedoch schnell bedauerte. Ein Kommentator war der Ansicht, die ganze Sache sei von den Medien erdacht worden, um die Öffentlichkeit von den Geschehnissen im Nahen Osten abzulenken. Andere bezeichneten das Ganze als »schrecklich«, »entsetzlich« oder als »das Werk eines Monsters«. Kein Einziger erwähnte Nicole Medina. Immerhin einer fragte, ob es auch ein »Experiment Nummer eins« gebe.

Er seufzte. Offensichtlich würde er Geduld beweisen und darauf warten müssen, dass ein mitdenkender Reporter den Zusammenhang aufdeckte. Es konnte nicht mehr lange dauern, davon war er überzeugt. Eine Quelle bei der Polizei würde es eventuell ausplaudern, oder einer der Reporter forschte etwas gründlicher nach.

Morgen würden sie alle wissen, dass in San Angelo ein Serienmörder sein Unwesen trieb.

Erneut ging er die Webseiten durch, aktualisierte sie, wartete und ließ den Blick ungeduldig über den Bildschirm wandern. Nichts. Bald musste er zur Arbeit.

Er musste sich eben in Geduld üben.

Daher wechselte er zu Instagram und scrollte seinen Feed durch, der nur aus hübschen Mädchen bestand. Hin und wieder hielt er inne und sah sich ein Foto zögernd genauer an. Würde sie die Nächste sein?

Und dann fiel sie ihm ins Auge. Sie lag auf dem Bett unter der Decke und lächelte in die Kamera. Juliet Beach. Eine seiner Favoritinnen.

Der letzte Morgen mit achtzehn, hatte sie geschrieben. Er wechselte zu ihrem Facebook-Profil und überprüfte ihren Geburtstag. 10. September. Das war morgen.

Würde sie morgen Abend feiern? Aber sicher. »Experiment Nummer drei« war gefunden.

Kapitel 45

Officer Victor Finkelstein parkte seinen SUV am Straßenrand und öffnete für Shelley, seine vierbeinige Partnerin, die hintere Wagentür. Sie sprang schwanzwedelnd heraus und riss hechelnd die Schnauze zu einem hündischen Grinsen mit heraushängender Zunge auf.

Er nahm ihren Wassernapf aus dem Auto, stellte ihn vor sie auf den Boden und nahm eine Wasserflasche aus der Kühltasche, die er zuvor hineingestellt hatte.

»Schön, Sie zu sehen, Finkelstein«, sagte jemand hinter ihm. Der Mann sprach seinen Namen falsch aus, sodass er eher nach *Fankelstein* klang, aber Victor war das inzwischen gewöhnt. Auf dem Polizeirevier von San Angelo galt das schon als alter Hut. Er konnte es durchaus verstehen, wenn man es witzig fand, dass sein Name an Frankenstein, den fiktionalen Wissenschaftler aus dem neunzehnten Jahrhundert, erinnerte, insbesondere in Anbetracht dessen, womit er seinen Lebensunterhalt verdiente. Aus genau diesem Grund hatte er seinen Hund auch Shelley genannt, doch diesen Witz kapierte so gut wie niemand.

Er warf einen Blick über die Schulter. Detective Foster kam zusammen mit einem anderen Mann auf ihn zu. Sie wirkten beide verschwitzt, gereizt und irgendwie müde.

»Hey, Detective«, grüßte Victor.

»Wir brauchen Sie an den Schienen«, erklärte Foster.

»Einen Moment noch, Detective. Shelley muss erst was trinken.«

Foster nickte unwirsch, als müsste er sich einer unvernünftigen Forderung beugen. Menschen, die nicht mit Hunden arbeiteten, begriffen einfach nicht, wie das lief. Shelley war weder Victors Haustier noch seine gottverdammte Sklavin. Sie war seine *Partnerin.* Und genau so behandelte Victor sie auch: als Gleichgestellte. Hätte Foster ebenso geguckt, wenn Victor gesagt hätte, dass er noch schnell etwas trinken musste? Wahrscheinlich nicht.

In der Wasserflasche schwammen sogar noch einige Eisstücke. Er goss den halben Inhalt in Shelleys Napf, und sie fing begeistert an zu trinken. Victor nahm auch einen Schluck, schraubte die Flasche wieder zu und stellte sie zurück in die Kühlbox. Dann schloss er die Heckklappe und lehnte sich mit verschränkten Armen dagegen. Shelley schlappte noch immer das Wasser auf.

Foster warf einen Blick auf sein Handy und räusperte sich. »Wenn es Ihnen nichts ausmacht ...«

»Gleich, Detective«, erwiderte Victor gelassen. »Es gibt keinen Grund zur Eile, wenn Sie *uns* herrufen müssen.«

Der Detective warf dem Mann neben sich einen Blick zu.

»Ich bin Officer Finkelstein.« Victor reichte dem Unbekannten die Hand.

»Agent Gray.« Der Mann trat einen Schritt vor, und Victor stellte fest, dass er einen festen Händedruck und ein freundliches, höfliches Lächeln hatte.

»Ein Bundesagent?«

Shelley hob den Kopf und sah Victor an. Dann wedelte sie leicht mit dem Schwanz.

»Okay, Detective. Es kann losgehen.«

Die beiden Männer führten ihn über einen sandigen Abschnitt. Zu seiner Überraschung sah Victor Jones in der

Nähe stehen. Die beiden Hundeführer arbeiteten selten zusammen, da man Jones und Buster rief, um den *Lebenden* zu helfen.

Wenn Victor einen Fehler hatte, dann den, dass er häufig das Gefühl hatte, seine und Shelleys Arbeit werde nicht so anerkannt wie die der restlichen Einheit. Jones war ein gutes Beispiel dafür. Der Mann hatte schon mindestens ein halbes Dutzend Mal Zeitungsinterviews gegeben. Die Leser liebten diese Geschichten: »Bester Freund des Mannes rettet zwei Wanderer, die sich in einem Canyon verirrt hatten« oder »Polizist und sein Hund finden vermisstes Mädchen«. Dazu Fotos mit den Überlebenden, Blumen, Pralinen und jedes Jahr Weihnachtskarten. Dann waren da die Spürhunde, die immer mal wieder im Rampenlicht standen und mit der Kokainlieferung fotografiert wurden, die sie erschnüffelt hatten.

Aber Victor und Shelley erschienen weder in Artikeln noch auf Fotos. Da gab es kein »Bester Freund des Mannes findet verwesende Leiche« oder ein Foto beim Händeschütteln mit dem Polizeichef oder dem Bürgermeister.

Ach, was soll's, dachte er. Er wusste dennoch, dass seine Aufgabe wichtig war. Wie viele Eltern hatten dank Victor und Shelley herausgefunden, was aus ihrem Kind geworden war? Wie viele Mörder waren dank der Beweise der beiden ungleichen Partner hinter Gitter gewandert?

Buster bellte einmal, als sie näher kamen. Shelley wedelte mit dem Schwanz. Sie bellte nicht besonders oft, sondern war schweigsam und friedfertig, genau wie Victor.

»Sie vermuten also, dass hier irgendwo eine Leiche vergraben liegt?«, fragte Victor.

»Agent Gray scheint davon auszugehen«, erwiderte Foster zurückhaltend.

»Wir gehen davon aus, dass das Mädchen irgendwo in der Nähe der Gleise vergraben wurde«, sagte der Agent. »Aber wir wissen nicht genau, wie lange es her ist.«

Victor nickte. »Hast du das gehört, Shelley? Wir werden sie schon finden.«

Shelley warf ihm einen Blick zu, spitzte die Ohren und hob ein Bein. Dann begann sie zaghaft, am Boden zu schnüffeln.

»In welche Richtung?«, erkundigte sich Victor.

»Wahrscheinlich westlich.« Agent Gray deutete gen Westen.

Victor marschierte mit Shelley los und ließ sie hin und wieder schnüffeln. Sie blieb in der Nähe eines Kaktus stehen, um zu pinkeln, und lief weiter. Auf einmal übernahm sie jedoch die Führung und zerrte mit angespanntem Körper an der Leine, während sie die Nase dicht über dem Boden hielt. Sie führte ihn fünf Meter von den Gleisen weg hinter eine kleine Anhöhe, blieb stehen und schnüffelte aufmerksam am Boden. Dann kratzte sie mehrmals in der Erde und wimmerte leise.

Foster und Agent Gray waren wenige Sekunden später bei ihnen.

»Irgendwo hier«, erklärte Victor.

»Eine Leiche?«, fragte Foster.

Victor zuckte mit den Achseln. »Ein Kadaver. Könnte auch eine tote Hyäne oder Ziege sein. Oder aber das Mädchen, das Sie suchen.«

Foster seufzte schwer. »Dann fangen wir mal an zu graben.«

Victor begriff, dass sie bis zu diesem Augenblick darauf gehofft hatten, dass er versagen würde. Sie hatten gehofft, das Mädchen könnte noch am Leben sein.

Er hockte sich neben Shelley und kraulte sie am Hals und hinter dem linken Ohr. »Braves Mädchen. Du bist ein gutes Mädchen.«

Shelley schenkte ihm abermals ihr Hundelächeln. Es wäre schön gewesen, wenn irgendjemand zur Abwechslung mal Victor hinter dem Ohr gekrault und als guten Polizisten bezeichnet hätte.

Kapitel 46

Delia saß an einem Schreibtisch auf dem Revier und starrte den Bildschirm an. Die Polizisten versuchten nicht länger, sie zum Gehen zu bewegen, nachdem sie einem von ihnen beinahe die Augen ausgekratzt hatte. Stattdessen hatten sie ihr einen Platz angeboten und einen Becher mit Wasser auf den Tisch gestellt. Das Video war auf lautlos gestellt, und Delia versuchte gar nicht erst, den Ton einzuschalten. Sie starrte einfach nur das Gesicht ihrer Tochter an.

Man hatte ihr gesagt, dass die Suche nach Maribel lief, aber mehr wusste sie nicht. Diese Bentley-Frau unterhielt sich leise mit Detective Lyons, aber keine der beiden hatte sich noch einmal an Delia gewandt.

Sie hatte ihre Tochter noch nie zuvor so verängstigt gesehen. Maribel war stets ein wildes Kind gewesen, schon von klein auf. Delias Probleme mit ihrer Tochter beruhten unter anderem auch darauf, dass sich Maribel nie Gedanken über die Konsequenzen ihrer Taten machte. Bestrafungen oder Ähnliches waren ihr völlig gleichgültig. Für Delia, die sich während ihrer gesamten Kindheit vor ihrem temperamentvollen Vater hatte in Acht nehmen müssen, war dieses Verhalten absolut unverständlich.

Aber jetzt hatte Maribel Angst, und es zerriss Delia das Herz, ihr dabei zusehen zu müssen.

Hinter ihr klingelte ein Telefon.

»Hey, Tatum«, fragte Zoe Bentley, »gibt es Neuigkeiten?«

Delia drehte sich um und sah die Frau an. Bentley wirkte völlig verspannt und machte ein konzentriertes Gesicht. Es war, als würde man eine Marmorstatue beobachten. Die Frau hörte zu und gab hin und wieder einen dieser vagen Laute von sich, wie man es häufig bei einem Gespräch machte. »Okay«, »Ja«, »Verstehe«, »Aha.« Und zu guter Letzt »Ich werde es ihr sagen.« Bentley sah Delia in die Augen, legte auf und räusperte sich.

»Es tut mir sehr leid, Ihnen das mitteilen zu müssen, Mrs Howe, aber sie haben gerade die Leiche Ihrer Tochter gefunden.«

Delia starrte sie mit offenem Mund an und sah dann völlig verwirrt wieder auf den Bildschirm. Maribel lag noch immer dort in der Dunkelheit und bewegte leicht die Lippen und die Augenlider. »Aber ... das Video ...«

»Das Video ist nicht von heute.« In Bentleys Stimme schwang keine Spur von Sanftheit mit. »Wir wissen nicht, wann es aufgenommen wurde, müssen jedoch davon ausgehen, dass es bereits kurz nach dem Verschwinden Ihrer Tochter entstanden ist.«

Delia drehte sich zu Lyons um, als würde sie darauf hoffen, dass die Polizistin diese Frau wieder zu Verstand brachte, aber Lyons stand nur mit leicht geöffnetem Mund da und starrte Bentley an.

»Sind Sie sicher?«, fragte Delia. »Auf Maribels Schule gab es ein Mädchen, das ihr sehr ähnlich sah. Vielleicht ist sie es ... Sie dürfen die Suche nicht einstellen, nur weil ...«

»Die Kleidung der Leiche passt zu der im Video, und es ist das Oberteil, das sie an dem Abend, an dem sie verschwunden ist, getragen hat«, fiel Bentley ihr ins Wort. »Es wäre möglich, dass Sie sie später identifizieren müssen, aber wir sind uns sicher, dass es Ihre Tochter ist.«

Sie beugte sich über Delia und schaltete den Bildschirm aus. Delia keuchte auf und wollte ihn schon wieder einschalten, aber zu ihrer Überraschung hielt Bentley ihren Arm fest. Die Frau war kräftiger, als man ihr aufgrund ihrer zarten Figur zugetraut hätte.

Delia entzog ihr das Handgelenk und schluchzte erschüttert auf. Bentley trat einen Schritt zurück, verschränkte die Arme und betrachtete Delia.

»Maribel ist tot«, sagte Bentley. »Dass Sie dieses Video ansehen, in dem sie leidet, bringt sie Ihnen auch nicht wieder zurück. Damit fügen Sie sich nur selbst Schmerz zu, wie Sie es auch tun, wenn Sie sich das Handgelenk an der Gasflamme verbrennen.«

»Wenn sie nicht ausgezogen wäre ... Wenn sie doch nur auf mich gehört hätte und bei uns geblieben wäre, dann wäre das nicht passiert«, murmelte Delia und wandte den Blick ab.

»Sie ist nicht gestorben, weil sie von zu Hause ausgezogen ist oder weil sie nicht auf Sie gehört hat. *Sie* tragen keine Schuld am Tod Ihrer Tochter.«

Delia zuckte zusammen und wollte nur noch, dass die Frau sie endlich in Ruhe ließ.

»Sie ist tot, weil jemand sie ermordet hat. Ein Mann, dem Sie oder Ihre Tochter völlig egal sind. Haben Sie das verstanden?« Bentley kniete sich neben sie. »Wenn Sie das Gesicht Ihrer Tochter sehen wollen, dann schlage ich vor, dass Sie sich ein Foto anschauen und nicht etwa das Video, das ihr Mörder gedreht hat.«

Delia ignorierte sie und schloss die Augen. Bentley redete weiter. Dann sagte Lyons etwas. Nach einer Weile halfen sie ihr beim Aufstehen. Sie wehrte sich nicht. Jemand fragte sie, ob es jemanden gab, der sich um sie kümmern konnte, und ob sie nach Hause gebracht werden wollte. Sie murmelte, dass es ihr gut gehe, ihr Wagen auf dem Parkplatz stehe und sie allein nach Hause fahren könne. Man ließ sie gehen.

Der Gasherd in ihrer Küche war nur eine kurze Autofahrt entfernt.

Kapitel 47

San Angelo, Texas, Donnerstag, 24. März 1994

Sein Lieblingstisch in der Schulcafeteria befand sich in der hintersten Ecke, weil er von dort die beste Sicht hatte.

Er saß wie immer ganz allein da, mit dem Skizzenblock in der Hand, zeichnete schnell und konzentrierte sich allein darauf. Die Kartoffeln, die Milch, die Chicken Nuggets und den grünen Wackelpudding auf seinem Tablett hatte er noch nicht angerührt.

Debra Miller war die einzige Person, die er im Augenblick wahrnahm.

Sie saß mit ihren Freundinnen, fünf unbedeutenden Mädchen, deren Namen er nicht kannte, an ihrem üblichen Tisch. Gerade lachte sie mit funkelnden Augen, hielt sich dabei eine Hand vor den Mund, und ihre blonden Locken fielen ihr auf faszinierende Weise über die Schultern. Ihr T-Shirt hatte einen weiten Ausschnitt, aus dem eine Schulter halb herausragte. Er kannte dieses T-Shirt, diese Schulter und ihren wunderschönen Hals schon sehr gut. Im Matheunterricht saß er hinter ihr und war die ganze Stunde über gebannt von ihrem Anblick.

Sein Stift schabte über das Papier, als er ihr Haar skizzierte, diese endlosen Locken, und sich vorstellte, mit einer Hand hindurchzufahren. Er musste nicht einmal mehr hinsehen, um es zeichnen zu können. Später würde er zu Hause in seinem Skizzenblock blättern, einiges korrigieren und um etwas Farbe ergänzen. Debra ging ihm vom Aufwachen bis zum Einschlafen nicht aus dem Kopf.

Und meistens träumte er auch von ihr.

Den Lärm bemerkte er kaum, auch nicht die drei Jungen, die sich lachend zwischen den Tischen jagten. Einer von ihnen, ein Junge namens Allen, rannte an seinem Tisch vorbei, prallte gegen ihn und schlug ihm den Skizzenblock aus den Händen.

»Entschuldige«, sagte Allen leicht außer Atem. »Ich hab dich nicht gesehen.«

Er gab keine Antwort und starrte nur den Skizzenblock an, der zu Allens Füßen lag.

Allen bückte sich, hob den Block hoch und bemerkte die Zeichnung. »Wow, das ist wirklich gut. Hast du das gemalt?«

Er räusperte sich und streckte eine Hand nach dem Block aus. »Ja«, antwortete er, kaum lauter als ein Flüstern.

»Du malst Mädchen?«, fragte Allen amüsiert und blätterte mit seinen schmutzigen Händen im Block herum. »Du ...«

Er verstummte, als er die Bilder betrachtete. Dann blätterte er um und sah sich das nächste und das übernächste Bild an. Sein fröhliches Lächeln verwandelte sich in eine Grimasse, und das Funkeln in seinen Augen verschwand. Sein ganzes Gesicht veränderte sich und war von Abscheu und Entsetzen gezeichnet, als wäre er durch den Anblick dieser Bilder etwas ausgesetzt worden, das er nie wieder vergessen würde.

Allen warf den Skizzenblock auf den Boden und beugte sich vor.

»Hör mir mal zu, du Freak.« Allens Stimme zitterte. »Wenn ich dich je in der Nähe eins der Mädchen von dieser Schule erwische ... Falls du eine von ihnen auch nur anrempelst, dann prügle ich dir die Seele aus dem Leib. Hast du verstanden?«

Er nickte und hielt den Atem an, während sein Herz raste.

»Und wenn ich noch einmal sehe, dass du *irgendwas* zeichnest, dann passiert dasselbe. Kapiert?«

Wieder nickte er.

Allen wandte sich ab und ging mit eingezogenen Schultern und leicht schwankend weg.

Er hob den Block auf und blätterte durch die Bilder. Fragmente seiner Skizzen flackerten vor ihm auf. Debra, die ihre wunderschönen Augen aufriss, während ihr Mund voller Schlamm war. Die nackte Debra, gefangen in einem Käfig. Die wunderschöne nackte Schulter, wie sie aus der Erde herausragte, während Debra versuchte, dem Treibsand zu entkommen.

KAPITEL 48

San Angelo, Texas, Freitag, 9. September 2016

Zoe starrte durch das Beifahrerfenster von Lyons' Wagen, als sie sich dem Tatort näherten. Diese Stelle war bei Weitem nicht so friedlich und abgelegen wie die erste. Sie lag in der Nähe eines Highways, über den ständig Fahrzeuge fuhren. In der Nähe befanden sich außerdem ein Trailerpark, eine Tankstelle und mehrere Lagerhäuser, was dafür sorgte, dass es reichlich neugierige Schaulustige gab. Zu allem Überfluss hatten auch noch die Medien den Link zum Video erhalten, und es war einem gewitzten Journalisten gelungen, den Zusammenhang zu dem vermeintlichen Telefonat zwischen Maribel und Delia sowie dem Mord an Nicole Medina herzustellen. Zoe zählte die Vans von fünf verschiedenen Medienanstalten, und ein sechster fuhr gerade vor, als sie parkten.

Die Polizisten, die den ganzen Morgen nach Maribel Howe gesucht hatten, versuchten nun, die Menge durch Absperrband auf Abstand zu halten. Ein großes Zelt stand über der Begräbnisstätte und schützte sie vor den Blicken und Kameras, aber Zoe wusste, dass bis zum Abend überall Fotos davon online zu finden sein würden. Und sie würden mit der Webseite des

Killers verlinkt werden. Es würde endlose Debatten über die rätselhaften Videos mit dem Titel »Experiment Nummer eins« und »Experiment Nummer zwei« geben sowie zahllose Theorien bezüglich des dritten Experiments. Die Leute würden ebenso über Schrödinger, den Wissenschaftler, wie Schroedinger, den Mörder, reden.

Er hatte bekommen, was er haben wollte: Ruhm.

Harry Barry hatte sie in der letzten Stunde dreimal angerufen, aber sie hatte ihn ignoriert. Vermutlich war er stinksauer, dass er seine große Story verloren hatte, aber das war Zoe völlig egal. Ihre Schwester wurde von einem Killer verfolgt, während ein anderer hier gerade eskalierte. Sollte sie jetzt nach Dale City zurückkehren oder hierbleiben? Beide Optionen erschienen ihr gleichermaßen unvorstellbar.

Sie stieg aus dem Wagen und war sofort von infernalischer Hitze umgeben. Während sie versuchte, ihr Unbehagen zu ignorieren, folgte sie Lyons, die sich einen Weg durch die Menge bahnte und auf einen Polizisten mit Klemmbrett zuhielt. Nachdem sie sich beide eingetragen hatten, durften sie den Tatort betreten.

Tatum unterhielt sich gerade mit einem Officer, der einen Hund an der Leine hatte. Zoe ging zu ihnen hinüber und senkte den Kopf, um nicht direkt in die Sonne sehen zu müssen.

Als sie näher kam, drehte sich Tatum zu ihr um. »Wie geht es der Mutter?«

Zoe schüttelte den Kopf. »Nicht gut. Lyons hat jemanden von der Einheit für Opferschutzhilfe hinzugezogen. Delia behauptet noch immer, gestern mit ihrer Tochter telefoniert zu haben.«

»Der Mörder muss Teile der Audioaufnahmen verwendet haben, in denen sie nach ihrer Mutter ruft«, stellte Tatum betroffen fest.

»Die Polizei kann die Suche in dem Gebiet, aus dem Maribel angeblich angerufen hat, abblasen. Da es der Mörder gewesen ist, war er bei dem Anruf vermutlich weit weg von zu Hause, um uns auf eine falsche Spur zu locken.«

»Das hat sich Foster auch schon gedacht.«

»Was haben wir bisher? Das Video läuft noch immer.«

»Ich habe mit Shelton gesprochen«, berichtete Tatum. »Sie versuchen, die Webseite abzuschalten, aber es stellt sich als schwierig heraus, da Host und Domain über einen tschechischen Provider laufen.«

»Was ist mit dem Handy, mit dem das Video hochgeladen wird? Das muss doch hier irgendwo sein?«

»Wir haben die ganze Gegend mit Metalldetektoren abgesucht, hatten aber bisher kein Glück. Im Augenblick wird der Trailerpark in der Nähe durchsucht, aber einige Bewohner stellen sich quer. Foster hat Durchsuchungsbefehle beantragt, aber das Ganze ist ein bürokratischer Albtraum.«

Der Hund schnüffelte zaghaft an Zoes Hand, und sie zog sie genervt weg.

»Das ist Victor, der Hundeführer, der die Leiche entdeckt hat«, sagte Tatum.

»Eigentlich hat Shelley die Leiche gefunden«, korrigierte Victor ihn. »Ich bin nur mit ihr mitgelaufen.«

Zoe nickte ihm kurz zu und wandte sich dann wieder an Tatum. »Haben wir schon eine Todeszeit?«

»Der Rechtsmediziner ist noch da drin.« Tatum deutete auf das Zelt. »Sie können ihn gern fragen. Ich habe genug gesehen.«

Zoe ging zum Zelt und hob die Klappe am Eingang hoch. Fast hätte sie sich wieder umgedreht, als der Geruch sie traf. Im Inneren war es unfassbar heiß, und der Gestank lag schwer und Übelkeit erregend in der Luft.

Ein großes rechteckiges Loch befand sich genau in der Zeltmitte im Boden, und ein Scheinwerfer leuchtete hinein.

Zoe machte drei Schritte vorwärts und konnte den Glatzkopf des Arztes sehen, der neben der Leiche hockte. Der Leichnam war stark verwest, aufgebläht und deformiert, die Haut mit schwarzen und grauen Flecken übersät. Ein Blick reichte Zoe, und sie machte schnell einen Schritt zurück, sodass sie die Tote nicht mehr sehen konnte.

Sie versuchte, sich an den Namen des Arztes zu erinnern, aber ihr wollte nur sein alberner Spitzname einfallen.

»Äh … Doktor? Curly?«

Er hob den Kopf. Seine Nase und sein Mund wurden von einer Gesichtsmaske verdeckt. »Agent Bentley.«

»Haben Sie schon eine Todeszeit.«

»Das ist schwer zu sagen. Die Flüssigkeiten sind aus dem Körper ausgetreten, und es hat sich Gas angestaut, wie Sie sehen können …«

»Das glaube ich Ihnen auch so.«

»Die Leiche war tief in sehr trockener Erde vergraben, sodass sie von Insekten verschont geblieben ist, ansonsten wäre die Fäulnis auch deutlicher ausgeprägter. Ich kann Ihnen einen ungefähren Schätzwert nennen, nachdem ich den Zustand der inneren Organe untersucht habe. Das geht jedoch erst bei einer vollständigen Autopsie. Vorerst lautet meine Einschätzung, dass das Opfer vor wenigstens zwei und höchstens acht Wochen gestorben ist.«

»Danke, Doktor«, sagte sie rasch und stürzte zur Zeltklappe. Draußen holte sie tief Luft, was sich als schwerer Fehler herausstellte. Das Zelt erweckte den Eindruck, als würde es den Gestank im Inneren halten, dabei war er auch im Freien noch sehr intensiv, und Zoe hatte gerade eine Menge eingeatmet. Beinahe hätte sie sich übergeben, sie war ganz kurz davor, aber da sie wusste, dass sie beobachtet wurde, taumelte sie einige Schritte weiter und atmete flach und durch die Nase, während sich ihr Magen wieder beruhigte.

Sie zückte ihr Handy und schrieb Andrea eine Nachricht.
Ist alles in Ordnung?

Sofort blinkten die Punkte, da Andrea bereits antwortete.
Es geht mir besser. Dein Chief war heute hier. Sie ist sehr nett.
Und Marvin macht gerade seine berühmten Hamburger.

Zoe zögerte und schrieb dann: Ich habe den Flieger verpasst. Es gab noch einen Mord.

Großer Gott. Das ist ja schrecklich.

Ich nehme den nächsten Flug. Die kommen auch ohne mich klar.

Die drei Punkte blinkten lange Zeit. Zoe vermutete schon, dass sie eine sehr lange Antwort bekommen würde, aber letzten Endes schrieb Andrea nur: Du kannst auch noch einen oder zwei Tage bleiben.

Zoe konnte sich deutlich vorstellen, wie ihre Schwester eine Antwort geschrieben, wieder gelöscht, die nächste angefangen und auch gelöscht hatte, weil sie ihre Gedanken einfach nicht in Worte fassen konnte. Sie presste die Lippen aufeinander und schrieb: Ich melde mich später.

Dann steckte sie das Handy in die Tasche, ließ den Blick umherschweifen und fragte sich, warum der Täter diese Stelle ausgesucht hatte. Sie war nicht so abgelegen wie die andere; stattdessen gab es im Abstand von nicht einmal hundert Meter eine Vielzahl an potenziellen Zeugen. Das Grab an sich lag jedoch hinter einer kleinen Anhöhe und mehreren Bäumen verborgen. Trotz der Nähe zum Highway befand es sich weit genug davon entfernt, und dank des Highwayzubringers hatte der Täter mit einem Van nahe genug an die Stelle heranfahren können. Die Stelle war gut ... aber nicht gut genug, und Zoe hatte den Eindruck, dass sie etwas sehr Entscheidendes übersah, was sie frustrierte.

Mit einem Mal bemerkte sie, dass sich Lyons einige Meter entfernt lebhaft mit einem Polizisten unterhielt. Der Mann hielt einen Beweismittelbeutel mit einem metallischen Gegenstand darin in der Hand, den er Lyons überreichte.

Zoe eilte zu ihnen. »Was ist los?«

»Sie haben das Handy gefunden, über das das Video gestreamt wird. Daran ist rein gar nichts angeschlossen – das Video wurde auf dem Handy gespeichert. Und der verdammte Stream läuft noch immer.«

»Wo wurde es gefunden?«

»Es lag im Trailerpark in einem Müllhaufen.«

»Der Trailerpark ist umzäunt, richtig?«, fragte Zoe, die immer aufgeregter wurde. »Hat jemand einen Fremden reinfahren sehen …«

»Niemand ist da reingefahren«, unterbrach Lyons sie. »Der Wagen einer alten Dame steht gleich am Eingang. Sie behauptet, immer mitzukriegen, wenn jemand kommt oder geht, und ich glaube ihr. Sie hat so detailliert alles aufgezählt, was ihre Nachbarn in der vergangenen Woche getrieben haben, dass mir schon der Verdacht kam, sie hätte sich alles notiert. Aber sie hat in den letzten vierundzwanzig Stunden keinen Fremden bemerkt, der den Trailerpark betreten hat. Halten Sie es für möglich, dass der Mörder hier lebt?«

Zoe schüttelte den Kopf. »Der Mann ist vorsichtig. Er würde uns nie bis zu seiner Tür locken. Es wäre denkbar, dass er es jemandem gegeben hat, der es hier deponieren sollte.«

»Oder er hat es einfach über den Zaun geworfen. Der Müllhaufen befindet sich nicht weit davon entfernt.«

»Das ist es, was er schon die ganze Zeit gewollt hat«, erkannte Zoe.

»Was meinen Sie damit?«

»Er hätte das Video von überall streamen können. Aber er legt das Handy nicht nur hier ab, sondern nutzt auch noch eins der Geräte, die er bereits beim letzten Mord verwendet hat. Obwohl er genau darauf geachtet hat, keins der Geräte in der Zwischenzeit einzuschalten. Weil er wusste, dass wir sie überwachen und sofort hier auftauchen würden, sobald er das Handy einschaltet. Er hat uns hergeführt, weil er wollte, dass wir die Leiche finden.«

»Aber warum?«

»Weil es bei ›Experiment Nummer zwei‹ darum geht. Die Testperson dieses Experiments war nicht Maribel Howe, es ging um uns. Er wollte sehen, wie wir reagieren, wenn wir davon ausgehen, dass es sich wie beim ersten Mal um ein Livevideo handelt. Er spielt mit uns.«

Kapitel 49

Tatum sah zu, wie Foster einen weiteren Zeugen aus dem Trailerpark verhörte. Einige der Anwohner schienen Anstoß an Fosters Hautfarbe zu nehmen. Einer war derart betrunken, dass er keinen vollständigen Satz zustande brachte, und eine Frau, die in einem heruntergekommenen pinkfarbenen Wohnwagen lebte, wollte nur durch die geschlossene Tür mit ihnen sprechen. Die Lage war alles andere als ideal.

Der allgemeine Tenor lautete, dass keiner der Bewohner innerhalb der letzten vierundzwanzig Stunden einen Fremden gesehen hatte oder wusste, woher das fragliche Handy kam. Ebenso wenig hatte irgendjemand mitbekommen, wie die Grube ausgehoben oder eine sarggroße Kiste hineingelegt worden war. Im Grunde genommen hatte keiner überhaupt irgendetwas Interessantes oder gar Illegales wahrgenommen, und das von Geburt an. Diese Glückspilze.

Zwei der Bewohner merkten an, dass durchaus ein verdächtiges Individuum im Trailerpark und somit unter ihnen lebte und dass dieser Mann ein unheimlicher Mörder sein konnte.

Die beiden Männer hießen Howard und Tommy, und das verdächtige Individuum trug dementsprechend den Namen Tommy oder Howard. Weitere Fragen brachten einen alten

Zwist zwischen den beiden zutage, der auf einer Bohrmaschine beruhte, die sich einer der beiden ausgeliehen und nie zurückgebracht hatte, woraufhin es zu immer weiter eskalierenden Anschuldigungen gekommen war, die inzwischen keiner mehr nachvollziehen konnte.

Tatum stöhnte auf und steckte die Hände in die Hosentaschen. Das alles schien nur eine schreckliche Zeitverschwendung zu sein. Er überlegte, ob er zu den Polizisten gehen sollte, die gerade mit den Angestellten der Tankstelle sprachen.

»Detective Foster«, rief eine Polizistin und winkte ihn zu sich. »Das sollten Sie sich anhören.«

Foster trat zu ihr. »Was ist denn, Wilson?«

Tatum ging ebenfalls näher heran. Die Polizistin hatte gerade mit einem Teenager von etwa sechzehn Jahren gesprochen. Der Junge starrte zwar vor allem ihre Brust an, was ihr jedoch nichts auszumachen schien. In ihren Augen schimmerte eine Intensität, die Tatum nur zu gut kannte und die bedeutete, dass sie auf etwas Gutes gestoßen war.

»Okay, Paul, dann erzähl Detective Foster, was du eben gesagt hast«, forderte sie den Jungen auf.

Er drehte sich um und wirkte nicht gerade begeistert darüber, dass er nun mit einem Detective mittleren Alters sprechen musste, der nicht einmal über Brüste verfügte, die er anstarren konnte. »Na ja, wie ich eben sagte, war ich mit Jeff – der wohnt hier nicht mehr, weil er mit seiner Mutter weggezogen ist, nachdem sich seine Eltern getrennt haben, um mit seiner Mom bei seinen Großeltern im Süden zu wohnen –, jedenfalls waren wir vor einer Weile draußen unterwegs, ich glaube, es ist anderthalb Jahre her, ja, ganz bestimmt anderthalb Jahre, weil Jeff letzten Sommer weggezogen ist und es ganz bestimmt vorher war … Jedenfalls weiß ich noch, wie er mir erzählt hat, dass sich seine

Eltern scheiden lassen, weil sie sich ständig streiten, und da haben wir diesen Kerl gesehen.«

»Was für einen Kerl?«, hakte Foster nach.

»Einen Kerl, der da rumlief, wo Sie das Zelt aufgestellt haben. Er hat ein Loch gegraben, er hatte eine Schaufel und anderes Werkzeug dabei, und er trug eine Art Handwerkeroverall, aber wir wussten, dass er da nicht wirklich arbeitete, weil es da keine Rohre, Drähte oder so was gibt, verstehen Sie? Jeffs Dad hat als Klempner für die Stadt gearbeitet, bevor er gefeuert wurde, weil er ständig besoffen war, und aus dem Grund wusste er, dass da nichts ist – außerdem sah der Kerl gar nicht aus wie ein Klempner.«

»Wie sah er denn aus?«

»Keine Ahnung, Mann. Er war weiß, so viel steht fest, aber wir waren zu weit weg, und wir wollten auch nicht näher rangehen, damit er uns nicht sehen konnte.«

»Warum sollte er euch nicht sehen?«

Der Rhythmus der Unterhaltung war fast schon hypnotisch: Foster stellte schnelle, kurze Fragen, und der Junge antwortete mit langen, verschachtelten Sätzen, deren Struktur an ein Labyrinth erinnerte. Tatum konnte sich das Ganze durchaus als Bühnenstück begleitet von einer einzelnen Gitarre vorstellen.

»Weil Jeff sagte, es wäre jemand von der Mafia, der ein Loch grub, um Drogen, Geld oder eine Leiche zu verstecken, und dass er uns nicht sehen durfte – wir sind ja keine Idioten –, darum blieben wir auf Abstand, aber wir haben genau beobachtet, was er machte, und der Kerl hat den *ganzen Tag* ununterbrochen da rumgebuddelt.«

»Habt ihr das euren Eltern oder irgendjemandem erzählt?«

Paul zögerte kurz, ließ den Kopf hängen und kaute auf der Unterlippe herum.

»Ihr wolltet es nicht sagen«, erkannte Tatum. »Weil ihr darauf gehofft habt, dass er dort Geld versteckt.«

»Es ist nicht gegen das Gesetz, nichts zu sagen«, murmelte Paul.

»Der Mann hat also ein Loch gegraben.« Foster klang zunehmend frustrierter. »Was ist dann passiert?«

»Danach ist er abgehauen. Wir haben gewartet, bis es dunkel war, und sind hingegangen, weil wir drauf gehofft haben, dass er vielleicht Geld versteckt hat und wir uns was rausnehmen können – nicht viel, nur ein bisschen, verstehen Sie? Jeff konnte ein bisschen Kohle gebrauchen, da sein Dad arbeitslos war, dann hätte er damit aushelfen können, und ich wollte Geld, weil …« Er hielt inne. Seine Motive waren vermutlich nicht so edel wie Jeffs.

»Weil man Geld immer gebrauchen kann«, warf Tatum ein. »Red weiter.«

»Wir sind also hingegangen, und zuerst konnten wir das Loch gar nicht finden, was echt komisch war, Mann, weil wieso buddelt man ein Loch, um es einfach wieder zuzuschütten? Aber nach einer Weile hörten wir dieses komische Geräusch und merkten, dass der Boden bebte. Wie sich herausstellte, hatte er das Loch mit ein paar Brettern abgedeckt und sie unter einer Sandschicht versteckt, damit man das Loch nicht finden konnte, wenn man nicht gezielt danach suchte. Wir haben die Bretter weggenommen, aber da drunter war nichts, kein Geld, keine Drogen. Daher hab ich gesagt, vielleicht war es auch Jeff – nein, ich war das ganz bestimmt. Ich hab gesagt: ›Vielleicht hat er das Loch für später gegraben, weißt du?‹ Als mögliches Versteck. Also haben wir uns vorgenommen, das Loch im Auge zu behalten und nachzusehen, sobald er sein Zeug da drin versteckte, und wenn es Geld wäre, würden wir uns vielleicht was nehmen, und wenn es Drogen wären, könnten wir, ääääääh … die Polizei informieren.«

Tatum verdrehte die Augen. *Oder sie stehlen und verkaufen.*

»Aber der Kerl ist nicht mehr zurückgekommen, und ich hab jeden Abend in das blöde Loch geguckt … bestimmt ein ganzes Jahr lang. Er hat nie was reingelegt, daher dachte ich schon, er hätte das Loch ganz vergessen, und Jeff war weggezogen, und ich hatte keine Lust mehr, jeden Abend nachzusehen, außerdem hätte mich einmal beinahe ein Skorpion gestochen – es ist nicht besonders lustig, da nachts rumzulaufen, verstehen Sie?«

»Und du hast den Mann nie wiedergesehen?«, wollte Foster wissen.

»Nein. Okay, vielleicht schon, da ich ihn ja nicht genau erkennen konnte. Gut möglich, dass er mir auf der Straße oder hier begegnet ist oder dass er im Kino hinter mir gesessen hat, ohne dass ich es wusste. Aber am Loch habe ich niemanden mehr gesehen. Da war keiner, bis Sie aufgetaucht sind.«

»Ist dir denn irgendetwas an ihm aufgefallen? Was auch immer?«

»Er fuhr einen weißen Van. Das Nummernschild konnte ich nicht erkennen, aber der Wagen war weiß und eine ziemliche Rostlaube.«

Tatum und Foster sahen sich an. Endlich hatten sie etwas mehr in der Hand.

»Weißt du, wie wir Kontakt zu Jeff aufnehmen können?«, fragte Foster.

»Nein, Mann. Ich glaube, er wohnt in der Nähe von San Antonio.«

»Wir werden ihn schon finden. Kannst du uns sonst noch irgendetwas über den Van erzählen? Was für eine Marke war es? Ist dir noch was aufgefallen?«

»Er war weiß«, meinte Paul betreten. »Ich hab eigentlich nur auf das Loch geachtet.«

»Danke, Paul. Du warst uns eine große Hilfe«, sagte Foster.

Der Junge nickte, blieb aber in der Nähe, als würde er darauf hoffen, noch einmal mit Officer Wilson sprechen zu können. Nach einer Weile schien er jedoch zu begreifen, dass das aussichtslos war, und trollte sich.

»Könnte der Mörder das seit eineinhalb Jahren geplant haben?«, wollte Foster leise von Tatum wissen.

Tatum blickte zur Seite, da Zoe gerade auf sie zukam.

»Gibt es Neuigkeiten?«, erkundigte sie sich.

»Wir haben einen Zeugen, der unseren Mann beim Ausheben des Lochs gesehen hat«, berichtete Tatum, »vor eineinhalb Jahren.«

Sie stutzte und wirkte verblüfft. »Vor eineinhalb Jahren?«

»Er hat die ganze Sache offenbar schon länger geplant, als Sie dachten«, stellte Foster fest. »Sie haben sich geirrt.«

Tatum rechnete fest damit, dass Zoe den Mann anfauchen würde. *Sie haben sich geirrt* waren Worte, die sie ganz und gar nicht gern hörte, aber sie wandte einfach nur den Blick ab. Er kannte diesen Gesichtsausdruck bereits bei ihr, der bedeutete, dass sie eine Idee hatte.

Kapitel 50

Zoe ging im Besprechungsraum des Polizeireviers auf und ab, während ihre Gedanken rasten. Tatum saß am Tisch und kaute auf einem Stück Pizza herum. Sie hatten auf dem Rückweg an einer Pizzeria angehalten, um das Mittag- und Abendessen zusammenzulegen.

»Setzen Sie sich hin«, forderte er. »Und essen Sie was. Auf leeren Magen kann man nicht brainstormen.«

Sie ließ sich auf einen Stuhl sinken, hatte aber sofort wieder vergessen, warum sie sich hingesetzt hatte, und stand wieder auf. Setzte sich abermals. Nahm sich ein Stück Pizza. Sie war mit Kochschinken und Ananas belegt. Die Ananasdebatte sorgte für ständigen Streit zwischen Zoe und ihrer Schwester, aber sie hatte hocherfreut festgestellt, dass Tatum bei Weitem nicht solche Einwände dagegen hatte wie Andrea. Sie hatten die Pizza halb mit Ananas und Kochschinken und halb mit Peperoni und Pfefferonen belegen lassen. Sie biss hinein, wobei sie darauf achtete, dass sich sowohl Kochschinken als auch Ananas auf dem Happen befanden, und schloss die Augen.

Der Kochschinken war angeröstet und an den Rändern knusprig, und der Kontrast zur süßen Ananas, der dicken Mozzarellaschicht und der mit Knoblauch gewürzten Soße bewirkte, dass sie für einen himmlischen Augenblick alles andere vergaß. Sie befand sich im Pizza-Nirwana. Sie war eins mit der Pizza. Genüsslich kaute sie den Happen und schluckte ihn herunter. Als sie die Augen wieder aufschlug, sah Tatum sie mit leisem Lächeln an.

»Was ist?«, fragte sie und ging sofort in die Defensive.

»Es ist schön, zur Abwechslung mal zu sehen, wie Sie etwas genießen. Das kommt nicht besonders häufig vor.«

Sie räusperte sich. »Früher passierte das öfter, bevor ...« *Bevor Glover wieder in mein Leben getreten ist.* »Bevor alles so hektisch wurde.«

»Ja.«

Seufzend griff sie zu ihrem Handy. Vor einer Stunde hatte sie mit Andrea telefoniert, und Andrea schien es so weit ganz gut zu gehen. Marvin leistete ihr Gesellschaft, die Polizei stand vor dem Haus, sie fühlte sich sicher. Dennoch wäre Zoe gern bei ihr gewesen. Sie wollte Andrea umarmen, ihr versichern, dass ihr nichts geschehen werde und dass ihre große Schwester für sie da war.

»Reden wir über den Schroedinger-Killer«, meinte Tatum.

Zoe verdrehte die Augen. Die Presse hatte dem Mörder diesen Spitznamen verpasst, und es machte ganz den Anschein, als würde er hängen bleiben. Dieser Name ärgerte Zoe vor allem deshalb, weil ihn sich der Mörder selbst ausgesucht hatte. Er hatte sich Schroedinger genannt, weil er genau gewusst hatte, dass man diesen Namen aufgreifen würde.

»Unsere anfängliche Theorie scheint nicht zu stimmen«, sagte Tatum. »Wir sind davon ausgegangen, er habe erst vor wenigen Monaten mit der Planung dieser Morde angefangen, nachdem er seine Fantasie zum ersten Mal ausgelebt hatte. Aber nun macht es den Anschein, als hätte er das alles schon seit Jahren geplant, die Gräber vorbereitet, die Webseiten angelegt, mögliche Opfer verfolgt ...«

»Nein«, fiel Zoe ihm ins Wort. »Ich bleibe bei meiner ursprünglichen Einschätzung. Er hat erst vor einigen Monaten angefangen, das mit Schrödinger und den seltsamen Experimenten zu planen. Nachdem er zum ersten Mal getötet hatte.«

»Er wurde vor über einem Jahr beim Ausheben der Grube gesehen.«

»Die sexuelle Fantasie dieses Mannes dreht sich darum, Frauen lebendig zu begraben. Aber er hat es jahrelang nicht getan, sondern nur davon geträumt. Ein Bestandteil seiner Fantasie war das Graben dieser Löcher. Vermutlich hat er sich dabei ausgemalt, wozu er sie verwenden *könnte*. Ich schätze, er hat manchmal sogar in der Nähe dieser Gruben masturbiert. Er deckte sie ab, um sicherzustellen, dass er sie eines Tages benutzen konnte. Diese Vorstellung muss ihn erregt haben.«

»Sie denken also, er hat vor eineinhalb Jahren beim Ausheben der Grube nicht geplant, sie tatsächlich zu benutzen.«

»Ich gehe davon aus, dass er mit dem Gedanken gespielt hat, es sich jedoch nur um eine Fantasie handelte. Dann, ein Jahr später, passiert etwas Entscheidendes. Er beschließt, sein erstes Opfer zu begraben, und hat bereits mehrere Gruben vorbereitet, sodass er sich nur noch für eine entscheiden muss.«

Tatum nahm sich ein Stück Peperonipizza. »Und wie hilft uns das weiter?«

Zoe beäugte die Pizzaschachtel. Sie hatte ihr Stück noch nicht aufgegessen, aber Tatum schien gewillt zu sein, nur die Stücke mit Peperoni zu verspeisen, von denen ein letztes übrig war. Sie biss herzhaft in ihr Pizzastück und wusste, dass sie sich beeilen musste. »Zuerst«, begann sie mit vollem Mund, »dachten wir, er gräbt eine Grube, entführt ein Opfer und begräbt es darin, nicht wahr? Aber dem ist nicht so. Er hat die Gruben längst ausgehoben. Wahrscheinlich sogar Dutzende. Wir müssen sie nur finden.«

Tatum erstarrte mit dem Pizzastück auf halbem Weg zum Mund. »Und ihn dort erwarten. Ihm auflauern.«

»Ganz genau.«

»Aber diese verdammten Gruben könnten überall sein.«

»Nicht überall.« Sie stand auf und trat vor die Karte, die an der Wand hing, um ein kleines X an die Stelle zu setzen, an der sie Maribel Howe gefunden hatten. »Hier lag Maribel begraben. Und hier«, sie deutete auf ein zweites X, das schon auf der Karte zu sehen gewesen war, »haben wir Nicole gefunden. Beide Stellen liegen etwa sechs bis acht Kilometer außerhalb der Stadtgrenze von San Angelo. Unser Mann verspürt einen Drang, fährt ein Stück aus der Stadt raus und gräbt ein Loch. Diese Gruben befinden sich also mehrere Kilometer von der Stadt entfernt und in der Nähe einer Straße, aber auch so gut verborgen, dass er ungesehen bleibt.«

»Das ist immer noch ein verdammt großes Gebiet.«

»Möglicherweise gibt es einen effizienteren Weg, diese Löcher zu finden. Wir sollten mit einem Experten reden, jemandem, der Ahnung von … Erde hat.«

»Sie meinen einen Geologen?«, fragte Tatum.

»Wie auch immer.« Zoe hatte ihr Stück verspeist und schnappte sich die letzte Peperoniecke aus der Schachtel, bevor Tatum das tun konnte. Sein Grinsen verblasste.

»Okay.« Tatum griff nach einem Ananasstück. »Zusammen mit der Hotline, die Foster heute Morgen eingerichtet hat, sind das schon zwei proaktive Schritte, die wir machen können. Das gefällt mir.«

»Wir wissen noch etwas anderes über den Killer«, merkte Zoe an, deren Zunge durch die scharfen Peperoni langsam zu kribbeln begann. »Er verfolgt seine Opfer. Davon bin ich überzeugt. Sowohl Nicole als auch Maribel wurden entführt, als sie nachts vom Ausgehen nach Hause kamen. Der Mörder hat dort *auf sie gewartet.* Wahrscheinlich hatte er ihre Häuser tagelang überwacht und auf die richtige Gelegenheit gewartet.«

»Dann muss es jemand sein, der nicht so schnell auffällt. Vielleicht war er erneut wie ein Handwerker gekleidet, so wie es uns der Junge aus dem Trailerpark beschrieben hat.«

»Das scheint eine vernünftige Schlussfolgerung zu sein«, stimmte Zoe ihm zu.

»Wir sollten mit Foster reden. Dann können die Streifenwagen Handwerker überprüfen, die allein arbeiten, sicherstellen, dass sie tatsächlich einen Auftrag haben, und ihre Namen aufnehmen. Sie sollen auch herausfinden, was für einen Wagen sie fahren, und die, die ins Profil passen, genauer unter die Lupe nehmen.«

»Gute Idee. Nummer vier.« Zoe hob vier Finger und atmete schwer durch den Mund, da sie die Schärfe kaum noch ertragen konnte. »Ich möchte einen Dialog mit dem Mörder einleiten.«

»Durch einen offenen Brief in der Zeitung? Das hat man bei Son of Sam vergeblich versucht.«

»Weil Son of Sam bereits mit ihnen in Kontakt stand und ihnen seltsame poetische Briefe schrieb. Und er war nicht so dumm, direkt zu antworten. Er wird die Aufmerksamkeit genießen. Wenn wir einen offenen Brief an diesen Mörder schreiben ...«

»Sie können ihn ruhig Schroedinger-Killer nennen. Das macht mir nichts aus.«

»Wir würden ebenso auf die Nase fallen. Er wird nicht antworten, da er schon jetzt kaum mit uns kommuniziert.«

»Er kommuniziert überhaupt nicht mit uns.«

»Er hat sich Schroedinger genannt. Er bezeichnet die Morde als Experimente. *Und* er hat uns die Videos geschickt. Das sind alles Formen der Kommunikation, über die er allerdings genau nachgedacht hat und die er auf ein Minimum beschränkt. Er ist vorsichtig. Wir müssen eine Art der Kommunikation finden, die ihn überrascht und dazu bringt, impulsiv zu antworten.«

Tatum runzelte die Stirn. »Und was schwebt Ihnen vor?«

»Ich möchte einen wenig schmeichelhaften Artikel veröffentlichen lassen.«

»Online wird er bereits als Verrückter und Monster bezeichnet.«

»Damit hat er gerechnet. Darüber ärgert er sich nicht einmal.« Zoe schüttelte den Kopf. »Ich will ihn jedoch wie einen stümperhaften Idioten dastehen lassen. Vielleicht bringen wir ihn so dazu, den Artikel zu kommentieren.«

»Das klingt ... gefährlich. Und was ist, wenn seine Reaktion darin besteht, dass er ein weiteres Opfer tötet? Nur um uns zu beweisen, wie gut er ist?«

»Er plant so oder so, bald eine weitere Frau umzubringen – das hat er uns mit seinen Experimenten im Grunde genommen schon gesagt.« Zoe war überzeugt davon. »Und seine Morde sind gründlich geplant und kalkuliert. Ich schätze, wenn wir ihn gefunden haben, werden wir feststellen, dass er eine ganze Liste potenzieller Opfer angelegt hat. Möglicherweise sogar mit Datum. Er wird seinen Plan nicht unseretwegen umwerfen. Aber mit etwas Glück zwingen wir ihn zu einer spontanen Reaktion.«

»Und dabei denken Sie an diesen Harry Barry, stimmt's?«

Zoe nickte und trank einen Schluck Cola, musste aber wieder einmal feststellen, dass dieses Getränk nicht im Geringsten zum Neutralisieren scharfer Speisen geeignet war.

Tatum lehnte sich auf seinem Stuhl zurück. »Das hört sich für mich nicht so an, als würden Sie morgen früh nach Hause fliegen.«

Zoe biss sich auf die Unterlippe. Sie hatte sich noch nicht entschieden, aber Tatum hatte recht. Ihre Gedanken und Worte ließen vermuten, dass sie die Absicht hatte, zu bleiben, zumindest für einen oder zwei weitere Tage. Schuldgefühle machten sich in ihr breit. Sollte sie nicht eigentlich längst bei ihrer Schwester sein?

»Seit Glover gestern aufgetaucht ist, hat sich nichts verändert«, erwiderte sie. »Dabei hatte ich schon den ganzen letzten Monat das Gefühl, mit einer Wespe im Raum zu leben, die ich zwar nicht sehen konnte, von der ich jedoch wusste, dass sie immer da war.«

Tatum sah sie nur an und sagte nichts.

»Glover ist die Wespe«, erklärte sie.

»Das habe ich mir gedacht.«

»Jetzt weiß ich, wo er ist. Und auch jeder andere. Ich habe die ganze Zeit versucht, Mancuso und Caldwell dazu zu bringen, die Gefahr ernst zu nehmen. Jetzt wissen sie, dass ich recht hatte. Sie passen auf Andrea auf. Und Glover wird jetzt nicht zuschlagen. Nicht, solange er weiß, dass wir wachsam sind. Er wird warten. Er ist schon immer sehr vorsichtig und geduldig gewesen.«

Tatum nickte.

»Ich fliege so bald wie möglich zurück«, fuhr sie fort. »Aber jetzt noch nicht. Die Polizei von San Angelo hat keine Erfahrung mit derartigen Mördern. Ich bleibe noch einen oder zwei Tage und sorge dafür, dass die Ermittlungen in die richtige Richtung laufen, und danach fliege ich zu meiner Schwester.«

»In Ordnung. Eine Sache haben Sie allerdings nicht bedacht.«

Zoe verspannte sich. »Und die wäre?«

»Andrea ist bei Marvin. Das ist ebenfalls ein großes Risiko. Bis Sie wieder zu Hause sind, hat er Ihre Schwester längst in den Wahnsinn getrieben.«

Kapitel 51

Sobald Juliet Beach das Haus ihrer Eltern betrat, war offensichtlich, dass diese einen ihrer explosiven Streite bis aufs Blut ausfochten. Ihr Bruder Tommy versteckte sich in seinem Zimmer tatsächlich unter der Bettdecke. Sie schloss seine Zimmertür leise hinter sich und versuchte, den hysterischen Monolog ihrer Mutter auszublenden.

»Oh«, murmelte sie. »Ich dachte, Tommy wäre da, aber er ist wohl wieder gegangen.«

Der Klumpen unter der Bettdecke bewegte sich.

»Jammerschade.« Juliet seufzte. »Ich wollte so gern mit ihm Eis essen gehen.«

Unter der Bettdecke schnappte jemand nach Luft. Im Hintergrund beschimpfte Mom Dad gerade als nutzlosen Scheißkerl. Die ständigen Auseinandersetzungen ihrer Eltern waren der Hauptgrund dafür, dass Juliet nicht länger zu Hause wohnte. Seltsamerweise himmelten die beiden einander an, wenn sie sich nicht gerade zankten.

»Vielleicht sollte ich mich noch ein wenig ausruhen, bevor ich wieder gehe«, überlegte sie laut.

Ein leises Kichern kam unter der Bettdecke hervor.

Sie legte sich aufs Bett und kam auf dem Klumpen zu liegen. »Was ist denn das?« Sie stöhnte auf. »Dieses Bett ist aber wirklich unbequem!« Sie rutschte zur Seite und pikte den Klumpen, was ein weiteres Kichern heraufbeschwor.

Jenseits der Tür beschimpfte ihr Dad ihre Mom gerade als Blutegel. Sehr schön. Juliet wollte nur noch hier weg, aber sie würde auf keinen Fall ohne Tommy gehen.

»Ich glaub, das Bett muss mal durchgekitzelt werden«, erklärte sie und machte sich auf die Suche nach den Schwachstellen der Wölbung unter der Bettdecke. Nach drei Sekunden kreischte Tommy lachend auf und steckte den Kopf unter der Bettdecke hervor. Unter seinen blonden Locken funkelten seine Augen belustigt.

»Ich war die ganze Zeit hier und hab mich versteckt!«, sagte er und strahlte, weil er seine Schwester reingelegt hatte.

»Wirklich?« Juliet tat ganz erstaunt. »Ich habe dich gar nicht gesehen.«

Er grinste sie an, und seine Stupsnase lud förmlich dazu ein, einen Kuss daraufzudrücken. Sie zog ihn fest an sich. »Gehen wir Eis essen?«

»Kann ich diesmal drei Kugeln haben?«

»Da muss ich erst den Eisverkäufer fragen, ob das erlaubt ist.«

»Okay.« Er sprang vom Bett und zog sich die Schuhe an. »Darf ich Ted mitnehmen?«

Ted war sein Plüsch-Darth-Vader. Juliet hatte ihn immer »Teddy Vader« genannt, und Tommy, der glaubte, Teddy sei der Vorname des Plüschtiers, hatte es zu Ted abgekürzt.

»Ja, aber er kriegt kein Eis.«

»Okay.«

Hinter der Tür kreischte Mom etwas Unverständliches, und Tommy blieb wie erstarrt stehen.

»Bis wir wieder zurück sind, ist der Streit vorbei«, versicherte Juliet ihrem Bruder.

»Woher weißt du das?«

Diese Erkenntnis beruhte auf neunzehn Jahre langer Erfahrung. Die Auseinandersetzungen waren laut und heftig, endeten aber immer damit, dass Mom weinte und Dad sich entschuldigte. »Ich weiß es einfach.«

»Versprochen?«

»Versprochen. Jetzt hol Ted, ich will endlich Eis essen.«

Er schnappte sich Ted vom Bett und wollte schon die Tür öffnen.

»Warte.« Juliet zückte ihr Handy und kniete sich neben ihn. »Sag Eis.« Sie hielt das Handy so, dass sie beide im Bild waren.

»Eiiiiiiiis.«

Kapitel 52

Harry saß an der Bar, trank sein zweites Bier und hatte das eindeutige Gefühl, verarscht worden zu sein.

Er war zu sentimental geworden; genau da lag das Problem. Irgendwie hatte er Zoe Bentley ins Herz geschlossen und sich eingeredet, dass sie ihr Wort halten werde. Dabei hätte er es besser wissen müssen. Worte waren nun mal nur Schall und Rauch, zerbrechliche Dinge, die schnell gebrochen werden konnten. Schließlich hatte er selbst auch schon mehr Versprechen nicht eingehalten, als er zählen konnte.

Und nun wusste jeder verdammte Reporter des Landes von der Geschichte. Ein Serienmörder in San Angelo. Morgen würden sie alle darüber schreiben, dass das FBI hier war, und Harry hatte rein gar nichts in der Hand.

Zoe hatte ihm vor einer halben Stunde eine Nachricht geschickt und um ein Treffen gebeten. Er hatte ihr mitgeteilt, wo sie ihn finden konnte, und darauf gehofft, sie betrunken machen zu können, um ihr wenigstens ein paar saftige Details zu entlocken. Aber jetzt kam sie auch noch zu spät, und es hätte ihn nicht gewundert, wenn sie gar nicht mehr aufgetaucht wäre.

Sein Artikel, in dem sowohl Zoe Bentley als auch Agent Tatum Gray erwähnt wurden und der sich auch auf den

Präparator-Fall bezog sowie Zoes Begegnung mit einem Serienmörder als junges Mädchen, war natürlich längst geschrieben. Aber er wusste, dass es nicht genug war. Dem Artikel fehlte das gewisse Extra, das ihn viral gehen lassen würde.

Er sah sich in der Bar um. Für einen Freitagabend war es ziemlich leer. Die Kunde über den Serienmörder sprach sich schnell herum, und die Leute hatten Angst.

Eine Frau nahm auf dem Barhocker neben ihm Platz. Zoe. Sie hob eine Hand, um den Barkeeper zu sich zu rufen. »Ein Guinness, bitte.«

Der Barkeeper grinste sie an. »Das ist ein ungewöhnlicher Wunsch bei einer Frau.«

»Ach ja?« Sie hielt dem Blick des Barkeepers stand.

Das Grinsen des Mannes wich einer verwirrten und leicht eingeschüchterten Miene, und er räusperte sich. »Kommt sofort.«

Harry leerte sein Glas. »Und ich nehme noch ein Miller.«

Sie saßen schweigend da, während sich der Barkeeper um ihre Bestellung kümmerte. Schließlich sagte Harry: »Sie haben mich reingelegt.«

»Nein, das habe ich nicht. Beruhigen Sie sich.«

»Sie sagten, Sie hätten etwas für mich. Jetzt wissen es alle.«

»Die anderen haben nur einen dämlichen Spitznamen und einen Haufen Vermutungen.«

»Morgen werden sie mehr haben. Die Reporter in dieser Stadt haben ihre Quellen bei der Polizei. Und wissen Sie, was ich habe? Rein gar nichts.«

Der Barkeeper stellte die Getränke auf den Tresen und wich Zoes Blick aus. Harry hätte sich beinahe darüber amüsieren können.

Zoe trank einen großen Schluck, schloss die Augen und atmete durch die Nase. »Genau das habe ich gebraucht«, murmelte sie. »Das war ein sehr langer Tag.«

»Soll ich jetzt etwa Mitleid mit Ihnen haben?«

»Mir würde es schon reichen, wenn Sie mit dem Gemecker aufhören«, fauchte Zoe. »Sie benehmen sich ja, als wäre ich Ihre Freundin. Muss ich Ihnen erst in Erinnerung rufen, dass Sie der Reporter sind, der mir auf die Pelle rückt.«

Harry grinste sie an und wurde durch ihren genervten Tonfall aufgemuntert. »Ich rücke Ihnen überhaupt nicht auf die Pelle, sondern ... folge Ihnen mit respektvollem Abstand.«

»Sie haben sich ein Zimmer in meinem Motel genommen!«

»Es ist ein gutes Motel. Der Swimmingpool ist nicht zu verachten.«

»Ach, jetzt hören Sie aber auf.« Sie bedachte ihn mit einem wütenden Blick.

Er hob sein Glas zu einem spöttischen Toast. »Wer meckert hier jetzt?«

Sie blinzelte und trank noch einen Schluck Bier. »Ich gebe Ihnen ein Interview, aber es muss morgen früh erscheinen.«

»Ich habe meinen Artikel für morgen schon geschrieben. Mein Redakteur bearbeitet ihn gerade.«

»Sagen Sie ihm, er soll ihn vergessen. Wir brauchen einen neuen.«

»Wir?«

»Ich bin bereit, Ihnen jeden Tag ein Interview zu geben. Sie über den Fall auf dem Laufenden zu halten. Ich werde mit keinem anderen Reporter reden.«

Harry beäugte sie skeptisch. »Warum?«

»Weil ich den Mörder aus dem Gleichgewicht bringen will.«

»Reden Sie vom Schroedinger-Killer?«

»Das ist ein bescheuerter Spitzname.«

»So nennt ihn aber jeder«, merkte Harry an und wurde langsam aufgeregt. »Und ... was genau haben Sie vor?«

Sie musterte ihn nachdenklich. »Wer ist Ihre Quelle bei der BAU?«

Er wirkte verwirrt. »Was für eine Quelle?«

»Jemand hat Ihnen verraten, dass ich wegen eines Falls hergeflogen bin. Wer war es?«

Harry grinste breit. »Vergessen Sie es. Das kommt nicht infrage. Sie sollten wissen, dass ein Reporter niemals seine Quellen preisgibt.«

»Wir werden ihn finden.«

»Davon gehe ich aus. Sie sind clever genug dafür. So … wir sprachen gerade über das tägliche Interview.«

Zoe nippte an ihrer Bierflasche und leckte sich den Schaum von den Lippen. »Ich möchte, dass dieser Mörder inkompetent wirkt. Um ihn zu reizen und zu einer Reaktion zu bewegen. Vielleicht kommentiert er den Artikel. Sammeln Sie die Daten der Personen, die Kommentare unter die Artikel schreiben? Die IP-Adressen und all das?«

Harry wusste genau, welche Daten erfasst wurden, weil er schon häufiger Menschen aufgespürt hatte, die seine Artikel kommentierten. Es war wichtig, eine gut dokumentierte schwarze Liste zu führen. »Klar. Ein Kommentar ist mit vielen Informationen verknüpft.«

»Super.« Zoe wirkte nun ebenfalls aufgeregt. Ihre Augen funkelten auf eine Art und Weise, die Harry als sehr ansprechend empfand. »Wenn er kommentiert, können wir ihn aufspüren.«

»Wieso glauben Sie, dass er auf den Artikel reagieren wird?«

»Er nimmt sich sehr ernst. Darum werden Sie mich interviewen, und ich werde ein paar Einzelheiten darüber verlauten lassen, wo er Fehler macht. Und dass wir ihn im Nullkommanichts erwischen werden. So in der Art.«

Harry verdrehte die Augen. »Und das macht ihn so wütend, dass er einfach reagieren muss?«

»Es wird ihm nicht gefallen, dass ich ihn herabwürdige.«

»Verstehen Sie das jetzt bitte nicht falsch«, sagte Harry, »aber wenn es darum geht, die Gefühle anderer zu verletzen, dann sind Sie wie eine Sechsjährige, die einem Jungen, der sie an den Zöpfen gezogen hat, vorwirft, er würde stinken.«

Zoe runzelte erbost die Stirn. »Ich bin gut in meinem Job.«

»Sie sind gut darin, in den Verstand von Serienmördern zu schlüpfen und zu begreifen, wie sie ticken, daran besteht kein Zweifel.« Er grinste sie an. »Aber wenn es darum geht, anderen auf den Sack zu gehen, dann sollten Sie mir die Führung überlassen.«

»Da könnten Sie vermutlich recht haben.«

»Sie müssen ihn mit anderen vergleichen. Menschen stehen in einem ständigen Konkurrenzkampf, erst recht Männer.«

»Serienmörder vergleichen sich häufig mit anderen Serienmördern, wenn es um ihre Taten geht«, überlegte Zoe laut. »BTK hat sich immer mit Son of Sam und dem Green River Killer verglichen.«

»Sehen Sie? Wenn Sie allen sagen, dass er Fehler macht, zuckt er nicht mal mit der Wimper. Stellen Sie jedoch fest, dass er im Vergleich zu Manson eine Witzfigur ist, geht er vor Wut an die Decke.«

»Das ist … eine gute Idee. Wenn wir darüber reden, vergleichen wir ihn mit anderen Serienmördern. Und er wird den Kürzeren ziehen und sich maßlos ärgern.«

»Aber das passiert erst mitten im Text. Wir brauchen eine Überschrift. Eine Schlagzeile, die die Richtung des Artikels bestimmt. Und sie kann auf keinen Fall lauten: ›Der San-Angelo-Killer ist nicht so gut wie Ted Bundy‹.«

»Nein, das stimmt. Aber ich bezweifle, dass wir es schaffen, ihn allein durch eine Schlagzeile auf die Palme zu bringen.«

»Nicht?« Harry zog eine Augenbraue hoch. »Er hat sich einen Namen gegeben, nicht wahr? Er nennt sich Schroedinger.«

»Ja. Und die Presse hat daraus Schroedinger-Killer gemacht.«

Harry verschränkte schmunzelnd die Arme. »Die Chicago Daily Gazette hat möglicherweise einen anderen Namen für ihn.«

Kapitel 53

San Angelo, Texas, Samstag, 10. September 2016

»Der ›Bestatter‹ schlägt zweimal in San Angelo zu.«

Er starrte den Artikel fassungslos an und ballte und lockerte immer wieder die Fäuste. Rasch überflog er den Text mit rasendem Herzen. Es war einer der detailliertesten Artikel, die er an diesem Morgen gefunden hatte, doch auch wenn er darin mit beiden Opfern in Verbindung gebracht wurde und es zudem gute Standbilder aus den Videos gab, hatten sich einige Sätze auf seine Netzhaut eingebrannt.

»Profilerin Dr. Zoe Bentley sagte, der ›Bestatter‹ sei ineffizient …«

»Zwar bezeichnet er sich selbst als Schroedinger, scheint den Namen aber falsch geschrieben zu haben, da der Umlaut fehlt und der Wissenschaftler eigentlich Schrödinger heißt …«

»Auf die Frage, ob dieser ›Bestatter‹ der nächste Ted Bundy sei, antwortete Dr. Bentley: ›Bei Weitem nicht.‹«

Und das war noch nicht das Schlimmste. Der Artikel stammte von dem einzigen Reporter, mit dem Zoe Bentley überhaupt gesprochen hatte. Aus diesem Grund zitierten zahlreiche andere Artikel daraus, und er sah ständig Sätze wie »Der Bestatter alias der Schroedinger-Killer«. Der neue Spitzname schien sich durchzusetzen, und das machte ihn wahnsinnig.

Ihm kamen die Tränen. Er biss sich auf die Innenseite der Wange und schmeckte Blut. Bevor er überhaupt registrierte, was er da tat, tippte er schon wild drauflos. Der Kommentarkasten unter dem Artikel füllte sich und der Scrollbalken erschien, während er immer weiterschrieb, Ungenauigkeiten korrigierte, erklärte, dass es völlig in Ordnung war, Schroedinger zu schreiben, und sie warnte, dass Ted Bundy gegen ihn wie ein Anfänger aussehen werde, wenn er erst einmal fertig war ...

Mit einem Mal hielt er inne und schob seinen Stuhl nach hinten. Kopfschüttelnd betrachtete er den langen Text im Kommentarkasten. Was zum Teufel stimmte nicht mit ihm?

Er holte tief Luft und rief abermals Juliet Beachs Instagram-Profil auf. Dann ging er die Fotos durch, die er so gut kannte, und betrachtete das neue Bild, das sie mit ihrem Bruder gemacht hatte. Er las sich einige Geburtstagsglückwünsche in den Kommentaren durch. Stellte sich den bevorstehenden Abend vor und spürte, wie er immer aufgeregter wurde. Nach und nach ließen die Frustration und die Wut nach.

Ein Blick auf die Uhr gab ihm zu verstehen, dass ihm noch genug Zeit blieb, um eine kurze E-Mail an den Verfasser des Artikels zu schreiben. Der Name des Mannes lautete H. Barry. Der Artikel war nicht schlecht geschrieben. Der Reporter hatte gut recherchiert, alle Fakten stimmten, und es war ihm gelungen, sich eine gute Interviewpartnerin zu sichern. Dieser Mann musste stolz auf seine Arbeit sein.

Genauso wie er.

Er suchte H. Barrys E-Mail-Adresse heraus und schrieb eine Antwort auf den Artikel. Dabei rief er sich ins Gedächtnis, dass er sich kurzfassen musste. Es war sehr wichtig, dass er das richtig machte. Schließlich bestand eine große Wahrscheinlichkeit, vermutlich sogar eine sehr große, dass der Reporter seine E-Mail veröffentlichte. Er musste so rüberkommen wie der Mann, der er war.

Ted Bundy?

Wenn er fertig war, würde er Ted Bundy locker in den Schatten gestellt haben.

Kapitel 54

Zoe war erleichtert, dass am Samstag keine morgendliche Besprechung stattfand. Der Lieutenant war noch nicht einmal auf dem Revier aufgetaucht, und so konnten sie alle in Ruhe arbeiten, ohne diesem nervigen Mann jeden Handschlag erklären zu müssen.

Foster berichtete ihr, dass bei der Hotline unzählige Hinweise eingegangen waren, seitdem die Öffentlichkeit von dem Serienmörder wusste. Lyons und er gingen die ganzen Anruferlisten durch und versuchten, die relevanten Details herauszufinden. Darüber hinaus hatte Foster eine lange Liste mit Personen, die er befragen musste – Maribel Howes Freunde und Angehörige. Er versprach, ihr schnellstmöglich einen Geologen vorbeizuschicken.

Zwar gehörte der Mann zu den tatkräftigsten Detectives, die Zoe je begegnet waren, aber sie konnte deutlich erkennen, dass er aus dem letzten Loch pfiff. Seine Augen waren blutunterlaufen, und er trug ein zerknittertes Hemd. Sie fragte sich, ob er überhaupt noch regelmäßig schlief und etwas zu sich nahm.

Zoe rief auf ihrem Laptop erneut Harrys Artikel auf. Inzwischen hatten mehr als zwanzig Personen kommentiert, und sie las sich alles rasch durch. Aber keiner der Kommentare schien vom Mörder zu stammen.

Es wurde Zeit, sich an die Arbeit zu machen. Sie schloss die Tür des Besprechungsraums, öffnete ihr Musikverzeichnis und entschied sich für Katy Perrys »One of the Boys« als Hintergrundmusik. Sie brauchte etwas mit Pepp und keine langsame Instrumentalmusik am Anfang des Albums. Katy wusste eben, dass man manchmal einfach mit Schwung an eine Sache herangehen musste.

Sie hatte sich den gesamten Tatortbericht ausgedruckt und breitete die Seiten nun auf ihrem Schreibtisch aus, während sie mit dem Kopf im Takt der Musik wippte und den Refrain mitsang.

»Too-doo-doo keine Fingerabdrücke, keine DNA außerhalb der Kiste.

Too-do-do-do-do-do Infrarotkamera in der Kiste, genau wie beim ersten Mal.

Too-doo-doo Abmessungen der Kiste wie bei der ersten.

Too-do-do-do-do-do benutztes Handy ist sauber, keine Fingerabdrücke, Display gerissen, vermutlich beim Sturz.«

Sie sah sich die Fotos an, während Katy ein Mädchen küsste und Gefallen daran fand.

Mit der Panoramaansicht des Tatorts zwischen Daumen und Zeigefinger verzog sie das Gesicht. »Warum hast du da gegraben?«, murmelte sie. »Was ist so spannend an dieser Stelle?«

Sie sah sich die Fotos des ersten Tatorts an. Die Landschaften ähnelten sich. Viele Felsen, vertrocknete Pflanzen, unebener Untergrund.

Die Tür des Besprechungsraums wurde geöffnet, und Foster erschien in der Tür und runzelte die Stirn, als er die Musik hörte. Zoe starrte ihn an und wartete nur darauf, dass er deswegen etwas sagte.

»Der Geologe sagte, wir können bei ihm zu Hause vorbeikommen«, berichtete er. »Falls Sie mitkommen möchten: Wir fahren in einer halben Stunde.«

»Cool. Danke.«

Er wollte die Tür schon wieder schließen.

»Foster«, rief sie. »Warten Sie.«

»Ja?«

»Sehen Sie sich das an.« Sie hielt die Fotos hoch. »Was sehen Sie?«

Er kam herein und betrachtete die Fotos. »Den Tatort.«

Sie verdrehte die Augen. »Stellen Sie sich vor, Sie würden dort vorbeifahren, ohne zu wissen, dass es ein Tatort ist. Was würde Ihnen dabei durch den Kopf gehen?«

Er zuckte mit den Achseln. »Nichts. So sieht es hier überall aus. Trocken und heiß.«

»Aber die Stellen sind nicht komplett identisch.« Sie öffnete Google Maps. »Schauen Sie her.«

Sie klickte einen Punkt auf der Karte an, und das Bild der Gegend erschien auf dem Bildschirm. Eine völlig flache, mit Sand bedeckte Landschaft. Kaum Pflanzen oder Steine.

»Okay«, meinte er. »Ich kann Ihnen nicht folgen. Das ist keiner der Tatorte.«

»Wenn Sie diese Gebiete sehen, während Sie rund um San Angelo unterwegs sind, was denken Sie dann?«

»Keine Ahnung. Ich achte nicht wirklich darauf. Ich bin hier aufgewachsen.«

»Aber der Mörder achtet auf seine Umgebung. Wissen Sie, was er denkt, wenn er sich umsieht?«

»Nein.«

»Er denkt. ›Das sieht nach einer guten Stelle aus, um mein nächstes Opfer zu begraben.‹ Oder er denkt: ›Das gibt mir nichts. Die Stelle turnt mich ab.‹ Für ihn ist es erregend, sich eine Stelle für das nächste Grab zu suchen. Das ist sein Porno.«

Foster schien dieses Gespräch als äußerst unangenehm zu empfinden, aber Zoe war diese Reaktion gewohnt.

»Warum ist das«, sie deutete auf das felsige Terrain mit den Pflanzen, »erregender als das hier?« Sie zeigte auf das sandige Gebiet. »Macht es denn nicht mehr Spaß, im Sand zu graben?«

»Ich habe wirklich keine Ahnung, Bentley.« Er seufzte. »Haben Sie gesehen, dass wir eine genauere Todeszeit haben?«

»Wirklich?« Zoe merkte auf.

»Ja. Curly schätzt, dass sie zwischen dem dreißigsten und einunddreißigsten Juli gestorben ist.«

»Das ist bemerkenswert genau.«

»Es hat offenbar auch Vorteile, dass unser Mann seine Opfer lebendig begräbt. Er macht tiefe Löcher, sodass sie vor Insekten und der Hitze geschützt sind. Daher kann Curly den Zeitpunkt ihres Todes relativ genau festlegen, indem er die Verwesung der inneren Organe untersucht. Diesmal hat er sich selbst übertroffen.«

»Dann ist sie einen oder zwei Tage nach ihrem Verschwinden gestorben. Das Muster gleicht also dem bei Medina. Er vergeudet keine Zeit, entführt das Mädchen und begräbt sie fast unmittelbar darauf lebendig.«

Foster nickte. »Was noch?«

»Wir wissen, dass er diese Fantasie, Frauen zu begraben, schon lange Zeit mit sich herumträgt. Er ist besessen von seinem Ruhm. Er hat wenigstens drei Opfer ermordet …«

»*Drei?*« Foster starrte sie an. »Wir wissen von zwei Opfern. Er hat sie sogar ›Experiment eins und zwei‹ genannt.«

»Nein. Das habe ich Ihnen doch schon gesagt – diese ganze Sache mit der Infrarotkamera und dem Veröffentlichen der Videos –, das hat er erst *nach* der Ermordung seines ersten Opfers geplant. Die ursprüngliche Fantasie besteht nur darin, das Opfer lebendig zu begraben. Sehr lange Zeit hat er nur davon geträumt. Wahrscheinlich hat er selbst nicht mal geglaubt, dass er es eines Tages in die Tat umsetzen würde. Um sich das einzureden, hat er ein paar Gruben ausgehoben. Vielleicht hat er sogar ein paar Tiere lebendig begraben. Dann kam der Stressor, der ihn dazu getrieben hat, die Grenze zu überschreiten. Er hat sein erstes Opfer getötet und seinen Drang befriedigt. Erst *danach* fand er heraus, wie er das Opfer in der Kiste filmen konnte. Um dabei zuzusehen, wie es leidet und stirbt.«

»Woher wissen Sie das?«

»Weil das mein Job ist. So sind all diese Menschen. Die ursprüngliche Fantasie ist nie derart ausgereift. Und sie bezieht auf keinen Fall externe Faktoren wie Ruhm mit ein. Es gibt noch ein weiteres Opfer, Foster. Nennen Sie es Opfer null, wenn Sie wollen. Es wurde nicht gefilmt. Und wenn wir es finden, bekommen wir möglicherweise sogar Fingerabdrücke oder DNA-Spuren. Beim ersten Mal war er vermutlich nicht so vorsichtig.«

Foster beäugte sie skeptisch. »Wenn man Ihnen zuhört, könnte man fast glauben, Sie wüssten alles über diesen Kerl.«

»Nicht alles. Mir ist zum Beispiel noch immer schleierhaft, wonach er die Tatorte aussucht.«

Kapitel 55

Dr. Andrei Yermilovs häusliches Arbeitszimmer sah karg und völlig charakterlos aus. Der Schreibtisch war leer und blank, und an den Wänden hingen Karten oder Diagramme von Erdschichten. Zoe saß auf einem Küchenstuhl, den sie hinzugeholt hatten, links neben Foster und Tatum. Während Foster erklärte, warum sie ihn aufsuchten, sah sich Andrei traurig um, als würde er sich ständig fragen, wie er nur hier gelandet war.

»So«, meinte er mit starkem Akzent, »Sie suchen also nach verborgenen Löchern.«

»Eher nach solchen, die mit Brettern und Sand abgedeckt sind«, wiederholte Foster.

Andrei seufzte und sah sich abermals um. Er betrachtete voller Abscheu eines der Poster.

»Warum verwenden Sie kein …«, er machte eine ausweichende Handbewegung, »… Radar?«

»Das hat beim letzten Mal auch nicht funktioniert«, berichtete Foster. »Der Techniker meinte, der Boden wäre zu lehmhaltig.«

»Zu lehmhaltig?« Andrei starrte ihn verwirrt an. »Im Loch ist doch kein Lehm. Es ist nur ein Loch.«

Eine Sekunde verstrich, in der sie alle über diese philosophischen Worte nachdachten.

»Sie sagen also, dass das Radar gut funktionieren wird, wenn wir nach Löchern suchen?«, hakte Tatum nach.

»Aber natürlich!«

»Beim letzten Mal haben wir nach einer im Boden vergrabenen Kiste gesucht«, sagte Tatum an Zoe gewandt. »Und es hat aufgrund der lehmhaltigen Erde nicht funktioniert. Aber wenn sich das Loch nur wenige Zentimeter unter dem Sand befindet …«

»Ich habe das schon verstanden. Danke«, erwiderte sie genervt. »Sie müssen mir nicht alles erklären.«

»Aber wir werden nur langsam vorankommen«, überlegte Foster laut. »Als der Mann mit dem Radargerät herumgelaufen ist, hat das ewig gedauert.«

»Herumgelaufen?« Andrei riss die Augen auf. »Warum nehmen Sie dafür denn keinen Wagen?«

»Äh … Wie meinen Sie das?«

»Man bringt das Radargerät an einem Fahrzeug an und fährt.« Er tat so, als würde er ein Lenkrad bewegen. »Das Radar findet Löcher. Ganz einfach. Wir machen so was jeden Tag.«

»Können Sie uns das genau zeigen?«, bat Tatum.

Andrei seufzte erneut, tippte auf seiner Tastatur herum und erklärte ihnen den Vorgang mit kurzen, ungeduldig vorgebrachten Sätzen. Zoe hörte nur mit halbem Ohr zu und dachte bereits darüber nach, wie man diese Aufgabe am besten anging. Sie würden sich auf die Gebiete konzentrieren müssen, in denen der Mörder am wahrscheinlichsten gegraben haben konnte. Diese mussten außerhalb der Stadt liegen, aber nicht zu weit entfernt. Selbst die Suche innerhalb einer bestimmten Zone rings um San Angelo würde Wochen dauern. Sie mussten einen Weg finden, die Suche einzugrenzen.

Sie konzentrierte sich wieder auf den Geologen, als sie merkte, dass er nun anscheinend etwas völlig anderes erklärte.

»Sehr hart, die Werkzeuge zerbrechen ständig. Das ist frustrierend. Die Forschung stagniert. Die Finanzierung ist so gut wie aufgebraucht.« Er starrte stöhnend eine der topografischen Karten an. »Ich habe nächste Woche Geburtstag.«

»Na, dann herzlichen Glückwunsch«, sagte Tatum zuvorkommend.

»Das ist kein Grund zum Feiern.«

»Okay.« Foster rutschte mit seinem Stuhl näher an die Tür, als wollte er bei der nächsten Gelegenheit die Flucht ergreifen. »Es tut mir sehr leid, dass Ihre Erforschung des Angelo-Grundgesteins derart schwierig ist …«

»Schwierig? Pah! Es ist eine Katastrophe. Allein die Probenentnahme ist furchtbar. Letzte Woche sind drei Bohrer zerbrochen.«

»Warum?«, wollte Zoe wissen.

Foster versuchte, ihren Blick zu erhaschen und ihr zu verstehen zu geben, dass sie den Mund halten sollte, aber Zoe ignorierte ihn.

»Sie sagten, Sie erforschen das Angelo-Gestein? Heißt es wegen San Angelo so?«

»Aber natürlich. Sehen Sie hier noch einen anderen Angelo?«

»Und der Boden ist … was? Hart?«

»Hart? Er erinnert an Stahl! Ich benötige eine teure Bohrausrüstung. Mit billigen Bohrern komme ich nicht weit. Das hier ist nicht wie in Minecraft.«

»Was ist Minecraft?«, erkundigte sich Zoe.

Alle starrten sie verblüfft an.

»Selbst *ich* weiß, was Minecraft ist«, erwiderte Tatum. »Und ich habe nicht mal Kinder.«

»Was ist Minecraft?«, wiederholte Zoe ihre Frage, die sich über ihre Unwissenheit ärgerte.

»Das ist ein dummes Videospiel!«, brüllte Andrei. »Schrecklich! Mein Sohn spielt es den ganzen Tag. Er denkt, es gebe auf der ganzen Welt nur zehn Arten von Gestein. Zehn! Ich sage ihm, nein, das ist viel komplizierter, aber er glaubt, es gibt nur Sand, Steine, Kies und Kohle. Zum Graben schlägt er einfach auf den Boden!«

»Eigentlich braucht er dafür eine Spitzhacke«, korrigierte Foster ihn. »Es gibt mehrere Arten von Spitzhacken und …«

»Es ist unmöglich, mit einer Spitzhacke so schnell zu graben!« Andrei war außer sich vor Zorn. »Er gräbt, bis er auf Lava stößt. Das ist völlig absurd! Und jetzt will er meine Hilfe, um in den Nether zu gelangen. Er sagt, ich wüsste doch alles über sein Graben. Und dass ich sein Hobby nicht respektiere. Minecraft ist kein Hobby! Briefmarken zu sammeln ist ein Hobby! Klavierspielen ist ein Hobby! Wir haben uns gestern den ganzen Abend deswegen gestritten.« Er wechselte zu Russisch und stieß eine Schimpftirade aus, während ihm Spucke aus dem Mund schoss.

Das ist alles Ihre Schuld, sagte Tatum lautlos zu Zoe.

Sobald Andrei Luft holen musste, unterbrach Zoe ihn rasch. »Der Boden ist hier also zu hart zum Graben, richtig?«

»Der Angelo-Boden schon.«

»Aber unser Mann gräbt Löcher«, sagte Zoe.

»Nicht im Angelo-Boden.« Andrei lachte verzweifelt auf. »Das können Sie mir glauben.«

»Aber er hat es getan.«

»Wo? Zeigen Sie es mir auf der Karte.« Er deutete auf die topografische Karte an der Wand.

Zoe stand auf und deutete auf die beiden Tatorte. »Hier und hier.«

»Dort ist kein Angelo-Boden. Das ist Tulia-Erde. Viel besser zum Graben. Sehen Sie.« Er drehte sich zum Computer um und öffnete den Browser. Ein Diagramm mit mehreren Schichten in unterschiedlichen Farben erschien auf dem Bildschirm. »Das ist Tulia. Fünf Schichten, verstehen Sie? Einige hart, aber nicht sehr. Viel Lehm. Unangenehm, aber man kann graben. So.« Er rief ein zweites Fenster auf. »*Das* ist Angelo-Boden. Man gräbt dreißig Zentimeter und erreicht diese Schicht.« Sein Finger durchbohrte beinahe den Monitor. »Die Geißel meines Lebens. *Suka bljad!* Dick und hart. Die Werkzeuge zerbrechen ständig.«

»Darum sucht er sich diese Stellen aus«, murmelte Zoe aufgeregt. »Er gräbt dort, wo es möglich ist!«

Andrei stieß ein Schnauben aus, das halb Belustigung, halb Zorn ausdrückte. »Wenn ich nur so viel Glück hätte.«

»Dieser Angelo-Boden … Wo befindet er sich?«

»Überall. Fast an jeder Stelle auf dieser Seite der Karte.« Er deutete auf den Osten von San Angelo.

»Und der Rest? Ist das alles Tulia?«

»Nicht nur. Manches hart, anderes nicht.«

»Aber das hier sind Tulia-Stellen, richtig?« Sie zeigte auf die beiden Tatorte.

»Ja. Eindeutig Tulia.«

»Können Sie uns sagen, welche Gebiete noch Tulia sind? Und wo es andere Erdarten gibt, in denen man leicht graben kann?«, fragte Tatum.

»Das würde Stunden dauern. Nein.«

»Dr. Yermilov«, beharrte Foster, »auf diese Weise würden Sie uns helfen, Leben zu retten.«

Andrei seufzte. »In Ordnung. Die Forschung ist ohnehin am Ende. Ich koche uns Kaffee. Das wird eine lange und – wie sagen die Amerikaner dazu? – langweilige Angelegenheit.«

Damit hatte er recht. Er ging peinlich genau jedes Gebiet auf der Karte durch und erklärte ihnen die verschiedenen

Schichten und welche Werkzeuge man benötigte, während Foster eine Liste erstellte. Zoe hörte genau zu und versuchte, sich alles zu merken. Das waren zwar sehr viele Informationen, aber sie war davon überzeugt, dass der Mörder von derartigen Details besessen sein musste. Für ihn stellte die Suche nach dem besten Gebiet zum Graben das Vorspiel dar.

Als ihr Handy piepte, warf sie einen Blick auf das Display. Harry hatte ihr eine E-Mail geschickt. Sie überflog sie mit pochendem Herzen.

Sie hatten recht. Der Bestatter war nicht sehr erfreut über unseren wenig schmeichelhaften Artikel. Aber er hat nicht etwa auf der Seite kommentiert, sondern mir eine E-Mail geschickt, die ich Ihnen hier weiterleite. H

> Sehr geehrter H. Barry,
>
> ich erinnere mich noch genau daran, wie meine Eltern über Henry Lee Lucas' Geständnis sprachen. Damals hatte jeder einen Freund oder Angehörigen unter den Geschworenen. Wir hatten einen Gast in der Stadt, unseren eigenen Serienmörder. Aber er war nur auf der Durchreise. Diesmal sieht die Sache anders aus.
>
> Damals hat er behauptet, Tausende von Menschen ermordet zu haben, und die Reporter kauften es ihm ab und waren bereit, für die Sensation auf Professionalität zu verzichten. Anders als Lucas werde ich keine falschen Behauptungen aufstellen. Aber Ungenauigkeiten lasse ich auch nicht durchgehen.

1. Nichts an meinen Methoden war ineffizient. Sie wurden falsch informiert. Jeder meiner Schritte war notwendig und unausweichlich.

2. Ich weide mich nicht am Leid meiner Testpersonen, sondern tue, was ich tun muss. Es gibt einen Grund für alles.

3. Jeder Vergleich meiner Arbeit mit der eines anderen ist absurd. Wenn Sie eine Seite aus Einsteins Annus mirabilis hätten, könnten Sie diese dann mit dem Werk eines anderen Wissenschaftlers vergleichen? Warten Sie, bis Sie die ganze Geschichte kennen.

Ach, eine Sache noch. »Der Bestatter«? Sie haben doch bestimmt noch mehr auf Lager.

Schroedinger

Mit wenigen Sätzen hatte es der Mörder geschafft, Licht auf seine Psyche zu werfen. Trotz seines Versuchs, höflich und freundlich zu klingen, schimmerte seine Wut durch. Es war ihnen gelungen, ihn aus der Ruhe zu bringen. Nun kommunizierten sie miteinander.

Kapitel 56

Baltimore, Maryland, Freitag, 15. September 1999

»Als sie seinen Ehering fallen lassen hat, hätte ich fast geschrien«, sagte Elise, als er sie zu ihrem Zimmer im Studentenwohnheim zurückbrachte.

Das wäre dann ihr vierter Schrei während des Films gewesen. Er hatte mitgezählt. Bei ihren Schreien musste er immer daran denken, wie seine Mutter mal eine große Kakerlake gesehen hatte. Sie gingen ihm auf die Nerven. Vielleicht war »The Sixth Sense« doch nicht der beste Film für ein Rendezvous gewesen.

Allerdings hatte sie sich nach jedem Schrei an seine Brust gedrückt, um nicht mit ansehen zu müssen, wie der kleine Junge mit den Toten sprach. Sie hatte in seinen Armen gezittert. Das hatte sich gut angefühlt. Er war sich wie ein Mann vorgekommen.

Dies war ihre zweite Verabredung, und anders als beim ersten Mal, wo sie sich betreten angeschwiegen oder Small Talk gemacht hatten, lief es eigentlich recht gut. Er hatte den Vorschlag seines Mitbewohners befolgt und war mit ihr ins Kino gegangen, weil man da nicht reden musste. Und es war eine gute Entscheidung gewesen, denn der Film hatte auch die Gesprächsthemen vorgegeben. Vorher war es um die Organisation gegangen: *Welchen Film sollen wir uns ansehen; möchtest du Popcorn; wollen wir vorn oder hinten sitzen?* Hinterher konnten sie über den Film und die ach so überraschende Wendung sprechen, die er lange vorausgesehen hatte. Die ganze letzte Woche hatten alle nur über »die erstaunliche, überraschende Wendung« gesprochen, was nur bedeuten konnte, dass die Wendung weder erstaunlich noch überraschend war.

»Welcher Teil hat dir am besten gefallen?«, erkundigte sich Elise.

Er brauchte einen Augenblick für die Antwort, und das nicht, weil er nicht wusste, welchen Teil er am besten fand, sondern weil er eine Alternative benötigte. »Der am Ende«, antwortete er pflichtbewusst. »Die überraschende Wendung.«

Dabei war der beste Teil der gewesen, als das Kind in den kleinen dunklen Raum eingesperrt worden war. Dabei hatte sich sein Herzschlag beschleunigt. Er bezweifelte jedoch, dass sie das verstand.

Sobald sie vor ihrer Zimmertür standen, bat sie ihn auf einen Drink hinein. Er betrat angespannt das Zimmer. Anders als er wohnte sie allein. Ihr Studentenwohnheim war eine Wohnung mit fünf Schlafzimmern, Bad und Küche benutzten sie gemeinsam. Nachdem er die ganze Woche lang die stinkenden Socken seines Mitbewohners hatte riechen müssen, war dies hier das Paradies.

Sie holte zwei Gläser und eine billige Flasche Wein und schenkte ihnen beiden etwas ein. Der Geschmack des Weins war ihm unangenehm, und nach wenigen Minuten fühlte er sich leicht benommen. Normalerweise trank er so gut wie nie Alkohol, da er die darauf folgenden Empfindungen nicht leiden konnte, aber sein Mitbewohner, ein stetiger Quell unerwünschter Ratschläge, hatte gemeint, dass ihn das lockerer machen werde.

Aber es war Elise, die als Erste locker wurde und ihn küsste. Sie drängte sich ihm auf gierige, aggressive Weise auf, schabte mit den Fingern über seinen Rücken und zog sein T-Shirt hoch. Er versuchte, sich aktiver zu beteiligen, ihre Küsse zu erwidern, sie zu liebkosen, die Führung zu übernehmen. Aber als er ihre Taille berührte, bewegte sie seine Hand auf ihren Oberschenkel. Als er ihren Hals küsste, flüsterte sie, dass er sie beißen sollte. Als er sich mit ihrem BH abmühte, zog sie ihn sich selbst aus.

Endlose Anweisungen und Korrekturen. Sie übernahm die Kontrolle. Und das gute Gefühl, das sich während des Films in ihm ausgebreitet hatte, als er sich wie ein Mann vorgekommen war, verschwand. Nun war er wieder ein Kind und ließ sich belehren, wie man richtig aß und sich anzog, wie man in Gesellschaft redete, wie man ein braver Junge war.

Trotz der Tatsache, dass ansonsten keine Stunde verging, ohne dass er eine ungewollte, höchst peinliche Erektion hatte, passierte gar nichts. Er hatte ein Kondom in der Hosentasche, und Elise holte eins aus ihrer Handtasche, aber die brauchten sie nicht.

Sie versuchte sogar, ihm zu helfen, was die Sache nur noch schlimmer machte. Er merkte, wie die Wut in ihm auflodert. Es war *ihre* Schuld und nicht seine. Die Art, wie sie an ihm herumtatschte, wie sie so tat, als würde er rein gar nichts richtig machen. Er hätte sie die ganze Nacht besteigen können, wenn sie nur endlich den Mund gehalten und aufgehört hätte, ihn aus seiner Konzentration zu reißen.

Er packte ihr Handgelenk und zog ihre Hand weg.

»Hey, du tust mir weh!«, zischte sie.

Doch er ließ nicht los, mahlte mit dem Kiefer und spürte seinen rasenden Herzschlag, als er an ihrer Hand zerrte und sie verdrehte, bis sie vom Bett fiel.

»Was zum Henker ist dein Problem?«, schrie sie ihn förmlich an. Er kannte diesen Tonfall von seiner Mutter. Sie setzte ihn immer auf, wenn ihr nach Schreien zumute war, sie jedoch wusste, dass man sie hören konnte. Allerdings befand er sich hier auch in einem Wohnheim mit vier anderen Zimmern und hauchdünnen Wänden.

Er erwiderte nichts und starrte sie nur an.

Ihr kamen die Tränen, und sie wickelte sich in ein Handtuch ein. »Ich gehe mich waschen. Sieh zu, dass du verschwindest.«

Mit diesen Worten taumelte sie hinaus und ließ die Tür offen, obwohl er nackt war. Er hörte, wie die Badezimmertür ins Schloss fiel.

Während er sich anzog, hatte er ein ständiges Klingeln in den Ohren. Vor seinem inneren Auge standen lauter brutale Bilder. Er malte sich aus, wie er ihr ins Bad folgte, ihren Kopf packte und gegen die Wand knallte. Danach würde er ihr demonstrieren, wie gut er funktionierte, und *beide* Kondome benutzen.

Gleichzeitig wusste er genau, dass er das nicht tun würde. O nein! Er würde nach Hause gehen. Und wenn sein Mitbewohner fragte, wie das Date gelaufen war, würde er einfach antworten: *Ein Gentleman genießt und schweigt.* Und wenn er ganz vorsichtig war, würde er die restliche Collegezeit vielleicht überstehen, ohne Elise oder einer ihrer Freundinnen zu begegnen.

Er verließ das Zimmer und schloss die Tür hinter sich. Als er schon hinausgehen wollte, warf er noch einen Blick zur Badezimmertür. Er hörte, wie dahinter das Wasser lief.

In der gemeinsamen Küche standen mehrere Stühle, und er nahm einen davon mit, den er unter den Türknauf des Badezimmers klemmte. Zaghaft drehte er am Knauf und vergewisserte sich, dass sich die Tür nicht mehr öffnen ließ.

Dann machte er das Licht im Badezimmer aus.

»Hey«, rief Elise durch die Tür. »Ich bin hier drin. Hallo?«

Das Wasser wurde abgedreht. Er drückte ein Ohr an die Tür und lauschte. Es polterte, und sie stieß einen Schmerzensschrei aus, da sie sich offenbar gestoßen hatte. Darauf folgte ein Rattern, als sie am Türknauf rüttelte.

»Hallo? Die Tür klemmt. Hallo?«

Sie sprach ganz leise. Vier weitere Schlafzimmer. Sie würde sie nicht alle aufwecken wollen, wenn sie nackt im Badezimmer stand. Das wäre ihr viel zu peinlich gewesen.

Sein Zorn ebbte ab, als sie ein weiteres Mal an der Tür rüttelte. Eingesperrt in einem dunklen Raum. Ein guter Ort zum Nachdenken. Ein guter Ort, damit sie sich ihr Verhalten durch den Kopf gehen lassen konnte.

»Hallo? Lasst mich raus!« Inzwischen klang ihre Stimme alarmiert.

Sie hämmerte gegen die Tür, hob die Stimme und rief erneut um Hilfe. Kurz darauf schrie sie aus Leibeskräften. Und ihre Schreie gingen ihm nicht mehr auf die Nerven.

Letzten Endes hatte er doch noch eine Erektion.

Kapitel 57

Sobald Foster und Zoe zurück auf dem Revier waren, gingen sie sofort in die Einsatzzentrale. Foster betrachtete die Karte an der Wand, auf der San Angelo und die nähere Umgebung in einem Umkreis von knapp zwanzig Kilometern zu sehen war.

»Okay.« Foster reichte Zoe und Tatum blaue Marker. »Kennzeichnen wir die Gebiete, in denen man laut Yermilov leichter graben kann.«

»Wir sollten die Tulia-Erde in einer anderen Farbe einzeichnen«, schlug Zoe vor. »Bisher hat sich der Killer darauf konzentriert.«

»Eine andere Farbe«, murmelte Foster. »Sie haben ja Ideen.« Er ging hinaus und kehrte eine Minute später mit einer Handvoll Markern wieder zurück. »Hier.« Er warf Zoe einen grünen Marker zu.

Sie fing ihn mit der linken Hand auf, war lächerlicherweise stolz auf sich und versuchte, so zu tun, als würde sie ständig Dinge fangen, die man ihr zuwarf, und als wäre das keine große Sache.

»Okay«, sagte Foster erneut. »Haben Sie die Liste?«

»Die habe ich.« Tatum faltete das Blatt Papier auseinander. Darauf standen die Gegenden, die sie mit Dr. Yermilovs Hilfe zusammengestellt hatten.

Er legte sie auf das Kopiergerät und fertigte zwei Kopien an, die er Zoe und Foster reichte. Zoe suchte die Stellen mit Tulia-Erde heraus, die in der Liste mit einem Koordinatenpaar und einem Radius aufgeführt waren. Sie markierte diese mit dem grünen Marker auf der Karte. Ein Gebiet rings um die Stelle, an der Nicole Medina begraben gewesen war, ein weiteres für Maribel Howe. Danach die restlichen Gebiete im westlichen Teil der Karte.

Foster und Tatum standen dicht neben ihr und machten es ihr nach. Es dauerte nicht lange, bis die gesamte Karte voller grüner und blauer Kreise war.

»Wir können die Suche vorerst noch weiter einschränken«, meinte Zoe. »Beide Opfer wurden keine zehn Kilometer von der Stadt entfernt begraben. Daher denke ich, dass wir uns auf diesen Radius konzentrieren und ihn später immer noch ausweiten können.«

Foster malte einen wackligen Kreis auf die Karte und benutzte ein Stück Absperrband als provisorischen Kompass.

»Die Gruben, die der Mörder ausgehoben hat, werden sich in der Nähe von Straßen befinden, allerdings eher Seitenstraßen«, merkte Tatum an. »Und er wird dicht besiedelte Gebiete meiden, daher können wir das Gebiet um Grape Creek ausschließen. Wir müssen aber nur die Straßen mit der entsprechenden Erde beachten.«

Sie kennzeichneten die relevanten Straßen gewissenhaft, und es waren deutlich mehr, als Zoe gehofft hatte. Es schien allerdings machbar zu sein, diese Gebiete innerhalb einiger Tage mit dem Radar zu überprüfen.

Endlich waren alle Straßen markiert. Sie traten einen Schritt zurück und betrachteten die Karte.

»Ich werde mit Jensen reden«, erklärte Foster. »Ich muss ihm das Budget für wenigstens ein Radargerät abringen, damit wir so schnell wie möglich anfangen können.«

»Vielleicht kann das hiesige FBI-Büro Ihnen zur Hand gehen«, schlug Tatum vor. »Ich frage mal nach.«

»Ich muss mit Harry sprechen«, sagte Zoe. Sie hatte ihnen im Wagen von der E-Mail des Killers erzählt. »Damit wir den nächsten Artikel fertigstellen.«

»Ich werde Shelton fragen, ob wir mehr über die E-Mail-Adresse herausfinden können«, meinte Tatum.

Zoe nickte abgelenkt. »Das ist nur eine temporäre E-Mail-Adresse. Ich bezweifle, dass er sie je wieder benutzen wird, aber es ist einen Versuch wert.«

Foster und Tatum gingen hinaus, und Zoe blieb allein im Raum zurück. Sie war erschöpft, als sie ihren Laptop aufklappte und die E-Mail des Mörders noch mehrmals las. Dann stand sie auf und schrieb drei Sätze an das Whiteboard.

Jeder meiner Schritte war notwendig und unausweichlich.
Es gibt einen Grund für alles.
Warten Sie, bis Sie die ganze Geschichte kennen.

Sie tippte sich mit einem Finger an die Lippen, während sie sich die Sätze durch den Kopf gehen ließ und dann Harry anrief.

»Ich wollte mich auch gerade melden«, begann Harry. »Haben Sie sie gelesen?«

»Ja«, antwortete Zoe. »Mir fällt dazu einiges ein.«

»Ich habe mich über diesen Henry Lee Lucas schlaugemacht, den er erwähnt. Sie wissen vermutlich schon, wer das ist.«

»Er war ein Serienmörder. Keiner weiß genau, wie viele Menschen er getötet hat, aber es waren nicht wenige. Irgendwann hat er sogar behauptet, dreitausend Menschen ermordet zu haben, worauf sich unser Mann offenbar bezieht.«

»Das stimmt, aber wissen Sie auch, wo ihm der Prozess gemacht wurde?«

Zoe runzelte die Stirn. »Irgendwo in Texas. Er wurde von einem Texas Ranger gefasst, wenn ich mich nicht irre.«

»Er sollte in Austin vor Gericht gestellt werden, aber aufgrund des allgemeinen öffentlichen Interesses wurde die Verhandlung nach San Angelo verlegt.«

Zoe stieß die Luft aus und las die E-Mail ein weiteres Mal. »Damals hatte jeder einen Freund oder Angehörigen unter den Geschworenen.«

»Ihr Serienmörder ist in San Angelo aufgewachsen.« Harry schien sehr zufrieden mit sich zu sein. »Er stammt von hier.«

»Er erwähnt, dass seine Eltern über den Prozess gesprochen haben«, stellte Zoe fest. »Wann war das?«

»Äh ... 1984.«

»Wenn wir davon ausgehen, dass er damals zwischen fünf und zehn Jahre alt war, muss er heute mindestens vierzig sein.«

»Warum gehen Sie davon aus, dass er zwischen fünf und zehn gewesen sein muss? Wieso nicht dreizehn?«

»Dann hätte er vermutlich nicht geschrieben, dass er sich daran erinnert, wie seine Eltern darüber sprachen. Er hätte eher geschrieben, dass die anderen Kinder in seiner Klasse darüber geredet haben.« Sie erinnerte sich an ihre Teenagerzeit und dass in der Schule über kaum etwas anderes als den Maynard-Serienmörder gesprochen worden war.

»Gutes Argument.«

»Und jetzt weiß ich, wie ich mit ihm reden muss«, fuhr Zoe fort. »Er hat sich eine ganze Geschichte über seine Mission ausgedacht. Dieser Vergleich mit Einsteins ›Annus mirabilis‹ verrät uns, dass er einen großen Plan verfolgt. Er hat eine Berufung. Seine E-Mail ist voll davon. Das ist es, was er der Welt mitteilen will.«

»Und was verrät Ihnen diese Berufung?«, hakte Harry nach. »Wie hilft Ihnen das beim Profil weiter?«

Zoe schnaubte. »Seine Berufung ist mir völlig egal. Das ist nur etwas, das er sich einredet. Aber wenn wir das Thema aufgreifen, gibt er uns vielleicht versehentlich einen richtigen Hinweis, mit dem wir etwas anfangen können.«

»Was meinen Sie damit, dass er sich das nur einredet?«

»Jeder Mensch belügt sich, Harry. Das sollten Sie doch besser wissen als die meisten. Und dieser Mann hat sich eine ausgeklügelte Lüge weisgemacht, damit er die sehr einfache Wahrheit nicht sehen muss.«

»Und was ist das für eine Wahrheit?«

»Dass es ihn erregt, Frauen lebendig zu begraben.«

Kapitel 58

Zoe las sich gerade einen Artikel über Henry Lee Lucas im »American Journal of Forensic Psychiatry« durch, als die Tür des Besprechungsraums aufgerissen wurde. Lyons kam mit geröteten Wangen herein.

»Ich habe einen Verdächtigen«, verkündete sie atemlos.

Zoe spürte, wie die Aufregung auf sie überschwappte wie ein durch die Luft übertragener, sehr ansteckender Virus. »Wer ist es?«

»Sein Name ist Alfred Sheppard. Er hat bei der Hotline angerufen.«

»Wann?«

»Heute Morgen.« Lyons ging im Raum auf und ab. »Dieser Sheppard meldete sich vor eineinhalb Stunden und sagte, er würde sich daran erinnern, eine Frau, die wie Maribel Howe ausgesehen hat, zusammen mit einem Mann in einer Kneipe gesehen zu haben.«

Zoe nickte und lauschte gebannt.

»Sie haben seine Daten aufgenommen. Wie sich herausgestellt hat, gehört sein Van zu den Fahrzeugen, die gestern an der Straßensperre auf der 67 vorbeigekommen sind. Es ist ein weißer Ford Transit. Wir beschlossen, uns die Sache mal näher anzusehen. Und jetzt raten Sie, was wir rausgefunden haben?«

»Ich rate nie.«

»Er ist *zweimal* am Medina-Gedächtnisschrein aufgetaucht. Sein Gesicht war unter denen, die wir dort fotografiert haben.«

Das waren schlichtweg zu viele Zufälle, als dass sie die Sache ignorieren konnten. Zoe stand auf, da sie zu unruhig zum Stillsitzen war. »Kennen Nicoles Eltern den Mann?«

»Der Name sagt ihnen nichts. Ich habe jemanden mit einem Foto vorbeigeschickt; vielleicht kommt er ihnen bekannt vor.«

»Wurde seine Geschichte bestätigt?«

»Maribel Howe hat in dieser Kneipe ein Selfie mit einer Freundin gemacht, den Ort getaggt und es auf ihrem Instagram-Profil hochgeladen. Das Foto wurde drei Tage vor ihrem Verschwinden gepostet. Es passt alles zusammen, aber darauf hätte jeder kommen können.«

Zoe nickte. »Haben Sie genug für einen Durchsuchungsbefehl?«

»Möglicherweise.«

»Vielleicht kann eine professionelle Meinung den Richter überzeugen.«

»Es ist einen Versuch wert.«

»Wo ist er jetzt?«

»Wir haben ihn gebeten, herzukommen und uns mehr über Maribel Howe und ihren Begleiter zu erzählen. Er sitzt in Verhörraum eins und weiß nur, dass er hier ist, um uns zu helfen.«

»Ist jemand bei ihm?«

»Nein. Ich habe eine kurze Aussage aufgenommen und ihn dann gebeten, zu warten. Er sitzt jetzt seit einer Viertelstunde dort. Foster wollte gerade zu ihm, aber dann dachten wir, Sie können uns vielleicht sagen, wie wir am besten vorgehen sollen. Sie können das Verhör aus dem Beobachtungsraum verfolgen. Kommen Sie mit.«

Zoe folgte Lyons durch den Flur und weiter in das Gebäude hinein. Der Verhörraum befand sich beinahe am hintersten Ende des Reviers, und das war kein Zufall. Jeder, der dorthin gebracht wurde, musste durch verschiedene Abteilungen und an uniformierten Beamten, Detectives und Gefangenen vorbei. Ebenso an geschlossenen Türen mit Schildern wie »Mordkommission«, »Beweismittellagerung« und »Waffenkammer«. Zivilisten, die das Innere eines Polizeireviers nicht gewohnt waren, wurden dadurch schnell nervös. Und nervöse Menschen machten Fehler.

Der Beobachtungsraum war klein und schlecht beleuchtet. Sowohl auf der linken als auch der rechten Wand befanden sich große dunkle Einwegspiegel, durch die man in die angrenzenden Verhörräume sehen konnte. Detective Foster, Lieutenant Jensen und Tatum waren schon da und beobachteten den Mann in Verhörraum eins durch den Spiegel.

Er war kahlköpfig und trug ein weißes T-Shirt zu einer abgenutzten, fleckigen Jeans. Während er mit verschränkten Armen dasaß, tippte er mit dem rechten Fuß auf den Boden. Hin und wieder warf er einen Blick zum Spiegel und wandte den Kopf schnell wieder ab.

»Wie ist er hierhergekommen?«, wollte Zoe wissen. »Wurde er abgeholt, oder ist er selbst gefahren?«

»Er fuhr selbst. Sein Van steht auf dem Parkplatz«, antwortete Foster. »Jemand sieht ihn sich gerade an.«

»Nur von außen, hoffe ich«, schaltete sich Jensen ein. »Es gibt keinen Grund zu der Annahme ...«

»Er sieht nur durch die Fenster und macht ein paar Fotos«, fiel Foster ihm brüsk ins Wort. Er war ungeduldig und schien nicht in der Stimmung zu sein, um Jensen wie üblich gewähren zu lassen.

»Okay«, meinte Jensen angespannt. »Wurden ihm seine Rechte vorgelesen?«

»Nein. Er steht nicht unter Arrest«, erwiderte Foster.

»Ich will nicht noch mal so einen Reinfall erleben wie im Whitfield-Fall, Detective. Lesen Sie ihm sofort seine Rechte vor.«

»Wenn Sie das tun, wird er kein Wort mehr sagen«, gab Zoe zu bedenken. »Er darf nicht wissen, dass er unter Verdacht steht. Jedenfalls nicht sofort. Und Sie müssen ihm seine Rechte nicht vorlesen, wenn er nicht verhaftet wurde.«

»Er kam mit seinem eigenen Wagen her.« Foster hob die Stimme. »Und er kann jederzeit wieder gehen! Wenn er etwas sagt, gilt das als spontanes Geständnis.«

»Weiß er, dass er jederzeit gehen kann? Nein, das tut er nicht. Also machen Sie keine große Sache daraus. Sagen Sie ihm einfach, dass es notwendig ist, bevor Sie sich unterhalten können. Detective Lyons soll das übernehmen und so tun, als würde ihr dieser bürokratische Aufwand auf die Nerven gehen.«

»Ich sage Ihnen was.« Lyons schlug Foster auf die Schulter, als wollte sie verhindern, dass er dem Lieutenant an die Gurgel ging. »Wir lesen ihm seine Rechte erst im Verlauf des Verhörs vor, wenn wir uns dazu entscheiden sollten. Und bevor wir das getan haben, werfen wir ihm nichts vor, okay?«

Jensen schien einen Augenblick zu zögern und murmelte dann: »Das ist akzeptabel.«

Zoe musterte Sheppard durch den Einwegspiegel. »Wir müssen die Sache vorsichtig angehen. Wenn er unser Mann ist, dann wird er mit den offensichtlichen Fragen rechnen. Wir müssen ihn überrumpeln.«

Kapitel 59

»Bitte entschuldigen Sie, dass Sie warten mussten, Mr Sheppard. Wir mussten erst noch einige Dinge verifizieren.« Fosters Stimme drang mit einem leichten Echo aus dem Lautsprecher des Soundsystems, das Tatum ein wenig ablenkte. Er beobachtete, wie sich Foster und Lyons Alfred Sheppard gegenübersetzten. Lyons hatte eine Laptoptasche dabei, und sie hielten beide dicke Aktenordner in den Händen. Bei Foster handelte es sich um die eigentliche Fallakte, die mit einigen zusätzlichen Seiten aufgepeppt worden war, während Lyons Ordner nichts als leere Blätter enthielt.

»Kein Problem. Sie haben sicher viel zu tun«, erwiderte Sheppard. Seine Stimme klang so heiser, dass Tatum ihn für einen Raucher hielt.

»Wir sind Ihnen wirklich sehr dankbar für Ihre Hilfe, Mr Sheppard«, sagte Lyons. »Wie Sie vielleicht in den Nachrichten gehört haben, folgen wir einigen konkreten Spuren, und Ihre Aussage kann uns dabei helfen, die Liste der Verdächtigen einzuschränken.«

Zoe beugte sich zum Mikrofon vor. »Erwähnen Sie die Nachrichten nicht. Er soll das Gefühl bekommen, dass alles, was Sie ihm erzählen, geheim ist. Das, worüber bereits berichtet wird, interessiert ihn nicht.«

Lyons blinzelte einmal, was durchaus eine Bestätigung sein konnte. Oder es war einfach nur ein Blinzeln. Danach legte sie die Fakten des Falls dar. Sie erwähnte nichts, was der Öffentlichkeit nicht längst bekannt war, schaffte es aber, ihm zu vermitteln, dass es außer ihm noch niemand wusste.

»Sie ist gut«, stellte Tatum fest.

»Würden Sie uns bitte von dem Abend erzählen, an dem Sie Maribel Howe gesehen haben?« Foster legte seinen Ordner lautstark auf den Tisch und nahm einen kleinen Notizblock und einen Stift aus der Brusttasche.

»Äh, sicher. Es war vor … ein paar Wochen. Am sechsundzwanzigsten Juli. Ich war mit einigen Freunden da. Einer von ihnen hatte Geburtstag. Und ich sah die Frau …«

»Maribel Howe.« Foster zog ein großes Farbfoto aus dem Ordner und legte es auf den Tisch. Darauf war Maribel Howe in einem Park vor einem Fluss zu sehen. Sie lächelte in die Kamera, und der Wind zerzauste ihr Haar. Es war ein wunderschönes Foto und eines der besten von ihrem Instagram-Konto.

»Äh, ja, genau sie. Ich habe sie mit einem Mann zusammen gesehen. Er war über eins achtzig groß, hatte schwarzes Haar und einen Bart. Sie sind mir aufgefallen, weil sie sich wegen irgendwas gestritten haben und sie sich sehr aufzuregen schien. Zuerst wollte ich mich einmischen, aber mein Freund hat mich davon abgehalten.«

»Das ist wirklich sehr hilfreich, Mr Sheppard«, sagte Lyons. »Wir stellen gerade eine Liste möglicher Verdächtiger zusammen und haben ein paar davon besonders ins Auge gefasst. Ihre Beschreibung passt ziemlich gut auf einen der Hauptverdächtigen und könnte sich für den Fall als sehr wertvoll erweisen.«

Das war durchweg gelogen, aber ihre Worte zeigten Wirkung, da sich der Mann sichtlich entspannte und Lyons anlächelte. »Freut mich, wenn ich helfen kann.«

»Erzählen Sie uns bitte mit Ihren eigenen Worten, was Sie gesehen haben«, bat Foster.

»Na ja, sie saßen an einem Tisch, aber der Kerl war ein bisschen aggressiv. Ich konnte seine Worte nicht hören, aber die Frau ... Maribel wirkte recht aufgelöst.«

»Inwiefern?«

»Keine Ahnung. Sie sah nicht besonders glücklich aus.«

»Gab es noch weitere Hinweise darauf, dass sich die beiden gestritten haben? Abgesehen von der Art, wie der Mann mit ihr sprach?«

»Nein. Ich konnte sie wie gesagt nicht verstehen. Und sie sind kurz darauf gegangen.«

»Versuchen Sie, ihn ein bisschen aus der Reserve zu locken«, sagte Zoe ins Mikrofon. »Vielleicht bringen Sie ihn dazu, seine Geschichte zu ändern.«

»Wirkte er irgendwie gewalttätig?«, wollte Foster wissen.

»Nein. Ich wäre dazwischengegangen, wenn er sie geschlagen hätte.«

»Aber er hat keine einschüchternden Gesten gemacht?«

»Äh ... nein, ich denke nicht.«

»Ist er ihr zu nahe gekommen? Hat er sie belästigt?«, fragte Lyons hoffnungsvoll.

Sheppard schien kurz nachzudenken. »Jetzt, wo Sie es sagen ... Ja, er hat sich irgendwie bedrohlich zu ihr hinübergebeugt. Das war auch der Grund dafür, dass ich mich einmischen wollte.«

»War sie nur aufgelöst, oder hat sie geweint?«, erkundigte sich Lyons.

»Keine Ahnung. Vielleicht hat sie geweint, als sie gegangen sind.«

»Es macht ganz den Anschein, als wollte er sagen, was sie hören wollen«, stellte Tatum fest.

»Ja«, stimmte Zoe ihm zu. »Er wird nichts sagen, was sich später widerlegen lässt, aber er ist bereit, seine Geschichte an die Erwartungen anzupassen.«

Lyons betonte Sheppard gegenüber abermals, wie wichtig seine Aussage sei. Dabei ließ sie beiläufig eine Information fallen, über die sie sich im Vorfeld geeinigt hatten. Der Mann hing förmlich an ihren Lippen.

»Ich schätze, dank Ihrer Hilfe stehen unsere Chancen gut, den Bestatter zu fassen«, erklärte Lyons.

»Gut. Das höre ich gern«, erwiderte Sheppard.

»Er ist bei dem Spitznamen nicht zusammengezuckt«, stellte Tatum fest.

»Möglicherweise hat er sich schon daran gewöhnt«, mutmaßte Jensen.

»Gut möglich«, murmelte Zoe. Sie beobachtete den Mann genau, während Foster die Fotos auf dem Tisch ausbreitete. »Er schenkt den Tatortfotos keine besondere Aufmerksamkeit.«

»Was hat das zu bedeuten?«, wollte Jensen wissen.

»Es bedeutet, dass er unempfindlich ist, aber heutzutage bekommt man online sehr viel Gewalt zu sehen. Jeder, der sich dafür interessiert, kann mehr als genug davon finden. Allerdings ist es ein Unterschied, ob man ein zufälliges Bild eines blutüberströmten Menschen sieht oder das Foto der verwesten Leiche einer Person, die man zu Lebzeiten getroffen hat.«

»Ist er der Mörder?«

»Er ist jemand, der von diesem Fall fasziniert ist, doch das macht ihn nicht zum Mörder.«

Sie setzten das Gespräch fort. Foster ließ noch mehrmals den Spitznamen Bestatter fallen.

»Jetzt die Kleidung«, verlangte Zoe.

Jensen nickte und nahm die Beweismittelbeutel vom Tisch. Er ging hinaus und betrat eine Sekunde später den Verhörraum.

»Detective Foster.« Seine Stimme klang unfassbar mechanisch, als hätte er diesen Satz stundenlang geübt. »Die Kleidung.«

»Das würde ein Fünfjähriger durchschauen«, murmelte Tatum frustriert.

»Egal«, meinte Zoe. »Sehen Sie sich Sheppard an. Er hat es nicht mal bemerkt.«

Damit hatte sie recht. Sheppard starrte die durchsichtigen Beutel gebannt an. Darin befand sich die Kleidung, in der Maribel Howe gefunden worden war.

»Kommen Ihnen diese Kleidungsstücke bekannt vor?«, fragte Foster und breitete die Beutel auf dem Tisch aus. »Hat sie etwas davon getragen, als Sie sie gesehen haben?«

»Vielleicht die Schuhe.«

Jensen verharrte unsicher im Raum. Foster warf ihm einen vielsagenden Blick zu, woraufhin der Lieutenant blinzelte und hinausging.

Der Tisch im Verhörraum war nun ein gut geplantes Durcheinander aus Fotos und Beweisen, das seine Wirkung auf Sheppard offensichtlich nicht verfehlte. Er wackelte noch nervöser als zuvor mit dem rechten Bein. Foster und Lyons gingen seine Aussage ein weiteres Mal durch und stellten ihm noch mehr Fragen über Maribel Howe. Hatte er sie in Begleitung von Freunden gesehen? In der Nacht ihres Verschwindens war sie mit Freunden ausgegangen – hatten sie sie vielleicht auch an jenem Abend in die Kneipe begleitet?

Foster stand auf und lief hin und her, während sie Sheppard Fragen stellten. Als er sich wieder setzte, zog er seinen Stuhl herum, sodass er zu Sheppards Rechter saß. Da der Tisch an der hinteren Wand stand, war Sheppard im Grunde genommen eingezwängt. Wenn er jetzt gehen wollte, würde er Foster erst bitten müssen aufzustehen.

»Das gefällt mir nicht«, protestierte Jensen. »Der Verdächtige sieht aus, als würde er in die Ecke gedrängt. Ein guter Anwalt könnte argumentieren, dass der Verdächtige zu diesem Zeitpunkt das Gefühl hatte, festgehalten zu werden.«

»Das ist eine übliche Verhörtechnik«, entgegnete Tatum gelassen. »Wir wenden sie beim FBI ständig an. Sehen Sie, wie er auf die Fotos deutet? Wir können einfach behaupten, er habe sich dorthin gesetzt, um dem Zeugen näher zu sein.«

Jensen erwiderte nichts, schien jedoch vorübergehend beruhigt zu sein.

»Ich würde Ihnen gern einige Bilder aus den Videos des Bestatters zeigen.« Lyons zog den Reißverschluss ihrer Laptoptasche auf.

»Okay«, sagte Sheppard.

Tatum ließ den Mann nicht aus den Augen, als Lyons den Laptop aufklappte und das erste Video startete. Nicole Medina schrie um Hilfe, und Sheppard war eindeutig fasziniert. Er starrte den Bildschirm mit offenem Mund an.

»Das Video scheint ihn zu fesseln«, stellte Jensen fest.

Sie ließen es einige Minuten laufen, und Sheppard starrte die ganze Zeit den Bildschirm an.

»Wissen Sie, wer das ist?«, fragte Lyons.

Er warf ihr einen kurzen Blick zu, um sofort wieder auf den Bildschirm zu schauen. »Das andere Opfer.«

»Haben Sie dieses Video schon einmal gesehen?«

»Nein. Ich kenne nur die Fotos aus den Artikeln.«

Sie stellte ihm weitere Fragen zu Nicole Medina. Er antwortete ausweichend und kurz angebunden. Dabei spielte er jedoch nicht den Dummen und tat auch nicht so, als wisse er nicht, wer sie war. Aber er blickte immer wieder auf den Bildschirm.

»Ich glaube, wir haben ihn«, meinte Tatum.

»Ich bin mir nicht sicher«, murmelte Zoe. »Seine Reaktion passt nicht.«

»Warum nicht?«, wollte Tatum wissen. »Auf mich wirkt er sehr aufgeregt. Hatten Sie etwas anderes erwartet?«

»Der Mörder hat diese beiden Videos, vermutlich sogar deutlich längere Versionen. Ich wette, dass er sie sich schon unzählige Male angesehen hat. Wahrscheinlich hat er sogar Lieblingsstellen darin. Macht dieser Mann den Anschein, als hätte er sich diese Videos schon oft angesehen? Sehen Sie ihn sich doch mal an. Er ist vollkommen fasziniert.«

»Er könnte aber auch jedes Mal so reagieren, wenn er sich die Videos ansieht.«

Zoe musterte ihn skeptisch. »Wäre das der Fall, müsste er nicht erneut morden. Dies ist die letzte Reaktion, die ich vom Mörder erwartet hätte. Ich bin davon ausgegangen, dass er so tut, als würde ihn das anwidern. Oder dass er sich das Video einige Sekunden lang cool und distanziert ansieht. Aber das hier?« Sie schüttelte den Kopf. »Ich weiß nicht.«

Die Minuten vergingen. Lyons ließ das Video laufen. Die Geräusche daraus und das leise Echo aus dem Soundsystem gingen Tatum zunehmend auf die Nerven.

»Okay, jetzt bin ich dran.« Er nahm sich einen Ohrhörer und steckte ihn sich ins Ohr.

Dann verließ er den Beobachtungsraum und musste blinzeln, weil es auf dem Flur viel heller war. Da er nicht besonders einschüchternd gewirkt hätte, wenn er so in den Verhörraum gestürmt wäre, wartete er kurz, bis sich seine Augen an die Lichtverhältnisse gewöhnt hatten, bevor er hineinging.

Im Raum roch es nach Schweiß. Das hatten sie aus dem Beobachtungsraum nicht merken können. Sheppard schwitzte stark. Alle Blicke richteten sich auf Tatum.

»Mr Sheppard«, sagte er. »Ich bin Agent Gray vom FBI und werde den weiteren Verlauf des Gesprächs verfolgen.«

»Oh ... Okay. Sicher.«

Tatum lehnte sich mit verschränkten Armen an die Wand. Mehr wollte er hier auch nicht tun. Er hatte vor, einfach nur an der Tür zu stehen, den Weg zu versperren und wie ein Bundesagent auszusehen.

Um den Druck noch weiter zu erhöhen.

Foster und Lyons setzten die Befragung fort. Hatte Sheppard Nicole Medina früher schon mal gesehen? Möglicherweise in Begleitung des Mannes, der bei Maribel Howe gewesen war? War er sich ganz sicher? Es kamen noch mehr Fotos auf den Tisch, sodass man die Tischplatte kaum noch sehen konnte. Foster und Lyons machten ihren Job hervorragend.

»Mr Sheppard«, sagte Foster auf einmal. »Können Sie uns sagen, wo Sie am zwölften August um zwanzig Uhr gewesen sind?«

Auch das war eine von Zoes Ideen gewesen. Das Datum war völlig unwichtig. Keines der Mädchen war an diesem Tag verschwunden. Ihres Wissens war zu diesem Zeitpunkt rein gar nichts passiert. Zoe hatte die Theorie aufgestellt, dass der Mörder ein Alibi für die Abende parat haben würde, an denen er die Frauen entführt hatte, bei einem anderen Datum jedoch aus dem Konzept gebracht wurde. Dann würde er sich fragen, was sie noch in der Hand hatten, und ins Schwimmen geraten.

Genauso war es auch.

»Äh ... Was? Wann? Ich wüsste nicht, was das mit ...«

»Es hat mit Ihrer Aussage zu tun«, behauptete Lyons gelassen. »Und mit dem Mann, den Sie gesehen haben. Wo waren Sie an diesem Abend?«

»Ich ... Das müsste ich nachsehen. Bin ich ... bin ich jetzt ein Verdächtiger?« Sein Blick zuckte zu Tatum und zurück zu Lyons.

»Natürlich nicht«, widersprach Lyons. »Sie sind nur hier, um uns zu helfen.«

»Ganz genau.«

»Erinnern Sie sich, was Sie an jenem Abend gemacht haben?«

Er sah sich panisch um.

»Das gefällt mir nicht«, dröhnte Jensens Stimme in Tatums Ohr. »Sie stellen ihm direkte Fragen, Foster. Ich will, dass Sie ihm jetzt seine Rechte vorlesen. Einen weiteren Whitfield-Zwischenfall können wir nicht gebrauchen.«

»Das ist nicht notwendig«, war Zoes Stimme im Hintergrund zu hören. »Dieses Datum hat nichts mit dem Fall zu tun. Das war vorher abgesprochen.«

»Ich ... ich glaube, ich war zu Hause«, sagte Sheppard.

»Kann das jemand bestätigen?«, fragte Foster.

»Ein guter Anwalt kann dafür sorgen, dass das gesamte Video aus dem Verhörraum nicht zugelassen wird!« Jensen wurde immer hysterischer. »Lesen Sie ihm sofort seine Rechte vor, Foster!«

»Sie benehmen sich wie ein Idiot«, fauchte Zoe. »Es gibt nicht den geringsten Grund dafür, sich wie ein ...«

Der Ton brach ab, da Jensen vermutlich den Finger vom Mikrofonknopf genommen hatte. Tatum fluchte innerlich und erkannte seinen Fehler. Indem er in den Verhörraum gegangen war, hatte er zwar den Druck auf den Verdächtigen erhöht, aber auch Jensen mit Zoe allein gelassen. Und wenn es etwas gab, was sie nicht gut konnte, dann war das der Umgang mit Menschen wie dem Lieutenant.

»Äh ... Ich glaube, ich war allein ... Nein, warten Sie.« Sheppard leckte sich die Lippen. Im Hintergrund stöhnte Nicole Medina gequält. Sein Blick fiel auf den Bildschirm, dann sah er Tatum an. Er wirkte wie ein in die Ecke gedrängtes Tier. Ein Tier, das kurz davor stand, einen Fehler zu begehen.

Die Tür des Verhörraums wurde aufgerissen, und Jensen stürmte mit einem Rechtsbelehrungsformular herein.

»Mr Sheppard«, trällerte er. »Bevor Sie weitersprechen, wäre uns sehr daran gelegen, dass Sie dieses Formular unterzeichnen. Das ist eine reine Formsache. Darin steht, dass Sie Ihre Rechte kennen. Dass Sie wissen, dass Sie ein Recht auf einen Anwalt haben und dass alles, was Sie sagen, vor Gericht gegen Sie verwendet werden kann. Sie wissen schon, all das, was man aus den Filmen kennt.«

Er legte das Blatt auf den Tisch, verdeckte Maribel Howes Foto und grinste Sheppard an.

Sheppard musterte das Formular mit finsterer Miene.

»Warum soll ich das unterschreiben?«, verlangte er zu erfahren. »Ich bin doch nur hier, um zu helfen.«

»Es ist nun mal Vorschrift«, murmelte Jensen.

Jede Bewegung im Verhörraum hatte einem sorgsam gespannten Faden geglichen, mit dem das Netz um Alfred Sheppard enger zusammengezogen wurde. Jede noch so kleine Regung hatte die Falle verstärkt und es ihm erschwert, sich in Sicherheit zu bringen. Und dann hatte Jensen die sorgsam ausgelegte Schlinge mit einer stümperhaften, plumpen Aktion zerstört.

»Bin ich verhaftet?«, fragte Sheppard.

Foster seufzte schwer. »Nein, Mr Sheppard. Sie sind hier, um zu helfen.«

»Ich denke, ich habe Ihnen alles gesagt. Es ist schon spät, und ich muss jetzt wirklich nach Hause.«

Kapitel 60

»Ich war überrascht, als du angerufen hast«, meinte Joseph zu Zoe, nachdem sie etwas zu essen bestellt hatten. »Ich dachte, du bist längst wieder bei deiner Schwester.«

Sie saßen in dem Restaurant, in dem sie sich kennengelernt hatten. Zoe hatte dasselbe Steak bestellt, und schon allein beim Gedanken daran knurrte ihr der Magen. »Es gab eine Verzögerung. Wahrscheinlich fliege ich am Dienstag zurück.«

»Geht es ihr gut?«

»Andrea schlägt sich wacker.« Zoe musste lächeln, als sie an die Nachricht dachte, die sie vor einer Stunde von ihrer Schwester bekommen hatte. Seitdem Marvin vorübergehend bei ihr eingezogen war, schickte Andrea ständig GIFs der beiden mosernden alten Männer aus der »Muppet Show«. Zoe hatte beinahe den Eindruck, dass Andrea gar nicht genug von Marvins Gesellschaft bekommen konnte.

Der Barkeeper stellte die Drinks vor ihnen ab. Zoe hatte ein Guinness bestellt, Joseph ein Shiner.

Zoe trank einen Schluck, leckte sich den Schaum von der Oberlippe und genoss den intensiven Geschmack. Sie war froh darüber, dass Joseph hergekommen war. Tatum hatte zwar vorgeschlagen, sich etwas zu essen zu holen und weiter über den

Fall zu sprechen, aber Zoe brauchte mal eine Pause. Der bittere Geschmack, den sie nicht mehr losgeworden war, nachdem Jensen das Verhör gesprengt hatte, und die Erschöpfung, die auf die ständigen Versuche, die Motive des Killers zu durchschauen, folgte, wurden auf Dauer zu viel. Sie wollte mal mit jemandem über etwas anderes reden.

»Und, was hast du am Freitagabend gemacht?«, erkundigte sie sich.

»Ich war mit ein paar Freunden im Kino.« Er zuckte mit den Achseln. »Es war ganz witzig.«

Er erzählte ihr von einem Mädchen, das in der Reihe vor ihm gesessen hatte. Offenbar waren ihre Reaktionen auf den Film derart übertrieben gewesen, dass er sich irgendwann mehr auf sie als auf das Geschehen auf der Leinwand konzentriert hatte. Zoe hörte ihm lächelnd zu, war aber immer wieder abgelenkt, weil sie an Andrea, an Schroedinger, an Alfred Sheppard denken musste. Sie war sich schon fast sicher, dass Sheppard nicht der Mörder sein konnte. Vielmehr stufte sie ihn als jemanden ein, der von Serienmördern besessen war und darauf reagierte, dass in seiner Stadt einer davon sein Unwesen trieb. Falls es Lyons gelang, einen Durchsuchungsbefehl zu bekommen, ging Zoe felsenfest davon aus, dass sie in der Wohnung des Mannes bergeweise Material über Serienmörder finden würden.

Aber sie hielt ihn nicht für den Killer.

Vorerst ließen sie ihn allerdings bewachen. Ärger stieg in ihr auf, als sie daran dachte, wie Jensen ihre Bemühungen zunichtegemacht hatte.

»Woran denkst du gerade?«, fragte Joseph.

Sie schaute sich um. Die Hälfte der Tische war unbesetzt. Es herrschte eine gedämpfte Stimmung. »Hier ist heute nicht gerade viel los. Ist es samstags immer so leer?«

Joseph musterte sie amüsiert. »Ich weiß nicht, ob du es schon gehört hast, aber hier geht ein Serienkiller um.«

»Ach ja, stimmt.«

»Macht ihr Fortschritte?«

»Wir haben einige sehr gute Spuren. Es sieht vielversprechend aus.«

»Ich habe das Interview mit dir gelesen«, sagte Joseph. »Du kommst ja ganz schön selbstsicher rüber.«

»Wir verfügen über sehr viel Erfahrung mit solchen Fällen, und in diesem ganz besonderen haben wir einen kleinen Vorteil.«

»Was denn für einen?«

»Ich würde lieber nicht darüber sprechen …«

Ihr Handy klingelte. Sie warf Joseph einen betretenen Blick zu und nahm den Anruf an. Es war Tatum.

»Ich störe Ihr Date nur ungern«, erklärte er und betonte das Wort *Date* auf seltsame Weise, fand Zoe. »Aber ich habe etwas für Sie.«

»Was?«

»Shelton hat ein paar Leute mit dem Bodenradar losgeschickt.«

»Und?«

»Sie haben bereits eine der Gruben gefunden.«

Sie schlug mit der Handfläche auf die Bar, was ihr entrüstete Blicke mehrerer anderer Gäste einbrachte. »Wo?«

»Im Norden, knapp einen Kilometer nördlich von Grape Creek. In einem der Tulia-Bereiche.«

»Nördlich von Grape Creek?« Sie stand auf und gab Joseph zu verstehen, dass sie gleich wieder zurück sein würde. »Wie weit von San Angelo entfernt?«

»Knapp neun Kilometer.«

»Fast am Rand unseres Suchbereichs.« Sie drückte die Tür auf und trat ins Freie. Obwohl es längst dunkel geworden war, hatte es sich nicht wirklich abgekühlt. Allerdings gewöhnte sich Zoe langsam an die Hitze und Trockenheit und empfand

sie nicht mehr als so unerträglich wie am Tag ihrer Ankunft.
»Sollten wir den Suchradius vergrößern?«

»Wir müssen auch so schon ein sehr großes Gebiet abdecken«, erwiderte Tatum. »Sie haben Feierabend gemacht und werden wohl erst am Montag weitersuchen. Ich denke, wir lassen vorerst alles so.«

»Wie sieht es aus?«

»Eins achtzig tief, rechteckig, mit zwei großen Brettern abgedeckt, darauf etwa vierzig Zentimeter Erde. Es liegt einige Meter von der Straße entfernt, und man kann es von dort nicht sehen. So, wie wir es erwartet hatten.«

»Lässt Foster es überwachen?«

»Er versucht gerade, es in die Wege zu leiten. Jensen spielt die beleidigte Leberwurst, weil wir heute schon eine weitere Überwachung angeordnet haben und es noch dazu Wochenende ist. Zu viele Überstunden, schätze ich. Jedenfalls sagte Lyons, dass sie es schon einrichten werden. Notfalls überwachen sie die Stelle eben selbst.«

»Das sind ja großartige Nachrichten, Tatum.«

»Ich weiß.« Sie konnte hören, dass er lächelte. »Jetzt genießen Sie Ihr Essen. Ich melde mich, wenn es Neuigkeiten gibt.«

»Danke.«

Sie legte auf und ging an leeren Stühlen vorbei zurück zur Bar. Das Essen war bereits serviert worden, und Joseph wartete auf sie.

»Gute Nachrichten?«, erkundigte er sich.

»Wir machen Fortschritte«, antwortete sie. »Wow, das riecht ja köstlich. Ich bin am Verhungern.«

Sie schnitt sich ein großes Stück vom Steak ab, steckte es in den Mund und schloss vor Wonne die Augen. Nachdem sie langsam gekaut und es heruntergeschluckt hatte, schenkte sie Joseph ein Lächeln. »Das werde ich Andrea niemals erzählen, aber dieses Steak ist viel besser als das, was sie immer macht.«

»Willkommen in Texas.« Joseph grinste sie an. »Ich habe noch nie eine Frau gesehen, die ihr Essen so genießt wie du.«

»Dann bist du offensichtlich immer mit den falschen Frauen ausgegangen.«

»Andernfalls hätte ich bestimmt längst einen Ring am Finger.«

»Möchtest du heiraten?«

»Sicher.« Er musterte sie. »Aber keine Sorge, ich werde dir nicht die entscheidende Frage stellen.«

Sie schnaubte. »Da ich in zwei Tagen abreise, hatte ich auch nicht damit gerechnet.«

»Du solltest mich nicht unterschätzen. Darf ich dich dran erinnern, dass ich einer Frau schon mal durchs halbe Land gefolgt bin?« Er lachte auf. »Jetzt mach nicht so ein besorgtes Gesicht. Ich werde dich nicht stalken und dir nach Hause folgen.«

Einen Moment später schien ihm aufzufallen, wie unpassend sein Kommentar gewesen war, weil er schlagartig ernst wurde. »Bitte entschuldige, ich wollte nicht ...«

»Schon okay.« Zoe schüttelte lächelnd den Kopf.

Sie aßen schweigend weiter. Es war wirklich fast leer im Restaurant. Das würde auch den Mörder behindern. Sie versuchte, ihn sich jetzt vorzustellen. Lauerte er vor dem Haus seines auserkorenen nächsten Opfers, wie er es bei Maribel und Nicole getan hatte, und hoffte darauf, dass es bald ausging? Es konnte Wochen dauern, bis das passierte. Vielleicht würde es ihnen gelingen, ihn beim Beobachten des Hauses zu fassen, bevor er wieder zuschlagen konnte. Oder er suchte eine seiner Gruben auf und tappte in ihren Hinterhalt.

Ein plötzlich aufflackerndes Licht holte sie aus ihren Gedanken. Mehrere junge Männer und Frauen steckten die Köpfe zusammen und schossen Selfies.

Zoe beobachtete sie und kaute auf der Unterlippe herum. Hatte sie sich möglicherweise geirrt? Lauerte der Killer gar nicht vor dem Haus des Opfers und wartete darauf, dass es ausging?

»O Scheiße«, murmelte sie.

»Was ist?«, fragte Joseph.

Lyons hatte gesagt, Maribel Howes Instagram-Profil sei bis zu ihrem Verschwinden ständig aktualisiert worden. Von Nicole Medinas Mutter wussten sie, dass ihre Tochter ständig mit ihren Freunden per Handy in Kontakt gewesen war. Beide Opfer hatten sehr aktive Social-Media-Konten. Wieso war ihr das entgangen?

Sie kramte in ihrer Tasche und holte ihr Handy wieder heraus. Dann öffnete sie Maribel Howes Instagram-Seite. Darauf wimmelte es von Kommentaren trauernder Freunde. Das Profil war öffentlich. Danach suchte sie nach Nicoles Konto, das sie ebenfalls problemlos einsehen konnte.

»Mir ist in meinem Profil etwas Entscheidendes entgangen«, erkannte sie.

Nicole Medina hatte an dem Abend, an dem sie auf die Party gegangen war, ein Foto gepostet und sogar ihren Standort getaggt. Jeder, der sich das Foto angesehen hatte, wusste, dass sie mit Freunden unterwegs war, und musste nur zu ihrem Haus fahren und auf ihre Rückkehr warten.

»Was ist dir denn entgangen?«, erkundigte sich Joseph.

Zoe ignorierte ihn und wechselte wieder zu Maribel Howes Seite. Ja, sie hatte richtig vermutet: Maribel hatte ein Selfie von sich vor dem Kino gemacht.

Der Killer beobachtete seine Opfer über ihre Social-Media-Konten und wartete darauf, dass sie ausgingen. Sobald sie das taten, fuhr er zu ihrem Haus, um sie dort abzufangen. Nachts, wenn alle in der Umgebung längst schliefen. Wenn ihr Zuhause nur wenige Schritte entfernt war und sie gedanklich schon halb im Bett lagen.

Diese Erkenntnis traf sie wie ein Schlag. Das bedeutete, dass der Mörder wahrscheinlich nicht nur *ein* Opfer verfolgte. Er konnte sich Dutzende von Konten ansehen. Hunderte. Und er konnte in seiner Freizeit in Ruhe die Häuser auskundschaften und sich ein gutes Versteck suchen.

Selbst jetzt, wo die halbe Stadt Angst hatte, würden garantiert einige seiner anvisierten Opfer ausgehen.

Sofort kamen ihr einige Ideen. Sie konnten einen Köder auslegen, ein Profil für die Art von Frau erstellen, die er bevorzugte – so etwas hatte sie früher schon getan. Sie konnten die Profile gefährdeter Frauen herausfiltern und sie warnen und überwachen. Vielleicht war es sogar möglich, eine Liste der Konten zu erhalten, die Maribels und Nicoles Seite aufgerufen hatten, und herauszufinden, ob jemand darunter war, der sehr viele andere Profile besuchte.

»Ich muss gehen«, sagte sie. »Tut mir sehr leid.«

»Aber du hast noch nicht mal aufgegessen.« Joseph wirkte bestürzt.

»Ich ... ja.« Sie winkte den Barkeeper heran. »Könnten Sie mir das bitte einpacken?«

»Sehen wir uns heute noch? Ich gehe nicht früh schlafen. Du kannst mich jederzeit anrufen.«

Sie sah ihn einen Augenblick lang an und empfand diese Aussicht als sehr verlockend. »Ja«, meinte sie schließlich. »Ich rufe dich später an.«

Kapitel 61

Das war vermutlich der beschissenste Geburtstag, den Juliet jemals gehabt hatte. Selbst ihr siebter Geburtstag mit dem grässlichen Partybären, der ihr wochenlang Albträume beschert hatte, und ihr vierzehnter Geburtstag, an dem sich der Blödmann Roger Harris von ihr getrennt hatte, kamen da nicht ran. Sie nahm sich immer vor, mit geringen Erwartungen an ihre Geburtstage heranzugehen. Wer nichts erwartete, wurde auch nicht enttäuscht. Doch selbst ihre geringsten Erwartungen waren nicht *derart* deprimierend gewesen.

Noch gestern hatte sie sich auf eine schöne Party gefreut. Neun ihrer Freunde hatten bei dem Event angegeben, dass sie kommen würden, fünf hatten auf »vielleicht« geklickt. Sie hatte im Voraus einen Tisch im Ronny's reserviert und sich bereits ausgemalt, wie sie inmitten ihrer Freunde saß, die ihr ein Ständchen brachten, während ein Schokokuchen mit einer Wunderkerze darauf vor ihr auf dem Tisch stand.

Du darfst einfach nicht zu viel erwarten, Juliet.

Denn es gab anscheinend einen Serienkiller in San Angelo, der sich nicht mit Juliet abgesprochen und *ausgerechnet an ihrem gottverdammten Geburtstag* zu erkennen gegeben hatte. Die fünf »Vielleicht«-Freunde hatten gleich wieder abgesagt, die anderen neun waren ins Wanken geraten und hatten sich schließlich ebenfalls entschuldigt.

Wie viele Freunde letzten Endes gekommen waren?
Zwei.

Tiffany und Luis, Tiffanys Freund. Dabei war noch erwähnenswert, dass Luis nicht einmal Juliets Freund war. Sie konnte den Kerl nicht leiden. Aber er war wenigstens kein Feigling.

Ein Trost war, dass sie diese Erniedrigung, mit nur zwei Leuten an einem riesigen Tisch zu sitzen, nicht ertragen musste. Das Ronny's war so gut wie leer, und sie konnten sich einen Tisch aussuchen. Einige Minuten lang beäugte Juliet den großen Tisch und dachte, dass sie dort umgeben von ihren feigen Freunden hätte sitzen können, wenn dieses Arschloch nur noch etwas länger damit gewartet hätte, zwei Frauen umzubringen.

Den verdammten Schokokuchen mit der Wunderkerze hatte sie verweigert.

Tiffany gab sich die größte Mühe, fröhlich zu wirken, aber sie war so hysterisch, dass ihre Stimme ständig brach, und sah andauernd auf die Uhr, um dann zu sagen, dass sie besser nicht so lange blieben. Als hätten Serienmörder eine Art Zeitplan. *Ach, um die Uhrzeit kann ich aber niemanden mehr umbringen.*

Nicht, dass es Juliet groß etwas ausmachte. Irgendwie wirkten alle etwas angespannt. Die Kellnerin hatte sie schon vorgewarnt, dass sie heute früher schließen würden. Die wenigen Gäste sahen sich um, als wollten sie sich vergewissern, dass sie nicht die Letzten waren. Zu mehreren ist man sicherer, schien die heutige Devise zu lauten, und genau das hatte Juliet auch ihren Freunden auf die Absage erwidert.

Der Einzige, der guter Dinge zu sein schien, war Luis – und bei ihm bedeutete das, dass er sich wie ein Volltrottel benahm. Er betatschte Tiffany über den Tisch hinweg und auch darunter, wie Juliet bald merkte. Zweimal hatte er versehentlich ihr Bein anstatt Tiffanys mit dem Fuß berührt. Möglicherweise hatte er es auch mit Absicht gemacht. Wer wusste das schon? Als Tiffany auf einmal aufkeuchte und eine Hand unter den Tisch steckte, verlangte Juliet die Rechnung.

Sie fuhren in Luis' Wagen zurück, dessen rechte Hand immer wieder unter Tiffanys Rock wanderte. Juliet fand das zugleich faszinierend und widerlich, und sie wollte nur noch nach Hause und schlafen gehen.

Auf halbem Weg schlug Luis im Spaß einen flotten Dreier vor. Das war einer dieser dämlichen Witze, bei denen man nie wusste, ob sie nicht doch irgendwie ernst gemeint waren.

Bäh! Hoffentlich war die Fahrt bald zu Ende.

Kaum war er vor dem Haus vorgefahren, riss Juliet auch schon die Wagentür auf.

»Sollen wir dich bis zur Haustür bringen?«, fragte Luis, der plötzlich ganz ernst geworden war.

Beinahe hätte sie Ja gesagt, weil sie dieser Serienmörder auch langsam nervös machte, aber Luis hatte bei der Frage noch immer die Hand unter Tiffanys Rock, und Juliet befürchtete, dass er die Sache mit dem Dreier vor der Haustür möglicherweise noch einmal ansprechen würde.

»Ach, das ist echt nicht nötig.« Sie lächelte die beiden an und versuchte, nett zu sein, weil sie immerhin aufgetaucht waren. »Schön, dass ihr da wart.«

»Noch mal alles Gute, Süße«, sagte Tiffany. »Ich rufe dich morgen an.«

»Wir warten hier, bis du im Haus bist«, fügte Luis hinzu.

Vielleicht war er ja doch kein so übler Kerl, sondern nur scharf auf seine Freundin …

Juliet stieg aus und schloss die Wagentür hinter sich. Die Dunkelheit war allumfassend. Auf einmal dachte sie an die unzähligen Male, die ihre Mutter sie gebeten hatte, ihren Vermieter aufzufordern, eine Außenbeleuchtung anzubringen. Juliet hatte das als eine der typischen Nörgeleien ihrer Mutter abgetan, aber jetzt hätte sie eine Menge für zwei oder drei Lampen auf dem Weg gegeben.

Es waren keine zwanzig Meter bis zur Haustür. Das würde sie doch wohl schaffen.

Sie ging den sandigen Weg entlang und geriet ins Stolpern, als sie mit einem Absatz an einer Wurzel hängen blieb. Hochhackige Schuhe waren für solche Wege einfach nicht geeignet. Nach einigen Metern hörte sie ein Rascheln in den Büschen und erstarrte. Luis' Wagen stand noch am Straßenrand – sie konnte das Motorgeräusch hören –, aber würden sie sie in der Dunkelheit überhaupt sehen? Was konnten Luis und Tiffany schon tun, wenn jemand aus der Finsternis stürzte und sie in den Schatten zerrte?

Dann rannte sie los, von Panik übermannt, mit rasendem Herzen und heftig keuchend. Fast wäre sie hingefallen, aber sie konnte gerade noch das Gleichgewicht halten und stand endlich vor der Tür. Mit zitternden Fingern kramte sie in ihrer Handtasche nach dem Schlüsselbund. Wo steckte er denn nur?

Sie spürte die vertraute Form des Delfinanhängers, zog die klirrenden Schlüssel heraus, fand den richtigen, steckte ihn ins Schloss und hörte es klicken.

Atemlos schaltete sie das Licht ein. Sowohl im Wohnzimmer als auch über der Tür ging eine Lampe an. Sie rang nach Luft und versuchte, sich wieder zu beruhigen. Am liebsten hätte sie losgeschluchzt.

Sie betrat das Haus und drehte sich um. Luis und Tiffany winkten ihr aus dem Wagen zu. Juliet winkte ebenfalls und versuchte sich an einem Lächeln.

Der Wagen fuhr los.

Mann, was für ein beschissener Abend. Sie wollte nur noch auf die Toilette und ins Bett. Sie drehte sich um und gab der Tür einen Tritt.

Eigentlich hätte die Tür zuknallen müssen. Aber das geschah nicht. Es war rein gar nichts zu hören.

Juliet wollte sich schon umdrehen, als ihr etwas an den Hals gedrückt wurde und sich eine Hand auf ihren rechten Arm legte.

»Wenn du schreist, steche ich dich ab. Hast du verstanden?« Die Stimme klang heiser und zornig.

Sie erstarrte, konnte sich nicht bewegen, nicht einmal mehr atmen.

»Du musst nicken, damit ich weiß, dass du mich verstanden hast.«

Sie nickte kaum merklich.

»Geh direkt in die Küche. Keine plötzlichen Bewegungen.«

Sie machte einen Schritt nach dem anderen und hatte das Gefühl, ihr ganzer Körper würde aus Wackelpudding bestehen. Selbst wenn sie es gewagt hätte, sich zu wehren, ihm den Ellbogen in den Magen zu rammen oder die Hand mit dem Messer zu packen und hineinzubeißen, so konnte sie es schlichtweg nicht. Es kostete sie schon ihre gesamte Kraft, überhaupt auf den Beinen zu bleiben.

Er musste doch im Schatten gelauert haben. Er hatte geduldig gewartet, bis Luis weggefahren war. Erst danach hatte er zugeschlagen und die Tür im letzten Augenblick erreicht.

»Mein Freund ist im Schlafzimmer«, presste sie mühsam hervor. »Er müsste jeden Moment aufwachen.«

»Du hast keinen Freund. Ihr habt euch vor vier Monaten getrennt, schon vergessen? Du hast sogar einen sehr rührenden Eintrag dazu geschrieben.«

»Was haben Sie mit mir vor?« Ein Tränenschleier erschwerte ihr die Sicht, als sie die Küche betraten. Sie konnte ihr Spiegelbild und das des Mannes hinter sich im Küchenfenster sehen, wandte rasch den Blick ab und wimmerte vor lauter Angst.

»Weine nicht. Du hast doch heute Geburtstag.« Er schob sie zum Küchentisch. »Hinsetzen.«

Der Küchenstuhl wirkte im Dunkeln unheimlich. Sie wusste, dass sie nie wieder aufstehen würde, wenn sie sich jetzt hinsetzte. Solange sie stehen blieb, hatte sie eine Chance. Sie konnte weglaufen. Sie konnte sich wehren. Sie konnte irgendetwas packen, damit nach ihm schlagen und ...

Ein stechender Schmerz an ihrem Hals ließ sie aufkeuchen.

»Das war nur ein unbedeutender Schnitt«, flüsterte er. »Und du willst nicht, dass ich mehr Druck ausübe.«

Sie ließ sich mit langsamen, bedächtigen Bewegungen auf dem Stuhl nieder. Ein hicksendes Schluchzen entrang sich ihrer Kehle, gefolgt vom nächsten. Sie konnte einfach nicht anders. Deutlich spürbar lief ihr klebriges Blut am Hals herunter.

»Beruhige dich wieder. Hier, trink das!« Er ließ ihren Arm los und stellte eine Flasche Mineralwasser vor sie auf den Tisch.

»Ich ... ich habe keinen Durst.«

»Trink!« Er packte sie wieder und drückte fest zu.

Sie drehte den Verschluss auf und trank einige Schlucke. Dann noch ein paar mehr. Schließlich stellte sie die Flasche wieder auf den Tisch.

»Fühlst du dich jetzt besser?«, fragte er.

»Bitte tun Sie mir nichts.«

Er schwieg. Sie wartete darauf, dass er etwas sagte. *Irgendetwas.* Aber das tat er nicht. Die Klinge blieb an ihrer Kehle. Seine Hand umklammerte ihren Arm. War er eingeschlafen? Sie überlegte, ob sie aufspringen, ihn in die Eier treten und ins Freie laufen sollte.

Vorsichtig drehte sie ein Stück den Kopf.

»Keine Bewegung.«

Sie erstarrte.

Die Sekunden verstrichen. Sie hatte keine Ahnung, was gerade passierte. Das Blut sickerte in ihr Oberteil und lief in den Ausschnitt. War es wirklich nur ein leichter Schnitt oder würde sie daran sterben?

Ihr wurde leicht übel und schwummrig. Ihre Gliedmaßen fühlten sich ganz schwer an, und sie konnte sich nicht mehr bewegen. Das lag vermutlich am Blutverlust, schoss es ihr durch den Kopf. Nur, dass es ihr nicht so vorkam, als hätte sie viel Blut verloren.

Nein. Daran lag es nicht. Er hatte etwas ins Wasser getan.

»Was ...« Ihre Zunge gehorchte ihr nicht. »Wa...«

Er beugte sich vor und sang ihr leise ins Ohr: »Happy birthday to you, happy birthday to you, happy birthday, liebe Juliet. Happy ...«.

KAPITEL 62

San Angelo, Texas, Sonntag, 11. September 2016

Er hatte nicht einmal drei Stunden geschlafen und war vor Sonnenaufgang wieder aufgewacht. Wie gern wäre er noch im Bett geblieben, aber das Mädchen würde bald wieder zu sich kommen, und es war sicherer, die Sache hinter sich zu bringen, bevor es hell wurde und der Rest der Stadt aufwachte.

Es hätte sich durchaus gelohnt, einfach liegen zu bleiben und der Stille zu lauschen. Ein früher Sonntagmorgen. Alle anderen schliefen. Beinahe kam es ihm so vor, als wäre er ganz allein auf der Welt.

Die Eimer voller Erde und die Kiste mit dem Mädchen hatte er bereits in den Van geladen. Das hatte er vor dem Schlafengehen noch erledigt. Jetzt musste er sich nur noch hinter das Lenkrad setzen, das Garagentor öffnen und losfahren.

Als er schon halb bei der nächsten Kreuzung war, wusste er auf einmal nicht mehr, ob er wirklich alles Notwendige dabeihatte. Er hielt am Straßenrand und warf einen Blick in die Tasche. Laptop, Wergwerfhandy, Kabel, Handschuhe. Das Werkzeug zum Graben lag auf der Ladefläche.

Er hatte seine Sonnenbrille vergessen. Das würde die Rückfahrt unerträglich machen. Kurz überlegte er, sie noch zu holen, entschied sich jedoch dagegen. Er würde eben ohne klarkommen müssen, und diese unangenehme Erfahrung würde dafür sorgen, dass er sie beim nächsten Mal nicht wieder vergaß.

Der Himmel hatte diese dunkelblaue Farbe angenommen, die man immer kurz vor Sonnenaufgang sah; nur noch einige sehr helle Sterne waren dort oben zu erkennen. Leise summend fuhr er weiter und spürte, wie sich bereits Erregung in ihm ausbreitete.

Der letzte Teil des Weges war recht holprig, und sein Van rumpelte über den felsigen Boden. Die Grube war nicht so gut zu erreichen wie die letzten. Ein Reifen traf einen Stein, und kurz befürchtete er schon, einen Platten zu haben, aber es war noch mal gut gegangen.

Von hinten drangen leise Geräusche an sein Ohr. Das Mädchen war aufgewacht.

Er öffnete die Wagentür, griff nach der Tasche und stieg aus. Die Grube war logischerweise nicht zu sehen, aber er wusste ja, wo sie sich befand. Er holte die Schaufel von hinten und beseitigte damit die Erde, mit der er die Holzbalken über der Grube verdeckt hatte. Das dauerte keine fünf Minuten. Wenn er etwas gut konnte, dann graben.

Dann stieß er die Schaufel in den Boden und hob das linke Brett an ...

Das war nicht gut.

Eine Seitenwand der Grube war teilweise eingestürzt, auf dem Boden lag bis auf halbe Höhe Erde. Er stieß einen Fluch aus. Wann war das denn passiert? Er hatte hier noch vor zwei Wochen nach dem Rechten gesehen; da war alles in Ordnung gewesen. Die viele Erde rauszuschaufeln würde locker zwei Stunden dauern.

Das Mädchen schrie laut.

Er konnte sich einfach nicht entscheiden. Sollte er zu einer anderen Grube fahren? Ihm standen mehrere Möglichkeiten offen, aber er entschied sich nur ungern in letzter Minute um.

Nein. Es gab keinen Grund dafür, daraus eine große Sache zu machen. Die Grube ließ sich auch so noch für seine Zwecke nutzen; er konnte sie halt nur knapp einen Meter tief begraben. Aber unter der Erde würde sie so oder so sein. Außer ihm interessierte es niemanden, wie tief das Grab wirklich war.

Nachdem er die Entscheidung getroffen hatte, fühlte er sich gleich viel besser. Seine Aufregung wuchs. Er öffnete die Heckklappe und zerrte die Kiste heraus, wie er es unzählige Male geübt hatte. Das war der kniffligste Teil an der Sache: die Kiste gerade in die Grube zu befördern, ohne dass das Mädchen darin zu sehr herumgeschleudert wurde.

Bevor er bei der Grube ankam, hielt er kurz inne und befestigte das Kabel an der Kamera. Bei Maribel Howe hatte er das vergessen, und es war der reinste Albtraum gewesen, das Ding in der Grube anzuschließen. Doch jetzt hatte er mehr Erfahrung und eine gewisse Routine entwickelt.

Nahezu lautlos landete die Kiste in der Grube, nur das Mädchen stieß einen gedämpften Schrei aus. Er achtete nicht weiter darauf und machte sich daran, die Eimer mit der Erde nach und nach auszuladen. Danach schloss er das Kabel an den Laptop an und fuhr den Rechner hoch. Das Bild des Mädchens in der Kiste tauchte auf dem Bildschirm auf. Er seufzte begeistert. Perfekt.

Wieder griff er nach der Schaufel und ließ etwas Erde auf die Kiste fallen. Die gedämpften Schreie des Mädchens darin wurden zunehmend panischer.

Kapitel 63

Es war offensichtlich, dass keiner von ihnen viel geschlafen hatte. Die dunklen Ringe unter Tatums, Fosters und Lyons' Augen passten zu jenen, die Zoe nach dem Aufstehen im Spiegel gesehen hatte. Obwohl es Sonntagmorgen war, hatten sie sich alle vier vor neun Uhr auf dem Revier eingefunden. Foster kochte ihnen erst einmal einen sehr starken Kaffee.

Zoe war erst nach zwei Uhr ins Bett gekommen … allein. Sie hatte Joseph eine Nachricht geschickt, sobald das Gespräch mit Tatum beendet gewesen war, jedoch keine Antwort bekommen. Wahrscheinlich war er doch irgendwann schlafen gegangen.

Sie saßen in der Einsatzzentrale. Auf der Karte an der Wand prangte bereits ein neues X nordwestlich von Grape Creek und kennzeichnete die kürzlich entdeckte Grube.

»Okay.« Foster massierte sich die Stirn. »Aus den E-Mails, die mir Agent Gray *heute Nacht um zwei* geschickt hat, schließe ich, dass Sie beide einige neue Ideen haben.«

»Ja«, bestätigte Zoe. »Wir sind ursprünglich davon ausgegangen, dass sich der Täter ein Opfer aussucht, es bis nach Hause verfolgt und darauf wartet, dass es ausgeht, um es sich nachts bei der Rückkehr zu schnappen, wenn alle Nachbarn schlafen.«

»Hmm.«

»Aber was ist, wenn er nicht nur ein Ziel im Auge hat, sondern gleich mehrere, die er über Social-Media-Kanäle verfolgt? Wahrscheinlich über Instagram. Er sieht sich die Profile der Mädchen an, und wenn sie posten, dass sie ausgegangen sind, oder sich irgendwo taggen, weiß er, dass er zuschlagen kann. Erst dann fährt er zu ihrem Haus und wartet auf sie.«

»Lässt sich das anhand der Profile von Maribel Howe und Nicole Medina bestätigen?«

»Ja«, antwortete Lyons, bevor Zoe die Gelegenheit dazu bekam. »Maribel hat geschrieben, dass sie ins Kino geht, und Nicole hatte sich auf der Party getaggt.«

»Und beide Profile sind öffentlich«, fügte Zoe hinzu.

»Hmm. Ich ging eigentlich davon aus, er wäre den Mädchen nach Hause gefolgt und hätte ihre Adresse so herausbekommen. Aber woher weiß er dann, wo sie wohnen, wenn er sie online findet?«

»Es gibt mehrere Möglichkeiten, eine Adresse herauszufinden«, schaltete sich Tatum ein. »Nicole hat beispielsweise ständig ihren Ort getaggt, wenn sie ein Foto hochlud, daher musste er nur bei den Bildern nachsehen, die sie zu Hause aufgenommen hatte.«

»Maribel Howe war etwas vorsichtiger«, sagte Zoe. »Sie hat ihren Standort nie aktiv gepostet, aber Musical.ly benutzt.«

»Bei den sozialen Netzwerken komme ich nicht mehr mit«, gestand Foster. »Was genau ist Musical.ly?«

»Das ist eine Social-Media-App für Menschen, die sich beim Singen aufnehmen«, erklärte Tatum. »Sie wird vor allem von Teenagern benutzt, aber es gibt auch ältere User. Und bei den Posts wird immer der Standort mit gesendet, wenn man es nicht ausstellt, was die meisten Benutzer nicht einmal merken.«

»Zudem hat Maribel ihr Musical.ly mit ihrem Instagram-Profil verbunden«, fuhr Zoe fort. »Daher kann man ihre Adresse innerhalb von fünf Minuten herausfinden.«

Foster seufzte schwer. »Das hört sich alles sehr plausibel an. Was unternehmen wir jetzt?«

Zoes Handy klingelte. Es war Harry. Wahrscheinlich wollte er mit ihr über den Artikel reden. Sie drückte den Anruf weg und beschloss, ihn in fünf Minuten zurückzurufen.

»Wir können herausfinden, wer in der Gegend ein Social-Media-Konto hat und die potenziellen Opfer warnen«, schlug Tatum vor.

»Wir könnten einen Köder auslegen«, warf Zoe ein.

»Zoe und ich haben letzte Nacht darüber gesprochen, und ich muss gestehen, dass mir der Gedanke nicht behagt.«

»Ich habe so etwas schon früher gemacht.«

»Sie sagten auch, dass das Mädchen dabei beinahe umgekommen wäre.«

»Weil die Leute, die sie überwacht haben, unfähig waren. In diesem Fall würde es funktionieren.«

»Erzählen Sie mir mehr über Ihren Vorschlag mit dem Köder«, schaltete sich Foster ein.

Zoe nickte. »Nun, wir müssten dafür …« Abermals klingelte ihr Handy. Harry. Sie seufzte. »Warten Sie kurz. Das könnte wichtig sein.«

Sie nahm den Anruf an. »Harry? Sie sind an einem Sonntag aber schon früh wach …«

»Ich habe noch eine E-Mail bekommen.« Harry hörte sich nervös und angespannt an, völlig anders als der nervige Mann, den sie kannte.

Sie runzelte die Stirn. »Was steht …«

»Der Text lautet: ›Vielleicht kann Sie das überzeugen.‹ Und es ist ein Link beigefügt. Zu einem dritten Video.«

Als Fosters Handy klingelte, zuckte Zoe zusammen. Er ging ran. »Foster. Nun mal langsam. Was?«

»Was für ein Video?«, fragte Zoe panisch.

»Mit einem dritten Mädchen. Ich schicke Ihnen sofort den Link.« Er legte auf.

Ihr Handy piepte, als die Nachricht eintraf. Sie klickte den Link an und hatte die bereits bekannte Webseite vor sich. Schroedinger. »Experiment Nummer drei.«

Dann begann das Video. Ein Mädchen an einem beengten Ort, geknebelt und hysterisch kreischend.

»Bei der Zentrale ging gerade ein Anruf von der Mutter eines Mädchens namens Juliet Beach ein«, berichtete Foster. »Sie konnte Juliet heute Morgen telefonisch nicht erreichen, fuhr bei ihr zu Hause vorbei und entdeckte einen Blutfleck auf dem Boden ...« Er stutzte und starrte Zoe an, die mit dem Handy in der Hand dastand.

Sie zeigte ihm das Display. »Das hat mir Harry, der Journalist, gerade geschickt.«

Lyons tippte bereits auf ihrem Handy herum. Nach einer Sekunde zeigte sie ihnen, was sie gesucht hatte: Juliet Beachs Instagram-Seite. »Sie ist es. Der letzte Post ist von gestern Abend. Sie wollte ihren Geburtstag feiern.«

»Dann ist es ganz neu«, erkannte Foster. »Möglicherweise sogar live.«

Alle umringten Zoe und blickten einige Sekunden lang auf das Display.

»Warum ist sie geknebelt?«

»Weil die Opfer jetzt, wo die Methoden des Killers bekannt sind, wissen, dass sie gefilmt werden. Er will verhindern, dass uns das Opfer etwas mitteilen kann, was uns weiterhelfen würde«, antwortete Zoe.

»Was ist das da in der Ecke?«, wollte Foster wissen. »Es sieht aus wie eine Dose.«

Zoe entdeckte jetzt auch, was er meinte. Auf dem Behälter zeichnete sich etwas Reliefartiges ab, anscheinend aufgeklebt und aus anderem Material als die Dose selbst. Erst nach einer Weile erkannte Zoe in den schemenhaften Umrissen ein Symbol, das sie erschaudern ließ.

Es war ein Totenschädel über gekreuzten Knochen. Das Zeichen für Gift.

Kapitel 64

Die Karte in der Einsatzzentrale sah auf einmal riesig aus, und die Anzahl der möglichen Orte, an denen sich das Opfer befinden konnte, schien endlos zu sein. Zoe bedachte sie mit einem hilflosen Blick.

»Ich will das Bodenradar so schnell wie möglich da draußen sehen«, brüllte Foster in sein Handy. »Jede Minute zählt!«

Dabei wussten sie alle, dass ihnen das Gerät vermutlich nichts nutzen würde. War das Opfer in Tulia-Erde vergraben, enthielt diese zu viel Lehm, und das Radar funktionierte gar nicht erst.

Foster wies die Zentrale an, alle Hundeführer aus der Gegend einzubestellen und auch Hilfe von den Revieren in Abilene und Midland anzufordern.

»Auch die Staatspolizei!«, verlangte Foster. »Ich will, dass jeder verfügbare Hund nach diesem Mädchen sucht.«

Tatum sprach gerade mit Shelton und informierte ihn über die E-Mail an Harry, die Webseite, den Videofeed und Juliets Instagram-Profil. Es musste doch unzählige digitale Fußabdrücke geben, die sie zu dem Mädchen führen konnten. Oder auch nicht.

Die Telefonate verschmolzen zu einem einzigen Geschrei, sodass sich Zoe kaum noch konzentrieren konnte. Wo hatte er dieses Mädchen nur hingebracht?

»Diese Dose da bei dem Mädchen.« Foster stand plötzlich neben ihr und redete auf sie ein. »Das ist Gift, richtig? Wie die Physikerin gesagt hat. Das dritte Experiment des Mistkerls beinhaltet Gift.«

Zoe kaute auf der Unterlippe herum. »Das ... ist durchaus möglich. Aber ich halte es für unwahrscheinlich.«

»Warum?«

»Weil ihn das nicht erregt. Er genießt es offensichtlich, Frauen lebendig zu begraben und sie ersticken zu lassen. Sie auch noch zu vergiften ginge selbst für ihn zu weit. Dazu wäre ein weitaus größerer Sachverstand erforderlich, als er ihn bisher bewiesen hat.«

»Und was ist es dann?«

»Eine Requisite.« So ganz sicher war sich Zoe da allerdings nicht. »Mehr nicht.«

»Sind Sie ...«

»Der Feed hat aufgehört«, rief Tatum auf einmal. »Das Mädchen ist nicht mehr zu sehen.«

»*Schon?*« Foster eilte zu ihm. »Er war doch gerade mal eine Viertelstunde online.«

Aber Tatum hatte recht. Auf dem Display war es schwarz geworden.

* * *

Er saß im Keller, ein leises Lächeln auf den Lippen, und beobachtete das Mädchen, das sich zu befreien versuchte, während ihr die Tränen über die Wangen liefen. Sie war bisher die Beste. Er hatte sie gut ausgesucht. Das Einzige, was er im Voraus beim Auswählen seiner Opfer nicht wusste, war, wie sie in der Kiste reagieren würden. So etwas postete keine auf ihrem Profil. Aber sie war perfekt. Die Schreie, die Bewegungen, die hilflosen, weit aufgerissenen Augen.

Der Knebel und die gefesselten Hände stellten sich ebenfalls als Verbesserung heraus. Zuvor war ihm so etwas nicht in den Sinn gekommen, aber es ließ ihre Bemühungen noch viel ... verzweifelter wirken.

»Du brauchst wirklich Zeit zum Nachdenken«, flüsterte er dem Mädchen auf dem Bildschirm zu.

Die Schaltfläche unter dem Video zeigte an, dass es offline war. Er zögerte. War das lange genug?

Geben wir ihnen noch ein paar Sekunden.

Er trank aus seinem Wasserglas und summte ein fröhliches Lied, das er vor einigen Tagen im Radio gehört hatte.

Okay. Das reicht.

Er klickte auf die Schaltfläche *Online*.

* * *

»Es ist wieder da!«, schrie Lyons.

Das Mädchen war wieder zu sehen.

»Vielleicht hat er technische Probleme«, überlegte Foster laut. Er telefonierte schon wieder mit der Zentrale und koordinierte die Streifenwagen, die auf dem Weg zu Juliets Wohnung, zum Haus ihrer Mutter und zu den Freunden waren, die sie am Vorabend begleitet hatten.

»Das bezweifle ich«, entgegnete Zoe. »Sehen Sie die Laufzeit des Videos? Es hat nicht angehalten. Das ist Absicht. Er schaltet den öffentlichen Feed an und wieder aus.«

»Warum?«

»Weil *das* ›Experiment Nummer drei‹ ist«, erkannte sie. »Nicht das Gift. Er spielt wieder einmal mit uns. Erinnern Sie sich an die Worte der Physikerin? Ein Zustand der Superposition.

Immer, wenn er den Feed anhält, wissen wir nicht, ob Juliet Beach am Leben oder tot ist. Für uns befindet sie sich daher in beiden Zuständen gleichzeitig. Der Giftbehälter soll uns glauben machen, er könne jeden Augenblick aufgehen. Um unsere Unsicherheit noch zu steigern. Damit wir uns fragen, ob sie lebt oder tot ist.«

»Oder er ist echt.«

»Das ist er nicht.«

»Okay«, spie Foster förmlich aus. »Geben Sie mir etwas, womit ich was anfangen kann. Die Karte ist riesig, und bisher habe ich zwei Hunde und ein klobiges Radar, das gerade kaputtgegangen ist. Wo sollen sie mit der Suche anfangen?«

Zoe zögerte. »Es gibt eine Formel für die geografische Fallanalyse. Sie berechnet die Entfernung, in der ein Verbrecher vermutlich als Nächstes zuschlägt, indem sie davon ausgeht, dass er sich – statistisch gesehen – nie weiter von zu Hause wegbewegt. Allerdings ist sie … ausgesprochen ungenau und erfordert, dass ich einige Variablen raten muss, die auf Elementen seiner Psyche basieren.«

»Das klingt kompliziert. Aber dafür fehlt uns die Zeit, Zoe.«

»Das ist nicht kompliziert, denn es handelt sich dabei um eine Schätzung.« Sie setzte sich und kritzelte in ihrem Notizbuch herum, als sie die Formel aus dem Gedächtnis hervorkramte. Sie hatte dieser Methode nie ganz getraut und schon zu oft gesehen, dass Täter außerhalb der Zonen agierten, die von dieser Formel vorhergesagt worden waren. Zudem konnte sie Ungenauigkeiten nicht leiden.

Aber irgendwo mussten sie anfangen.

»Und?«, fragte Foster ungeduldig.

»Augenblick«, knurrte sie gereizt, sah sich die Variablen ein letztes Mal an und überprüfte, ob sie mit den geografischen Daten der vorherigen Verbrechen übereinstimmten. Das taten sie mehr oder weniger. In einer halben Stunde hatte sie möglicherweise eine bessere Schätzung, aber vorerst ...

»Zehn bis dreizehn Kilometer von seinem Haus entfernt«, sagte sie. »Ich schlage vor, dass wir das Stadtzentrum von San Angelo bis auf Weiteres als sein Zuhause ansehen. Das scheint zu den bisherigen Tatorten zu passen.«

Lyons stand bereits vor der Karte und rief Foster Orte zu, die dieser an die Zentrale durchgab, damit die Hundeführer dorthin geschickt werden konnten.

* * *

Juliet bekam keine Luft mehr. Das war ihr erster Eindruck gewesen, der sich auch nicht verändert hatte. Die Dunkelheit war derart allumfassend, dass sie eine eigene Textur zu besitzen schien, als hätte man ein gewichtsloses Material um ihren Körper gelegt, das sich an sie schmiegte und sie nicht mehr freigab.

Sie hatte geschrien, bis ihr speiübel geworden war, und erst im letzten Augenblick aufgehört, bevor sie sich übergeben musste. Mit dem Knebel im Mund wäre sie sonst vermutlich an ihrem Erbrochenen erstickt.

Aber sie würde wahrscheinlich so oder so sterben.

Wenn sie ganz still auf dem Rücken lag, konnte sie sich beinahe vorstellen, sich in einem gewaltigen dunklen Raum zu befinden. Aber jede noch so kleine Bewegung machte die Illusion zunichte. Die Wände ihres Gefängnisses schienen von allen Seiten auf sie einzudringen. Das Holz über ihr war keine fünf Zentimeter von ihrer Nasenspitze entfernt. Sie hatte mit dem Fuß dagegengetreten, sich jedoch nur am Knöchel und Knie verletzt.

Ihr Hals war ganz rau, und in ihrem feuchten Schritt juckte es. Sie hatte sich vor einiger Zeit eingenässt, nachdem der Druck in ihrer Blase unerträglich geworden war. Ihre Erinnerung an den letzten Abend war nur bruchstückhaft. Sie war mit Tiffany und Luis ausgegangen ... Dann die Heimfahrt in Luis' Wagen, und danach?

Empfindungen und Bildfetzen, die immer wieder aufflackerten und verglühten. Eine Klinge an ihrer Kehle. Jemand packte ihren Arm. Der Schweißgeruch eines Fremden.

Sie schrie abermals. Und weinte. Dann ließ sie die Stille wieder über sich hereinbrechen.

Auf einmal ... ein anderes Geräusch. Was war das? Donnerte es? Es war ein stetiges Rumpeln, gut bekannt und in diesem Gefängnis doch schwer zu deuten.

Ein Bass. Das war Musik. Irgendwo nicht weit entfernt hörte jemand laut Musik.

Sie schrie aus Leibeskräften, legte alles in den Schrei, was sie hatte, bis ihre Kehle brannte.

Die Musik wurde leiser.

Dann konnte sie nicht mehr anders, übergab sich und hatte Erbrochenes im Mund und in der Nase, das ihr die Nasenlöcher verklebte, und bekam keine Luft mehr.

* * *

»Was ist das für ein Geräusch?«, fragte Tatum.

»Was für ein Geräusch?« Zoe runzelte die Stirn. Da waren Abermillionen Geräusche, weil Foster und Lyons beide telefonierten und Foster auch noch ein Funkgerät angeschleppt hatte, auf dem der der Suche zugewiesene Kanal eingestellt war und das ständig knisterte. Das Video war nun schon viermal ein- und wieder ausgeschaltet worden, und mit jedem Mal nahm die Anspannung im Raum weiter zu, da sie sich alle fragten, ob das Bild wieder zurückkehren würde oder ob der Killer den Feed endgültig abschaltete.

»Da ist ein Geräusch im Video.« Tatum sah sich um. »Foster! Lyons! Halten Sie mal für eine gottverdammte Sekunde den Mund!«

Sie taten es, und Foster schaltete das Funkgerät aus. Nun war nur noch der Videoton zu hören. Juliets Wimmern. Und ein stetiger Bass.

»Das ist Musik«, erkannte Tatum.

»Jemand hört in der Nähe Musik?«, fragte Foster fassungslos. »Halten Sie es für möglich, dass sie gar nicht begraben wurde?«

»Nein, hören Sie, sie wird leiser«, stellte Zoe fest.

In diesem Augenblick schrie Juliet trotz des Knebels voller Verzweiflung, sodass man den Bass überhaupt nicht mehr hören konnte.

»Ich vermute, da ist ein Wagen vorbeigefahren, in dem laute Musik lief«, sagte Zoe. »Sie wurde bei Weitem nicht so tief begraben wie die beiden vorherigen Opfer.«

»Gut, das erleichtert die Arbeit der Hundeführer«, räumte Lyons ein.

»Irgendwas stimmt nicht.« Tatum verspannte sich und beugte sich weiter zum Bildschirm vor. »Was ist mit ihr?«

Juliet zuckte unkontrolliert. Schaum blubberte auf einer Seite des Knebels heraus. Etwas Flüssigkeit drang aus einem Nasenloch. Zoe starrte die Metalldose an und fragte sich, ob sie sich geirrt hatte, ob es sich doch um Gift handelte, aber die Dose war noch geschlossen. Auf einmal begriff sie, was dort geschah.

»Sie hat sich übergeben.« Fosters Stimme klang belegt. »Sie erstickt. Verdammt!«

Die Hilflosigkeit war kaum zu ertragen. Sie konnten nur dastehen und zusehen, wie das Mädchen würgte und die Augen aufriss, wie ihre Kehle arbeitete. Juliet schüttelte den Kopf, knallte ihn gegen den Kistendeckel, schürfte sich dabei die Stirn auf. Zoe hielt den Atem an, fast so, als wollte sie in die Haut der jungen Frau schlüpfen.

Dann kam noch etwas Flüssigkeit aus Juliets Nasenloch, und sie lag still da, blinzelte und blähte den Nasenflügel auf. Es war ihr irgendwie gelungen, einen Weg zu finden, ihren begrenzten Luftvorrat wieder in die Lunge zu befördern. Etwas Blut sickerte aus dem Kratzer an ihrer Stirn, doch es schien keine schwere Verletzung zu sein.

Tatum atmete langsam aus. »Das war knapp.«

»Zu knapp«, krächzte Lyons.

»Die Musik.« Tatum hatte sie schon fast wieder vergessen. »Vielleicht können wir das Fahrzeug irgendwie aufspüren, den Weg zurückverfolgen und herausfinden, wo Juliet ist.«

Foster starrte ins Leere.

»Haben Sie mich gehört, Foster? Sie müssen die Beamten in den Streifenwagen auffordern, nach Fahrzeugen Ausschau zu halten, in denen laute ...«

»Zum Teufel damit.« Foster tippte auf dem Telefon herum. »Wir können etwas viel Besseres tun.« Er hielt sich den Hörer ans Ohr. »Hören Sie mir gut zu. Sie müssen an alle Streifenwagen weitergeben, dass sie laute Musik über die Lautsprecher abspielen sollen. So laut wie möglich, verstanden? Dann können wir sie hören, wenn sie an der Begräbnisstätte vorbeifahren. Ganz genau. Und sagen Sie ihnen, sie sollen basslastige Songs nehmen. So viel Bass wie möglich. Sie müssen das koordinieren, damit nicht alle denselben Song spielen.«

Er schaltete das Funkgerät ein, und sofort drang die Stimme der Frau aus der Zentrale aus dem Lautsprecher, die Fosters Anweisungen weitergab. Sie mussten alle vier grinsen.

»Vielleicht finden wir sie ja doch.«

Kapitel 65

Juliets Hals tat weh, der Geschmack des Erbrochenen und dieses Übelkeit erregende Gefühl in ihrem Mund wollten einfach nicht verschwinden. Sie bewegte sich nicht mehr; ihr fehlte schlichtweg die Kraft dafür. In einem hintersten Winkel ihres Verstands fragte sie sich, ob ihr langsam die Luft ausging und sie bald sterben würde.

Ihr Kopf pochte. Etwas Feuchtes rann ihr über die rechte Stirnseite, und sie ging davon aus, dass es Blut war. Wie gern hätte sie es weggewischt.

Ihre Schultern schmerzten, was daher rührte, dass sie seit Stunden mit hinter dem Rücken gefesselten Händen dalag. Womit ihre Hände auch gefesselt waren, es bohrte sich schmerzhaft in ihre Haut. Anfangs hatte sie die Finger bewegt, um die Blutzufuhr in die Handflächen anzuregen, aber jetzt konnte sie sich nicht einmal mehr dazu aufraffen. Sie wollte nur noch, dass es zu Ende ging, entweder auf die eine oder die andere Weise.

Wie lange lag sie schon hier? Es mussten schon Tage sein. Die Erinnerung an die basslastige Musik verblasste langsam. Vielleicht hatte sie sich das auch nur eingebildet.

Fast so, als hätte sie es mit ihren Gedanken heraufbeschworen, glaubte sie, die Musik wieder zu hören. Allerdings klang sie jetzt anders. Irgendwie kratziger, statischer, unangenehmer. Sie schloss die Augen, weil ihr die Kraft zum Schreien fehlte und sie fürchtete, sich erneut übergeben zu müssen. Die Musik wurde leiser. Juliet war kaum noch bei Bewusstsein.

* * *

»Jede Sekunde, die es offline ist, könnten wir die Sirene eines Streifenwagens verpassen«, murmelte Foster bedrückt.

Das Video war jetzt seit dreieinhalb Minuten offline – so lange wie nie zuvor. Wenn der Mörder beschloss, den Stream nicht fortzusetzen, war Juliet verloren. Wie Foster richtig erkannt hatte, bestand selbst andernfalls die Möglichkeit, dass sie einen vorbeifahrenden Streifenwagen verpassten. Foster versuchte, die Suche so gut wie möglich zu koordinieren, sagte den Streifenwagen, dass sie anhalten sollten, wann immer der Feed aussetzte, aber mit inzwischen vierzeh Einsatzwagen wurde das Ganze unübersichtlich.

Schlimmer noch war, dass die Zentrale mit Anrufen überflutet wurde. Die Bürger von San Angelo waren entrüstet, dass ihr friedlicher Sonntagmorgen dadurch gestört wurde, dass Streifenwagen mit lauter Musik durch die Gegend fuhren. Unaufhörlich riefen die Menschen den Notruf an und sorgten ebenso wie die entsetzten Personen, die auf Juliets Video gestoßen waren, für ein beträchtlich gestiegenes Arbeitsaufkommen. Lieutenant Jensen, der eine Stunde zuvor aufs Revier gekommen war, versuchte, sich um *dieses* Problem zu kümmern, aber Zoe bezweifelte, dass er die Situation irgendwie verbessern würde.

»Es ist wieder online«, sagte sie, sobald das Video von Juliet auf dem Bildschirm auftauchte. Die junge Frau hatte die Augen geschlossen, aber ihre Brust hob und senkte sich, wenn auch kaum merklich.

»Da ist Musik«, stellte Foster fest. »Hören Sie das?«

Die Musik wurde leiser, aber er hatte recht. Da war eindeutig ein langsamer, stetiger Bass zu hören.

»Welcher Song ist das?«, überlegte Tatum laut.

Zoe spitzte die Ohren, lauschte und versuchte, das Lied zu erkennen. »Ist das … Rap?«

»Augenblick«, rief Foster. »Ich frage die Zentrale, welche Songs ausgewählt wurden.«

»Das ist ›Swing My Door‹!«, rief Lyons.

Alle starrten sie mit offenem Mund an.

»Von Gucci.« Sie verdrehte die Augen, als sie die verwirrten Blicke bemerkte. »Leben Sie etwa alle hinterm Mond?«

Foster schnappte sich das Mikrofon des tragbaren Funkgeräts. »Zentrale, hier ist fünf- dreizehn. Spielt einer der Wagen Gucci?«

Kurzes Schweigen. »Fünf-dreizehn, hier Zentrale. Bestätigt. Suchfahrzeug neun-null-zwo.«

»Verstanden. Wie lautet die Position?«

Das Funkgerät knisterte, und eine andere Männerstimme antwortete, die von leisem Rauschen begleitet wurde. »Fünf-dreizehn, hier ist neun-null-zwo. Ich bin auf der South Burma Road und erreiche in einer Minute die Arden Road.«

»Verstanden, neun-null-zwo. Halten Sie sofort an. Spielen Sie, äh … ›Swing My Door‹?«

»Bestätigt, fünf-dreizehn.«

»Neun-null-zwo, hier ist fünf-dreizehn. Ich möchte, dass Sie umkehren und langsam zurückfahren. Ich sage Ihnen, wo Sie anhalten sollen.«

»Verstanden, fünf-dreizehn. Bin unterwegs.«

Foster stieß die Luft aus. »Zentrale, hier ist fünf-dreizehn.«

»Sprechen Sie.«

»Schicken Sie das Radar und die Hundeführer zur Position von neun-null-zwo.«

»Verstanden, fünf-dreizehn.«

Foster drehte das Funkgerät leiser, während die Zentrale die Hundeführer informierte.

»Okay«, meinte er. »Wo genau ist er?«

»Das ist diese Straße hier.« Lyons zeigte sie auf der Karte. »Und dort befindet sich eine Tulia-Stelle, die ich als sehr aussichtsreich einstufe.«

»Hervorragend«, sagte Foster. »Wir wissen mehr, wenn wir die Musik über ...«

»Der Feed wurde wieder abgeschaltet«, meldete Zoe.

Der Bildschirm war dunkel.

* * *

Sein Herz schlug wie wild, als er den Bildschirm anstarrte und über diesen entsetzlichen Gedanken nachgrübelte, der ihm auf einmal gekommen war.

Als er die Musik aus dem vorbeifahrenden Wagen das erste Mal gehört hatte, war er nur leicht genervt gewesen, weil ihm bewusst geworden war, dass es an dem flachen Grab lag. Hätte er das Mädchen tief genug begraben, wäre das Experiment durch nichts gestört worden und man hätte nur ihr Weinen und ihre Schreie hören können.

Beim zweiten Mal war die Musik noch lauter, und das kratzige Geräusch ging ihm auf die Nerven. Es war, als würde jemand richtig laut Musik hören, und das mit einer sehr schlechten Soundanlage.

Er hatte fünf Minuten gebraucht, um darauf zu kommen, woran ihn das Geräusch erinnerte.

Es klang wie das Soundsystem eines Streifenwagens. Normalerweise wurden Autofahrer auf diese Weise aufgefordert, am Straßenrand anzuhalten, aber jetzt machte es beinahe den Anschein, als würde darüber Musik abgespielt. Aber warum sollte man ...

Doch dann ging ihm ein Licht auf. Sie suchten auf diese Weise nach dem Mädchen. Sie versuchten, *mithilfe seines gottverdammten Videos* ihre Position herauszufinden.

Er schaltete den Feed ab und versuchte, sich einzureden, dass er aus einer Mücke einen Elefanten machte. Wahrscheinlich handelte es sich nur um einen Teenager mit einer miserablen Anlage und einem noch übleren Musikgeschmack.

Aber er konnte das Gefühl nicht abschütteln, dass es doch etwas anderes war.

Er suchte in seiner Kontaktliste nach Officer Richard Russos Telefonnummer. Dick Russo war ein Freund; sie gingen manchmal zusammen ein Bier trinken. Er rief den Mann an.

Dick ging nach dem dritten Klingeln ran. Im Hintergrund war unglaublicher Lärm zu hören. Laute Musik.

»Dick!«, sagte er. »Wie geht's?«

»Hey, Mann«, antwortete Dick. »Ich muss dich zurückrufen ...«

»Hör mal«, fiel er ihm ins Wort. »Ich habe gestern zwei Steaks und einen Sechserträger gekauft und wollte fragen, ob du Lust hast, zum Mittagessen vorbeizukommen.«

»Ich kann nicht.« Dick musste beinahe schreien, um sich bei der lauten Musik verständlich zu machen. »Ich bin im Dienst. Sie haben uns alle hergerufen. Dieser Serienkiller hat noch eine Frau begraben, und wir suchen sie gerade.«

»Das ist ja schrecklich. Was ist das für ein Lärm? Sucht ihr sie in einem Klub?«

»Nein, Mann. Die Zentrale hat uns aufgefordert, laut Musik zu spielen. Angeblich soll das bei der Suche helfen.«

»Oh.« Er wollte noch etwas sagen, aber seine Kehle war wie zugeschnürt und er bekam keinen Ton heraus.

»Können wir das Steakessen vertagen, Mann?«

»Klar. Viel Glück, Dick.« Er legte auf.

Nun wusste er, dass er am Arsch war. Sie hatten einen der Streifenwagen bereits dank des Videos gehört. Bald würden sie das Grab finden. Er versuchte, sich an den letzten Abend zu erinnern. Hatte das Mädchen sein Gesicht gesehen? Vielleicht. Vielleicht auch nicht. Er konnte nur hoffen, dass dem nicht so war. Sie war vor Angst außer sich gewesen und ...

Der Laptop!

Der Rechner stand noch dort und war mit dem Kamerafeed verbunden. Sie würden darauf zwar nichts Belastendes finden, da er ihn nur für die Videos nutzte, aber auf den Tasten ließen sich Fingerabdrücke sichern. Und er wusste verdammt gut, dass jede Tastatur eine riesige Fundgrube an Hautzellen, Fingernägeln und Krümeln darstellte. Und an allem klebte seine DNA.

Sein erster Instinkt war, eine Tasche zu packen und gen Süden zu fahren. Er konnte in drei Stunden an der Grenze sein und nach Mexiko weiterfahren.

Nein. Keine Panik. Denk doch mal nach. Ihm blieb noch Zeit, bis die Polizei das Mädchen fand. Der Videofeed wurde leicht verzögert gestreamt, und sie würden die genaue Position nicht so schnell finden. Er konnte vor ihnen dort sein und den Laptop einpacken.

Im nächsten Augenblick rannte er auch schon zur Tür. Jede Minute zählte. Und wenn er schon mal dort war, konnte er das flache Grab auch noch mal öffnen und das Mädchen erwürgen, damit die Polizei keine Beweise mehr fand, die zu ihm führten, wenn sie endlich dort eingetroffen war.

Kapitel 66

Mit jeder verstreichenden Sekunde wurde Zoe das Herz schwerer. Seit Beginn des Videos waren über sechs Stunden vergangen, und vor siebenunddreißig Minuten hatte es aufgehört. Die beiden Hundeführerteams waren in dem Gebiet eingetroffen, hatten aber bisher nichts finden können. Die Hoffnung, dass der Feed wieder weiterlaufen würde, war versiegt. Anscheinend war der Mörder der Ansicht, sie hatten genug gesehen, und ließ sie in dem Zustand zurück, in dem Juliet für sie ebenso lebendig wie tot war.

»Gehen wir mal davon aus, das Video war nicht live.« Foster sprach die Sorge aus, die an Zoe nagte. »Es gab eine kurze Verzögerung. Hoffentlich nicht mehr als ein paar Minuten. Wir sollten herausfinden, welches die wahrscheinlichsten Gebiete auf der Route von neun-null-zwo sind.«

Er nahm einen Marker und malte einen Kreis in der Nähe der Kreuzung, vor der der Streifenwagen angehalten hatte. »Bis hierhin ist er gekommen. Er fuhr die Burma Road entlang, nachdem er von der 87 abgebogen war. Zuvor kam er die 87 vom Fisher Lake entlang.« Foster zeichnete die Route ein, die einige der von ihnen als wahrscheinlich markierten Gebiete kreuzte.

»Diesen ganzen Teil können wir ignorieren, denke ich.« Tatum deutete auf den nördlichen Teil der Route. »Das ist zu nah an Grape Creek. So dicht an einem besiedelten Gebiet würde er nicht graben.«

»Das habe ich mir auch schon gedacht«, stimmte Foster ihm zu. »Was ist mit dem Rest?«

Zoe starrte ihre Notizen an. Im Laufe der letzten Stunde hatte sie mit den Variablen für Rossomos Formel für die geografische Fallanalyse herumgespielt. Bisher war es ihr gelungen, einige Variablen festzulegen, die sowohl bei Nicole als auch bei Maribel zutrafen. Sie konnte diese entsprechend ihrer Einschätzung der Psyche des Killers noch ein bisschen anpassen.

Wie selbstsicher war er sich bei seinem dritten Opfer gewesen?

Sie dachte an die E-Mail. Kurz und ohne den Zorn, der in der vorherigen E-Mail zu erkennen gewesen war. Der Tonfall ließ sich schon fast als selbstgefällig bezeichnen. Er war sogar *sehr* selbstsicher. Sie notierte sich einige Zahlen.

»Haben wir dort ein Gebiet, das etwa zwölf bis sechzehn Kilometer von seinem Haus entfernt liegt?«, fragte sie.

»Vorhin sprachen Sie von zehn bis dreizehn«, bemerkte Foster.

»Ich sagte auch, dass es nur ein Schätzwert ist«, gab sie gereizt zurück.

»Okay … Damit fällt die Straße am See komplett aus. Ebenso wie die South Burma Road.«

Sie starrten alle auf die Karte.

»Also entweder hier … oder hier.« Lyons deutete auf zwei Bereiche an der North Burma Road.

»Was denken Sie?«, wollte Foster wissen.

»Die südliche Stelle«, antwortete Zoe. »Das ist nicht Tulia, sondern eine andere Erdart, und Dr. Yermilov meinte, dass sie sich gut, aber nicht ideal zum Graben eignet.«

»Und?«

»Er hat sie in einem flacheren Loch vergraben. Dafür muss es einen guten Grund geben.«

Foster schnappte sich das Mikrofon des tragbaren Funkgeräts, und Zoe hörte betäubt zu, wie er die Koordinaten durchgab. Sie konnte nur hoffen, dass sie sich nicht irrte.

* * *

Er fuhr unterwegs an drei Streifenwagen vorbei, und als er an der Stelle ankam, schlug ihm das Herz bis zum Hals. Beim Aussteigen sah er sich nervös um. Wenn man ihn hier sah, war er geliefert.

Vor lauter Nervosität und Benommenheit brauchte er einige Minuten, bis er die genaue Stelle gefunden hatte, an der das Mädchen begraben war. Als er sie endlich entdeckt hatte, schluchzte er frustriert auf. Was für eine Ironie: Da machte er sich über die Polizei lustig, weil sie die Opfer nicht finden konnte, und dann passierte ihm genau dasselbe. Aber da war die Stelle – er sah die unverkennbaren Zeichen vor sich. Die auf dem Sand platzierten Kieselsteine. Die nicht ganz gleichmäßig verlaufende Bodenstruktur. Keinem außer ihm wäre das aufgefallen.

Der Laptop und das Einweghandy befanden sich in einer unter dem Sand vergrabenen Tasche neben der Grube. Er zog das Kabel aus dem Laptop, schaltete das Handy aus und warf beides hinten in seinen Van. Dabei ließ seine Nervosität langsam nach.

Fehlte noch das Mädchen.

Auf dem Weg hierher hatte er sich eingeredet, dass sie ihn gesehen haben musste. Daher musste er sie beseitigen, bevor die Polizei sie fand.

Er nahm die Schaufel aus dem Wagen und stieß sie in die Erde. Das Grab war flach, daher würde er die Kiste in wenigen Minuten ausgebuddelt haben.

Nach und nach wurde das Loch tiefer. Die Sonne stand hoch am Himmel und brannte infernalisch auf ihn herab. Er war schweißgebadet und spürte, dass er im Nacken einen Sonnenbrand bekam. Seine Bewegungen waren ruckartig und schnell, angetrieben von Furcht und Zorn.

Die Schaufel traf auf Holz. Er holte noch mehr Sand aus der Grube und vergrößerte das Loch, bis er den ganzen Kistendeckel sehen konnte.

Jegliche Hoffnung darauf, das Mädchen könne bereits tot sei, verpuffte, als er sie trotz des Knebels schreien hörte.

Er lief zum Van zurück, warf die Schaufel hinein und griff sich einen großen Vorschlaghammer, wobei er sich dazu beglückwünschte, ihn im Wagen gelassen zu haben. Als er das Werkzeug zur Grube schleifte, protestierten seine schmerzenden Muskeln.

Zwei oder drei Schläge auf die Kiste, mehr würde es nicht brauchen. Der Kopf des Mädchens befand sich gleich unter dem Holz.

Er hob den Hammer und ließ ihn herabsausen. Der Winkel war nicht richtig, und er drehte im letzten Augenblick die Hände, wobei er sich beinahe die Schulter auskugelte. Der Hammer traf das Holz mit wenig Schwung und kratzte kaum die Oberfläche an.

Die Schreie des Mädchens wurden panischer, als er erneut ausholte, aber diesmal traf er nur Sand. Verdammt noch mal! Das Loch war zu klein, um gut zuschlagen zu können.

Er nahm den Hammergriff anders in die Hand und änderte die Taktik, um den Hammer vertikal mit ganzer Kraft heruntersausen zu lassen.

Bämm.

Ein großes Holzstück schoss in die Luft. Schon besser. So kam er voran.

Bämm.

Eine weitere Delle. Gut so.

Bämm.

Er schwitzte stark, und seine Arme zitterten. Nur noch ein paar Schläge, dann …

Auf einmal hörte er sie. Die Sirenen.

Hektisch ließ er den Hammer wieder und wieder herabsausen.

Bämm. Bämm. Bämm.

Aber das Holz war zu robust. Mit etwas mehr Zeit wäre es zu schaffen gewesen. Aber sie kamen näher. Er musste verschwinden.

Schluchzend rannte er zurück zum Wagen, zog die Tür auf und sprang hinein. Der Hammergriff schlug ihm schmerzhaft gegen die Brust, er wimmerte und versuchte, das Werkzeug zur Seite zu schieben, während er den Motor anließ.

Er konnte nicht den Weg zurückfahren, den er gekommen war. Aus dieser Richtung waren die Sirenen zu hören, und er wusste, dass die Polizei über die unbefestigte Straße heranraste. Daher fuhr er vorwärts, ließ den quietschenden Van über das Geröll holpern und beschleunigte.

* * *

»Fünf-dreizehn, hier ist neun-null-zwo – hören Sie?«

Die Stimme des Polizisten bebte, als würde er rennen. Er sprach Foster direkt an und umging die Zentrale, ignorierte die Vorschriften und schien der Belastung, die sie alle spürten, kaum gewachsen zu sein. Im Raum wurde es totenstill. Zoe sah Foster an, als er antwortete.

»Hier ist fünf-dreizehn, sprechen Sie.«

»Ich bin hier mit kilo-zwanzig-zwei«, berichtete der Officer. Das war der Hundeführer, den sie zum nördlichen Teil der Burma Road geschickt hatten. »Der Hund zerrt an der Leine, und hier sind frische Reifenspuren auf dem Boden, Ende.«

»Neun-null-zwo, hier ist fünf-dreizehn. In welche Richtung laufen Sie?«

»Fünf-dreizehn, hier ist neun-null-zwo. Wir laufen in Richtung Westen. Ich … Augenblick.« Kurze Pause. »Vor uns ist eine Grube. Irgendwer hat hier gegraben.«

Zoe und Tatum tauschten einen Blick.

»Warum ist sie nicht abgedeckt?«, murmelte Zoe. »Das gefällt mir nicht.«

»Neun-null-zwo, seien Sie vorsichtig«, ermahnte Foster den Mann. »Der Verdächtige könnte in der Nähe sein.«

»Verstanden, fünf-dreizehn. Wir nähern uns dem Loch. Der Hund führt uns direkt darauf zu.«

Sie warteten, und die Zeit schien quälend langsam zu vergehen. Es herrschte Funkstille, da die Zentrale und alle Streifenwagen nur auf Neuigkeiten warteten.

»Fünf-dreizehn, hier ist neun-null-zwo. Wir haben die Grube erreicht. Darin ist eindeutig etwas Hölzernes vergraben.«

»Neun-null-zwo, hier ist fünf-dreizehn. Können Sie das Mädchen hören?«

»Negativ. Wir graben jetzt.«

»Möglicherweise ist sie schon erstickt«, mutmaßte Tatum.

»Oder es war doch Gift in der Dose«, sagte Lyons.

»Das war kein Gift.« Zoe verkrampfte die Kiefermuskeln und konnte nur hoffen, dass sie recht hatte. Es wäre eine Katastrophe gewesen, wenn das Mädchen nicht nur tot, sondern auch noch vergiftet worden wäre. Sie versuchte, sich davon zu überzeugen, dass das nicht sein konnte, aber es wollte ihr nicht gelingen. Im Grunde genommen hatte sie keine Ahnung, was im Kopf des Killers vor sich ging.

»Neun-null-zwo, hier ist fünf-dreizehn«, sagte Foster, sprach jedoch nicht weiter.

Was hätte er auch sagen sollen? *Graben Sie schneller. Halten Sie uns auf dem Laufenden?*

Ihnen blieb nichts anderes übrig, als zu warten.

* * *

Die Welt verschwamm vor ihren Augen. Juliet war so schwindlig und sie war so erschöpft, dass sie immer wieder das Bewusstsein verlor. Ihr ganzer Körper schmerzte. Sie konnte leise Geräusche über sich hören und wusste, dass sie eigentlich aufmerken sollte. Dass es wichtig war. Aber sie bekam keinen Ton heraus und konnte sich nicht rühren. Immer wieder musste sie an den Vorabend und ihre Geburtstagsfeier denken.

Sie hätte den Kuchen mit der Wunderkerze doch nehmen sollen. Im Nachhinein schien es ein großer Fehler gewesen zu sein, das Angebot abzulehnen. Das wäre so schön gewesen. Leckere Schokolade, ein helles Licht, ihre Freunde, die ihr ein Ständchen brachten. Wie gern hätte sie die Zeit zurückgedreht und das geändert. Sie wollte Tiffany sagen, wie dankbar sie dafür war, dass sie gekommen war, um mit ihr ihren Geburtstag zu feiern.

Am liebsten hätte sie jetzt Tommy umarmt, ihm einen Kuss auf die Stupsnase gedrückt und sein Lachen gehört.

Etwas kratzte über das Holz. Was war das?

Und dann plötzliche, unfassbare Helligkeit. Sie schloss die Augen, drehte den Kopf zur Seite und nahm etwas Unglaubliches wahr: einen Windhauch. Und frische Luft. Sie atmete tief ein und spürte … irgendetwas. Etwas so Gewaltiges, dass sie es nicht einmal verarbeiten konnte.

»Hey, geht es Ihnen gut? Können Sie sich bewegen? Großer Gott!«

Da waren Hände auf ihrem Gesicht, die ihr den schrecklichen Knebel abnahmen. Sie konnte nichts sagen, nur die wundervolle Luft durch den Mund einatmen.

Eine Stimme neben ihr. »Fünf-dreizehn, hier ist neun-null-zwo. Wir haben das Mädchen. Sie ist am Leben.«

Kapitel 67

Juliet lag im weißen Krankenhausbett und fühlte sich noch leicht benommen. Ihre Gliedmaßen waren zu schwer, als dass sie sie bewegen konnte. Sie konnte sich nicht längere Zeit auf etwas konzentrieren. Nachdem sie in völliger Dunkelheit gefangen gewesen war, wirkten die vielen Farben und das helle Licht beinahe überwältigend. Sie schloss die Augen, um sich auszuruhen, und riss sie sofort wieder auf, weil sie befürchtete, man könnte sie wieder verschleppen und in diese Kiste sperren.

Die Polizei hatte ihr mitgeteilt, dass sie zwischen acht und vierzehn Stunden in der Kiste gelegen hatte, aber sie wusste, dass das nicht stimmen konnte. Es waren mehrere Tage gewesen. Sie hatte mehrfach darauf beharrt und das Handgelenk des weiblichen Detectives gepackt, damit sie es endlich verstand. Und dann hatte man ihr irgendwas gegeben. Nun schien nichts mehr wirklich wichtig oder dringend zu sein. Sie schlief immer wieder ein, als würde sie ihre Zehen gelegentlich in einen kalten Teich tunken. Nur, als die Krankenschwester das Licht gelöscht hatte, war sie richtig wach gewesen. Es war schnell wieder hell geworden, nachdem sie nicht aufgehört hatte zu schreien.

Ihre Mom war einige Stunden lang bei ihr gewesen und hatte versprochen, am nächsten Tag mit Tommy wiederzukommen.

Juliet war erleichtert gewesen, als sie endlich ging. Ihre Mutter hatte die ganze Zeit nur geredet, und das war so anstrengend gewesen.

Jetzt war wieder jemand in ihrem Zimmer. Der weibliche Detective von vorhin und zwei Fremde, die sich als Agent Gray und Zoe Bentley vorstellten. Juliet war sich nicht sicher, ob Zoe auch Bundesagentin, Detective oder etwas anderes war, hielt es jedoch für unhöflich, danach zu fragen.

»Juliet«, begann Zoe. »Wir hatten gehofft, dass Sie sich an irgendetwas erinnern, was uns helfen kann, den Mann zu erwischen, der Ihnen das angetan hat.«

Sich erinnern. Das war etwas, was sie nun wirklich nicht tun wollte. »Ich habe es dem Detective doch schon gesagt ... Es ist alles weg. Ich weiß noch, dass ich nach Hause gekommen bin, aber dann ...« Sie schüttelte leicht den Kopf.

»Sie wurden unter Drogen gesetzt«, teilte Agent Gray ihr mit. »Er hat Ihnen Rohypnol gegeben. Eine kurzzeitige Amnesie ist eine bekannte Nebenwirkung der Droge.«

Juliet blinzelte. »K.o.-Tropfen? Ist das nicht diese Vergewaltigungsdroge? Hat er ...«

»Nein«, antwortete Zoe rasch.

Woher wusste sie das? Hatte man sie untersucht, während sie geschlafen hatte? Ihre Haut kribbelte bei der Vorstellung, dass dieser Mann sie angerührt haben könnte, und ihr kamen die Tränen.

»Ich erinnere mich an gar nichts. Ich weiß nicht, was ich Ihnen sagen soll.« Ihre Zunge fühlte sich ganz dick an, und das Reden fiel ihr schwer. Sie wollte nur noch, dass sie wieder gingen.

»Selbst das kleinste Detail könnte uns weiterhelfen«, beharrte Zoe. »Erinnern Sie sich, wie Sie nach Hause gekommen sind?«

Luis und Tiffany auf den vorderen Sitzen. Luis' Hand unter Tiffanys Rock. »Ja.«

»Sie kamen zu Hause an. Und dann?«

»Ich ... bin zur Tür gegangen.«

»Erinnern Sie sich noch daran, sie aufgeschlossen zu haben?«

Hatte sie die Tür aufgeschlossen? Sie ballte eine Faust. »Nein ... Das tue ich nicht. Aber ich weiß, dass ich Tiffany aus der offenen Tür zugewinkt habe.«

»Und was haben Sie dann gemacht?«

»Ich bin in die Küche gegangen.«

»Warum?«

»Wahrscheinlich hatte ich Durst.« Nein. Das stimmte nicht. Sie hatte auf die Toilette gemusst. Und sie hatte vorher viel getrunken. »Ich erinnere mich nicht. Vielleicht bin ich auch ins Bad gegangen.«

»Das sind Sie nicht.« Zoes Stimme klang eindringlich. »Sie sind in die Küche gegangen. Warum?«

»Ich ... ich erinnere mich nicht.« Ihr liefen Tränen über die Wangen, und ihre Lippen zitterten.

»Zoe«, sagte Agent Gray leise zu der Frau. »Sie erinnert sich nicht. Das Rohypnol ...«

»Denken Sie nicht mit den Augen.« Zoe beugte sich zu Juliet herunter. Ihr Blick war so durchdringend, dass Juliet am liebsten weggelaufen wäre. »Denken Sie mit allen Sinnen. Was haben Sie gerochen? Was haben Sie gefühlt? Was haben Sie gehört?«

»Ich weiß es nicht.« Juliets Stimme brach. »Nichts!«

»Die Tür war offen, als die Polizei bei Ihrem Haus war. Haben Sie sie geschlossen?«

»Wahrscheinlich.«

»Erinnern Sie sich daran, die Tür geschlossen zu haben?«

»Ich ...«

»Zoe«, schaltete sich Detective Lyons entschieden ein. »Juliet hat eine Menge durchgemacht und ...«

»Sie haben eine Prellung am Arm«, stellte Zoe fest. »Jemand hat Sie gepackt.«

Alle Menschen, die Juliet seit ihrer Rettung gesehen hatte, waren freundlich und mitfühlend gewesen. Diese Frau schien sich jedoch fast über sie zu ärgern.

»Schweiß«, stieß Juliet hervor. »Ich erinnere mich an Schweißgeruch. Den Schweiß eines Fremden.«

Zoe richtete sich auf.

»Und an ein Messer an meiner Kehle. Ich glaube, es war ein Messer. Er ... er hat mich gezwungen, in die Küche zu gehen.«

»Haben Sie sein Gesicht gesehen?«

»Nein. Er stand hinter mir.«

»Als Sie die Küche betreten haben, befand sich das Fenster vor Ihnen. Es war Nacht, das Licht brannte. Sie müssen sein Spiegelbild gesehen haben. Erinnern Sie sich daran?«

Juliet versuchte, sich zu erinnern, aber die Bilder entglitten ihr, als wollte sie Nebelschwaden festhalten. »Nein. Ich erinnere mich nur an das Messer. Und an seine Stimme. Sie klang beinahe so, als wollte er mich verspotten. Ich weiß nicht, wie ich es erklären soll. Er war ...« Sie suchte nach dem passenden Wort.

»Selbstgefällig?«, schlug Zoe vor.

»Ja.« Juliet stieß die Luft aus. »Er war selbstgefällig.«

Ein Lächeln umspielte Zoes Lippen. »Danke.« Sie drückte kurz Juliets Hand.

Juliet zog die Hand sofort weg und verabscheute diese Frau und die Art, auf die sie Juliet gezwungen hatte, sich zu erinnern, aus tiefstem Herzen. Sie sagte nichts und starrte Zoe nur zornentbrannt an. Aber das schien ihr nichts auszumachen. Wahrscheinlich waren ihr Juliets Gefühle völlig gleichgültig.

Kapitel 68

Es war bereits zwanzig Uhr dreißig, als Zoe bemerkte, dass sie seit dem Frühstück nichts Anständiges mehr gegessen hatte. Nachdem Juliet lebendig gefunden worden war, hatte Lyons zur Feier des Tages Donuts für alle geholt, und Zoe hatte einen gegessen. Und beim Verlassen des Krankenhauses hatte sie sich ein Snickers aus einem Snackautomaten gezogen.

Sie saß in ihrem Motelzimmer, hatte die Tatortfotos vor sich ausgebreitet, ihr Notizbuch in der Hand und Dutzende von Ideen aufgeschrieben, die sie genauer verfolgen musste.

Ihr Magen knurrte laut.

Seufzend legte sie das Notizbuch beiseite und griff nach ihrem Handy. In der Anrufliste suchte sie Josephs Nummer heraus und wollte sie gerade antippen, als sie stutzte und ins Grübeln kam.

Joseph war ein netter Mann, und sie genoss seine Gesellschaft. Eine weitere Nacht mit ihm zu verbringen, stellte eine verlockende Aussicht dar. Aber sie wusste auch, dass die Sache keine Zukunft hatte.

Neulich hatte sie sich ablenken müssen. Sie hatte sich schreckliche Sorgen um Andrea gemacht und etwas, *irgendwas*, gebraucht, um sich davon abzulenken, dass Rod Glover hinter ihrer Schwester her war. Da Tatum noch immer sauer auf sie gewesen war wegen ... was auch immer, hatte sie keine andere Wahl gehabt. Aber jetzt wäre ein Treffen mit Joseph nur ein Zeitvertreib gewesen.

Ein Abendessen mit Tatum war etwas anderes. Den genauen Grund dafür konnte sie nicht benennen. Möglicherweise lag es daran, dass sie zusammenarbeiteten. Zwar hatte sie schon früher Partner gehabt, aber sie war sich nicht sicher, ob sie sich damals genauso gefühlt hatte. Es hatte sie jedenfalls gestört, dass er wütend auf sie gewesen war, dabei interessierte es sie normalerweise nicht die Bohne, was andere Menschen über sie dachten.

Sie hatten ihren Streit nie wieder erwähnt. Der Schroedinger-Fall und die Sache mit Andrea waren irgendwie dazwischengekommen. Vielleicht war es ja besser so.

Oder nicht?

Es schien ihr ratsam zu sein, das Thema zu einem guten Abschluss zu bringen. Sie hatte einmal versucht, sich zu entschuldigen, aber da war Tatum so wütend gewesen, und im Nachhinein kam es ihr so vor, als hätte sie es vermasselt. Es wurde Zeit, dass sie sich erneut entschuldigte. Und danach würden sie etwas essen gehen, weil sie am Verhungern war.

Sie verließ ihr Zimmer und ging zu Tatums Tür. Nachdem sie angeklopft hatte, hörte sie kurz darauf ein verschlafenes »Einen Moment«.

Während sie wartete, wanderten ihre Gedanken zurück zum Tatort. Er hatte auf jeden Fall anders ausgesehen als die vorherigen. Die Kiste mit dem Mädchen war zum einen nicht richtig vergraben gewesen. Und zum anderen hatte er das Netzwerkkabel nicht durchgeschnitten, sondern nur abgezogen. Warum hatte der Täter sein Muster verändert?

Sie durfte allerdings nicht außer Acht lassen, dass Mörder ihre Vorgehensweisen und Signaturen ständig änderten. Das gehörte dazu, wenn sie ihre Fantasien weiterentwickelten. Mit jedem Mord, jeder Wiederholung, passten sie ihre Methoden an ihre Erfahrung und ihre Bedürfnisse an. Warum hatte er den Sarg dann nicht ganz vergraben? Sie runzelte die Stirn.

Die Tür wurde geöffnet, und Tatum stand blinzelnd im Türrahmen. Sein Hemd war leicht zerknittert, und sein Haar stand zu allen Seiten ab.

»Ich bin wohl einfach eingeschlafen«, gestand er. »Anscheinend war ich völlig erschöpft.«

»Ich weiß, wie es Ihnen geht«, murmelte Zoe. »Ich wollte ...«

Warum hatte er den Laptop abgezogen? Der Killer wollte doch garantiert das ganze Video des begrabenen Mädchens haben und nicht nur einen Teil davon.

»Sie wollten was?«, fragte Tatum.

Zoe sah ihn an, und ihre Gedanken rasten.

»Der Mörder«, begann sie. »Er hat gemerkt, dass wir kurz davorstanden, Juliet zu finden. Darum hat er den Laptop abgetrennt. Und darum ... Oh! Er wollte sie ausgraben und umbringen. Damit sie uns keine Informationen geben kann.«

»Das ist durchaus möglich.«

»Ich bin mir da ganz sicher.« Sie stürmte an ihm vorbei in sein Zimmer und ging auf und ab.

»Kommen Sie doch ruhig rein.« Tatum musterte sie spöttisch und schloss die Tür.

»Er besitzt keine Schusswaffe, genau wie Sie gesagt haben«, stellte Zoe fest. »Sonst hätte er Juliet einfach durch den Deckel erschossen.« Ihr Herz raste.

»Aber warum hat er die Sache nicht beendet?«

»Wahrscheinlich hat er die Streifenwagen gehört. Er geriet in Panik und ist geflohen. Sie können ihn nur um wenige Minuten verpasst haben.«

»Wollen wir etwas essen gehen?«, schlug Tatum vor. »Ich habe einen Bärenhunger.«

Sie beäugte ihn. Genau. Deswegen war sie ja eigentlich hergekommen. »Gute Idee. Bestellen wir uns eine Pizza und gehen wir die Sache in Ruhe durch.«

Kapitel 69

Er saß stundenlang im Keller und wartete. Dachte sich endlos Pläne und Vorgehensweisen aus und hatte panische Ideen, die er sich durch den Kopf gehen ließ, während er sich so gut wie gar nicht bewegte. Jede Sekunde konnte die Polizei sein Haus stürmen. Vielleicht hatte jemand seinen Van von der Begräbnisstätte wegfahren sehen, nur wenige Minuten, bevor die Polizei aufgekreuzt war. Oder das Mädchen hatte sein Gesicht gesehen und ihn detailliert genug beschrieben, dass selbst der schlechteste Polizeizeichner etwas mit der Beschreibung anfangen konnte.

Er hatte immer gewusst, dass die Chancen nicht gut standen. Schließlich verhielt er sich nicht gerade unauffällig. Irgendwann würde er einen Fehler machen oder etwas übersehen, und dann erwischte man ihn.

Aber so früh?

Er hatte eine Liste in seinem Schreibtisch im Keller, eine nummerierte Liste mit all seinen geplanten Experimenten, die langsam eskalierten. Darauf strich er jedes abgeschlossene Experiment ab. Es waren insgesamt zwanzig.

Davon hatte er gerade mal *zwei* geschafft. Und das dritte vermasselt.

Er holte die Liste, zerriss sie voller Wut und zerknüllte die Einzelteile in der Faust.

Und wartete weiter.

Er überlegte, sich das unfertige Video des Mädchens anzusehen, war jedoch nicht mit dem Herzen dabei. Immer wieder bildete er sich ein, Schritte über sich zu hören oder dass das SWAT-Team direkt vor der Kellertür stand. Schon bald würden sie die Tür aufbrechen, »Runter auf den Boden« brüllen und vielleicht eine Blendgranate in den Keller werfen, bevor sie hereinstürmten und ihn mit den Händen auf dem Rücken zu Boden drückten.

Irgendwann konnte er die Anspannung nicht mehr ertragen und rief seinen Freund Dick, den Polizisten, an.

Das Telefon klingelte. Hielt sich Dick gerade auf dem Revier auf und sagte seinen Kollegen »Er ist es«? Oder suchten sie panisch nach jemandem, der den Anruf zurückverfolgen konnte? Sagten sie Dick, er solle sich ganz normal verhalten? Ihm schlug das Herz bis zum Hals, und er war kurz davor, wieder aufzulegen.

»Hey!« Dick schien ganz fröhlich zu sein, als er sich meldete. *Zu fröhlich.* Das war bestimmt eine Falle. Sie wussten Bescheid.

»Selber hey«, erwiderte er und bemühte sich um eine ruhige Stimme. »Wie ist es heute gelaufen?«

»Wir haben das Mädchen gefunden. Sie lebt noch! Sie steht zwar unter Schock, scheint aber unverletzt zu sein.«

»Das ist ja unglaublich.«

»Wem sagst du das? Ich war mir schon sicher, dass wir nur wieder eine Leiche finden. Heute ist einer der wenigen Tage, an denen es schön ist, Polizist zu sein.«

»Willst du das mit einem guten Steak feiern?«, fragte er und schaffte es gerade noch, die Frage herunterzuschlucken, die ihm bereits auf der Zunge lag: *Hat sie sein Gesicht gesehen?*

»Nein, tut mir leid. Ich bin total am Ende. Ich habe den ganzen Tag damit verbracht, den Tatort zu sichern. Vielleicht nächste Woche?«

»Klar. Dann geht es dem Mädchen gut?«

»Ja. Aber sie erinnert sich an rein gar nichts. Das liegt bestimmt am Schock. Die Ärzte halten es für möglich, dass sie ihr Erinnerungsvermögen später wiedererlangt.«

Er schloss die Augen. Zwar ließ sich nicht ausschließen, dass Dick ihn reinlegen wollte … aber der Mann war ein miserabler Lügner. Er erinnerte sich noch genau, wie sie mal eine Überraschungsparty für Dicks Frau geplant hatten und Dick deswegen den ganzen Tag unglaublich nervös gewesen war.

»Wollen wir's hoffen«, sagte er, als ihm bewusst wurde, dass er schon viel zu lange schwieg.

»Dann essen wir das Steak nächste Woche?«

»Wenn du das Bier mitbringst.«

»Mache ich das nicht immer?« Dick lachte. »Bis dann.«

»Bis dann.«

Seine Handflächen waren schweißnass, als er das Handy weglegte. War er tatsächlich noch einmal davongekommen?

Es sah ganz danach aus.

Aber es war nur eine Frage der Zeit. Möglicherweise erinnerte sich das Mädchen irgendwann. Oder sie konnten die Reifenspuren seinem Van zuordnen. Oder sie fanden heraus, dass er von der Suche erfahren hatte, und befragten jeden, mit dem er geredet haben konnte. Und Dick würde sagen: »Ich habe mit niemandem gesprochen. Wem sollte ich das schon erzählen. Ach ja, jetzt fällt es mir wieder ein … Es ist wahrscheinlich unwichtig, aber …«

Er öffnete die linke Faust, mit der er noch immer die zerrissenen, zerknüllten Überreste der Liste festhielt, und stellte fest, dass er weitermachen wollte. Wie viele Experimente würde er wohl schaffen, bevor sie ihn erwischten? Zwei? Drei? Fünf?

Oder nur eins?

Dann musste es auch zählen.

Der zwanzigste Punkt auf der Liste war sein Meisterstück. Eines, das ihm einen Platz in der Geschichte sichern würde. Er konnte es sich leisten, einige zu überspringen. Damit es funktionierte, würde er einen Signalverstärker kaufen müssen, aber er hatte sich bereits schlaugemacht. Er wusste, wo man so ein Gerät schnell herbekam.

Und vielleicht schaffte er es, sich das eine Opfer zu schnappen, das ihn zu einer Legende machen konnte.

KAPITEL 70

San Angelo, Texas, Montag, 12. September 2016

Der ständige Lärm auf dem Polizeirevier erinnerte Tatum an einen wütenden Bienenschwarm, hätten diese Bienen denn Kaffee getrunken, in Telefone geschrien und wären vor sich hin murmelnd schnellen Schrittes durch Flure geeilt. Die Atmosphäre ließ erkennen, dass Dinge erledigt werden mussten, und wenn man diese Dinge nicht erledigte, dann sollte man wenigstens dafür sorgen, dass man etwas anderes machte oder den Anschein erweckte, sehr beschäftigt zu sein.

Tatum hatte den Eindruck, dass alle Polizisten damit beschäftigt waren, den Schroedinger-Killer zu finden. Diebe, prügelnde Ehemänner, Drogendealer und betrunkene Autofahrer mussten sich heute keine Sorgen wegen der Polizei machen und durften die Gesetze nach Herzenslust brechen. Wenn man nicht gerade Frauen lebendig begrub, interessierte sich die Polizei von San Angelo nicht für einen.

Offiziell leitete Jensen die Operation, aber es hatte sich einiges geändert. Das Texas Department of Public Safety war nun an den Ermittlungen beteiligt. Texas Rangers liefen in der Abteilung herum, und einer von ihnen, ein grauhaariger, stämmiger Mann, übernahm nach und nach die Kontrolle. Jensen schien die Übernahme nicht aufhalten zu können, und Tatum schätzte, dass ihm noch ein oder zwei Tage blieben, bis das DPS auch die formelle Entscheidungsgewalt übertragen bekam.

Derweil war Foster derjenige, der wirklich etwas in Bewegung setzte. Er ließ Beamte die Aufzeichnungen der Sicherheitskameras durchgehen, Zeugen befragen, die Juliet am Abend ihrer Entführung gesehen hatten, die Social-Media-Profile möglicher weiterer Opfer überprüfen und was ihm sonst noch so alles in den Sinn kam.

Es gab keine morgendliche Besprechung, und sie hatten nicht einmal die Zeit, miteinander zu reden. Jetzt wurde gehandelt. Reden konnten sie später noch. Außerdem war Jensen abgelenkt, weil für neun Uhr eine Pressekonferenz angesetzt war, an der auch der Leiter des DPS teilnehmen würde. Die Einwohner von San Angelo – und eigentlich auch der Rest von Texas – mussten von der brillanten Polizeioperation erfahren, die zur Rettung der wunderschönen und heldenhaften Juliet Beach geführt hatte. Genau diese Worte hatte Tatum an diesem Morgen im Radio gehört. *Wunderschön und heldenhaft.*

Es fiel ihm schwer, sich zu konzentrieren. Sein Schreibtisch stand Fosters gegenüber, und ständig trat jemand zu Foster, lehnte sich über dessen Schreibtisch und reckte Tatum seinen Hintern entgegen, während er etwas berichtete oder den Detective um seine Meinung bat. Der schmale Gang zwischen den Schreibtischen sorgte dafür, dass sich besagte Hintern jedes Mal wenige Zentimeter vor Tatums Gesicht befanden, und er hatte an diesem Morgen schon Gesäße in allen möglichen Formen und Größen gesehen, was ihm jedoch nicht den geringsten Spaß machte.

Zähneknirschend starrte er den nächsten Hintern an, der einem Streifenpolizisten gehörte, und versuchte, den

Tatortbericht zu lesen. Diesmal hatten sie deutlich mehr Spuren gefunden als zuvor.

Juliet Beach war in einer Kiste begraben worden, die in Form und Größe nahezu mit den letzten identisch war. Eine Metalldose befand sich in einer Ecke, auf der die Zeichnung von über einem Schädel gekreuzten Knochen prangte – der vermeintliche Giftbehälter. Er war leer und mit nichts verbunden, sondern nur eine Requisite, genau wie Zoe vermutet hatte. Tatum konnte sogar nachvollziehen, welchen Zweck der Täter damit verfolgt hatte. Das sogenannte Experiment drehte sich darum, den Feed ständig an- und wieder auszuschalten, um die Zuschauer gebannt vor den Bildschirmen warten zu lassen, solange das Video offline war. Aber ohne unmittelbare Gefahr hätte es auch keine echte Spannung gegeben.

Auf dem Kistendeckel waren mehrere Dellen und Kratzer zu sehen. Eine Delle war eineinhalb Zentimeter tief, und ihre Form ließ vermuten, dass sie von einem schweren Werkzeug mit stumpfer rechteckiger Kante stammte, was nicht zu den Schaufeln passte, mit denen die Polizei die Kiste ausgegraben hatte. Das Werkzeug hatte den Deckel beinahe zertrümmert, der etwas mehr als drei Zentimeter dick war.

Tatum stellte sich den Mörder vor, einen schattenhaften, gesichtslosen Mann, der mit einem schweren Werkzeug auf den Deckel einhieb und versuchte, Juliet Beach zu töten, bevor die Polizei eintraf.

Wie zuvor hatten sie keine Fingerabdrücke, Haare, Stoffe oder Ähnliches auf der Außenseite der Kiste gefunden. Das Innere war übersät von Fingerabdrücken, Blut und Hautzellen, vermutlich nur vom Opfer, und man hatte alles ins Labor geschickt.

Im Sand waren Reifenspuren zu sehen gewesen, die zum Teil noch recht frisch zu sein schienen und mit ähnlichen

Spuren, die am Fundort von Nicole Medinas Leiche gesichert worden waren, übereinstimmten.

Das Kabel an der Infrarotkamera war diesmal nicht abgeschnitten worden und ragte noch aus dem Sand. Sie hatten einen einzelnen Fingerabdruck auf dem Plastikstecker gefunden. Dieser war im AFIS, dem Automated Fingerprint Identification System, überprüft worden, doch es handelte sich nur um einen verschmierten Teilabdruck, zu dem es keinen Treffer zu geben schien.

Auch wenn es viele Menschen zu glauben schienen, waren Fingerabdrücke keine magische Methode, um Täter zu identifizieren. Hatte man einen oder zwei Abdrücke, konnte das System nach einigen Stunden eine lange Liste möglicher Übereinstimmungen ausspucken. Bei einem verschmierten Abdruck ließ sich jedoch trotz der riesigen Datenbank nicht viel machen.

Tatum hatte es sich dennoch gemerkt, da er eine Idee hatte, die er später zu überprüfen gedachte.

Die Kiste war etwa neunzig Zentimeter tief vergraben gewesen. Darunter befand sich ein teilweise eingestürzter Hohlraum, der auch der Grund dafür war, dass der Mörder Juliet nicht so tief begraben hatte wie seine anderen Opfer. Allein dank dieser glücklichen Fügung war Juliet überhaupt noch am Leben.

Es gab zahlreiche Tatortfotos. Tatum wünschte sich, jemand hätte vor dem Graben wenigstens eins geschossen. Aber zu diesem Zeitpunkt hatte das Augenmerk selbstverständlich woanders gelegen. Selbst Zoe hatte sich diesmal nicht beschwert. Die Grube lag etwas abgelegener als die anderen auf einem umzäunten Feld, das in Privatbesitz war. Die Fingerabdrücke auf dem Tor stammten von den Polizisten, die es geöffnet hatten, sowie vom Besitzer. Die Reifenspuren des Wagens, den vermutlich der Mörder gefahren hatte, führten zu einem anderen

Zaunabschnitt, der mit einer Drahtschere durchtrennt worden war. Hier hatten sie keine Fingerabdrücke gefunden.

Wie dicht waren sie dem Mann auf den Fersen gewesen?

Tatum konnte nicht verhindern, dass ihm wie immer in derartigen Situationen unzählige Möglichkeiten durch den Kopf gingen, wie alles hätte anders laufen können. Er versank in einem Tagtraum, in dem sie Straßensperren auf der Burma Road errichtet und den Mörder gefasst hatten, was die Bevölkerung von San Angelo mit einer Parade feierte …

Ein Hintern berührte beinahe seine Schulter.

»Ups, Entschuldigung«, murmelte der junge Detective und rückte etwas näher an Fosters Schreibtisch heran.

Tatum stand auf und ging hinaus. Irgendwie waren die Hitze und die Sonne immer noch besser als das klimatisierte Chaos auf dem Revier.

Er zückte sein Handy und rief die einzig wahre Sarah Lee an, seine private Analytikerin.

»Ich bin nicht nur für Sie da, Tatum«, sagte sie anstelle einer Begrüßung. »Ich muss mich hier um wichtige Aufgaben kümmern.«

»Das bewundere ich so an Ihnen. Sie schaffen es, all die vielen Aufgaben gleichzeitig zu bewältigen. Und nebenbei kümmern Sie sich auch noch um einen Hund. Wie geht es Grace?«

»Grace geht es gut, Tatum.« Sie versuchte vergeblich, sich ihr Lächeln nicht anmerken zu lassen. »Was wollen Sie?«

»Ich habe einen Fingerabdruck.«

»Ich schätze eher, Sie haben zehn. Jedenfalls wäre das normal.«

»Er stammt von einem Tatort.«

»Lassen Sie ihn durch AFIS laufen, und Sie haben im Nullkommanichts ein Ergebnis.«

»Der Fingerabdruck ist verwischt, sodass AFIS nichts damit anfangen kann.«

»Und was erwarten Sie von mir?«

»Erinnern Sie sich an den Klaus-Fall aus L.A.? Das war vor etwa drei Jahren.«

Sie brauchte eine Sekunde, bis ihr die Details wieder einfielen. »Ach ja, dieser Bankraub, nicht wahr?«

»Genau. Wir hatten zwei Teilabdrücke, und Sie haben Ihre Magie spielen lassen und eine Verbindung zu einem ähnlichen Verbrechen gefunden.«

»Das war keine Magie.«

»Sie haben ihn in Ihren Hexenkessel geworfen …«

»Tatum.«

»Ein Molchauge und etwas Feenstaub hinzugefügt und Ihr Zauberbuch aufgeschlagen …«

»So funktioniert das nicht.«

»Und die magischen Worte gesagt …«

»Ich habe den Abdruck in einer viel kleineren Datenmenge gesucht.«

»Tja.« Tatum grinste. »Mir kam es jedenfalls wie Magie vor. Können Sie das mit meinem Abdruck auch versuchen?«

Sie seufzte. »Ich habe ihn damals mit Fingerabdrücken verglichen, die bei anderen Raubüberfällen aus der Gegend in den vorangegangenen drei Monaten gefunden wurden. Und wie Sie sich vielleicht erinnern, sind einige falsche Ergebnisse dabei herausgekommen.«

»Aber auch ein richtiges«, merkte Tatum an.

»Ja, okay.«

»Können Sie meinen Fingerabdruck mit in Texas begangenen Verbrechen aus den letzten zehn Jahren vergleichen?«

»Ist das Ihre Definition von *kleiner*?«, erwiderte sie. »Auf diese Weise finde ich nie einen Treffer.«

»Okay.« Er zögerte. »Nehmen wir die letzten drei Jahre und nur San Angelo.«

»Hmm.« Sie hörte sich nicht begeistert an. »Das ist eine Menge Arbeit, und Sie wissen, dass es Menschen gibt, für die ich tatsächlich arbeite ...«

»Aber von denen ist keiner so charmant wie ich.«

»Sie wären überrascht. Ich werde sehen, was ich tun kann.«

»Danke, Sarah. Sie sind die Beste.«

»Ja, ja.« Sie legte auf.

Grinsend steckte Tatum sein Handy ein. Er ging zurück ins Gebäude und schickte Sarah die Bilddatei des verschmierten Fingerabdrucks. Da er sich nicht noch mehr Hintern ansehen wollte, beschloss er, sich in der Nähe einen Kaffee und ein Sandwich zu holen.

Sarahs E-Mail landete in seinem Posteingang, als er gerade wieder auf dem Parkplatz vor dem Revier eintraf. Er las sie sich auf dem Handy durch und ließ den Motor an, um noch einen Augenblick in den Genuss der Klimaanlage zu kommen. Es bestand eine mögliche Verbindung zu acht Verbrechen. Drei Gangschießereien, drei Einbrüchen, einem Autodiebstahl und einer Vergewaltigung. In den Dateien standen keine Details, nur Namen und lokale Fallnummern.

Er ging ins Büro zurück und beugte sich dann über Fosters Schreibtisch, sodass sein Hintern zu seinem leeren Stuhl zeigte.

»Ich habe mögliche Übereinstimmungen mit dem Fingerabdruck«, teilte er dem Detective mit. »Bei einem der Fälle handelt es sich um Vergewaltigung.«

»Im Ernst?« Foster merkte auf. »Haben Sie einen Namen?«

»Derek Woodard.«

Foster sackte in sich zusammen. »Dieses Arschloch. Er sitzt im Gefängnis. Wir haben ihn wegen mehrerer sexueller Nötigungen drangekriegt. Er hatte es auf alte Damen abgesehen.«

»Verdammt!« Tatum ignorierte die Enttäuschung, die sich in ihm breitmachen wollte. »Aber ich habe noch sieben andere mögliche Fälle.«

»Lassen Sie mal sehen.«

Sie gingen die Liste durch und überprüften die Fallnummern. Drei andere Männer saßen ebenfalls hinter Gittern, einer war tot und einer saß seit einem Schuss in den Rücken im Rollstuhl.

Die beiden verbliebenen Fälle waren der Autodiebstahl und einer der Einbrüche. Zwar hatte man bei dem Autodiebstahl niemanden verhaftet, aber da es sich um insgesamt drei Täter handelte, die vor neun Monaten eine Scheibe eingeschlagen und eine Spritztour mit dem Wagen gemacht hatten, um ihn dann mit einem Platten außerhalb von San Angelo stehen zu lassen, konnte sich Tatum beim besten Willen nicht vorstellen, dass ihr Mörder daran beteiligt gewesen war.

Beim letzten Fall, den Tatum zuerst für einen Einbruch gehalten hatte, handelte es sich nur um einen versuchten Einbruch in eine hiesige Tankstelle vor vier Monaten. Jemand hatte eine Scheibe eingeschlagen und war geflohen, sobald der Alarm losging. Auch diese Tat schien nichts mit ihrem Fall zu tun zu haben, aber in der Fallakte stand, dass die unbekannte Person beim Einbruchversuch von der Überwachungskamera aufgenommen worden war. Die Videoaufzeichnungen waren allerdings nicht enthalten, und das AFIS hatte die Fingerabdrücke nicht als relevanten Treffer ausgespuckt.

»Ich sehe mir die Sache mal an«, sagte Tatum.

»Ich kann jemanden rüberschicken«, schlug Foster vor.

»Dann müssen Sie sich nicht die Mühe machen.«

Tatum ließ den Blick durch den Raum schweifen und konnte das geschäftige Treiben um sich herum kaum ertragen. »Schon okay. Ich brauche sowieso mal eine Pause.«

Kapitel 71

Die Tankstelle lag am Stadtrand von San Angelo. Als Tatum seinen Wagen abstellte, parkte nur noch ein anderes Auto auf dem Gelände. Eine Frau stand an den Zapfsäulen, während ihre drei Kinder auf dem Rücksitz saßen. Sie wirkte sehr müde und ignorierte ihre Kinder, die durch das Heckfenster Grimassen schnitten. Tatum lächelte sie an, versuchte, ihr etwas Mitgefühl zu vermitteln, und betrat das Gebäude.

Ein dünner Mann stand hinter der Ladentheke und hickste, als Tatum näher kam.

Tatum zückte seinen Dienstausweis. »Agent Gray, FBI. Ich würde gern mit Ihnen über den ...«

»Hicks.«

Tatum blinzelte. Der Hickser war so laut, dass er ihn aus dem Konzept gebracht hatte. »Äh ... Ich möchte mit Ihnen über ...«

»Hicks.«

»Äh. Möchten Sie vielleicht einen Schluck Wasser trinken?«

»Nein«, antwortete der Mann. »Hicks.«

»Das könnte aber gegen Ihren Schluckauf helfen.«

»Wird es nicht.«

»Okay.« Tatum hakte seine Daumen in die Gürtelschlaufen. »Ich würde gern mit Ihnen über den versuchten Einbruch vor vier Monaten reden. Haben Sie damals schon hier gearbeitet?«

»Hicks. Ja.«

»Mir wurde gesagt, der Mann, der hier einbrechen wollte, wäre auf den Aufnahmen der Überwachungskamera zu sehen.«

»Ja.« Der Mann deutete auf einen Bildschirm, auf dem die Feeds der vier Überwachungskameras zu sehen waren. Zwei zeigten das Innere des Ladens, ein dritter die Tür und der vierte die Zapfsäulen. Tatum sah die Frau auf dem Bildschirm, die den Zapfhahn wieder zurückgehängt hatte und ins Leere starrte, während ihre Kinder die Nasen gegen die Scheibe drückten.

»Kann ich die Aufnahmen sehen?«

Der Mann musterte ihn skeptisch. »Hicks. Das ist verdammt lange her. Der Computer speichert die Aufnahmen nur einen Monat. Hicks.«

»Und Sie haben keine Kopie dieser Aufnahme angelegt?«, fragte Tatum ungläubig.

»Nein. Wieso – hicks – sollte ich? Der Mann trug eine Maske.«

»Was für eine Maske?«

»Eine Skimaske. Man konnte sein Gesicht nicht erkennen. Er hat das Fenster da vorn eingeschlagen.« Er deutete auf das Fenster neben der Tür. »Der Alarm ging los, und er ist weggerannt. Nicht wie im Actionfilm.«

Tatum wartete auf den nächsten Hickser und spürte, wie sich eine seltsame Anspannung in ihm aufbaute. Der Mann sah ihn gelassen an. Anscheinend war der Schluckauf ausgestanden.

»Können Sie mir sagen …«

»Hicks.«

»Möchten Sie wirklich keinen Schluck Wasser trinken? Das hilft bei Schluckauf.«

»Mir hilft es nicht.«

»Warum nicht?«

»Weil ich den – hicks – Schluckauf schon seit einer Weile habe.«

»Vielleicht würde etwas Wasser ja doch helfen.«

»Hicks. Das hat mir in den letzten vier Jahren auch nicht geholfen.«

»Sie haben seit vier Jahren Schluckauf?«

»Hicks. Ja. Und Wasser trinken hilft mir nicht. Wissen Sie, was auch nichts bringt? Die Luft anzuhalten. Und – hicks – Wasser aus einem Glas zu trinken, das ich verkehrt herum halte. Oder mich zu erschrecken oder – hicks – zu verängstigen. Oder in eine Zitrone zu beißen. Oder hilfreiche Vorschläge von – hicks – FBI-Agenten.«

»Das tut mir leid.«

»Mir geht dieser ständige Schluckauf auf die Nerven. Und im Bett ist das auch nicht schön. Ich wach nachts – hicks – ständig auf. Darum bin ich morgens müde und hickse nur noch mehr. Und einige Leute finden das witzig. Hicks.« Er beäugte Tatum misstrauisch.

»Ich finde es nicht witzig«, versicherte Tatum ihm leicht schuldbewusst.

»Jedenfalls gibt es die Aufnahmen nicht mehr. Hicks. Aber ich habe sie mir mehrmals angesehen. Darauf war nur ein Kerl mit einer Maske und Handschuhen zu sehen. Er hat das Fenster mit einem Hammer eingeschlagen und ist weggerannt. Hicks.«

»Er trug Handschuhe?«, fragte Tatum überrascht. »Ich dachte, es wurde ein Fingerabdruck gefunden.«

»So ist es.« Der Mann zeigte zum Fenster. »Er trug Latexhandschuhe, die aber gerissen sind, als die Fensterscheibe zerbrach. Daher war ein Fingerabdruck auf dem Glas.«

Tatum nickte nachdenklich. Das schien auch nicht ihr Mann gewesen zu sein. »Danke. Und viel Glück mit dem …«

»Hicks.«

»Genau.«

Er ging wieder hinaus und kniff die Augen zusammen, da ihm die Sonne direkt ins Gesicht schien. Während sich seine Augen an die Helligkeit gewöhnten, stellte er sich vor, mitten in der Wüste gelandet zu sein. Auf der anderen Straßenseite war nichts als eine flache, sandige Landschaft zu sehen, auf der einige Kakteen und zahlreiche Steine standen.

Irritiert drehte er sich wieder um. Die Überwachungskamera über der automatischen Glastür war deutlich zu erkennen. Von seinem Standpunkt aus konnte man allerdings schwer einschätzen, welchen Bereich sie einfing. Er drehte sich wieder zu der leeren Freifläche um und dann noch einmal zur Kamera.

Ihm war ein irrwitziger Gedanke gekommen. Er rief Zoe an.

»Stehen Sie gerade in der Nähe der Karte?«

»Ja.«

»Können Sie etwas für mich überprüfen? Ich bin an einer Tankstelle in der Nähe der Route 67, etwa eineinhalb Kilometer südlich der Stadtgrenze. Können Sie mir sagen, ob sich hier eine der möglichen Begräbnisstätten befindet?«

»Augenblick.«

Während er wartete, hatte er das Gefühl, ebenso seine wie ihre Zeit zu vergeuden.

»Ja, das ist eines der Gebiete«, bestätigte sie schließlich.

»Warum?«

»Na ja ... Hier ist eine Tankstelle, in die vor vier Monaten jemand einbrechen wollte. Der Fingerabdruck, der dabei gesichert wurde, passt zu dem, den wir gestern gefunden haben. Die Überwachungskamera über der Tür hängt so, als würde sie das Gebiet auf der anderen Straßenseite mit erfassen.«

Eine Sekunde verging, da Zoe seine Worte erst einmal sacken lassen musste. »Sie glauben also, unser Mann hat versucht, in die Tankstelle einzubrechen, um die Aufnahme der Überwachungskamera zu zerstören?«

»Genau das vermute ich. Möglicherweise hat er geglaubt, er wäre dabei gefilmt worden, wie er jemanden umgebracht hat. Was halten Sie davon?«

»Er ist ziemlich vorsichtig. Aber wenn es ein früher Mord war, hat er möglicherweise impulsiv reagiert und war sehr aufgeregt ... So wie gestern, als er Juliet wieder ausgraben und umbringen wollte. Das ist eine ähnliche Reaktion, eine plötzliche Furcht, die ihn zu einem riskanten Verhalten treibt. Es wäre also durchaus denkbar.«

»Gut.« Tatum war ermutigt. »Dann hoffe ich, dass der Mann mit dem Leichenspürhund nicht beschäftigt ist, denn ich hätte da eine Aufgabe für ihn.«

KAPITEL 72

Der Leichenspürhund Shelley brauchte keine zehn Minuten, um eine Stelle mitten auf dem Feld zu finden, die durch mehrere Büsche und Kakteen vor Blicken von der Straße geschützt war. Dort blieb der Hund stehen und kratzte wimmernd am Boden. Victor sah ihn an und sagte: »Sie hat wirklich was gefunden.«

Da es diesmal keinen Grund zur Eile gab, machten sie alles richtig. Die Kriminaltechniker tauchten auf, sperrten das Gebiet ab und errichteten zu drei Seiten einen Sichtschutz. Mehrere Polizisten wurden dafür abgestellt, mögliche Schaulustige oder Journalisten fernzuhalten. Und das Grab wurde gründlich ausgehoben, während Tatum und Victor zusahen, zu denen sich kurz darauf Zoe und Foster gesellten. Der gesamte Tatort füllte sich mit Polizisten und Texas Rangers, und selbst Curly war schon eingetroffen und wartete neben Tatum auf die Leiche.

»Die zweite Leiche in fünf Tagen«, meinte Victor traurig.

»Für mich die dritte«, erwiderte Curly.

»Früher war diese Stadt nicht so gewalttätig«, stellte Victor fest.

»Ja, es ist furchtbar.«

Tatum musterte den Hund, der an seinem Schuh schnüffelte. »Ihr Hund ... Shelley ist sehr gut in dem, was sie tut.«

»Ja, das ist sie.« Victor schniefte. »Ich habe gesehen, dass Jones und Buster mit diesem Mädchen, dieser Juliet, auf der Titelseite der San Angelo Standard-Times waren.«

»Jones und Buster?«, wiederholte Tatum verwirrt. »Ach, der Mann mit dem Hund, der sie gefunden hat? Ja, das war ein schönes Foto.«

»Das war es.«

Nach und nach kletterten die Officers aus der Grube, dann beugte sich einer vor und riss den Deckel auf. Sofort wandten sich alle mit angewidertem Stöhnen ab.

Victor seufzte ein weiteres Mal und schüttelte den Kopf. »Komm, Shelley. Wir müssen unseren Bericht schreiben.«

Der Hundeführer ging, und Tatum folgte Zoe, die sich bereits dem Grab näherte.

Bei diesem Fall lag eindeutig einiges anders.

Beispielsweise waren diese Überreste deutlich älter. Insekten hatten sich an der Leiche gütlich getan, und die Verwesung war sehr weit fortgeschritten. Da die Kiste nicht so robust gebaut worden war wie die anderen und zudem Lücken zwischen den Brettern aufwies, hatten die Insekten leichtes Spiel gehabt. Die Kiste war quadratisch, nicht rechteckig, und erinnerte weniger an einen Sarg. Der skelettierte Leichnam lag in Embryohaltung darin. Falls dieses Mädchen wie die anderen lebendig begraben worden war, musste sie einen weitaus schrecklicheren Tod erlitten haben als die anderen Opfer, da ihr Körper in diese unnatürliche Haltung gepresst worden war, damit sie in die Kiste passte.

Tatum wandte sich ab. Ihm war übel. Im Hintergrund hörte er Gemurmel.

»Keine Kamera«, stellte Zoe nüchtern fest.

Mit einem Mal wurde Tatum wütend, auch wenn er selbst nicht wusste, ob er wütend auf sich selbst war oder auf Zoe, weil sie trotz dieses schrecklichen Anblicks derartige Details wahrnehmen konnte. Er zwang sich, noch einmal hinzusehen, und stellte fest, dass sie recht hatte. Die Kiste war nicht weiter bemerkenswert und früher vielleicht zur Aufbewahrung von Obst oder Gemüse genutzt worden. Darin befand sich keine Infrarotkamera, und es gab auch kein Loch für ein Kabel.

»Entschuldigung.« Curly drängelte sich nach vorn.

»Wir müssen die Kiste rausheben«, teilte Foster ihm mit. »In der Grube ist nicht genug Platz für Sie.«

»Aber passen Sie auf, dass beim Graben keine Erde in die Kiste fällt.«

Letzten Endes verschlossen sie die Kiste wieder, bevor sie sie ausgruben und von der Erde befreiten. Tatum ging einige Schritte zur Seite und sah ihnen dabei zu. Er war einer scheinbar irrelevanten Spur gefolgt und auf eine weitere Leiche gestoßen, fühlte sich jedoch alles andere als siegreich.

»Das ist sein erstes Opfer«, sagte Zoe, als sie zu ihm trat.

»Sind Sie sicher?«

Sie zuckte mit den Achseln. »Sicher bin ich mir bei gar nichts, aber es sieht ganz danach aus. Das ist seine grundlegende Fantasie, eine Frau lebendig zu begraben. Er hatte nicht einmal eine Kiste in der richtigen Größe. Auch die Stelle ist alles andere als perfekt. Sie liegt zu nah an der Stadt und ist schlecht verborgen. Er konnte von Glück reden, dass ihn niemand gesehen hat.«

»Wahrscheinlich hat er sie des Nachts begraben. Es muss stockdunkel gewesen sein.«

»Gut möglich. Aber man kann deutlich seine Unerfahrenheit erkennen. Erst, nachdem er fertig war und seine sexuelle Befriedigung gefunden hatte, war er aufmerksam genug, um die Tankstelle zu bemerken. Und er geriet ins Grübeln.«

»Wegen der Überwachungskameras.«

»Er hatte Angst, bei der Tat gefilmt worden zu sein. Also setzt er sich eine Skimaske auf und zieht Handschuhe an ... Ich vermute, dass er beides dabeihatte. Dann hat er versucht, in die Tankstelle einzubrechen, um die Aufnahme zu vernichten.«

»Die Kamera ist nicht einmal auf dieses Gebiet gerichtet«, stellte Tatum fest. »Was für ein dummes Arschloch.«

»Ja.« Zoe musterte ihn fragend und schien sich über seinen wütenden Tonfall zu wundern. »Aber so dumm ist er nicht mehr. Er hatte mehr als genug Zeit, um über seine Fehler nachzudenken und sich zu überlegen, was er besser machen kann.«

Tatum nickte nur und hatte keine Lust mehr, weiter darüber zu reden. Er war es leid, den Killer zu analysieren und zu versuchen, den Mann zu durchschauen. Zur Abwechslung wollte er ihn einfach als Monster ansehen, als böse Kreatur, die man nicht erklären konnte, sondern lieber mit Heugabeln und Fackeln jagen und vernichten musste.

»Es wäre möglich, dass es eine Verbindung zum Opfer gibt«, fügte Zoe hinzu. »Sie könnten nahe beieinander gewohnt haben oder miteinander bekannt gewesen sein. Wenn wir diese Verbindung finden, kriegen wir ihn vielleicht.«

»Vielleicht«, knurrte Tatum.

Zoe schien seine schlechte Laune zu spüren und ging wieder, vermutlich um sich auszumalen, was der Mörder in jener Nacht gesehen hatte. Morgen würde sie genau sagen können, wie sich alles abgespielt hatte.

Die Polizisten hievten die Kiste aus der Grube, und Curly trat näher und gab ihnen genaue Anweisungen. Dann öffnete er den Deckel mit behandschuhten Händen, beugte sich über die Kiste und untersuchte die Leiche. Tatum stellte sich vor, wie Curly den Puls der Toten fühlte, um sich zu vergewissern, dass sie tatsächlich tot war, und verzog die Lippen zu einem freudlosen Grinsen.

Curly nahm eine kleine Handtasche heraus, die er Foster wortlos reichte. Neugierig geworden, trat Tatum näher.

Foster öffnete die Handtasche und warf einen Blick hinein. »Da ist etwas Geld, vierzig Dollar und Kleingeld. Ein zerknitterter Busfahrschein ... ah. Ein Führerschein ...« Ihm fiel die Kinnlade herunter, und er riss die Augen auf, in denen sich Erstaunen und Schmerz widerspiegelten.

»Was ist?«, fragte Tatum.

»Ich kenne diese Frau«, krächzte Foster. »Sie ... Wir sind zusammen zur Schule gegangen. Debra Miller. Ach, verdammt!«

»Mein Beileid.«

»Sie war so ein netter Mensch«, sagte Foster. »Jeder hat sie gemocht. Aber sie hat nach der Schule die Stadt verlassen. Ich bilde mir ein, gehört zu haben, sie wäre nach Kalifornien gezogen.«

Tatum sagte nichts und beobachtete nur, wie Curly die Leiche untersuchte. Trotz des angeblichen Umzugs nach Kalifornien war diese Frau in einer Kiste gelandet und in der Erde ihrer Heimatstadt begraben worden.

Kapitel 73

Zoe begleitete Lyons zu Debra Millers Eltern.

»Warum kommen Sie mit?«, wollte Lyons unterwegs wissen. »Es gibt in diesem Job kaum eine schlimmere Aufgabe, als die Familie über den Tod eines Angehörigen zu informieren. Mögen Sie Leid?«

Zoe war sich nicht sicher, ob Lyons sich darauf bezog, dass sie gern litt oder dass sie das Leid anderer genoss, doch die Antwort war in beiden Fällen dieselbe. »Nein, das tue ich nicht. Aber Menschen geben in solchen Situationen sehr viel von sich preis.«

»Das ist wirklich schrecklich«, murmelte Lyons.

»Wir müssen ihnen ja keine Details nennen«, merkte Zoe an. »Schließlich kennen wir die ja selbst noch nicht.«

»So habe ich das nicht gemeint. Ja, gut, es ist furchtbar, Eltern mitteilen zu müssen, dass ihr Kind einen gewaltsamen Tod erlitten hat, aber am schlimmsten finde ich, dass wir nicht einmal wissen, ob sie es wirklich ist.«

»Oh, okay.« Zoe begriff, was Lyons meinte. Sie würden Debras Eltern sagen, dass sie die Leiche gefunden hatten … und sie dann fragen, ob es etwas gab, das ihnen bei der Identifizierung helfen konnte, weil sie so stark verwest war. Wie immer in solchen Fällen würden sie neue Hoffnung schöpfen. *Vielleicht ist sie es gar nicht,* würden die Eltern anmerken. *Sie könnten sich irren.* Sie würden sich weigern, das nahezu unausweichliche Ergebnis zu akzeptieren, dass nicht etwa eine Taschendiebin die Handtasche ihrer Tochter gestohlen hatte und ums Leben gekommen war, sondern dass es sich tatsächlich um ihre Tochter handelte.

Was letzten Endes dazu führte, dass man sie zweimal benachrichtigen musste, einmal nach dem Leichenfund und ein zweites Mal, wenn die Identität bestätigt war.

Sie parkten vor einem Haus, das in fröhlichem Gelb und Weiß gestrichen und von einem grünen Lattenzaun umgeben war. Als sie jedoch ausstiegen und zur Haustür gingen, bemerkte Zoe an allen Ecken und Enden Anzeichen für Nachlässigkeit. Im Garten standen verblühte Blumen inmitten von Unkraut. Die Fenster waren schmutzig. Von den Wänden blätterte die Farbe ab. Sie konnte das leise Summen von Fliegen um sich herum hören.

Lyons klopfte zweimal an die Tür.

»Eine Minute«, sagte ein Mann aus dem Haus.

Sie warteten gefühlt deutlich länger als eine Minute, und als Lyons schon ein weiteres Mal anklopfen wollte, wurde die Tür endlich geöffnet. Der Mann, der vor ihnen stand, hatte ein runzliges, müdes Gesicht und trug ein fleckiges weißes Hemd. Auf den ersten Blick schätzte Zoe ihn auf ungefähr achtzig, doch dann ging ihr auf, dass er deutlich jünger sein musste. Vermutlich nicht älter als sechzig. Aber er machte den Anschein eines Mannes, den das Leben mürbe gemacht hatte.

»Mr Miller?«, fragte Lyons.

»Ja.«

»Ich bin Detective Lyons. Dürfen wir reinkommen?«

Er sackte leicht in sich zusammen. »Geht es um Debra?«

»Es wäre besser, wenn wir das im Haus besprechen.«

Er verschränkte die Arme. »In welchen Schwierigkeiten steckt sie?«

Lyons zögerte. »Sir ... Es wäre vielleicht das Beste, wenn Sie sich hinsetzen.«

Nun riss er die Augen auf. »Ist sie ... im Krankenhaus?«

Lyons seufzte und schien zu dem Schluss gekommen zu sein, dass er sie nicht ins Haus lassen würde. »Mr Miller, ich muss Ihnen leider mitteilen, dass Debra tot ist.«

»Tot?« Das Wort kam ihm nur als Flüstern über die Lippen.

»Wir gehen stark davon aus, Sir.«

»Sie gehen davon aus?« Da war er, der Hoffnungsschimmer. »Aber Sie sind sich nicht sicher?«

»Wir sind uns relativ sicher. Wir haben eine Leiche gefunden, die den Führerschein Ihrer Tochter bei sich hatte.«

»Sieht sie denn aus wie meine Tochter?«

Lyons schluckte schwer. »Die Leiche ist in einem sehr schlechten Zustand. Wir vermuten, dass sie vor vier Monaten ermordet wurde.«

»Vor vier Monaten?« Seine Hoffnung verpuffte. »Das kommt hin.«

»Wann haben Sie Ihre Tochter das letzte Mal gesehen?«, wollte Lyons wissen.

Mr Miller holte erschaudernd Luft. »Das muss so Anfang Mai gewesen sein.«

Zoe und Lyons tauschten einen Blick. Der versuchte Einbruch in die Tankstelle hatte sich am 6. Mai ereignet.

Miller drehte sich um, ging ins Haus und ließ die Tür offen. Zoe und Lyons folgten ihm.

Das Haus wirkte kalt und verlassen. Überall waren Staub und Schmutz zu sehen. In so gut wie keinem Zimmer brannte Licht, und die Vorhänge waren zugezogen, sodass man gerade genug erkennen konnte, um nicht irgendwo dagegenzulaufen. Miller schlurfte in die Küche und schaltete eine Neonlampe ein, die laut summte und ein unangenehmes Licht abgab. Er ließ sich auf einem Stuhl neben einem kleinen Holztisch sinken, von dem die Farbe abblätterte. Es gab noch zwei weitere Stühle, auf denen Zoe und Lyons Platz nahmen.

»Sie sagten, sie wurde ermordet. Wer hat es getan? Und wie?«, fragte er mit heiserer Stimme. Seine Augen glitzerten feucht.

»Wir kennen noch keine Details«, erwiderte Lyons.

»Was wissen Sie *überhaupt*?«

»Sie haben Ihre Tochter vor vier Monaten das letzte Mal gesehen und seitdem nicht mit ihr gesprochen«, stellte Zoe fest. »Wieso haben Sie sie nicht als vermisst gemeldet?«

»Wir dachten, sie wäre mal wieder verschwunden.« Er schüttelte den Kopf. »Sie ist immer mal wieder für ein paar Monate untergetaucht. Danach kam sie unangekündigt vorbei und sah aus, als wäre sie völlig am Ende. Wir wussten, dass sie drogensüchtig war. Manchmal hatte sie ein blaues Auge oder eine aufgeplatzte Lippe, aber sie sagte immer, es würde ihr gut gehen, und wollte uns nichts erzählen. Es kam auch vor, dass sie aus dem Gefängnis anrief. Dreimal musste ich Kaution für sie stellen.«

Er stieß ein langes, verzweifeltes Stöhnen aus. Eine Träne rann über seine linke Wange.

»In der Schule war sie ein süßes, glückliches Kind. So beliebt und immer von Freunden umgeben. Aber nach der Schule war sie irgendwie … verloren. Sie nahm einen schlecht bezahlten Job im Kino in der Nähe an, wollte nicht aufs College gehen, fing an zu rauchen. Wir wussten nicht, was wir tun sollten. Dann erklärte sie, dass sie nach Kalifornien gehen würde, weil sie dort einen wunderbaren Job gefunden hätte. Wir waren so erleichtert. Aber nach einer Weile rief sie nicht mehr an, und als sie uns das nächste Mal besuchte, war offensichtlich, dass sie dort alles andere als ein guter Job erwartet hatte.«

Er starrte die Wand mit leerem Blick an, während immer mehr Tränen über sein zerfurchtes Gesicht liefen. »Die Männer in ihrem Leben haben sie zugrunde gerichtet, davon bin ich überzeugt. Man sagt zwar, ein Mädchen lernt vom Vater, wie sich ein Mann zu benehmen hat, aber ich habe nie Hand an sie gelegt. Das schwöre ich.«

»Einige Frauen suchen sich so oder so die falschen Männer«, meinte Zoe. Damit wollte sie ihn nicht trösten, sondern nur auf eine unsaubere Argumentation hinweisen, doch er schenkte ihr ein trauriges Lächeln.

»Hat einer von ihnen ihr das angetan?«, fragte er.

»Das wissen wir noch nicht«, antwortete Lyons. »Können Sie uns einige Namen nennen?«

»Nein. Sie hat immer gesagt, sie wäre fertig mit ihnen. Wann immer ich wissen wollte, wer ihr diesen Bluterguss verpasst oder den Finger gebrochen hatte, meinte sie, das wäre unwichtig, weil sie ihn nie wiedersehen würde. Ich weiß nicht, ob sie immer zu demselben Mann zurückgekehrt ist oder ob sie die Kerle jedes Mal verlassen hat, nur um einen ebenso Schlimmen aufzugabeln.«

»Und was ist bei Ihrer letzten Begegnung passiert?«, erkundigte sich Lyons.

»Sie war am Tag zuvor aufgetaucht und sah schlimmer aus als jemals zuvor. Dünn. Total kaputt. Haben Sie Kinder?«

Zoe und Lyons schüttelten den Kopf.

»Dann haben Sie keine Ahnung, was man empfindet, wenn das eigene Kind so aussieht. Martha und ich hatten beschlossen, dass wir sie diesmal nicht einfach mit etwas Geld wieder gehen lassen wollten. Nein, wir wollten sie retten.« Er schnaubte und schlug dann am ganzen Körper bebend die Hände vor das Gesicht.

Die Uhr an der Küchenwand tickte laut, und Zoe bildete sich ein, dass jede Sekunde langsamer verstrich als die davor.

Nach einiger Zeit ließ er die Hände wieder sinken. Er wirkte völlig am Boden zerstört. »Wir sagten ihr, dass sie bleiben muss. Dass wir sie in eine Entzugsklinik bringen. Damit sie eine Therapie machen kann. Wir wollten, dass es ihr wieder besser ging. Aber sie sagte, sie brauchte das nicht. Sie hat uns angeschrien, dass sie unsere Hilfe nicht will und dass sie nie wiederkommen würde. Ich ... ich habe einiges gesagt, was ich nicht hätte sagen sollen. O Gott, was ich ihr alles an den Kopf geworfen habe. Wenn Sie je Kinder haben, sollten Sie ihnen nie zeigen, wie enttäuscht Sie von ihnen sind.«

Zoe bedauerte es, dass Tatum nicht mitgekommen war. Er schien immer zu wissen, was er sagen sollte, damit es anderen besser ging.

»Dann ist sie gegangen. Wir haben nie wieder etwas von ihr gehört. Wir dachten, sie würde wiederauftauchen, weil sie das immer getan hat, aber sie kam nicht zurück. Dann ist Martha vor einem Monat gestorben. Sie ist einfach ... umgekippt. Ihr Herz wollte nicht mehr. Wahrscheinlich war es gebrochen.«

Er verschränkte die Arme vor der Brust. »Das ist die ganze Geschichte.«

Lyons stellte ihm noch einige Fragen und versuchte herauszufinden, wohin seine Tochter gegangen sein konnte, ob sie Freunde hatte, die der Polizei weiterhelfen konnten, und dergleichen. Aber Millers Antworten wurden immer kürzer, bis er nur noch einsilbige Worte von sich gab und schließlich gar nichts mehr sagte.

Nachdem sich Lyons vergewissert hatte, dass er keine Hilfe brauchte, nannte er ihnen noch den Namen von Debras Zahnarzt, der ihnen möglicherweise bei der Identifizierung der Leiche helfen konnte. Danach schaltete er völlig ab wie ein Spielzeug, dessen Akku leer war.

Kapitel 74

San Angelo, Texas, Donnerstag, 5. Mai 2016

Er drückte die Tür auf, betrat die Kneipe, setzte sich auf einen Stuhl und mahlte wütend mit dem Kiefer. So endete inzwischen jeder Tag. Sein ganzer Körper verspannte sich, als stünde er kurz vor der Explosion. Es wurde erst erträglicher, wenn er ein paar Bier intus hatte.

In den letzten Tagen hatte er mehr getrunken als üblich. Er hatte alles richtig gemacht, aber das war letzten Endes ohne Bedeutung, nicht wahr? Ein Fehler blieb ein Fehler, selbst wenn er gar nichts dafür konnte.

Der Barkeeper fragte ihn schon gar nicht mehr, was er haben wollte, sondern nickte nur und schenkte ihm sein Bier ein. Inzwischen war er Stammgast.

»Hey«, sagte eine Frau, als er gerade das erste Glas geleert hatte. »Kennen wir uns nicht?«

Er wollte gerade mit den Achseln zucken, den Kopf schütteln und verneinen, aber nach einem kurzen Seitenblick stutzte er.

»Na klar«, meinte sie fröhlich. »Du … Wir waren auf derselben Schule, richtig?«

»Debra?«, fragte er ungläubig.

War das wirklich dasselbe Mädchen? Das entzückende, reine Mädchen, von dem er während all der langen Schulstunden geträumt hatte? Dieselben Lippen, dieselbe Nase … Aber da hörten die Ähnlichkeiten auch schon auf. Sie war spindeldürr, und ihre Wangenknochen traten überdeutlich hervor. Ihr Haar, einst eine Woge wunderschöner Locken, war völlig zerzaust und fettig. Ihre Haut hatte eine seltsame Farbe angenommen und sah ölig aus. Und ihre Augen. Sie waren so … trübe.

»Ganz genau.« Sie strahlte ihn an und schien sich darüber zu freuen, dass er sie erkannt hatte. Wahrscheinlich passierte das nicht allzu oft. »Wie ist es dir ergangen?«

Es dauerte einige Sekunden, bis ihm aufging, dass sie seinen Namen nicht zu kennen schien, was ihn nicht überraschte. Er gab ihr ein Bier aus und erwähnte beiläufig seinen Namen, als er ihr eine dämliche Geschichte über einen Brief erzählte, den er von der Schule bekommen hatte. Dabei sah er die Erleichterung in ihren Augen, als sie den Namen hörte, denn nun musste sie ihn im Gespräch nicht umgehen und ihn *Schätzchen* oder *Kumpel* nennen.

Sie war beeindruckt, als er ihr von seinem Job erzählte, und er fühlte sich gleich ein bisschen besser. Wann immer er fragte, was sie so getrieben hatte, oder erwähnte, dass er gehört habe, sie sei nach Kalifornien gezogen, wandte sie den Blick ab. Sie sprach kurz über den guten Job und den bescheuerten Freund aus jener Zeit, und es wurde offensichtlich, dass sie inzwischen beides losgeworden war und auch nicht mehr in Kalifornien lebte.

»Ich hatte schon überlegt, mich wieder in den Bus zu setzen«, meinte sie. »Vielleicht sogar noch heute.«

»Und wo soll es hingehen?«

Sie zuckte mit den Achseln. »Keine Ahnung. Hauptsache weit weg. Ich muss noch mal von vorn anfangen. Ein neues Kapitel aufschlagen. Verstehst du?«

»Ja.«

»Was ich wirklich brauche«, fuhr sie fort, »ist Zeit zum Nachdenken.«

Er zuckte zusammen, als hätte er einen Tritt in die Magengrube bekommen.

»Ich weiß genau, was du meinst.« Seine Stimme brach, und er steckte eine Hand in die Hosentasche. Die Plastiktüte darin fühlte sich beinahe heiß an. Er hatte sie vor ein paar Monaten gekauft und schleppte sie seitdem mit sich herum, sah sie als weitere Fantasie an. Allerdings bezweifelte er, jemals den Mut aufzubringen, sie einzusetzen. Er öffnete sie und ließ eine runde Tablette in seine Handfläche gleiten.

Einige Minuten später ging Debra auf die Toilette, möglicherweise um der einschlafenden Unterhaltung zu entgehen. Sobald sie weg war, nahm er die Hand mit der Tablette aus der Tasche. Er schaute sich um und schwitzte auf einmal stark. Niemand beachtete ihn. Eine schnelle Bewegung, und die Tablette war in Debras halb leerem Glas. Es schien eine Ewigkeit zu dauern, bis sie sich aufgelöst hatte. Jeden Augenblick konnten der Barkeeper oder einer der anderen Gäste auf die aufsteigenden Bläschen aufmerksam werden.

Aber es geschah nicht.

* * *

Als er sie zur Bushaltestelle fuhr, war sie schon nicht mehr ganz bei sich. Sie gestand ihm, dass sie kein Geld für den Bus hatte, und er drückte ihr einen Hundertdollarschein in die Hand, den sie sich einfach in die Tasche steckte, als wäre sie es gewohnt, Geld von Männern anzunehmen, die sie kaum kannte.

Ihre Augen waren schon halb geschlossen, kaum dass sie auf dem Beifahrersitz Platz genommen hatte. Sie schien die Kiste auf der Ladefläche nicht einmal zu bemerken, auch nicht die Werkzeuge zum Graben.

Kurz überlegte er, es sein zu lassen. Sein Herz schlug so laut, dass er das Gefühl hatte, es wäre an die Stereoanlage seines Wagens angeschlossen. Aber sein Verstand lief bereits auf Hochtouren und malte sich alles aus. Außerdem *hatte sie es selbst verlangt!*

Er fuhr zur nächsten Grube. Es war zwar stockdunkel, aber er kannte den Weg. Einige Meter von der eigentlichen Stelle entfernt hielt er den Van an. Er stieg aus, nahm eine kleine LED-Lampe und eine Schaufel mit und ging zur Grube, die er dank seiner Markierung problemlos wiederfand. Nachdem er den Sand von den Brettern entfernt hatte, nahm er sie herunter. Allein der Blick in den dunklen Abgrund jagte ihm einen wohligen Schauder über den Rücken. Es würde tatsächlich passieren.

Er öffnete die Heckklappe und zog die Kiste heraus. Als er sie über den Sand schleifte, bereute er schon, nicht rückwärts näher an die Grube herangefahren zu sein.

Beim nächsten Mal, dachte er, und dieser Gedanke erschreckte ihn. Es würde kein nächstes Mal geben. Dies war eine einmalige Sache.

Dann ging er zurück zum Wagen und öffnete die Beifahrertür. Er löste den Sicherheitsgurt, und ihr Geruch stieg ihm in die Nase, als er sich über sie beugte. Sie roch nach Parfüm und Fäulnis, und er erschauderte. Sie murmelte etwas, als er ihr beim Aussteigen half, und er musste sie halb zur Kiste tragen und halb schleifen.

Die Kiste war ihm immer sehr groß vorgekommen, aber als er jetzt versuchte, Debra hineinzuzwängen, merkte er erst, dass sie eigentlich viel zu klein war. Wieso hatte er sich eigentlich nie etwas Größeres besorgt?

Weil du nie damit gerechnet hättest, es wirklich durchzuziehen.

Er begann damit, sie irgendwie in die Kiste zu bugsieren. Debra murmelte etwas Erbostes. Er drückte fester zu. Sie leistete ersten Widerstand, aber er stemmte sich mit ganzer Kraft auf sie. Da stieß sie einen schwachen Schrei aus, doch es war niemand in der Nähe, der sie hören konnte. Sie fiel in die Kiste, schlug sich den Kopf an und weinte. Er legte den Deckel darauf, als sie sich gerade am Rand festhalten wollte, und das Holz schlug ihr auf die Finger. Sie schrie erneut und zog die Finger weg. Er verschloss den Deckel.

Die Kiste in der Dunkelheit in die Grube zu bekommen, war wohl das Schwerste, was er jemals getan hatte, und er wäre beinahe selbst hineingestürzt. Als die Kiste endlich in das Loch fiel, hörte er Debra gedämpft aufschreien. Inzwischen atmete er schwer, weil er sich so anstrengte und immer erregter wurde.

Als er Erde auf die Kiste schaufelte, stellte er bald fest, dass er ein Problem hatte: Es war nicht genug Erde da, um das Loch zuzuschaufeln. Er hätte Erde mitbringen müssen. Wie unfassbar dumm von ihm!

Stattdessen trug er Erde aus der Umgebung ab, wobei er darauf achtete, es nicht zu auffällig aussehen zu lassen, damit man es am nächsten Morgen nicht bemerkte. Er nutzte große Steine, die überall herumlagen, um Löcher zu stopfen, und sie landeten mit lautem Poltern auf der Kiste, was weitere Schreie hervorrief.

Er arbeitete hart und wagte es nicht, eine Pause einzulegen. Es dauerte nicht lange, bis er ihre Schreie nicht mehr hören konnte, was er sehr bedauerte. Er hätte sie so gern noch gehört und ihr panisches Gesicht gesehen, während sie an den Kistendeckel hämmerte. Aber das war selbstverständlich unmöglich.

Endlich war die Kiste vergraben. Er stand kurz vor der Explosion und musste sich erleichtern.

Es dauerte nur wenige Sekunden, und das Gefühl, das darauf folgte, dieses völlige, herrliche Nichts, war das Beste, was er jemals gespürt hatte. Er starrte die dunkle, leere Straße entlang, zur Silhouette der geschlossenen Tankstelle hinüber, zum Sternenhimmel hinauf, und fragte sich, wie Debra die Zeit zum Nachdenken wohl nutzte.

Sein Blick wanderte zurück zur Tankstelle. Zuvor hatte er sich deswegen keine Gedanken gemacht, da sie geschlossen war. Aber nun kam ihm ein Gedanke: Gab es dort Überwachungskameras?

Wenn, würden sie auch über einen Nachtsichtmodus verfügen. Und falls sie zufälligerweise in diese Richtung zeigten ...

Er schluckte schwer. Warum fiel ihm das erst jetzt ein?

Die Antwort folgte auf dem Fuß: weil er nie wirklich geglaubt hatte, dass er es tun würde.

Er überlegte, ob er Debra wieder ausgraben und ihr weismachen sollte, dass es nur ein Scherz gewesen war. Wenn er sie zur Bushaltestelle brachte und in einen Bus nach New York setzte, wäre sie verschwunden. Außerdem war sie eine Drogensüchtige, der man sowieso kein Wort glauben würde.

Vielleicht aber doch. Und wenn es Videoaufnahmen gab ...

Großer Gott.

Er musste die Aufnahme zerstören.

Eine Tankstelle konnte sich garantiert keinen modernen Cloud-Speicher leisten. Die Überwachungskameras mussten an einen Computer angeschlossen sein, der vermutlich im Büro stand. Er würde nur ein Fenster einschlagen, reingehen und alles löschen müssen, dann drohte ihm keine Gefahr mehr. Im Wagen lag auch eine Skimaske, und Handschuhe hatte er immer dabei.

Er kramte in seinem Werkzeugkasten herum. Scheibe einschlagen, einsteigen, Aufnahme löschen. Es würde nur zwei Minuten dauern, und er war in Sicherheit.

Kapitel 75

Dale City, Virginia, Montag, 12. September 2016

Andrea schrak aus dem Schlaf hoch und wusste sofort, dass ein Geräusch sie geweckt hatte, jedoch nicht, was genau es gewesen war. Dann wiederholte es sich. Jemand klopfte an die Tür. Sie sah mit finsterer Miene auf die Uhr. Es war halb zwölf. Was zum Teufel hatte das zu bedeuten?

Sie stand auf und lief barfuß ins Wohnzimmer. Wieder klopfte es an die Tür, höflich und ohne Hast.

»Ja?«

»Ma'am, hier ist Officer Browning von unten.« Die gedämpfte Stimme klang förmlich. »Uns wurde gemeldet, dass sich ein Fremder im Gebäude aufhält. Ist bei Ihnen alles in Ordnung?«

»Hier ist niemand. Die Tür war verschlossen.«

»Sind Sie sicher, Ma'am? Ein Nachbar sagte, er hätte jemanden auf der Feuerleiter gesehen. Soll ich mich mal schnell umschauen?«

Andrea blieb beinahe das Herz stehen. Die Feuerleiter verlief direkt vor ihrem Schlafzimmerfenster. Sie war fest davon überzeugt, dass es verriegelt war, aber … Mit einem Mal sah sie vor ihrem inneren Auge, wie Rod Glover durch das Fenster einstieg und sich unter dem Bett versteckte wie im Albtraum eines Kindes. *Da ist ein Monster unter meinem Bett, Mommy.*

»Äh, Augenblick.« Sie überlegte, ob sie ihren Bademantel holen sollte, doch der hing im Schlafzimmer gleich neben dem Fenster. Und der Feuertreppe. Officer Browning würde sie eben nur im Tanktop und ohne BH zu sehen bekommen. Sie ging zur Tür und sah durch den Spion. Der uniformierte Mann stand auf der Fußmatte und blickte sich ungeduldig um, sodass sie sein Gesicht nicht erkennen konnte.

Sie zog den Riegel zurück, schloss die Tür auf und öffnete sie.

»Kommen Sie rein, aber ...«

Er drehte sich zu ihr um, und ihre Welt geriet aus den Fugen, wankte und schien zu erstarren, da sich die Gefahr auf einmal nicht hinter, sondern vor ihr befand.

Seine Hand schoss vor, packte sie an der Kehle und drückte zu, sodass der Schrei, den sie hatte ausstoßen wollen, nur noch erstickt über ihre Lippen kam. Glover betrat die Wohnung und drückte die Tür mit dem Fuß hinter sich zu. Er hatte eine Polizeiuniform an, doch seine höhnische Miene passte ganz und gar nicht zu einem Gesetzeshüter.

»Hallo, Andrea«, zischte er. Er drückte ihr ein Messer an die Wange, ganz dicht unter dem Auge und so fest, dass die Haut leicht durchbohrt wurde. »Wehr dich lieber nicht, sonst hat Zoe eine einäugige Schwester. Wag es nicht, zu schreien oder dich zu rühren, hast du verstanden? Blinzle, wenn du mich gehört hast.«

Andrea blinzelte und war vor Angst wie gelähmt. Sie hatte das Gefühl, zu ersticken, und rang panisch nach Luft.

»Ich habe gute Neuigkeiten für dich«, sagte Glover. »Ich brauche dich lebendig. Zoe soll die Angst in deinen Augen sehen, wenn sie zurückkommt. Sie soll sich wie die miserable Schwester fühlen, die sie ist, weil sie dich einfach allein lässt.

Wenn du also ganz stillhältst, sind wir schnell miteinander fertig. Hast du verstanden?«

Wieder blinzelte sie und spürte, wie ihr eine Träne über die Wange lief. Selbst wenn sie sich hätte wehren wollen, wäre sie nicht dazu in der Lage gewesen. Ihre Muskeln fühlten sich an, als wären sie aus Butter. Vor ihren Augen tanzten Sterne, und ihre Lungenflügel gierten nach Luft.

Er lockerte den Griff, und sie schaffte einen zittrigen Atemzug.

»Gehen wir ins Schlafzimmer«, schlug er vor.

Er setzte sich in Bewegung, und sie wäre beinahe gestolpert, als sie mit ihm mithalten wollte. Auf einmal wurde ihr bewusst, dass er die Richtung kannte. Seine Bewegungen waren zielstrebig, und er sah zur richtigen Tür hinüber, als würde er genau wissen, wo sich welcher Raum befand. Sie schluchzte auf.

»Sch!«

Ein Schritt, dann der nächste. Eine Hand an ihrer Kehle, die andere mit dem Messer wankte vor ihren Augen, die Messerspitze so nah, dass sie die Augen schließen musste.

»Mach die Augen auf, und geh weiter.«

Sie kamen gerade an der Tür des Gästezimmers vorbei, als diese geöffnet wurde. Glover schien es nicht zu bemerken, da er sich nur auf sein Ziel und Andreas Gesicht konzentrierte. Marvin kam mit verwirrter Miene heraus und sah Andrea in die Augen. Er begriff sofort, was los war, und war im Begriff loszulaufen, doch Glover wirbelte rasend schnell herum. Kaum hatte er Andrea gegen die Wand gepresst, zuckte seine andere Hand auch schon vor und er rammte Marvin das Messer in die Brust. Marvin keuchte auf, seine Augen wurden sofort glasig, und Glover schlug ihn so heftig ins Gesicht, dass es knackte. Marvin taumelte nach hinten, verlor das Gleichgewicht und knallte mit dem Hinterkopf gegen den Türknauf. Sofort breitete sich eine Blutlache rings um seinen reglosen Körper auf dem Boden aus.

»Nein!«, schrie Andrea auf, und da war das Messer schon wieder vor ihrem Auge.

»Einen interessanten Bodyguard hast du da«, zischte Glover, dessen Augen vor Wut loderten. »Für diese Überraschung hinterlasse ich dir ein kleines Andenken, wenn wir miteinander fertig sind.«

Er stieß sie grob ins Schlafzimmer, deutlich brutaler als noch vor wenigen Augenblicken. Seine Miene wirkte zornig und steinern, und er bleckte die Zähne zu einem fast schon tierischen Schnauben. Dann schleuderte er sie herum, und sie empfand es beinahe als Erleichterung, sein Gesicht nicht mehr sehen zu müssen. Er drückte sie aufs Bett.

Einige Sekunden lang passierte gar nichts; dann legte er ein Stück Stoff um ihren Hals. Andrea fiel ein, dass Zoe gesagt hatte, Glover sei darauf fixiert, seine Opfer zu erwürgen.

Sie würde es nicht überleben.

Selbst wenn er wirklich vorhatte, sie am Leben zu lassen, würde er seinen Drang nicht kontrollieren können. Er würde sie vergewaltigen und erdrosseln, genau wie er es mit jedem seiner anderen Opfer getan hatte.

Aber jetzt war es zu spät, um noch etwas zu unternehmen. Der Stoff um ihren Hals zog sich zusammen, und sie bekam keine Luft mehr. Panisch krallte sie nach der Schlinge, während Glover ihr fluchend und knurrend die Hose herunterzerrte. Die Geräusche, die er ausstieß, hatten kaum noch etwas Menschliches an sich.

Ein Bild aus ihrer Kindheit tauchte vor ihrem inneren Auge auf. Sie war im Zimmer eingesperrt, Glover hämmerte an die Tür und Zoe umarmte und beschützte sie. Aber ihre Schwester war im Augenblick mehrere Tausend Kilometer entfernt.

Sie verlor das Bewusstsein, ließ sich mit Freude in das dunkle Vergessen fallen, dann lockerte sich der Stoff um ihren Hals ein wenig und sie konnte nach Luft schnappen. Das gehörte ebenfalls zu Glovers Methode. Er wusste, wie er seine Opfer bis zum Ende am Leben und bei Bewusstsein halten konnte.

Sein übler, verschwitzter, dreckiger Körpergeruch stieg ihr in die Nase, und sie versuchte verzweifelt, davon wegzukommen. Lachend drückte er ihren Kopf in die Matratze, betastete, betatschte, befingerte sie.

Dann eine Explosion.

Ihre Ohren dröhnten, und sie schrie panisch auf. Der Stoff verschwand von ihrer Kehle, und sie konnte losschreien, wieder und wieder, so viel sie wollte, was sie auch tat. Sie drehte sich um und sah verschwommen, wie Marvin mit einer Waffe in der Hand am Türrahmen lehnte.

Sofort schaute sie sich nach Glover um und entdeckte ihn in der Zimmerecke, wo er sich mit verzerrtem Gesicht die Seite hielt. Er richtete den mörderischen Blick auf Marvin und schien kurz nicht weiter zu wissen.

Es knallte erneut, als Marvin einen weiteren Schuss abgab. Das Fenster zersprang, und Andrea wusste, dass er sein Ziel verfehlt hatte. Der alte Mann war benommen und geschwächt durch den Blutverlust. Glover würde das ebenfalls begreifen, ihn anspringen und innerhalb von Sekunden töten.

Aber er tat es nicht. Sie sah Angst in seinen Augen, die Furcht eines Monsters, das eine leichte Beute gewöhnt war und bisher keine Schmerzen erlitten hatte. Der Widerstand hatte ihn überrascht. Er stürzte los, aber nicht, um auf Marvin loszugehen – er rannte aus der Tür. Marvin drehte sich um und schoss ein drittes Mal, aber Glover war bereits hinausgerannt.

Einen Augenblick lang rührten sie beide keinen Muskel. Dann sackte Marvin auf dem Boden zusammen, ließ die Waffe dabei jedoch nicht los.

Kapitel 76

Zoe saß auf ihrem Bett und war von Papier umgeben. Rings um sie herum lagen Tatortfotos und handschriftliche Zusammenfassungen der Informationen, die sie über Debra Miller hatte herausfinden können. Sie war der Ansicht, dass Debra eine größere Bedeutung hatte als die anderen Opfer. Sie war anders – kein Instagram- oder Facebook-Konto, soweit Zoe es herausfinden konnte, und der Mörder hatte sie nicht wie die anderen verfolgt. Und sie war natürlich viel früher gestorben als die anderen Frauen.

Irgendetwas an ihr hatte ihn dazu bewogen, seine Fantasie auszuleben. Aber was? Hatte sie ihn an jemanden erinnert, den er kannte? Vielleicht an seine Mutter? Oder etwas an ihrem Erscheinungsbild hatte ihn angezogen. Debras Vater hatte gesagt, sie habe schlimmer ausgesehen als jemals zuvor. Verständlicherweise besaß er keine Fotos aus dieser Zeit, aber Zoe konnte sich dennoch ein recht genaues Bild machen. Debra war vermutlich sehr dünn gewesen. Sie hatte unreine Haut und schlechte Zähne gehabt, abgebrochene Fingernägel und nervöse Ticks. Es war durchaus denkbar, dass der Killer darauf reagiert hatte.

Zoe gab sich die größte Mühe, die Sache nicht aus Debras Perspektive zu betrachten. Damit wollte sie gar nicht erst anfangen, weil sie vermutete, dass Debra von allen am meisten gelitten hatte.

Ihr Handy klingelte, und sie nahm es erst nach einigen Sekunden wahr, da sie sich so auf ihre Arbeit konzentrierte. Ohne den Blick von ihren Notizen zu nehmen, ging sie ran.

»Hallo?«

Einen Augenblick lang war nur zittriges Atmen zu hören, und mit einem Mal war Zoe ganz bei der Sache. »Andrea?«

»Zoe ... Ich ... Kannst du bitte nach Hause kommen?«

»Was ist los?« Sie konnte sich vor lauter Angst nicht bewegen. »Was ist passiert?«

»Glover ist in die Wohnung eingebrochen. Er ... hat mich angegriffen.«

»Bist du verletzt?« Mit einem Satz war Zoe aufgesprungen, hatte sich ihren Koffer gegriffen und schleuderte bereits Sachen hinein. Das konnte doch nicht sein. Warum schlug er ausgerechnet jetzt zu? Sie war sich so sicher gewesen, dass er warten würde, bis sie nachlässig wurden. Er hatte immer so viel Geduld bewiesen.

»Ja ... Nein. Ich weiß es nicht. Die Rettungssanitäter sind gerade da. Marvin hat auf Glover geschossen.«

»Marvin hat auf Glover geschossen? Wo war denn die Polizei? Ist Glover tot?« Sie brauchte mehr Informationen. Wo waren ihre gottverdammten Schuhe abgeblieben?

»Bitte komm nach Hause. Bitte. Ich brauche dich, Zoe. Bitte komm einfach her. Ich brauche dich hier. *Komm nach Hause. Komm nach Hause!*« Andreas Stimme wurde immer schriller und hysterischer. Im Hintergrund sagte eine fremde Stimme, dass sie ein Beruhigungsmittel brauche.

»Ich bin unterwegs, Andrea. Okay? Ich mache mich sofort auf den Weg.«

Ihre Schwester schluchzte und wimmerte nur noch, und es zerriss Zoe beinahe das Herz. Dann brach die Verbindung ab.

Zoes Schuhe standen im Badezimmer. Sie zog sie an, ohne irgendetwas zu denken, wie auf Autopilot und mit ruckartigen, unnatürlichen Bewegungen. Auf dem Weg nach draußen nahm sie den Koffer mit und war sich beiläufig bewusst, dass sie Dinge zurückließ, scherte sich jedoch nicht groß darum. Als sie schon halb gehend, halb rennend auf dem Weg zur Treppe war, wurde ihr bewusst, dass sie zu Fuß nicht zu Andrea gelangen konnte. Sie suchte nach einer Lösung und stürzte sich auf die erstbeste, die ihr in den Sinn kam. Schon drehte sie sich auf dem Absatz um, stürmte zu Tatums Tür und hämmerte dagegen.

»Machen Sie auf, Tatum!«

Er öffnete mit weit aufgerissenen Augen und verwirrter Miene die Tür und hatte die Waffe in der Hand, als würde er damit rechnen, jemanden erschießen zu müssen. Was bei ihrem Geschrei wohl auch kein Wunder war. »Was ist los?«

»Glover hat Andrea angegriffen. Ich muss zurückfliegen. Geben Sie mir die Autoschlüssel.«

Tatum runzelte die Stirn, und sie war kurz davor, ihn zu boxen, damit er sich endlich in Bewegung setzte. »Die Autoschlüssel! Sofort!«

»Geht es ihr gut?«, fragte er und wich in sein Zimmer zurück.

»Sie ist am Leben. Mehr weiß ich nicht. Marvin hat auf Glover geschossen.«

»*Was?* Geht es Marvin gut?« Er stellte ihr noch weitere Fragen, aber sie registrierte die Worte nicht, die ihm über die Lippen kamen, da sie für sie keinen sinnvollen Satz mehr ergaben.

»Ich weiß es nicht!«, schrie sie ihn an. »Geben Sie mir die verdammten Schlüssel!«

Er fand sie in der Jackentasche. Zog sie heraus. Sagte noch etwas, das sie nicht mitbekam. Wollte wissen, wie sie nach Hause zu kommen gedachte.

»Ich fahre nach Austin. Der Flughafen wird häufiger angeflogen«, sagte sie und riss ihm die Schlüssel aus der Hand. Dann drehte sie sich um und stürmte hinaus. Tatum rief ihr noch etwas hinterher, aber sie konnte sich nicht umdrehen – dafür war keine Zeit. Andreas Schreie dröhnten noch immer in ihren Ohren, und sie wusste nur, dass sie schnellstmöglich nach Virginia gelangen musste.

Kapitel 77

Tatum blickte Zoe hinterher, als sie in die Dunkelheit entschwand, und schloss völlig schockiert die Tür. So hatte er sie noch nie gesehen. Ihre Augen, die sonst immer so scharf und wachsam wirkten, hatten ganz glasig und verängstigt ausgesehen. Ihr Gesicht war tränenüberströmt gewesen, was sie nicht einmal zu bemerken schien.

Er schüttelte sich, um die Benommenheit loszuwerden, griff nach seinem Handy und wählte, um dann ungeduldig zu warten, während es klingelte. Zweimal. Dreimal.

»Tatun?«, meldete sich Marvin.

»Geht es dir gut, Marvin?«

»Ich hab auf ihn geschossen, Tatun. Ich hab den Mistkerl angeschossen. Er hat sich nit dem Falschen angelegt!«

»Warum redest du so komisch?«

»Er hat nir die Nase gebrochen, Tatun. Aber ich hab ihn angeschossen!«

Im Hintergrund sagte jemand: »*Bitte* nehmen Sie die Waffe runter, Sir.«

»Den Teufel werde ich tun!«, brüllte Marvin. »Was ist, wenn er wieder auftaucht – wer schießt dann auf ihn? Sie etwa?«

»Sir, wenn Sie die Waffe nicht runternehmen, muss ich …«

»Bleiben Sie nir von Leib!«

»Marvin!«, schrie Tatum ins Handy. »Was geht da vor sich?«

»Sie wollen die Waffe, Tatun. Aber die geb ich nicht her.«

»Passen Sie auf, wo Sie damit hinzeigen, alter Mann!«, schimpfte jemand.

»Gib den Polizisten die Waffe, Marvin.« Tatum konnte kaum fassen, was sich da abspielte.

»Auf keinen Fall, Tatun. Wer passt dann auf Andrea auf? Der Fisch?«

Tatum massierte sich die Stirn. Sein Herz raste. »Gib mir mal den Officer.«

»Hier. Mein Enkel will mit Ihnen reden. Er ist bein FBI.«

Nach kurzem Schweigen meldete sich eine andere Stimme. »Hallo?«

»Hier spricht Special Agent Gray«, sagte Tatum. »Mit wem spreche ich?«

»Ich bin Officer Collier. Sind Sie der Enkel dieses Mannes?«

»Ja. Was geht dort vor sich, Officer?«

»Hören Sie mal, Agent, Sie müssen Ihrem verrückten Großvater sagen, dass er das verdammte Ding weglegen soll. Er hätte uns beim Betreten der Wohnung beinahe erschossen und macht auch einen etwas labilen Eindruck.«

»Keine Sorge, er wird auf niemanden mehr schießen.« Tatum konnte nur hoffen, dass er sich da nicht irrte. »Was ist mit Andrea? Geht es ihr gut?«

»Sie steht unter Schock, scheint jedoch nicht schwer verletzt zu sein. Die Rettungssanitäter versorgen sie gerade. Aber wenn Ihr Großvater die Waffe nicht runternimmt, wird er verbluten.«

»Wieso wird er verbluten?«

»Er hat eine Stichwunde. Aber die Rettungssanitäter wollen ihn nicht versorgen, solange er sich wie ein Wahnsinniger verhält. Wahrscheinlich hat er auch einen Schock.«

»Nein, er benimmt sich immer so«, erwiderte Tatum. »Stellen Sie mich auf Lautsprecher.«

»Oh. Okay. Augenblick.«

Eine Sekunde später knisterte es, und Tatum ging davon aus, dass ihn jetzt alle hören konnten.

»Marvin?«, rief er.

»Ja, Tatun, was ist?«

»Du musst dem Officer die Waffe geben.«

»Das kannst du vergessen, Tatun. Ich brauche diese Waffe. Un den Mistkerl zu erschießen, wenn er wieder auftaucht.«

Wie konnte dieser Mann so unfassbar sturköpfig sein, wo er doch eine gebrochene Nase hatte und am Verbluten war? Tatum hätte ihn beinahe angeschrien, aber er wusste, dass Marvin dann erst recht nicht zur Vernunft kommen würde. »Kannst du Andrea die Waffe geben?«

»Vielleicht«, meinte Marvin widerwillig.

»Nur, bis sie dich zusammengeflickt haben.«

»Müssen sie nicht. Ist nur ein Kratzer.«

»Tu es mir zuliebe, ja, Marvin? Gib Andrea die Waffe, und lass dich verarzten.«

»Du bist eine Nervensäge, Tatun.«

Tatum seufzte erleichtert, als er hörte, wie Marvin Andrea rief, um ihr die Waffe zu geben. Nach einigem Hin und Her hatte er Officer Collier wieder in der Leitung.

»Ihr Großvater wird jetzt versorgt«, berichtete er.

»Danke.«

»Er ist ein ziemlicher Dickkopf.«

»Wem sagen Sie das?«

»Aber nach allem, was wir herausfinden konnten, hat er der jungen Frau das Leben gerettet. Er steckt einiges ein.«

»Da haben Sie recht.« Tatum ließ sich ermattet aufs Bett sinken. »Was ist mit Rod Glover? Ist er tot?«

»Er konnte entkommen.«

»Er konnte entkommen?« Tatum war fassungslos. »Ich dachte, Sie haben das Gebäude beobachtet? Wie konnte er da entkommen?«

»Dem gehen wir gerade nach. Keine Sorge – wir werden ihn in wenigen Stunden in Gewahrsam haben. Weit kann er nicht kommen, da er stark blutet.«

»Okay«, knurrte Tatum. »Ich muss auflegen. Danke für Ihre Hilfe, Officer.«

Er legte das Handy weg, schloss die Augen und machte sich große Sorgen um Zoe. Sie war in einer sehr schlechten Verfassung gewesen, und er hätte nie zulassen dürfen, dass sie allein wegfuhr.

Kapitel 78

San Angelo, Texas, Dienstag, 13. September 2016

Trotz des chaotischen Abends ging Tatum zu Nicole Medinas Beerdigung. Die Stimme des Priesters hallte durch die voll besetzte Kirche. Das ständige Gemurmel der Trauergäste diente dabei als Hintergrundgeräusch. Tatum ließ den Blick über die Anwesenden schweifen und schätzte, dass nur jeder Zehnte Nicole Medina oder ihre Eltern überhaupt kannte. Bei den anderen handelte es sich um Reporter oder Schaulustige.

Der Mangel an Schlaf machte Tatum ganz nervös. Er hatte in der letzten Nacht noch stundenlang mit Mancuso telefoniert, während die Polizei Rod Glover jagte und Marvin und Andrea ärztlich versorgt wurden. Danach hatte er schlaflos im Bett gelegen. Er war sich nicht sicher, wann er dann doch eingeschlafen war, aber es konnte nicht lange vor dem Weckerklingeln gewesen sein.

Am Morgen war ihm auch noch eingefallen, dass er ja keinen Wagen mehr hatte, und er hatte Foster angerufen, ihn auf den neuesten Stand gebracht und darum gebeten, dass ihn jemand abholte. Foster hatte gesagt, dass er nicht vorbeikommen werde, weil er zu sehr mit der Koordination der

Ermittlungen beschäftigt war, aber versprochen, Lyons loszuschicken. Eine Viertelstunde später tauchte sie auf, und er hatte ihr ebenfalls alles erzählen müssen, das jedoch nur sehr ungern getan.

Nun saßen sie nebeneinander, sahen sich um und hielten Ausschau nach einem Mörder. Tatum bezweifelte, dass der Mann hier auftauchen würde, aber man konnte nie wissen. Er musterte die Gesichter um sich herum und versuchte zu ergründen, auf wen das Profil des Killers wohl zutraf. Wahrscheinlich auf sehr viele Personen. Zwar wussten Zoe und er eine ganze Menge über das, was im Verstand dieses Mörders vor sich ging, aber in Bezug auf sein Aussehen standen sie völlig auf dem Schlauch. Etwa vierzig, kräftig, weiß. Aufgrund des ersten Videos wussten sie auch einiges über seinen Körperbau.

Er entdeckte ein bekanntes Gesicht und versuchte stirnrunzelnd, es einzuordnen, bis es ihm schließlich gelang. Es war Harry Barry. Der Reporter saß ganz hinten und schrieb eifrig in einem kleinen Notizbuch herum. Ihre Blicke begegneten sich, und Harry nickte ihm zu.

Ein Polizeifotograf war ebenfalls anwesend und fotografierte die Anwesenden. Später würden Foster und Lyons die Fotos durchgehen. Tatum hatte bereits beschlossen, sie dabei nicht zu unterstützen. Nach der Beerdigung würde er seine Aufgabe hier abschließen und nach Hause fliegen. Marvin brauchte ihn. Und Zoe.

»Eins der Radarteams hat noch eine Grube gefunden«, raunte Lyons ihm zu, die gerade eine Nachricht auf ihrem Handy las.

»Gut«, murmelte Tatum. Die Schlinge zog sich zu. Er war sich ziemlich sicher, dass es jetzt nur noch wenige Tage dauern würde, bis sie den Mörder erwischten. Die Polizei von San Angelo brauchte ihn nicht mehr.

Dennoch betrachtete er die Gesichter der Anwesenden kritisch und fragte sich, ob der Mann, den sie seit einer Woche jagten, wohl darunter war.

Er konzentrierte sich auf den Priester, der die Predigt offenbar fast beendet hatte und vor dem verschlossenen Sarg stand. Da der Zustand von Nicoles Leiche die Fähigkeiten jedes Einbalsamierers überfordert hätte, war ihnen nur dieser Weg geblieben.

Sein Handy summte, und er warf einen Blick darauf. Da er die Nummer nicht kannte, drückte er den Anruf weg und steckte das Handy wieder ein.

»Der Gottesdienst ist gleich vorbei«, sagte er leise. »Ich warte draußen und sehe mir jeden an, der die Kirche verlässt. Vielleicht sollten Sie als Letzte rausgehen.«

»Okay.« Lyons schien ihm nur mit halbem Ohr zuzuhören. Sie las schon wieder eine E-Mail auf ihrem Handy. Als er über ihre Schulter blickte, erkannte Tatum, dass es sich um den Tatortbericht zu Debra Millers Grab handelte. Der Bericht war erschreckend kurz. Abgesehen von der Leiche und der Kiste, in der sie begraben gewesen war, hatte man nichts gefunden. Anders als bei den anderen Morden gab es keine Objekte wie eine Kamera, ein Kabel oder andere Requisiten in der Kiste, und auch bei der Leiche war nur die Handtasche entdeckt worden. Lyons bewegte den Finger über das Display und rief den Autopsiebericht auf.

Tatum erhob sich unauffällig und ging hinaus. Dies war der heißeste Tag seit seiner Ankunft, und die Tatsache, dass er einen Anzug trug, machte alles nur noch schlimmer. Er schwitzte schon jetzt stark und beschloss, schwimmen zu gehen, sobald er wieder im Motel war, bevor er sich einen Flug buchte.

Dann gingen die Kirchentüren auf, und Menschen strömten heraus. Über ein Dutzend Pressefotografen stürmten vor, um die Prozession festzuhalten. Kopfschüttelnd konzentrierte sich Tatum auf die Trauergäste. Oder gab sich der Mörder als Fotograf aus? Das konnte er sich beim besten Willen nicht vorstellen.

Sein Handy summte ein weiteres Mal, und dieselbe Nummer wie zuvor stand auf dem Display.

Er hielt es sich ans Ohr. »Hallo?«

»Äh … Ist da Tatum?« Eine Frauenstimme, die sehr zerbrechlich klang. Und irgendwie vertraut.

»Ja. Mit wem spreche ich?«

»Hier ist Andrea, Zoes Schwester.«

»Oh, verstehe.« Sie hörte sich völlig anders an als früher. »Wie geht es Ihnen?«

»Etwas besser. Ich bin noch ziemlich benommen und nehme Beruhigungsmittel. Wissen Sie vielleicht, wo Zoe steckt? Ihr Handy scheint ausgeschaltet zu sein.«

Besorgnis machte sich in ihm breit. »Sie sagte, sie wollte von Austin aus fliegen, daher sitzt sie bestimmt im Flugzeug und kann deshalb nicht telefonieren.«

»Oh, okay. Das klingt logisch.« Andrea klang erleichtert, doch dieses Gefühl wollte sich bei Tatum nicht einstellen. »Würden Sie ihr bitte ausrichten, dass sie sich bei mir melden soll, wenn Sie etwas von ihr hören?«

»Natürlich.«

»Danke, Tatum. Wiederhören.«

Sie legte auf. Geistesabwesend betrachtete Tatum die Trauerprozession, die hinter dem Sarg zum Grab marschierte. Lyons bildete das Schlusslicht, und er bedeutete ihr, dass er gleich bei ihr sein würde, was sie mit einem Nicken quittierte.

Als er Zoes Nummer wählte, ging gleich die Mailbox ran. Er legte auf und rief bei Foster an.

»Ja?«, meldete sich Foster gereizt.

»Hören Sie, Foster, hier ist Tatum. Äh … Tut mir leid, dass ich Sie damit belästigen muss, aber Zoes Handy ist ausgeschaltet.

Sie könnte gerade im Flieger sitzen, aber sie war letzte Nacht ziemlich aufgewühlt, als sie weggefahren ist. Ich mache mir Sorgen, dass ... etwas passiert sein könnte.«

»Und Sie möchten, dass ich mir die Unfallberichte von letzter Nacht ansehe?«

»Wenn es nicht zu viel Mühe macht«, erwiderte Tatum und war erleichtert, dass Foster es von sich aus vorgeschlagen hatte. »Sie war mit einem silbernen Hyundai Accent auf dem Weg nach Austin.«

»Geht klar. Ich melde mich gleich wieder.«

»Danke, Foster. Sie tun mir einen Riesengefallen.«

Er legte auf und folgte der Prozession. Der Sarg wurde ins Grab hinabgelassen, und Nicoles Mutter weinte bitterlich. Tatum beschloss, nicht länger nach dem Mörder Ausschau zu halten, sondern der Frau, die sie nicht hatten retten können, die letzte Ehre zu erweisen.

Als sein Handy wieder klingelte, ging er ein Stück zur Seite. Es war Foster.

»Passen Sie auf, Tatum. Es gab keinen Unfall, in den eine Frau verwickelt war, auf die Zoes Beschreibung passt. Nur zwei Unfälle mit silbernen Hyundai Accents, bei denen es sich jedoch nicht um Mietwagen handelte.«

»Dann sitzt sie wohl im Flieger.« Tatum atmete erleichtert auf.

»Im Augenblick ist kein Flugzeug in der Luft, das von Austin zu einem Flughafen in Virginia fliegt.«

Tatum runzelte die Stirn. »Vielleicht hat sie vergessen, das Handy nach der Ankunft wieder einzuschalten?«

»Gut möglich. Der letzte Flieger ist vor zwei Stunden gelandet.«

Tatum wurde immer unruhiger. Hätte Zoe diesen Flug genommen, dann wäre sie längst zu Hause bei Andrea gewesen. »Danke, Foster.«

»Geben Sie mir Bescheid, wenn Sie von ihr gehört haben.«
»Mache ich. Wiederhören.«

Er legte auf und wählte erneut Zoes Nummer, um sogleich mit der Mailbox verbunden zu werden. Auch zwei weitere Versuche verliefen genauso, und nach und nach machte sich ein ungutes Gefühl in seiner Magengegend breit.

Kapitel 79

Tatums innere Uhr zählte die Sekunden und Minuten. Vor fünfzig Minuten hatte er begriffen, dass Zoe verschwunden war.

Er lief in seinem Motelzimmer auf und ab und rief Personen in San Angelo, Austin und Quantico an, jeden, der ihm helfen oder Informationen geben konnte. Dabei musste er immer wieder daran denken, wie sie aufgewühlt und mit trübem Blick losgefahren war. Wieso hatte er sie nur gehen lassen? Aber er hatte sich Sorgen um Marvin gemacht und die Situation falsch eingeschätzt. Nun malte er sich ständig aus, dass der Hyundai irgendwo unterwegs in eine Schlucht oder in den Graben gestürzt war, und sah Zoe blutend, bewusstlos oder tot vor sich.

Sein Handy klingelte. Mancuso.

»Zoe hat keinen Flug gebucht.« Mancusos Stimme klang angespannt. »Gibt es neue Unfallberichte?«

»Auf allen Hauptstraßen zwischen San Angelo und Austin sind Streifenwagen unterwegs und suchen nach ihr«, berichtete Tatum. »Aber sie muss die Route 71 genommen haben, und das ist eine gute ausgebaute Straße. Sie hätte sich nicht verfahren, und wenn Sie einen Unfall gehabt hätte, wüssten wir längst …«, sein Magen zog sich zusammen, »davon. Scheiße. Mancuso, ich rufe Sie gleich zurück.«

Er legte auf und rannte aus dem Zimmer.

Sie hatte keinen Flug gebucht und war auch nicht auf dem Weg nach Austin aufzufinden, aber es gab einen Ort, an dem er noch nicht nachgesehen hatte. Es war ihm einfach nicht in den Sinn gekommen.

Der Parkplatz befand sich auf der anderen Seite des Motels.

Der Mietwagen stand noch dort. Zoe war gar nicht damit weggefahren.

Hatte sie sich doch ein Taxi genommen, weil ihr klar geworden war, dass sie in ihrem Zustand nicht fahren konnte? Tatum bezweifelte es. Er ging zurück und beschloss, in ihrem Zimmer nachzusehen.

Beim Betreten der Lobby versuchte er, ganz gelassen zu erscheinen. Er konnte seinen Dienstausweis vorzeigen, um den Schlüssel zu Zoes Zimmer zu bekommen, aber dann stand zu befürchten, dass die Rezeptionistin ihren Chef rief und man einen Durchsuchungsbeschluss sehen wollte … Aber dafür war keine Zeit. Die Frau am Empfang hatte Zoe und ihn schon mehrfach zusammen vorbeigehen sehen. Er zwang sich, ein Lächeln aufzusetzen.

»Hey«, sagte er. »Meine Freundin hat sich aus ihrem Zimmer ausgesperrt. Haben Sie vielleicht noch einen Zweitschlüssel?«

Sie musterte ihn unsicher. Tatum wandte den Blick ab, hüstelte und tat verlegen. »Sie ist … äh, sie wartet in meinem Zimmer. Und sie ist unbekleidet.«

Die Frau errötete und konnte sich nur schlecht ein Grinsen verkneifen. Rasch suchte sie den Schlüssel heraus und reichte ihn Tatum. Er musste sich sehr zusammenreißen, um nicht sofort loszurennen.

Ihm schlug das Herz bis zum Hals, als er die Tür aufschloss. In Zoes Zimmer herrschte ein heilloses Chaos. Überall lagen Papiere herum, auf dem Bett und sogar auf dem Boden. Er sah sie kurz durch und stellte fest, dass sie alle mit dem

Schroedinger-Fall zu tun hatten. In einer Zimmerecke entdeckte er eine Strumpfhose, und ihre Zahnbürste befand sich ebenso wie ihre Kosmetikartikel noch im Badezimmer. Er vermutete, dass Zoe in ihrer Eile vergessen hatte, sie einzupacken. Auf dem Nachttisch lagen Fotos des letzten Tatorts, und als er sie hochhob, entdeckte er darunter eine Visitenkarte.

Joseph Dodson. Klimatechniker und Elektriker. Tatum runzelte irritiert die Stirn, bis ihm der Mann wieder einfiel, den er vor einigen Tagen frühmorgens beim Verlassen von Zoes Zimmer gesehen hatte.

Ein sehr großer Mann.

Er hielt die Karte zwischen Daumen und Zeigefinger und wusste nicht weiter, als sein Handy klingelte. Die Nummer kam ihm nicht bekannt vor, aber er hatte in den letzten Stunden mit sehr vielen Menschen telefoniert.

»Hallo?«, meldete er sich.

»Agent Gray?« Der Mann atmete schwer, und seine Stimme zitterte. »Hier ist Harry. Der Journalist.«

»Ich habe keine Zeit für …«

»Eben kam eine weitere Mail von Schroedinger. Ein Video.« Die Stimme klang ganz und gar nicht wie die des zynischen, redegewandten Reporters, mit dem Tatum gesprochen hatte. Der Mann schien kurz vor einer Hysterie zu stehen. »Ich schicke Ihnen den Link.«

Dann hatte er auch schon aufgelegt.

Eine Sekunde später piepte das Handy und die Nachricht traf ein. Diesmal handelte es sich nicht wie zuvor um eine zufallsgenerierte URL, sondern um ein YouTube-Video. Tatum klickte den Link an, und das Video wurde geladen.

Ihm wurden die Knie weich, und er ließ sich aufs Bett sinken, als er Zoes Gesicht auf dem Display sah.

Kapitel 80

Dunkelheit.

Einen Augenblick lang glaubte Zoe, es sei noch Nacht und sie habe die Jalousie geschlossen. Ihr Mund fühlte sich ganz trocken und pelzig an. Sie wollte sich umdrehen und nach ihrem Handy greifen, um nachzusehen, wie spät es war.

Aber sie konnte die Hände nicht bewegen. Sie waren auf ihrem Rücken gefesselt, und sie spürte, wie sich die Fessel in ihre Haut bohrte. Dazu hatte sie auch noch einen Knebel im Mund.

Bruchstückhafte Empfindungen und Erinnerungsfragmente drangen auf sie ein. Schmerz. Ihr tat alles weh, und sie wusste, dass der Schmerz zuvor noch viel schlimmer gewesen war.

Sie trat mit dem Fuß zu und traf etwas Hartes über sich. Das musste ein Traum sein. So etwas erlebte sie manchmal, wenn sie sich derart auf einen Fall konzentrierte, dass sie davon Albträume bekam. Aber ihr schmerzender Körper, das Brennen an den Handgelenken, der trockene Mund; das war alles viel zu real.

Und die Dunkelheit war allumfassend. Die Art von Dunkelheit, in der sie den Unterschied nicht merkte, wenn sie die Augen schloss.

Sie versuchte, die Hände zu befreien, zappelte ein wenig herum und musste feststellen, dass sich zu beiden Seiten Holzwände befanden. Panisch wollte sie sich aufsetzen und stieß sich die Stirn.

Es war jedoch nicht totenstill in dem engen dunklen Raum. Vielmehr hing ein gedämpftes, andauerndes Kreischen in der Luft und erfüllte die Leere um sie herum. Erst, als ihre Kehle brannte, begriff sie, dass sie es war, die ihr Entsetzen trotz des Knebels hinausschrie.

Diese Angst war nicht rational, sondern kam tief aus ihrem Inneren. Es war die entsetzliche Angst davor, im Dunkeln gefangen zu sein, sich nicht bewegen zu können, dass die Wände der Kiste näher kamen. Wohin sie sich auch bewegte, überall war Holz, robust und undurchdringlich. Und sie wusste, dass sich dahinter nichts als Erde und Steine befanden. In alle Richtungen. Selbst, wenn ihre Hände nicht gefesselt gewesen wären, hätte sie hier festgesessen.

Zoes Körper übernahm die Kontrolle, und sie schrie, zappelte und bewegte panisch den Kopf hin und her, während jeder logische Gedanke von der unbändigen Furcht mitgerissen wurde, die ihren Verstand in Besitz nahm.

Kapitel 81

Sie schrie wieder. Tatum erstarrte und konnte es nicht mehr ertragen.

»Stellen Sie endlich den Ton ab«, schimpfte Foster gereizt, der zu telefonieren versuchte.

Tatum hielt sich zusammen mit Foster und Lyons in der Einsatzzentrale auf. Sie hatten einen Laptop auf dem Tisch stehen, auf dem die ganze Zeit das Video lief. Er wusste, dass auf unzähligen Bildschirmen des Polizeireviers dasselbe zu sehen war und aus den Lautsprechern dieselben Schreie drangen. Er sah auf die Uhr, wie er es seit Betreten des Raums schon ein gutes Dutzend Mal getan hatte. Vor achtzig Minuten hatte das Video angefangen, aber sie wussten nicht, wie lange sich Zoe bereits in dieser Kiste befand. Zwei Stunden? Drei?

Acht?

Lyons saß mit feuchten Augen vor dem Computer und hatte den Ton nicht leise gedreht. Sie kannten alle den Grund dafür. Es bestand die Chance, und mochte sie auch noch so gering sein, dass derselbe Trick, der bei Juliet Beach zum Erfolg geführt hatte, auch hier funktionierte. Foster hatte Streifenwagen losgeschickt, die laut Musik abspielten, sobald er von Tatum über das Video informiert worden war.

Aber wenn Zoe schwieg, konnten sie nichts anderes hören. Und Tatum wusste, dass Schroedinger nicht zweimal denselben Fehler machen würde. Wo immer er sie auch begraben hatte, so lag sie auf jeden Fall so tief in der Erde, dass kein Geräusch zu ihr vordringen würde.

»Noch ein Kommentar«, meldete Lyons. »›Das ist doch gefällscht.‹ Mit Rechtschreibfehler.«

Zum ersten Mal überhaupt konnte man unter Schroedingers Video kommentieren. Es gab einen Zähler sowie ein Bewertungssystem mit Daumen nach oben oder unten. Schroedinger hatte sich ganz an YouTube angepasst und einen eigenen Kanal erstellt. Das Video trug den Titel »Experiment Nummer vier«. Auf Cyberkriminalität spezialisierte FBI- und DPS-Teams versuchten, den Feed zurückzuverfolgen, aber Tatum machte sich keine großen Hoffnungen.

Er war die ganze Zeit im Raum auf und ab gegangen, blieb jetzt aber stehen und sah auf den Bildschirm. Das Video schien dunkler geworden zu sein; man konnte kaum noch Details erkennen. Zoe lag auf dem Rücken, einen Knebel im Mund, das Haar zerzaust, das Gesicht tränenüberströmt. Hinter ihr konnte Tatum gerade noch so die Holzwand ausmachen.

Es gab keine Requisiten, keine Metalldosen, die als Gift oder Sprengstoff deklariert waren. Der Feed lief die ganze Zeit ohne Unterbrechungen durch.

Einen Moment lang konnte er nicht mehr klar denken und wurde von seiner Panik übermannt. Sämtliche Gedankengänge gingen in der um sich greifenden Angst um Zoes Leben unter. Er zwang sich, tief durchzuatmen und logisch zu denken. Ansonsten konnte er Zoe unmöglich helfen. Wieder sah er auf die Uhr. Dreiundachtzig Minuten seit Beginn des Videos.

Sie hatten zwei Radarteams da draußen, die so schnell arbeiteten, wie sie nur konnten. Tatum hatte den Suchradius mit Zoes Formel angepasst, und sie konzentrierten sich nun darauf. Aber da sich das Grab wahrscheinlich in lehmreicher Erde befand, standen die Chancen schlecht, sie mit dem Radar zu entdecken, selbst wenn sich das Gerät dicht über ihr befand. Auch die Hundeführer suchten nach ihr.

»Sheppard war es nicht.« Foster ließ das Handy sinken. »Ich habe eben mit der Überwachungscrew gesprochen, die auf ihn angesetzt ist. Er hatte keine Gelegenheit, Zoe zu entführen.«

Tatum nickte. »Zoe hielt es auch für sehr unwahrscheinlich, dass er unser Mann ist.« Ihm wurde das Herz schwer. Sheppard war eine der wenigen Spuren, die sie überhaupt hatten.

»Unser einziger anderer Verdächtiger ist dieser Joseph Dodson«, sagte Foster. »Sie holen ihn gerade her. Was halten Sie von ihm?«

Tatum zwang sich, sachlich über den Mann zu urteilen. »Er ist in etwa im passenden Alter, kräftig und arbeitet als Elektriker und Klimatechniker, daher fährt er vermutlich auch einen Van. Es ist zu vermuten, dass er sich den entsprechenden technischen Sachverstand aneignen konnte, den man braucht, um die begrabenen Frauen zu filmen und die Videos zu streamen. Darüber hinaus stand er Zoe nahe und kann von ihr Einzelheiten über die Fälle erfahren haben.«

»Ich kann ihn jetzt schon nicht leiden«, brummte Foster.

Schweigen senkte sich über sie herab. Zoes gepresstes Atmen drang aus den Lautsprechern, und Tatum ballte die Fäuste.

»Warum YouTube?«, fragte Lyons zum dritten Mal innerhalb einer Stunde.

»Wahrscheinlich wegen der Kommentare«, meinte Foster gereizt. »Er will die entsetzten und fasziniert Kommentare der Zuschauer lesen.«

Tatum dachte stirnrunzelnd darüber nach. »Das passt nicht ins Profil. Dieser Mann will nicht kommunizieren. Er will den Leuten zeigen, wie klug er ist. Wäre er auf Kommentare aus, dann hätte er diese Funktion auch bei den vorherigen Experimenten zugelassen. Ich kann mir nicht vorstellen, dass es ihm um die Kommentare geht. Sie sind für ihn nicht mehr als ein Hintergrundrauschen.«

»Was will er dann?«

Tatum starrte den Bildschirm an. Welchen Vorteil hatte YouTube, abgesehen von den Kommentaren? Es musste etwas sein, über das der Mörder auf seiner eigenen Webseite nicht verfügte. Ihm fielen nur die Werbebanner ein, aber das konnte er sich nun wirklich nicht vorstellen.

»Traffic.« Lyons deutete auf den Zähler, der gerade vierstellig geworden war und weiter nach oben kletterte.

»Das ist es«, stimmte Tatum ihr zu und ignorierte die in ihm aufsteigende Übelkeit. »Bei Juliet Beach haben sich schon Leute beschwert, dass sie sich den Feed nicht ansehen konnten. Die Webseite wurde mit dem Andrang nicht fertig. Und diesmal will er das ganz große Ding durchziehen. Alle sollen es sehen. Er will den Ruhm, den er seiner Meinung nach verdient.«

»YouTube wird das Video löschen, sobald es gemeldet wurde«, warf Lyons ein. »Was dann?«

»Das dürfen wir nicht zulassen«, erwiderte Tatum entsetzt. »Ich kümmere mich darum.« Er beschloss, Mancuso anzurufen, damit sie Kontakt zu YouTube aufnahm, die Situation erklärte und sie davon abhielt, das Video zu entfernen, solange Zoe nicht in Sicherheit war. Doch noch während ihm das durch den Kopf ging, begriff er, dass er dem Killer damit in die Hände spielte. Das war genau das, was der Mistkerl wollte.

Fosters Telefon klingelte. »Ja. Bringen Sie ihn in Verhörraum eins.« Er legte auf.

»Joseph Dodson?«, erkundigte sich Lyons.

»Ja«, bestätigte Foster. »Sie haben ihn gerade abgeholt. Wir versuchen, einen Durchsuchungsbeschluss zu bekommen.«

»Dafür haben wir nicht genug in der Hand«, gab Lyons zu bedenken.

»Wir sehen uns trotzdem bei ihm um«, entschied Foster grimmig, »und nehmen alles mit, was uns helfen kann, sie zu finden.«

Kapitel 82

Zoe lag völlig erschöpft da und wusste nicht, wie viel Zeit seit ihrem Aufwachen vergangen war. Sie hatte den Eindruck, dass sie hin und wieder ohnmächtig wurde, war sich jedoch nicht sicher, ob sie tatsächlich das Bewusstsein verlor oder ob ihr Verstand sich einfach abschaltete und ihren Körper der blinden Panik überließ. Abgesehen von dem langsam zunehmenden Druck in ihrer Blase und dem immer unerträglicher werdenden Durst, konnte sie auch das Verstreichen der Zeit nicht messen. Als sie an den Vortag zurückdachte, wurde ihr bewusst, dass sie sehr wenig getrunken hatte, was sich jetzt schmerzhaft bemerkbar machte.

Allerdings würde sie ersticken, bevor sie verdurstete.

Zum ersten Mal, seitdem sie in der Kiste zu sich gekommen war, fühlte sie sich derart erschöpft, dass sie nur noch still liegen blieb und sich langsam Gedanken über ihre Lage machte.

Zu Beginn der Ermittlungen hatte der Analytiker geschätzt, dass Nicole Medina nach etwa zwölf Stunden die Luft ausgehen würde. Juliet Beach war etwa neun Stunden begraben gewesen und hatte sich mit letzter Kraft ans Leben geklammert, als man sie fand. Zoe wusste nicht, ob diese Kiste dieselbe Größe hatte, aber sie ging vorerst davon aus. Da sie kleiner war als eine durchschnittliche Frau, war anzunehmen, dass sich mehr Luft in der Kiste befunden hatte, als sie darin eingeschlossen worden war.

Doch durch ihr Gezappel und Geschrei hatte sie auch sehr viel Luft verbraucht.

Das Beste, was sie tun konnte, war, zu schlafen und ihre Atemfrequenz drastisch zu verringern. Das kam allerdings nicht infrage, da sie sich dafür bei Weitem nicht entspannt genug fühlte. Und so beschloss sie, einfach nur still zu liegen und ruhig zu bleiben.

Der zweite Teil bereitete ihr jedoch Probleme. Das Entsetzen lauerte noch immer am Rande ihres Bewusstseins und wartete nur darauf, dass sie eine der Wände berührte, sich einbildete, dass der Raum um sie herum enger wurde, oder an die Tonnen von Sand und Erde dachte, die sich oberhalb ihres kleinen, beengten Gefängnisses befanden.

Sie versuchte es mit einigen einfachen Entspannungsübungen, konzentrierte sich auf ihren Körper und darauf, die Muskeln zu lockern und gleichmäßig zu atmen. Allerdings fiel ihr die Konzentration schwer, und immer wieder drangen die panischen Gedanken auf sie ein. Eine Zeit lang verlor sie wieder die Kontrolle und trat weinend auf die Wände um sich herum ein.

Sie würde es mit etwas anderem versuchen müssen.

Wenn sie sich nicht beruhigen konnte, indem sie ihren Geist leerte, musste sie ihn eben beschäftigen. Das fiel ihr deutlich leichter, weil es ja ohnehin ihrem Normalzustand entsprach.

Zuerst dachte sie an Andrea, aber in dieser Richtung lauerten zu viel Unsicherheit und eine andere Art von Angst, sodass sie diese Gedanken schnell wieder verdrängte. Ihre Schwester war am Leben und vorerst vermutlich in einer deutlich besseren Lage als sie.

Dann ging ihr auf, dass sie wahrscheinlich gefilmt wurde. Wenn sie etwas über ihre Lage in Erfahrung bringen konnte, dann war es vielleicht möglich, das den Zuschauern zu vermitteln. Sie konnte sich retten. Die Vorstellung, sich möglicherweise aus dieser Lage befreien zu können, ließ das Grauen augenblicklich in den Hintergrund treten.

Sie rutschte ein wenig herum, bis sie die Wange an die Seite der Kiste drücken konnte. Das Holz fühlte sich sehr glatt an. Sie versuchte, sich an die anderen Kisten zu erinnern. War diese hier irgendwie anders? Sie schnüffelte, um irgendeinen Geruch zu erhaschen, roch aber nur sich selbst. Dann lag sie ruhig da und lauschte eine gefühlte Ewigkeit.

Nichts.

Von ihren fünf Sinnen schieden das Tast- und Sehvermögen schon mal aus. Bisher hatten ihr die anderen drei auch nicht weitergeholfen.

Sie überlegte, was am Vorabend passiert war. Die Erinnerungen waren bruchstückhaft, und sie vermutete, dass ihre Verzweiflung der Grund dafür war. Sie wusste noch, dass sie beschlossen hatte, von Austin aus nach Hause zu fliegen. Danach ein kurzes Gespräch mit Tatum – sie konnte sich an keines seiner Worte erinnern. Sie war zum Parkplatz gegangen und …

Schmerz. Ihre Muskeln waren vor Schmerz wie gelähmt gewesen. Sie hatte sich nicht mehr bewegen können.

Er hatte einen Taser benutzt. Und sie dann irgendwie bewusstlos werden lassen. Das war eine andere Strategie als sonst. Entweder war er deutlich selbstbewusster oder verzweifelter geworden. Oder beides.

Sie zermarterte sich das Gehirn und versuchte, sich daran zu erinnern, ob sie etwas Hilfreiches bemerkt hatte. Vor ihr hatte der Mietwagen in der Dunkelheit gestanden, und dann … nichts, nur noch Schmerz.

Doch sie durfte die Hoffnung nicht aufgeben. Sie wusste, wie das Gedächtnis funktionierte. Oftmals kehrten die Erinnerungen nach einiger Zeit erstaunlich klar wieder zurück.

Sie würde eben warten müssen. Aber sie musste sich auch weiter beschäftigen. Sie lag mit geschlossenen Augen da, und solange sie sich nicht bewegte, konnte sie beinahe vergessen, wo sie sich befand.

Sie konzentrierte sich auf den Fall. Das war die beste Art, um sich abzulenken. Bei der Arbeit konnte sie stundenlang über einen Fall nachdenken und versuchen, in den Kopf des Killers zu blicken und seine Motive, Zwänge und Fantasien zu ergründen. Normalerweise umgab sie sich dabei mit den Fotos der Tatorte und Opfer, aber sie würde eben mit dem zurechtkommen müssen, was sie hatte.

Vor Andreas Anruf am Vorabend – ihr Verstand verharrte kurz dabei, und sie riss sich mühevoll davon los – hatte sie sich auf Debra Miller konzentriert. Debra war das erste Opfer, die Frau, die den Täter zum Handeln bewogen hatte.

Wenn der Mörder Debra gekannt und gewusst hatte, dass sie ständig verschwand, dann wäre ihm klar gewesen, dass niemand sie als vermisst melden würde. Konnte das schon der Grund sein?

Nein. Es gab unzählige Obdachlose, nach denen niemand suchte. Viele von ihnen prostituierten sich und stellten wahrscheinlich eine leichte Beute dar. Aber dieser Mann hatte es auf Frauen mit einem Zuhause und einem Leben abgesehen. Debra mochte zwar drogensüchtig gewesen sein, aber sie stammte aus einer Familie, die sie liebte, und es gab einen Ort, an den sie zurückkehren konnte.

Sie suchte nach einer Gemeinsamkeit zwischen Debra und den anderen Frauen, doch es schien keine zu geben. Debra war deutlich älter als die anderen Opfer. Sie war drogensüchtig und nicht gerade gesund, während die anderen Frauen das genaue Gegenteil darstellten. Debra suchte nach einem neuen Weg in ihrem Leben, ähnlich wie Maribel Howe, aber nicht Juliet und Nicole.

Zoe beschloss, das Problem anders anzugehen und herauszufinden, was die anderen drei Opfer verband, um dann den Vergleich zu Debra Miller zu ziehen.

Körperlich unterschieden sich die drei Frauen, aber sie waren alle sehr attraktiv. Juliet Beach sah umwerfend aus, aber auch die anderen beiden mussten mehr als genug Verehrer haben. Konnte der Killer Debra attraktiv gefunden haben? Sie war dünn gewesen, genau wie Juliet und Nicole, aber Maribel war kurvig gewesen und hatte Pausbacken gehabt. Zoe bezweifelte, dass es etwas mit dem Aussehen zu tun hatte.

Er stalkte die Frauen auf ihren Social-Media-Kanälen. Sie hatte sich die Profile der drei genau angesehen. Alle hatten regelmäßig Fotos gepostet. Alle schienen glücklich zu sein, auch wenn das online im Land des falschen Lächelns nichts Ungewöhnliches war. Alle fotografierten sich mit verschiedenen Männern – vielleicht löste das etwas in ihm aus. Möglicherweise hatte Debra Miller ihn irgendwie angemacht, woraufhin er sie ebenso wie die anderen als Schlampe einstufte.

Das überzeugte sie nicht. Soweit Zoe es erkennen konnte, waren die Profile der drei Frauen nach Social-Media-Standards züchtig. Es gab keine verlockenden Fotos, keine im Bikini oder mit nacktem Hintern, sie machten nicht einmal einen Kussmund. Es waren nur Mädchen, die sich amüsierten und mit Freunden ausgingen.

Freunde war das Stichwort. Sie waren beliebt. Oder jedenfalls vermittelten ihre Social-Media-Aktivitäten das. Viele Fotos mit unterschiedlichen Personen und Unmengen an Follower. Alle drei hatten auf Instagram mehr als fünfhundert Abonnenten.

Die drei jungen Frauen waren also schön und beliebt gewesen, Debra hingegen einsam und kränklich.

Hatte er sie ausgewählt, weil sie das genaue Gegenteil von Debra darstellten, oder …

Ihr gingen die Worte von Debras Vater durch den Kopf. *In der Schule war sie ein süßes, glückliches Kind. So beliebt und immer von Freunden umgeben.* In der reizabgeschirmten Kiste, in der sich Zoe befand, hörte sie seine Worte so deutlich, als würde er sich direkt neben ihr befinden.

In der Schule.

Für den Täter waren alle vier Opfer gleich. Schön. Beliebt.

Aber Debra war nach der Schule unglücklich und einsam geworden.

Der Mörder stammte von hier. Er war mit Debra zur Schule gegangen.

Auf einmal war sie sich da ganz sicher. Er kannte sie aus der Schule – sie das beliebte, glückliche Mädchen, er der seltsame Junge ohne Freunde. Unzählige Stunden hatte er während des Unterrichts von ihr geträumt. Sein Profil kennzeichnete ihn eindeutig als besessen, und die Tendenz dazu musste er schon in seiner Kindheit gehabt haben. Eine solche Fixierung verschwand niemals ganz. Dann begegnete er Debra nach all den Jahren wieder. Er ohnehin schon gestresst, vermutlich wegen eines Vorfalls bei der Arbeit – eventuell wurde er entlassen, bei einer Beförderung übergangen oder sein Boss konnte ihn nicht leiden. Und dann sah er sie. Nach über zwanzig Jahren trat sie wieder in sein Leben. Das reichte aus, um eine Reaktion auszulösen und die Fantasie Realität werden zu lassen.

Das waren genug Informationen, um ihn aufzuspüren. Wie viele Schüler gab es auf einer Highschool? Eintausend? Ein Quervergleich mit ihren Abonnenten, der Abgleich seiner Fingerabdrücke mit dem Teilabdruck, der ihnen bereits vorlag, und sie hatten ihn.

Dummerweise konnte sie nichts davon in die Wege leiten. Die Polizei aber schon. Und Tatum. Sie musste es ihnen nur irgendwie vermitteln.

Kapitel 83

Ein uniformierter Polizist öffnete die Tür der Einsatzzentrale. »Joseph Dodson ist jetzt da.«

»Gut«, sagte Foster. »Ich komme sofort.«

Der Mann schloss die Tür, und Foster drehte sich zu Tatum und Lyons um.

»Okay, wir müssen die Sache clever angehen. Uns bleibt nicht viel Zeit.«

Tatum nickte. Üblicherweise ließ man einen Verdächtigen eine Weile schwitzen, bevor man in den Verhörraum stürmte und »guter Bulle, böser Bulle« spielte. Aber jede Minute, die sie den Mann warten ließen, kostete Zoe wertvolle Luft. Tatum warf einen Blick auf den Bildschirm. Sie lag jetzt seit zwanzig Minuten da und bewegte sich nicht. Das war fast noch schlimmer als ihr Zappeln und Schreien von zuvor.

»Wie sollen wir vorgehen?«, fragte er.

»Sie gehen zuerst rein«, entschied Foster. »Er hat Sie schon mal gesehen, und er weiß, dass Sie wissen, wer er ist. Das könnte ihn aus der Ruhe bringen. Wahrscheinlich sollten wir Ihnen ein bisschen was mitgeben, so wie wir es letztens bei Sheppard auch gemacht haben. Tatortfotos, einen dicken Ordner, seine Visitenkarte in einem Beweismittelbeutel. Wir haben die Telefonaufzeichnungen vorliegen und können ein bisschen übertreiben, indem wir so tun, als wüssten wir mehr, als uns tatsächlich bekannt ist. Dann komme ich rein und versichere ihm, dass ich ihm das FBI vom Hals halte, wenn er uns sofort sagt, wo wir Zoe finden ... So in etwa?«

Tatum zögerte. Bei jedem normalen Verbrecher wäre das eine gute Strategie gewesen, aber bei diesem Serienmörder?

»Was ist mit dem Durchsuchungsbefehl für sein Haus?«, wollte er wissen. »Wenn wir etwas Konkretes in der Hand haben, können wir das Verhör darauf aufbauen.«

Foster seufzte. »Lyons arbeitet daran. Wenn wir ihn nicht in zehn Minuten haben, dann ...« Er machte eine vage Handbewegung und wollte es offensichtlich nicht aussprechen. Tatum wusste auch so, was er meinte. Foster hatte vor, das Haus des Mannes zu durchsuchen, ob nun mit Beschluss oder ohne, und das gefiel Tatum.

Etwas anderes hielt ihn jedoch zurück.

Er musste davon ausgehen, dass Zoe mit diesem Mann geschlafen hatte. Wäre sie wirklich so blind gewesen, die Zeichen zu übersehen? Als Jugendliche war sie mit Rod Glover befreundet gewesen, was bis heute Narben bei ihr hinterlassen hatte. Tatum wollte einfach glauben, dass seine Partnerin nicht mit einem Mann ins Bett gehen würde, der möglicherweise ein Killer war.

Aber er durfte auch nicht vergessen, dass sich einige Psychopathen sehr gut verstellen konnten.

Das Verhör konnte Stunden dauern. Wenn sie sich in Bezug auf Dodson irrten, dann standen Zoes Chancen danach noch schlechter.

»Ich habe einen anderen Vorschlag«, erwiderte er. »Sie gehen zuerst rein, mit den ganzen Requisiten. In einer halben Stunde stoße ich dazu und ziehe meine FBI-Maske ab, während Lyons im Haus des Mannes hoffentlich etwas Brauchbares zutage fördert.«

»Sind Sie sicher?« Foster wirkte skeptisch.

»Ja. Ich muss mir noch einiges durch den Kopf gehen lassen und mir eine Strategie zurechtlegen.«

Foster sah kurz zum Laptop hinüber, stieß die Luft aus, verließ den Raum und schloss die Tür hinter sich.

Tatum starrte auf den Bildschirm. Zoe lag jetzt mit offenen Augen da, rührte sich aber noch immer nicht. Das Einzige, woran man erkennen konnte, dass sie noch lebte, war ein gelegentliches Blinzeln. Der Zähler war inzwischen im sechsstelligen Bereich angelangt. Alle großen Nachrichtensender hatten darüber berichtet, und der Link zum Video war viral gegangen. Der Mörder bekam, was er wollte. Die Welt sah zu.

»Was würden Sie sagen, wenn Sie hier wären?«, fragte er den Bildschirm. Er stand auf und lief abermals hin und her. Selbst wenn Joseph Dodson nichts mit der Sache zu tun hatte, konnten sie kaum etwas anderes tun. *Was hätte Zoe gemacht, wenn sie jetzt hier gewesen wäre?*

Sie hätte analysiert, was sie bereits wussten. Darüber nachgedacht, was es bedeutete. Versucht, neue Schlussfolgerungen zu ziehen.

Zoe schrie erneut durch ihren Knebel und warf sich hin und her. Tatum machte die drei Schritte zum Laptop und stellte den Ton aus. Das verdammte Video hatte genug Zuschauer, und wenn es etwas Hörenswertes gab, würde ihm schon jemand Bescheid sagen.

Er setzte sich an den Tisch, zückte sein Notizbuch und kaute auf der Unterlippe herum. Dann schrieb er: *Der Täter hat sie auf dem Parkplatz überfallen.*

So viel stand fest. Der Parkplatz war nicht beleuchtet, und Tatum bezweifelte, dass sie mit den Autoschlüsseln in der Hand woanders hingegangen war. Er tippte mit dem Stift auf die Seite und fügte hinzu: *Er hat ihr aufgelauert und auf den richtigen Moment gewartet.*

Das war eine Veränderung in der Strategie des Killers. Er hatte sich Zoe als Zielperson auserkoren und sie aktiv verfolgt. Aber warum? Ging es ihm nur um den Ruhm? Oder erregte es ihn, die Person auszuschalten, die am ehesten davorstand, ihn zu finden? Zoe hatte ihn in dem Artikel öffentlich bloßgestellt und ihn dadurch vielleicht zum Handeln bewogen.

Tatum versuchte, sich vorzustellen, wie dieser Joseph so etwas tat. Es passte einfach nicht zusammen. Hätte Joseph sie entführen wollen, wäre es sinnvoller gewesen, einfach an ihre Zimmertür zu klopfen. Sie kannte ihn längst. Sie hätte die Tür aufgemacht, und er hätte sie in ihrem Zimmer ausschalten und wie die anderen unter Drogen setzen können.

Sobald er länger darüber nachdachte, kam ihm noch einiges andere seltsam vor. Beim versuchten Einbruch in die Tankstelle hatte der Mörder Latexhandschuhe getragen. Dodson war aber Elektriker. Tatums Onkel hatte denselben Beruf, daher wusste Tatum, dass er bei der Arbeit spezielle Gummihandschuhe trug, die viel dicker und robuster waren als Latexhandschuhe. Die hätte Joseph doch wohl eher übergestreift.

Der Mann war groß. Es war zwar schwer, die Größe des Mörders im ersten Video genau festzustellen, aber Tatum bezweifelte, dass es sich um einen solchen Riesen handelte. Er konnte sich auch nicht vorstellen, dass sich ein derart großer Mann gefilmt hätte.

Außerdem hätte Zoe es dann sofort erkannt.

Kapitel 84

Zoe versuchte, trotz ihres Knebels etwas zu grunzen und hätte sich beinahe übergeben. Sie bekam eine Panikattacke und zwang sich, ganz ruhig zu werden. Konnte sie den Knebel loswerden? Sie versuchte, ihn mit der Zunge hinauszuschieben und erstarrte.

Nicht nur die Polizei sah den Videofeed. *Er* schaute ebenfalls zu. Und wenn es ihr gelang, den Knebel zu entfernen oder irgendein Signal zu geben, würde er den Feed einfach abschalten – und damit wäre jede Hoffnung auf Hilfe dahin.

Sie musste etwas machen, was ihm entging. Oder was er erst merkte, wenn jemand anderes die Nachricht längst begriffen hatte. Keine Handzeichen, keine Worte, keine Geräusche.

Blinzeln schien ihr die einzige Möglichkeit zu sein.

Wie sehr sie sich wünschte, das Morsealphabet erlernt zu haben. Kannte das überhaupt noch irgendjemand? Nur kurz oder lang blinzeln, und schon würde sie jedem, der zusah, eine Botschaft übermitteln können. Aber sie beherrschte die Morsezeichen nun mal nicht. Und wenn sie den Buchstaben den entsprechenden Zahlenwert zuwies? Einmal Blinzeln für A, zweimal für B … und sechsundzwanzig gottverdammte Mal für Z. Eine merkliche

Pause zwischen jedem Buchstaben. Die Leerzeichen zwischen den Worten würden sie selbst einfügen müssen.

Sie stellte im Kopf eine kurze Nachricht zusammen. *Der Mörder kennt Debra Miller aus der Schule.* Nein, das war noch viel zu lang. Sie musste sich kürzer fassen. *Er kennt Debra aus der Schule.* Viel besser.

Okay. E war fünf, R siebzehn, K elf ... Sie fing an zu blinzeln. Es war nahezu unmöglich.

Das Blinzeln musste schließlich halbwegs natürlich aussehen, damit der Mörder nicht sofort merkte, was sie da versuchte. Also kurz und sanft blinzeln. Sie musste genau mitzählen. Und das in völliger Dunkelheit, wo sie selbst nicht mal genau wusste, ob ihre Augen offen oder geschlossen waren ...

Sie kam bis zum t aus *kennt,* war sich aber ziemlich sicher, dass sie das k und ein n vermasselt hatte.

Ein frustriertes Schluchzen entrang sich ihrer Kehle. Sie würde wieder von vorn anfangen müssen, bis sie es richtig hinbekam. Aber der Mörder war klug. Er würde merken, dass sie nicht normal blinzelte. So würde das nie funktionieren. Die Nachricht musste noch kürzer sein. *Viel* kürzer. Zoe musste darauf vertrauen, dass jemand herausfand, was sie damit sagen wollte.

Tatum. Er würde es bestimmt verstehen. Sie hatte mit ihm über die Verbindung zwischen dem Killer und Debra gesprochen. Sie hatte auch all ihre Notizen über Debra auf ihrem Zimmer gelassen. Tatum würde wissen, was sie meinte.

Ihre neue Nachricht lautete schlicht *Schule.* Neunzehn, drei, acht, einundzwanzig, zwölf, fünf.

Selbst das schien unmöglich zu sein. Sie beschloss, es dennoch zu versuchen.

Aber wenn sie dem Killer nicht gab, was er wollte, schaltete er den Feed vielleicht aus lauter Frustration oder Langeweile ab. Das durfte nicht passieren.

Und so bäumte sie sich auf und schrie.

* * *

Er saß bei der Arbeit, hatte die Tür abgeschlossen, damit niemand hereinplatzen konnte, und beobachtete sie. Zwar wusste er, dass er eigentlich etwas anderes tun sollte, aber er konnte den Blick nicht von ihr abwenden. Die erste Stunde war die beste; sie war völlig durchgedreht, und es hatte ihn unfassbar erregt, sie schreien und weinen zu sehen. Die kalte, berechnende Frau war nicht mehr zu sehen gewesen. Das passierte, wenn man Menschen in der Dunkelheit einsperrte und sie Zeit zum Nachdenken hatten.

Als sie sich beruhigte, nahm seine Frustration jedoch zu. Sie betrog ihn. Das Video war erst siebenunddreißig Minuten lang. Er brauchte mehr.

Sie lag eine gefühlte Ewigkeit still, und er wünschte sich, sie irgendwie dazu bewegen zu können, dass sie sich wieder bewegte. Das war etwas, das er bei zukünftigen Experimenten ausprobieren musste. Vielleicht fiel ihm ja eine Lösung ein.

Dann schlug sie die Augen auf und blinzelte eine Weile. Hatte sie Probleme mit den Augen? War das irgendeine nervöse Reaktion?

Kurz darauf bäumte sie sich wieder auf und schrie, wilder als je zuvor, und es war eine Freude, ihr zuzusehen. Rasch überkam ihn die Lust, und er nahm schnell die Taschentücher vom Schreibtisch, keuchend und mit knallrotem Gesicht.

Als er fertig war, hatte sie aufgehört zu schreien und lag mit geschlossenen Augen da. Er stieß erschaudernd die Luft aus. Das war bisher das beste Experiment.

* * *

Tatums Handy klingelte. Es war Harry, und er nahm den Anruf sofort an.

»Ja?«

»Sehen Sie sich das Video an?«, fragte Harry angespannt.

»Nein, warum?«

»Dann schalten Sie es ein. Ich glaube, Zoe will uns etwas mitteilen.«

Tatum rannte zum Laptop. Zuerst fiel ihm nichts Ungewöhnliches auf. Sie lag einfach nur da und blinzelte. Aber dann merkte er, dass sie schnell blinzelte. Eine Pause machte. Schnell blinzelte. Wieder eine Pause machte.

»Sie ... blinzelt einen Code.«

»Es ist nicht der Morsecode, das habe ich schon überprüft.«

Auf einmal schloss Zoe die Augen. Nach einigen Sekunden fing sie wieder an, zu treten und zu zucken. Tatum verkrampfte sich vor lauter Mitgefühl und wandte den Blick ab.

»Ich glaube, sie tut nur so«, sagte Harry.

Tatum sah wieder auf den Bildschirm. »Wie kommen Sie darauf?«

»Ich schreibe seit Jahren über Sexskandale und Promis und erkenne es, wenn mir jemand was vorspielt.« Harry hörte sich auf einmal widerlich selbstgefällig an. »Sie hört gleich wieder damit auf. Das hat sie schon zweimal gemacht. Passen Sie auf.«

Ebenso plötzlich lag Zoe wieder still da. Sie hatte die Augen geschlossen und wirkte ermattet.

»Gleich geht das Blinzeln wieder los.«

Schon schlug Zoe die Augen auf und blinzelte. Es dauerte eine Sekunde, bis Tatum reagierte.

»Mitzählen!«, brüllte er ins Handy. »Zählen Sie das Blinzeln mit!«

Er zählte ebenfalls mit und notierte sich die Zahlen in seinem Notizbuch. Nach einer Minute schloss sie die Augen und lag ganz still da.

»Okay«, sagte Harry. »Ich habe achtzehn, drei, acht, dreiunddreißig, fünf.«

»Ich habe siebzehn, drei, acht, einundzwanzig, elf, fünf«, murmelte Tatum. »Ich bin mir ziemlich sicher, dass nach der Einundzwanzig eine Pause kam.«

»Wenn da eine Pause war, dann wäre es einundzwanzig, zwölf, damit es dreiunddreißig ergibt.«

»Sie haben sich verzählt. Es ist einundzwanzig, elf. Da es kein Morsecode ist, sind es wahrscheinlich Buchstaben. Die Zahl entspricht der Position im Alphabet.«

»Okay. Dann mal los. Achtzehn ist … A, B, C …«

»Rechnen Sie leise«, fauchte Tatum. »So kann ich nicht denken.«

Er schrieb sich das Alphabet und die dazugehörigen Zahlen auf. Dann notierte er sich die Buchstaben, die er gezählt hatte. Auf dem Bildschirm warf sich Zoe wieder herum.

»So«, meinte Harry. »Ich habe … Rchuke. Das ergibt keinen Sinn.«

»Ich habe Qchuke«, murmelte Tatum.

»Wenn ich richtig gezählt und nur die Pause verpasst habe, wäre das eine zwölf und keine elf und damit … Rchule.«

»Schule!«, brüllte Tatum. »Es heißt Schule!«

»Ja!« Harry schien ebenso aufgeregt zu sein wie er. »Dann will sie uns sagen, dass sie in einer Schule begraben wurde?«

»Das ergibt Sinn …« Tatum zögerte. »Woher soll sie wissen, wo sie ist?«

»Vielleicht hat sie Geräusche gehört, bevor sie begraben wurde.«

»Das wäre möglich«, stimmte Tatum ihm zu. »Ich setze sofort ein paar Leute darauf an.«

»Okay. Halten Sie mich auf dem Laufenden.«

»Geht klar«, versprach Tatum und legte auf. Er wollte gerade losstürmen, als ihm etwas einfiel.

Zoe hatte nach einer Verbindung zwischen Debra und dem Mörder gesucht. Meinte sie etwa das?

Wieder war er unschlüssig. Die falsche Entscheidung kostete wertvolle Zeit und Zoe möglicherweise das Leben. Er beschloss, beiden Hinweisen nachzugehen. Er würde Foster und Lyons von der Schule erzählen, damit sie sich auf die Suche machten. Das war das wahrscheinlichste Szenario.

Währenddessen würde er sich Debras Schullaufbahn genauer ansehen, falls sich Zoe doch darauf bezog.

* * *

Chief Christine Mancuso war ständig am Telefon, während das Video auf ihrem Bildschirm lief. Sie hatte es schon vor einiger Zeit stumm geschaltet, konnte sich aber nicht dazu durchringen, es auszumachen. Irgendwie hatte sie das Gefühl, Zoe im Stich zu lassen und in der Dunkelheit auszusetzen, wenn sie nicht länger hinsah.

Gerade hatte sie ein langes Gespräch mit dem leitenden Special Agent der Abteilung in San Antonio hinter sich gebracht. Er wollte sechs seiner besten Leute nach San Angelo schicken, und seine Analysten arbeiteten rund um die Uhr, um Zoe zu finden. Das waren nichts als leere Worte, vermutete Mancuso, mit denen er sie beruhigen oder seinen Hintern retten wollte. Vielleicht auch beides. Aber mehr konnte sie nicht tun, als mit jedem zu reden, der ihr möglicherweise helfen konnte.

Sie wählte Tatums Nummer, um zu erfahren, ob es Neuigkeiten gab, aber es war besetzt.

Dann klingelte ihr Handy.

»Hallo?«

»Spricht dort Agent Mancuso?« Die Stimme kam ihr bekannt vor, sie konnte sie jedoch nicht einordnen.

»Ja, hier ist Chief Mancuso.«

»Oh, Chief, genau. Hier ist Mitchell Lonnie von der Polizei in Glenmore Park. Erinnern Sie sich an mich?«

Es dauerte einen Augenblick, bis sie wusste, mit wem sie sprach. Ein hübscher Junge, traurige grüne Augen. »Ja, Lonnie, ich erinnere mich.«

»Passen Sie mal auf. Ich habe das Video gesehen ...«

»Ich auch, Lonnie. Und es gibt leider noch keine Neuigkeiten.«

»Nein, nein, hören Sie mir zu. Mir ist etwas aufgefallen. Zoe will uns etwas sagen. Sie blinzelt Buchstaben und ...«

»Schule«, fiel Mancuso ihm ins Wort. »Sie blinzelt das Wort Schule.«

Schweigen. »Genau«, murmelte Mitchell schließlich.

»Ich weiß. Zoes Partner und drei Analytiker haben mir das auch schon mitgeteilt.«

»Ich wollte nur helfen.«

Mancuso schloss die Augen und ärgerte sich über sich selbst. »Ich weiß«, sagte sie etwas freundlicher. »Danke. Wir tun, was wir können.«

Das war das Hauptproblem. Sie, Lonnie und alle um sie herum konnten nicht das Geringste tun. Sie kamen nicht an Zoe heran, daher blieb ihnen nichts anderes übrig, als sich das Video anzusehen.

* * *

Zoe lag in völliger Dunkelheit da und ging weiter ihre Routine durch. Dreißig Sekunden lang panisch herumzappeln, bis zehn zählen, ihre Nachricht blinzeln, eine Minute ausruhen. Und wieder von vorn. Panik, Pause, Blinzeln, Ausruhen. Panik, Pause, Blinzeln, Ausruhen.

Sie hatte keine Ahnung, ob irgendjemand bemerkte, was sie da tat. Wusste nicht, ob ihre Botschaft empfangen wurde. Ihr war nur klar, dass sie bald aufhören musste. Sie verbrauchte zu viel Luft.

Aber vorerst machte sie weiter, lag blinzelnd in der Dunkelheit und hoffte das Beste.

* * *

Als sie zum vierten Mal zu schreien anfing, schöpfte er Verdacht. Die Hysterie kam zu regelmäßig. Fast, als würde sie sich das einteilen. Bei einer Frau wie ihr ergab es beinahe Sinn, dass ihr Kontrollverlust auch einem bestimmten Muster folgte, aber nur fast.

Er beobachtete, wie sie zuckte, sich aufbäumte und mit dem Kopf wackelte. Dabei hatte sie die Augen geschlossen, doch irgendetwas stimmte nicht. Er hatte schon mehrere Frauen in dieser Situation beobachtet, sie eingeschlossen, und sie verhielt sich irgendwie ... seltsam.

Dann lag sie still. Und fing wieder mit diesem nervösen Blinzeln an.

Nein, das war keine Nervosität. Es war anders. Methodisch.

Er sah genau hin, und ein mulmiges Gefühl breitete sich in seiner Magengrube aus. Das war eine Art Signal. Wie hatte ihm das bisher entgehen können? Er war derart mit seinen Gefühlen und seiner Erregung beschäftigt gewesen, zu fasziniert von ihrer Furcht.

Sie hatte ihn reingelegt.

Sofort hielt er das Video an und beendete den Feed. Nach einem Augenblick beschloss er, die Kommentare zu lesen.

Schule! Sie blinzelt das Wort Schule.
Das Video ist doch so was von gestellt.
Ich denke, es heißt Schuld.
Es ist eindeutig Schule.
Ich verzähl mich ständig.
FAKE
Schule

Ja, Schule

Hunderte von Kommentatoren hatten es vor ihm bemerkt. Er stand kurz vor einer Panikattacke, riss sich jedoch zusammen. Schule? Was sollte das denn bedeuten? Glaubte sie etwa, sie sei in einer Schule begraben.

Er schüttelte amüsiert den Kopf. Das war ja völliger Blödsinn. Gut, dass er den Feed unterbrochen hatte, bevor sie noch ein anderes Wort hatte blinzeln können.

Kapitel 85

Der Mann, der Tatum die Tür öffnete, sah furchtbar aus. Blutunterlaufene Augen, bleiche Haut. Sein Körpergeruch erinnerte Tatum daran, wie seine Tante in den Tagen vor ihrem Tod im Krankenhaus gerochen hatte. Die Schwestern hatten so viel putzen und lüften können, wie sie wollten, der Gestank des nahenden Todes war einfach nicht verschwunden.

»Mr Miller?«, fragte Tatum.

Der Mann nickte; es war ein müdes »Was zum Geier wollen Sie von mir?«-Nicken. Tatum roch Alkohol in seinem Atem.

»Ich bin Agent Tatum Gray vom FBI.« Er zeigte seinen Dienstausweis vor, den Miller nicht einmal wahrnahm. »Haben Sie ein paar Minuten Zeit für mich?«

»Klar«, antwortete der Mann heiser. »Geht es um Debra?«

»Ja. Ich hatte mich gefragt ... Haben Sie zufälligerweise Debras Jahrbücher aufgehoben?«

Er hatte mit Fragen oder einer wütenden Reaktion gerechnet, aber Mr Miller nickte nur und bedeutete Tatum, ihm ins Haus zu folgen. Im Inneren war es dunkel, und derselbe unangenehme Geruch schien aus jeder Ecke zu kommen. Tatum merkte, wie er unwillkürlich flach atmete.

Mr Miller führte ihn in ein Zimmer, das früher einmal Debra gehört haben musste. Anders als der Rest des Hauses war es hell erleuchtet. Durch ein großes Fenster über dem Bett drang Licht herein, obwohl es aussah, als wäre es lange nicht geputzt worden. Auf dem Bett zeichnete sich eine Kuhle ab, als hätte hier erst vor Kurzem jemand gesessen. Tatum vermutete, dass Mr Miller den Großteil der letzten vierundzwanzig Stunden in diesem Raum verbracht und um seine tote Tochter getrauert hatte.

In einer Ecke stand ein kleines Regal mit Büchern, Foto- und Sammelalben und vier Jahrbüchern.

»Darf ich die mitnehmen?«, fragte Tatum.

»Das wäre mir nicht recht«, antwortete Mr Miller. »Aber Sie können gern reinschauen.«

Tatum gab sich damit zufrieden und nahm das neueste, das von 1993.

»Möchten Sie etwas trinken, Agent Gray?«

»Ein Glas Wasser wäre nett. Danke.« Tatum blätterte bereits durch das Album. Er hatte eigentlich keine Ahnung, wonach er suchte, ging jedoch davon aus, dass ihm die seltsamen Kinder sofort ins Auge fallen würden. Die, die anders gekleidet waren, die nicht auf Gruppenfotos auftauchten, die nicht lächelten. Das konnte ein guter Anfang sein.

Eines war auf den ersten Blick offensichtlich: Debra war sehr beliebt gewesen. Sie hatte umwerfend ausgesehen, tauchte auf vielen Fotos auf und war, wie es das Klischee vorschrieb, Cheerleaderin gewesen. Was für ein Unterschied zu der heruntergekommenen Drogensüchtigen, die der Killer schließlich ermordet hatte.

Tatum stockte, als ihm ein vertrautes Gesicht auffiel. Er hatte das Foto eines grinsenden afroamerikanischen Jugendlichen vor sich. Samuel Foster.

Aber natürlich. Tatum konnte es nicht fassen, dass ihm das nicht früher eingefallen war. Foster hatte selbst gesagt, dass er Debra aus der Schule kannte. Er vergeudete hier wertvolle Zeit, wo er doch einfach Foster fragen konnte, welches der Kinder damals seltsam gewesen war. Er wollte das Jahrbuch gerade zurückstellen, Miller danken und wieder zum Revier fahren, als ihm ein anderes Foto ins Auge fiel. Ein Junge mit großer Brille und zerzaustem lockigem Haar. Der Name unter dem Bild lautete Clyde Prescott.

Tatum starrte das Foto nachdenklich an und konnte das Gefühl nicht abschütteln, dass er diesem Clyde schon mehrmals begegnet war. Er blätterte weiter, aber Clyde war auf keinem Gruppenfoto zu sehen und hatte keinem Klub angehört.

Clyde Prescott. Tatum betrachtete das ernste Gesicht. Und den lockigen Haarschopf.

Curly.

Das war der Rechtsmediziner. Auf einmal ergab der Spitzname Sinn. Er hatte früher wirklich Löckchen gehabt. Und er war mit Foster zur Schule gegangen.

Curly war am Tag zuvor am Tatort aufgetaucht, als sie die Leiche ausgruben, anders als bei den vorherigen Leichenfunden. Er war so schnell dorthin geeilt, wie er konnte, als wollte er unbedingt als Erster dort eintreffen. Hatte er etwas entfernen wollen? Beweise vernichten?

Tatum erinnerte sich genau an Fosters Reaktion, als er erkannt hatte, dass er mit dem Opfer zur Schule gegangen war, aber seiner Meinung nach hatte Curly nichts dazu gesagt. Das war regelrecht bizarr. Das hätte doch jeder erwähnt.

Es sei denn, er wollte vermeiden, in Verbindung mit dem Opfer gebracht zu werden.

Tatum holte tief Luft und versuchte, sich zu konzentrieren und weitere Anhaltspunkte zu finden. Der Mörder hatte erfahren, dass sie kurz davor waren, Juliet Beach zu finden, als hätte er einen Tipp bekommen. Curly hätte sich diese Information problemlos beschaffen können, entweder indem er sich einfach auf dem Revier aufhielt oder indem er einen seiner zahlreichen Bekannten bei der Truppe anrief.

Was war mit dem Profil? Sehr intelligent, etwa vierzig, weiß. Hatte einen Job, bei dem es auf Gründlichkeit und nicht auf Tempo ankam.

Und dann sein Verhalten – als wollte er ständig angeben. Beweisen, wie klug er war. Als er Maribel Howes Todeszeit geschätzt hatte. Fast schon lächerlich präzise. Bei Nicole Medina ebenfalls. Er hatte seine Fähigkeiten unter Beweis stellen wollen.

Die Todeszeit. Auf einmal erinnerte sich Tatum an die Einzelheiten des Whitfield-Falls, die tote Prostituierte, die man in der Wüste vergraben gefunden hatte. Beim Prozess hatte sich herausgestellt, dass man sich bei der Todeszeit vertan hatte. Wäre der Angeklagte deswegen freigekommen, hätte Curly zusammen mit anderen die Schuld daran getragen. Hätte er dann wirklich riskiert, dass so etwas abermals geschehen konnte, indem er die Todeszeit von Howe und Medina derart genau festlegte? Niemals. Es sei denn, er hatte genau gewusst, dass die Zeit stimmte – denn wenn er sie selbst ermordet hatte, konnte er sich ja nicht irren.

Das war der Stressor, die Sache, die ihn letzten Endes dazu gebracht hatte, seine Fantasie in die Tat umzusetzen. Der Whitfield-Fall war vor acht Monaten bearbeitet worden. Einige Monate danach musste der Prozess stattgefunden haben … und man hätte im April oder Mai Vorwürfe gegen Curly erhoben. Etwa zu der Zeit, zu der Debra Miller getötet worden war.

Sie hatten geglaubt, der Mörder würde sich in die Ermittlungen einmischen wollen, und aus diesem Grund eine Hotline eingerichtet und um Informationen gebeten. Aber Curly war längst ein wichtiger Bestandteil der Ermittlungen. Tatum ballte die Fäuste. Curly hatte jederzeit Zutritt zur

Einsatzzentrale, ihrer Karte, dem erstellten Profil, den Tatortfotos.

Das war alles nur vage. Er hatte nichts als Indizien. Doch er *wusste*, dass er richtig lag.

Tatum sah auf die Uhr. Es war schon fast zwei. Zoe war vor etwa sechs Stunden begraben worden. Ob er nun richtig lag oder nicht, sie mussten sie schnell finden. Er hatte nichts als eine Ahnung. Nun musste er der Sache nachgehen und eine Bestätigung finden, und wenn ihm das nicht gelang, würde er sich mit Foster zusammensetzen und die anderen Schüler nacheinander durchgehen. Was verdammt lange dauern würde.

Zoes Leben hing von ihm ab. Er durfte sich nicht irren.

Kapitel 86

Clyde Prescott bereitete gereizt die toxikologischen Proben für das FBI-Labor vor. Er hatte schon Blut und Glaskörperflüssigkeit abgefüllt und entnahm gerade Teile der Organe, die er methodisch beschriftete. Da er völlig erschöpft war, nachdem er in der Nacht zuvor keine drei Stunden geschlafen hatte, kam ihm diese Aufgabe sisyphusmäßig und redundant vor.

Auch der bevorstehende Besuch von Agent Gray nervte ihn. Der Mann hatte vor zwanzig Minuten angerufen und ihn gefragt, ob er vorbeikommen könne, weil er sich an Maribel Howes Leiche etwas ansehen wollte. Er hatte nicht einmal genau gesagt, worum es ging, sondern nur angedeutet, dass es etwas mit Zoe Bentleys Begräbnisstätte zu tun hatte.

Clyde hatte nicht die leiseste Ahnung, was der Agent bezweckte. Der Rest der Polizei war mit der ausgedehnten Durchsuchung der Schulen beschäftigt.

Er hörte sich nähernde Schritte und hob den Kopf. Es war Samuel Foster.

»Hey, Curly.« Foster lächelte müde.

»Hey, Samuel«, erwiderte Clyde. »Gibt's Neuigkeiten?«

»Nein. Wir haben nicht genug Hundeführer für die Suche. Sie schicken uns weitere Einheiten aus Austin und Houston. Aber bisher haben wir nichts gefunden.«

»Wie schlägt sich Zoe?«

»Der Feed brach vor einer Stunde ab«, erwiderte der Detective grimmig. »Wir können nur hoffen, dass es ihr gut geht, aber wir vermuten, dass sie seit wenigstens sieben Stunden in dieser Kiste liegt. Daher bin ich nicht sehr optimistisch.«

»Wie schrecklich.« Clyde beschriftete den Behälter mit der Nierenprobe mit einem schwarzen Marker und stellte ihn auf den Tisch. »Wie kann ich dir helfen?«

»Ich treffe mich hier mit Gray. Er sagte, er bringt einen Zeugen mit.«

Clyde verspannte sich leicht. »Einen Zeugen?«

»Ja. Ich kenne keine Einzelheiten. Es hat was mit Maribel Howes Leiche zu tun ...« Foster zuckte mit den Achseln. »Er meinte, es dauert nur eine Minute. Und er wirkte sehr aufgelöst.«

»Das ist verständlich.«

»Ich mag mir gar nicht ausmalen, was der Mann gerade durchmacht.«

Clyde nickte, und sie verfielen in betretenes Schweigen. Foster schien gerade etwas sagen zu wollen, als Agent Gray den Raum betrat.

»Oh, gut«, meinte Foster. »Da sind Sie ja. Worum geht es?«

»Ich wollte, dass meine Zeugin einen Blick auf Maribel Howes Leiche wirft«, antwortete Agent Gray und drehte sich um. »Sie können hereinkommen, Miss.«

Zögernde Schritte in hochhackigen Schuhen waren zu hören. Dann kam Juliet Beach um die Ecke. Sie sah Clyde in die Augen und erstarrte. Dann riss sie die Augen auf, atmete hörbar aus und schlug eine Hand vor den Mund.

Clydes Magen zog sich zusammen. Er lehnte sich an den nächstbesten Schrank und versuchte, sein Unbehagen zu überspielen, aber seine Finger zitterten stark.

»Wenn Sie so freundlich wären ...« Tatum stockte, als er Juliets Miene sah. »Miss?«

Sie keuchte auf und rannte hinaus.

»Agent Gray«, begann Foster. »Was ...«

»Bleiben Sie beide, wo Sie sind!«, blaffte Tatum. »Rühren Sie sich nicht vom Fleck.«

Er rannte dem Mädchen hinterher.

»Was hat das zu bedeuten?«, fragte Foster. »Warum bringt er das Mädchen denn hierher? Sie ist doch schon traumatisiert genug, da muss sie nicht auch noch eine gottverdammte Leichenhalle betreten.«

Clyde räusperte sich. »Vielleicht sollte ich ihr nachgehen«, krächzte er. »Dies ist kein guter Ort für Zivilisten.«

»Nichts für ungut, Curly, aber du kannst nicht besonders gut mit Menschen umgehen. Es wäre wohl besser, wenn ich ihm folge und herausfinde, worum es hier überhaupt geht.«

»Das wäre wohl besser«, sagte Clyde hastig. »Je eher wir ...«

Gray tauchte wieder auf und blieb im Türrahmen stehen. Sein Gesichtsausdruck hatte sich verändert; er mahlte mit dem Kiefer und seine Augen loderten vor Zorn.

Bevor er überhaupt merkte, was er da tat, war Clyde zwei Schritte zurückgewichen, sodass sich der Autopsietisch zwischen ihnen befand.

»So, Prescott«, knurrte Agent Gray. »Wissen Sie was? Das Spiel ist aus.«

»Was reden Sie da?«, fauchte Clyde. »Was soll das Mädchen ...«

»Wie soll ich Sie nennen? Curly oder Schroedinger? Was ist Ihnen lieber?«

»Was?« Foster war fassungslos. »Agent Gray, was wollen Sie damit ...«

»Er weiß ganz genau, was ich meine.« Agent Gray deutete mit einem zitternden Finger auf Clyde. »Nicht wahr?«

»Das weiß ich nicht!« Clyde wurde kreidebleich. Das Mädchen hatte ihn erkannt. Ein Blick hatte gereicht, und ihr Erinnerungsvermögen war wieder da. »Ich habe keine Ahnung, was hier vor sich geht.« Seine Gedanken rasten. Er musste sich nur noch irgendwie hier rausreden. In seinen Wagen steigen. Wegfahren.

»Agent Gray, wollen Sie damit etwa sagen, Dr. Prescott ist ... ist der Serienmörder?«

»Reden Sie mit Juliet«, forderte Agent Gray den Detective auf. »Sie kann Ihnen eine sehr interessante Geschichte erzählen.«

Einen Augenblick lang rührte sich keiner.

»Das ist doch lächerlich«, protestierte Clyde. »Selbst wenn sich das Mädchen einredet, mich erkannt zu haben ... Sie hat eine Menge durchgemacht. Wer weiß, wen sie noch alles beschuldigt. Noch vor Kurzem hat sie behauptet, sich an nichts zu erinnern.«

Foster starrte ihn mit zusammengekniffenen Augen an.

»Holen Sie sie her«, drängte Clyde. »Na los. Dann reden wir darüber.«

»Sie haben recht«, sagte der Agent auf einmal. »Wir haben keine Zeit für wilde Anschuldigungen.«

»Genau.«

»Wir können das ganz schnell klären. Nehmen wir Ihre Fingerabdrücke.«

»W...was?«

»Vergleichen wir sie mit dem Teilabdruck. Und dem Abdruck vom versuchten Einbruch in die Tankstelle. Das dauert nur eine Viertelstunde. Ich kenne da jemanden, der das ganz schnell erledigen kann.«

Foster ließ Clyde nicht aus den Augen. »Was hältst du davon, Curly? Können wir deine Fingerabdrücke abnehmen?«

Er hatte immer gewusst, dass es irgendwann so weit kommen würde. Das Mindeste, was er jetzt tun konnte, war, wenigstens anständig abzutreten.

»Das ist nicht nötig«, erklärte er und gab vor, ganz gelassen zu sein. »Sie haben mich erwischt.«

Er dachte an Zoe Bentley, die tief unter der Erde lag. Sein letztes Experiment. Das ihn berühmt machen würde.

Aber er würde ihnen auf keinen Fall verraten, wo sie sie finden konnten.

Kapitel 87

Beim Verlassen der Leichenhalle war Tatum völlig erschöpft. Er ging durch den Flur bis zum Eingangsbereich des Reviers und weiter ins Freie. Prescott hatte ihnen klar und deutlich zu verstehen gegeben, dass sie von ihm nicht erfahren würden, wo sich Zoe befand. Sie mussten den Mann erst knacken, und zwar schnell.

Juliet wartete vor der Tür.

»Haben Sie ihn verhaftet?«, wollte sie wissen. Sie zitterte noch immer.

»Ja. Er hat alles gestanden.« Einige Meter weiter war eine kleine Pfütze aus Erbrochenem zu sehen. Das arme Mädchen.

»Er kommt doch ins Gefängnis, nicht wahr? Die lassen ihn nicht ... auf Kaution frei oder so?«

»Nein. Bei ihm besteht Fluchtgefahr.«

»Und ich muss nicht aussagen? Vor Gericht, meine ich? Er hat doch gestanden.«

Tatum zögerte. »Das will ich nicht hoffen.«

Juliet atmete aus, und eine einzelne Träne lief ihr über die Wange.

Die Tür ging auf, und Foster kam heraus. Er sah völlig erschüttert aus.

Tatum drehte sich zu ihm um. »Wo ist er?«

»Im Verhörraum. Aber er will nichts mehr sagen.«

Tatum nickte. »Ich fahre zu Prescotts Haus. Vielleicht finden wir dort irgendetwas. Eine Karte, ein Tagebuch, was auch immer.«

»Beeilen Sie sich. Uns bleibt nicht mehr viel Zeit.« Foster wandte sich an Juliet. »Gut, dass Sie ihn identifiziert haben, Miss. Sie könnten Zoe Bentley damit das Leben gerettet haben.«

»Ich habe niemanden identifiziert«, erwiderte Juliet. »Ich habe nur das gemacht, worum mich der Agent gebeten hat. Ich erinnere mich an gar nichts aus dieser Nacht; das habe ich Ihnen doch schon gesagt. Ich bin mir nicht mal sicher, ob ich sein Gesicht überhaupt gesehen habe.«

Foster blinzelte mehrmals und beäugte dann Tatum. »Das war ein Bluff?«

»Er wollte unbedingt gestehen. Es fehlte nur noch der richtige Anstoß.«

»Aber wie in aller Welt …«

»Später, Detective. Ich fahre jetzt zu seinem Haus. Haben Sie einen Streifenwagen hingeschickt?«

»Die Beamten warten dort auf Sie.«

»Okay. Bitte sorgen Sie dafür, dass jemand die Schauspielerin des Jahres nach Hause fährt. Das haben Sie großartig gemacht, Juliet. Dafür hätten Sie einen Oscar verdient.«

Kapitel 88

Es war entsetzlich stickig im Verhörraum. Tatum zwang sich, die Tür zu schließen und die kalte Luft draußen zu lassen. Prescott war die Arbeit in der Leichenhalle gewohnt, wo es stets deutlich kühler war als im restlichen Gebäude. Aus diesem Grund wollten sie es ihm hier so ungemütlich wie möglich machen.

Sie durften aber auch nicht vergessen, dass er auch das Graben in der prallen Sonne gewohnt war.

Während Tatum das Haus des Mannes durchsucht hatte, war Joseph Dodson, der nun offensichtlich aus dem Schneider war, von Foster auf freien Fuß gesetzt worden. Danach war Tatum in Prescotts Verhör eingestiegen und hatte den Mann über eine Stunde lang mit Fragen gelöchert. Prescott hatte keinen Anwalt verlangt und nur zu gern über seine früheren Morde Auskunft gegeben. Nur in Bezug auf Zoe sagte er kein Wort.

Tatum setzte sich nun schweigend und sah den Mann an. Prescott wirkte gelassen, fast schon gelangweilt. Das war eine Maske; davon war Tatum überzeugt. Er hatte die Angst in den Augen des Mannes gesehen, als Juliet hereingekommen war. Prescott war kreidebleich geworden und hatte einige Augenblicke gebraucht, bis er sich wieder unter Kontrolle hatte. In der Zeit hatte Tatum den wahren Clyde Prescott gesehen.

Und jetzt musste er ihn wiederfinden und zum Reden bringen.

Dummerweise blieb ihm das wichtigste Verhörwerkzeug versagt: Zeit. In wenigen Stunden würde Zoe tot sein; daher durfte er keine Minute vergeuden. Wovon Prescott wiederum nichts merken sollte.

Er ließ zu, dass sich das Schweigen ausdehnte, zählte innerlich die Sekunden, die quälend langsam vergingen.

»Auf Ihrem Laptop läuft ein passwortgeschütztes Programm«, begann Tatum nach einer Weile. »Damit wird der Videofeed von Zoes Aufenthaltsort gesteuert.«

»Das ist korrekt«, bestätigte Prescott. Seine Stimme klang kalt und distanziert. Aber auch leicht selbstgefällig.

»Ich möchte Ihnen einen Deal vorschlagen. Geben Sie mir das Passwort, und ich schalte den Feed wieder ein.«

Prescott musterte ihn fragend. »Und was bekomme ich dafür?«

»Sie dürfen ihn sich ansehen.«

Mit leisem Grinsen verschränkte Prescott die Arme und sagte nichts weiter dazu.

»Ich weiß, dass Sie es wollen.«

»Sie wissen nichts über mich, Agent.«

»Das ist Ihre letzte Gelegenheit, einen Blick auf Ihr kostbares Video zu werfen. Im Gefängnis wird es so etwas nicht geben.«

Einen Augenblick lang schien der Mann ins Wanken zu geraten, und Tatum bemühte sich um eine ausdruckslose Miene. Er musste vor allem wissen, ob Zoe überhaupt noch am Leben war. Sie befand sich jetzt seit schätzungsweise zehn Stunden in der Kiste. Vielleicht auch länger. Die Unwissenheit nagte an ihm und versetzte ihn in ständige Panik.

Prescott schüttelte den Kopf. »Nein.«

Tatum hatte mit dieser Reaktion gerechnet. Sie war ein Bestandteil von Prescotts Maske. Es war unwahrscheinlich, dass er sie so leicht fallen ließ. Dennoch hatte Tatum einfach fragen müssen, auch wenn er es jetzt schon bereute, weil er dem Mann so einen kleinen Sieg verschafft hatte.

Er holte ein Notizbuch aus seinem Aktenkoffer und blätterte darin herum. »Gehe ich recht in der Annahme, dass Sie unser Profil des Bestatters nicht gesehen haben?«

Prescott räusperte sich. »Nein, das habe ich nicht. Es würde mich aber interessieren, mehr darüber zu erfahren.«

»Alter zwischen dreißig und fünfundvierzig. Weiß. Hat einen Van. Arbeitet in einem Beruf, bei dem es auf Gründlichkeit ankommt. Nichts besonders Spannendes. Hier stehen auch einige Punkte, die sehr gut auf Ihren Hintergrund zutreffen. Aber der Teil, bei dem es richtig interessant wird …«

Die Tür wurde geöffnet, und Foster kam mit einigen Beweismittelbeuteln herein, die er auf den Tisch legte. Lyons folgte ihm und hatte einen tragbaren Aktenvernichter dabei, den sie auf die Beutel stellte, ohne Prescott eines Blickes zu würdigen. Die beiden Detectives gingen wieder und schlossen die Tür hinter sich.

Prescott betrachtete die Beweismittelbeutel. Tatum stand auf und griff nach dem Stromkabel des Aktenvernichters.

»Wo war ich? Ach ja. Es wird richtig interessant, wenn es darum geht, wie Sie so ticken.« Er steckte den Stecker in die Steckdose an der Wand und setzte sich wieder. Dann öffnete er einen Beweismittelbeutel und nahm den Laptop heraus. »Sie hätten den ganzen Rechner mit einem Passwort schützen sollen. Es ist schon erstaunlich, was wir darauf alles gefunden haben.«

»Vielleicht wollte ich ja, dass Sie das finden.«

Tatum drehte den Laptop um, der im Ruhezustand gewesen war. »Das mag sein. Aber die meisten Menschen vergessen, wie viele Informationen ihr Computer über sie sammelt.« Er sah auf den Bildschirm, während der alte Rechner langsam startete, und gab sich die größte Mühe, die Uhr in der unteren rechten Ecke zu ignorieren. *Nicht über die Zeit nachdenken.*

»Einer der auffälligen Aspekte in Bezug auf Sie ist, dass Sie berühmt werden wollen.«

Prescott schnaubte abfällig. »Ja, genau. Als ob Hollywood auf mich warten würde.«

Tatum zog eine Augenbraue hoch. »Nicht gerade Hollywood. Aber Sie haben Ihre eigene Ruhmeshalle, nicht wahr? Ich kann Ihnen gern einige der Suchanfragen aus Ihrem Browser vorlesen.« Er öffnete die Browserchronik. »Berühmte Killer. Berüchtigte Serienmörder. Berühmte Serienkiller … Ein netter Trick, Killer und Mörder auszutauschen. Was haben wir hier noch … Oh, das gefällt mir besonders. Wichtige Serienkiller. Sie suchen fast jeden Tag danach. Malen Sie sich aus, dass Ihr Name auch in diesen Artikeln und Listen auftauchen wird? Hier ist noch ein Artikel, den Sie sich immer wieder ansehen. ›Zwanzig der berüchtigtsten Serienmörder, die Amerika je gesehen hat.‹ Auf welchem Platz Sie da wohl landen? Auf Platz dreizehn? Neun? Sieben?«

»Das ist mir so was von egal.«

»Das ist gut, denn eins kann ich Ihnen verraten: Ein Serienmörder, der gerade mal drei oder vier Opfer getötet hat, taucht nicht in diesen Listen auf.«

Prescott grinste nur und machte es sich auf seinem Stuhl bequem.

»Aber Zahlen interessieren Sie selbstverständlich nicht, oder?«

»Nein, das tun sie nicht.«

»Was interessiert Sie dann, Prescott?«

Er verschränkte die Arme vor der Brust. »Die Menschheit.«

Der Mann legte eine Menge Pathos in dieses Wort. Tatum hätte ihm am liebsten den Hals umgedreht. Stattdessen grinste er. »Aber natürlich. Sie sind ein wahrer Menschenfreund.«

»Manchmal muss man einige töten, um viele zu retten.«

Tatum zog die Augenbrauen zusammen. »Wovor?«

»Vor sich selbst.« Die coole Fassade bekam Risse. Prescotts Augen glitzerten vor Begeisterung. »Keiner hat mehr Zeit zum Nachdenken, nicht wahr? Früher hatten wir alle Zeit zum Nachdenken. Während wir auf den Bus gewartet, in der Schlange im Supermarkt gestanden oder sogar zu Hause auf dem Sofa gesessen haben. Aber was machen wir heute?«

Tatum erwiderte nichts und ließ den Mann seine Predigt abspulen.

»Wir zücken unsere Handys. Rufen Twitter oder Instagram auf oder spielen Candy Crush. Denn es darf ja nicht sein, dass wir auch nur mal für fünf Minuten nachdenken. Was wird das auf lange Sicht mit uns machen? Wenn wir als gesamte Menschheit unseren eigenen Gedanken aus dem Weg gehen?«

»Und das haben Sie Ihren Opfern gegeben. Zeit zum Nachdenken.«

»Es war mehr als das. Ich habe *allen* Zeit zum Nachdenken gegeben. Wann immer ich den Videofeed anhielt, fingen alle an zu grübeln. Ist sie tot? Lebt sie noch?«

»Superposition.«

»Ganz genau. Superposition. Eine Frage, auf die es keine Antwort gibt. Ich habe sie zum Nachdenken gezwungen.«

Tatum seufzte und setzte ein leichtes Lächeln auf. »Ja … Das ist Ihre Mission, richtig? Das weiß ich alles längst. Wissen Sie, was Zoe in Ihr Profil geschrieben hat? Sie sind derart besessen von sich und Ihrer sogenannten Mission, dass sie davon ausgeht, in Ihrem Besitz ein detailliertes Tagebuch zu finden.« Tatum öffnete einen weiteren Beweismittelbeutel und holte einen Stapel Papier heraus. »Sehen Sie mal, was ich entdeckt habe. Kein Tagebuch, etwas viel Besseres. Einen Teilentwurf Ihrer Autobiografie. Im Vorwort haben Sie in etwa das geschrieben, was Sie eben gesagt haben. Menschheit, Zeit zum Nachdenken, Handys, bla, bla, bla … Das ist alles so langweilig. Aber Sie haben viel Zeit in dieses Manuskript investiert. Die Seiten sind voller Korrekturen und Anmerkungen. Sie haben sich sehr viel Mühe gegeben, um es richtig zu machen. Ich wette, Sie können es kaum erwarten, die letzten zwei oder drei Kapitel zu schreiben und sich einen Verlag zu suchen. Wie ich in Ihrer Browserchronik gesehen habe, waren Sie schon seit einer Weile dabei, Literaturagenten herauszusuchen. Auch diesen Teil gehen Sie mit methodischer Planung an.«

Tatum nahm die oberste Seite. »Hoffentlich erinnern Sie sich an Ihre Notizen.« Er überflog den Text mit gelangweilter Miene, drehte sich zum Aktenvernichter um und steckte das Blatt hinein. Das Gerät fing an zu brummen und verwandelte die Seite in lange, dünne Streifen.

Gelassen schredderte er noch eine zweite und dritte Seite und sah seelenruhig zu, wie die Papierfetzen auf den Boden segelten.

»Sie vernichten Beweise«, stellte Prescott fest. Seine Stimme klang ruhig, aber Tatum konnte spüren, dass etwas unter der Oberfläche lauerte.

»Wir haben mehr als genug Beweise, um Sie hinter Gitter zu bringen.« Tatum steckte das vierte Blatt in den Aktenvernichter. »Was glauben Sie, wie viele Kapitel Sie noch schreiben werden?« Er schredderte auch diese Seite.

»So einige. Dieses Verhör wird garantiert auch darin vorkommen.«

»Wissen Sie, was ich denke?« Tatum ließ die nächste Seite durch den Aktenvernichter laufen und empfand das Geräusch als äußerst befriedigend. Er konnte nur hoffen, dass Jensen nicht hereingestürmt kam und sich beschwerte, dass er Beweismittel vernichtete. »Ich denke, Sie haben noch ... drei Kapitel. Eins für Zoe. Eins für Ihre Festnahme. Und eins, in dem Sie den darauf folgenden Prozess beschreiben. Das wird eher ein Epilog für Ihre Zeit im Todestrakt.«

»Ist das Ihre professionelle Meinung als Lektor?«

»Als begeisterter Leser.« Tatum legte den Papierstapel hin und griff nach dem letzten Beweismittelbeutel, den er öffnete. Er zog ein Buch heraus. »*Die Bundy-Morde*. Ich habe es in Ihrem Bücherregal gefunden, neben vier ganz ähnlichen Büchern. Sie lesen gern Bücher über Ted Bundy?«

»Ich fand ihn interessant.«

»Mir ist aufgefallen, dass Sie einige Seiten unterstrichen oder mit einem Eselsohr gekennzeichnet haben. Wissen Sie, welche ich meine?«

Prescott erwiderte nichts. Tatum brach das Schweigen nicht und schredderte weitere Seiten. Mit jeder Sekunde rückte Zoes Tod näher. Tatum wollte, dass Prescott die verstreichende Zeit ebenfalls schmerzhaft zu spüren bekam.

»Ich rede über die Seiten, auf denen Ted Bundys Fluchtversuche beschrieben werden«, fuhr Tatum fort. »Glauben Sie wirklich, Sie könnten aus dem Gefängnis entkommen, Prescott?«

»Ich habe nie darüber nachgedacht.«

»Ted Bundy ist 1977 geflohen. Seitdem wurde einiges verbessert. Und ich werde persönlich dafür sorgen, dass Sie in der sichersten und isoliertesten Zelle landen und rund um die Uhr bewacht werden. Eins kann ich Ihnen versichern: Es wird in Ihrer Autobiografie kein Kapitel darüber geben, wie Ihnen die Flucht aus dem Gefängnis gelungen ist.« Tatum setzte ein selbstgefälliges Grinsen auf.

»Sie schätzen mich falsch ein, Agent. Ich bin am Ende.«

»Selbstverständlich sind Sie das.« Tatum hob eine Seite hoch und las sich einige Sätze durch. »Diese Notiz gefällt mir.

›Der Abschnitt muss überarbeitet werden; er hört sich banal an.‹ Ich kann Ihnen da nur zustimmen. Zudem haben Sie das Wort Rhythmus falsch geschrieben. Es fehlt das h hinter dem R. Na ja.« Tatum schredderte auch diese Seite. Prescotts Maske blieb weiterhin bestehen, aber Tatum bildete sich ein, dass der Mann nun etwas verkrampfter dasaß. Die Sache setzte ihm zu. Wie weit würde er noch gehen? Wie lange hielt er das noch durch?

»Es gibt keine Kopien Ihrer Autobiografie, soweit wir wissen. Die Kriminaltechniker sehen sich noch um, aber ich bin mir ziemlich sicher, dass ich das einzige Exemplar in der Hand halte. Ich habe ein Paket Druckerpapier mit fünfhundert Seiten auf Ihrem Schreibtisch gefunden, das halb leer war. Dieses Manuskript ist – vielmehr *war* – zweihundertunddreißig Seiten lang. Doppelter Zeilenabstand, damit Sie genug Platz für Notizen haben, richtig?« Tatum schredderte auch die nächste Seite. »Ja, das ist die einzige Kopie. Abgesehen von dem Original auf dem Laptop.« Tatum legte den Papierstapel auf den Tisch und wandte sich dem Laptop zu. »Da ist ja die Datei. Der Name lautet, wie Sie sich garantiert erinnern, ›Zeit zum Nachdenken‹.« Er klickte die Datei an. »Wenn ich sie jetzt lösche … Könnten Sie alles noch mal neu schreiben?« Sein Finger verharrte über der Entfernen-Taste.

Einige Sekunden verstrichen. Prescott rührte sich nicht und hatte eine ausdruckslose Miene aufgesetzt. Er war nicht mehr ruhig, nicht mehr gelassen. Er riss sich vielmehr zusammen.

»Wir lassen es einfach darauf ankommen.« Tatum drückte mit zwei Fingern auf die Tastatur. »Am besten drücke ich gleichzeitig die Umschalt- und die Entfernentaste. Wir wollen ja nicht, dass Sie die Datei aus dem Papierkorb wiederherstellen.«

Da war es, das erste aufflackernde Zeichen von Wut, das erste zornentbrannte Zucken der Lippe. Tatum lehnte sich zurück und schredderte gemächlich weiter. Inzwischen starrte Prescott Tatums Hand an, wann immer er eine Seite in den Aktenvernichter steckte, und Tatum wusste, dass er richtig geraten hatte. Prescott besaß keine Sicherheitskopie des Manuskripts.

»Überlegen Sie schon, wie Sie es neu schreiben?«, fragte Tatum. »Versuchen Sie, sich an Ihre Lieblingsabsätze zu erinnern? Gab es einen Satz, den Sie besonders schön fanden? Geben Sie sich Mühe, Prescott, und versuchen Sie, nichts zu vergessen. Denn ich werde dafür sorgen, dass Sie nichts zu schreiben bekommen werden. Keine Kugelschreiber, keine Bleistifte, nicht einmal Buntstifte. Und Papier? Selbst ein Haftnotizzettel wäre schon zu viel. Wenn Sie auf die Toilette gehen, werden Sie sich den Hintern mit der Hand abwischen müssen, weil Sie nicht einmal Toilettenpapier bekommen. Diese Autobiografie wird niemals erscheinen, wenn ich nicht bekomme, was ich haben will. Und Sie wissen genau, was das ist.«

Die nächste Seite verwandelte sich in schmale Streifen. Und eine weitere. Und gleich noch eine.

»Wo. Ist. Zoe?«

Prescott biss fest die Zähne aufeinander, als würde es ihn seine ganze Kraft kosten, nichts zu erwidern.

»Ich habe auf Ihrem Laptop gesehen, dass Sie am Sonntag online einen Signalverstärker gekauft haben. Warum? Wo haben Sie sie versteckt, dass Sie einen Signalverstärker benötigen?«

Keine Antwort.

Er bricht gleich zusammen. Nur noch ein bisschen. Halten Sie durch, Zoe.

»Wissen Sie was?«, meinte Tatum fröhlich. »Ich habe Ihnen den besten Teil Ihres Profils bisher vorenthalten. Zoe hat es herausgefunden, und als ich Ihre kleine Bibliothek bei Ihnen zu Hause gesehen habe, wusste ich, dass sie richtig gelegen hat. Sie besitzen mehrere medizinische Fachbücher und Biografien von Serienmördern. Außerdem ein Buch mit dem Titel ›Lebendig begraben‹, das ich nicht aufschlagen musste, um mehr über den Inhalt zu erfahren.«

»Na und?« Prescott schnaubte. »Ich informiere mich eben gründlich.«

»Es macht ganz den Anschein. Aber etwas habe ich in Ihrer Bibliothek vermisst. Ich konnte kein einziges Buch über Schrödinger, die Physik oder Quantenmechanik entdecken. Und da war auch nicht einmal ein Flugblatt über die Menschlichkeit, das Nachdenken oder irgendeine Art der Philosophie. Auf mich machte es den Anschein, als würden Sie sich überhaupt nicht dafür interessieren. Ist das nicht merkwürdig?«

Prescott antwortete nicht.

»Ich werde Ihnen etwas aus Zoes Notizen vorlesen.« Tatum legte das Manuskript abermals weg und schlug eine Seite in seinem Notizbuch auf. »Der Täter ist besessen von seiner Mission, seinem Ziel. Er redet sich ein, es würde ihn antreiben und zum Töten zwingen. Aus diesem Grund hat er die Webseite geschaffen, darum streamt er diese Videos, nennt sich ständig Schroedinger und bezeichnet die Morde als ›Experimente‹. Aber damit belügt er sich selbst.«

Tatum hielt inne, sah Prescott kurz an und las dann weiter. »Tatsächlich tötet er jedoch nur aus einem Grund: Es erregt ihn, Frauen lebendig zu begraben. Seine Besessenheit ist nur eine Fassade, weil er sich schämen würde, wenn er sich die Wahrheit eingestehen müsste.«

Er legte das Notizbuch hin, nahm die nächste Seite der Autobiografie. Schredderte sie. Danach noch eine.

»Sie hat hochtrabende Worte benutzt. So etwas macht Zoe häufig«, sagte er. »Aber damit meinte sie nur, dass dieser Kerl pervers ist und dass ihm einer abgeht, wenn er Frauen lebendig begräbt. Und dieser abnorme Fetisch ist ihm dermaßen peinlich, dass er eine ganze Geschichte erfunden hat, nur um sich nicht wie ein kranker Loser vorzukommen.«

Die nächste Seite war vernichtet. Prescott zitterte am ganzen Körper.

»Wenn ich diesen Blödsinn, den Sie als Buch bezeichnen, vernichtet habe, berufe ich eine Pressekonferenz ein«, teilte Tatum ihm mit. »Dann erzählen wir den Reportern, dass wir den Bestatter gefasst haben. Und dass sich dieser armselige Saftsack beim Ansehen seiner eigenen Videos einen runtergeholt hat. Und dass er die Morde allein aus diesem Grund begangen hat. So wird die Öffentlichkeit Sie in Erinnerung behalten.«

Eine weitere Seite wanderte in den Schredder.

»Es sei denn, Sie sagen mir. Wo. Zoe. Ist.«

»Sie können ruhig weitermachen«, sagte Prescott, dessen Stimme vor Zorn bebte. »Aber von mir werden Sie nichts erfahren. Und Ihre kostbare Dr. Bentley kann unter der Erde verrotten. Sie war direkt unter Ihrer Nase, und Sie haben es nicht einmal begriffen.«

Tatum legte das Manuskript weg und spürte ein Kribbeln. »Sie *war* direkt unter unserer Nase.«

»So ist es.« Prescott geriet leicht ins Stottern und errötete. »Sie ist direkt unter Ihrer gottverdammten Nase.«

»Achten Sie auf Ihre Wortwahl, Doktor. Sie haben gesagt, sie *war* unter unserer Nase, nicht sie *ist* unter unserer Nase. Haben Sie sie woanders hingebracht?« Tatum starrte den Mann gebannt an und überlegte. Er hatte sich einen Signalverstärker gekauft. Was hatte sich geändert?

Aus irgendeinem Grund hatte Prescott kein Kabel aus der Kiste an die Oberfläche führen können, sondern das Signal verstärken müssen. Die Puzzleteile rutschten an ihren Platz, und mit einem Mal hatte Tatum das Bild vor sich. »Nein. Sie haben sie nicht weggebracht. Wir waren das. Wir haben sie bewegt. Sie befand sich *zuvor* direkt unter unserer Nase.«

Tatum sprang auf, und Prescott zuckte zusammen, als würde er mit einem Schlag rechnen. Aber Tatum war bereits hinausgerannt. Er wusste, wo er Zoe finden würde.

Kapitel 89

Zoe konnte wirklich nicht sagen, wie lange sie schon hier war. Sie wusste, dass sie ihrem Zeitgefühl längst nicht mehr trauen konnte. Immer wieder drohte sie einzuschlafen und konnte sich nur mit Mühe wachhalten. Das ergab keinen Sinn. Sie hätte weniger Luft verbraucht, wenn sie schlief. Aber sie wusste, dass sie wahrscheinlich nie wieder aufwachen würde, wenn sie erst einmal eingenickt war. Sie durfte nicht aufgeben. Noch nicht. Wieder und wieder fragte sie sich, ob sie noch etwas tun, noch eine Nachricht übermitteln konnte.

Nach der anfänglichen Botschaft *Schule* war sie zu *Debra Schule* übergegangen, was sich jedoch deutlich schwerer blinzeln ließ. Sie hatte es dreimal versucht und immer das Gefühl gehabt, es komplett vermasselt, zu oft geblinzelt, im falschen Moment eine Pause gemacht oder einen Buchstaben vergessen zu haben. Ihre Konzentration ließ immer mehr nach.

Zu guter Letzt hatte sie es aufgegeben und still dagelegen. Die Gedanken flackerten wie Glühwürmchen in ihrem Verstand auf und verblassten wieder, ohne dass es irgendeinen Zusammenhang gab.

Ihr war schwindelig, und sie hatte Kopfschmerzen. Lag das an der Erschöpfung, dem Durst und dem schwindenden Sauerstoff?

Zum millionsten Mal fragte sie sich, ob sie durch den Versuch, mit der Außenwelt zu kommunizieren, ihr eigenes Todesurteil unterschrieben hatte. War man aufgrund des Wortes *Schule* davon ausgegangen, dass sie in einer Schule begraben worden war? Hatte man Polizisten, die wichtige Spuren verfolgten, aus diesem Grund auf eine sinnlose Suche geschickt?

Zumindest Tatum würde doch begreifen, dass der Mörder es nie riskieren würde, sie an einem derart öffentlichen Ort und mit vielen potenziellen Zeugen zu begraben, sagte sie sich.

Doch ihre Gedanken schweiften ab, und sie halluzinierte wieder und hörte Stimmen. Andrea, ihre Eltern, ehemalige Kollegen und Freunde sprachen mit ihr. Es war beruhigend, dass ihr Verstand endlich aufgehört hatte, wie besessen über Serienmörder und Psychopathen nachzudenken, und sie sich umgeben von Menschen, denen etwas an ihr lag, entspannen konnte.

Ein plötzliches Poltern bewirkte, dass sie die Augen aufriss, was jedoch keinen Unterschied machte. Es war noch immer stockdunkel.

Aber sie hörte Geräusche, reale Klänge. Die gedämpften Stimmen von anderen Menschen, ein Schaben und Pochen. Nach so langer Zeit in Dunkelheit und Stille war es beinahe überwältigend, etwas anderes als ihren Atem und ihre Körpergeräusche wahrzunehmen. Sie versuchte, einen Hilfeschrei auszustoßen, was ihr jedoch nicht gelang.

Dann ein Knarren, gefolgt von Sonnenlicht. Sie kniff sofort die Augen zu, und selbst durch die Augenlider jagte die Helligkeit stechenden Schmerz durch ihren Schädel.

Jemand war neben ihr und zog ihr den Knebel aus dem Mund. Sie bewegte die Zunge, was sich sehr befreiend anfühlte.

Wie gern hätte sie einen Schluck Wasser getrunken, aber sie konnte nicht darum bitten, ihre Stimme gehorchte ihr nicht.

Eine Stimme raunte ihr etwas ins Ohr, angespannt und voller Sorge. Tatum. Er half ihr beim Aufstehen und hielt sie fest. Erst in diesem Augenblick gab sie nach und sackte in sich zusammen, sodass er sie stützen musste, damit sie nicht hinfiel. Jemand schnitt die Fesseln an ihren Handgelenken durch. Um sie herum erhoben sich laute Stimmen, die nach einem Rettungssanitäter riefen.

Eine Flasche an ihren Lippen, ein kleiner Schluck Wasser. Sie behielt ihn einige Zeit im Mund und hätte vor Freude beinahe geweint.

Ein Arm um ihre Schultern, eine kräftige Hand und Tatums Stimme. »Sie sind am Leben. Wir haben Sie. Sie …«

Sie wich zurück und entzog sich der Hand. Keiner sollte sie anfassen. Das war zu nah, zu einschränkend, genau wie in der Kiste. Nichts durfte ihren Körper mehr eingrenzen.

Als sie ein Augenlid vorsichtig einen Spalt weit öffnete, rechnete sie damit, etwas Ähnliches wie bei den letzten Tatorten vorzufinden. Wüstenerde, Kieselsteine, Felsen und Kakteen um sie herum.

Aber sie sah etwas völlig anderes. Der Boden war seltsamerweise grün, und um sich herum konnte sie Bäume und große weiße Umrisse erkennen … Waren das Steine?

Sie öffnete das andere Auge, schirmte sich das Gesicht vor der Sonne ab und spürte, dass Tatum schweigend an ihrer Seite verharrte.

War das … ein Friedhof?

»Wo?«, krächzte sie.

»Auf dem Fairmount-Friedhof«, antwortete Tatum. »Wir sind in San Angelo.«

Ein Friedhof. Man hatte sie lebendig auf einem Friedhof begraben. Ihr Gehirn setzte die Bruchstücke bereits zusammen, aber sie wollten noch nicht so recht passen. Sie drehte sich um und blickte in die große Grube, aus der man sie geholt hatte und in der noch der offene Sarg stand. Ein Sarg, keine Kiste.

»Ist das ... ein Grab?«

»Das ist Nicole Medinas Grab«, erklärte Tatum. »Kurz vor der Beerdigung hat er Sie gegen die Leiche ausgetauscht.«

Zoe blickte in die Grube. Im Sarg blitzte etwas Metallisches auf – die Infrarotkamera. Ihr stockte der Atem. *Kurz vor der Beerdigung.* Wer hatte das getan? Der Priester? Jemand vom Bestattungsinstitut? Sie schlang die Arme um ihren Oberkörper, wiegte sich hin und her und kannte die Antwort bereits. »Es war der Rechtsmediziner. Er passt ins Profil. Der Stressor?«

»Der Whitfield-Fall«, erwiderte Tatum. »Zoe ...«

»Die falsche Todeszeit. Aber natürlich. Wir hätten es sofort erkennen müssen. Das hätte uns auffallen müssen. Haben Sie die Botschaft verstanden? Ich wollte mich durch Blinzeln verständlich machen, kam aber immer wieder durcheinander. Ständig habe ich mich verzählt, aber ich habe mir solche Mühe gegeben, es Ihnen mitzuteilen.«

»Wir haben die Nachricht verstanden. Dadurch sind wir erst auf ihn gekommen. Er ist mit Debra auf die Highschool gegangen. Lassen Sie uns ein Stück zur Seite gehen ...«

»Wann hat er mich in den Sarg gelegt? Wie lange bin ich dort drin gewesen?«

»Sie sollten sich ausruhen.« Tatum winkte den Rettungssanitäter heran.

Sagen Sie es mir. Wie lange?«

Tatum räusperte sich. »Wir vermuten, dass er den Austausch nur letzte Nacht vornehmen konnte. Er hat dem Beerdigungsinstitut gesagt, er müsse noch einige dringende letzte Tests an der Leiche durchführen. Daher haben sie den

Sarg gestern Abend in die Rechtsmedizin gebracht und heute Morgen um fünf wieder abgeholt.«

Zoe warf noch einen Blick in den Sarg und stellte fest, dass er nicht verkleidet war. Er musste die Innenausstattung herausgerissen haben, damit keiner, der das Video sah, merkte, dass sie nicht in einer Kiste lag. »Er hat vermutlich bis zum letzten Augenblick gewartet, um sicherzustellen, dass ich lange genug ohnmächtig war und nicht während der Beerdigung aufwache. Und damit ich länger durchhalte. Also hat er mich vermutlich gegen halb fünf in den Sarg gelegt. Wie spät ist es jetzt?«

Ein Rettungssanitäter kam mit einer kleinen Arzttasche auf sie zu, und sie wich einen Schritt zurück. »*Wie spät ist es?*«

Der Rettungssanitäter sah Tatum an, der eine Hand hob und selbst antwortete. »Es ist achtzehn Uhr dreißig.«

Zoe blinzelte verblüfft. »Vierzehn Stunden.« Ein ständiges Klappern, das einfach nicht aufhören wollte, zehrte an ihren Nerven. »Vierzehn Stunden.« Es waren ihre Zähne, wurde ihr auf einmal bewusst. Sie klapperte mit den Zähnen. »Ich war vierzehn Stunden da drin. Er hat mich da reingesteckt. Ich war … Es war …« Komisch, wieso war ihr nur so kalt? In San Angelo war es doch immer so heiß. Aber jetzt zitterte sie vor Kälte.

»Ich gebe Ihnen jetzt etwas zur Beruhigung, Miss.« Der Rettungssanitäter kam vorsichtig näher.

Sie wich noch einen Schritt zurück und zitterte wie Espenlaub. Ihre Handflächen waren klamm, und das Zähneklappern wollte einfach nicht aufhören. Sie sah Tatum an und wusste nicht, was sie wollte, nur, dass er *irgendetwas* tun sollte. Er musste ihr helfen.

»Ich bin hier«, versicherte er ihr.

Sie drehte sich zum Rettungssanitäter um, der eine kleine Spritze in der Hand hielt. »Miss?«

Ihr Kopf ruckte zur Seite, und sie nickte widerstrebend und ließ zu, dass er ihre Hand nahm. Sie musste sich zwingen, ganz still zu halten, um ihn nicht zu schlagen. Die Nadel durchbohrte ihre Haut, und eine Erinnerung flackerte vor ihrem inneren Auge auf, wie sie auf dem Parkplatz stand, am ganzen Körper Schmerzen hatte und einen Stich im Hals spürte. So hatte er sie entführt.

»Nicht weggehen«, bat sie Tatum.

»Ich gehe nirgendwohin.«

KAPITEL 90

Dale City, Virginia, Montag, 19. September 2016

Zoe wusste nicht sehr viel über posttraumatische Belastungsstörungen, war sich aber ziemlich sicher, dass Menschen, die darunter litten, nicht gegenseitig aufeinander aufpassen sollten. Trotzdem machten Andrea und sie genau das, und es funktionierte angesichts der Umstände bemerkenswert gut.

Einige Probleme gab es allerdings. Es machte den Anschein, als würden ihre Traumata miteinander konkurrieren. Zoe wollte, dass die Fenster in ihrer Wohnung ständig offen waren. Sie brauchte Luft und Licht, und der Verkehrslärm war Musik in ihren Ohren. Andrea wollte alle Fenster und Türen verriegeln. Sie hatte das Apartment in eine Art Kokon verwandelt und wollte sicherstellen, dass sich kein Eindringling hineinschleichen konnte. Aber sie arbeiteten an einem Kompromiss: Das Wohnzimmerfenster blieb offen, doch das neben der Feuertreppe war immer verriegelt. Die Tür war natürlich auch ständig abgeschlossen. Dafür machte Zoe lange Spaziergänge und ließ sich den Wind um die Nase wehen.

Sie hatten beide Albträume.

Sie schliefen im selben Zimmer und in einem Bett, aber das würde sich bald ändern müssen. Zoe hatte seit der letzten Nacht einen langen Kratzer im Gesicht, da Andrea ihr beinahe ein Auge ausgekratzt hatte, um sich gegen einen vermeintlichen Angreifer zu wehren.

Und doch kam ihr dieser Morgen nahezu normal vor, als hätte sie ein langes Wochenende. Als Zoe aufwachte, polterte Andrea bereits in der Küche herum. Sie stand auf und tapste mit kleinen Augen in die Küche.

Andrea summte vor sich hin und schien fröhlicher gestimmt zu sein als in den letzten Tagen. Auf dem Teller neben ihr stapelten sich Pancakes, und sie wirbelte gerade den nächsten in der Pfanne herum und begutachtete ihn zufrieden lächelnd.

Zoe wollte sich den obersten Pancake schnappen und bekam mit dem Pfannenwender eins übergebraten.

»Au!«

»Noch nicht«, ermahnte Andrea sie. »Ich habe alles genau geplant. Mit Butter und Ahornsirup. Es gibt sogar Orangensaft dazu.«

»Aber ich habe Hunger«, beschwerte sich Zoe. »Nur einen.« Sie streckte erneut die Hand aus.

Der Pfannenwender verfehlte nur knapp ihren Finger.

»Pass ja auf.« Andrea wackelte mit den Augenbrauen und schwenkte bedrohlich den Pfannenwender in der Luft.

»Bekomme ich wenigstens eine Tasse Kaffee?«, grummelte Zoe und warf den Pancakes begehrliche Blicke zu.

»Aber nur eine Tasse.«

Zoe setzte Kaffee auf und wartete geduldig, bis die dunkle Flüssigkeit in die Tasse tropfte. Dann nippte sie daran und atmete tief ein. Herrlich!

Dann machte sie eine blitzartige Bewegung, stibitzte den obersten Pancake und stopfte ihn sich ganz in den Mund, auch wenn sie beinahe daran erstickte.

»Du solltest dich mal sehen.« Andrea schnaubte. »Die Backen voll mit Pancake. Du siehst aus wie ein Hamster.«

Zoe grinste sie an und ging kauend ins Wohnzimmer.

»Wie wäre es mit etwas Musik?«, rief sie. Musik gehörte auch zu den Dingen, die sie ständig um sich haben wollte.

»Gern, aber weder Beyoncé noch Taylor, die kann ich langsam nicht mehr hören.«

»Katy Perry?«

»Na gut.« Andrea stöhnte auf.

Zoe entschied sich für »Teenage Dream« und trat vor das Wohnzimmerfenster, das Andrea geschlossen hatte, öffnete es wieder und blickte auf die Autos auf der Straße hinab.

Sie musste keine Traumaexpertin sein, um zu begreifen, dass es einen drastischen Unterschied zwischen Andrea und ihr gab. Zoes Angreifer saß in einem Bundesgefängnis und wartete auf seinen Prozess. Andreas Monster war weiterhin auf freiem Fuß. Obwohl die Polizei jeden Ausgang des Gebäudes bewacht hatte, trotz der Straßensperren und der stadtweiten Suche war Rod Glover wie ein bösartiger Geist verschwunden.

»Ich wünschte, *ich* hätte letzten Freitag gefeiert«, meinte Andrea, die ins Wohnzimmer gekommen war.

»Was?«, fragte Zoe erschrocken.

»Na, der Song.«

»Oh.« Sie hatte gar nicht auf die Musik geachtet, die für sie nur ein entspannendes Hintergrundgeräusch darstellte.

»Das Frühstück ist serviert, Madam. Können wir die Musik wieder ausmachen?«

»Ach … Nur noch ein paar Lieder, okay? ›Firework‹ fängt gleich an.«

Seufzend und kopfschüttelnd ging Andrea zurück in die Küche. Zoe folgte ihr und schämte sich ein bisschen, weil sie nicht zugeben konnte, wie sehr sie die Musik brauchte.

Es würde wieder besser werden. Jedenfalls hoffte sie das.

Auf jedem Platz stand ein Teller mit einem riesigen Haufen Pancakes, darauf ein Stück Butter, das in einem See aus Ahornsirup schwamm. Ein dritter Teller war voller frischer Früchte – Bananen, Erdbeeren, Äpfel und einige Blaubeeren sowie Pekannüsse. Das war ein Instagram-würdiges Frühstück, hätte eine von ihnen die Neigung besessen, Essensbilder zu posten, was sie beide nicht taten. Die Bentley-Schwestern waren der Ansicht, dass man köstliche Gerichte verspeisen und nicht öffentlich zur Schau stellen sollte.

Zoe schnitt in die Pancakes und spießte drei mit Ahornsirup getränkte Stücke auf die Gabel und dazu ein Stück Banane. Sie steckte alles in den Mund, schloss die Augen, atmete durch die Nase ein und genoss die Süße. Katy sang dazu den Refrain von »Firework«, und da war er, der perfekte Moment, die friedliche Sekunde, von der sie sich wünschte, dass sie länger dauern würde.

»Ich habe dein Telefonat gestern mit angehört«, sagte Andrea. »Als du mit deinem Boss über den Maulwurf gesprochen hast.«

»Das ist nicht weiter wichtig. Mach dir deswegen keine Sorgen. Jemand hat dem Reporter verraten …«

»Ich bin der Maulwurf.«

Zoe starrte ihre Schwester verwirrt an.

»Er schreibt ein Buch über dich und hat mich angerufen. Während des Gesprächs betonte er immer wieder, wie wichtig es wäre, dir bei der Arbeit zusehen zu können, damit er dich besser beschreiben kann. Und er sagte, dass in deiner Einheit nur Arschlöcher wären, die auf dich herabblicken, weil du keine Agentin bist und …«

»Hast du überhaupt eine Ahnung, was für einen Ärger das geben könnte, Andrea?« Zoe hätte Harry Barry am liebsten auf der Stelle die Augen mit der Gabel ausgestochen. »Ich mache diesen Job nicht, um berühmt zu werden. Dieses dämliche Buch oder was andere über mich sagen, ist mir völlig egal.«

»Das sollte es aber nicht. Die Meinung anderer Menschen ist wichtig.«

»Mach so was nie wieder. Hast du verstanden? Es wäre eine Katastrophe, wenn du hinter meinem Rücken mit Reportern redest. Erst recht jetzt, wo wir zusammenwohnen.«

»Du musst dir deswegen keine Sorgen machen.«

»Gut.« Zoe war noch immer sauer, aber vor allem auf Harry. Sie wusste, wie hinterhältig und durchtrieben dieser Mistkerl sein konnte, und es überraschte sie nicht, dass es ihm gelungen war, Andrea diese Information zu entlocken.

»Ich werde Mom besuchen«, verkündete Andrea, nachdem sie eine Weile schweigend gegessen hatten.

Zoe verschluckte sich zum zweiten Mal an diesem Morgen. Hustend trank sie einen Schluck Orangensaft. »Du machst was?«

»Sie geht mir schon seit Tagen auf die Nerven, Zoe. Sie macht sich Sorgen und will wenigstens eine von uns von Angesicht zu Angesicht sehen.«

»Das geht auch per Videochat.«

»Jetzt werd nicht albern, Zoe.«

»Okay! Besuch sie. Sie wird dich in drei Sekunden in den Wahnsinn treiben. Wann fliegst du?«

»Morgen. Ich habe mir schon ein Flugticket gekauft.«

»Und wann kommst du zurück? Ich kann dich vom Flughafen abholen, wenn du nicht mitten in der Nacht ankommst.«

»Das weiß ich noch nicht.«

Zoe aß noch einen Happen und war plötzlich ganz und gar nicht mehr entspannt. Andrea starrte mit schuldbewusster Miene auf ihren Teller.

»Hierbei geht es gar nicht darum, Mom zu besuchen«, erkannte Zoe.

»Es geht auch um Mom.«

»Du ziehst weg.«

»Ich weiß noch nicht, was ich vorhabe.« Andrea hob den Kopf. Ihre Augen schimmerten feucht. »Ich brauche mal etwas Abstand. Ich muss weg von dieser Stadt, von diesen Erinnerungen, von ...«

»Mir?«

Andrea trank einen Schluck und gab ihr keine Antwort.

»Ich möchte nicht, dass du gehst.« Zoe hatte das Gefühl, zu ertrinken.

»Es ist ja vorerst nur für ein paar Tage, Zoe. Um den Kopf freizubekommen. Mach da jetzt keine große Sache draus ...«

»Den Kopf freibekommen? Bei Mom?«

»Ich muss mir über einiges klar werden. Hierbei geht es nicht um Glover. Es geht darum, dass ich eine Veränderung brauche, okay? Ich bin dir hierher gefolgt, ohne wirklich einen Plan zu haben, und das lief nicht gerade gut für mich.«

Zoe legte die Gabel auf den Teller und kaute auf ihrer Unterlippe herum.

»Ich hab dich lieb, Zoe«, sagte Andrea. »Aber ich muss das für mich tun. Verstehst du?«

»Ja.«

»Bist du sauer auf mich?«

»Nein, Ray-Ray. Ich bin nicht sauer.« Sie steckte sich ein Stück Pancake in den Mund und kaute lustlos darauf herum. »Iss deine Pancakes.«

Kapitel 91

Als sich Tatum Marvins Zimmer auf der Intensivstation näherte, zog sich sein Brustkorb vor Sorge zusammen. Am Vortag hatte der alte Mann bei seinem Besuch unter dem Einfluss starker Beruhigungsmittel gestanden, genuschelt, und seine Haut war ganz hell, fast schon durchscheinend gewesen. Tatum hatte nicht alles verstanden, nur, dass es sich um eine Art Infektion handelte. Zum ersten Mal seit langer Zeit war ihm bewusst geworden, wie alt sein Großvater eigentlich war.

Er wappnete sich für einen weiteren schweren Besuch, als er eine Frau im Zimmer lachen hörte. Ein amüsiertes Kreischen folgte darauf, und im nächsten Augenblick kam eine Krankenschwester mittleren Alters kopfschüttelnd und mit breitem Grinsen auf den Flur.

Sie stutzte, als sie Tatum bemerkte. »Sie sind Marvin Grays Sohn, nicht wahr?«, fragte sie. »Sie sehen sich wirklich sehr ähnlich.«

»Ich bin sein Enkel«, korrigierte Tatum sie verblüfft.

Sie kicherte auf. »Ja, sicher.«

Tatum seufzte. »Geht es ihm besser?«

»Das kann man wohl sagen. Ihr Vater wird uns noch alle überleben. Ich denke, dass er morgen entlassen werden kann.«

»Sind Sie sicher, dass er nicht noch einen oder zwei Tage beobachtet werden sollte?«

»Ich bezweifle, dass wir ihn hier festhalten könnten, selbst wenn wir es wollten.« Sie zwinkerte ihm zu und ging weiter.

Tatum betrat das Zimmer. Marvin lag im Bett, hielt einen Zettel in der Hand und starrte ihn mit verkniffener Miene an. Seine Nase war noch immer geschwollen und gerötet, sah jedoch etwas besser aus als am Vortag.

»Was hast du da?«, erkundigte sich Tatum und setzte sich auf den Stuhl neben dem Bett.

»Sag mal, ist das eine Sieben oder eine Eins?« Marvin reichte ihm den Zettel.

»Ich glaube, das ist eine Sieben ... Ist das etwa die Telefonnummer der Krankenschwester?«

»Kümmer dich um deinen eigenen Kram, Tatum.« Marvin legte den Zettel auf den Nachttisch und griff nach seinem Handy. »Da fällt mir ein: Falls dich jemand fragt, du bist mein Sohn. Das ist sehr wichtig.«

»Ich werde es mir merken. Anscheinend wirst du morgen entlassen.«

»Das wird aber auch Zeit. Hier ist rein gar nichts erlaubt, Tatum. Ich darf nicht trinken, nicht rauchen ...«

»Du hast vor sieben Jahren mit dem Rauchen aufgehört.«

»Das sollte man glauben. Es klappt auch gut, solange mir keiner sagt, dass ich nicht rauchen darf. Jetzt habe ich ständig Lust auf eine Zigarette.« Marvin tippte auf das Handy. »Ich habe eben was über deinen Kerl gelesen.«

»Welchen Kerl meinst du?«

»Diesen Prescott.« Marvin drehte das Handy so, dass Tatum das Display sehen konnte. Natürlich war darauf der Artikel aus der Chicago Daily Gazette zu sehen.

Tatum verdrehte die Augen. Harry Barry presste noch das letzte bisschen an Informationen aus dieser Story heraus. »Glaub nicht alles, was in der Zeitung steht.«

»Das muss ja ein Pfundskerl gewesen sein. Er war Rechtsmediziner bei der Polizei? Du hast mit ihm zusammengearbeitet?«

»Ja. Man kann den Leuten eben nur vor die Stirn gucken.«

»Du hättest es vom ersten Moment an merken müssen. Du siehst den Menschen eben nicht richtig in die Augen, Tatum. Das habe ich dir schon immer gesagt. In den Augen eines Menschen kann man immer die Wahrheit erkennen.«

Tatum sah seinen Großvater an. »Was siehst du denn in meinen?«

»Dass du sauer bist.« Marvin grinste breit.

Tatum lächelte seinen Großvater an. Marvin hatte so gute Laune, dass Tatum schon vermutete, es könnte etwas mit den Schmerzmitteln zu tun haben. »Ich soll dich von Andrea grüßen.«

Marvin wurde schlagartig ernst. »Wie geht es ihr?«

»Ich denke, den Umständen entsprechend gut. Sie ist ein zähes Mädchen.«

»Nicht so zäh, wie du vielleicht denkst«, knurrte Marvin. »Arme Kleine. Wann wirst du diesen Mistkerl erwischen, Tatum? Warum machst du nicht deinen Job?«

»Ich habe momentan Urlaub. Ich genieße ein paar freie Tage und dass ich meine Wohnung für mich habe.« Tatum seufzte erneut, als ihm aufging, dass es damit morgen vielleicht schon vorbei war.

»Oh! Geht's dem Fisch gut?«, erkundigte sich Marvin und riss die Augen auf. »Verdammt, das tut mir sehr leid. Ich habe ihn nach meiner Verletzung nicht mehr gefüttert, Tatum.«

»Dem Fisch geht's gut. Er schwimmt in seinem Fischglas rum.«

»Oh, gut.« Marvin entspannte sich wieder. »Und was ist mit der Katze?«

»Freckle geht's auch gut. Mach dir um ihn keine Sorgen.«

»Ah.« Er wirkte kurz enttäuscht. »Man kann nicht immer gewinnen.«

»Er vermisst dich.«

»Ja, ja, sehr witzig. Was ist mit der internen Untersuchung? Haben Sie dich vom Haken gelassen, weil du der Welt einen großen Dienst erwiesen hast?«

»Es sieht ganz danach aus. Der Zeuge ist ein Freund von Wells' Mutter. Offenbar war er nicht einmal dort, als es passiert ist.«

»Wer ist Wells?«

»Der Pädophile, den ich erschossen habe.«

»Dann sag auch ›der Pädophile‹, Tatum. Ich kann mir nicht alle Spinner merken, die du erschießt.«

»Es war nur der … Ach, vergiss es.« Tatum hielt kurz inne. »Würde es dir etwas ausmachen, mit mir über … diese Nacht zu sprechen?«

»Warum sollte mir das was ausmachen?«

»Die Polizei weiß dank Andreas Aussage und der Beweislage ungefähr, was passiert ist. Aber ich würde gern deine Version hören.«

»Hmm. Tja, ich bin aufgewacht, weil jemand an die Tür geklopft hat. Es dauerte eine Weile, bis ich mich aus dem Bett gepellt hatte, und da stand Andrea auch schon an der Tür und hat sie aufgemacht.«

»Hast du gehört, wie er reingekommen ist?«

»Ich weiß nicht genau, was ich gehört habe, Tatum. Die Tür ging zu, und da war ein Geräusch. Es kam mir komisch vor. Es kann sein, dass sie etwas gerufen hat; ich bin mir nicht sicher. Ich habe die Zimmertür nur einen Spalt weit aufgemacht und sah, wie dieser Kerl Andrea in ihr Schlafzimmer drängen wollte. Dann riss ich die Tür auf ...«

»Was hattest du vor? Wolltest du ihn verprügeln?« Tatums Stimme klang viel schneidender, als er es vorgehabt hatte.

»Willst du meine Version jetzt hören oder mir einen Vortrag halten, Tatum? Ich habe weitaus mehr gemacht als die verdammte Polizei.«

»Gut. Und dann?«

»Er hat mich geschlagen. Nicht besonders hart. Eins kann ich dir sagen: Er mimt den harten Kerl, schlägt aber zu wie ein Mädchen, Tatum.«

»Er hat dir die Nase gebrochen, dir eine Stichverletzung und eine Gehirnerschütterung verpasst.«

»Wer erzählt hier die Geschichte, Tatum? Ich oder du? Warst du da? Wenn du deine Verhöre immer so durchführst, ist es kein Wunder, dass dir der Kerl ständig entkommt.«

»Okay. Er schlägt zu wie ein Mädchen.«

»Genau. Ich gehe also wieder in mein Zimmer, hole meine Waffe und folge ihm ins Schlafzimmer. Dann habe ich einmal auf ihn geschossen und ihn an der Seite getroffen. Er drehte sich zu mir um, und ich gab einen Warnschuss ins Fenster ab.«

»Du hast also danebengeschossen.«

»Du bist echt eine Nervensäge, Tatum. Ja, ich habe ihn verfehlt. Es war dunkel, das Zimmer war klein, meine Nase tat weh, und ich wollte Andrea nicht treffen, okay?«

»Okay.«

»Dann ist er abgehauen.«

Tatum beugte sich vor. »Wie?«

»Durch die Tür, Tatum. Er ist an mir vorbei durch die Tür gelaufen.«

»Wie sah er aus?«

Marvin überlegte kurz. »Erinnerst du dich daran, wie Freckle mir mal den Knöchel zerkratzt hat und ich mit einer Bratpfanne hinter ihm her bin?«

»Und meinen Fernseher zertrümmert hast. Ja, Marvin, ich erinnere mich dunkel an diesen wundervollen Tag.«

»Ich hatte ihn im Badezimmer in die Ecke gedrängt. Und sein Gesichtsausdruck – genauso so hat dieser Kerl ausgesehen.«

»Wie ein in die Ecke gedrängtes Tier«, stellte Tatum fest.

»Ja.« Marvin sah sehr zufrieden aus. »Vielleicht hätte ich besser eine Bratpfanne genommen.«

Kapitel 92

Dale City, Virginia, Dienstag, 20. September 2016

Zoe hatte es geschafft, wie eine hilfsbereite, liebevolle Schwester zu erscheinen, bis Andrea in den Wagen gestiegen war, der sie zum Flughafen bringen würde. Danach war sie für eine Weile zusammengebrochen. Die Angst lauerte auf sie, wartete wie ein Schatten in der Ecke eines Flurs, in einem dunklen Raum oder hinter einer geschlossenen Tür.

Sie riss alle Fenster in ihrer Wohnung auf. Machte einen sehr langen Spaziergang. Drehte die Musik auf, um die leeren Räume mit Geräuschen zu füllen.

Eine Zeit lang versuchte sie, sich mit Gewalt auf die Arbeit zu konzentrieren. Sie las die Abschriften der Verhöre von Clyde Prescott und ärgerte sich, weil sie nicht selbst mit ihm gesprochen hatte. Warum hatte sie es nicht getan? Bei Jeffrey Alston hatte sie es doch auch geschafft. Sie hatte schon mehrere Serienmörder verhört. Doch sie war nicht dazu in der Lage gewesen, Prescott gegenüberzutreten.

Sie las die Teile seiner Autobiografie, die er fertiggestellt hatte. Tatum hatte die Datei zwar vom Laptop gelöscht, aber vorher eine Kopie gemacht. Dasselbe konnte man allerdings nicht über die Ausdrucke sagen, denn sie waren unwiderruflich geschreddert worden. Wie gern hätte Zoe die Seiten mit Prescotts handschriftlichen Notizen gesehen.

Beinahe hätte es funktioniert. Es gelang ihr, sich längere Zeitabschnitte – fünfzehn oder zwanzig Minuten – in die Arbeit zu vertiefen, sich Notizen zu machen und das Profil auszuarbeiten, da sie wusste, dass es für einen anderen Profiler von großem Wert sein konnte. Aber irgendwann stellte sie fest, dass sie mit angespannten Muskeln und angehaltenem Atem ins Leere starrte und die Stille um sie herum erdrückend wurde.

Als es plötzlich an der Tür klopfte, bekam sie beinahe einen Herzinfarkt. Sie wollte schon in die Küche rennen und ihr größtes Messer holen, als Tatum durch die Tür fragte: »Sind Sie da, Zoe? Ich bin's.«

Sie schloss die Tür auf, ließ ihn herein, und stellte leicht verärgert fest, dass sie erleichtert war.

»Sie lesen das wirklich?«, fragte er und deutete auf das Manuskript auf dem Tisch.

»Es ist faszinierend«, erwiderte sie. »Prescott kann sich gut ausdrücken, und ich lerne sehr viel über ihn, indem ich es lese.«

»Je weniger ich über dieses Monster weiß, desto besser.«

»Er ist kein …« Zoe schüttelte den Kopf und schluckte den Rest herunter. »Schade, dass Sie seine Notizen geschreddert haben. Ich hätte sie mir gern angesehen.« Sie stellte erstaunt fest, dass es wie ein Vorwurf klang.

»Ich war zu sehr damit beschäftigt, Ihr Leben zu retten, um mir deswegen Gedanken zu machen.«

»Sie hätten auch leere Seiten anstelle des Manuskripts schreddern können. Oder vorher eine Kopie machen. Oder …«

»Was reden Sie denn da?« Er musterte sie irritiert. »Ich habe mir solche Sorgen um Sie gemacht … Haben Sie überhaupt eine Ahnung, welche Angst ich ausgestanden habe?«

»Nein!«, schrie sie – auch wenn sie selbst nicht wusste, warum und woher dieser Kurzschluss in ihrem Gehirn kam. »Aber es war wohl kaum so schlimm wie das, was *ich* durchmachen musste.«

Sie ärgerte sich über ihre Tränen und ihr irrationales Verhalten. So sollte er sie nicht sehen.

Tatum nahm ihre Hand und zog sie ganz sanft an sich. Sie ließ es geschehen und drückte die Wange an seine Brust. Er umarmte sie zärtlich und federleicht, als wüsste er, dass sie es nicht ertragen konnte, irgendwie eingeschränkt zu sein. Zoe schloss die Augen und lauschte auf seinen Atem.

Nach einer Weile stieß sie erschaudernd die Luft aus und trat einen Schritt zurück. »Tut mir leid.«

»Das muss Ihnen nicht leidtun.«

»Möchten Sie etwas trinken?«

Es war fünfzehn Uhr. Sie rechnete damit, dass er Nein sagte. »Sehr gern.«

Sie ging zum Schrank und holte eine Flasche Talisker Skye und zwei Gläser heraus. Dann schenkte sie Tatum ein bisschen von der bernsteinfarbenen Flüssigkeit ein und sich deutlich mehr.

»Das ist meine Portion?« Tatum hielt sein Glas ins Licht.

»Es ist früher Nachmittag«, merkte Zoe an.

»In Ihrem Glas ist viermal so viel.«

»Ich bin traumatisiert und darf so viel trinken.«

»Ich war eben bei Marvin im Krankenhaus und bin ebenfalls traumatisiert.«

Zoe schenkte ihm etwas mehr ein, und er stieß mit ihr an.

»Auf das Trauma«, sagte er.

Sie schnaubte. »Auf das Trauma.«

Sie nippten beide am Whisky. Zoe ließ den rauchigen Geschmack kurz auf der Zunge wirken, schluckte die Flüssigkeit herunter und spürte, wie sich die Wärme in ihrer Brust ausbreitete. Sie saßen umgeben von angenehmem Schweigen da, und ihre Gedanken schweiften auf angenehme Weise ab, ohne ein bestimmtes Ziel anzusteuern. Das war sehr schön.

Nach einer Weile seufzte sie. »Mancuso sagte, dass Sie jetzt den Glover-Fall bearbeiten.«

Er sah sie überrascht an. »Hat sie das? Mich hat sie gebeten, es Ihnen gegenüber nicht zu erwähnen.«

Zoe bedachte ihn nur mit einem vielsagenden Blick. Ihre Mundwinkel zuckten leicht. Nach einer Sekunde fluchte Tatum leise.

»Das war ein Bluff. Sie hat Ihnen gar nichts erzählt.«

»Stimmt.« Zoe nippte sehr zufrieden mit sich an ihrem Whisky. »Aber Sie haben es gerade getan. Ich hatte so eine Ahnung, dass Sie den Fall haben wollen.«

»Das haben Sie gut erkannt.«

»Wissen Sie, wie er entkommen konnte?«

»Die Polizei vermutet, er wäre aufs Dach gegangen, an einem Regenrohr in eine Gasse hinuntergeklettert, in der sich keine Polizisten aufgehalten haben, und geflüchtet.«

»Das klingt ja, als wäre er ein Ninja. Und dann hat er die Stadt mit einem Fluchtwagen verlassen und es irgendwie geschafft, den vielen Beamten, die auf der Suche nach ihm waren, aus dem Weg zu gehen.«

»Das vermutet man.«

»Während er stark geblutet hat.« Sie leerte ihr Glas.

»Möglicherweise hat Marvin ihn doch nicht so schwer verletzt, wie er dachte.«

»Und was glauben Sie?«

Tatum sah ihr in die Augen. »Das passt alles nicht zusammen.«

»Sehen wir uns die Sache mal an.«

Sie gingen in ihr Schlafzimmer. Diesen Raum hatte Tatum zuvor noch nie betreten. Zoe war es ein bisschen peinlich, dass sie nicht aufgeräumt hatte. Überall lagen Kleidungsstücke herum, darunter auch Unterwäsche, auf dem Schreibtisch standen drei halb leere Kaffeetassen, und das Bett und der Boden waren mit Papieren übersät.

»Ignorieren Sie«, sie machte eine vage Handbewegung, »das alles.«

»Klar.« Er grinste sie an.

»Laut der Blutspuren und Andreas Aussage hat Glover hier gestanden, als Marvin ihn angeschossen hat.« Sie stellte sich neben das Bett.

»Marvin stand an der Tür.« Tatum sah sich um. »Er hat eine Gehirnerschütterung und eine gebrochene Nase. Vermutlich hat er sich an den Türrahmen gelehnt.«

»Ein Schuss trifft Glover an der Seite.«

»Glover ist starke Schmerzen nicht gewohnt«, stellte Tatum fest. »Soweit wir wissen, wurde er als Kind nicht missbraucht. Er fängt keinen Kampf an, den er nicht problemlos gewinnen kann, und hat es immer auf Schwächere abgesehen.«

»In Chicago habe ich ihn mit einem Messer verletzt.« Zoe erinnerte sich noch deutlich daran. »Es war keine tiefe Wunde, aber er hatte auf einmal große Angst.«

»Der zweite Schuss geht ins Fenster. Marvin trifft ihn nicht, aber Glover bildet es sich ein.«

»Er steht einer unmittelbaren Gefahr gegenüber. Marvin zielt mit der Waffe auf ihn. und er weiß, dass die Schüsse vermutlich die Polizei alarmiert haben.« Zoe biss sich auf die Unterlippe. »Er will nur noch weg.«

»Das Fenster ist zerbrochen, überall liegen Glasscherben herum, und er will Marvin nicht den Rücken zuwenden.« Tatums Blick wurde glasig, als würde er sich die Szene genau ausmalen. Zoe kannte diesen Gesichtsausdruck. Andrea warf ihr manchmal vor, dass sie auch so aussehen würde.

»Er rennt zur Tür.«

»Genau.« Tatum drehte sich zur Tür um und wollte hinausgehen.

»Tatum«, stieß Zoe hervor. Sie wusste nicht, warum sie ihn aufgehalten hatte.

»Was ist?« Er drehte sich wieder zu ihr um.

»Nichts. Gehen wir zur Wohnungstür.«

Sie verließ hinter ihm das Schlafzimmer. Sie öffneten die Wohnungstür und blickten den Flur entlang. Vor ihnen befanden sich die Tür zum Treppenhaus, der Fahrstuhl und die Türen zu mehreren anderen Apartments.

»In welche Richtung ist er gegangen?«

»Er hatte Angst«, überlegte Tatum laut. »Und war verletzt.«

»Und er wusste, dass die Polizei draußen war«, fügte Zoe hinzu. »Das sieht man schon allein daran, dass er eine Uniform anhatte.«

»Wie konnte er das Gebäude in der Uniform betreten?«, wollte Tatum wissen.

»Wie ist er überhaupt ins Gebäude gekommen? Es war schon spät; die Polizisten hätten doch jeden bemerken müssen, der das Gebäude betreten oder verlassen hat.«

Zoe war es gewohnt, alles allein durchzudenken. Seitdem sie mit Tatum zusammenarbeitete, hatte sie ihre Theorien an ihm ausprobiert. Aber nun war es so, als hätte es klick gemacht und sie arbeiteten im Einklang. Ihr Verstand hatte sich aufeinander eingepegelt, alles griff wie die Zahnräder in einem Uhrwerk ineinander. Sie konnte deutlich den Mann erkennen, der vor Clyde Prescott gesessen und den Killer methodisch geknackt hatte.

»Wir wissen, dass er vor einigen Wochen in Dale City gewesen ist«, sagte Tatum.

»Er tauchte aus der Versenkung auf, kaum dass ich weg war.«

»Andrea hat der Polizei gesagt, dass er sich in Ihrer Wohnung auszukennen schien«, meinte Tatum. »Sie haben vermutet, dass er vorher bei Ihnen eingebrochen ist und sich umgesehen hat.«

»Das musste er eigentlich nicht.« Zoe wurde bei dieser Vorstellung speiübel. »Die Wohnungen hier haben alle denselben Grundriss.«

»Er hat gelauert.« Tatum sah sich um. »Das ist doch seine Methode, nicht wahr? Er wartet auf seine Beute. Er sucht sich eine gute Stelle aus und legt sich auf die Lauer.«

Zoe nickte. »Er hat sich immer die perfekte Stelle ausgesucht und darauf gewartet, dass ein Mädchen allein vorbeikam.«

Kapitel 93

Zoe und Tatum brauchten sieben Minuten, bis sie den Hausverwalter überzeugt hatten. Er war ein alter, grantiger Mann, der anfangs darauf beharrte, dass er ihnen ohne richterlichen Beschluss nichts zu sagen habe. Aber sie verfielen auch hier in diesen Rhythmus, den Zoe gleichzeitig aufregend und verwirrend fand. Zoe spielte das Opfer, in deren Wohnung eingebrochen worden war, während Tatum die Rolle des imposanten Bundesagenten übernahm.

Nach sieben Minuten hätte ihnen der Mann sein Erstgeborenes überlassen, wenn sie es verlangt hätten. Aber sie wollten nichts weiter als die Namen und Beschreibungen der neuen Mieter.

Der Verwalter war nicht besonders gut darin, Menschen zu beschreiben, was jedoch kein großes Problem darstellte, da es sich bei einem der neuen Mieter um einen Mann mittleren Alters handelte, der allein lebte und den Mietvertrag mit dem Namen Daniel Moore unterschrieben hatte.

Er wollte ihnen den Schlüssel nicht aushändigen, sondern bestand aus irgendeinem Zoe unerklärlichen Grund darauf, sie zu begleiten. Möglicherweise hielt er sich an einen uralten

Hausverwaltercode, doch im Grunde genommen war es auch unwichtig, weil er ihnen die Tür aufschloss.

Anhand der Fliegen und des Geruchs in der Wohnung wussten sie sofort, dass hier schon einige Tage niemand mehr gewesen war.

Mehrere halb volle Imbissschachteln standen im Spülbecken in der Küche, die alle vom selben Thai-Restaurant um die Ecke stammten. Das ganze Apartment stank danach, und der Hausverwalter murmelte etwas von Insekten, Reinigungskosten und Zivilklagen.

Zoe ignorierte ihn und ging, dicht gefolgt von Tatum, ins Schlafzimmer.

Getrocknetes Blut auf dem Boden und dem Bettzeug. Hierher war Glover also geflohen. Wie ein verletztes Tier hatte er sich in seinen Bau zurückgezogen, um seine Wunden zu lecken.

Er war übereilt aufgebrochen. Im Zimmer lagen noch Papiere und Kleidungsstücke. Zoe runzelte die Stirn, da ihr das nicht in den Sinn wollte. Hier war er in Sicherheit gewesen, um dann doch zu türmen ... Aber warum?

»Irgendetwas hat ihn verscheucht«, sagte Tatum in ihrem Rücken.

»Am Tag nach dem Überfall auf Andrea haben sie hier jeden Mieter befragt«, berichtete Zoe.

»Sie haben an die Wohnungstür geklopft.«

»Wahrscheinlich hat jemand ›Polizei‹ gerufen.« Sie stellte sich vor, wie er sich hier in eine Ecke gekauert und versucht hatte, möglichst leise zu sein. Es erfüllte sie mit leichter Genugtuung, sich auszumalen, dass er verletzt und verängstigt gewesen war.

»Er hat gewartet, bis sie weg waren, das Nötigste gepackt und ist abgehauen.« Tatum sah sich einen Zettel auf dem Nachttisch an. »Eine Telefonrechnung für Daniel Moore. Er hat eine andere Identität angenommen.«

»Vermutlich Identitätsdiebstahl. Er wird seit Jahren von der Polizei gesucht und hat es immer geschafft, ihr zu entwischen.«

»Sehen Sie sich das an.« Tatum reichte ihr ein anderes Schriftstück. »Eine Krankenhausrechnung.«

Kurz glaubte Zoe schon, Glover sei so dreist gewesen, mit seiner Schussverletzung ins Krankenhaus zu gehen. Aber nein. Die Rechnung war drei Wochen alt und für einen MRT-Scan.

Das Ergebnis der Untersuchung lag zusammengeknüllt auf dem Boden. Sie musste es mehrmals lesen und riss die Augen auf.

»Was steht da?«, wollte Tatum wissen.

»Verdacht auf einen bösartigen Hirntumor«, antwortete sie. »Er hat vielleicht nicht mehr lange zu leben.« Jetzt begriff sie es. Darum hatte er nicht darauf gewartet, dass sie nachlässig wurden. Ihm lief die Zeit davon.

»Mein Mitleid hält sich in Grenzen.« Tatum machte ein grimmiges Gesicht.

Zoe erwiderte nichts. Sie hatte ein ganz ungutes Gefühl.

Ein verletztes Tier zog sich in seinen Bau zurück, um seine Wunden zu lecken.

Aber ein sterbendes Tier hatte nichts zu verlieren. Das machte es unberechenbar – und gefährlich.

Kapitel 94

Sie saßen in einer Bar in Woodbridge, weil Zoe nicht wieder in ihre Wohnung wollte. Tatum hatte noch immer sein erstes Blue Moon vor sich stehen, während Zoe bei ihrem zweiten Guinness war. Zum ersten Mal seit langer Zeit war sie drauf und dran, sich zu betrinken. Normalerweise machte sie der kleinste Kontrollverlust nervös. Aber im Augenblick genoss sie es, wie der Alkohol die Realität erträglicher machte.

»Wissen Sie, was gut ist?«

»Nein, was?«, fragte Tatum.

»Bier.«

Er zog eine Augenbraue hoch. »Sie haben anscheinend genug von dem guten Bier getrunken.«

»Sie sind nicht meine Mutter«, nuschelte sie.

»Ein Glück.«

»Meine Mutter ist unerträglich. Ich begreife einfach nicht, warum Andrea eine Weile bei ihr bleiben will.«

Tatum seufzte. »So schlimm ist sie vermutlich gar nicht.«

Zoe kommentierte das nicht weiter. »Erinnern Sie sich noch an neulich Abend, Tatum?«

»Was meinen Sie?«

»Den Abend, an dem ich sagte, Sie hätten den Kerl vielleicht erschossen, weil Sie dachten, er hätte es verdient.«

»Ja.« Er trank einen Schluck.

Zoe war sich ziemlich sicher, dass sie sich entschuldigen sollte, aber auf einmal wusste sie nicht mehr, wie der Streit überhaupt entstanden war. Eigentlich glaubte sie noch immer, dass sie recht hatte, aber es war vermutlich unklug, das jetzt auszusprechen. »Ich war dumm«, gestand sie schließlich. So etwas gab sie nicht häufig zu – eigentlich nie. Aber es schien ihr die beste Wortwahl zu sein.

»Nett, dass Sie das sagen.« Er schenkte ihr ein dankbares Lächeln.

Ihr war völlig schleierhaft, wie sie dieses brenzlige Thema hinter sich gebracht hatte. Es war beinahe so, als wäre sie mit verbundenen Augen durch ein Minenfeld gerannt und hätte es durch pures Glück überlebt.

»Ich wollte Ihnen auch danken, weil Sie Andrea gerettet haben.«

»Das habe ich doch gar nicht«, erwiderte er erstaunt.

»Doch, das haben Sie. Sie haben Ihren Großvater gebeten, auf sie aufzupassen, und er hat Glover angeschossen und Andrea gerettet. Daher verdanke ich Ihnen Andreas Leben. Oder sie verdankt es Ihnen. Vielleicht teilen wir uns das auch auf.« Sie lachte hicksend. »Jede von uns verdankt Ihnen ein bisschen von Andreas Leben.«

»Okay, Sie hatten eindeutig genug zu trinken. Bringen wir Sie nach Hause.« Er stand vom Barhocker auf.

»Warten Sie.« Sie hielt sein Handgelenk fest. »Noch nicht.«

Er setzte sich seufzend wieder. »Sie werden morgen einen höllischen Kater haben.«

»Ich kriege nie einen Kater.«

»Wir sprechen uns morgen wieder.«

»Ich glaube, ich trockne nicht so schnell aus.«

Im Hintergrund setzte Cyndi Laupers »Girls Just Want to Have Fun« ein.

»Oh, ich liebe dieses Lied«, rief Zoe.

»Wagen Sie es nicht.«

»Was soll das denn heißen?«

»Nichts.« Tatum grinste breit.

Sie saßen schweigend da und lauschten dem Lied.

»Ich muss Rod Glover finden«, sagte Zoe, die bei diesen Worten etwas nüchterner wurde. »Das hört sich jetzt vielleicht an, als wäre ich irgendwie besessen, aber ...«

»Sie haben recht.«

»Was?«

»Sie haben recht. Sie müssen ihn finden. Und ich werde Ihnen helfen.«

»Dann ist ja gut.« Da war ein komisches angenehmes Gefühl in ihr, das rein gar nichts mit dem Alkohol zu tun hatte. »Danke.«

»Gern geschehen.« Tatum nahm ihr das halb volle Glas aus der Hand. »Partner.«

Sie versuchte, ernst zu bleiben, da sie über eine wichtige Angelegenheit sprachen. Aber diese Wärme machte sich in ihrem Bauch breit, und Cyndi Lauper sang im Hintergrund, sodass sie einfach lächeln musste. Zum ersten Mal seit Tagen fühlte sie sich beinahe sicher.

Danksagung

Ohne meine Frau Liora wäre dieses Buch niemals Realität geworden. Sie ist immer da, um mit mir zu brainstormen, meine Arbeit zu lesen und zu kommentieren und mich zu unterstützen, wann immer es nötig ist. Sie bittet mich zwar häufig, etwas über Blumen und Schmetterlinge zu schreiben, trotzdem hilft sie mir, wenn es doch wieder um Mörder und Psychopathen geht. Eines Tages werde ich mir nur für sie einen Blumen-und-Schmetterling-Thriller ausdenken.

Christine Mancuso hat mich alles gelehrt, was ich über das Schreiben weiß. Sie las die Rohfassung dieses Buchs, machte zahlreiche Anmerkungen und unterstützte mich dabei, Juliet Beach, die Interaktionen zwischen Zoe und Joseph und so vieles mehr zu entwickeln.

Jessica Tribble, meiner Redakteurin, verdanke ich ausgesprochen hilfreiche Lektoratsanmerkungen. Dank ihrer Hilfe konnte ich geradebiegen, was absolut nicht passte, das Rätsel so anlegen, dass es tatsächlich funktioniert, und sie hat mich dazu gebracht, den kompletten Anfang neu zu schreiben, sodass er jetzt knackiger und eindrucksvoller ist.

Bryon Quertermous hat bei diesem Buch das Plotlektorat übernommen. Er korrigierte Tempoprobleme, ließ Dialoge glänzen und unterstützte mich dabei, zwei unnötige und schwache Kapitel zu löschen.

Stephanie Chou hat das Buch noch einmal lektoriert, meinen schwerfälligen Satzbau sowie die endlosen Rechtschreibfehler korrigiert und einige gut versteckte Fehler entdeckt, unter anderem einen Sonnenuntergang, der viel zu lange dauerte.

Sarah Hershman, meine Agentin, hatte Vertrauen in mich und half dabei, diese Reihe glänzen zu lassen, der auch der Erfolg zu verdanken ist.

Außerdem danke ich meinen Freunden von der »Author's Corner«, die mir mit Rat und Tat zur Seite gestanden und mich beim Start dieser Reihe angefeuert haben. Ich könnte mir keine besseren Freunde wünschen. Mein Dank gilt auch meinen Eltern für ihre Unterstützung bei dieser Achterbahnfahrt, die das Leben eines Autors darstellt.

Printed in Poland
by Amazon Fulfillment
Poland Sp. z o.o., Wrocław